# Y DE REPENTE, TERESA

# Y DE REPENTE, TERESA

## Jesús Sánchez Adalid

GRUPO ZETA

Barcelona • Madrid • Bogotá • Buenos Aires • Caracas • México D.F. • Miami • Montevideo • Santiago de Chile

1.ª edición: diciembre 2014

© Jesús Sánchez Adalid, 2014
© Ediciones B, S. A., 2014
Consell de Cent, 425-427 - 08009 Barcelona (España)
*www.edicionesb.com*

Printed in Spain
ISBN: 978-84-666-5496-8
DL B 21692-2014

Impreso por LIBERDÚPLEX, S.L.U.
Ctra. BV 2249 Km 7,4 Polígono Torrentfondo
08791 - Sant Llorenç d'Hortons (Barcelona)

Dos males principales se siguen cuando alguna persona de reputación de virtud cae en algún error o pecado público. El uno es descrédito de la virtud de los que son verdaderamente buenos, pareciendo a los ignorantes que no se debe fiar de ninguno, pues éste que lo parecía vino a dar tan gran caída. El otro es desmayo y cobardía de los flacos, que por esta ocasión vuelven atrás o desisten de sus buenos ejercicios. Y en estos casos, así como son diversos los juicios de los hombres, así también lo son sus afectos y sentimientos, porque unos lloran, otros ríen, otros desmayan; lloran los buenos, ríen los malos, y los flacos desmayan y aflojan en la virtud, y el común de las gentes se escandaliza.

Argumento del Sermón contra los
escándalos en las caídas públicas.
Escrito por fray Luis de Granada en
1568, dos días antes de su muerte, que
acaeció el último día del año.

# LIBRO I

*En que sabremos quién es don Rodrigo
de Castro Osorio, inquisidor de gran inteligencia,
fina intuición y méritos bastantes, que se atrevió a
meter en la cárcel nada menos que al arzobispo
primado de todas las Españas.*

## 1. AVES DE PRESA SOBRE LOS CAMPOS DE ILLESCAS

No había amanecido todavía, cuando salían dos hombres a caballo por la puerta falsa de un caserón de Illescas. Cada cual sujetaba las riendas con la mano derecha, mientras el otro brazo lo llevaban ambos enguantado y en ristre, portando en el puño sendos azores encapirotados. Con cabalgar cadencioso, fueron bordeando los paredones de adobe. Les seguían otros dos hombres a pie, con varas, y cada uno con un perro perdiguero atado con su correa. No hubo saludos, ni órdenes, ni señas... Sin que nadie dijera palabra alguna, como si todo estuviera más que hablado y concertado, emprendieron la marcha en solemne silencio por la calle Real, la más ancha de la villa, dejando a las espaldas la plaza. El cielo estaba completamente sereno: empezaba a verse luz sobre los tejados fronteros; mientras en las alturas brillaban las postreras estrellas y una fina luna menguante iba descolgándose por infinitos perdederos. Hacía frío, merced al céfiro de la madrugada, lo cual resultaba del todo natural, por ser un día 26 de marzo del seco año de 1572.

Asentada a mitad de camino entre Madrid y Toledo, Illescas es población fortificada de perímetro redondo, con preclaros caserones, un convento de monjas y un hospital y santuario dedicado a Nuestra Señora de la Caridad que fue fundado por el cardenal Cisneros. Cinco puertas hay; por la que mira a poniente, llamada puerta de Ugena, salieron nuestros cuatro hombres con sus caballos, sus aves y sus perros, atravesando un viejo arco de rojo ladrillo abierto en la muralla. El camino discurría entre tapiales y, a derecha e izquierda, brillaban los brotes verdes del almendro, entre flores de ciruelos y retorcidas higueras. El último puñado de casas del alfoz dormía en quietud; solo se oía el canto de un gallo, distanciado; y la tierra labrada resaltaba oscura y nítida entre los sembrados pobres que verdeaban relucientes de rocío. Todavía se desprendía una rastrera bruma...

Al llegar a campo abierto, soltaron los criados los canes. Asomaba ya el sol en el horizonte caliginoso, acudiendo a poner color a cada cosa. Y de repente, se levantó desesperada la primera liebre, dorada y vertiginosa, descendiendo por una vaguada... Mas salvó el pellejo escapando por entre un cañaveral, porque aún estaban los azores somnolientos y se lanzaron en vuelo tardo, remiso, sin nervio... Nadie empero dijo nada: ni una lamentación hubo, ni siquiera un suspiro. Descabalgaron los cetreros y recogió cada uno su pájaro, volviendo enseguida a montar para continuar con la mirada atenta y la paciencia indemne. El veterano arte de la cetrería se goza en la espera, en la brisa, en el silencio y en la oportunidad del lance; no es amigo de aspavientos ni intemperancias. Solo los perros se permitían liberar el ímpetu y correr zigzagueando, olfateando, aventando e hipando. Los hombres en cambio iban con gesto grave, como si en lo que hacían se jugaran mucho; como si aquello no fuera mero disfrute, sino más bien deber. Y de esta manera, los criados peinaban el campo, con zancadas firmes, golpeando suavemente aquí o allá con las varas, removiendo algún arbusto, ojeando entre las junqueras, siempre pendientes del suelo. A la vez que sus señores, con aire de circunstancia, repartían vistazos entre el horizonte y los azores; que, con ojos de fuego, parecían ver más allá del instante, adivinando el ataque inminente.

Avanzaban y se alzaba el sol, dispersando su luz por los labrantíos y los barbechos, alegrando la vista, desplegando rápidamente un manto resplandeciente sobre aquellas extensiones ilimitadas, en las que la inoportunidad de ajenas figuras humanas hubiera contristado la vista y el pensamiento. Porque tan vastísimos dominios le eran vedados a cualquiera que no poseyera el consentimiento escrito, sellado y refrendado de su legítimo dueño: el arzobispo de Toledo; otorgado, con rigurosísimas reservas, en los despachos de la gobernación arzobispal. ¿Y cómo no iban a contar aquellos cazadores con esa licencia? ¿Quién se iba a atrever a inquietarles? Aquellos dos cetreros que iban a caballo poseían el permiso no en mero papel, sino en sus propias personas, las cuales reunían mucha autoridad: eran consejeros ambos del Supremo Consejo de Castilla, letrados de la Santa Inquisición; hombres, por lo tanto, dignos del máximo respeto, clérigos de casta, de saberes, de potestad... Uno era el mismísimo gobernador de Toledo, don Sancho Bustos de Villegas; y el otro, el licenciado don Rodrigo de Castro Osorio, inquisidor apostólico en Madrid; y pudieran considerarse casi pares por su linaje, por los estudios que tenían cursados, por los títulos que ostentaban y por los cargos que desempeñaban; merced a los cuales podían permitirse pisar a uña de rocín el señorío perteneciente a la sede toledana, con soltura y poderío, asistidos por sus secretarios; y dar larga a sus perros, echar al vuelo sus azores y su vehemente deseo de cazar perdices, liebres y todo bicho viviente de pluma o de pelo que les saliese al paso.

Pero conozcamos con mayor detalle a estos ilustres clérigos, empezando por el que más nos ha de interesar a los efectos de esta historia, el que ha sido mencionado en segundo lugar: el inquisidor Rodrigo de Castro; hombre de señorial presencia, alto, anguloso, de cincuenta años cumplidos y rasgos aún delicados; la nariz bien dibujada, canosa la barba y unos transparentes ojos grises. Hijo de los condes de Lemos, había nacido en 1523, con lo que contaba ya más de cincuenta años, a pesar de los cuales se mantenía joven y con apuesta presencia; sería por la herencia familiar: su madre, doña Beatriz de Castro, fue conocida siempre como *A fermosa*, hasta el punto de motivar su belleza el popular verso:

> *De las carnes, el carnero,*
> *de los pescados, el mero,*
> *de las aves, la perdiz,*
> *de las mujeres, la Beatriz.*

Pero además de su madura gallardía, se destacaba en don Rodrigo una perpetua serenidad grabada en la pálida cara; a pesar de sus muchos trabajos, de las arduas obligaciones de su puesto en el Santo Oficio y los encargos que el rey le encomendaba. Era ciertamente un hombre cultivado, equilibrado, ordenado, templado... En su juventud estudió Derecho Canónico en Salamanca, siendo obispo su hermano Pedro de Castro; y frecuentemente emprendió viajes a Flandes, Portugal, Francia, Italia y Alemania, en los que adquiría obras de arte para atesorarlas en la ciudad de Monforte de Lemos, donde estaban las propiedades de su familia. Tenaz, afanoso, vehemente, allá en Galicia el inquisidor había emprendido generosas obras de beneficencia y se levantaban a su costa edificios destinados a albergar los frutos de su mecenazgo.

El otro cetrero, el gobernador Bustos de Villegas, era en cambio hombre difícil, renuente, quejica, malcontento... Bajo de estatura y barrigón, de altiva mirada, tenía un gesto siempre en la cara como para renunciar cualquiera a expresarle un ruego, y menos hacerle una corrección o un reproche. También había estudiado Derecho en Salamanca, en la misma época que don Rodrigo; y como este había cumplido los cincuenta, pero estaba mucho más envejecido, más grueso y fatigoso. Solo la caza parecía satisfacerle; especialmente con aves de presa, ya fuera en el reposado ejercicio de la altanería o en el ajetreado bajo vuelo. Porque para la montería le faltaba ya el vigor y la agilidad que le sobró en la juventud en el manejo a un tiempo de caballo y ballesta. Para estos menesteres sacaba tiempo y diligencia; mientras que le aburrían sobremanera los propios de su oficio de oidor en la Suprema Inquisición.

Y aquel día en Illescas, como se esperaba, a media jornada la cosa no se había dado del todo mal: los secretarios y los perros estuvieron desenvueltos en lo que les estaba mandado; los azores, audaces, y los cetreros, dichosos. En las primeras horas de la mañana se cobraron dos liebres, ambas cazadas por el azor del gobernador. El pájaro de don Rodrigo, aun siendo nuevo, agarró un conejo despistado junto a un matorral. No se podía pedir más. Ahora tocaba regresar a la villa, dejar en sus posaderos las aves, descansar, comer algo, echar un trago y, después del ángelus, volver a los campos, para proseguir por altanería, esta vez con los halcones sacres.

Encapirotados ya los azores, volvían sus amos a la villa, cabalgando alegremente y satisfechos por el éxito; sobre su yegua baya don Sancho y en la propia alba, don Rodrigo. Les daba el sol en los rostros y les hacía más níveas las barbas. Iban conversando a voz en cuello, riendo, alborozando; como si explotaran de júbilo después de haber estado tan callados, tan acechantes, con la concentración que requiere ojear los cazaderos. Hablaban solamente de caza, de los lances del día, de halcones, de perros... Parecieran olvidados de los graves asuntos del Santo Oficio, de los juicios, de los densos memoriales, los legajos, las causas... Aunque compartieran comprometidos secretos, informaciones peligrosas, diligencias, papeles y sospechas de las que dependían las haciendas, las honras y hasta las vidas de muchos. Pero tenían subalternos, escribientes y oficiales para asistirles en tan recias tareas. Como, de semejante modo, en los menesteres prosaicos de la caza; donde tan fielmente les servían los dos secretarios que les seguían cansinos, sudorosos, apretando el paso; y los perdigueros con la lengua fuera, sofocados pero contentos.

Y en esto, avistando ya muy próximas las murallas y la puerta de Ugena de la villa de Illescas, vieron venir a su encuentro un hombre sobre una mula, al trote, agitando una mano como para atraer su atención. Lo reconocieron al acercarse y temieron que algo grave hubiera acaecido, pues era uno de los domésticos del gobernador que venía desde Toledo. En breve llegó a su altura, se paró, descabalgó y, tras una reverencia, anunció cariacontecido:

—En Toledo corre un rumor: su excelencia el señor arzobispo don Bartolomé de Carranza ha muerto en Roma.

La noticia era inesperada. Se miraron circunspectos don Diego y don Rodrigo, compartiendo el mutuo estupor, pero ninguno dijo nada. Y el mensajero, para dar fuerza a lo que acababa de transmitir, añadió:

—Desde ayer tarde se viene corriendo la cosa por toda

la ciudad; aunque en principio no se le dio crédito... Por eso no vine enseguida a importunar a vuestras señorías; pero anoche hubo un revuelo en la catedral... Dicen que el señor deán tenía reunido de urgencia al cabildo y que había mucho movimiento de clérigos, caballeros y toda suerte de funcionarios, escribientes y acólitos... En la góbernación se presentó al filo de la medianoche un canónigo para decir que la noticia ya era pública en Madrid y que el rey nuestro señor tenía conocimiento de ello. Así que se estimó oportuno avisar a vuestra señoría... Salí de Toledo antes del amanecer y he cabalgado sin descanso hasta aquí...

Don Sancho Bustos estaba muy serio, como pensativo. A su lado, el inquisidor Castro, igualmente impresionado, le dijo con determinación:

—Habrá que ir a Toledo inmediatamente. ¡Vamos!

El gobernador le miró con extrañeza y contestó con desenfado:

—¿Inmediatamente? ¿Y qué vamos a solucionar? Si el arzobispo Carranza ha muerto en Roma, su cadáver estará allí, como es natural...

Don Rodrigo agitó la cabeza en señal de desaprobación y dijo apremiante:

—¡Habrá que ir! Amigo mío, no te beneficiará nada que murmuren ahora...

—¿Que murmuren...? —replicó con jactancia el gobernador—. ¡Que murmuren lo que quieran! ¿De mí van a murmurar? ¿De qué? ¿Qué van a decir? ¿Que no voy allí a gimotear? ¿Es que tengo yo que llorar la muerte de un hereje?

—¡Vamos, no seas terco, hombre de Dios! —repuso el inquisidor—. Todavía no sabemos si Carranza ha muerto hereje...

Don Sancho no pudo evitar poner cara de fastidio. Lanzó un resoplido y contestó irónico:

—¡Qué oportuno Carranza! He estado esperando durante semanas tener un día como este para salir al campo y... ¡Ahora esto! Precisamente hoy me tenían que dar la dichosa noticia... ¡Con la necesidad que tenía de salir un día al campo y olvidarme de tanta mandanga!

Y tras esta queja, arreó al caballo y partió al galope en dirección a Illescas, con aire contrariado; pero decidido a ir a Toledo, al ver que no le quedaba más remedio que cumplir con las obligaciones de su cargo.

A última hora de la tarde de aquel día 23 de marzo, a la sazón martes de la segunda semana de la Cuaresma de 1572, el gobernador don Sancho Bustos está a las puertas de Toledo, después de cabalgar sin apenas detenerse desde que a mediodía partiera de Illescas. Entra en la ciudad vestido de igual manera que había pasado toda la jornada: zaragüelles de montar con ligas en las rodillas, jubón ajustado, bragueta y botas con brazalete. Y de esta guisa se presenta impetuoso en su palacio, deja su caballo, se echa el manteo negro sobre los hombros y camina con arrojo hacia la catedral, balanceando los brazos, cerrados los puños, dispuesto a enfrentarse con cualquier situación que se le plantease tras la noticia de la inesperada muerte del arzobispo. Le acompañan cuatro hombres de confianza; y detrás de ellos, a prudente distancia, les sigue el inquisidor Castro.

Alguien que los vio llegar corrió a avisar al cabildo, y rápidamente, empieza a organizarse el recibimiento según el ritual correspondiente. Hay no obstante revuelo: idas y venidas por el claustro, gente arremolinada en las galerías;

rostros ensombrecidos y aire general de duelo y pesadumbre. Todo ello bajo el manto de oscuridad que empieza a desplegarse sobre la ciudad, al mismo tiempo que se encienden fanales y velones.

La puerta principal se abre de par en par y aparecen en primer término la cruz catedralicia y los ciriales portados por los acólitos; después los maceros, los pertigueros y el sacristán mayor con sus adjuntos; todos ellos se van colocando a derecha e izquierda para dejar paso al cabildo; y lo mismo hacen los canónigos a medida que asoman. Por fin, flanqueado por el arcediano y el maestrescolía, se ve venir al deán, don Diego de Castilla; grande, majestuoso, adornado con los hábitos color grana, las puntillas y los demás atavíos propios de su rango. Se detiene a distancia, sosteniendo con las dos manos el crucifijo que debe darle a besar al gobernador para permitirle la entrada, pone al frente una mirada cargada de atención estática; nada trasluce su rostro impávido, ninguna emoción. Y cuando ve que el imperioso gobernador Bustos atraviesa la puerta con arrogancia, el deán masculla entre dientes la sentencia evangélica:

—Donde están los despojos, allí se reunirán los buitres.

## 2. EL ARZOBISPO DE TOLEDO Y PRIMADO DE ESPAÑA EN LA CÁRCEL Y TODO EL REINO EN VILO ESPERANDO SENTENCIA

Ya que estamos dando pormenores de lo que sucedía aquel anochecer de marzo en torno a la ilustre e inmemorial sede de Toledo, y que hemos tenido el atrevimiento de asomarnos a su catedral para escudriñar las emociones y estremecimientos que provocaba la noticia de la muerte en Roma de su arzobispo, permítasenos aún una breve digresión, ajena al fondo de este relato, pero útil para comprender cómo estaban los ánimos de la gente en aquellos tiempos, ciertamente recios y enmarañados.

Por entonces, la ciudad de Toledo era la más grande y populosa de la meseta central; con unos sesenta mil habitantes repartidos en veintisiete parroquias, mantenía casi cuarenta conventos de monjas y frailes, treinta hospitales y centenares de clérigos. Además de antigua y noble, la población era rica y florecía convertida en un emporio comercial; merced principalmente a las sederías y telares donde trabajaban a sueldo más de mil hombres. La plata y el oro de las Indias entraban a espuertas para pagar las lujosas y caras prendas de vestir: capas, jubones, gorros, toquillas, encajes... Nada de esto se había venido abajo, a pesar de que en 1561 el rey don Felipe trasladó la capital y la Corte a Madrid. Los nobles cortesanos, muchos de ellos oportunistas, intrigantes, hampones, se habían marchado a la vera del monarca; y en Toledo queda una nobleza más seria y acreditada, al amparo de la prosperidad y el prestigio de la Ciudad Imperial. Por lo demás, la sede de la archidiócesis era la más rica del reino; su titular era el primado de España, reuniendo bajo el poder de su báculo el peso de la historia, la memoria de los antiguos concilios y un vasto señorío que abarcaba grandes extensiones de tierra, villas, súbditos y ganados.

He aquí precisamente el motivo del desconcierto y el dolor que afligía a los toledanos de cualquier clase y condición, pero sobre todo a la clerecía: la sede llevaba casi trece años sin arzobispo; el tiempo que mediaba desde el verano de 1559 hasta la fecha en la que transcurren los hechos que estamos refiriendo. Por tremenda que pudiera resultar la circunstancia y difícil de creer la realidad, la cosa era cierta: el arzobispo titular, don Bartolomé de Carranza, estaba en la cárcel; la Inquisición lo tenía declarado sospechoso de herejía, lo había hecho preso y, después de tenerlo nueve años incomunicado en las prisiones del Santo Oficio de Valladolid, lo había transferido a Roma en 1567, para ser juzgado por el Papa. El proceso seguía pendiente de resolución y ya se habían recogido las alegaciones de un centenar de testigos.

## 3. ¿HEREJE EL ARZOBISPO? ¿ES POSIBLE TAL COSA?

Desconcertados unos, avergonzados otros, muchos se preguntaban por entonces cómo podía ser cierto que la máxima autoridad en la jerarquía eclesiástica española estuviera en la cárcel. ¿Cómo un hombre de tal historial, teólogo del Concilio Tridentino, provincial de la Orden de Santo Domingo, primado de las Españas, calificador del Santo Oficio, restaurador del catolicismo en Inglaterra, honrado a porfía por papas, emperadores y reyes, intachable en su vida y costumbres, pudo de la noche a la mañana verse derrocado de tan alta dignidad y prestigio y encarcelado y sometido a largo proceso por luterano? Y ciertamente era algo difícil de entender; un hecho singularísimo que conviene esclarecer. Aunque en el fondo no resultase extraño, en el ambiente de un reino que vivía ansioso, bajo la mirada omnipresente de la Inquisición; acuciado por la obsesión de la escrupulosidad en materia de religión, por la pureza del credo, por la sombra de la herejía. Un reino que se había impuesto, a cualquier precio, la misión de defender la fe, atesorar el dogma y librarlo de cualquier amenaza, viniese de donde viniese; fuera quien fuera el que acogiese cualquier oscilación, manifestase la mínima incertidumbre o emprendiese el atrevimiento de dudar siquiera del fundamento establecido. No fuera a suceder aquí lo que en Europa, donde la herética pravedad de Lutero se extendía peligrosamente poniendo en jaque al catolicismo. Y con estas prevenciones, el fin del Santo Oficio sentíase sagrado: la limpieza espiritual; alcanzar la unidad creyente y evitar lo de Europa a toda costa. Aunque este ánimo propiciara un aire de sospecha, un viento de aprensión, y una sociedad estructurada en la desconfianza, la delación y el temor. Anulada la discrepancia y el espíritu crítico, el cotilleo y la maledicencia tienen terreno abonado. Y las envidias pueden saldar sus cuentas pendientes de la forma más rastrera; porque la Inquisición les permitía a los resentidos denunciar a cualquiera que destacase, que les hiciera alguna sombra o que sencillamente les molestase. Proliferaban pues las denuncias anónimas, por venganza o para medrar a costa del denunciado. Nadie se veía libre; ningún hombre ni mujer por alta que fuera su cuna o eminente su posición podía escapar a la mirada recelosa, escrutadora, de los inquisidores.

Ya el emperador Carlos V se había arrogado el cumplimiento del «encargo que de Dios Nuestro Señor tenemos en lo temporal, conformándonos con lo que por Su Santidad fue declarado», advertido de que Lutero, sus socios y cómplices, han enviado o quieren enviar sus obras escritas a la Península, y rogaba encarecidamente a los del

Consejo Real que se vieran pronto «desocupados de otros cualquier negocios que tuvieran, atendiendo a este de la Inquisición, como principal y mayor por tocar a nuestra santa fe católica...». Ese entender suponía dar toda clase de provisiones y órdenes en ciudades, villas y puertos de mar, para impedir la entrada de aquella mercancía prohibida. El protestantismo es una chispa que no debe caer en el sagrado terreno hispano, por ser capaz de provocar grandes incendios; la herejía es una peste, una lepra que puede ser contagiosa. Había concluyentes pruebas de este peligro, las cuales los señores inquisidores se cuidaron mucho de hacer públicas, notorias y resonantes: entre 1557 y 1562 fueron descubiertos flagrantes luteranos en Sevilla y Valladolid; hecho que produjo verdadera alarma, porque revelaba la existencia de un protestantismo escondido, y —¡horror!— sustentado por españoles de mérito, agrupados y organizados ya en comunidades. Sorprendido, el Santo Oficio se encontraba con focos de herejía en el suelo patrio. En Sevilla, avisados a tiempo pudieron escapar numerosos adeptos, entre los que se contaban no pocos frailes de San Isidoro, algunos de ellos notables teólogos e insignes predicadores. Sin embargo, los herejes de la zona castellana (Valladolid, Palencia, Toro...) no tuvieron tiempo para huir, puesto que a la delación siguió el rápido acorralamiento de los sospechosos y la eficaz captura. Se incoaron los procesos inquisitoriales y se celebraron con solemnidad y deslumbre los célebres autos de fe de Valladolid en 1558 y 1559. Toda la nación estaba espantada al saber los nombres de los condenados. No se trataba de extranjeros, de personas sin relieve, de conversos anónimos, judaizantes o vulgares almas extraviadas; eran españoles, gente de altura, nobles caballeros, damas de alcurnia; sangre cristiana vieja, apellidos vinculados a la Corte o a oficios públicos; y clérigos: canónigos, sacerdotes, y un dominico, fray Domingo de Rojas, de la familia del marqués de Poza; todos hombres de letras, con títulos universitarios... Si bien, con ellos, cayeron también sus criados, menestrales y parientes, artesanos, plateros, y mujeres, entre las que se contaron algunas monjas. Aunque en los juicios se demostró que no todos estaban igualmente adheridos a la nueva doctrina, se conoció que generalmente habían participado en reuniones y ceremonias clandestinas.

La alarma estaba dada, y pronto suscitó una resolución apasionada. Los celosos guardianes de la fe pusieron el grito en el cielo: ¡Herejes en tierra de Castilla! ¡No lo permita Dios! ¡No lo permitamos nosotros!... No solo en la Inquisición, sino fuera de ella la reacción fue la misma: buscar, escudriñar, descubrir, delatar, notificar, avisar... También el pueblo estaba arrebatado e iracundo. A los cabecillas, al fraile dominico y al italiano Carlos de Seso, apresados cuando iban a cruzar por Navarra la frontera con Francia, hubo que llevarlos de noche y a escondidas a Valladolid para evitar que las gentes encrespadas los lincharan.

Y esta excitación, como era de esperar, llegó hasta lo más alto, hasta el mismísimo emperador, que estaba ya retirado en Yuste. El cual expresó su furia en las cartas vehementes que inmediatamente envió a la princesa gobernadora doña Juana y a su heredero Felipe II, que se hallaba en Flandes; graves admoniciones en las que se manifiesta despechado: llama «bellacos» y «sediciosos» a los culpables; ordena sumarísimos juicios, condenas y penas, sin atenuación alguna. La irritación es enorme. La honra del reino se siente mancillada. Una única voz, como un unánime clamor se propaga: ¡Castigo! Nadie se atreve a salir en favor de la tolerancia o el diálogo. Las pesquisas comienzan y ya no habrá descanso. Los procesos, llevados afanosamente, son largos, duran meses, años, décadas... Se acumulan los datos, los documentos, los frutos de las secretas averiguaciones y de los interrogatorios y alegatos. Una cantidad enorme de testimonios son recabados en todas partes.

El emperador Carlos V siente cercana la propia muerte y no quiere irse a rendir cuentas sin solucionar el asunto. Escribe a su hijo Felipe II una carta en la que le apremia de esta manera:

> Y aunque sé, hijo, que siendo este negocio de la calidad que es y lo que importa al servicio de Nuestro Señor y conservación de estos Reinos, mandaréis proveer lo que conviene para el castigo ejemplar de los culpados y remedio de esa desvergüenza..., os lo ruego con el encarecimiento que puedo, que si yo me hallara en disposición de poderlo hacer, no me contentara con solo escribirlo...

Y todavía, por si no fuera suficiente, le añade en posdata autógrafa:

> Hijo: Este negro negocio que acá se ha levantado me tiene tan escandalizado cuanto lo podéis pensar y juzgar. Vos veréis lo que escribo sobre ello a vuestra hermana. Es menester que escribáis y que lo proveáis muy de raíz y con mucho rigor y recio castigo...

Y firma:

De vuestro buen padre, Carlos.

La tormenta de represión, recelos y acusaciones que provoca esta regia orden llega hasta el último rincón de las Españas. Ya nadie podrá estar tranquilo: los que tienen el oficio de inquirir, por no dar escapatoria a ningún sospechoso, y estos, porque se cierne sobre ellos la mayor intimidación, el aliento de los comisarios investigadores en el cogote, su acuciante mirada y la permanente amenaza del oculto delator... Y la ventolera de sospechas alcanzó nada menos que al arzobispo de Toledo, primado de España. Veamos cómo sucedió tal cosa.

Bartolomé de Carranza y Medina había nacido en Miranda de Arga (Navarra) en 1503. A la muerte de su madre, siendo todavía niño, se encargó de educarlo su tío, el doctor Sancho Carranza de Miranda, profesor de la Universidad de Alcalá, donde llevó a su sobrino. Allí comenzó con brillantez sus estudios y le nació la vocación para la vida religiosa, decidiendo pedir el hábito de la Orden de Predicadores. Siendo ya fraile dominico, fue enviado al centro de mayor prestigio de los dominicos españoles, el colegio de San Gregorio de Valladolid; donde, finalizados los estudios de Filosofía y Teología, le confiaron tareas de docencia, llegando a ser regente mayor en el mismo colegio, con poco más de treinta años. Obtuvo el grado de maestro en Teología y su prestigio hizo que fuera llamado a colaborar con la Inquisición. Participó en el Concilio de Trento. Predicador brillante, Carranza tuvo como oyentes asiduos a la familia real, que residía en Valladolid. Su compasión y sus buenas obras eran por todos conocidas. Con ocasión de una muy importante ola de hambre que se extendió por Castilla en 1540, fray Bartolomé empleaba mucho tiempo visitando enfermos y facilitando medicinas y comida a los necesitados. Por humildad y amor a la docencia, renunció a ser obispo de Canarias.

Pero el emperador le designó para acompañar a Felipe II a Inglaterra, cuando este viajó para contraer matrimonio. Allí trabajó con éxito procurando la vuelta al seno de la Iglesia católica de algunos cismáticos ingleses. Y lo mismo haría en Flandes, cuando siguió al príncipe que acudía a requerimiento de su augusto padre, cuando decidió dejar el poder para retirarse a un monasterio hasta el fin de sus días. Estando precisamente en Flandes, falleció el cardenal Silíceo, arzobispo de Toledo, y el rey propuso al Papa que se nombrara a Carranza como sucesor. Y aunque este se resistiera una vez más, por obediencia acabó aceptando la mitra. La sede primada era la más rica de España, la más codiciada, la más envidiada...

Muchas miradas cargadas de suspicacias y malquerencias empezaron a fijarse en el nuevo arzobispo, que unía ahora su fama de teólogo eminentísimo al más alto poder eclesiástico. Comenzaba a fraguarse su ruina; se iniciaban los rumores, las conspiraciones, las ocultas maniobras... Por aquellos mismos días había sido publicado el *Catecismo Cristiano* elaborado por Carranza, y en él se concentraron las sospechas. Ocurriendo también que en Valladolid había predicado recientemente, coincidiendo con los procesos contra los herejes, y había manifestado que, si bien se debía ser firmes contra la herejía, era obligada la caridad y la indulgencia para con los que erraban. Por entonces transcurría el célebre juicio contra el doctor Cazalla y otros acusados, quienes dijeron al tribunal que sus enseñanzas no eran distintas de las impartidas en Valladolid por Carranza cuando era profesor.

Cierto es que había contra el ahora arzobispo antiguas sospechas por alguna libertad de opiniones suyas. Ya en 1530, siendo estudiante, había sido delatado como poco afecto a la potestad del Papa. Y luego se le acusó de inclinarse a las enseñanzas de Erasmo en cuanto al sacramento de la penitencia. Pero ninguna de estas acusaciones había hecho efecto ni perjudicado en nada a Carranza dentro de su orden ni fuera de ella. Pasaron los tiempos; llegó a arzobispo primado, y se conjuraron contra él cuantos tenían los ojos puestos en la silla toledana; entre los que se contaba el arzobispo de Sevilla, don Fernando de Valdés, inquisidor general. Y para mayor infortunio, tenía Carranza dentro de su propia Orden de Predicadores un viejo y temible enemigo, el teólogo Melchor Cano, hombre de extraordinaria sapiencia, pero pertinaz tanto en sus simpatías como en sus odios; el cual se empeñó en mirar con lupa todo lo que el arzobispo escribía y decía, hallando en sus sermones y escritos claros indicios de herejía que comunicó al Santo Oficio.

No hacían falta más excusas. El inquisidor general don Fernando de Valdés comienza a investigar secretamente al arzobispo de Toledo: hechos, palabras, predicaciones, papeles... Y, especialmente, el reciente catecismo. Sin que al sospechoso nadie le diga nada, nadie le advierta, nadie acuda en su defensa...

Pero Carranza, que es inteligente, intuye lo que pasa. Desde Valladolid se encamina a Yuste para visitar al anciano emperador, cuya enfermedad se agrava, y que siempre le distinguió con su amistad. De camino, en las cercanías de Salamanca, se encuentra con su hermano de hábito y secreto adversario Melchor Cano. Carranza se sincera con él, comunicándole con cautela que entrevé lo que el Santo Oficio anda maquinando, y asevera que nada quiso hacer ni escribir jamás en contra de la doctrina de la Iglesia. Melchor Cano calla; no le revela que se encamina precisamente a Valladolid, llamado por el inquisidor general para juzgar teológicamente su catecismo. Ya Valdés tenía solicitado a Roma permiso para procesar a una alta dignidad de la Iglesia española, sin precisar de quién se trataba. Entretanto, Carranza llega a Yuste y atiende al emperador, consolándole y ayudándole en su agonía.

Muerto Carlos V, regresando Carranza a su diócesis de Toledo, y de camino, en una de las paradas, el conde de Oropesa le comunica confidencialmente que sabe de buena fuente que la Inquisición le sigue los pasos. Pero el arzobispo no se arredra; continúa hacia su sede, pasando por Talavera, visitando villas, pueblos, parroquias, sacerdotes, enfermos...; consolando y ayudando a las gentes sencillas, que ven en el prelado a un pastor cercano y bondadoso. Y él, llegado a Toledo, proseguirá esa labor pastoral por la diócesis durante más de seis meses. Hasta que por fin es instado a presentarse en Valladolid para declarar ante el tribunal. Se encamina allá, pero deteniéndose como es su costumbre en los pueblos por los que ha de pasar. Y pernoctando en Torrelaguna, se presentan sorpresivamente en plena oscuridad los oficiales y corchetes de la Inquisición para apresarlo y conducirlo a Valladolid. Era el 23 de agosto del año 1559, a las tres de la madrugada. Al frente de los que irrumpieron en la casa y en el aposento donde dormía el arzobispo, iba alguien que ya conocemos; alguien muy aficionado a las aves de presa: el inquisidor don Rodrigo de Castro Osorio.

El arzobispo Carranza es inmediatamente encerrado, incomunicado y desposeído de sus atribuciones. Todas sus pertenencias, escritos y documentos son intervenidos. En la cárcel de la Inquisición de Valladolid espera el juicio. El mismo Papa tuvo que intervenir, exigiendo el traslado del reo a Roma. Se nombró una comisión de teólogos de Trento para examinar su catecismo, que lo aprobó enteramente. Pero al autor no se le devolvió la libertad.

Siete años permaneció el arzobispo de Toledo en prisión, aguardando la resolución del proceso. ¿Por qué motivo? Acaso porque el rey había cambiado su primera amistad en inquina, malmetido por los envidiosos, dolido por creerse traicionado y defraudado por quien él mismo colocó en la cumbre de la Iglesia española. Quizá también por puro temor a que desde tan alto puesto pudieran sembrarse en España las ideas heréticas, que, en tiempo de su padre el emperador, habían provocado las terribles guerras de religión, ensangrentando Europa, arruinando al Estado y sacrificando a tantos soldados de los fieles Tercios. Quién sabe si por las intrigas y rivalidades en las jerarquías eclesiásticas. O tal vez porque liberarle sin cargos hubiera supuesto reconocer un gravísimo tropiezo de la Inquisición. En todo caso, pareciera que nadie quisiese volverse atrás, después de haberse dado un golpe tan importante; porque desdecirse ahora y reconocer el desliz sería mancilla grande a la honra del Santo Oficio, que tan imprescindible consideraban la corona y la Iglesia. Quizá por todo aquello y además por otros sombríos intereses que ignoramos.

El proceso del arzobispo Carranza fue dilatado, enredado, notorio; por la particularidad del acusado y por las circunstancias en que se desarrolló, las cuales ya hemos referido. Se le juzgó primero en España, entre 1559 y 1567. Pero, hábilmente, el procesado recusó al inquisidor general; pasando a ser acusador del juez que le debía juzgar. Los árbitros aceptaron la recusación y se nombró nuevo juez a Gaspar de Zúñiga. El abogado defensor, Martín de Azpilicueta, y los testimonios de prestigiosas personas entorpecen una sentencia de culpabilidad. Hasta que finalmente el papa Pío V exige el traslado de la causa a Roma. Carranza sale de España el 27 de abril de 1567, pero tampoco allí fue liberado, sino encerrado en la cárcel del Castillo de Sant'Angelo. El propio Papa asiste a muchas sesiones del proceso y suena el rumor de que está determinado a resolver la causa a favor de Carranza, librándole de todos los cargos. Pero la sentencia no acaba de ser dictada y el tiempo pasa, teniendo a la espera y en ascuas a Toledo y a toda España.

## 4. ¿ENTONCES, QUIÉN MANDA EN LA ARCHIDIÓCESIS?

Tornemos ahora pues a lo que estaba sucediendo en las puertas de la catedral de Toledo, aquel atardecer del día 23 de marzo de 1572, cuando acababa de presentarse el gobernador tras interrumpir su jornada de caza. Y recordemos que el deán, al verle llegar, había mascullado de forma poco audible la máxima evangélica: «Donde están los despojos, allí se reunirán los buitres.»

Para comprender esta salida de don Diego de Castilla, hay que saber que entre él y el gobernador hay desavenencias que han llegado a convertirse en verdadera enemistad, en mutua aversión; aunque ambos hagan esfuerzos para disimular tal estado de cosas, seguramente por el bien de la ciudad, por no causar males mayores y para evitar el escándalo; pero también —y eso todo el mundo lo sabe— porque a ninguno de los dos le interesa un conflicto que pudiera perjudicar a sus intereses personales, dada la situación en que desenvuelven cada uno de ellos sus cargos, difícil ya de por sí en ausencia del arzobispo, como ya se ha referido.

A causa de la curiosidad que suscita esta circunstancia,

entre tanto el gobernador y el deán se enfrentan, en los accesos y los alrededores de la catedral hormiguea un gentío curioso. Pero llegados los guardias con sus varas, hacen dispersarse a la muchedumbre, y se van apostando en torno, a cierta distancia de la puerta, para que el encuentro no esté a merced de los ojos y los oídos indiscretos. Sin que pueda evitarse la proximidad de un clero expectante, siempre ávido de novedades y dispuesto a regocijarse una vez más con la posibilidad de ver armada una trifulca. Ya que la escena que tienen delante resulta del todo prometedora en tal sentido. El gobernador Bustos acaba de avanzar, con paso firme, arrogancia en el rostro y brazos balanceantes, como diciendo: «¡Aquí estoy yo!» Su estima propia es tan alta que se sobrepone a su pequeña estatura; orgullosa la panza por delante, arrastrando por detrás el manteo; la barba en punta amenazante y el ceño fruncido. No menos impone la estampa del deán: hombre grande, inmenso, asimismo barrigudo, campanudo; con sus atavíos ampulosos, capa roja, abotonaduras, puntillas...; enorme la cabeza, la barba blanca cubriéndole el mentón y las mejillas coloradas; los ojos brillantes y unas manazas que dan miedo.

Los dos ahora descritos están allí detenidos, mirándose de tal manera que es de temer que se arrojen el uno sobre el otro para agredirse sin mediar palabra. No obstante, se contienen. Avanza dos pasos el gobernador, besa el crucifijo, y alza la cara hacia el deán, que le saca dos cuartas; y este le pregunta ásperamente:

—¿Vuecencia ya está enterado?

—Lo estoy —responde Bustos de Villegas.

—Pues, ¡ea! —dice con desaire don Diego—, es hora de que vaya vuecencia recogiendo sus cosas y haciendo el equipaje...

El gobernador le mira adusto, tuerce el gesto y replica:

—Eso será cuando me lo mande quien puede hacerlo. De momento, nadie me ha comunicado oficialmente el óbito del arzobispo. Bien sabe vuestra caridad que ya en ocasiones precedentes ha corrido por Toledo que había muerto; cuando luego se desmentía. Como también se ha dicho varias veces que había sentencia del Papa, que estaba condenado el reo... Y resultaba que era falso el rumor. Han llegado a decir incluso que había sido absuelto y que venía camino de España...

No le falta razón al decir aquello; puesto que, en efecto, desde que Carranza fue llevado preso a Roma no pasa medio año sin que suene en España algún rumor sobre su suerte. Como tampoco anda descaminado el deán diciéndole al gobernador que haga el equipaje; porque su cargo únicamente tiene sentido mientras el arzobispo esté ausente, mas no muerto, en cuyo caso quedaría vacante la sede y debería nombrarse un sucesor.

En este punto de nuestra historia, no podemos por menos de detenernos una vez más, pues se hace necesario explicar el porqué de aquella inquina y manifiesta rivalidad entre tan eminentes personajes. Digamos en principio que ninguno de los dos se caracterizaba precisamente por ejercitar las virtudes de la prudencia y la templanza; por el contrario, ambos eran hombres de arresto, impulsivos, autoritarios, poco dados a aceptar un consejo y, mucho menos, una corrección. Dos personas así, ocupando cargos importantes tan cerca y obligados a tomar decisiones conjuntas, es lógico que acabasen discutiendo y finalmente combatiendo. Y a esto venían a sumarse las circunstancias particulares de cada uno de ellos. Don Diego de Castilla se consideraba investido de autoridad por derecho de sangre, por su ascendencia; puesto que había heredado el cargo de su padre, el también deán de Toledo don Felipe de Castilla, que a su vez era hijo de don Alonso de Castilla, cuyo padre fue el obispo de Palencia don Pedro de Castilla. La herencia venía pues de lejos y, además, ¡de regia estirpe!, porque el linaje descendía de Juan de Castilla, hijo natural del rey Pedro I, llamado el Cruel. Y nuestro deán —que sabía todo esto— se gloriaba mucho de su sangre. Aunque le molestara el apodo indecoroso que la historia le había asignado a su augusto antepasado; por lo que tenía consagrada parte de su vida a rastrear documentos para demostrar que era injusto y malintencionado lo de «Cruel», e intentar sustituirlo por el más benigno sobrenombre de «el Justiciero». En todo caso, descender de un rey de Castilla le confería a don Diego una suerte de misterioso poder añadido a los de su legítimo cargo; y, a la vez, una unción, un halo casi sacro, aun procediendo su estirpe del pecado; porque ese tipo de pecados, tratándose de reyes, siéntense menores; como se infería del reciente hecho de que el propio emperador hubiera reconocido a su ilegítimo vástago don Juan de Austria. Después del ejemplo, ¿quién se atrevería a agraviar al descendiente natural de cualquier otro rey? Aunque bien es cierto que había algo más en la sangre del deán, algo solapado y menos deslumbrante, que venía ensombreciendo su orgullo de casta: se decía por ahí que una rama de su ascendencia era judía. Y esto le había creado problemas; sobre todo desde que se aprobaran en 1547 los estatutos de limpieza de sangre que impedían a los descendientes de judíos ejercer cualquier oficio eclesiástico. A esta mácula achacaba don Diego el no haber podido llegar a ser obispo; aunque mantuviera el cargo de deán de Toledo, merced a su indiscutible sangre real. Pero consideraba él una sinrazón y una vergüenza que, habiendo estudiado en las universidades de Salamanca y Bolonia, y viniendo de donde venía, no se le dejara escalar más alto. Posiblemente era esta la causa de su carácter impulsivo, sus arrebatos y su permanente estar a la defensiva.

Malhumorado era también por naturaleza el gobernador Bustos; también sentía este su cargo en el aire y por eso se aferraba a su autoridad con uñas y dientes frente a todo el mundo, pero especialmente frente al deán y el cabildo. Porque, a fin de cuentas, solo tenía poder en tanto y cuanto el arzobispo estuviese fuera. Cuando fue hecho preso don Bartolomé de Carranza, se nombró como gobernador de la sede a don Gómez Tello Girón. Ya entonces se opuso el cabildo a tal nombramiento, por no considerar vacante la archidiócesis, pero de nada valió su resistencia. Gobernó Gómez Tello hasta su muerte, que acaeció en 1569. El rey entonces, sin pérdida de tiempo, nombró como gobernador de lo temporal al corregidor don Diego de Zúñiga, dejando en manos del Papa el nombramiento de gobernador para lo espiritual. Este cargo recayó en el licenciado Bustos de Villegas, con poder para controlar las rentas cuantiosísimas de la sede. Y como era de esperar, de nuevo se opusieron el deán y el cabildo, aunque no les sirviera de nada. La discordia estaba sembrada: el deán era ya de por sí enemigo del nuevo gobernador, pero debía estar sometido a él, aunque solo fuera formalmente. Había sido don Diego de Castilla muy fiel a Carranza, como súbdito y como amigo, e intentó en su ausencia por todos los medios que no se estimase vacante la sede y que fuera gobernada por el cabildo que él presidía. No era por lo tanto fácil que aceptase a Bustos. Y este, por su parte, sentíase incómodo en interinidad, rechazado y entorpecido en su labor; aunque con dominio pleno sobre el patrimonio y las inmensas riquezas de la archidiócesis.

Al principio, los enfrentamientos entre el deán y el gobernador fueron abundantes y notorios. Con el tiempo, dado el escándalo que esto producía y el temor de que tuviese que mediar el rey, hubo entre ellos simplemente tensa distancia; apenas cruzaban palabras, solo en casos de necesidad palmaria.

Como ahora, con el rumor de la muerte de Carranza, cuando están frente a frente a las puertas de la catedral. Y toma la palabra don Diego para decir lacónicamente:

—Si ha muerto el arzobispo, habrán de irse preparando las honras fúnebres.

Dice esto sabedor de que le corresponde al gobernador en lo espiritual disponer en tal caso. Y Bustos le responde secamente con una pregunta:

—¿Dónde está la carta o documento fehaciente que acredita la muerte?

—Todavía no ha llegado.

—Pues entonces no hay caso. Cuando llegue, si es que llega, se dispondrá lo que corresponda.

El deán hincha el pecho, aprieta los puños, clava en él los ojos y parece por un momento que va a gritar algo. Pero entonces suelta un resoplido, da media vuelta y desaparece en la oscuridad del templo, como un torbellino purpúreo.

El gobernador se queda allí mirándole, con una sonrisa triunfal de medio lado en sus labios y el ceño fruncido. Se vuelve luego y, seguido de su gente, regresa al palacio donde tiene su residencia. Nadie en torno duda de que, por mucho poderío que tenga don Diego, es Bustos quien de verdad manda en Toledo.

## 5. LOS SEÑORES INQUISIDORES CENAN, HABLAN DE SUS TEMORES Y DAN RIENDA SUELTA A SUS RECUERDOS Y DEMONIOS

Poco después, en el comedor del palacio, se hallan sentados a la mesa, frente a frente, el inquisidor don Rodrigo de Castro y su amigo el gobernador. Apenas han probado bocado en todo el día, con tanto ajetreo, primero en los menesteres de la caza y luego por el viaje y el incidente que se ha referido; así que están hambrientos, y aunque es tarde, no están dispuestos a renunciar a una buena cena para reparar fuerzas. El mayordomo acababa de meter prisa a los criados y hay un estruendo de platos, vasos, tenedores y cuchillos. Esto aumenta el mal humor de don Sancho Bustos, ya de por sí encrespado a causa del apetito y de haber tenido que interrumpir una jornada que se prometía jubilosa.

—¡Por Dios bendito! —grita con voz de trueno—. ¡Silencio!

El mayordomo se pone aún más nervioso y empieza a dar palmadas, apremiando a la servidumbre:

—¡Vamos, vamos, vamos...! ¡Más deprisa! ¡Las cebollas asadas, los berros, las truchas...!

—¡He dicho silencio! —insiste furioso el gobernador—. ¿No me has oído, majadero?

Una de las criadas se asusta y se le escapa de las manos una sopera, que se estrella contra el suelo, saltando por los aires pedazos de loza y caldo hirviendo.

El gobernador se pone en pie, arrebatado, colérico, y empieza a dar voces que retumban en las bóvedas:

—¡Fuera! ¡Fuera todo el mundo! ¡Dejadnos solos! ¡Fuera! ¿Es que estáis todos en contra mía? ¿Es que no voy a poder tener hoy ni un minuto de tranquilidad? ¡Fuera! ¡Ya me serviré yo!

Los criados salen del comedor despavoridos. Conocen bien a su amo; ya saben de su ira desatada. Y uno de ellos, un paje de unos catorce años, larguirucho y delgado, resbala en la sopa y cae de espaldas, con ruido de huesos golpeados contra el suelo. Se levanta aprisa y vuelve a resbalar, cayendo de nuevo, ahora de bruces. Al final acaba escapando a gatas, deslizándose y dejando tras de sí un reguero de pringue. Cuando el mayordomo cierra la puerta por fuera, se quedan solos y en silencio el inquisidor Castro y el gobernador Bustos. Este último se sienta, da un puñetazo en la mesa y masculla entre dientes:

—Hay días en que pareciera que andan sueltos los demonios...

Su amigo le observa con gesto entre compadecido y atónito, mueve la cabeza y le dice con tranquilidad:

—Calma, Sancho, por Dios, calma... ¿Qué ganas poniéndote de esa manera? Un día de estos te va a dar algo...

Don Sancho Bustos le mira, resopla y responde:

—Es que no se puede tener tranquilidad... ¡Cómo la voy a tener sabiendo que ese deán judío, hijo y nieto de judíos, está ahora conspirando contra mí con todo el cabildo!

—Bueno, bueno —repone el inquisidor Castro—, no hagas suposiciones. No tienen por qué conspirar. Si Carranza está muerto, corresponde al rey proponer al nuevo arzobispo de Toledo... El deán y los canónigos ni pinchan ni cortan en eso...

—¡Pero yo tendré que dejar el gobierno de la sede! ¿Te parece poca conspiración la que se les viene a la mano? Ahora empezarán a juntarse para revisar cuentas, fiscalizar gastos y ver la manera de ensuciar mi nombre inventándose esto y aquello... ¡Tú no conoces al deán! A ese judío, nieto de judíos, le gustan los números y las libretas de los contables como a todos los de su sangre... Lástima que esa sangre esté mezclada con la del rey Pedro el Cruel; que de no ser así, iba a saber ese judío, nieto de judíos, lo que es el Santo Oficio... Deán de Toledo, ¡judío disfrazado! Y encima con ínfulas y orgullo de su estirpe... ¡Ese bastardo!

—Bien, dejémoslo ya —le dice don Rodrigo—. Comamos para tranquilizarnos. Lo que tenga que ser ya será...

El gobernador da un último puñetazo en la mesa, haciendo bailar los platos, y contesta:

—¡Comamos y bebamos al menos! Que ya me han amargado el día...

Delante hay una bandeja con truchas fritas, de apetitoso aspecto; don Sancho le sirve una grande y crujiente a don Rodrigo. Luego se pone él otra y, mientras lo hace, dice con circunspección:

—A ver a quién nombran arzobispo...

## 6.  EL ARZOBISPO ESTÁ
### EN LAS CÁRCELES DE ROMA,
### PERO SU SOMBRA SIGUE EN TOLEDO

Callan y empiezan a comer pensativos. No hace falta añadir nada más. Bien saben ambos que la elección es difícil, pues la sede de Toledo es la más apetecible del reino, la más eminente, la más rica... Ni siquiera se les pasa por la cabeza la idea de que pueda ser alguno de ellos el afortunado; todavía no tiene edad ni méritos suficientes para un destino tan alto ninguno de los dos. Pero no desatienden el empeño ni la aspiración de llegar a alcanzarlo algún día. De hecho, están en el camino oportuno: tanto el uno como el otro sirven en las más elevadas instancias de la Santa Inquisición; consejeros son de la Suprema y cuentan en su haber con importantes servicios prestados al Santo Oficio; lo cual son cualidades bastantes para esperar mayores dignidades.

Don Sancho Bustos ha probado ya el poder, aunque sea de manera interina: gobernar la sede arzobispal de Toledo le ha reportado pingües beneficios económicos y le ha permitido administrar vastos territorios, ciudades, villas, pueblos y heredades. Ya conoce lo que es mandar de verdad y teme que llegue el día en que tenga que dejar todo aquello. Por eso no quiere que ninguna mancha en su expediente pueda entorpecer ulteriores ascensos. ¿Quién sabe si el rey está tal vez pensando en él? ¿Es acaso descabellado suponer que, tras un cargo como este, le espere otro importante destino? De ahí su odio a don Diego de Castilla; porque es leal a Carranza y le considera a él impuesto a la fuerza. El deán es su mayor enemigo, el único que pudiera hacer alguna maniobra oculta, extender algún rumor o descubrirle los errores ante los secretarios del rey. Todo el mundo en Toledo y en España sabe que el cabildo toledano permanece unido y esperanzado, confiando que el Papa acabe por absolver al arzobispo y que pronto sea puesto en libertad y devuelto a su sede. Esperan el fin favorable de la causa y así lo manifiestan: constantemente escribe el cabildo a Roma, manifestando el dolor de Toledo por verse privado de su pastor; la tristeza grande que este hecho provoca en las gentes sencillas, en la nobleza y el clero; y lamentando que los viejos fulgores de la regia ciudad se vean apagados. Se invoca en estas cartas la estela de virtud de los prelados toledanos, los ejemplos de los antiguos pastores, la autoridad de los concilios de antaño, el esplendor del culto... Y con ello parece venir a concluirse que ahora todo es muy distinto: que nada de aquello queda en ausencia del arzobispo Carranza y que, por lo tanto, quienes gobiernan interinamente la sede ninguna virtud reconocible poseen. Todo es pues aflicción en Toledo... Y al enumerar las desventuras sobrevenidas, echan tristemente de menos los buenos ejemplos del pastor encarcelado: su empeño en la educación de jóvenes, el socorro de pobres, la ayuda a estudiantes, la dotación de doncellas, el auxilio de huérfanos, la liberación de cautivos, el pago de deudas de presos, etc. Y lo elogian además por su predicación pública habitual, por sus amonestaciones privadas, por sus anhelos de integridad moral y por su empeño en reformar al clero. Todo eso se había visto bruscamente cortado con la ausencia del pastor.

Como es de comprender, estas cartas exasperaban al gobernador Bustos; sentía que estaban escritas en su contra, que le acusaban indirectamente y enturbiaban su mandato, convirtiéndolo en algo meramente impuesto, inauténtico, apócrifo... Si no hubiera tenido conocimiento de estos alegatos, no se habría preocupado tanto. Pero resultaba que los largos pliegos eran leídos en público cada domingo, en la catedral, antes de ser enviados a Roma. Eran pues declaraciones que contaban con el asentimiento del clero y el pueblo. Como si fuera Toledo entera quien añorase a su arzobispo, echándole en cara su desaparición al gobernador puesto en su lugar. Y esto encendía en don Sancho Bustos la atrición y el desasosiego.

No obstante, quien debiera tener auténticos motivos para sentir remordimientos a causa de la prisión de Carranza era alguien que ahora, con esmero y elegancia, se estaba comiendo una exquisita trucha frita frente al gobernador; es decir, don Rodrigo de Castro. Aunque su rostro sereno, sus ademanes delicados y su permanente templanza no traslucieran un ápice de arrepentimiento, si es que lo sentía.

Llegados a este extremo, conviene pues que el lector sepa por qué debiera en su caso tener esos remordimientos el inquisidor; y, para informarlo al respecto, debemos retroceder algunos años, y volver a los días previos al apresamiento del arzobispo, es decir, a 1559, y más en concreto al verano de dicho año.

En Roma se habían recibido ya antes alarmantes noticias procedentes de España, en las que se alertaba de que retoñaban y se difundían ocultamente en el reino la herejía luterana, e incluso se hacía sospechosos de ella a algunos prelados de la Iglesia. Para remedio del mal, el Romano Pontífice otorgó al inquisidor general Valdés amplias facultades por término de dos años para investigar y procesar a toda clase de obispos, arzobispos, patriarcas y primados; y, si hubiese indicios suficientes como para que se temiese verosímilmente que los inculpados pudieran huir del reino, se mandaba que fueran arrestados y custodiados en lugar seguro. Obraba pues en poder de la Suprema Inquisición un documento emanado de la más alta autoridad de la Iglesia, con fecha del 7 de enero, por el cual se autorizaba a iniciar causa en el Santo Oficio contra un alto jerarca de la Iglesia de España, sin especificar de quién se trataba. Y el 15 de julio de aquel año, ya tenía plenamente decidido el inquisidor general don Fernando de Valdés arrestar a Carranza, habiendo presentado el escrito en el que exigía que, dada la abundante probanza del delito de herejía que obraba en manos del Santo Oficio, se ordenaba que se le hiciera preso sin dilación, con el secuestro de todos sus bienes y papeles. Y para llevar a efecto el mandato, se extendieron todos los nombramientos y poderes a favor de las personas que debían ejecutarlo; lo cual no había supuesto una elección fácil, dada la delicada tarea de que se trataba. Era pues necesario contar al frente de la operación con un inquisidor de probada eficacia y que, al mismo tiempo, fuera un hombre decidido, pero templado y firme. El Santo Oficio contaba con un miembro que reunía en sí mismo todas esas cualidades: don Rodrigo de Castro Osorio; a la sazón, inquisidor del tribunal de Toledo. Y en él recayó tan enorme cometido, aceptándolo sin dudarlo un momento, seguramente convencido de que era la encomienda más difícil que pudiera corresponderle a un inquisidor; pero también que le obtendría incalculables beneficios.

El día primero de agosto se reunió el pleno de la Suprema y General Inquisición y aprobó la petición del fiscal. Acto seguido, decretaba Valdés el arresto. Y para la ejecución de este mandato, hizo que la gobernadora doña Juana llamase al arzobispo a Valladolid, bajo pretexto de que antes de la llegada del rey Felipe II de Flandes debía tratar con él «negocios muy importantes». En su carta la princesa le decía:

Rmo. Arzobispo: Ya habréis sabido la buena de que Su Majestad regresa a estos Reinos; ayer recibí carta suya en que dice que sin falta se embarcará el día 7 del presente; y según esto, espero en Nuestro Señor que estará en España en todo este mes de agosto. Convendría pues al servicio de Dios y suyo, antes de su venida, que os halléis en Valladolid... Y porque querría saber cuándo pensáis estar aquí, para que os deis prisa y me aviséis dello, envío a don Rodrigo de Castro, llevador de esta, que no va a otra cosa.

De Valladolid, a 3 de agosto. LA PRINCESA.

Dio comienzo con esta subrepticia citación una operación secreta, planeada y dirigida por el frío y calculador inquisidor Castro. El cual, sin dilación, dispuso que, cuatro días antes, el alguacil mayor del Consejo de la Inquisición estuviera encubierto en la villa de Torrelaguna, donde forzosamente debía pernoctar el arzobispo, y que el inquisidor don Diego Ramírez esperara noticias en Alcalá. Mientras tanto, Castro se desplazó aprisa a Talamanca, para estar atento y próximo. Todos los preparativos estaban concluidos: se compró un haz de varas de justicia y se reclutó gente por los pueblos. El día señalado, inquisidores y alguaciles esperaron a que cayera la noche ocultos en las arboledas que lindan con las lagunas de Malacuera. Todos sabían que la acción era arriesgada, que tenía su peligro, porque mucha gente podía ponerse a favor de Carranza, que era muy querido por las autoridades locales y por el pueblo en general. Por tal motivo, los inquisidores se preocuparon con anterioridad de encarcelar al gobernador de las tres villas, casado con una prima hermana del arzobispo, y a los demás alcaldes y alguaciles del lugar.

Unas horas antes, todavía de día, don Rodrigo de Castro cenó con el arzobispo en la casa donde este pernoctaba. Pero nada le reveló de lo que se le avecinaba. Hablaron de otras cosas: la Inquisición no se tocó siquiera en la conversación; aunque Carranza intuía desde hacía tiempo que algo se estaba tramando. La cena fue breve. Castro estuvo como es norma en su persona: correcto, discreto, reservado... Y se retiró pronto so pretexto de una ligera indisposición.

Poco después, Torrelaguna estaba en silencio. Entonces don Diego Ramírez entró con su gente en la ciudad que dormía y se reunió en la plaza con el resto de la partida. Todos se encaminaron hacia la casa donde reposaba el arzobispo. Hallaron abiertas las puertas; nadie les salió al paso y pudieron entrar sin impedimento hasta los patios. Preventivamente, los alguaciles rodearon las huertas y los muros, y pusieron guardas a las entradas, escaleras y estancias, con orden de no dejar entrar ni salir a nadie. En el aposento del arzobispo se presentaron don Rodrigo de Castro, don Diego Ramírez y el alguacil Cebrián de Ibarra. Seis hombres más iban con ellos. El arzobispo, seguramente sabedor de que venían a prenderle, dormía con todas las puertas abiertas. El lego fray Antonio Sánchez, ayudante personal de Carranza, les salió al paso a los inquisidores, asustado:

—¡¿Quién va?!

—¡El Santo Oficio! —contestó don Diego Ramírez, con una voz quebrada, acobardada.

Entonces don Rodrigo de Castro, llevando un farol en la mano, se adelantó irrumpiendo en la habitación y caminando decidido hacia la cama donde estaba echado el arzobispo; se arrodilló al pie y, con aire contrito, dijo:

—Vuestra excelencia reverendísima me dé la mano y me perdone... Porque vengo a hacer una cosa que en mi rostro verá que la hago contra mi voluntad.

Detrás entró el alguacil mayor y añadió:

—Señor ilustrísimo, yo soy mandado; sea preso vuestra excelencia reverendísima por el Santo Oficio.

Carranza estaba acostado, con el codo apoyado y la cara reposando en una mano. Se incorporó y respondió con voz ahogada, aunque sin mostrar alteración en el semblante:

—¿Y vos tenéis mandamiento bastante para eso?

A esto, el alguacil contestó desenrollando y leyendo en voz alta la orden de prisión firmada por Valdés y los del Consejo de la Suprema.

—¿Y esos señores no saben —replicó el arzobispo— que no pueden ser mis jueces, estando un servidor por mi dignidad y consagración sujeto inmediatamente al Papa, y no a ningún otro?

Entonces el inquisidor Ramírez intervino, diciendo:

—Para eso se dará a vuestra excelencia reverendísima entera satisfacción. —Y, sacando el Breve del papa Paulo IV, se adelantó para mostrárselo.

Carranza se sentó sobre la cama. Su estampa era penosa: despeinado, risible, en camisón arrugado; representando muy poca cosa su cuerpo sin los atavíos propios de su dignidad... Tomó en sus manos el documento, examinó los sellos, y lo estuvo leyendo detenidamente, con circunspección, a la luz de la lámpara que le acercó Castro. Luego alzó la cabeza, con una mirada triste, aunque tranquila, y dijo:

—Señor don Diego, quedemos solos vuestra merced y don Rodrigo.

Salieron los demás, y solos estuvieron por espacio de una hora, sin que se permitiera entrar a nadie en la antecámara. Durante ese tiempo, el arzobispo habló con serenidad y, a ratos, con amargura. Afeó la manera en que había sido citado en Valladolid, con el engaño de que era por motivo de algún asunto importante a cuenta de la próxima llegada del rey.

—¿Acaso los señores inquisidores no quieren que me encuentre en persona con su majestad? —se quejó—. ¿Qué teme la Suprema? ¿Que escape? ¿Que haga violencia? ¿Que tome las armas? ¿Yo? ¿Soy yo hombre de armas?... Fuera de esto, Dios Nuestro Señor me confunda en los infiernos ahora mismo si en mi vida he sido tentado de caer en error alguno, cuyo conocimiento pueda tocar ni pertenecer al Santo Oficio; antes bien sabe su majestad que ha sido servido de tomarme por instrumento, para que con mi trabajo e industria se hayan convertido cientos de herejes...

Y también les dijo que tenía con él más de cincuenta criados, que estaba en su tierra y entre sus vasallos; y que podía resistirse pues, pero que no lo haría por el acatamiento que siempre había tenido al Santo Oficio, y por excusar escándalos, muertes y daños.

Los inquisidores nada contestaron. Estaban incómodos, acuciosos, atormentados, por lo embarazoso de aquel trabajo que deseaban terminar cuanto antes.

Entonces se oyó un revuelo fuera, voces alteradas, refunfuños, el fragor de un forcejeo... Intentaban entrar el licenciado Saavedra y otros criados del arzobispo.

Don Rodrigo salió a detenerlos y se le oyó gritar recio:

—¡Teneos en nombre del Santo Oficio! Si alguien da un paso más será también detenido y acusado, so pena de pagar diez mil ducados por desobediencia al Santo Oficio.

De la calle llegaban las voces airadas, las protestas, los alaridos y los gemidos de la gente de Carranza, a los que se ordenó salir inmediatamente de Torrelaguna con serias amenazas de denuncias y grandes castigos.

Todo lo demás se hizo con celeridad y determinación. Ramírez procedió al secuestro y embargo de los bienes del acusado; recogió una escribanía y un cofrecillo con cartas y papeles e hizo inventario de todo. Después se despidió a la servidumbre, mandándoles que de ninguna suerte fuesen a Valladolid. Solo se permitió permanecer al despensero, el cocinero y los mozos de mulas. Y como la villa de Torrelaguna era propiedad del arzobispado de Toledo, se temía algún movimiento de resistencia; por lo que se pregonó que nadie saliese de su casa, ni se asomase a las ventanas.

A las doce en punto de la noche salió la comitiva que llevaba preso a Carranza, que iba montado en una mula, flanqueado por Castro y Ramírez a caballo; escoltados por cuarenta jinetes, veinte de ellos familiares del Santo Tribunal. Una vez más se obraba al amparo de la oscuridad. Y así llegaron a Valladolid, donde se encerró al detenido en las cárceles nuevas del Santo Oficio.

## 7. AL INQUISIDOR CASTRO SE LE AVECINA UN ARDUO TRABAJO EN EL SANTO OFICIO

No sabemos si pasarían por la mente de don Rodrigo estos recuerdos, mientras se terminaba la trucha, limpiando delicadamente, con precisión de cirujano, las espinas con sus dedos largos y finos, retirando pedacitos de carne blanca que se llevaba a la boca. Frente a él, comía más toscamente el gobernador, empleando sus manos bastas y delatando su ansiedad a mordiscos; iba ya por el tercer pescado, cuando su amigo solo había dado cuenta de uno. La piel crujiente de las truchas fritas, rebozadas con harina, crujía entre los dientes de don Sancho, e hilillos de aceite brillante resbalaban por su barba canosa. De vez en cuando, dejaba la tarea un momento y se llevaba el vaso de vino a los labios; lo apuraba y volvía a llenarlo. Cada vez que hacía esto, intentaba escanciar un poco en el vaso de don Rodrigo; pero este, con finura, ponía su mano tapando el borde y rehusaba diciendo:

—No, ya sabes que no bebo vino en Cuaresma.

Esa penitencia se imponía el inquisidor y la llevaba a

rajatabla; como la de no comer perdices ni siquiera en domingo, por ser lo que más le gustaba en el mundo, y sintiéndose por ello muy cumplido con el sano deber de abstenerse de placeres durante ese tiempo dedicado a la oración y el sacrificio.

El gobernador, en cambio, de pocas cosas se priva. Y no tiene reparos en decirle a su amigo:

—¡Pues tú te lo pierdes! No hay precepto alguno que prohíba el vino en Cuaresma.

Y después de proferir tal sentencia, suelta la raspa de la última trucha en el plato y echa mano al vaso para dejarlo vacío.

Don Rodrigo le mira de reojo y sonríe con benevolencia. Pero no está dispuesto a romper su férrea disciplina. Por eso, no desea hablar de vinos, ni de comidas, ni de cosas mundanas... Hay asuntos de mayor calado rondándole en la cabeza: está preocupado, aunque nada en su semblante denote la mínima inquietud. Y su preocupación no tiene que ver con la muerte del arzobispo, ni con la sentencia del Papa, ya fuera condenatoria o absolutoria; por más que hubiera sido él quien tomó parte directa en los inicios de la causa, arrestándolo en Torrelaguna. Eso para el inquisidor ya es agua pasada; un deber cumplido nada más. La suerte de Carranza dejó de estar en sus manos una vez que lo hubo llevado a prisión y puesto bajo la Suprema. A don Rodrigo de Castro lo que le quita el sueño es su propia vida, su porvenir, sus asuntos privados... Presiente que se avecinan para él nuevas y mayores responsabilidades en el Santo Oficio y teme que le exijan más dedicación. Y no es que se arredre por el trabajo; es un hombre laborioso, abnegado y cumplidor de sus obligaciones. He ahí precisamente el problema: quiere ser fiel y eso le supone tener que abandonar otras cosas, otros negocios que le proporcionan impagables satisfacciones y deleites. Porque, hasta el momento presente, ha podido compaginar su dedicación de la Santa Inquisición con sus ocupaciones preferidas, cuales son los viajes, el arte, la cetrería, los caballos, los libros...; entretenimientos que le habían ido engolfando hasta las cejas, porque había tenido tiempo suficiente para ellos a pesar de ser inquisidor. Pero ahora ve que todo eso se acaba, porque presiente que su vida va a cambiar. Y tiene fundadas razones para hacer caso a sus presentimientos; puesto que, últimamente, ha ido recibiendo ciertos avisos, algunos indicios que le hacen sospechar que el inquisidor general tiene puestos en él los ojos para encomendarle una importante y delicada misión. No sabe todavía de qué se trata; mas ha de ser algo embarazoso, algún lío grande; en fin, un asunto de mucho trabajo; según le ha soplado alguien próximo a la alta jerarquía de la Suprema y General Inquisición.

También está preocupado el gobernador; pero en su caso sabemos bien por qué: si Carranza ha muerto no tardará en ser nombrado un nuevo arzobispo y no le quedará más remedio que hacer las maletas y dejar Toledo, teniendo que soportar que se alegren por ello el deán y el cabildo. Solo en pensar en esta posibilidad le enerva. Por eso él sí que prefiere hablar de divertimientos, para escapar del agobio de lo que parece ser su porvenir inminente. Así que, mientras aplaca su mal humor saboreando unas dulces natillas, le dice al inquisidor Castro:

—El próximo sábado iré a soltar el gerifalte por los llanos de Torrijos. Me han dicho que ya se están viendo avutardas... ¿Vendrás conmigo?

Don Rodrigo se lo queda mirando con asombro y contesta:

—¡Qué ocurrencia! Hay media jornada de camino hasta Torrijos. Habría que salir el viernes para estar de madrugada en los llanos con los halcones. Estamos en Cuaresma y nadie vería bien que en viernes de Cuaresma fuéramos a cazar; máxime con el arzobispo recién muerto. No me parece oportuno que demos pie a murmuraciones en estas circunstancias...

Don Sancho deja las natillas, se limpia la barba con la servilleta, lanza un gran suspiro y dice con amargura:

—Está visto que uno no puede darse un respiro... Me he pasado todo el año mimando ese halcón a la espera de las avutardas, y ahora que están por fin aquí, en Cuaresma, se muere Carranza y se fastidia el invento... ¡Me cago en...!

—Ten paciencia, hombre. En Pascua podrás ir cuando te plazca.

—¿En Pascua? ¡Falta mucho para la Pascua! —Y dicho esto, el gobernador se deja caer apoyando la espalda en el respaldo del sillón, mientras lanza un ¡Ah! sonoro, como indicando que ya ha encontrado una solución al problema de las murmuraciones. Y luego añade—: ¡Ya sé lo que haré! Diré que me reclama un asunto importante en Torrijos; que los señores de Maqueda necesitan mi presencia para algún menester; por ejemplo para... en fin, ya se me ocurrirá algo...

—¿Los señores de Maqueda...? —replica Castro, riendo—. Les faltará tiempo para decirle a todo el mundo que el gobernador de Toledo ha estado cazando en los llanos de su propiedad. ¿Es que acaso no los conoces? Con tal de darse ellos importancia no dudarán en dejarte mal a ti. Mejor será que no inventes nada y que te quedes en Toledo mientras pasa la Cuaresma, los funerales de Carranza y la Semana Santa. Luego, Dios dirá... No están las cosas como para propiciar rumores... Hazme caso en esto que te digo, amigo, como si te hablara tu propio hermano: lo mejor ahora es no hacer movimientos, no destacar ni dar que hablar. Pronto el rey tendrá que buscar a quien nombrar arzobispo de Toledo, si es que no está pensado y repensado ya el nombre. Cuando se ocupa la sede primada, bailan muchas cátedras y muchas mitras...

—¿Qué quieres decir con eso? No comprendo...

—Digo lo que digo y nada más. Tú hazme caso y estate quietecito mientras pasa esta tormenta. No es prudente dejarse ver demasiado por ahora, y menos cazando avutardas...

El gobernador se lo queda mirando, pensativo. Se sirve vino y lo apura, como para ayudarse a asimilar cuanto su amigo le dice. Y aun sabiendo que este rechazará la invitación, intenta una vez más llenarle el vaso. Pero nuevamente declina la invitación Castro, al tiempo que añade con circunspección y brillo en los ojos grises:

—Los tiempos están recios... Dicen que el rey está desconfiado, que se siente defraudado, inquieto, triste... Las traiciones, las falsedades, la poca lealtad que hay le traen maltrecha el alma... Y luego... ¡tanta herejía!

Don Sancho Bustos da un puñetazo en la mesa y saltan platos, cubiertos y vasos.

—¡Malditos herejes! —grita—. ¡El diablo los lleve a todos!

Castro menea la cabeza y repone con frialdad:

—El diablo no los llevará. Al diablo le interesa que sigan aquí...

—¡Pues algo habrá que hacer! Si no los lleva el diablo, habrá quien los eche al fuego. ¡Para eso estamos nosotros!

—Sí, para eso; ese es nuestro oficio, nuestra santa obligación en este mundo... Eh ahí la sagrada tarea de los inquisidores... Mas no se da abasto: se encierra, se juzga, se condena...; se quita de en medio sin parar a herejes hoy; y mañana aparecen otros... ¡Como si los criara la tierra! ¡Como hierba mala y rastrera en el buen campo de labor! Cada día la tarea es mayor, más extendida y compleja. Valladolid, Toro, Salamanca, Sevilla... En todas partes germinan las malas simientes esparcidas por luteranos, erasmistas y alumbrados... No se nos da respiro... El trabajo es mucho y los obreros somos pocos para la siega...

—Pues que hagan más inquisidores...

—Sí, pero resulta que no los hacen... Somos los que somos y nadie más por el momento. Ese es precisamente el problema: como el rey no se fía de nadie, cada vez es más difícil hallar hombres de fe probados y que cuenten con su beneplácito para el Santo Oficio.

Llegado a este punto de la conversación, el inquisidor Castro decide sincerarse. Necesita desahogarse expresando su preocupación. Así que le dice a su amigo el gobernador:

—El inquisidor general me ha citado. Temo que quiera encomendarme algo...

—¿Algo? ¿Qué algo?

—Algo harto complicado.

—¿Qué?

—Para ser sincero, te diré que no lo sé con certeza. Pero alguien me ha apuntado secretamente que tiene que ver con los alumbrados.

—¡Ah, los alumbrados! —exclama don Sancho, poniendo cara de agobio—. ¡Menuda la que te va a caer encima! Al menos a los herejes luteranos se les conoce bien, se les ve venir, se les descubre por sus dichos y hechos... Pero los alumbrados... ¡Esa gente loca y endemoniada es otro cantar!

—Por eso mismo estoy tan preocupado —dice Castro

cariacontecido—. Me temo que el rey le haya encomendado al inquisidor general hacer algo. Al parecer, hay muchas denuncias y la cosa tiene miga. Supongo que se pretende instaurar en la Santa Inquisición algún órgano; un tribunal especial o algo así, y han pensado en mí...

—Pues ve atándote los machos, que ahí debe de haber buena tarea. Te veo recorriendo España a la caza de alumbrados. Se te acabó la cetrería, se te acabaron los viajes a Galicia y a Italia; las pinturas, las esculturas...

—Sí, eso me temo... Y tendré que obedecer a lo que se me mande. Eso es lo que toca; no cabe otra cosa...

—¡Pues estamos listos! —dice el gobernador—. Y todo por no nombrar más gente para hacer frente a tanta herejía como hay. Ya no es como antes, que salía un hereje de ciento en viento... En estos malos tiempos debería proveerse un verdadero ejército de inquisidores. ¡Esto es una auténtica guerra! ¡Ah! Si yo mandase, encontraría la manera de hacer marchar las cosas como Dios manda...

—Eso nunca se hará —repone don Rodrigo—. Roma no permitirá que se haga nada diferente a lo que ya hay.

—¡Ah, Roma! Roma no hace sino poner trabas a la Inquisición española; entorpecer la sagrada misión de nuestro rey y mirar con recelo sus decisiones. Ahí tenemos como ejemplo lo de Carranza, ¡ese hereje! Solo faltaba que después de muerto lo absolvieran de todos los cargos y lo enterraran con honores, pompa y boato... ¡Como a un santo! ¿En qué estará pensando el Papa?

—¡Más alto que el Papa está Dios! —dice Castro, señalando el cielo con su dedo largo y fino.

—Sí, pero nos toca obedecer y acatar —observa don Sancho—. Ya sabemos: aunque a veces duda, la Iglesia es santa y romana.

Se hace un silencio meditativo, en el que estas últimas palabras parecen resonar como un recordatorio enteramente asumido. Don Rodrigo se pone en pie, bosteza y dice:

—¡Ea!, es tarde ya. Mañana he de madrugar para ir a Madrid a ver qué dispone el inquisidor general y habré de tener la cabeza despejada.

El gobernador también se levanta, pone la mano en el hombro de su amigo y agacha la cabeza, quedándose algún tiempo como absorto en un pensamiento. Luego lanza un sonoro suspiro y alza el rostro diciendo:

—Te haré caso, Rodrigo. No iré a cazar avutardas a los llanos de Torrijos. Y tú ahora acepta como contrapartida un consejo mío.

—Tú dirás —contesta el otro.

—Escucha, amigo mío: es posible que te echen encima toda esa pesadez de los alumbrados, como es de temer. Yo que tú, si sucede tal cosa, me buscaría a alguien de toda confianza: un subalterno joven, bien preparado, leal, trabajador y con decisión; alguien a quien pasarle el trabajo. Que investigue él, que se queme las pestañas entre papeles, que indague, que examine... Tú luego lo revisas todo y lo firmas. ¿Comprendes?

—¡Anda! —replica Castro—. ¡Cómo me dices eso! ¿Y dónde busco yo a ese subalterno?

—Lo encontrarás —le responde muy seguro el otro—. Hay por ahí frailes de sobra dispuestos a todo con tal de ser útiles y llegar a ocupar un buen puesto en el Santo Oficio. Búscalo, da con él y ponlo a prueba. Ya verás como te alegrarás siguiendo mi consejo.

—No sé... Esperaré a ver qué me dice el inquisidor general y luego decidiré en consecuencia... Pero yo me conozco: al final acabaré cargando con el muerto...

—¡Valiente cabezota estás hecho, amigo mío! —le dice don Sancho, dándole una fuerte palmada en el hombro que le sirve de despedida.

—¡Buenas noches, amigo! Me caigo de sueño...

—Ve con Dios y que te sea leve...

# LIBRO II

*Donde se sabrá a qué se dedica don Rodrigo de Castro en el Tribunal de la Suprema y General Inquisición; y se conocerán los métodos propios del secreto del Santo Oficio y otros menesteres de los inquisidores en sus pesquisas; muy sustanciosos y de mucho interés para la comprensión de lo que vendrá más adelante.*

# 1. Fray Tomás Vázquez

En los primeros días de la Pascua de 1572, como una hora antes de ponerse el sol, tres frailes de Santo Domingo viajan a pie por la vieja calzada que une Ávila y Madrid. Es su tercer día de camino. En las primeras etapas, la marcha se ha hecho larga, áspera, por lo agreste de los territorios que atravesaron, salvajes, sin una higuera, ni una vid, ni otras señales de cultivo humano; solo bosques y más bosques, anda que te anda, por la pedregosa cañada que discurría entre montañas, subiendo y bajando, flanqueada por arbustos cada vez más altos, de espinos, de chaparros, de madroños. En esta tercera jornada, hallan a su paso escasas y míseras aldeas, chozos de pastores apiñados y, de tarde en tarde, un rebaño de cabras, unas vacas en hilera o se cruzan con algún transeúnte solitario, ávido como ellos de compañía, de conversación, de nuevas. Se detienen entonces e intercambian la información que cada uno trae del camino: la fuente más cercana, la última venta, los repechos que se le avecinan... Y luego: «¡Con Dios! ¡Buen viaje! ¡Dios os bendiga! ¡Santa María os guarde!...» A ratos, los frailes hablan de sus cosas, rezan el rosario, canturrean, entonan la salmodia...; a ratos, callan y avanzan en silencio, acompañados por el ruido de sus pasos y el golpeteo de los bordones. El mes de abril está avanzado; la primavera satura todo de ostentoso verdor, matizado con tempranas flores. El día ha sido caluroso, pero la caída de la noche se promete fresca y hermosa; con una brisa que desciende de las alturas de las serranías y sopla severa sobre sus frentes y mejillas, enfriando el sudor. Los tres frailes son jóvenes, y apresuran de vez en cuando el paso, con más impaciencia que ganas, para que no les coja la oscuridad; pues ven ya ponerse el sol por encima de las copas de los árboles, levemente agitadas, y las sombras tremolar sobre el sendero anunciando el inminente ocaso. A la sazón, el caminar se va haciendo más ansioso, más agitado. Parece ser que las previsiones hechas no se ajustan a la realidad del trayecto: de nuevo, no ven sino montes y más boscajes; espesura, helechos, brezales; no hay campos cultivados ni indicios de vida humana. Van por donde les lleva el sendero; y no parece que les conduzca a lugar civilizado. Así que uno de ellos se detiene, resopla, recobra el resuello y lanza a los cielos una impetración:

—¡Bendito seas, Señor! ¡Adónde ha ido a poner el rey nuestro señor la Corte!

Los otros también se paran, le miran, se ríen, y le apremian:

—¡Vamos, que se hará de noche! Ya no debe de faltar mucho...

—¡Andando!

Reanudan la marcha y pronto el camino empieza a ser más llano. Si a esas horas se hubieran tropezado con alguien, habrían preguntado y sabrían que les quedaba poco trecho; pero no se ve un alma. Van pues poniéndose en lo peor: pensando que quizá tendrán que hacer noche a la intemperie, a la vera del camino, o que no llegarán con tiempo antes de que se cierren las puertas de Madrid; porque les han dicho que a las diez en punto los guardias echan todos los cerrojos, bajan los rastrillos y dejan caer las aldabas; y que, después de esa hora, no se permite entrar a nadie intramuros, ya sea el mismísimo duque de Alba. También les han puesto sobre aviso de que no es prudente andar a oscuras por los arrabales, porque hay gente de mal vivir y se pueden llevar un susto. Aunque más peligroso todavía será estarse de noche por aquellos bosques, donde al parecer pululan osos y lobos. Les habían dicho tantas cosas... Porque ya sabemos cómo es la gente: dada a las habladurías, propensa a las exageraciones, inventora de mitos, de leyendas, de falacias... De Madrid, en concreto, últimamente se decía de todo, después de que el rey Felipe II hubiera puesto allí su residencia y Corte: que si se había convertido en una ciudad atestada de toda suerte de aventureros, vagos, trotamundos, maleantes, intrigantes, buscapleitos, trepadores...; que la vida se había hecho imposible por los precios, por la carestía de las posadas y las viviendas; que faltaban los alimentos, la salubridad del aire, la higiene de las calles, el necesario sosiego...; que en cualquier esquina te podían asaltar a punta de cuchillo o, sencillamente, sustraerte la bolsa con habilidad y limpieza, sin que uno se percatase; que por doquier se veían juntas de bravucones, meretrices, mujeres provocadoras, deslenguadas, descaradas... Y que, en fin, para un fraile recién salido del cascarón, como quien dice, era lugar harto inconveniente y peligroso en todos los órdenes. Y resulta que estos frailes nuestros, si bien son ya licenciados en Teología, en las ciencias de la mundología andan algo verdes; porque no conocen más vida que la del convento, adonde fueron enviados de niños por sus padres. Es esta pues su primera salida al siglo, y todo lo miran por el estrecho agujero de las recomendaciones, las advertencias y los consejos de los viejos; los cuales, como dicta la naturaleza, suelen ser con los jóvenes demasiado precavidos, desconfiados, temerosos, apocalípticos... Como era en suma el superior de los dominicos de Ávila, el anciano padre Benigno, quien les había mandado hacer aquel viaje, cargándoles para el camino con una pesada impedimenta de sermones, admoniciones, amonestaciones y cautelas. Y los tres imberbes religiosos se echaron al camino con la aprensión en el cuerpo, con el escrúpulo y la incertidumbre; ¡a volar!, a sabiendas de que, cuando un fraile dominico levanta el vuelo para ser llevado por los aires en aras de la obediencia, solo Dios sabe en qué convento del mundo acabará posándose.

Pero, conozcamos algo más acerca de los que viajan ahora por esos senderos de Dios, entre bosques, brezales y zarzas; y enterémonos bien de lo que había sucedido en el convento de Ávila, donde moraban, oraban y laboraban, antes de que el espantadizo padre Benigno, muy a su pesar, les abriera las puertas de la clausura, para enviarlos ¡nada menos que a la Corte!, donde a su trémulo parecer se concentraban todos los desarreglos, macas, engaños y pecados capaces de poner en riesgo la probidad del más virtuoso de los hombres. Aunque, en principio y para ser más exactos, justo es decir que de los tres frailes que viajan juntos solo uno ha de quedarse en Madrid; los otros dos no son más que acompañantes de aquel, y si van es para después tener que volverse, obedeciendo a la antigua y venerable norma de la orden que obliga a los religiosos a desplazarse siempre al menos en pareja, siguiendo el mandato de Jesucristo, que envió a sus discípulos «de dos en dos» a predicar el Evangelio.

Empecemos pues por el que iba destinado al convento de Atocha de Madrid, que es quien más nos interesa a los efectos de esta historia. Su nombre es fray Tomás Vázquez, oriundo de Piedrahíta —como el gran duque de Alba—, señorío de Valdecorneja, sujeto al obispado de Ávila; es de poco más de veinte años, de buena presencia, alto, espigado y grácil, aunque serio, sensato y disciplinado. Ya de muy niño destacó por su inteligencia y, aunque era del más humilde estrato, hijo de pastores, alguien se fijó en él y estimó oportuno aconsejar a su familia que lo llevasen con los frailes, a ver qué se podía sacar de él. Y he aquí que era mucho el provecho que se halló en su persona: enseguida aprendió a leer, a escribir, a hacer cuentas, a cantar en el coro...; y prontamente los latines, la gramática, la retórica, la aritmética... En fin, que después lo enviaron al convento de Santo Tomás de Ávila y de allí pasó a Salamanca, donde alcanzó la licenciatura con el cum laude, las felicitaciones y las alabanzas de todos los maestros, los cuales no dudaban al ver en el avezado estudiante un Alberto Magno, un Melchor Cano o un Domingo de Soto, y ya pensaban en él para las universidades de Alcalá, Salamanca o, incluso, París. Pero, por esos designios propios de la superioridad en religión, y como era aún demasiado mozo, pareció más pertinente retenerlo de momento un tiempo, para que hiciera más vida de clausura, en la disciplina conventual, mientras iba madurando y el joven unía al conocimiento el sesudo auxilio de la experiencia, de los años, de la convivencia...; no fuera a llenarse de tempranas ínfulas, de soberbia, de glorias, que le alborotasen el alma y dieran al traste con tanto cuanto prometía su talento. Así que lo enviaron de nuevo a Ávila, donde, como sencillo fraile, hacía vida de oración, de coro y de huerta; sin dejar por ello de ir diariamente a la biblioteca. En aquel monasterio grande y solemne permaneció tan tranquilo, hasta cumplir los veintidós años el

4 de abril de 1572. Pero un poco después de esa fecha llegó una carta del padre provincial de la orden, en la que se mandaba al prior, padre Benigno, que inmediatamente enviase a Madrid al fraile llamado Tomás Vázquez, sin más explicaciones que las propias de la obediencia y la instrucción de presentarse en el convento de Atocha en cuatro días a lo más tardar. El anciano prior no dice nada a nadie esa noche; pero, a primera hora del día siguiente, al finalizar el rezo de laudes, llama a fray Tomás, lo lleva a su despacho, le lee la comunicación; y sin más le dice que vaya enseguida a buscar el hato con sus escasas pertenencias, la capa y el bordón; que ha de ponerse en camino esa misma mañana. Y con las mismas, llama a otros dos frailes jóvenes y robustos para que lo acompañen: fray Abilio y fray Leandro; que se ponen más contentos que unas pascuas —nunca mejor dicho— al saber que, por primera vez en sus vidas, van a salir al mundo, a la aventura, para ir al lugar de España que mayor curiosidad puede despertar en sus tiernas almas: la Villa y Corte.

## 2. MADRID

Muy pronto ven los frailes andariegos ir abriéndose la vereda, ensanchándose, haciéndose más diáfana y llanear el terreno; a la vez que clarea el bosque y sopla un vientecillo sordo, permanente, sutil, que buen servicio les presta a quienes no han mudado el hábito desde que tres días antes salieron de Ávila; pareciendo que alivia algo el cansancio, ya doloroso, y que anuncia campos despejados y tal vez la vega de un río; pero, entre tanto, crece el apetito, despertado ya hacía tiempo, y los caminantes no piensan en otra cosa que llegar pronto a su destino, saciar su sed, comer, darse un baño, cambiarse las ropas polvorientas y descansar.

Con tan acuciante deseo, deciden no detenerse y hacer un último esfuerzo. Entonces, como por una suerte de prodigio, como un milagro, llegan en unos instantes al extremo del bosque, al borde mismo donde la última hilera de árboles da paso a unos llanos sembrados de trigo ya en sazón; y mirando hacia lo lejos, divisan huertas, frutales, viñas, higueras, caseríos, aldeas, y más allá una colina, y, sobre ella, murallas blanquecinas, alcázares, torres y campanarios. Se miran, se abrazan, se arrodillan y dan gracias a Dios. Y de nuevo se encaminan con mayor decisión, sintiendo en las piernas como un ansia, un impulso de echar a correr; lo cual harían si no fuera porque les duelen los pies, las rodillas, los huesos, y al mismo tiempo parece que les cuesta mucho sostener el cuerpo. No obstante, avivan el paso por el camino que les lleva ahora entre olivos y vides; y les conduce hacia un puente; lo cruzan, alzando la vista hacia las alturas, donde ya distinguen con todo detalle lo soberbio de las fortalezas, el compacto Alcázar del Rey, los palacios que asoman por detrás de las almenas y las numerosas torres de las iglesias. Dejan tras ellos la ribera del río Manzanares y emprenden una cuesta empinada, hacia la puerta de Segovia, que es la natural entrada de los caminos de Castilla y Extremadura. Poco a poco los arrabales se van haciendo más abigarrados, con casuchas, talleres, tenerías, almacenes y tabernas. La noche está a punto de caer, pero la puerta está todavía abierta y por ella, en total confusión, entran y salen hombres, animales y carromatos. El bullicio es cada vez más nutrido y más fuerte; inmersos en él, los tres frailes penetran en la capital. Nada tiene que ver con Ávila lo que aparece ante sus ojos: vienen de una ciudad silenciosa, austera, levítica, donde no hay mayor estridencia que el repicar de las campanas; Madrid, en cambio, es todo un clamor de voces, trovas y pregones; las ropas son llamativas, las gentes variopintas y los edificios desiguales, diversos; todo está saturado de atrayentes carteles y colgaduras. En las ventanas de los pisos altos hay mozas asomadas, entretenidas mirando lo que pasa en las calles; y en las esquinas tenderetes, mercachifles y quincalleros. De momento, les parece que el padre Benigno tenía razón con sus advertencias; porque lo que van encontrando a su paso se les antoja un mundo de locos. Aunque, en medio de aquella Babilonia, también hay clérigos que van a sus asuntos, completamente ajenos a tanto alboroto. Preguntan por el convento de dominicos de Atocha y se enteran de que tienen que caminar todavía alguna legua más. Madrid hace ya tiempo que dejó de ser villa y va camino de ser una ciudad considerable. Les indican una plaza próxima, donde han de preguntar de nuevo; y de esta manera, de calle en calle, de plaza en plaza, se van alejando del centro. Resulta que el convento está a las afueras, extramuros, y hay que caminar todavía un trecho hacia levante, por la calzada que atraviesa un vasto suburbio. Cuando al fin llegan, se ha hecho de noche y les están esperando preocupados; pero son recibidos con las atenciones que exige la fraternidad de la orden: se les da todo aquello que tanto necesitaban: agua fresca, buen baño, buena cena y cama. Menos mal, porque si apenas se hubieran demorado una hora más, estarían fuera y sin cobijo.

# 3. UN MANDATO MUY TAPADO

No hace falta explicar lo profundo que fue el sueño para aquellos tres cuerpos maltrechos. Durmió fray Tomás como un leño. Pero, mucho antes de que llamara la campana al rezo de maitines, ya tenía abiertos de par en par los ojos, en aquella celda escueta, igual en todo a cualquier otra celda de cualquier otro convento, de la que nada veía por ser total la oscuridad. Su primer despertar allí es un momento extraño. La mente, apenas recobrada, acude a los pensamientos cotidianos de la tranquila vida anterior en Ávila; la rutina, las tareas habituales y la minucia de los problemas insignificantes de la comunidad de frailes. Pero, de pronto, sin contemplaciones, aparece la idea del nuevo estado de cosas que se presentará aquella misma mañana, nada más despuntar el día. Para sus compañeros fray Abilio y fray Leandro el viaje ha sido solo un paseo, una breve aventura con retorno, y una vez repuestos, habrán de volverse por el mismo camino. Fray Tomás en cambio ha de quedarse en Madrid, donde está ahora su puesto; su celda es ya aquella. Y saboreando con excitación el momento, recapitula enseguida su incertidumbre, su agitación de los días precedentes, desde que el padre Benigno le comunicó que había sido llamado por el padre provincial y que debía, sin dilación, trasladarse a vivir al nuevo convento. Ordena entonces sus pensamientos, con miedo y, a la vez, con impaciencia, tratando de imaginar qué es aquello tan misterioso, tan oculto, que los superiores tienen reservado para él. ¿Será impartir enseñanzas en el colegio de Santo Domingo que los dominicos regentan allí? ¿Será tener que partir enviado lejos? ¿A misiones? ¿A las Indias quizá? Nada le dijo el padre Benigno, porque seguramente tampoco él lo sabía. En la carta que envió a Ávila no había esclarecimiento alguno al respecto; únicamente la orden de partida. La incertidumbre aviva el ánimo del joven, debatiéndose entre el temor a lo desconocido y el ardor que provoca en él el deseo de conocer mundo, de hacer cosas grandes, de entregarse enteramente a la causa que Dios tuviera a bien encomendarle; y lo único que quiere ya es abreviar el tiempo y saber de una vez de qué se trata.

Repica la campana y fray Tomás se levanta de un salto. Se lava la cara, se refresca la nuca y se viste. Todo está aún en penumbra. Sale y se une a la fila de frailes que van en completo silencio por el estrecho pasillo hacia el claustro. Una vez en la capilla, los salmos cantados se le hacen eternos. Y para colmo hay prédica: un anciano padre se sube al púlpito y, con monotonía, con sofocación, con apagada voz, suelta un interminable sermón, en perfecto latín y plagado de citas del «preclaro» santo Tomás de Aquino.

Pero al fin concluye el oficio. Y en la misma fila que se dirige al refectorio, el padre provincial se adelanta y le dice a fray Tomás en un susurro:

—Después del desayuno nos vemos.

Devora el pan el joven fraile, sin dejar de pensar, de cavilar, de suponer; ajeno a cuanto hay a su alrededor, aun siendo todo novedad para él en aquel convento; atentos sus ojos solamente, de soslayo, al padre provincial. Y, cuando le ve apurar el tazón de leche, siente que su corazón se acelera. Se reza en ese instante la acción de gracias, se imparte la bendición y los frailes empiezan a abandonar el refectorio. Entonces el superior va hacia él y le ordena:

—Sígame vuestra caridad, hablaremos más tranquilamente mientras paseamos por las huertas.

Dicho esto, se encamina por delante; y fray Tomás sale

detrás, como un perrillo fiel, admirando con respeto y asombro el enorme bulto del corpachón que le precede, envuelto en la formidable capa negra; el paredón que forman las espaldas, abarcando todo lo ancho del corredor; la calva grande, brillante, y la inabarcable cintura ceñida por una correa que a buen seguro mide casi dos varas de larga. Le impone aquel hombre, cuya voz resuena como en una tinaja, y de cuya voluntad depende su destino. Y siguiéndole, llega a las huertas, que no son demasiado extensas comparadas con las del convento de Ávila. Entonces fray Tomás se adelanta y, ansioso por saber pronto lo que tiene que decirle, se pone a la vera de aquel gigante con hábito. Caminan los dos por un sendero que discurre en sombra entre ciruelos, cuando el padre provincial empieza a hablar: pone gran maestría, gran estudio y grandes palabras en el manejo de su autoridad; como si en la elocuencia y el sermoneo consistiera principalmente el ejercicio de la potestad que le tiene conferida la Orden de Santo Domingo. Pondera primeramente la importancia del voto de obediencia y sigue luego con la pobreza y la castidad; para concluir sentenciando:

—El buen fraile, a fin de cuentas, es un servidor de Dios y de los hombres, que no tiene voluntad propia, ni cuerpo propio, ni hacienda propia...; que nada, en suma, tiene propio, sino el deseo de complacer a su Divina Majestad y cumplir con la regla de su orden... Nunca debemos cansarnos de repetir esto, de recordarlo, de hacerlo propio...

Sigue el discurso y crece la luz de la mañana, como crece la impaciencia en fray Tomás; que clama para sus adentros: «Al grano, ¡por Dios bendito!, al grano.» Pero el padre provincial no está dispuesto a recortar la perorata, ni el paseo; de hecho, con la alocución que hemos referido, habían dado ya más de seis vueltas a la huerta, que no tendría más de media fanega de tierra circundada por tapias de adobe. Y continúa loando los méritos de la Orden de Predicadores en el orbe; los servicios prestados a la Iglesia, a la monarquía católica, a la cristiandad, a las Españas y a los reinos de Occidente. Da la impresión de que el superior habla para una extensa concurrencia; aunque, al mismo tiempo, parece que solo se oye a sí mismo. Mientras diserta, tiene los ojos casi cerrados, y camina de manera mecánica, pues conoce cada palmo, cada revuelta, de aquel rutinario itinerario, donde a buen seguro despacha ordinariamente con los frailes que están bajo su obediencia.

Pero de repente, se detiene, calla por un momento, y pone una pesada mano en el hombro de fray Tomás; el cual exclama, por así decirlo, en su interior: «¡Oh, Dios mío! ¡Ya!» Y no se equivoca, pues el superior le dice a bocajarro:

—Hijo, tu destino es servir a la Santa Inquisición.

Al joven esto le cae como un jarro de agua fría; palidece, se ve sacudido por un escalofrío, y, como si no lo hubiera oído o no creyese lo que ha oído, pregunta con voz trémula:

—¿La... La Santa Inquisición?

El padre provincial se estira y parece todavía ser más grande, recoge las manos y entrelaza los dedos sobre la barriga, mientras responde con solemnidad:

—Sí, hijo, la Santa Inquisición. Vistos y estudiados los informes sobre tu persona, tus conocimientos, tus aptitudes...; en fin, en atención a lo que de ti se estima como posible beneficio para nuestra madre la Iglesia y nuestra Orden de Santo Domingo, ha parecido prudente que comiences tus servicios en el Santo Oficio. Y presta oídos a lo que te digo: no en cualquier lugar, sino nada menos que aquí, en Madrid, en la Suprema y General Inquisición. ¿Te das cuenta, hijo mío? —Y repite con mayor énfasis—: ¿Te das cuenta? ¡En la Suprema!

Pero fray Tomás no se siente nada importante; está, por el contrario, desbordado, sobrepasado, aterrado... Hasta el punto de llegar a pensar que no es con él con quien el superior habla, sino con otra persona; pues en manera alguna esperaba tal destino, ni siquiera había entrado en sus cálculos y suposiciones. Así que alza los ojos al cielo, como buscando ayuda en lo alto, y luego cruza los brazos sobre el pecho, inclinando la cabeza; lo cual interpreta el padre provincial como un gesto de obediencia, de humildad, de acatamiento, y por ello le da unos cariñosos cachetes en la mejilla, mientras le dice:

—Hijo, tendrás que hacer el mayor uso de la inteligencia que Dios te ha dado. Pues servir al Santo Oficio no es cualquier cosa... Mas no temas, Dios que encomienda los trabajos nos da fuerzas suficientes para llevarlos a cabo. Tú eres joven, preparado, sagaz y nada temerario; así que aprenderás, sabrás actuar, investigar y descubrir los errores, las herejías y los desatinos a su debido tiempo.

—Pero, padre, yo... Yo no sé si... —replica apenas fray Tomás, completamente asustado.

—¿Eh? ¡Ah, pero...! ¿Te da miedo la cosa? ¡Oh, lo comprendo, hijo! No lo esperabas y... En fin, es de comprender... Claro, hijo, cómo ibas a imaginar que tan joven... ¡Y en la Suprema Inquisición! Mas no debes temer; no, no debes temer... No pienses que van a encomendarte de momento algo grande, complicado, que excede a tus posibilidades. Ya sabes: las cosas de palacio van despacio. En el Santo Oficio todo se hace con mesura, con extremo cuidado y con la paciencia que requieren negocios tan serios. Ya te explicarán, ya te dirán, ya te irán preparando...

—Pero, padre, ¿cuál será mi cometido? —preguntó timorato él—. De la Inquisición no conozco sino generalidades y vagos detalles.

—¡Todo a su tiempo! ¿No has oído lo que te he dicho antes, hijo? Yo poco más puedo decirte. Las cosas del Santo Oficio son muy reservadas y solo conocen su entresijo quienes están en ello. A mí no se me ha desvelado nada del cometido que se te dará. Ya sabes que nuestra orden es muy apreciada y muy útil en la delicada labor de la Santa Inquisición, y que muchos hermanos nuestros están a su servicio; pero mi humilde persona, aunque ejerza inmerecidamente el cargo de superior provincial, nada conoce, nada sabe, nada pregunta, nada pretende escudriñar de lo que en el Santo Oficio se hace o se dice. ¡Dios me libre! Cuando nos piden un fraile, como ahora es el caso, yo obedezco, acato, obro en consecuencia y busco al hermano que es el indicado según lo que se me pide... Lo demás, escapa a mi competencia y a mi entendimiento... Y puedo decirte, eso sí, que vino a verme recientemente el inquisidor don Rodrigo de Castro Osorio para solicitar un fraile joven, licenciado, despierto, discreto, obediente, laborioso... En fin, alguien que reuniese ciertas cualidades para servirle de subalterno en cierto negocio del Santo Oficio del que nada me reveló, por ser cosa que pertenece al secreto; o sea, un trabajo tapado de tantos como tiene la Santa Inquisición en sus manos. Entonces, reunido el capítulo, se barajaron algunos nombres y pareció a todos que tú eras el más indicado, a la vista de tus estudios y de lo que los maestros han consignado en los informes. De manera que ese es a partir de hoy tu destino: el Santo Oficio. Vivirás aquí, en este convento, porque las dependencias de la Suprema y General Inquisición están en el edificio contiguo. Y no se hable más del asunto; ¡obedecer es lo que toca! Así que ve inmediatamente a los despachos, que se hace tarde y el dicho inquisidor estará impaciente por conocer a quien ha de ser subalterno suyo.

## 4. SUBALTERNO DEL INQUISIDOR DON RODRIGO DE CASTRO OSORIO

Sin demora, fray Tomás es conducido a un claustro, desde donde se le hace pasar por un laberinto de pasillos oscuros, y por varias salas tapizadas de estantes hasta el techo, todos repletos de libros, legajos y gruesos fajos de documentos. El olor de la vitela, el papel y las tintas lo impregna todo. Luego debe esperar sentado cierto tiempo en una especie de recibidor angosto, sobrio, antes de ser admitido en el despacho del inquisidor que con tanta reserva había solicitado un dominico para que le sirva de ayudante. No hace falta decir que nuestro joven fraile está durante este intermedio nervioso, confundido, en extremo asustado.

De repente, se abre una puerta y aparece un hombrecillo de edad provecta y aire despistado; calvo, blancos los pocos cabellos que le quedan y un caminar rápido con pies arrastrados. Fray Tomás supone que será don Rodrigo; así que se levanta, va hacia él, le hace una reverencia y dice con total sumisión:

—Servidor de vuestra señoría reverendísima.

El anciano se lo queda mirando extrañado y contesta:

—Mande vuestra merced.

Fray Tomas, desconcertado, alza la cabeza y repone humildemente:

—Mande vuestra señoría... que es quien me mandó llamar...

En ese instante, resuena una voz firme, cargada de autoridad, desde el interior del despacho:

—¡Pase vuestra caridad!

Fray Tomás mira por encima del anciano y ve a lo lejos, en el fondo del despacho, a otro hombre, de pie junto a una gaveta, delante de la mesa; erguido, resuelto y de señorial presencia; noble el rostro, amplia la frente y la barba perfectamente atusada. El joven fraile se da cuenta entonces de que este ha de ser don Rodrigo de Castro, y no el anterior. Así que avanza y hace otra vez la salutación:

—Servidor de vuestra señoría reverendísima.

—Adelante, pase vuestra caridad —responde el inquisidor, sin hacer gesto alguno, estirado, hierático, impertérrito.

Fray Tomás va hacia él; se inclina por tercera vez, hinca la rodilla en el suelo y se presenta:

—Soy fray Tomás Vázquez, de Piedrahíta; me envía el padre provincial de la Orden de Santo Domingo al favor de vuestra señoría, para lo que sea servido precisar de mi humilde persona.

—Álcese, álcese vuestra caridad.

Se endereza el joven y levanta la cabeza. Está por primera vez frente a quien va a ser su jefe a partir de aquel momento; un hombre alto, anguloso, enteramente vestido de negro y con una inquietante impasividad grabada en su pálida cara; grises los ojos y la mirada insensible; como envuelto todo él en una suerte de aura misteriosa.

Fray Tomás se halla invadido por esa cortedad que los jóvenes experimentan ante la presencia de un hombre docto, con edad y experiencia suficientes como para que cualquiera, aun teniendo estudios, se sienta iletrado e incapaz de dar la talla en la conversación; máxime en aquel despacho tan amplio, cuyas paredes están cubiertas por estanterías llenas de libros viejos y polvorientos; en medio, la mesa grande atestada de informes, alegaciones, súplicas, con tres o cuatro sillas alrededor, y un sillón de alto respaldo, rematado en las esquinas con adornos de madera, que se elevan a guisa de cabezas de águilas; y detrás, como único adorno, un crucifijo monumental, como el de una iglesia, arcaico, ennegrecido, trágico, flanqueado por dos lúgubres cortinajes de paño oscuro y ajado.

El inquisidor cierra la puerta, dejando fuera al anciano, y se dirige al joven con estas palabras:

—Siéntese vuestra caridad. No tenemos prisa alguna. Debemos, primeramente, conocernos bien; hablar tranquilamente y poner encima de la mesa todo lo que nos une; que no ha de ser poco, puesto que ambos hemos estudiado Teología en Salamanca; y, salvando el hecho de que yo tengo casi treinta años más que vuestra merced, a fin de cuentas, ambos somos licenciados y, según tengo entendido, algunos de los que fueron mis maestros también lo fueron vuestros... ¡Ahí es nada! Después de tantos años...

Estas palabras afables, aunque pronunciadas con cierta frialdad, sin apenas colarse en medio una leve sonrisa, hacen que fray Tomás se sienta algo más cómodo y relajado. Mas es incapaz de abrir la boca, pues sigue imponiéndole sobremanera la presencia del inquisidor; el equilibrio distinguido de sus facciones, el iris grisáceo, aunque vivo de sus ojos, su porte, sus movimientos medidos que indican un gran nervio y temple de espíritu.

—Bien sé —prosigue don Rodrigo—, pues así me lo ha manifestado el padre provincial, que vuestra caridad no ha ejercido la docencia, ni ha desempeñado trabajo alguno que tenga que ver con los estudios hechos; que no tiene experiencia didáctica, ni como escritor de memoriales, ni siquiera experiencia de corrector... En fin, que no ha intervenido en más labores ni oficios que los propios de la vida en comunidad en los conventos de la orden. ¿Digo bien?

—Bien dice vuestra señoría reverendísima —responde con voz trémula él—. Cuando obtuve la licenciatura, hice lo que me mandaron mis superiores...

—¡Bendita obediencia! —interrumpe el inquisidor—. Esos superiores obraron inteligentemente. Si vuestra caridad hubiera sido enviado así, tan joven, tan pronto, a un colegio o a la universidad... ¡Quién sabe qué hubiera pasado! Y no es que yo desconfíe totalmente de la enseñanza... Mas son estos unos tiempos recios, revueltos, en los que el bien y el mal andan mezclados de tal manera que hasta al más avezado de los teólogos le resulta hoy difícil hallar el camino recto, y seguir en él, y no desviarse... Y en la universidad... ¡Ah, la dichosa universidad! Allí crece la mala hierba en medio del buen trigo con mayor fuerza y confusión que en ninguna otra parte... Bien lo sabemos aquí, en el Santo Oficio... ¡Ay, qué trabajo da la universidad! ¿Comprende vuestra caridad lo que quiero decir?

—Sí, señor, claro que lo comprendo...

—Pues ya verá, como de todos es sabido, que hoy abundan los maestros que, dejándose llevar por la curiosidad, por un falso celo, por un ardor totalmente errado, buscan y rebuscan en las herejías de Lutero y Melanchton, en los errados escritos de Erasmo, el perdedor de perdidos... ¡Y qué sé yo! Y ahí tenemos los grandes nombres que se han extraviado, ensuciado, contaminado...; y arrumbados ellos y sus carreras, han disipado a muchos... Ahí está, por ejemplo, fray Luis de León, en la cárcel... Como en la cárcel está quien debería ser la máxima lumbrera del reino: el arzobispo primado de Toledo, don Bartolomé de Carranza... ¡Qué lástima! ¡Qué desperdicio! ¡Y qué triunfo para el demonio!

Dicho esto, se levanta del sillón, y hunde las manos en aquel maremágnum de papeles que hay sobre su mesa, revolviéndolos de arriba abajo, barajándolos y hurgando entre ellos como buscando algo.

—Si supiera vuestra caridad... —sigue hablando en el mismo tono, grave, pesaroso—. ¡Ah, ya sabrá! Aquí hay decenas de denuncias, centenares... No sabe uno por dónde ha de empezar... ¡Tanto es el trabajo que se acumula entre nuestras pobres manos! Los tribunales de la Santa Inquisición están saturados y no se da abasto, con tantos casos como hay... ¡Y cada día más! Mucha es la mies y pocos son los obreros... Cierto es que debemos orar al Dueño de la mies para que envíe trabajadores; pero, como resulta que la mies del Señor la administran los papas, los reyes, los obispos y las potestades de este mundo, la cosa se hace lentamente... Ya se sabe: las cosas de palacio... Por ejemplo, vea vuestra merced: el Supremo Consejo de la Inquisición está aquí, en este edificio, que ya se hace pequeño para almacenar tantos documentos y para que trabajemos con cierta holgura cuantos aquí servimos al Santo Oficio. Y allá lejos, en la otra parte de Madrid, en la calle de la Inquisición, están el tribunal y las cárceles... Todo separado, ¡un desastre! Debería haber un gran edificio que albergase reunido el conjunto: la Suprema, los consejos, los tribunales, las cárceles... ¡Todo! En un único y bien organizado edificio... Pero no parece que vean algo tan evidente quienes tienen poder para ordenar las cosas... En fin, no quiero abrumar a vuestra caridad con estas cuestiones meramente materiales, precisamente hoy, en su primer día aquí... Ya se irá enterando de todo eso y de mucho más...

Ahora, nos toca proseguir con lo que corresponde, ¿no os parece?

—Haga vuestra señoría lo que considere oportuno —responde sumisamente fray Tomás—. Yo estoy aquí para servir.

Don Rodrigo de Castro lanza un gran suspiro, y parece que va aflorando poco a poco otro hombre, que permanecía oculto tras su aparente reserva, como si de sus interioridades brotara otra personalidad, discretamente, suavemente; y empezara a manifestar cada vez mayor cordialidad. Algo hay en el joven fraile que propicia la confidencia, la franqueza e incluso la familiaridad: será su aspecto sencillo, la llaneza de sus ademanes, la pureza que trasluce su semblante o aquella mirada atenta, receptiva, con que sigue todo lo que el inquisidor le va diciendo, sin hacer un mal gesto, sin removerse en la silla ni exteriorizar la más mínima incomodidad, fatiga o fastidio, pues va pasando el tiempo y aquella primera entrevista se alarga.

—Como decíamos —continúa don Rodrigo—, para este oficio de inquisidor yo siempre he preferido hombres, por así decirlo, del todo impolutos; impolutos, si se me permite la expresión; es decir, que no hayan estado expuestos a las tentaciones propias de la docencia, cuales son: la soberbia intelectual, el orgullo magistral, la altivez, la jactancia, la petulancia...; en suma, todos esos vicios que adquieren los maestros a fuerza de creerse poseedores de su verdad, la cual acaban considerando —y dice esto con mayor énfasis— ¡la única verdad! Y claro, luego pasa lo que pasa. Ahí está fray Luis de León, tan amigo de novedades, de disputas intelectuales, de granjearse enemistades... ¿Y para qué todo eso? ¡Para acabar en la cárcel! ¿Y Juan de Ávila? ¡Lo mismo! Mira que escribir ese libro completamente descaminado: *Audi filia* lo titula, una colección de pamplinas místicas propias de alumbrados para embaucar a incautas doncellas... ¿Quién se cree que es Juan de Ávila? ¿Un nuevo san Antonio Abad? Mire vuestra caridad dónde acabó el dichoso librito: ¡En el *Catálogo de libros prohibidos*! Porque es consabido el celo y el mucho tino con que don Diego de Espinosa, inquisidor apostólico general, combate contra la herética pravedad y apostasía en todos los reinos y señoríos de Su Majestad Católica. Y aunque esta circunstancia pareciera no interesar en lo que estamos tratando, será útil, para ser exactos en todo, recordar el nuevo *Catálogo de libros prohibidos* que el dicho inquisidor general mandó hacer, para completar el que su antecesor don Fernando de Valdés hizo público diez años antes; y de esta manera, en 1569, se enviaron cartas a todos los tribunales para que los inquisidores recogiesen los libros que a su juicio pudieran contener las enseñanzas perniciosas de luteranos, erasmistas y alumbrados, siguiéndose en todo las instrucciones del Santo Oficio. Deberá pues vuestra caridad prestar mucha atención a estos catálogos de libros prohibidos para saber por dónde van los tiros...

—Señor, si me permite vuestra reverencia, yo solo quiero aprender... No tengo impaciencia alguna... —responde timorato el fraile.

Por fin, se dibuja una sutil sonrisa en los finos labios de don Rodrigo, y asoma un algo de ternura, aunque de apariencia casi inapreciable. Pero, rápidamente, se yergue, recobra su seriedad habitual y manifiesta:

—Bien, me alegra saberlo; porque aquí la paciencia resulta indispensable... Tiempo habrá para las prisas... En el Santo Oficio todo se inicia a fuerza de investigar, de hacer pesquisas, indagaciones, de buscar y averiguar, sin que se note, sin aspavientos, sin forzar las cosas; con tiento, mas con tino, con juicio, con vista, con equilibrio y cautela... El inquisidor no ha de hacerse notar; aunque todo el mundo debe saber que está ahí, en alguna parte, despierto, como un ojo atento y siempre abierto que todo lo ve... ¿Comprende vuestra caridad lo que quiero decir?

—¡Vaya que sí! —exclama repentinamente fray Tomás, sin ocultar su entusiasmo—. Y nadie se ve libre de esa mirada, de esa perspicacia, ni siquiera los arzobispos, como don Bartolomé de Carranza, o los grandes maestros, como Juan de Ávila o fray Luis de León...

—¡Exacto! Esa es precisamente la clave del Santo Oficio: penetrar cual espada de doble filo hasta lo más profundo, y descubrir dónde está el yerro, sea quien sea aquel que se haya dejado caer...

—*In oculis Dei, omnes homines aequales sunt* (Todos los hombres son iguales a los ojos de Dios) —sentencia fray Tomás.

—Ciertamente, de eso se trata; para que nadie se crea superior, ni más sabio, ni más listo, ni más santo; para que ningún alma sea conducida por el diablo a la nefasta conclusión de considerarse por encima del dogma de la Santa, Católica y Apostólica Iglesia; pues solo dentro de la Iglesia está la salvación, la verdad, la perfección... Porque nunca se debe olvidar que ese fue precisamente el primer pecado, el pecado de Adán y Eva: dudar de lo que Dios tenía dispuesto en su infinita sabiduría y creerse con derecho a comer de aquel árbol prohibido, el árbol de la ciencia del bien y del mal... ¡La desobediencia!

Fray Tomás sigue estas palabras con suma atención, sobrecogido, apreciando que el inquisidor está plenamente convencido de su misión; y, para hacerle ver que comprende muy bien lo que trata de transmitirle, apostilla con solemnidad:

—*Nemo vos seducat inanibus verbis propter haec enim venit ira Dei in filios diffidentia* (Nadie os engañe con vanas palabras, porque a causa de estas cosas viene la ira de Dios sobre los hijos de la desobediencia).

Don Rodrigo vuelve a sonreír, ahora con mayor soltura, y observa satisfecho:

—Capítulo cuarto, versículo seis de la Carta a los Hebreos: oportunísima cita evangélica para lo que estamos tratando. Veo que vuestra caridad conoce muy bien la Palabra de Dios y ello me alegra mucho. Porque, en efecto, la herejía viene asiduamente de ahí: de la seducción, de las vanas palabras y de la desobediencia, al fin y al cabo. El hereje siempre acaba pensando que tiene vía directa con Dios; que él es el elegido, que él tiene derecho a cambiar las normas, a implantar algo nuevo y diferente; porque el hereje ha sido seducido por el príncipe y padre de la mentira, que es el diablo, con vanas palabras, con ideas novedosas y llamativas, con iluminaciones sorprendentes... Y luego, es el errado quien transmite su error a los demás, tratando de seducirlos a su vez, de convencerles de que hay otra verdad diferente a la verdad establecida, a la verdad de la Iglesia; y busca más tarde reformar, cambiar, confundir, revolver... Es decir, transgredir y desobedecer.

Escucha el joven fraile esas palabras, esas máximas tan bien expresadas; las halla verdaderas, sabias; las toma en serio, las aprecia y las hace suyas; viendo que no podían, pues, ser verdaderas otras enseñanzas opuestas, que también había escuchado anteriormente, en ocasiones diferentes, de boca de maestros de gran renombre, algunos de los cuales ya estaban en las cárceles de la Inquisición, precisamente por excederse en la elocuencia, por transmitir con errónea seguridad a los jóvenes lo que ellos pensaban: las conclusiones a las que habían llegado particularmente, en sus devaneos intelectuales, en sus disquisiciones, en su deambular por la duda y la incredulidad...

—La vida del inquisidor no es fácil —añade Castro—; porque no es fácil ninguna vida. No vienen unos al mundo para hacer lo que les venga en gana y convertir en una fiesta lo que Dios ha querido que fuera el camino para ganar la otra vida, la vida eterna; mientras que para muchos este mundo es un peso, un sacrificio, un esfuerzo constante... Los inquisidores nos sentimos llamados a recordarle eso a las almas: que es arduo el camino y que nadie está autorizado a saltarse las etapas... Porque hay quien, con eso de la misericordia y la infinita bondad de Dios, con eso del perdón... ¡ancha es Castilla! ¡A pecar, que hay licencia! Y así lo dejó dicho Lutero: «Peca, y peca fuerte... Que basta con reconocer al Cordero de Dios... Porque de Él no nos apartará el pecado, aunque forniquemos y asesinemos miles de veces en un solo día.»

Fray Tomás conoce bien esa cita y se estremece al oírla en boca de don Rodrigo, de manera tan ajustada, tan congruente; porque empieza a ver que el inquisidor tiene enteramente consagrada su persona, su egregio ingenio, a la causa del Santo Oficio; lo cual termina de persuadir al joven, en lo íntimo de su corazón, de que la Providencia le ha proporcionado un destino conveniente a su vocación; y que le ha puesto en manos de alguien de quien puede aprender mucho: alguien que, siendo de noble estirpe, pudiendo tener todos los medios de una gran opulencia y todas las ventajas de una condición privilegiada, pudiendo vivir entre comodidades y pompas, optó en cambio por el esfuerzo, por la abnegación y la humildad de tener que estar allí, medio enterrado en una montaña de papeles, en uno de los austeros despachos de la Suprema Inquisición. Y con estas premisas, acaba concluyendo en pura lógica que él, que no es nada más que un inexperto fraile, nuevo en todo, debe armarse de valor y afrontar su destino, su propia tarea en este mundo; lo que le han asignado, por mucho que le atemorice. Porque él ha llegado aquí por otro camino: ha sido sacado de la humildad de su casa, de una familia sencilla de campesinos, y como llevado por alas de águila por los aires, se ve de repente nada menos que allí: en el núcleo mismo de la defensa de la fe verdadera. Así que, meditando en todo esto, se siente impelido a decir muy sinceramente:

—Permítame vuestra señoría reverendísima que le sirva en este arduo trabajo, humildemente, según mis pobres fuerzas...

Don Rodrigo de Castro se pone en pie, muy complacido por estas palabras, y sonríe al fin con ganas, antes de contestar:

—Fray Tomás, creo que tú y yo nos vamos a entender muy bien. Y permíteme que te trate de esta manera, con familiaridad, sin distancias, puesto que vamos a compartir muchas horas de trabajo juntos, y solo la confianza, la franqueza y el mutuo aprecio lograrán que esta apretada tarea se nos haga más llevadera a ti y a mí. Además, por edad, yo podría ser tu padre... Así que, para mí, serás fray Tomás, sencillamente; dejemos pues los tratamientos cuando estemos a solas... ¿Te parece bien?

—Tráteme vuestra señoría reverendísima como le plazca; puesto que, desde hoy, y si le parece oportuno, voy a ser su humilde y leal subalterno.

—¡Naturalmente que me parece oportuno! Creo que vamos a llevarnos muy bien tú y yo, muchacho. Y haremos grandes cosas en favor de la fe, ya lo verás... ¡Te asombrarás! Sentirás que Dios te ha traído al sitio oportuno en el momento oportuno...

Y después de decir esto, sostiene el inquisidor, unos instantes, su mirada penetrante en fray Tomás, antes de despedirse de él, añadiendo:

—Por hoy hemos terminado. Ve, pues, al convento, a recogerte, almorzar y descansar. Mañana a primera hora te espero aquí mismo para empezar a instruirte en los pormenores de lo que será tu trabajo.

## 5. EL PALACIO DE LOS VARGAS

Poco después de que se haya marchado su nuevo subalterno, don Rodrigo sale del despacho. En el patio le está aguardando un criado con el caballo ensillado y a punto, como todos los días a esa misma hora. El inquisidor monta con un movimiento hábil, con la destreza de un ducho jinete, y abandona las dependencias de la Suprema por una puerta lateral, destinada para la entrada y salida de las cabalgaduras. Detrás de él va el criado, a lomos de otro corcel, y ambos emprenden un alegre trote hacia Madrid, atravesando el sucio y polvoriento arrabal, que se ve atestado de tenderetes e improvisados mercados, entre los que deambula una muchedumbre parda, inquieta y bulliciosa, cada vez más abigarrada a medida que se aproximan a las murallas. El llamado camino de Atocha pasa entre hospitales, casas de beneficencia, ermitas, humilladeros y conventos; no todo está edificado: hay trechos con cañaverales, olivos y huertos; tapias ruinosas, casuchas arrumbadas y eriales con auténticos campamentos de transeúntes, menesterosos y marchantes. Es la hora del almuerzo y en cualquier rincón hay una lumbre, unas ascuas, una parrilla, un caldero...; de todas partes se elevan hilillos de humo hacia los cielos y las inconfundibles mezclas de aromas a fritangas, asados, chamusquinas y guisos. La puerta de la ciudad está abierta de par en par; los dos jinetes entran y prosiguen, pegados ahora a la pared, con un cabalgar lento, por la avenida estrecha y en sombra que les introduce entre altos edificios, por un panorama muy diferente: calles y plazas donde hormiguean hombres y mujeres por las esquinas, delante de las tabernas o en las puertas de los talleres y las tiendas, con aparente regocijo, después de haber comido o a punto de hacerlo. Todo es un ir y venir de gentes con atuendos muy diversos: señores con buenos jubones, damas con abultadas enaguas, criados de librea, mozos de taberna, clérigos con sus hábitos y sencillos vecinos con sus sencillas ropas. Y discurriendo por un dédalo de callejuelas, doblando ora a la izquierda ora a la derecha, llegan a la plaza de la Paja, donde se alzan ilustres palacios y caserones señoriales, los muros del Jardín del Príncipe de Anglona y la cúpula de la iglesia de San Andrés. Don Rodrigo se detiene y se apea del caballo a la puerta de la llamada capilla del obispo; entra y se arrodilla para orar en silencio durante un largo rato. Después sale y, seguido de cerca por su criado, camina hasta el palacio anexo, que pertenece a una de las familias más poderosas de Madrid: los Vargas. Allí es recibido don Rodrigo como si fuera su propia casa; pasa al interior, sin necesidad de ser anunciado, y los criados enseguida acuden a recogerle la capa, a hacerle reverencia y a ofrecerle un vaso de limonada fresca para que apague su sed. Mientras bebe, el inquisidor mira de soslayo el gran cuadro que tapiza una de las paredes: el retrato de don Gutierre de Vargas, obispo, teólogo insigne y mecenas, a quien don Rodrigo estimó mucho y admiró por su vasta sapiencia, por su gran experiencia de mundo y su sentido común; y cuya muerte todavía provoca en él honda tristeza, aun habiendo transcurrido ya trece años desde que acaeció. Por eso ha ido a rezar a la capilla, que en su honor se conoce como «del obispo», donde está el sepulcro de alabastro en el cual puede leerse:

Aquí yace la buena memoria del ilustrísimo y reverendísimo señor don Gutierre de Vargas Carvajal, obispo que fue de Plasencia, hijo segundo de los señores, el licenciado Francisco de Vargas, del consejo de los Reyes Católicos y reina doña Juana, y de doña Inés de Carvajal, sus padres, reedificó y dotó esta capilla a honra y gloria de Dios, con su capellán mayor y doce capellanes, pasó de esta vida a la eterna el año de 1559.

Fue en vida don Gutierre un hombre de gran potestad, de grandes méritos y tempranas responsabilidades; nombrado obispo con dieciocho años, merced a la influencia de su padre que era consejero de los Reyes Católicos. Bien es cierto que en su juventud manifestó mayor inclinación a la vida mundana y guerrera que a la religiosa; aficionado a la caza, a las armas y a los banquetes, incluso tuvo amores con doña María de Mendoza, dama toledana emparentada con los marqueses de Almazán, de la que nació Francisco de Vargas y Mendoza, que fue legitimado por el rey Felipe II en 1561 como hijo suyo. Pero, más adelante, enviado por el emperador Carlos I al Concilio de Trento, el obispo conoció allí a los jesuitas y leyó los Ejercicios Espirituales de Ignacio de Loyola, lo que le cambió profundamente y le hizo llevar desde entonces una vida de virtud intachable, hasta que enfermó de gota y murió en 1559, siendo su cuerpo trasladado a Madrid y enterrado en la referida capilla.

Aquel palacio le trae a don Rodrigo felices recuerdos. Allí encuentra siempre afecto, amistad verdadera e inestimables momentos de asueto, entre agradables comidas y conversaciones amenas. Por eso lo frecuenta. Adquirió la costumbre de venir a celebrar el segundo domingo de Pascua ya desde los tiempos en que venía a Madrid el obispo don Gutierre. Ahora el caserón es regentado por el hermano de este, don Francisco de Vargas, un hombre igualmente poderoso: mariscal de Castilla, señor de la casa de Vargas, caballero de la Orden de Alcántara, capitán de los hombres de armas de Madrid en la guerra de Granada, que sirvió en las Galeras de España, hallándose en el socorro de Malta en 1565; y que ostenta además incontables títulos: quinto señor de Fuenteguinaldo, Villatoquite, San Vicente del Barco, Villarmentero, y Revenga, de los mayorazgos de Valencia y Vargas y sus patronatos, etc.

Todo este señorío está bien visible en su conspicua morada: introducido en ella, a don Rodrigo se le hace pasar por un laberinto de pasillos oscuros, y por varios aposentos adornados con blasones, espadas, picas, rodelas, ballestas, mosquetes... Hasta llegar finalmente a una sala espaciosa, iluminada por amplios ventanales, donde se halla el señor de la casa, de pie junto a la chimenea, rodeado por sus familiares e invitados, entre los que está alguien que ya conocemos: el gobernador de Toledo, don Sancho Bustos. A don Rodrigo se le recibe con gozo; le esperaban y su demora tiene a todos impacientados; así que hay albórbolas, zaragatas de alegría y sonrisas en los rostros; demostraciones del afecto que se le profesa, de que se le admira y se le desea. Y él, que lo sabe, irrumpe en la estancia envuelto en una aureola de prestigio, garbo y envanecimiento, disculpándose formalmente y con afectación:

—Amigos queridos, me perdonaréis... He tenido tarea en la Suprema... Ya sabéis... En fin, no he podido venir antes...

Don Francisco de Vargas va a su encuentro con los brazos abiertos; alto, la tez morena marcada por las cicatrices arrugadas que son el visible recuerdo de la batalla de Malta, en la que los turcos le abrasaron la cara con fuego arrojado; también por esa causa está medio calvo y tiene parte de la barba monda; a primera vista se le hubieran echado más de los sesenta años que cuenta; pero su estampa vigorosa, el porte, sus movimientos, la dureza de las facciones, el chispear siniestro, vivo, de sus ojos, indican fuerza de cuerpo y de espíritu que habría sido extraordinaria incluso en un joven. De hecho, se ha casado tres veces y ha sobrevivido a dos esposas; y la tercera, doña Francisca Chacón, hermana del conde de Casarrubios, es todavía mujer lozana.

Don Rodrigo abraza al señor de la casa y luego va a besar la mano de la señora; y esta, inmediatamente, le besa a él la suya. Siguen los saludos, los abrazos, las muestras de cariño y de regocijo. Allí está también el hijo de don Gutierre, con su esposa, hijos y nueras. Se han juntado un buen número de Vargas y se promete una buena fiesta, exquisitos manjares y delicioso vino; porque ellos son así: dicharacheros, regalados, amantes de lo bueno y en extremo generosos con los amigos. La mesa está ya dispuesta y, sobre el impoluto mantel de lino, hay un poco de todo: quesos, chacinas, escabeches, salazones, encurtidos...; todo ello dispuesto en las más finas bandejas, fuentes y salvillas de porcelana. Hay plata resplandeciente, vasos de vidrio tallado, cubertería labrada, servilletas bordadas y jarras delicadas, cuya transparencia exhibe el oro, el ámbar y el rojo rubí de los vinos. Don Rodrigo se aproxima y echa un primer vistazo, largo, complacido, gozoso, sobre aquel maravilloso espectáculo; y después se vuelve hacia don Francisco y sus invitados, para lanzar un hondo suspiro y decir a continuación:

—¡Ah, cuánto he esperado que llegara este momento! Amigos míos, ¡cómo he deseado celebrar esta Pascua con vosotros! ¡Solo Dios lo sabe!

Estas palabras, dichas con tanta elegancia, con tantos visos de sinceridad, provocan en la concurrencia un murmullo de júbilo y, acto seguido, un aplauso espontáneo; el cual trata de acallar con modestia don Rodrigo, con movimientos gentiles de sus manos largas, perfectas, con las que luego señala a don Francisco y, aproximándose a él, le abraza, y prosigue:

—¡Todo el mérito es de mi querido, mi queridísimo amigo Vargas! Él, en su persona, representa toda la grandeza, la nobleza, la valentía, el pundonor... En fin, ¡la cristiana sangre de España! ¡Dios bendiga a los Vargas!

El aplauso redobla e incluso hay vítores de entusiasmo:

—¡Viva don Francisco!

—¡Viva la casa de los Vargas!

—¡Viva el rey de las Españas!

Y el inquisidor, viendo la explosión que levanta su improvisado discurso, eleva más la voz y añade:

—Amigos, sirva este banquete para celebrar la Pascua de Resurrección del Señor; mas sirva también para celebrar entre nosotros, como bien es merecido, el gran triunfo, la gran victoria que hace tan solo medio año alcanzó nuestra cristiana armada contra el pérfido turco: ¡la gran victoria de Lepanto!

La reunión llega ahora al frenesí y las voces corean:

—¡Vivan los reinos de España!

—¡Viva el Rey Católico!

—¡Viva don Juan de Austria!

Don Francisco de Vargas hace entonces una señal a los

criados y estos se apresuran a servir el vino y a distribuir copas llenas.

—¡Brindemos! —exclama con euforia el dueño de la casa.

Pero, entonces, se adelanta don Rodrigo y observa ceremoniosamente:

—¡Un momento, amigos! Lo primero es lo primero: antes de probar este delicioso vino y, sin habernos sentado todavía a la mesa, recemos a Aquel de quien viene todo don; hagamos acción de gracias a Dios que ha sido servido de hacernos tan grandes mercedes y reunirnos hoy, en este día feliz.

Todos callan, contenidos, graves, y se arrodillan piadosamente. El inquisidor se yergue, pone los ojos en lo alto, ora bisbiseando en latín e imparte una bendición con su mano pálida. Luego exclama efusivamente.

—¡Ea, a los bienes del Señor! ¡Buen apetito!

Se sientan los comensales y empieza un banquete movido, con ir y venir de platos, viandas, trinchadores, vasijas y toda suerte de manjares. Crecen el vocerío, las risas, las bromas, las animadas conversaciones; mientras, en un lateral del salón, se van colocando discretamente cinco músicos con diversos instrumentos; pandero, sacabuche, vihuela, laúd y flauta, a la espera de que se les dé la orden para tocar; aunque no es todavía el momento, porque ahora corresponde comer y, entre bocado y bocado, platicar.

Don Rodrigo está sentado entre don Francisco de Vargas y el gobernador Bustos; y atiende ora al uno ora al otro; cuando no le toca hablar con la dama que tiene enfrente: doña Isabel Manrique, camarera de la reina, viuda de Juan Vargas; mujer de admirable presencia, hermosa, grande, locuaz y divertida; a la que el inquisidor conoce bien, y con quien le encanta departir cada vez que tiene la oportunidad de encontrarse; lo cual, de un tiempo a esta parte, ocurre con cierta frecuencia; pero de eso nos ocuparemos más adelante...

Por el momento, prestemos atención a don Sancho Bustos, gobernador de Toledo, que este día ha dejado fuera del palacio su habitual mal humor y, en cambio, se muestra radiante, pletórico de dicha; será porque conserva todavía su cargo, con la consecuente administración de todos los bienes y rentas de la archidiócesis, que le reportan pingües beneficios que van engrosando su hacienda. Sigue en la poltrona porque resulta que el arzobispo Carranza no había muerto, sino que continúa preso en Roma, esperando que el Papa sentencie de una vez su causa. En efecto: aquella noticia de su muerte que llegó a Toledo en Cuaresma era un nuevo y falso rumor. Nadie sabe cómo, con qué motivo, ni con qué intención se propagaba cada cierto tiempo algún infundio al respecto: tan pronto que había sido condenado, como que resultaba absuelto; que había muerto o que regresaba rehabilitado para recuperar su sede. Todo en torno al caso de Carranza es un enigma. Y el gobernador Bustos tiene nuevas que desea transmitirle a su amigo el inquisidor; así que se aproxima discretamente a él y le susurra:

—De Roma llegó ayer uno de los canónigos que estaba allí con el arzobispo. Quienes le han visto dicen que está harto pesaroso, muy compungido; indicio claro de que a Carranza no le deben de ir bien las cosas... ¿Le habrá declarado culpable el Papa?

—No hagas más caso de habladurías —le aconseja Castro—. ¿No has escarmentado ya? Lo que tenga que ser ya será...

A su diestra, don Diego Vargas ha cazado al vuelo parte de esta conversación y, entre palabra y palabra, el nombre de Carranza. Esto enseguida provoca que le hierva la sangre; sus ojos se encienden, echan chispas; carraspea, casi se atraganta, y da un puñetazo en la mesa que hace saltar platos y cubiertos:

—¡No mentar herejes en esta casa! —grita fuera de sí—. ¡No mentarlos que se me aguará la fiesta!

Se hace un silencio muy espeso. Todos le miran; se han tornado serios de pronto los semblantes y nadie se atreve a probar bocado. Solo don Rodrigo de Castro se atreve a hablar:

—Mesura, amigo mío. Por Dios, no nos alteremos. Nadie ha dicho todavía en firme que el arzobispo de Toledo sea hereje. El Papa tiene la última palabra...

—¡No necesitas andar con diplomacias en la casa de los Vargas! —refunfuña don Francisco—. Tú hiciste preso al arzobispo; porque bien sabías que era hereje; como lo sabía todo el mundo desde su majestad el rey para abajo... ¿O no? Y el inquisidor general ya le tenía sentenciado... Solo faltaba entonces que alguien tuviese arrestos suficientes para atreverse a empapelarle y ponerlo entre rejas... Y ese alguien fuiste tú, amigo Castro. Eso te debe el reino; eso te debemos todos... Hombres como tú es lo que hace falta en España para que no acabemos viéndonos como en Alemania y en Francia...

—No..., no... —replica pausadamente Castro, sujetándole para que no siguiera hablando—. Yo soy un simple servidor del Santo Oficio que cumplió con su obligación. Repito que corresponde solamente al Papa sentenciar. Si Carranza es o no hereje lo dirá Roma.

—¡Ah, Roma! —salta el gobernador Bustos—. Bien enterados estarán aquellos sabios doctores de lo que dijo e hizo Carranza... ¿Quién le mandaba ir a Valladolid a defender a los luteranos? ¡Y ese catecismo suyo! ¿Acaso no huele a herejía ese catecismo? Y luego va a ver nada menos que al emperador para decirle, en su lecho de muerte, que vale más la fe que las obras; que salva la fe, que no hay condena, que no hay infierno... ¿Qué se creía Carranza? ¿Que diciendo todo eso allí, ante el césar moribundo, adquiría valor de dogma?

—Bueno..., bueno... —dice Castro—. ¿Por qué no dejamos ya el asunto? Está el pleito donde tiene que estar y no hay más que hablar.

Entonces interviene la joven esposa de don Francisco, expresando con disgusto:

—¡Señores, haced caso a don Rodrigo! ¡Por el amor de Dios, tengamos paz! O acabaremos echando a perder el día de fiesta...

Don Francisco la mira frunciendo el ceño y dice:

—A mí los herejes no me van a echar a perder el día, ni la vida, ni nada... ¡Allá se abrasen en los infiernos! Pero triste es ver cómo surgen cada día santurrones de estos, como Carranza, predicando novelerías, blandenguerías, ñoñerías... ¡Beaterías de iluminados! ¡Con lo que costó ganar estos reinos a los moros! ¡Con la sangre que se pagó para hacer cristiana esta bendita tierra! Y ahí está nuestro católico rey, dale que dale, peleando para que en Roma le haga caso y se acabe de enterar el Papa de que España es otra cosa; que aquí no queremos obispos sermoneadores, ni escritores de catecismos para pobres e iletrados, ni reformas, ni mandangas...; que estamos muy bien como estamos, con la herencia que nos dejaron nuestros abuelos que hicieron la Reconquista.

—¡Muy bien dicho! —exclama el gobernador Bustos, rompiendo a aplaudir.

Los demás aplauden también; todos menos Castro, que alza por encima del aplauso la voz y dice, zanjando la cuestión:

—¡Eso, muy bien! Pero, amigos, vamos a comer, a beber y a festejar el día; que no nos corresponde a nosotros arreglar la cristiandad; que para eso está, gracias a Dios, la Santa Inquisición.

Obedeciendo a este mandato, prosigue la comida, que vuelve a tornarse desenfadada y gozosa. Los criados traen el cordero asado: lo trinchan, lo reparten, lo rocían con salsa, lo aderezan con ciruelas, almendras, zanahorias... El aroma exquisito inunda el salón y da comienzo un momento del banquete más entregado, más silencioso, más atento a paladear, a retirar huesos, a mojar pan, a enjugarse con vino...

Y cuando van acabando de dar cuenta del plato y, en su caso, de repetir, la viuda Isabel Manrique, que, justo es decirlo, esperaba el momento oportuno, le dice a don Rodrigo de Castro con aire forzadamente preocupado:

—Don Rodrigo, no sé si sabrá vuestra merced que anda por Madrid la Frailesa.

—¿La Frailesa? —responde él, desconcertado.

—Sí, doña Catalina de Cardona, ¿no sabe vuestra merced quién es? ¿No sabe que la llaman la Frailesa?

—¡Ah, la ermitaña! —exclama él.

Doña Isabel esboza una sonrisa que acrecienta las arrugas de su cara. Lanza al inquisidor una larga mirada, maliciosa, y luego observa:

—La gente va diciendo por ahí que es una alumbrada, que la Santa Inquisición la anda investigando. ¿Qué hay de eso?

Don Rodrigo no levanta la mirada del plato, pero responde:

—Apañado estaría el Santo Oficio si tuviera que moverse al viento que sopla con cada cabeza loca...

La viuda, al oírle decir aquello, no puede aguantarse las

ganas de reír, se lleva la mano a la boca y contiene una carcajada. Luego dice en tono jocoso:

—¡Pues menuda la que está liando esa! Tendría que ver vuestra merced cómo va por ahí, de palacio en palacio por Madrid, vestida a guisa de fraile descalzo y pidiendo limosnas para hacer un convento, mas no de monjas, sino de varones... ¡De santos varones dice ella!

—¿Vuestra merced la ha visto? —le pregunta Castro, circunspecto.

—Sí.

—¿Dónde?

—En casa de la princesa de Éboli, que es donde mora y donde predica... Porque... también predica...

—¡¿Ah, también predica?! ¿Y qué predica?

—¡Qué sé yo! Cosas raras, chifladuras, extravagancias... Ya sabrá vuestra merced qué cosas: cosas de alumbrados...

Don Rodrigo se desconcierta todavía más, cambiándosele el color de la cara. Traga saliva, baja la mirada rehuyendo la de la dama y permanece en silencio. Entonces doña Isabel hace un mohín, asustadiza al verle reaccionar así, y añade:

—¡No se preocupe vuestra merced! ¡Oh, cómo siento haberos hablado de esa tontería! No me lo tengáis en cuenta...

Pero el inquisidor, que es hombre tenaz y riguroso en su oficio, se ha quedado ya profundamente turbado. Aunque no es todavía el momento de decir el motivo, el trasfondo que provoca esa inquietud, y que es mucho más complejo que las inadecuadas, inoportunas e imprudentes afirmaciones que acaba de hacer esa dama. Digamos, de momento, que la comida continuó por lo demás sin mayores novedades. Las palabras y el vino siguieron corriendo.

Después de la mesa, prosiguió la fiesta, con música, con madrigales y alguna que otra pavana que los más mozos se atrevieron a bailar, cuando los vapores se les subieron a las alturas. Incluso don Francisco de Vargas, pese a su edad y su reuma, se arrancó con una gallarda, con su zapateo y todo.

Avanzada ya la tarde, se recibió en la casa a más invitados, como se acostumbraba en estas ocasiones. Se servían entonces dulces y vinos más fuertes: de Jerez, de Málaga, de Valencia... Y el salón se deja para los jóvenes, mientras los mayores se van retirando.

Y cuando don Rodrigo de Castro se despide del dueño de la casa, este le dice abajo en el patio:

—Antes de que te marches, quisiera presentarte a uno de los invitados que acaba de llegar.

El inquisidor le clava la mirada con aire de extrañeza y responde:

—Muy bien. ¿Quién es?

—¿Recuerdas cuando te dije que quería recomendarte a un caballero de la Orden de Alcántara para familiar del Santo Oficio?

—Sí, lo recuerdo. ¿Está aquí?

—En efecto, ha venido porque yo le invité precisamente con la intención de presentártelo. Es el caballero de quien te hablé hace algunas semanas: estaba a mis órdenes en el cerco de Malta y te puedo asegurar que es un hombre en quien se puede confiar plenamente. Con decirte que fue hecho cautivo del turco en la batalla de los Gelves el año 1560 y que, después de estar en Constantinopla cinco años en cautiverio, se escapó y vino a dar el aviso de que los turcos tenían previsto conquistar Malta...

—¡Ah! Ya sé de quién me hablas: es aquel caballero de Alcántara... ¿Cómo se llama...? Sí, el extremeño...

—Don Luis María Monroy de Villalobos: un hombre

de una pieza, ya te digo. No encontrarás a nadie mejor; así que no busques más y dale el oficio. Además de en los Gelves y en Malta, ha estado en Lepanto. ¿Te das cuenta? ¡Es un héroe!

—Sí, sí —dice convencido Castro—. Basta con que tú me lo digas; es suficiente con tu recomendación...

—Bien, pues entonces voy a avisarle; que está arriba en el salón.

—¡Un momento! —le retiene don Rodrigo, sujetándole por el antebrazo—. Hagamos las cosas como Dios manda: mejor será que lo envíes a la Suprema y que yo lo reciba allí. Eso es lo que manda la ley; habrá de hacer el juramento. Precisamente hoy mismo he tomado a mi servicio a un joven subalterno, para que me ayude en las tareas que se me avecinan; un comisario con atribuciones especiales a quien habré de instruir en el oficio durante las próximas semanas... Al fin y al cabo, ese caballero que me recomiendas deberá asistirle a él, más que mí, así que será más oportuno que el subalterno esté presente. Así que dile a ese tal Monroy que vaya mañana lunes a la Suprema... Sí, mañana mismo; no hay por qué esperar más...

—Está bien, hágase como tú lo estimes conveniente, que vas a ser su jefe.

Se dan allí la mano calurosamente, se abrazan y se despiden. El criado de don Rodrigo le espera a la puerta con los caballos ensillados y a punto. Montan y cabalgan despacio atravesando la plaza hacia una calle flanqueada por sobrios palacios, en dirección a la residencia del inquisidor, que está cerca de la puerta de Toledo. Por el camino, Castro medita preocupado; no puede quitarse del pensamiento lo que doña Isabel Manrique le ha dicho: que en Madrid está Catalina de Cardona; esa extraña mujer a quien se conoce como la Frailesa.

# LIBRO III

En el que se adquirirán grandes conocimientos de las
tareas propias de la Santa Inquisición y se
aprenderán cosas harto interesantes: como quiénes
son los herejes llamados alumbrados, así como sus
artes de espejuelos y seducciones; y se sabrá quiénes
eran la beata de Piedrahíta, la diabólica monja
Magdalena de la Cruz y la excéntrica doña Catalina
de Cardona, conocida como la Frailesa.

# 1. PRIMER DÍA DE TRABAJO EN EL SANTO OFICIO

Sobre las siete de la mañana del lunes 23 de abril, fray Tomás Vázquez se dirige, por patios y corredores de las dependencias de la Suprema Inquisición, a ponerse al servicio de don Rodrigo de Castro. Su estado de ánimo es un tanto raro: no ha tenido aún tiempo suficiente para asimilar del todo la excepcional función que se le otorga, y sus pensamientos vagan en una suerte de confusión originada por suposiciones, temores y conjeturas. Lleva la cabeza baja, cubierta con la capucha, como si lo que hace fuera algo furtivo; como si el simple deambular por allí le convirtiese en un temerario que osa adentrarse en un territorio prohibido. De pronto, en el vestíbulo se topa con dos presos encadenados, escoltados por cuatro alguaciles armados con varas. Más de una vez el joven fraile había visto hombres arrestados, que siempre despertaban en él un sentimiento de incomodidad, de compasión, de aprensión; pero el encuentro de esa mañana le causa un sobresalto extraño y peculiar. Aquellos dos presos no tienen en absoluto apariencia de malhechores; no son bandidos de aspecto atroz, de fisonomía inhumana o ferocidad visible; por el contrario, parecen gente corriente; incluso podrían pasar por ser hidalgos o burgueses propietarios de algún negocio, de una tienda o un taller. De repente, se le antoja que también a él puedan apresarlo y conducirlo de la misma manera, por los pasillos de aquellas dependencias frías y sobrias del Santo Oficio; por el simple hecho de haber dejado escapar alguna frase aventurada, una alocada reflexión o una hipótesis desatinada en materia de fe. Un estremecimiento recorre su cuerpo, aprieta el paso y prosigue nervioso por el interminable pasadizo que conduce al despacho. En el camino se encuentra con el anciano asistente del inquisidor, que lo saluda y lo acompaña arrastrando ruidosamente los pies, sin decir nada, circunstancia que a fray Tomás le inquieta aún más. Ya en el recibidor angosto y oscuro, se sienta en la misma silla que el día anterior para esperar, mientras el anciano desaparece por las estancias interiores. Una ansiedad incomprensible le impide concentrarse, pensando en los presos y los alguaciles armados. Entonces empieza a sentir que aquel oficio no es para él; que se halla en lugar equivocado y que no será capaz de acostumbrarse a tener que ver frecuentemente escenas como la que acaba de ver, o aún peores... En ese momento, oye pasos cerca, en el pasillo; alguien se aproxima con un caminar resuelto, y supone que será don Rodrigo de Castro. Se pone en pie y espera sin poder contener el nerviosismo que se ha apoderado de él. Pero quien aparece no es el inquisidor, sino un caballero de unos treinta años, grácil, jovial, bien parecido; la barba y los cabellos castaño claro, los ojos verdosos y una expresión audaz en el semblante. Se detiene, mira a fray Tomás y dice con determinación:

—Mi nombre es Luis María Monroy de Villalobos, caballero de Alcántara; vengo citado por el señor inquisidor don Rodrigo de Castro Osorio. En la puerta me han enviado a este departamento...

—Yo soy fray Tomás Vázquez, de la Orden de Santo Domingo; subalterno del inquisidor don Rodrigo de Castro.

—¡Ah!, mira por dónde... —exclama el caballero—. Pues yo venía a...

—Un momento, un momento —le dice el fraile, comprendiendo que se dirige a él con ánimo de decirle a qué viene—. He dicho que soy subalterno del inquisidor; mas es justo añadir que hoy es mi primer día de trabajo a su servicio; por lo cual, de momento, no podré serle de ninguna utilidad a vuestra merced.

—Comprendo. También yo es la primera vez que vengo... Y espero que no sea la última...

A fray Tomás le pica la curiosidad; se aguanta de momento, pero, al cabo, acaba preguntando:

—Si espera vuestra merced que esta no sea su última visita al Santo Oficio, no ha de estar aquí por nada malo...

—¿Malo? ¿Qué quiere decir vuestra caridad?

—Bueno, ahí en la puerta había unos hombres encadenados. Ya me entiende... No fuera a ser que vuesa merced...

—¡Oh, no, nada de eso! —responde, riendo el caballero—. ¡Dios me libre! Si estoy aquí es por motivos muy diferentes: vengo llamado por si fuera el caso de emplearme como familiar del Santo Oficio. A mis superiores de la Orden de Alcántara les pareció oportuno ese destino para un servidor.

—¡Qué casualidad! —exclama sonriente fray Tomás—. ¡Y viene vuestra merced al despacho de don Rodrigo de Castro! A ver si va a resultar que vamos a ser compañeros...

—Eso, a ver si va a resultar...

Están en esta conversación tan amigable, cuando aparece el anciano asistente del inquisidor para anunciarles:

—Su señoría no podrá recibir a vuestras mercedes inmediatamente; porque está en reunión privada con su excelencia reverendísima el inquisidor general. Así que tendrán que esperar vuestras mercedes hasta nueva orden.

El caballero y el fraile se miran y comparten el efecto que provoca en ellos este anuncio.

—No tengo nada importante que hacer esta mañana —dice el uno, encogiéndose de hombros.

—Y yo no tengo más obligación que estar aquí —contesta el otro—. Así que ¡a esperar!


## 2. PREOCUPACIÓN EN LA SUPREMA INQUISICIÓN

En una estancia no demasiado lejana al lugar donde se encuentran fray Tomás y don Luis María Monroy, a puerta cerrada y en reservada intimidad, se hallan sentados frente a frente dos altísimos miembros de la Suprema y General Inquisición: en su sillón, tras la robusta mesa del despacho, don Diego de Espinosa Arévalo, obispo de Sigüenza, cardenal, presidente del Consejo de Castilla e inquisidor general de España; ante él, está don Rodrigo de Castro. Hablan a media voz, en extremo serios, cariacontecidos; compartiendo una materia peliaguda que les trae desde hace algún tiempo inquietos, desazonados, y que deben tratar de analizar, comprender, calificar y juzgar en su caso; por ser materia oscura, tortuosa, de urdimbre enrevesada, de ramificaciones difícilmente domeñables, de espinoso conocimiento y consecuencias en todo orden imprevisibles: el caso de los llamados «alumbrados»; asunto que requiere gastar muchas horas de los quehaceres del Santo Oficio: investigaciones, lectura y examen de documentos, coloquios, enseñanzas, lecciones, adiestramientos... De todo eso tratan y, sería por ello, por lo que don Rodrigo de Castro le está diciendo al inquisidor general con absoluto convencimiento:

—Excelencia, todo lo que aprendamos, todo lo que estudiemos, todo lo que averigüemos sobre los alumbrados siempre será poco... Tal es la complejidad de esta pravedad herética que el diablo ha sembrado en España...

Don Diego de Espinosa le escucha muy atento, asintiendo con circunspectos movimientos de cabeza; es un hombre voluminoso, envuelto en rojas vestiduras, aunque blanco como una sábana: blanca su lacia barba, empalidecida la tez, blanco el cabello; parece todo él una dura y fría estatua de yeso; inexpresivo el rostro y los ojos impávidos, acuosos, entrecerrados; la papada dilatada, cubierta de vello cano hirsuto, desapareciendo como algodón bajo el cuello escarlata de la esclavina. De vez en cuando, se le desliza una lágrima por la pálida mejilla hasta el níveo bigote; porque padece alguna dolencia en la vista agotada. Hasta hace poco tiempo gozó de gran fortaleza física; ahora en cambio le va faltando la salud, sufre dolores de vientre, vomita a menudo, duerme mal y se ve asaltado por repentinos e insufribles picores por todo el cuerpo, que le hacen sudar, al tener que aguantar el irrefrenable deseo de rascarse. En efecto, pierde de día en día su vigor; sin embargo, es por lo demás un hombre poderosísimo: ocupa los dos puestos más importantes de la monarquía hispánica después del rey; es presidente del Consejo Real de Castilla e inquisidor general; por la gran confianza que en él tiene depositada Felipe II; porque gozó siempre la ganada fama de ser hombre sin tacha, de gran virtud y de un celo rayano en la exageración, amigo de la objetividad y de la franqueza, ecuánime, directo, firme. Son muchas sus virtudes y se le conocen pocos defectos. Y la estima del rey conlleva, naturalmente, el aprecio de los grandes, como el duque de Alba o el príncipe de Éboli.

Don Rodrigo de Castro le debe mucho al cardenal Espinosa: su cargo en la Suprema, sus ascensos y la protección permanente frente a las envidias y los recelos que siempre suelen rondar a quienes ostentan importantes responsabilidades. Así que está dispuesto a complacerle en todo. Y como está al tanto de que le alarman sobremanera los herejes llamados «alumbrados», ha decidido consagrarse a perseguirlos para aliviar en él esa preocupación.

El inquisidor general conoce bien a Castro; confía en su tenacidad y está enteramente dispuesto a delegar en él tan espinoso asunto. Así que le dice:

—Sabemos que vuestra señoría estará ya manos a la obra; examinando, averiguando, preguntando...

—En efecto, estoy estudiando con sumo detenimiento el asunto —prosigue él, con aire de gravedad—. Y si vuestra excelencia tiene tiempo suficiente, si sus muchas obligaciones se lo permiten... En fin, no quisiera dármelas de nada delante de vuestra presencia; pues conozco vuestra vastísima sabiduría y sé que nada se escapa a la sutileza de vuestra inteligencia y recto juicio... Pero siento que debo haceros algunas consideraciones en este afanoso negocio que nos ocupa...

—Hable vuestra señoría y diga todo lo que sabe. Para esto no hay prisa alguna...

Castro, agradecido por esta licencia, inclina la cabeza, para luego erguirse muy seguro de sí y, como si diera inicio a una lección magistral, empieza diciendo:

—Las noticias más remotas que tengo de los llamados

«alumbrados» me las dio en Salamanca mi maestro fray Melchor Cano, quien solía decir que los mayores peligros de herejía en España no provienen de los seguidores de Lutero, ni de Melanchton, ni de Erasmo... sino de los pertinaces alumbrados, de sus éxtasis, arrobamientos, contemplaciones y desmayos; movimientos libidinosos que no ocultan otra cosa que la pura lujuria, envuelta en las lumbreras de las visiones y revelaciones aparentemente prodigiosísimas. Porque el alumbrado, una vez alcanzada la fama de perfección y santidad por puro «derretimiento en amor de Dios», se torna impecable para sus incautos seguidores, y le es lícita toda acción cometida en tal estado. Y resulta corriente que estos perversos, siendo clérigos, soliciten de amores a sus discípulas y penitentes, convenciéndolas de que, al fin y al cabo, todo amor viene del Creador. Como las monjas, llegadas a cierta edad sin haber conocido varón, buscan consuelos torcidos disfrazados de ardores místicos y desmayos. Nacen pues de estos errores y torcidas doctrinas toda clase de concupiscencias e impuros actos, los cuales no tendremos más remedio que exponer, aunque causen desagrado, rubor e incluso estupor a quien los refiere, e intuimos que pudiera llegar a ofender sobremanera a alguien tan virtuoso como vuestra excelencia reverendísima. Por eso, solicito la previa indulgencia y la comprensión de quien ha de formarse juicio mediante la discreción de estas averiguaciones.

El inquisidor general está admirado por la manera en que Castro diserta. Asiente con la cabeza y otorga apremiante:

—Puede vuestra señoría decir cuanto convenga para aclarar bien las cosas. A mi edad, ya no me asusto de nada...

Esta licencia hace que don Rodrigo prosiga más tranquilo su discurso:

—El origen y las causas de los hechos que hemos de narrar se arrastran de largo. Digamos que difícilmente se podrá hallar un fundamento primero, sino un encadenamiento de causas cuyo orden no está a nuestro alcance determinar. Queremos decir que se aprecian más bien unos estados que son fruto de inesperadas asociaciones imaginativas de ideas y pasiones, más que ordenados por el curso de la lógica racional. Por tal motivo, deberemos ser francos: en todas las épocas de la historia de las religiones, y la nuestra no se ha visto libre de ello, ha habido quienes se han servido de la propia devoción para practicar los deseos carnales, o sea, para dar rienda suelta fácilmente a los empujes del sexo. Y en estos días, como siempre ocurrió, han surgido hombres y mujeres que con engaños, artes de persuasión, falsos enredos espirituales y fingimiento, queriendo representar que alumbran las almas de sus semejantes, no hacen sino obedecer a las bestiales leyes de la carne. Por eso ha ya tiempo que a estos se les dio el acertado nombre de «alumbrados»...

Y de esta manera, el inquisidor Castro le va explicando con sumo detenimiento a su jefe en qué consiste esta perniciosa herejía, cuáles son sus potenciales peligros y la manera de atajar a sus adeptos, sin ahorrarle un concienzudo análisis a base de nombres, definiciones, conceptos, naturaleza, causas, derivaciones... Pero, no siendo este el momento ni el relato oportuno para cansar al lector con tan exhaustivo estudio, abarrotado de sutilezas teológicas y jurídicas, bastará decir que el cardenal don Diego de Espinosa no manifestaba empero galbana a la hora de recibir tales informaciones, pues consideraba que era obligación unida a su cargo estar bien informado de aquello sobre lo que debía inquirir, formarse juicio y condenar si era el caso.

Llegados a este punto, será pues más pertinente revelar la causa de la gran preocupación que atenazaba el ánimo de los inquisidores; la que despertaba en ellos una vez más el celo y la necesidad de buscar alumbrados: la presencia por entonces en los ambientes de la Corte madrileña de un personaje singular e inquietante; una extraña beata y eremita envuelta en delirante fama de santidad y a la que se nombraba con el turbador apodo de la Frailesa.

## 3. CATALINA DE CARDONA

Cierto es que ya desde tiempo atrás venían surgiendo noticias sobre monjas y ermitañas que habían adoptado estados de vida ascética exagerados, rondando los límites del fanatismo y la falta de la mínima cordura; prendiendo en ellas como un furor, una ansiedad desordenada de santidad y una nostalgia de los antiguos anacoretas. Muchos —varones también— parecían enloquecer tras la senda del profeta Elías y buscaban aquellos lugares inaccesibles, agrestes, inhóspitos, desiertos, yermos o montuosos donde perderse, tal vez añorando como él un carro de fuego que les arrebatase y transportase a la presencia divina. Mas ese desierto que cobijó a los esclarecidos eremitas de la antigüedad, como san Jerónimo o san Juan Crisóstomo, y les llevó hacia el Ángel y hacia Dios, es peligroso lugar, pues a otros muchos les condujo hacia la bestia y el diablo. Como parecía sucederles a ciertas almas sugestionadas, demasiado ardorosas y confiadas en sus únicas fuerzas, aventuradas temerariamente a ser como santa María Magdalena, de la cual contaba el *Flos sanctorum* que, tras ver al Señor resucitado, se retiró a vivir en la cueva donde los ángeles le prepararon una celda, y cada día, a las horas canónicas, era transportada al cielo para asistir a los oficios divinos en compañía de los apóstoles y en presencia del mismísimo Jesucristo. O tal vez seguían el ejemplo de María Egipciaca, que se retiró al desierto tras una vida de prostitución, allá por el siglo V, según relata en sus escritos el patriarca Sofronio. Lo cierto es que en pleno siglo XVI —como le explicaba don Rodrigo de Castro al inquisidor general en su largo informe— «surgen nuevas y ardorosas "bienaventuradas magdalenas" que, sintiendo el deseo insaciable y la irrefrenable pasión que les lleva a dejar la Corte, los palacios y la compañía de los poderosos de este mundo, corren a buscar la soledad, la pobreza y las penitencias severas... Mas, sin reparar en el riesgo que esto comporta, muchas de ellas se extravían, alumbrándose con fantasías, quimeras, ensoñaciones...; creyéndose que ven y hablan con el Señor, la Virgen o los santos..., fingiendo tener visiones y recibir dones sobrenaturales... En fin, que se hacen alumbradas y confunden a muchos que las toman por santas...».

Y la susodicha Frailesa, que andaba por Madrid, según ciertos indicios, parecía ser una de ellas. Era pues preciso dilucidar si estaba realmente tocada por la gracia o, en cambio, por los desvaríos de un alma atormentada. Lo cual correspondía solamente a la Inquisición; motivo por el cual don Rodrigo de Castro se hallaba reunido con el inquisidor general.

Ya se habían hecho las pertinentes averiguaciones por quienes tenían competencia para ello y los primeros informes están consignados en el archivo del Santo Oficio. Según se sabe, el nombre de bautismo de la Frailesa es Catalina y su apellido viene de noble estirpe: de la casa de

Cardona. Nació en Barcelona, en torno al año 1519; sin que hubiera sido engendrada en el seno de matrimonio legítimo, sino que fue hija natural de don Ramón de Cardona, general de los Tercios en Nápoles. Llevada por eso muy niña a Italia, lejos de su madre, que era parienta próxima a los príncipes de Salerno, siendo Catalina de edad de trece años, y muerto ya el padre, quisieron casarla con un caballero muy principal, que murió antes de celebrarse el matrimonio. Entonces ingresó en el convento de Capuchinas de Nápoles, donde permaneció algunos años. Hasta que en 1557 vino a Valladolid como camarera de su parienta la princesa viuda de Salerno, doña Isabel de Vilamarí y Cardona. Durante este tiempo cuidó de los príncipes don Carlos y don Juan de Austria, que la amaron como a una madre y el propio rey Felipe II la tuvo en gran estima. Será este el motivo por el que, muerta la princesa de Salerno, su majestad dispuso que Catalina fuera a vivir al palacio del príncipe de Éboli, don Ruy Gómez de Silva. Parece ser que fue allí donde esta apasionada dama se aficionó a hacer grandes penitencias: ayunar cuatro días a la semana, no comer jamás carne sino berzas cocidas, dormir en jergón de paja, vestir solo sayal basto y pardo, ceñirse con recias cadenas de hierro... Mas no pareciéndole todo eso suficiente vida ascética, resolvió abandonar el palacio. Y un día desapareció, escapando —dicen— por una ventana. Hay quien asegura que la ayudaron a huir algunos clérigos con cierta fama de alumbrados. Pero nadie pudo hallar confirmación de este extremo.

El caso es que Catalina de Cardona anduvo en paradero desconocido durante algunos años. Hasta que al fin se supo que vivía escondida, retirada en una cueva del término de La Roda, obispado de Cuenca, próxima a la villa del río Júcar; en inhóspito lugar, entre zarzales, romerales y jarales, dedicada a la oración, alimentándose de hierbas silvestres, rumiando como los animales, vestida con hábito de hombre y sin tener trato con persona alguna. Allí fue descubierta por algún pastor que contó a los lugareños el extraño hallazgo, suscitándose gran curiosidad y popularidad entre las gentes, que empezaron a acudir con veneración hasta formar verdaderas peregrinaciones de multitudes.

Llegada la noticia a la Corte, tan dada al entretenimiento de alzar a los altares santos en vida, se armó un gran revuelo y empezaron a propagarse toda suerte de invenciones de prodigios y revelaciones de la ermitaña. Todo el mundo quería verla y recibir sus bendiciones, máxime los enfermos y tullidos. Los escritos que narraban el hecho decían que aquel paraje de La Roda, donde se hallaba la cueva, llegó a estar plagado de carros, tiendas de campaña y abigarradas multitudes que buscaban tener cerca a la «santa ermitaña». Se convirtió de esta manera el lugar en centro de peregrinaciones y acudían incluso los grandes de Castilla. Hasta se contaban milagros, como al parecer el que hizo a un tal Juan de Tovar, loco, a quien, por mano de Catalina, Dios —decían— devolvió el juicio y, curado, tomó el hábito de fraile.

Y la fama de la Frailesa se extendió por Madrid, hasta llegar a oídos de doña Ana de Mendoza, princesa de Éboli, que era muy aficionada a esta suerte de santos en vida; emocionándose mucho al conocer que aquella a la que consideraba su «santa» propia era célebre y hacía milagros. Y, entonces, creyendo tener autoridad sobre ella, le pareció oportuno traerla de vuelta a la Corte y que fuera recibida en la capital del reino conforme a la gran admiración que despertaba entre la nobleza y el pueblo. Sin reparar en que ya muchos ponían el grito en el cielo, porque percibían en todo aquello un evidente tufo a alumbradismo, y corrían a advertir a la Santa Inquisición de que la cosa se estaba sacando de quicio.

El inquisidor general se enteró y, consecuentemente, se alarmó. Es el cardenal Espinosa muy amigo del príncipe de Éboli; frecuenta su casa y no desea contemporizar con una presunta alumbrada; teme además causar escándalo si no pone freno a los delirios de la princesa y su Frailesa.

## 4. LOS FUNDADOS TEMORES DEL INQUISIDOR GENERAL

Una gran expectación se había apoderado de las gentes de Madrid, al saberse que andaba por ahí una suerte de santa ermitaña que hacía milagros y profetizaba, con visos de beatitud insólita; vestida con hábito de varón carmelita. Pero la Santa Inquisición, que tenía un desarrollado olfato para detectar los errores, los excesos fanáticos y las maniobras de los herejes, sospechaba que, detrás de esa extraña mujer, pudiera estar solapándose una vieja amenaza: los desatinos y los delirios peligrosos de los alumbrados que, envueltos en un falso halo de santidad y preconizando su fama por sutiles maniobras, se hacían rodear por muchedumbres incautas, pretendiendo con apetito interesado la amistad de los grandes del reino, para protegerse y acomodarse en sus pretensiones de alcanzar en vida los altares.

Este es el motivo de la gran preocupación del inquisidor general; por eso ha mandado llamar a don Rodrigo de Castro y entre ambos tratan de determinar qué es lo que corresponde hacerse, después de analizar los informes que obran en su poder sobre Catalina de Cardona.

Agotado, insomne, enfermo, el cardenal le habla con aquella voz ronca que casi se le ahoga en la garganta:

—No nos dan respiro —dice apesadumbrado—. ¿De dónde saldrá tanta loca, tanta ilusa, tanta iluminada...? El demonio está resuelto a no darnos tregua. Conseguimos acallar a una alumbrada y al día siguiente sale otra peor aún... ¡Como de debajo de las piedras! Este reino nuestro produce más alumbrados que trigo... Primero fue aquella Magdalena de la Cruz, hace ya cuatro décadas, aquella endemoniada que logró convencer a toda Córdoba y a España entera de que era la mayor santa que ha habido... ¡Hasta el emperador la creyó a pie juntillas y la reverenció! Y, detrás de ella, una tras otra, no pasan tres años sin que salga una monja o una ermitaña y haga creer a todo el mundo que trata con el mismísimo Espíritu Santo, que es una bienaventurada María Magdalena rediviva a quien Cristo habla en persona... No, no nos dan respiro...

Compadecido de su desazón, le ataja Castro con mucho ánimo:

—Tiene toda la razón vuestra excelencia... Pero repare en que ese es precisamente nuestro oficio: para eso estamos nosotros aquí. Esa es la tarea santa de los inquisidores: buscar, indagar, determinar, juzgar y sentenciar. Porque eso significa «Inquisición» que viene de «inquirir», que no es otra cosa que averiguar con cuidado y diligencia si hay engaño en las cosas de la fe. Si hay verdad, dejarlas estar y que sea el Altísimo quien las haga crecer en su Divina Providencia; mas, si hay error y falsedad, meter la hoz, segar la mala hierba y que arda, para que no quede rastro de la cizaña y la buena espiga florezca y dé buen fruto... ¿O no nos han enseñado que ese es el motivo y la razón del Santo Oficio? ¿Y no es por eso «santo» el oficio que nos han encomendado?

Se queda pensativo el cardenal, mirándole, y luego responde con una sonrisa leve:

—Esa es en efecto nuestra tarea, esa es nuestra misión. Gracias, mil gracias por recordármelo. Y disculpe vuestra señoría mi agobio... ¡Tengo tanto trabajo y tan poca salud!

—¿Y para qué estoy yo aquí? —replica él—. ¿Para qué me dio vuestra excelencia reverendísima este oficio? Ya sabe que estoy dispuesto a trabajar sin descanso para aliviarle en lo que esté en mis manos.

—Bien, muy bien. Confío en vuestra señoría. Pero no quisiera armar revuelo y, mucho menos, incomodar al príncipe de Éboli... Es un buen amigo, una excelente persona, un cristiano de pro... Nadie debe saber que estamos detrás de la Cardona... El príncipe se disgustaría y, además, sería muy triste que su majestad llegase a enterarse... El rey estima a esa mujer...

—No tema vuestra excelencia reverendísima —contesta con aplomo Castro—. Ya sabe cómo un servidor hace estas cosas...

Sonríe con más amplitud el cardenal, hincha el pecho fatigoso, suelta un suspiro de puro alivio y se levanta de su asiento, como dando por concluida la reunión.

Don Rodrigo entonces se pone de pie también y añade:

—Haré todo con sigilo, como manda el secreto del Santo Oficio. Nadie sabrá de mis indagaciones. Descuide, excelencia, que se hará la gestión sin molestar a nadie, sin aspavientos ni escándalos innecesarios...

Dicho esto, besa la mano del inquisidor general y sale con paso decidido, demostrando entereza y resolución, sin darle la espalda, mientras el cardenal le dice afectuosamente:

—Dios os pagará tanta fidelidad y tanto denuedo. ¡Id con Dios!

Y, de esta manera, contento por sentir que cumple con su deber, el inquisidor Castro llega a la puerta de su despacho; donde, al verle aparecer, ya se levantan del banco y se inclinan con reverencia fray Tomás y el caballero Monroy, que le están esperando.

—¡Ah! —exclama él, como saliendo de la profundidad de sus pensamientos—. ¡Ya están vuestras caridades aquí! ¡Perfecto! Despacharé en primer lugar con fray Tomás. Y después, a última hora de la mañana, atenderé a vuestra merced —le dice a Monroy.

Entra con el joven fraile en el despacho. El anciano asistente cierra la puerta por fuera y se hace de momento un silencio un tanto extraño, hasta que, mientras toma asiento, Castro dice cordialmente:

—Siéntate, fray Tomás. Debemos hablar con calma y sin prisa. He de instruirte, sin olvidar el mínimo detalle, para que podamos hacer las gestiones necesarias y salir airosos de un arduo trabajo que me ha sido encomendado... Lo cual —prosigue con aire grave ahora— viene directamente del más alto estamento de la Suprema y General Inquisición: nada menos que del cardenal don Diego de Espinosa, el inquisidor general. La cosa es pues de suma trascendencia... Él ha decidido actuar en este caso personalmente, evitando poner en funcionamiento todo el peso de los mecanismos, personas y procedimientos ordinarios del Santo Oficio... Es decir, se trata de un típico caso de indagación o pesquisa previa, que se hace en determinadas ocasiones por los cauces del riguroso secreto, sin calificaciones, consultas ni interrogatorios a testigos; y mucho menos con participación de los familiares de la Inquisición. Es un asunto harto delicado que requiere una forma de actuación adecuada y sutil...

Esto lo recalca seguidamente don Rodrigo haciendo especial énfasis en estas palabras: «tacto», «manera escondida», «con suma cautela», «sin que nadie sospeche lo más mínimo»... Y mientras habla con susurros, sus ojos grises tienen un brillo especial, frío, inquietante, y sus manos delgadas, blancas, se mueven con delicadeza.

—¿Me estás comprendiendo? —insiste, mirando a fray Tomás muy fijamente—. ¿Alcanzas a vislumbrar la delicadeza y el extremo cuidado que requiere el asunto?

Asiente con seriedad el fraile:

—Sabe bien vuestra reverencia que puede confiar plenamente en mí. Dígame sin miedo alguno de qué se trata. Un servidor, humildemente, necesitará estar preparado para todo ello.

Las cejas de Castro, grises, finas, se fruncen hasta juntarse; su semblante se manifiesta seguro. Dice con suma calma:

—Se trata de algo que tiene que ver con altísimos caballeros y damas de la Corte. Y, en cierto modo, con el rey nuestro señor.

Fray Tomás palidece y se echa hacia atrás en el asiento, perplejo. Y él, al ver su reacción, se apresura a añadir:

—El asunto es grave en extremo y tú y yo debemos actuar con inteligencia y precaución. Todo lo que tiene que ver con su majestad el rey no está exento de riesgo... Escribe pues esto en tu mente: nadie debe saber que hemos tratado acerca de este asunto hasta que yo te lo diga. A partir de este momento, estamos dentro de lo prescrito por la sagrada ley del secreto del Santo Oficio. ¿Has comprendido?

Asiente el ayudante con profundos y reverentes movimientos de cabeza. Y no dice nada más, dispuesto solo a escuchar, sintiendo que el peso de la responsabilidad de su superior empieza a trasladarse a su persona.

—Sé que lo que voy a decir —prosigue el inquisidor— ha de sonar por fuerza muy duro a cualquier oído y que incluso puede resultar difícil de creer. Pero, quienes tenemos encomendado este oficio tan particular, debemos estar preparados para todo: para escudriñar los más inverosímiles vericuetos por los que el diablo pretende llegar al fondo de las almas, para confundirlas y embrollarlas; para conducirlas a hacer cualquier cosa que perjudique a la verdadera fe. Pues es consabido que a Satanás no le interesamos nada los hombres, sino que únicamente se empeña en oponerse a Dios... Y para ese fin pertinaz, maligno, tienta sobre todo a quienes más altos están, a aquellos cuya responsabilidad alcanza al cuidado de las almas de los reinos cristianos y de las cosas de nuestra religión: los arzobispos, obispos, príncipes, grandes... ¡Reyes! Sobre todo eso, a los reyes más que a nadie busca tener el demonio... Y es de comprender que así sea, pues, teniendo el tentador bajo su dominio a los más poderosos de este mundo, le será más fácil lograr que todos los demás vengan a su mano, le obedezcan y se alejen de hacer lo que Dios quiere.

Hecho este discurso a modo de introducción, el inquisidor pone ahora una cara triste, alarga su mano pálida como un cirio hasta el montón de legajos que hay sobre la mesa y, mirándolos con pesadumbre, añade:

—Estos documentos son la prueba de lo que acabo de decirte: aquí tengo la evidencia de que esa pestilencia maldita de los alumbrados ha intentado porfiadamente, una y otra vez, infectar a los más altos hombres de nuestro reino. El inquisidor general puso en mis manos estos papeles comprometedores, secretísimos, reunidos durante décadas de pesquisas y custodiados en el más recóndito y privado de los archivos de la Suprema. Leídos por separado los procesos, con las calificaciones de los letrados, los testimonios de los denunciantes y los interrogatorios de los testigos, pudieran parecer el resultado del trabajo ordinario del Santo Oficio; mas, en conjunto, o sea, estudiados como si de un único proceso se tratara, se aprecia claramente que hay una fuerza e intención unitaria en todos ellos. Este conjunto de documentos son el relato de la confusión y el error que solo puede tener un padre: Satanás, el príncipe de la mentira y el engaño.

Siente fray Tomás que un estremecimiento le recorre la espalda cuando se hace un silencio frío, en el que estas palabras parecen estar suspendidas terroríficamente en el aire, mientras espera a que el superior reanude sus explicaciones. Pero este, con sus ojos impasibles, le mira sin decir nada, como aguardando a que sea él quien ahora hable. Así que balbuce el fraile:

—Quisiera comprender... Debo entender que esos papeles tan secretos... En fin, ¿vuestra reverencia puede hacerme partícipe de...?

—Naturalmente —responde sin titubear Castro—. Por eso te he mandado venir a mi despacho: para contarte todo sin guardarme nada; igual que el inquisidor general ha hecho conmigo. Puedo y debo hacerte partícipe del fondo del asunto. Porque tanto tú como yo estamos bajo el mismo voto del secreto en el Santo Oficio... Si hemos de actuar en consecuencia, es preciso que nada se nos oculte, que ningún extremo se nos escape...

Se persigna fray Tomás para que vea su superior que tiene muy presente el voto que le sujeta y manifiesta sumiso:

—Estoy dispuesto a todo. A nada temo, pues estamos en manos de Dios. Puede vuesa señoría empezar a hablar cuando lo estime oportuno. Ya sabe que puede confiar en un servidor plenamente.

Se hace a su vez la cruz en el pecho Castro y dice:

—Está bien, empecemos pues. Tenemos todo el día, hasta que caiga el sol, para que yo te instruya sobre los puntos más importantes de lo que me ha sido encomendado, lo cual yo pondré a mi vez en tus manos, confiando en que cuatro ojos ven más que dos. Porque deberé partir pronto para Galicia, donde no puedo demorar más ciertas obligaciones contraídas... Quiero decir con esto que tú debes instruirte mientras estoy fuera, para que, a mi regreso, podamos actuar sin demora... ¿Me he explicado con claridad?

—Sí. Entiendo que he de ocuparme del asunto como si el propio inquisidor general me lo hubiera encomendado a mí. Para eso soy el subalterno de vuestra reverencia...

—¡Exacto! Empecemos pues —dice el inquisidor, rebuscando entre los papeles que tiene sobre la mesa—. Lo primero que debes saber es que el asunto que debemos tratar viene de largo; desde hace décadas, desde los tiempos del cardenal Cisneros, cuando sonó por primera vez el nombre de «alumbrados». Aquí tengo aquel primer proceso, en el que se juzgó y castigó a un fraile franciscano de Ocaña que empezó a predicar sobre una supuesta revelación que decía haber recibido del cielo, en la que se le mandaba ayuntarse carnalmente con ciertas mujeres santas para engendrar en ellas profetas... Ahí empezó todo... Sus incautas seguidoras le creían... ¡Qué barbaridad! Ya ves qué ocurrencia: ¡engendrar profetas! Cualquier pretexto es bueno para el fornicio...

A punto está fray Tomás de echarse a reír, pero se contiene. Castro lo nota y añade:

—Podría hacer gracia; si no fuera porque aquel desgraciado embustero causó extravío para muchas almas incautas... Ese descarriado anduvo «engendrando profetas» durante tres años, hasta que el Santo Oficio puso fin a sus desvaríos lujuriosos...

## 5. EL DESCONCERTANTE CASO DE LA LLAMADA «BEATA DE PIEDRAHÍTA»

El siguiente legajo que el inquisidor Castro le entrega a fray Tomás para que lo estudie es mucho más complejo y preocupante que el de aquel fraile lujurioso de Ocaña. Se trata ahora de una monja que verdaderamente llegó a ser considerada santa en vida y cuya existencia transcurrió durante largos años en la proximidad de los hombres y mujeres más grandes del reino, incluido el propio rey católico don Fernando de Aragón.

Los documentos del proceso que el inquisidor guarda en sus archivos son abundantes y harto sustanciosos. Don Rodrigo, que los conoce a la perfección, los va hojeando y narra la historia de aquella extraña mujer:

—Hija de labriegos devotos, al parecer dedicó su infancia, desde temprana edad, a las obras de caridad y a la oración. Ingresó más tarde en la Orden Terciaria de los Dominicos y tomó el nombre de María de San Domingo. Trasladada a Ávila, su personalidad atrayente, su fervor y sus dotes de persuasión pronto agrandaron su fama. Durante horas permanecía orando y solía tener arrobamientos. Nada particularmente preocupante se descubría en ella hasta aquí: no parecía ser viciosa en principio ni dada a la lujuria. Pero más adelante la cosa se complicó: quedábase como tiesa, sin moverse lo más mínimo y, extendidos los brazos y piernas, hacía creer a la gente que se fundía en abrazos de vivo amor con Nuestro Señor; decía que Cristo mismo estaba con ella, que ella era la novia y la esposa del Redentor, que ella misma era Cristo hecha uno con Él... Y lo peor de todo es que muchos lo creían, incluido el propio padre superior de los dominicos, que llegó a enviarla a reformar conventos y a inspeccionar las casas de la orden.

»La celebridad de esta monja fue creciendo y, en poco tiempo, las noticias de su persona estaban en la Corte. El propio rey don Fernando II de Aragón quiso tenerla cerca y la llamó a Burgos en 1507. Allí permaneció causando admiración en algunos y desconcierto en otros. Hasta el cardenal Cisneros la tuvo en estima y creyó que, si bien era mujer inculta, recibía la inspiración de la luz sobrenatural y era capaz incluso de sorprender a los más elevados teólogos que trataron con ella.

»No obstante, hubo quien empezó a sospechar de sus "coloquios" con la divinidad y a ver en sus éxtasis el furor de la lascivia. El gran maestro dominico Tomás Cayetano, enterado del caso, advirtió de que podía tratarse de un alma seducida por el diablo y prohibió a los frailes de su orden que trataran con ella. La cuestión era pues complicada. Unos creían ciegamente en su santidad y otros se escandalizaban y pedían que se la hiciese callar por embaucadora.

»Hasta el mismísimo nuncio del Papa se interesó por María de San Domingo y no le parecieron desatinados sus esclarecimientos ni incorrectas sus obras. Esto, unido al aprecio que el rey y el cardenal Cisneros profesaban hacia la monja, hizo que la Santa Inquisición se retuviera en las indagaciones que ya había iniciado, aunque siguió con atención y en secreto sus evoluciones.

»La fama de la beata crecía y acudían a ella cada vez más visitas; nobles, prelados, hombres de letras y miríadas de gentes sencillas querían estar cerca de ella. Entonces muchos frailes que pedían reformas ascéticas en la orden de los dominicos y mayor autenticidad la erigieron en ejemplo y portavoz.

»La cosa llegó a su límite cuando el duque de Alba, cuyo palacio estaba frente al convento de Ávila donde moraba la beata, vino a creer en ella sin asomo de duda. Entonces María de San Domingo empezó a frecuentar los salones ducales, donde trataba con damas y caballeros nobles, incluso durante los banquetes y las fiestas que habitualmente se daban, convirtiéndose la monja visionaria en una atracción más. Incluso se aficionó a jugar al ajedrez y a las damas, llegando a justificar el entretenimiento con el alegato de que el juego y el movimiento de las fichas eran como el hacer penitencia y el aproximarse en el camino del hombre hacia Dios. ¡Menuda fantasía!

»A todo esto, proseguían sus arrebatos y visiones místicas, en presencia de muchos y causando la admiración de los invitados del duque. Cuando comulgaba, decía que veía a Jesús en la hostia y quería convencer a sus admiradores de que tenía un anillo invisible en el dedo que era símbolo de su matrimonio con Cristo.

»Y la Santa Inquisición, que —como ya he dicho— le venía siguiendo los pasos cada vez más cerca, tuvo cumplidas referencias de todos estos devaneos e inició el proceso, a pesar de que la beata gozaba de altísimos protectores. Se la acusó de embaucadora e iluminada en cuatro procesos que se sustanciaron entre 1508 y 1510. En ellos había testimonios muy graves de testigos, los cuales decían que la acusada recibía a mucha gente en su celda del convento, incluso durante la noche, y que los que la visitaban llegaban a sentarse junto a ella en la cama, y que la beata, en medio de sus arrobamientos, era pródiga en abrazos, besos y caricias, los cuales decía que provenían directamente de Dios que manifestaba su amor a través de ella...

»Muchos testificaron contando estas cosas y otras aún peores. Pero, a pesar de ser estas conductas altamente sospechosas de alumbramiento, informaron en favor de la encausada el nuncio del Papa y el cardenal Cisneros... La causa era pues complicada y quedó indecisa.

»No se la condenó. Con el tiempo, la beata fue poniendo más cuidado, advertida por sus superiores y temerosa del Santo Oficio. Pero siguió viendo a los grandes del reino, incluido el rey, a quien llegó a profetizar en persona que conquistaría Jerusalén. Pero don Fernando el Católico murió pocos días después sin lograr tan grande proeza ni emprender siquiera el viaje. Con lo que la beata de Piedrahíta quedó en el mayor de los ridículos, por mucho que ella quisiese disfrazar su profecía de visión meramente espiritual.

Esta historia dejó atónito a fray Tomás. Había oído hablar de la tal María de San Domingo, pero no con tanto detalle, y nunca pensó que llegaría a tener tan cerca los documentos de su proceso, pues era cosa sabida que pertenecían al máximo secreto, por aparecer en ellos el nombre del rey Fernando, bisabuelo de Felipe II.

Pero más se espanta todavía cuando el superior, alargándole el legajo, lo pone en sus propias manos diciendo:

—Aquí tienes los papeles; léelos, estúdialos con detenimiento, empápate bien de esta historia y juzga por ti mismo; como si fuera una causa presente, aunque haya pasado ya más de medio siglo desde que esa alumbrada llegó a confundir a tantos, entre los que se contaron nada menos que el rey, el arzobispo primado y el cardenal Cisneros, el nuncio del Papa, el duque de Alba don Fadrique Álvarez de Toledo y tantos otros hombres pretendidamente sabios, importantes y con altas responsabilidades. ¿Cómo fue posible tan grande engaño? ¿Cómo fue capaz esa embaucadora de convencerles con tan torpes desvaríos y fingimientos?... He aquí nuestro dilema y la causa de nuestra preocupación. Aquella beata loca pudo más que nuestros saberes y llegó a colarse en el sagrado centro de nuestra fe, por pura astucia, por habilidad y poder de persuasión... O mejor dicho, por la astucia, la habilidad y el poder de persuasión del diablo...

—¡Parece increíble! —exclama fray Tomás—. ¡Es increíble!

—Sin duda lo es. Y por eso precisamente estamos tan preocupados. Con María de San Domingo no terminó la enfermedad, sino que ella fue solo el comienzo... Ahora la pandemia se extiende y amenaza con corromper a muchos... Esa es la causa de la honda inquietud del inquisidor general don Diego de Espinosa: si aquella alumbrada pudo llegar a engañar desde el rey para abajo, ¿no es de temer que aquello vuelva a repetirse?

—He comprendido —dice casi temblando fray Tomás—. Esto es mucho más peliagudo de lo que pensaba...

Castro asiente con graves y lentos movimientos de cabeza, mordiéndose el labio inferior y mirándole muy fijamente a los ojos, para así transmitirle todo su desvelo, todo su temor, toda su determinación de actuar... Luego suelta un hondo suspiro y dice:

—¡Y aún no has visto nada! Espera, espera a ver... Pues

hay más, mucho más... ¡Y hasta peor! Prepárate a sorprenderte como no lo esperabas, pues en estos legajos hay cosas más terribles aún que esas que te cuento...

## 6. ¿OTRO PROCESO MÁS INQUIETANTE TODAVÍA?

Don Rodrigo se levanta y va hacia uno de los estantes que está situado a la derecha de la mesa. Observa con circunspección el lomo de cada volumen, examina, palpa con sus manos delicadas, acostumbradas al manejo de los documentos; hojea, revisa con atención meticulosa y, finalmente, da con el legajo que busca. Mientras deslía las ataduras, observa con voz resonante:

—¡Aquí! Aquí está el proceso completo... He aquí el relato de los hechos más diabólicos y truculentos de cuantos hayan sido juzgados por el Santo Oficio: la causa contra la monja cordobesa que gozó durante gran parte de su vida de la mayor fama de santidad que pueda corresponder a persona alguna antes de haber expirado... Es este ciertamente un caso en extremo complejo, que llegó a tener en vilo a los inquisidores de su tiempo; y que hoy, pasadas más de dos décadas, no deja de desconcertar a quienes lo repasan y estudian...

Por un instante, parece que don Rodrigo de Castro pierde el hilo de sus explicaciones, como si ese desconcierto le invadiese, como si una prevención le naciera dentro y le paralizase. Permanece ahora callado, contemplando los pliegos, y, de vez en cuando, alza la mirada al techo, como pidiendo fuerzas a lo alto. Para, un instante después, continuar explicando:

—Sí... he aquí el proceso de la diabólica monja... Mejor sería llamarla monja del demonio, su maestro; maestro en pudrición, en corrupción de las almas... Esta es la causa más compleja que hayan podido juzgar los inquisidores: concluyó el proceso el día 3 de mayo del año 1546, después de dos largos años de consternación e indecisión en el tribunal de la Santa Inquisición de Córdoba, y la sentencia definitiva fue proclamada en público auto de fe, sin que se lograra la completa claridad en los hechos, sin que toda la verdad llegase a relucir...

Fray Tomás está acobardado, no sale de su asombro; no sabe qué pensar ni qué decir... Ahora se da cuenta de que ya no va a haber para él ningún secreto sobre lo que le corresponderá en el nuevo y tremendo oficio que acaba de caerle encima; y, por si eso fuera poco, empieza a atisbar que su superior está decidido a traspasarle la encomienda que ha recibido directamente del inquisidor general, fuera cual fuese su naturaleza o gravedad. Y aun sintiendo que la carga es demasiado grande, demasiado imperiosa, inaplazable e irrenunciable, no hace preguntas; llega a tener la impresión de que don Rodrigo ya no repara siquiera en su presencia, que da por supuesto que su ayudante, a pesar de su novatez e impericia, aceptará de buen grado la encomienda, sin rechistar siquiera; así que él se apresta humildemente a escuchar, manteniendo los sentidos despiertos y aguzando el entendimiento cuanto puede.

Don Rodrigo empieza diciendo:

—Naturalmente, conocía yo algo de la historia de aquella extraña monja cordobesa, mucho antes de que estos documentos vinieran a mis manos. ¿Cómo podía desconocerla siendo miembro del Santo Oficio? Cuando ingresé en la Santa Inquisición ya sabía yo quién era aquella Magdalena de la Cruz: fueron sus hechos tan tremendos que, aunque quisieran olvidarse, permanecían frescos en la memoria de muchos... Incluso vivían todavía algunos de los calificadores, consultores, procuradores fiscales y notarios que habían intervenido en el caso. Al fin y al cabo, habían transcurrido poco más de veinte años desde al auto de fe. Y aunque aquello se quiso tapar, no se pudo borrar el rastro que había dejado entre las gentes que lo vivieron. Su resonancia fue demasiado fuerte, demasiado escandalosa. Toda una generación quedó marcada por la sobrecogedora historia. Si bien los recuerdos de lo que pasó estaban envueltos en brumas, y no podía evitarse el temor y el temblor cada vez que se evocaba...

Estos sentimientos parecen aflorar en don Rodrigo, porque, antes de proseguir con el relato, hace como una mueca de dolor y, mientras pone el legajo sobre la mesa y toma asiento, se lamenta:

—¡Qué historia tan diabólica! Pareciera que Satanás mismo hubiera compuesto este relato: son unos hechos demasiado escabrosos, demasiado enrevesados... ¡Es trepidante y aterrador! He leído estos papeles más de diez veces y he de confesar que no hallo en ellos otra cosa que ofuscamiento...

Después de decir esto, quién sabe por qué, contempla sus propias manos, puestas ahora con las palmas hacia abajo sobre los papeles. Y añade:

—A pesar de ello, trataré de exponerte mi propio parecer sobre este proceso inquisitorial. Sin menoscabo de que tú mismo leas al completo el sumario y saques tus propias conclusiones. Repito una vez más lo que suelo decir: cuatro ojos ven más que dos y ocho más que cuatro... También el inquisidor general ha escudriñado lo que estos papeles ocultan... Y él mismo me ha ordenado rescatarlos del olvido: porque aun siendo sucesos pasados, pueden aportarnos luz en las preocupaciones que acusa el presente...

Tras esta argumentación, don Rodrigo de Castro se dispone a desgranar despacio, con precisión de experto jurista, todo lo que puede deducirse del complejo proceso de Magdalena de la Cruz; y para sorpresa de fray Tomás, empieza por el final:

—La sentencia, cumpliendo el procedimiento habitual del Santo Oficio en tales casos, fue leída en público en el auto de fe, celebrado en Córdoba el día 3 de mayo de 1546, al cual fue conducida la encausada, vestida con hábito de monja, aunque sin velo, con una soga anudada a la garganta, con mordaza y llevando un cirio encendido en su mano. El entarimado estaba dispuesto en la catedral, donde, como es norma, se había reunido todo el tribunal, el obispo, los clérigos de la ciudad y un gentío enorme, entre el que se contaban los hombres más influyentes y principales de la sociedad y un buen número de damas nobles. Dieron comienzo las acusaciones, los testimonios, las calificaciones y los informes de los teólogos. La sesión se prolongó desde temprana hora de la mañana hasta la caída de la tarde. Dicen que no se recordaba un auto de fe tan largo como el de aquel día, con una extensísima lista de méritos y alegatos, que fueron leídos uno tras otro, ante la expectación y el asombro de los oyentes. A pesar de lo cual, a muchos les sigue quedando la duda acerca de la verdadera naturaleza del caso y todavía hay quien piensa en su fuero interno que se juzgó a una verdadera santa... ¡Tal era el dominio que aquella diabólica mujer llegó a tener sobre las almas de sus contemporáneos!

# 7. Un veredicto demasiado laxo

Don Rodrigo de Castro lee en voz alta un resumen de la sentencia:

La acusada, vistas las confesiones que ella misma hizo al tribunal, fue declarada *vehementer suspecta* de herejía; y a ser recluida en el monasterio de su orden de Andújar; lejos de la ciudad de Córdoba, donde había engañado a tantos; y en su nueva clausura debía permanecer a perpetuidad sin velo, comiendo todos los viernes al modo de las monjas penitentes, siendo la última de la comunidad en el coro, en el capítulo y en el refectorio, sin hablar con persona alguna fuera de la comunidad y sin recibir la comunión por espacio de tres años, salvo en peligro de muerte. Allí vivió el resto de sus días, hasta su expiración que ocurrió en 1560.

No le oculta el inquisidor Castro a su subalterno que no deja de sorprenderle mucho esta sentencia, que él considera benévola para un caso de tanta gravedad.

—Todo esto es raro, muy raro —le dice, mientras revisa los papeles, aguzando los ojos como si pretendiera dar con el hondo misterio que encierran—. La condenada, considerada culpable de herejía y de pactar con el diablo, fue solamente obligada a permanecer en el encierro del monasterio, sin trato con el mundo, pero conservando la condición de monja... Poco castigo es para tan grave tropiezo, dado el enorme revuelo que se armó y el escándalo suscitado en las gentes. He indagado sobre ello... Quienes intervinieron en el proceso y aún viven dicen que la sentencia fue laxa por pura caridad cristiana; en atención a la vejez de la condenada, de su poca salud; considerando la santidad de la orden en la que había profesado, su arrepentimiento, que parecía sincero, y las confesiones espontáneas, absolutamente voluntarias, que hizo... Pero yo creo que los inquisidores albergaban dudas... y quién sabe si ocultos temores ante un caso que no llegaron a vislumbrar del todo y cuyos últimos conocimientos y consecuencias escapaban a su razón...

—No acabo de comprender lo que vuestra reverencia quiere decir con eso —observa fray Tomás—. ¿Si albergaban dudas, por qué la condenaron?

Los ojos grisáceos del inquisidor Castro, apenas enturbiados por un velo transparente, se clavan en él transluciendo un esfuerzo de franqueza al responder:

—No digo que aquel tribunal errara o actuase con injusticia o prevaricación...; hablo de prudencia, de extrema mesura y, en definitiva, de misterio...

—Comprendo. Se trata de la última verdad sobre el caso; no todo se averiguó, hubo rincones oscuros, flecos, incertidumbre...

—¡Exacto! Todo eso, pero también algo más; algo que no apareció en el proceso y de lo que nadie se atrevió a hablar, por miedo reverencial, por esa reflexión que permite discernir sobre lo que se debe o no hacer cuando se atisban males mayores...

A fray Tomás empieza a parecerle que el inquisidor hace esfuerzos para no atravesar cierta frontera que se ha impuesto a sí mismo; y que ese temor reverencial y esa prudencia de que habla también le afectan a él. Así que, dominado por su curiosidad, se atreve por primera vez a animar a su superior con vehemencia:

—¡Hable! ¡Hable vuesa señoría! ¿No quedamos en que

no habría reparos entre nosotros? ¡Confíe en mí, por Dios bendito!

Don Rodrigo sonríe levemente, con laconismo, al ver que ha suscitado interés en su discípulo. Carraspea, se yergue y medita. Es hombre comedido y le cuesta hacer reflexiones personales; pero acaba, no obstante, soltando del todo los frenos de su lengua. Y entonces revela ciertas circunstancias que le hacen comprender a fray Tomás la raíz de sus reservas, que eran las mismas reservas que sintieron los miembros del tribunal que dictaron la sentencia en cuestión.

—En el truculento y enrevesado caso de la monja alumbrada y diabólica de Córdoba había ciertas implicaciones que tenían que ver con los más altos personajes del reino en aquella época —el tono que emplea el inquisidor es grave en extremo—; y muchos de ellos todavía estaban vivos... El asunto, pues, sigue siendo peliagudo, a pesar de los veinte años transcurridos...

Y don Rodrigo de Castro le cuenta acto seguido que, además de estudiar a fondo los documentos, se había atrevido a ir más allá y, con la venia del inquisidor general, había tenido conversaciones con algunos de los miembros del Santo Oficio que intervinieron en el proceso y que aún vivían. Por boca de estos conoció no pocos datos importantes que pertenecían al secreto y que, no obstante las leyes de la Santa Inquisición, no se pusieron por escrito en su momento; porque su sola mención repugnaría a cualquier alma recta, y porque tenían que ver con los nombres de las altísimas personas a las que se había referido antes, aunque sin mencionar quiénes eran.

## 8. Un inquisidor general, arzobispo y cardenal engañado como un niño

A fray Tomás se le ponen los pelos de punta a medida que avanza el relato de los hechos que el inquisidor Castro va desgranando con maestría:

—Lo que sucedió en tiempos de Magdalena de la Cruz es el vivo testimonio de una época extraña y terrible, en la que el bien y el mal se hallaban de tal manera mezclados que la confusión alcanzaba a todos, incluso a los que tenían trato por su oficio con lo más sagrado. Si estos tiempos de hoy son ciertamente feroces y oscuros, por germinar en ellos la semilla de los alumbrados, ¡cuánto más aquellos en los que surgió Lutero! Me refiero a las dos primeras décadas de este siglo, el XVI de la era del Señor, en las que se sintió con pasión e impaciencia la necesidad de hallar santos verdaderos, hombres y mujeres unidos a Dios de tal manera que desacreditasen con sus vidas virtuosas las graves acusaciones que los herejes vertían sobre nuestra madre la Iglesia. Para que puedas tú, que eres joven, comprender en todo su alcance los pormenores del caso de la monja de Córdoba, me remonto pues hasta aquel tiempo, los inicios del siglo, en el que vieron la luz hombres muy grandes, eminentísimos, que parecían haber nacido para iluminar una nueva era; cuando, en cambio, como humanos que eran, no se vieron libres de las tentaciones, y erraron, equivocando a muchos que los tuvieron por sabios y virtuosos...

»Así sucedió con el acreditado don Alonso Manrique de Lara, a quien no dudo de considerar en parte responsable de algunas consecuencias del caso de la monja diabólica. El susodicho grande del reino, hijo del primer conde de Paredes de Nava, recibió cumplidos estudios en la Universidad de Alcalá y luego fue profesor en ella. Y más tarde sería nombrado obispo de Badajoz en 1499 por la reina Isabel la Católica. A la muerte de esta, se unió a los que defendían la casa de Austria en contra de Fernando el Católico, por lo que acabó encarcelado en Toledo. Años después, tras el Tratado de Blois de 1509, fue indultado y llamado a ir a Flandes para servir al emperador Maximiliano. Muy apreciado allí, recibió como premio el obispado de Córdoba, hacia donde partió para ocupar la sede el año 1516.

»¡Atención! —exclama Castro—. Es precisamente en esta fecha cuando tiene su comienzo la historia que nos atañe: la primavera de 1516. Fue ciertamente aquel un año pródigo en acontecimientos: el 23 de enero había muerto en Madrigalejo el rey Fernando de Aragón, siendo nombrado su nieto, el príncipe Carlos, gobernador general y administrador de los reinos de Castilla y León, en nombre de la reina Juana I, que estaba incapacitada por su demencia. Tenía el príncipe dieciséis años y empezaba a reunir en sus manos el más grande imperio que ha habido, el cual iría en pocos años abarcando todos los reinos y territorios de España, Castilla, Navarra y Aragón, llegando también a ser emperador del Sacro Imperio Romano, y proclamándose césar.

»Una vez situada la época, volvamos a nuestro personaje, don Alonso Manrique de Lara, que acababa de hacerse cargo del obispado de Córdoba en atención a los méritos que había hecho, sirviendo fielmente en Gante a la casa de Austria y al mencionado príncipe.

»Pues bien, celebrándose en Córdoba el Corpus Christi de 1516, presidido por el nuevo obispo, aconteció un hecho singular que debemos considerar el verdadero origen de todo. Podemos imaginar el momento con el esplendor que se desenvolvía en torno: el cortejo avanzando ordenadamente con su obligada solemnidad, en medio de un fervor impresionante; delante, los muñidores haciendo sonar las campanillas; los maceros, los muchachos de la doctrina con sus túnicas de seda, los estandartes, los infanzones, hidalgos, caballeros, frailes de todas las órdenes y la clerecía cordobesa al completo; detrás, los diáconos con las dalmáticas bordadas en oro, el cabildo, el deán y los sacristanes rodeando la custodia de pura plata, como una torre resplandeciente resurgiendo entre las flores, los sahumerios y los cirios; por último, revestido de pontifical, el obispo don Alonso, muy holgado y satisfecho por estrenar una sede tan principal, tan antigua, ¡tan ilustre!; pero tan particular... Córdoba es ciudad del sur; aunque de espíritu formal, grave, firme y de seriedad ceremonial. Los cantos serían hermosos, cadenciosos, magistrales... El cielo, como no podía ser de otra manera, de un azul radiante, con bandadas de palomas, golondrinas, gorriones y un sol majestuoso en su cenit. Por las callejas que otrora vieran el paso de los califas agarenos, discurría el Santísimo Sacramento rodeado por un gentío enorme, entre aromas de romero, cantueso, albahaca, juncias recién segadas y ramilletes de hierbabuena...

»La carroza se detuvo frente al esplendoroso altar que estaba preparado junto al convento de las clarisas de Santa Isabel de los Ángeles. Antiguas alfombras de ajado granate tapizaban el suelo, y una lluvia de pétalos de rosa descendió desde alguna parte llenando el aire de color y perfume. Derramado el incienso sobre las ascuas, ascendió el humo blanco, cadencioso, igual que un canto entonado por las monjas a las que nadie veía por hallarse tras las celosías. La hora rayaba el mediodía, con su primaveral sofoco. El obispo estaba como extasiado, fijos los ojos en la hostia que brillaba dentro del viril...

»Cuando de repente, ¡un estruendo enorme!, casi como un terremoto, con rugido de piedras desplomadas: un pedazo de la pared del convento caía, levantándose una nube de polvo que se confundía con los sahumerios. Un grito de espanto brotó a la vez de la multitud y los monaguillos corrieron despavoridos. Nadie sabía a ciencia cierta qué había sucedido...

»Y pasado el susto inicial, los presentes se volvieron sobrecogidos hacia el lateral donde se había producido el desplome. La polvareda y el humo se disipaban y dejaban ver un gran boquete, en cuyo centro aparecía una monja joven, arrodillada, como entre nubes, transida, fija su mirada en la custodia de plata, con absoluta indiferencia hacia el desastre que acababa de ocurrir...

»Se hizo en torno un silencio impresionante. Todas las mentes estaban como en blanco, suspendidos los pensamientos ante la escena, sin que nadie tratara de dar explicación al suceso.

»Hasta que, de pronto, alguien de entre los fieles gritó con voz desgarrada:

»—¡La Santa!

»Aquel grito hizo estremecerse todavía más al obispo, que miraba atónito el hueco de la pared y a la monja, que, como una auténtica aparición, parecía en efecto la imagen viva de una santa: arrodillada, la capa blanca impoluta sobre los hombros, el rostro acongojado, perfecto, de hermosa palidez; los ojos de un azul intenso, con brillo y candidez; las manos pequeñas juntas, en posición orante... Toda ella componía una estampa bella enmarcada por los contornos del boquete...

»—¡Bendíganos, hermana! —empezó a implorar la gente—. ¡Hermana, bendíganos vuestra caridad!

»El obispo veía con estupor cómo los fieles, olvidados de la presencia del Santo Sacramento, dirigían toda su atención hacia aquella monja, como si verdaderamente se hubiera obrado una suerte de milagro: una auténtica aparición. Y no pudiendo reprimir su asombro ni su curiosidad, le preguntó en un susurro al deán que estaba arrodillado a su lado:

»—¿Quién es ella?

»—Sor Magdalena de la Cruz —respondió el deán con apreciable veneración—. Es una sierva de Dios llena de virtud...; una mujer indudablemente tocada por la mano del Altísimo...

»El obispo no dijo nada, pero no apartaba su mirada de la monja. Y cuando se hubieron calmado los ánimos, se procedió a seguir con el rito: la carroza se puso de nuevo en marcha y la procesión se reinició, atravesando una plazuela y yendo luego a buscar el resto de su recorrido, que estaba señalado aromáticamente en el suelo alfombrado por verdes hierbas y juncias.

»Pero ya el obispo, por mucho que quería poner todo su fervor en el acto de piedad que debía presidir, no podía quitarse de la cabeza lo que había sucedido frente al convento de Santa Isabel: el estruendo, el derrumbe, la polvareda, los gritos de la gente, la beatífica visión de aquella extraña y lozana monja, la amenidad de sus ojos azules y profundos, de su piel transparente, de su presencia sublime...

# 9. ¿QUIÉN ERA AQUELLA, A LA QUE TODA CÓRDOBA TUVO POR SANTA?

—Cuando el obispo de Córdoba don Alonso Manrique vio por primera vez a Magdalena de la Cruz, ella contaba ya veintinueve años; edad suficiente para emitir los votos perpetuos como monja en el convento de las clarisas, pero a todas luces impropia para la fama de virtud que se le atribuía y la celebridad que iba alcanzando su nombre, no ya solo en aquella diócesis, sino por toda Andalucía. De ella se contaban hechos extraordinarios y su vida en religión estaba envuelta por una aureola mística que sobrepasaba lo común y corriente.

»Aquel día del Corpus Christi de 1516, el propio obispo había sido testigo de un acontecimiento cuando menos sorprendente: un espontáneo hueco en una sólida pared y la aparición. Es por ello que don Alonso quiso saber enseguida más detalles sobre el asunto y sobre la joven monja.

»La explicación que le dieron le dejó todavía más estupefacto: al parecer, Magdalena de la Cruz llevaba varios días muy enferma, postrada en cama, y la madre priora del convento estimó que no era conveniente que descendiera desde la celda hasta la capilla para ver pasar la procesión. Lo que sucedió después motivaba una pregunta inevitable: ¿fue casualidad que la pared cayera o hizo Dios un milagro para que la enferma pudiera venerar al Santísimo Sacramento?

»En principio, el obispo no adoptó ninguna conclusión precipitada; pero se interesó vivamente por la vida y orígenes de la persona que suscitaba tales cuestiones. Mandó averiguar y supo pronto que Magdalena de la Cruz había nacido en Aquilar, villa principal de Andalucía, que había sido criada por sus padres en un ambiente de recogimiento y piedad; que desde niña frecuentó los sacramentos, con extraordinaria compostura y apreciable deleite, lo cual empezó a admirar a los clérigos y los vecinos, que comenzaron ya a llamarla "la santita". Tan elevado apodo a la muchacha le hacía brotar colores en el rostro, pues siempre se manifestó humilde a los ojos de la gente, y su modestia y recato también causaban la admiración en quienes ya estaban prendados de su candorosa belleza.

»Con el tiempo, Magdalena empezó a tener visiones y éxtasis. Decía que veía a Jesús y que este le había comunicado que los dedos de una mano no le crecerían más, como prueba de ser una elegida. Y, de esta manera, con gran desconcierto entre los suyos, tuvo embelesos, arrobamientos, vaticinando que se le había revelado que sería una gran santa y que realizaría grandes hechos en provecho de la Iglesia y de la fe católica. Se fugaba de casa, se perdía por los montes, intentaba crucificarse, se coronaba de espinas y renunciaba a cualquier alimento que no fuera la comunión.

»Todo esto desconcertó tanto a sus pobres padres, sencillos e incultos, que acabaron enviándola al convento de monjas franciscanas de Córdoba en 1504, cuando, aun teniendo solo dieciocho años, ya era tenida por santa en la villa de Aquilar, no obstante aquello de que "nadie es profeta en su tierra ni entre los suyos".

»A Córdoba llegó precedida por su fama de virtud, la cual se encargó de exagerar la gente, siempre ávida de experiencias espirituales excesivas y de tener sucesos extraordinarios que contar. Decían que Magdalena levitaba después de recibir la comunión, que la eucaristía volaba a su boca de manos del sacerdote, que platicaba cara a cara con Jesucristo, que sus llagas se le manifestaban como estigmas en la piel, que predecía los hechos futuros, que era capaz de estar en dos lugares al mismo tiempo... Hablaba tanto y tan bien de las cosas divinas que todo el mundo quería escucharla, y empezaron a formarse verdaderas colas a la puerta del convento, compuestas por hombres y mujeres de toda condición que se manifestaban como devotos incondicionales de la "santa".

»Y como tantos, a pesar de su sabiduría e inteligencia, el obispo don Alonso Manrique cayó rendido de admiración por la monja, trocándose pronto este sentimiento en febril devoción. Después de conocerla y conversar largamente con ella, empezó a frecuentar el convento y a beneficiarlo con predilección sobre el resto de los cenobios y monasterios de la diócesis. Decían que no tomaba ninguna decisión importante en las cosas de su gobierno sin antes consultar el parecer de Magdalena, a la cual se dirigía en público, sin recato alguno, llamándola: "muy apreciada hija mía" o "mi dilectísima hija".

»Pasaron algunos años, y en 1523 don Alonso Manrique de Lara fue elevado a la sede arzobispal de Sevilla, y poco tiempo después, en ese mismo año, sería hecho cardenal e inquisidor general. Durante todo su mandato, hasta su muerte en 1538, mantuvo permanente contacto con Magdalena de la Cruz, ya fuera visitándola en persona ya fuera mediante cartas... Y con tan elevado protector, la monja visionaria disfrutó de gran crédito entre los superiores de su orden; siendo elegida abadesa en 1533 y reafirmando su fama de santidad, que se extendía más y más...

»Todos la alababan y hasta era ensalzada en los púlpitos. Muchos hombres importantes de su tiempo quisieron conocerla. Se dijo que "tenía más audiencias que en chancillería". A Córdoba llegaban insignes visitantes con el solo propósito de entrevistarse con la monja. El propio Papa envió a su nuncio apostólico Juan Reggio para pedirle que rezase intensamente por la cristiandad. Y el emperador Carlos, antes de partir en 1535 con su hueste desde Barcelona para defender Túnez de los sarracenos, mandó su estandarte al convento de Santa Isabel para que Magdalena lo bendijese y orase sobre él. También acudió el mismísimo general de la Orden de San Francisco, fray Francisco de Quiñones, en viaje desde Roma con el fin de verla y tratarla.

»Pero su celebridad llegó al súmmum cuando en 1525 predijo la victoria del emperador en la batalla de Pavía y la captura del rey de Francia por las tropas imperiales. Su acierto la elevó al rango de profetisa y ya pocos dudaban de que estuviera verdaderamente predestinada por Dios. La propia emperatriz le envió su retrato y las mantillas con que se bautizó su hijo el príncipe Felipe, quien es hoy nuestro señor y rey...

Llegado a este punto del relato, el inquisidor Castro se queda callado y una mueca de consternación tiñe sus labios delgados y mortecinos. Mira a su ayudante y sacude la cabeza, como si se negara a aceptar la realidad de lo que le está contando.

Y el joven fraile, aturdido e igualmente consternado, suelta el primer pensamiento que le brota en la mente:

—El demonio debió de ser muy poderoso...

—Mucho, muy poderoso —asiente Castro con amargura—. ¡No sabes cuánto! ¡Te espantarás más aún! Todavía no he concluido mi relato... Espera a ver el resto de lo que se cuenta en estos documentos...

Cae la tarde y el despacho empieza a estar en penumbra. El inquisidor hace entonces una pausa, toca la campanilla que tiene sobre la mesa y, al momento, acude el anciano criado a encender con un pábilo las lámparas de aceite.

—¿Manda vuecencia algo más? —pregunta luego.

—¡Nada más, Isidro, puedes retirarte! —le contesta Castro con un vozarrón que resuena en la estancia y que aturde al fraile.

El asistente se despide con una reverencia y sale arrastrando los pies.

—Está más sordo que una tapia —indica don Rodrigo con una sonrisa maliciosa—. Lleva al servicio del tribunal más de cuarenta años; apenas vale para limpiar el polvo, abrir, cerrar y poco más... Pero no puede escuchar desde detrás de las puertas...

Aquello le hace gracia a fray Tomás y se le escapa una risotada. Pero el inquisidor clava en él una mirada rápida, atroz, que le devuelve a la realidad de lo que tienen entre manos.

—Prosigamos pues —dice muy serio don Rodrigo—. ¿Por dónde íbamos...?

—Por el demonio.

—¡Ah, eso, el demonio! Todo, todo esto es cosa suya...

De nuevo hay un silencio meditativo, en el que a buen seguro ambos evocan para sus adentros, con desagrado y terror, la oscura realidad de ese ser, el príncipe de este mundo, el gran embustero...

—Nadie, nadie se percató —continúa Castro, después de carraspear para aclararse la voz—. Todavía hoy, pasados tantos años, es difícil entender desde la distancia lo que pudo suceder... Porque aquí, en los papeles del proceso inquisitorial de Magdalena de la Cruz, no aparece ninguno de esos nombres ilustres que fueron engañados por ella...

—¿Cómo es eso posible? —pregunta el ayudante.

Frunce el ceño su superior, como acusando un hondo desagrado y una cierta repugnancia.

—Nadie quería mancharse con el asunto. Esas cosas pasan: cuando todo va bien, la gente quiere participar de la gloria de quienes considera célebres; pero... cuando las cosas van mal...

—¿Y qué sucedió con la monja? ¿Quién descubrió que todo era cosa del demonio?

—No te impacientes —responde secamente el inquisidor—. Ya es tarde. Aquí empieza a haber poca luz y yo estoy muy fatigado. Es hora de parar e irse a descansar... —la silla cruje, cuando se levanta, estirándose la negra ropa talar—. Pero tú deberás seguir instruyéndote y conociendo a fondo estos documentos tan necesarios para saber quiénes son los alumbrados... Deberás leerte al completo el proceso de Magdalena de la Cruz —observa, señalando los papeles con su dedo largo—. En estos pliegos encontrarás la información necesaria para afrontar con pleno conocimiento la gran tarea que tenemos encomendada. Lee, medita, penetra en lo más hondo de este gran misterio... Y hazlo fríamente, sin dejarte ganar por los afectos... ¿Comprendes lo que te quiero decir?

—Perfectamente.

—Pues bien. Yo me voy... A ver si puedo dormir algo esta noche...

—Un momento —le ruega fray Tomás—. En cuanto a esa tarea que tenemos encomendada... ¿No puede vuestra señoría adelantarme algo? ¿Qué es lo que hemos de investigar? ¿Hacia quién debo dirigir mis sospechas? Porque esas monjas alumbradas que fueron condenadas ya están muertas...

—¡Todo a su tiempo! —contesta con exasperación el inquisidor—. Empápate primero, como te he dicho, con lo que se juzgó en esos procesos; y hazte un juicio propio, llega a ser un verdadero experto en alumbradismo, conoce bien los trucos de esa gente... Para que nadie pueda engañarte, para que tu conciencia se haga dura como el pedernal; para que adquieras, en fin, un alma de inquisidor... Y luego seguiremos hablando; a mi regreso de Galicia. En su momento sabrás de qué se trata...

—¿Cuándo volveremos a vernos vuestra señoría y yo?

—Dentro de un mes, más o menos, estaré de vuelta.

Cruza don Rodrigo de Castro el despacho hacia la puerta, sale y desaparece entre las sombras del fondo del largo pasillo. Mientras fray Tomás se queda allí recogiendo los legajos. Y no puede evitar echar una ojeada a la página por donde estaba abierto el proceso de Magdalena de la Cruz.

El escribano, en letra perfecta, recogió en su momento el testimonio de uno de los testigos. Lo que se lee dice:

Oía cosas que me causaban admiración y veía que todo el pueblo no trataba de otra cosa que de su santidad, y no solo el pueblo, sino personas de calidad, así como cardenales, arzobispos, obispos, duques, condes y señores muy principales, letrados, religiosos de todas las órdenes...

Cuando el joven fraile sale de las dependencias del tribunal, para irse hacia el convento de Atocha, experimenta una sensación misteriosa. Camina un tanto turbado, mientras todas aquellas historias de monjas alumbradas dan vueltas en su cabeza. Pero, al mismo tiempo, se siente como un apóstol enviado a una misión grande, aunque no sepa todavía de qué cosa se trata...

## 10. NADA HAY TAN OCULTO
## QUE NO LLEGUE A DESCUBRIRSE

Aquella misma noche, fray Tomás acabó de comprender la causa del gran estado de preocupación que embargaba al inquisidor general, de su agotamiento y del insomnio que padecía; según le había contado su superior, don Rodrigo de Castro. Porque el joven fraile experimentó en carne propia el efecto que producía la lectura de aquellos procesos inquisitoriales: terror, obsesión y una perturbación anímica que le imposibilitaba dormir. Seguramente debió habérselo tomado con más tranquilidad, pero se obcecó, arrastrado por una curiosidad morbosa; y ya no fue capaz de soltar los documentos que se había llevado para estudiarlos, hasta saber cómo se acabó resolviendo el inquietante caso de Magdalena de la Cruz. La noche fue avanzando y el aceite se agotaba en las tres lámparas que iluminaban el rincón de la celda del convento, donde se puso a leer ensimismado. Sus fatigados ojos no se levantaron en muchas horas de las negras letras, que parecían bailar sobre el fondo ocre y opaco del papel, descubriendo a cada folio sorpresas que no podía siquiera imaginar el inexperto aprendiz de inquisidor, a pesar de lo que ya sabía por la larga conversación que mantuvo aquella misma tarde con su superior.

Resumiremos aquellos hechos tan luctuosos, que se hallaban referidos en toda su extensión en las actas y calificaciones del proceso; y también merced a los testimonios que cosechó don Rodrigo de Castro motu proprio, por boca de los inquisidores que intervinieron en la causa y que todavía vivían.

Asombrado, fray Tomás veía cómo el nombre de Magdalena de la Cruz, contando ella cuarenta años de edad, ya se había extendido por toda la cristiandad. Se atrevía la monja a predecir sucesos futuros, y en algunos acertó, como en la victoria de la batalla de Pavía, o al decirle al superior general de la orden, fray Francisco de Quiñones, que sería cardenal. Pero en otros augurios no pudo andar más desatinada y fuera de madre, como cuando aseguraba que era transportada en espíritu por los ángeles a escuchar misa en Roma, o que visitaba monasterios y lugares lejanos mientras a la vez permanecía en el suyo de Córdoba.

Al saberse creída, se fue subiendo cada vez más alta a la parra; ensoberbeciéndose y haciendo mayor alarde de las «gracias» que se le habían otorgado. Verdaderamente, se la tenía por santa. Nombrada abadesa, hacía arrodillarse a su paso al resto de las hermanas, y si algunas se descuidaban en esto o en cualquier otra cosa que la ofendiese, las reprendía duramente... Su temperamento se fue viniendo arriba, avinagrándose, y no perdía oportunidad de amonestar públicamente a cualquiera que dudase de sus milagros o le manifestase enemistad. Incluso amenazaba gravemente con la pérdida del alma y las penas del infierno en la otra vida, o con la muerte súbita, la enfermedad o la desdicha en este mundo a quien osara poner en entredicho su santidad o intentara desprestigiarla a los ojos de la gente. Su poder, sustentado en estas maniobras y en el amparo del inquisidor general, del nuncio del Papa y de los superiores de su orden, parecía no tener límite. Su atrevimiento la llevó al extremo de oír en confesión a las hermanas e imponerles penitencias.

Y de esta manera transcurrieron algunos años, mientras sus arrebatos, visiones y éxtasis prosiguieron. Hasta que, con el tiempo, aunque llenas de temor, el resto de las monjas empezaron a albergar sospechas y serias dudas acerca de los «prodigios» que rodeaban a su superiora. Sobre todo, porque Magdalena se empeñaba en convencer a todo el mundo de que llevaba más de dos años sin probar alimento y de que se sustentaba únicamente con la hostia de la comunión; cuando resultaba que había sido descubierta comiendo a escondidas demasiadas veces como para proseguir con la farsa...

Más adelante, sucedieron otras cosas mucho más desconcertantes: se empezó a propagar por sus incondicionales adeptos el absurdo rumor de que Magdalena había quedado encinta milagrosamente, por obra del Espíritu Santo. La curiosidad suscitada por este nuevo y extraordinario prodigio llegó al colmo y el gentío acudió en masa para cerciorarse. A la vista de todos, el abultado vientre de la monja manifestaba un embarazo debajo del hábito. Y ella lo justificaba con una estrambótica argumentación: que Dios le había hecho la grandísima merced de poder experimentar en vida lo que la Virgen María había sentido al alumbrar virginalmente a Nuestro Señor Jesucristo... Y resultó que, cumplido el tiempo, dio a luz un niño.

Ante el enorme estupor causado en el convento, la parturienta fue pródiga en nuevas e increíbles explicaciones: que había alumbrado nada menos que al mismísimo Jesucristo venido al mundo en Belén, el cual debía ser adorado, y que ella era como una nueva Virgen María... Pero la gente no daba ya crédito y empezaba a mofarse, a hacer chanzas y hasta coplas:

*Parió en celda la abadesa,*
*y dice que sin varón.*
*Pues venga la Inquisición*
*a registrar la extrañeza,*
*que no es menuda rareza*
*un niño sin concepción.*

En Córdoba se armó un enorme revuelo y la gente, fuera de sí, se agolpaba a las puertas del convento. La monja entonces mostraba su propio cabello, que antes era negro y que se había vuelto completamente rubio, decía ella que milagrosamente también, como prueba de su virginal parto. Pero muy pocos pudieron ver al niño, porque pronto desapareció de manera misteriosa.

Al ver que la cosa traspasaba ya todos los límites imaginables y que Magdalena había ido demasiado lejos, las monjas resolvieron poner fin a la farsa y un suficiente número de ellas se unieron para elegir a una nueva abadesa. Entonces surgió el conflicto: Magdalena no lo admitió, se enfrentó a la comunidad y se negó a entregar los suculentos donativos que recibía el convento por obra y gracia de su «santidad».

A partir de ese momento, y según se deducía ampliamente de los testimonios consignados en las actas del proceso, se inició el declive de la monja visionaria. Cada vez eran más los que manifestaban públicamente suspicacias ante tanta milagrería y tanta abstinencia. De manera que se la empezó a vigilar desde cerca, para tratar de averiguar si era verdad lo que ya venían sospechando muchos: que todos los prodigios eran invenciones.

Corría el otoño del año 1543 cuando Magdalena acabó enfermando gravemente, posiblemente debilitada y en extremo afligida al percibir que todo a su alrededor se iba volviendo en su contra. El médico que fue a verla dijo que le quedaba poco tiempo de vida. Como manda la Iglesia, llamaron a un fraile para que la confesara y preparara convenientemente para rendir el alma. Y Magdalena, que estaba convencida de que iba a morir muy pronto, se manifestó dispuesta a decir sus pecados. Sentose el confesor junto a la cama; entonces ella, de repente, empezó a convulsionar y a dar grandes gritos, anunciando que tenía el demonio dentro y declarando que toda su vida había consistido en un puro engaño. Acudió toda la comunidad sobrecogida y el capellán inició un exorcismo espontáneo para sacar de ella al diablo. Entre plegarias, exhortaciones y aspersiones de agua bendita, la enferma confesó que desde su adolescencia se le aparecía un demonio llamado Balbán, en forma de bello mozo, para decirle que le daría fama de santidad ante el mundo si ella hacía el pacto de unirse a él de por vida. Con espanto, las hermanas oyeron la terrible declaración de Magdalena: cómo decía haber yacido con este demonio y con un compañero suyo llamado Pitonio, así como muchas otras cosas obscenas y en alto grado deshonestas que detallaban los testimonios del proceso para rubor de fray Tomás. No constaba empero si el demonio salió de ella, pero el caso es que la endemoniada sanó del todo de su enfermedad. Y descubierta su impostura, fue conducida presa a las cárceles de la Santa Inquisición de Córdoba el día primero del año 1544, en medio de una impresionante conmoción en la ciudad y un escándalo mayúsculo que se propagó inmediatamente por Andalucía y España entera.

El Santo Oficio se empleó a fondo buscando la verdad en aquella extrañísima causa. Durante meses, fueron reuniéndose los testimonios y los informes fruto de las pesquisas. Relatores, calificadores, acusadores, testigos, monjas y frailes fueron pasando para decir todo lo que sabían del caso. Y, por último, el día 3 de mayo de 1546, Magdalena de la Cruz declaró largamente ante los inquisidores. Resultó ser cierto lo que se deducía de las acusaciones: que ella, sola o en compañía de demonios, había tejido una compleja vida de engaños. Falsos eran todos sus milagros. Ella socavaba las paredes de su celda, hasta dejarlas en alguna parte endebles; para después, de una patada, hacerlas caer al paso de las procesiones y aparecer espectacularmente en mitad del boquete ante el asombro general, como hizo ante el obispo el día del Corpus Christi. Durante la comunión fingía éxtasis, lanzaba gritos y simulaba visiones para otorgarse un halo sobrenatural. Como alumbrada que era, no tuvo reparos en presentarse como impecable y virgen; santa desde el vientre de su madre. En fin, que hizo de su propia vida un mostrarse a los demás como una elegida de Dios, una mediadora en pro de las almas del purgatorio, una guía, modelo de santidad y extraordinariamente ornada con singulares dones: profecía, consejo, prudencia, fortaleza, templanza...; cuando todo en ella no era sino falsedad, soberbia y afán de vanagloria. Fue vengativa e hizo uso de sus influencias para desacreditar y hundir a sus enemigos. Ella sola, o en compañía de sus demonios, convirtió su existencia en una lucha tenaz por mantener sus privilegios, su fama y su poder entre sus hermanas de religión. Hizo uso del miedo para eliminar a quienes se ponían en su contra y ejerció un dominio opresivo sobre las hermanas para que no intentaran de manera alguna delatar sus maniobras. Y sus sacrílegas estrategias llegaron hasta el terrible extremo de servirse del mismísimo Dios, y amenazar, acusar y amonestar en su sagrado nombre.

Esa fue la alumbrada y diabólica Magdalena de la Cruz, cuyas andanzas estremecían al impresionable fray Tomás; que se preguntaba confuso: ¿cómo fue capaz de engañar al mismísimo arzobispo, cardenal e inquisidor general don Alonso Manrique? ¿Con qué ingenio se ganó al superior general de su orden, fray Francisco de Quiñones? ¿De qué prodigiosa manera logró que la honrara el propio emperador don Carlos y su augusta esposa la emperatriz?

¿Cómo es posible que hasta el nuncio del Papa se creyera su absurda historia y sus mentiras? Incomprensible resulta el hecho de que una simple e inculta mujer, derribando paredes, comiendo a hurtadillas, quedándose preñada..., fuera capaz de ascender en vida a los altares, disfrutando de pública y notoria veneración durante tantos años.

## 11. UNA CONCLUSIÓN QUE INVITABA A OBRAR EN CONSECUENCIA

Se daba cuenta fray Tomás de que su maestro, el insigne teólogo de Salamanca Melchor Cano, estaba del todo acertado cuando decía que el mayor enemigo de la fe en España no era la herejía de Lutero, sino el alumbradismo: las sutiles maniobras de aquellos hombres y mujeres que, haciéndose tener por santos, con desprecio de la verdad, no buscan otra cosa que las bajezas de la carne, la consideración del mundo y el modo de rendirse fácilmente a la sensualidad de sus pasiones.

La conclusión de la enseñanza hallada por el aprendiz de inquisidor en los documentos de los procesos que leyó, en ausencia y por recomendación de don Rodrigo de Castro era determinante: que las alumbradas, esas mujeres livianas que dicen tener sueños, visiones y oraciones para hacer creer que Dios les habla al corazón, no pretenden otra cosa que enaltecerse por encima de los demás, apoderarse del débil ánimo de sus incautos adeptos y servirse de ellos para ganarse pública opinión de virtud y santidad. Oficio es pues de la Santa Inquisición sacar a la luz semejantes peligros y, poniéndolos delante de los ojos, mostrar cómo se han de combatir, castigando duramente a quienes los urden con fines desastrados y mala vida.

Y para su trabajo en el Santo Oficio, a partir de ese momento, fray Tomás tuvo por prudente y adecuado el juicio sospechoso sobre todo éxtasis o revelación que cualquier mujer dijere tener, por mucha fama de virtud que la adornase; porque advertía que tales ilusiones de las malas cabezas no son sino máscaras para ocultar la vana soberbia y otras cosas sucias indignas de ser referidas en este lugar.

Tan asqueado y lleno de preocupación quedó como su superior el inquisidor Castro; compartiendo su ofuscación tenaz y persistente para perseguir a los alumbrados. Ya que era de comprender que temiera seriamente que alguna de aquellas locas diabólicas llegase a aproximarse tanto a los grandes del reino o al mismísimo rey que acabase por arraigar en ellos la insania del alumbradismo, la embriaguez contemplativa y la milagrería embustera. El miedo a este peligro no era descabellado, a la vista de las muy altas testas que fueron contagiadas fácilmente por esta lepra de la religión. A la vista estaba en el caso de Magdalena de la Cruz.

Tocaba pues apresurarse para, con la mirada muy atenta y afinando la intuición, descubrir dónde se ocultaba el falso misticismo y delatar a los alumbrados. Con tal determinación, resolvió el joven inquisidor entregarse en cuerpo y alma; dispuesto enteramente a asumir como propia la misión que el inquisidor general había encomendado a don Rodrigo de Castro. Solamente le quedaba ya esperar a que su superior regresara pronto de Galicia para seguir instruyéndole en los pormenores del susodicho oficio.

# LIBRO IV

*En que el inquisidor adjunto fray Tomás será hecho comisario y, tras padecer algunas cuitas merced a la amenaza de un ermitaño feroz y la contumacia de un cura remiso, se le ordenará ir a Pastrana, donde la princesa de Éboli le revelará unas cosas harto preocupantes sobre un libro de revelaciones que hará poner el grito en el cielo al cardenal Espinosa, gran inquisidor.*

# 1. EN BUSCA DE LA FRAILESA

Don Rodrigo de Castro regresó de Galicia un mes después, tal y como estaba previsto, y muy pronto estuvo cargado de nuevas perplejidades y vagos temores, después de que el inquisidor apostólico general, don Diego de Espinosa, le encomendara muy encarecidamente que vigilase con el sigilo propio del Santo Oficio los pasos que daba en Madrid doña Catalina de Cardona, esa inquietante mujer conocida con el grotesco apodo de la Frailesa. La preocupación no era menuda, puesto que la extraña eremita se hospedaba en el palacio de los príncipes de Éboli; muy próxima por parentesco, relevancia y vecindad al rey Felipe II. Y como proliferaban por entonces los alumbrados, es natural que se produjera como una efervescencia de opiniones, curiosidad, espera de noticias y discusiones en el Santo Oficio acerca de lo que debía hacerse. Porque, sobre todo, se temía que alguien pudiera llenarle al rey la cabeza de pájaros, a la vista de lo que otras mujeres iluminadas habían logrado en épocas precedentes con sus antecesores.

Pero don Rodrigo de Castro era un hombre muy ocupado, cuyas aspiraciones personales eran mucho más altas que andar por Madrid husmeando tras los pasos de quien posiblemente no era sino una simple chiflada a la que amparaba una princesa con fama de maniática. Las gestiones y las pesquisas recayeron pues, por delegación, en la persona de su ayudante Tomás Vázquez, a quien consideró suficientemente preparado para un trabajo, en principio, sencillo. Hubo pues de iniciar el subalterno las indagaciones muy pronto, con la cautela y el disimulo que la cosa requería, para no despertar mayores sospechas de las que ya había, ni encender más los rumores que empezaban a circular por los mentideros de la Villa y Corte. Esas instrucciones tenía.

No obstante, nada más dar los primeros pasos en el caso, fray Tomás se percató enseguida del gran revuelo que había armado a cuenta del público rumor: que por ahí circulaba un fraile descalzo con fama de santo, andaba por Madrid, resultando no ser varón sino mujer. Aunque no todo el mundo sabía todavía quién era de verdad. Y como suele suceder en estos casos, empezaron a correr todo tipo de disparatadas historias. Unos decían que era ermitaño y otros que era ermitaña. Mas todos parecían estar de acuerdo en que se trataba de un ser original; alguien singularmente dotado con gracias y virtudes excepcionales. Se contaban hazañas portentosas de la Frailesa: durísimas penitencias, rigores y mortificaciones; que se flagelaba con cadenas, que no se alimentaba de otra cosa que no fueran hierbas y raíces silvestres, que usaba cilicios de cerdas de caballo o de esparto, con nudos y abrojos; que jamás se calzaba, que vestía áspero sayal y capilla de estameña; que se enfrentaba al acoso de legiones de demonios, como san Antonio Abad; que, cuando estuvo en su cueva del monte, los conejos y las perdices solían venir a rodearla haciéndole fiestas, corriendo con gran alboroto en torno suyo; y que, del mismo modo, acudían a ella sabandijas ponzoñosas, a

las que Catalina ponía en paz y despedía con mucho amor...
¡Y si fuera eso solo...! Pero escamaban todavía más otros
hechos de más calado que se contaban: que tenía arrobamientos, éxtasis, visiones, premoniciones... Fray Tomás no
tuvo más remedio que decirse para sus adentros: «alumbrada tenemos». Porque una cosa son los infantilismos
piadosos y otra muy diferente los asuntos de altura. Ciertamente, resultaba preocupante que se originase una
fanática veneración hacia aquella mujer entre la gente; pero
mucho más que ese sentimiento alcanzase a frailes, nobles e incluso a los grandes de la Corte. Espeluznaba solo
pensar que se repitiese el caso de aquella diabólica Magdalena de la Cruz que consiguió engatusar a cardenales,
inquisidores y a los propios emperadores. Por lo tanto,
y siempre dentro de los límites de sus atribuciones, el
fraile se puso a indagar con mucho cuidado, para intentar
llegar a la verdad que había en todo aquello y para preparar los oportunos informes que requeriría su superior
sobre el caso.

## 2. ¿DOS CLÉRIGOS ALUMBRADOS EN LA RAÍZ DE ESTA HISTORIA?

En sus primeras pesquisas, fray Tomás averiguó ser
ciertos los datos que ya conocía de la vida de Catalina de
Cardona: que era nacida en Nápoles, hija natural del ara-
gonés Ramón de Cardona, que había venido a España
acompañando a la princesa de Salerno y que, en efecto, fue
aya del príncipe don Carlos y de don Juan de Austria. Así

que se trataba de una dama de altísimo linaje y muy cercana a la realeza, que además la estimaba. Lo cual venía a suponer un inicial y doble inconveniente: estaba protegida por los Éboli y, para colmo, tenía abierta vía directa hacia el rey. Siguiendo con sus indagaciones, supo asimismo que Catalina desapareció un día de la Corte llevada por su espíritu ermitaño; y que, en la fuga, la ayudó un tal padre Piña, un clérigo romero a quien ella había conocido por la Alcarria acompañando a los príncipes en uno de los viajes por sus amplios dominios. Este sacerdote y un tal Martín Alonso, capellán de la casa de Éboli, llevaron a la ermitaña al paraje del término de La Roda, junto al río Júcar, donde la dejaron con la sola provisión de tres panes. Corría entonces el año 1563.

Reunidos estos datos, decidió fray Tomás que debía empezar por dichos clérigos, para saber si estaban en el origen del delirio eremita de la Frailesa, si no resultaba que fueron ellos quienes la alentaron y condujeron por los derrotes del alumbradismo. Pero antes, le comunicó a don Rodrigo de Castro su idea, para ver si le parecía bien.

—¡Excelente! —exclamó el superior, ufano al ver la intuición de su discípulo—. Ve primero a por el ermitaño, que me da en la nariz que es gran alumbrado. Y luego, según lo que averigües, ¡a por el otro!


3. Un ermitaño feroz


A fray Tomás no le fue difícil dar con el paradero del padre Piña, a pesar de que vivía apartado del mundo, porque era muy conocido en Alcalá de Henares y su fama llegaba hasta Madrid. Considerado ermitaño de santa y probada vida, había dedicado su juventud a peregrinar a Roma y a los Santos Lugares de Jerusalén, para después retirarse en la ermita que él mismo había edificado en un monte junto a la ribera del río Henares. Hasta allí se desplazó nuestro joven inquisidor en su busca una mañana, al lugar conocido como «cerro del Ecce Homo».

La pendiente es áspera, por un pedregoso sendero que zigzaguea entre arbustos espinosos y roquedales; pero el aire puro y los aromas de las plantas resinosas dotan a las laderas de un ambiente casi sacro, en medio del silencio. A medida que se asciende, se van divisando abajo el río, los bosques y a lo lejos la ciudad de Madrid.

Lo que hay en la cumbre es digno de verse: tres ermitas agrupadas y otras pequeñas construcciones, como capillas menores apiñadas en torno. El conjunto, humilde, austero, tiene su origen en aquellos lejanos tiempos de la Reconquista, cuando las huestes cristianas ganaron esos montes a los moros, que tenían cercana su inexpugnable fortaleza de Alcalá la Vieja. Se narra el milagro de una cruz resplandeciente que apareció en las alturas para fortalecer a la gente que seguía al arzobispo don Bernardo de Sédirac. Y este, para que no se olvidase el hecho, mandó levantar las tres ermitas; la primera y más importante dedicada a la Vera Cruz y las otras, al Ecce Homo y al Santo Sepulcro, respectivamente, en honor a la pasión y la sepultura de Nuestro Señor Jesucristo. El resto de las capillas menores fueron construidas a lo largo de los siglos subsiguientes, atrayendo la presencia de ermitaños que las edificaban y conservaban con sus propias manos.

El lugar parece solitario. Anda el aprendiz de inquisidor entre las ermitas, sin perder ripio, entrando en cada una de ellas para verlas y puede al mismo tiempo contemplar los altares, las imágenes y las pinturas. Todo es sencillo, austero, tosco casi; excepto un Cristo antiguo de muy buena hechura, hierático y de penetrante mirada.

De repente, escucha el rumor de un canto en alguna parte. Entonces alza la voz y pregunta:

—¿Hay alguien por ahí?

Nadie contesta, pero cesa el cantar.

—¡A la paz de Dios! —insiste—. ¿Hay alguien?

Entonces le sobresalta el súbito ladrido, fuerte y amenazante, de un perro. Asustado, anda reculando unos pasos, hasta la puerta de la ermitilla donde está el Cristo y allí se refugia.

—¡Vive Dios! —grita sin ver a nadie—. ¿Hay alguien por ahí?

Pasa un rato, en el que no cesan los tremendos ladridos, sin que se atreva a salir por puro temor a que el perro anduviese suelto. Y al cabo, se oyen pasos cerca.

—¡Aquí! —exclama fray Tomás—. ¡Aquí en la ermita del Cristo!

Aparece en la puerta, a contraluz, un hombrecillo en hábito pobre, ceñido con una simple cuerda a la cintura; descalzo, sucio, con el pelo ceniciento enmarañado y unas barbazas hasta el pecho.

—¿Es vuestra caridad el padre Piña? —le pregunta fray Tomás.

Gruñe de una manera rara el hombrecillo y mascula palabras incomprensibles, gesticulando con las manos; a la vez que viene hacia él impetuosamente.

Se aterroriza nuestro fraile: se le hace que es un loco que va a agredirle.

—¡Atrás! —grita—. ¡Fuera!

Pero el hombre, menudo y de salvaje apariencia, se abalanza sobre él y, tomándole las manos, se pone a besárselas llenándoselas de babas.

Entonces fray Tomás, tranquilizado, da gracias a Dios con un suspiro y dice:

—Buen hombre, estoy buscando al padre Piña...

Gruñe de nuevo aquel hombre, le toma de la mano, le lleva hacia el exterior y le conduce por un sendero hasta una suerte de cabaña ruinosa, que por delante, encima de la entrada, tiene una especie de chamizo hecho con ramas secas. Señala la portezuela, no habla, y supone fray Tomás que el hombre es mudo y que dentro debe de estar el ermitaño que busca. Así que saluda:

—¡A la paz de Dios, hermano! ¿Padre Piña...?

—¡Silencio, por Dios bendito! —contesta desde el interior, con enojo, un vozarrón cascado—. ¡Es la hora tercia y estoy orando!

El mudo se arrodilla al lado y le tira del hábito a fray Tomás para que haga lo mismo. De rodillas a pleno sol, aguantan, mientras dentro de la ermitilla ruinosa alguien canta los salmos del rezo canónico; por cierto, con gran desafino. A las invocaciones y las antífonas, el mudo responde con incomprensibles ruidos guturales, aunque piadosamente y con gran recogimiento; y ve fray Tomás que, aunque mudo, no es sordo.

Concluido el oficio, después de un largo rato, se abre la puerta y aparece un hombre más raro todavía que el anterior: menudo, flaco, en hábito pardusco largo hasta los pies y una capa mugrienta sobre los hombros que debió de ser clara alguna vez; el cabello cortado y rasurado en la coronilla a modo de tonsura; vello hirsuto en la cara y el cuello; cejijunto, ojeroso y de aire hosco.

—¿El padre Piña? —le pregunta tímidamente fray Tomás.

El ermitaño le mira de arriba abajo, como si le examinara, algo extrañado. Luego inclina la cabeza en actitud de humildad y responde en un susurro:

—Para servir a Dios.

—¡Ah, bendito sea! —exclama entusiasmado el fraile—. Vengo en busca de vuestra caridad para hacerle unas preguntas.

Permanece con la cabeza gacha el ermitaño, sin mirarle y sin contestar. Por lo que, transcurrido un rato de silencio desconcertante, añade fray Tomás:

—¿Podemos hablar vuestra caridad y yo?

Nada responde el ermitaño, ni le deja ver sus ojos, así que él no tiene más remedio que insistir:

—¿Podemos o no podemos hablar? Hace calor aquí fuera a pleno sol...

Se da media vuelta el padre Piña, señala el chamizo con el dedo, anda unos pasos y va a sentarse a la sombra en el suelo pelado. Frente a él, toma asiento fray Tomás sobre una dura piedra. Y de esta manera, sin verse las caras, transcurre un tiempo indeterminado que a él le parece una eternidad.

—¿Tiene vuestra caridad hecho voto de silencio? —inquiere, para ver si logra hacerle hablar.

Alza al fin los ojos el ermitaño, los pone en los suyos fugazmente, y contesta:

—Rezo a Dios, a Santa María Virgen y a todos los santos por vuestra merced...

—Ah, muy bien, hermano —dice él amistosamente—. Y yo os lo agradezco con toda el alma. También encomiendo a vuestra caridad. ¿Podemos hablar pues?

El padre Piña se vuelve hacia el mudo y le hace unas señas rápidas con las manos. Luego clava de nuevo los ojos en el suelo y dice:

—Almorcemos juntos, hermano. Aquí somos pobres por amor a Dios, pero lo poco que tenemos lo compartimos.

El mudo entra en la cabaña y un momento después sale con una jarra, una escudilla y un pedazo de pan, que dispone allí mismo, en la pura tierra. El padre Piña echa una bendición, parte el pan en tres pedazos y lo reparte. En la escudilla hay una suerte de gachas verdosas, hechas con hierbajos, y en la jarra, agua.

Comen los tres en silencio. El mendrugo está duro y mohoso; las gachas amargosas y el agua pestilente. Haciendo de tripas corazón, toma fray Tomás aquello a modo de penitencia. Y tras el frugal almuerzo, dice con tono amable:

—¿Podemos hablar ya, padre Piña?

—Es la hora sexta —responde el ermitaño, poniéndose en pie—; debemos alabar a Dios...

—No, no es todavía la hora sexta —replica algo exasperado el aprendiz de inquisidor, haciendo fuerza para demostrar arrestos—. ¡Hablemos de una vez! Que esto está lejos y yo debo regresar a mi convento antes del atardecer.

—Aquí no hay relojes que valgan —repone impasible el padre Piña—. Los anacoretas nos guiamos por las horas que marca el sol, como manda el Creador.

—Está bien, recemos —asiente él, para no contrariarle.

Vuelven a hincarse de rodillas; el mudo a su lado, como antes, y el padre Piña dentro en la ermitilla, desde donde entona las antífonas y los salmos sin ninguna prisa, con largos silencios intercalados. Parece que no hay prisa, que no terminará nunca...

Cuando al fin cesan los rezos y los cánticos, le pregunta fray Tomás con enardecimiento:

—¿Hablamos ya? ¿Hablamos de una vez? ¡Por Dios bendito!

Sale sin mirarle el ermitaño y contesta con voz casi inaudible:

—Mande vuestra caridad lo que haya menester de este indigno siervo.

—Muy bien —dice él con gran alivio—. Pero lo que hemos de tratar es asunto delicado, así que el hermano mudo...

El padre Piña se vuelve hacia el mudo y le dice:

—Serapio, anda y ve a echar de comer al perro.

Cuando se quedan solos, vuelven a sentarse en el suelo y empieza nuestro inquisidor diciendo con delicadeza:

—Quisiera que me diera vuestra caridad razón de la ermitaña llamada Catalina de Cardona.

Alza los ojos al cielo el padre Piña y exclama:

—¡Ah, la buena mujer! ¡Bendita sea del Señor!

—Sí —asiente fray Tomás, decidido a ir al meollo de la cuestión, aunque cautelosamente—. No sé si sabrá vuestra caridad que anda esa buena mujer por Madrid para solicitar de su majestad el rey ayuda para la fundación de un convento de frailes en La Roda, en tierras del obispado de Cuenca. Vuestra caridad, según me dijeron, la conoce bien...

De repente, el padre Piña levanta la frente, de manera intempestiva, clava en él unos ojos interpelantes y le interrumpe diciendo:

—¿Y por qué pide vuestra reverencia razón della? ¿Es cosa del Santo Oficio?

Titubea fray Tomás, desconcertado, y responde:

—Eso no lo puedo decir...

—¿Es o no cosa del Santo Oficio? —alza la voz el ermitaño, enardecido—. Porque veo que vuestra caridad es de la Orden de Santo Domingo... Y ya vino antes otro fraile de la Santa Inquisición a tirarme de la lengua...

—¡Eh, un momento! —contesta fray Tomás, para ponerle en su sitio, haciendo uso de una autoridad que no pensaba enarbolar—. No vengo sino por mandato de mis superiores. Así que será mejor que vuestra caridad me dé razón de lo que le pido... ¡O aténgase a las consecuencias!

El padre Piña se pone de pie de un salto, con inusitada agilidad, y empieza a gritar:

—¡Serapio, trae el perro! ¡Serapio, el perro!

Lo que sucede a continuación es todo muy rápido y terrible. Aparece el mudo trayendo sujeto con una cadena un enorme mastín color canela, que ladra y ruge feroz y amenazadoramente. Se levanta fray Tomás acobardado y, con la espalda pegada a la pared de la ermita, implora temblando:

—¡Por Dios, no lo suelte vuestra merced, que me hará pedazos!

—¡Pues andando la cuesta abajo! —le espeta el ermitaño, hecho una fiera—. ¡Andando he dicho! Si la Inquisición quiere meter aquí las narices, que venga a prenderme a mí... ¡Fuera! Y dígale vuestra caridad a sus superiores que aquí los aguarda este siervo de Dios... ¡Andando o suelto el perro!

Echa a correr fray Tomás con las piernas temblándole y, por el camino, oye los tremendos ladridos que retumban en los montes. Huye sin pensar en otra cosa que alejarse de allí lo más deprisa que le permiten los pies, que yerran por el pedregoso sendero en cuesta, a punto de echarse a rodar. Hasta que, después de algunos traspiés, parece hallarse a salvo; se para, recobra el resuello y anda de momento aturdido, sin acertar a extraer una conclusión lógica de tan extraño incidente. Pero luego, tras ir meditando, mientras pone distancia de por medio, comprende ya en terreno llano que su misión de inquisidor inexperto no va a resultar nada fácil; que se enfrenta a cosas en extremo alejadas de la razón y que tendrá en adelante que vérselas con personajes de lo más raro, faltos de juicio, fanáticos, desmesurados...

## 4. ANTE TODO, EL SECRETO

¿Qué debe hacer nuestro fraile tras el desagradable incidente en el cerro del Ecce Homo? ¿Es oportuna una represalia contra el padre Piña? Puede poner el hecho en conocimiento de los familiares de la Santa Inquisición; o ir nuevamente a interrogar al ermitaño, esta vez con los alguaciles; o recurrir al auxilio del brazo secular. Todas esas posibilidades baraja, y esa noche no puede dormir: algo indeterminado, confuso, enigmático, está combatiendo en su corazón. Ciertamente, sus indagaciones se presentan harto complicadas desde sus mismos inicios, y lo más prudente parece ser no armar demasiado ruido. Considera que debe salvaguardar sobre todo el sigilo en sus trabajos. En ello insistió su superior y ese ha de ser su principal cometido: investigar en absoluto secreto. A fin de cuentas, sus atribuciones no son las de un calificador; no hay una causa abierta en el tribunal, no se cuenta con una acusación precisa; ni siquiera los comisarios del Santo Oficio han sido informados de lo preocupados que están en el Consejo de la Suprema. Pero, además de todas estas razones, el aprendiz de inquisidor guarda en sus adentros motivos propios: siente que ha fracasado en sus primeras pesquisas, que no ha estado a la altura, que no supo resolver... Tiene la honra un tanto dolorida y teme que su superior estime que ha fallado. Y, en fin, empieza a pensar que mejor será dejar estar las cosas; olvidarse del arisco ermitaño y empezar por otro sitio; abrir otra vía más fácil, menos peligrosa. Así que resuelve mirar desde lejos, observar, y juzgar las actitudes sin despertar ninguna especial inquietud. Sabe que hay que actuar sin demora, pero sin desdeñar la paciencia. Después de esta primera experiencia, saca una enseñanza para el futuro: que la urgencia, en ciertos casos, le puede hacer a uno ser temerario y echar a perder la investigación. En consecuencia, considera que el siguiente paso a dar debe ser más cauteloso y al mismo tiempo más certero. Si se trataba de saber con la mayor exactitud las intenciones de Catalina de Cardona y descubrir la existencia o no en ella de las ideas de los alumbrados, lo más conveniente será ir directamente a quienes mayor trato han tenido con ella. Y descartado el padre Piña por loco, el siguiente sujeto de la pesquisa debe ser el otro clérigo que la ayudó a fugarse: Martín Alonso, capellán de los príncipes de Éboli.

## 5. LA ILUSTRE CASA DE ÉBOLI

Pero, antes de proseguir, será conveniente analizar serenamente algunos factores que resultarán necesarios para hacerse una idea precisa del ambiente y las circunstancias que rodeaban al objeto de las pesquisas que debía iniciar fray Tomás. Sepamos en primer lugar quiénes son los príncipes de Éboli y conozcamos en toda su extensión el alcance de sus influencias.

El príncipe, don Ruy Gómez de Silva, es por aquellos

años —si no el más importante— uno de los caballeros más altos en la Corte y que gozan de la mayor confianza del rey Felipe II. Oriundo de Portugal, hijo de los señores de Ulme y Chamusca, acompañó en el séquito a la emperatriz doña Isabel de Portugal, la augusta esposa del césar Carlos, en su traslado a Castilla antes de su boda con el emperador. Y más adelante, nacido el príncipe Felipe, Ruy fue nombrado paje y compañero de juegos suyo, asistiéndole en todo momento, primero durante los años de su infancia y adolescencia, y continuando a su lado después, tanto en las adversidades de la vida como en los momentos afortunados; de tal manera que el rey colmaría con el tiempo a su amigo de prebendas y honores, otorgándole el favor de su privanza directa. Los cargos más elevados recayeron en él: sumiller de corps, consejero de Estado y de Guerra, mayordomo y contador mayor del príncipe don Carlos. Y asimismo los títulos más honrosos: príncipe de Éboli en el reino de Nápoles, duque de Pastrana, grande de España y clavero de la Orden de Calatrava. Llegado el momento de tomar una esposa a la altura de su dignidad, don Ruy escogió a una dama de la más alta alcurnia: doña Ana de Mendoza y de la Cerda, hija de los duques de Francavilla y príncipes de Mélito; aunque ella, con la temprana edad de doce años, todavía no podía casarse legalmente, por lo que el novio debió aguardar dos años antes de consumar el matrimonio, según estipulaban las capitulaciones matrimoniales.

En las fechas de los hechos que son la base del presente relato, el príncipe de Éboli cuenta ya cincuenta y cinco años, y la princesa, treinta; han tenido diez hijos, cuatro de los cuales murieron de niños. La ilustre familia hace la vida en Madrid en el grandioso palacio que se yergue junto a la iglesia de Santa María, muy próximo al Alcázar Real; aunque también pasan largas temporadas en Pastrana, en la residencia ducal que dista unas veinte leguas de la Villa y Corte.

Con sumo cuidado, fray Tomás hizo averiguaciones y se enteró de que el capellán Martín Alonso celebra la misa diaria en la vecina iglesia de Santa María, asistiendo los príncipes con su parentela. De manera que allí va un domingo al alba, sin previo aviso, para verse con el clérigo.

Entra en el templo, que está en penumbra por lo temprano de la hora, tan solo iluminado en el altar mayor por los pertinentes lucernarios. Se sitúa discretamente en un lateral, y mientras va concluyendo la celebración, puede ver perfectamente a los príncipes, que están, como les corresponde por su rango, situados en el presbiterio, arrodillados en sus reclinatorios después de haber comulgado, muy recogidos. Detrás de ellos, colocados ordenadamente, sus seis hijos permanecen en idéntica actitud que sus padres. Y más allá, al pie de las gradas, también se hallan arrodillados los pajes, las ayas, los mayordomos, damas de compañía, criados, caballeros y demás miembros del séquito. Todo aquel personal, como los príncipes, visten suntuosas galas de fiesta; buenos tafetanes, gabanes de pieles, brocados, sedas...; las mujeres, sombrerillos con plumas, tocados, mantillas, velos de encaje, toquillas blancas a la italiana...; y los mozos y caballeros, coloridas calzas y medias capas. Componen, en fin, un espectáculo alegre y principesco, por el fausto y la magnificencia de los ropajes, ademanes y poses.

Se aproxima un poco más el fraile, deslumbrado, con apocamiento, y, desde detrás de una reja, ve los rostros de cerca, cuando los príncipes se ponen en pie para acoger las últimas bendiciones. Don Ruy Gómez es un señor de muy buen porte; aunque de estatura mediana, el cuerpo todavía firme y la espalda muy derecha; la barba gris recortada, el cabello crespo y los rasgos nobles. Doña Ana, su esposa, a su derecha, se ve menudita y nada gruesa, a pesar de haber tenido nueve partos; la figura grácil, con el adorno del vestido de terciopelo verde oscuro, ceñido al talle, la piel muy blanca; la cara bella, graciosa y con reflejo de viva inteligencia; resaltando la mirada aguda del ojo que parece escrutarlo todo, por ser el único útil, pues un parche le tapa el otro.

Es la primera vez que los tiene a la vista, aunque ha oído hablar mucho de ellos, y a fray Tomás los príncipes le causan una impresión agradable, igual que sus hijos y toda la parentela que les acompaña.

Acabada la misa, todos abandonan el templo, caminando con sencillez por el pasillo central, y luego siguen despacio por la plazuela, donde se ha juntado mucha gente para verlos pasar, vitorearles y esperar recibir alguna limosna los mendigos. Entre la muchedumbre, los penachos de plumas y los gallardetes desaparecen de la vista en dirección al palacio. Entonces, el inquisidor subalterno va a la sacristía en busca del capellán.

## 6. UN CLÉRIGO RENUENTE

Y encuentra fray Tomás a Martín Alonso ya sin la casulla, vestido con la sotana impecable de buena tela negra; el cuerpo largo, delgado; cetrino el rostro; la barba muy oscura, el negro birrete enhiesto; todo él elevado, aristocrático, imponente... Está como esperando, derecho como una pica, delante de la cómoda donde acaba de dejar las suntuosas vestiduras.

Avanza nuestro fraile hacia él y le dice:

—Padre Martín Alonso, quisiera hablar un momento con vuestra reverencia.

Le mira el clérigo desde su altura, sonríe extrañamente, y responde lacónico:

—Un momento, por favor. He de pagar los estipendios a los acólitos.

—No tengo prisa.

Con movimientos lentos y ceremoniosos, el capellán distribuye unas monedas entre los monaguillos y ayudantes. Los despide y le ordena al sacristán cerrar las puertas por fuera. Cuando quedan completamente solos en la sacristía, casi a oscuras, el padre Martín pregunta estirado:

—¿Y bien? ¿Quién es vuestra caridad y qué quiere de un servidor?

Se presenta fray Tomás y después dice con cortesía:

—No quiero entretener demasiado a vuestra reverencia, pues supongo que ahora deberá ir a desayunar con los príncipes...

—Desayuno solo —contesta con sequedad el capellán—. Pero sepa vuestra caridad que estoy muy ocupado... ¿Qué se le ofrece?

Decide ir al grano fray Tomás, hasta el límite que le permite el sigilo, y contesta:

—Acudo a vuestra reverencia con motivo de la estancia en la residencia de los Éboli de la ilustre ermitaña doña Catalina de Cardona.

—Eso ya lo supongo —observa Martín Alonso, altanero—. Un fraile de hábito de Santo Domingo aquí, sin previo aviso y a estas horas...

—¿Qué quiere decir vuestra reverencia con eso?

—Que tengo escaso tiempo —responde distante el clérigo, irguiéndose aún más sobre su altura—, como ya le he dicho a vuestra caridad, y que muy poco más podré decirle de lo que ya sabe sobre la venerable hermana Catalina de Cardona.

—¿Y por qué supone que yo sé algo?

Sonríe maliciosamente el capellán de los príncipes y contesta:

—Porque la Santa Inquisición no es tonta, que digamos... Y ya vuestra caridad ha estado husmeando en otras fuentes...

—¿Da vuestra reverencia por supuesto que pertenezco al Santo Oficio? —dice el inquisidor delegado, sintiéndose descubierto.

—Naturalmente. Ya lo he dicho: un fraile de Santo Domingo, sin previo aviso y a estas horas...

Se queda pensativo fray Tomás, mirándole algo perplejo. Y al cabo, no tiene más remedio que reconocer:

—Está bien, padre Martín Alonso, puesto que está vuestra reverencia al corriente de quién soy y de mi cometido, ¿podría decirme todo lo que sabe acerca de doña Catalina de Cardona?

—Lo que sé es lo que todo el mundo sabe; lo que le habrán contado a vuestra caridad, lo que es público y notorio en Madrid: que la buena mujer es dama de alcurnia, de sangre noble de cristianos viejos, emparentada con lo más granado de la Corte, próxima al rey nuestro señor, aya de los príncipes, familiar de las ilustres casas de Salerno y Éboli... Y que todo eso dejó y consideró basura, resolviendo por puro amor a Dios buscar una vida más santa. ¿Puede decirme vuestra caridad qué puede hallar sospechoso la Santa Inquisición en todo ello? ¿Por qué se inquieta el

Santo Oficio ante algo que está en lo más puro de nuestra religión verdadera?

—No se enfade vuestra reverencia —le dice calmadamente fray Tomás—. No he venido a inquietarle, sino a pedirle que me ayude en mi trabajo.

—Muy bien. Pues dígame vuestra caridad de una vez qué es lo que quiere saber; en qué puedo yo resultarle de utilidad.

Le mira a los ojos el fraile directamente y responde:

—Vuestra reverencia y el padre Piña auxiliaron a doña Catalina en su huida del palacio de los príncipes de Éboli.

—¡En la huida del mundo! —repone airado el capellán—. ¡Por Dios bendito! Ella es una mujer libre, libre de buscar a Dios como le pida su conciencia.

—Calmaos, padre, os lo ruego. Solo quiero saber qué espíritu movió a doña Catalina para vestir hábito de fraile y no de monja.

Martín Alonso sonríe ampliamente y enseña sus dientes nacarados, en medio del negrísimo bigote y la negrísima barba.

—¡Qué estupidez! —exclama con desdén—. ¡Hábito es a fin de cuentas! Y no es el hábito lo que hace al monje o a la monja, bien lo habrá de saber vuestra caridad, más por fraile que por inquisidor...

A fray Tomás le ha hecho mella el que le hayan llamado inquisidor, por primera vez en su vida, y repone:

—No he venido a discutir... Veo que vuestra reverencia no está dispuesto a colaborar y que nada en claro sacaré si le sigo provocando enojo y suspicacia.

—¡Suspicacia la vuestra, reverendo padre!

Inclina la cabeza con respeto el fraile y añade:

—Está bien, me marcho... Veo que vuesa reverencia no desea colaborar. Gracias de todos modos.

—Padre... —dice visiblemente dolido el capellán—, reverendo padre, no pierda su precioso tiempo el Santo Oficio molestando a los santos verdaderos; no sea que acaben hastiando a quien está más alto que el Santo Oficio...

—¿Qué quiere decir vuestra reverencia? ¿Es una amenaza?

—¡Es una advertencia! Sepa vuestra caridad que Dios pone su Divina Providencia al servicio de los benditos hombres y mujeres que le entregan sus vidas sin condiciones. Y eso es lo que nos falta: santos, muchos santos y santas que contrarresten con su santidad las obras del demonio y las malas enseñanzas de los herejes. Busque la Santa Inquisición donde ha de buscar y deje en paz la verdadera y sana piedad de las almas buenas y sencillas...

—He comprendido, padre Martín Alonso. Que Dios bendiga a vuestra reverencia.

No se habla nada más. Salen ambos de la sacristía y luego del templo. En la puerta, se despiden con una simultánea inclinación de cabeza y cada uno toma su camino, fray Tomás en dirección al convento de Atocha y el capellán Martín Alonso hacia el palacio de los príncipes de Éboli, que está muy próximo.


## 7. Una estrambótica procesión y un arcón repleto de dádivas


La conversación que mantuvo con Martín Alonso dejó sumido en la perplejidad a fray Tomás. ¿No se estaba tal vez exagerando en el asunto de la Frailesa? ¿Había de verdad tanto peligro en aquella simple ermitaña? ¿Eran oportunas las sospechas de alumbradismo del inquisidor Castro? Ciertamente, se hablaba de visiones, de arrebatos místicos, de predicciones y hasta de milagros; pero ya se sabe cómo es la gente, puesta a contar historias de santos: todo les parece poco con tal de tener alguna certeza de la gracia divina. Y quién sabe si Catalina de Cardona era sencillamente una buena mujer de tantas, que no pretendiera otra cosa que alejarse de esa vida de riquezas que le había correspondido por su linaje, y no buscase sino la pobreza, la castidad, la obediencia; las virtudes cristianas auténticas. Bien pudiera ser que todo se hubiese sacado de madre, pero no por su culpa, sino por la ociosa manía de anticiparse; costumbre tan española de coronar en vida a los bienaventurados, o de todo lo contrario: juzgarlos a destiempo y condenarlos precipitadamente. Estas dudas le conturbaron mucho durante los días siguientes y su preocupación por el asunto, en vez de apaciguarse, se encendió aún más, merced al temor de andar, en efecto, descaminado y con juicios previos aventurados.

Pero no tardó demasiado en ocurrir algo que hizo variar por completo el curso de los acontecimientos; algo tan irregular, tan sin orden ni cordura, que llegó a causar verdadero y doloroso escándalo en muchas rectas conciencias. Sucedió un día antes de la hora del ángelus, una mañana espléndida de sol de esas en que la gente de Madrid se echa a las calles para deambular por los mercados y las plazas, deseosa de novedades y a la caza de cualquier divertimento. No podía haberse escogido pues un momento más adecuado para, a plena luz y a la vista de las multitudes, armarse un revuelo morrocotudo con una suerte de procesión estrambótica por las calles del centro de la Villa y Corte. La noticia llegó pronto a las dependencias de la Suprema y General Inquisición, entre albórbolas de entusiasmo y espanto: todo el mundo corría a ver el acontecimiento, que al parecer era obra, según corría de boca en boca, de la célebre Frailesa.

Al inquisidor general le dio un vuelco el corazón y llamó inmediatamente a su presencia a don Rodrigo de Castro. Entre ambos trataron de resolver sobre lo que era más conveniente hacer en aquel momento; si era prudente o no enviar a los alguaciles del Santo Oficio para detener la cosa. Pero temieron con ello aumentar el escándalo. Así que, finalmente, lo estimaron más oportuno ir a investigar con cautela para ver de qué se trataba. Y la investigación, como era de esperar, recayó en el inquisidor subalterno, fray Tomás, a quien enviaron inmediatamente con la orden de observar desde muy cerca el suceso.

En la calle, pronto se une nuestro fraile a una batahola enfervorizada. El gentío apresurado y curioso, entre chanzas, entrecortadas conversaciones y estrépito de pisadas, camina hacia donde es el acontecimiento, en las proximidades de la plaza de San Salvador. A medida que se va aproximando, confluyen ríos de gente, crece el jolgorio y cuesta más trabajo avanzar. Entonces, casi a empujones, se va abriendo paso hasta una de las esquinas que da a la plaza. Allí, en atención a su hábito de dominico, al fraile le permiten entrar en una casa y subir al piso alto, donde, desde un balcón ve perfectamente y con tranquilidad lo que está pasando allí abajo. No puede evitar horrorizarse ante el espectáculo que se desenvuelve ante sus ojos: en el medio de la plaza, subida en un elevado y suntuoso carromato, entre ramos de flores, colgaduras de seda y otros adornos, está aquella rara ermitaña, impartiendo bendiciones; apenas resalta su figura, tan menuda, insignificante, desaparecida casi bajo el sayo de buriel y la capilla blanca. Catalina parece más varón que mujer; por su cabeza rapada, por el rostro tan arrugado, por la piel oscura curtida y por el hábito de fraile carmelita; pero, sobre todo, porque luce una barba postiza, risible, larga hasta el vientre... Será por el grotesco cuadro que compone aquella visión, por la novelería, por tener con que pasar el rato, que la multitud está encandilada. Nobles damas, con sus ricos vestidos, dan aún mayor colorido a la escena, situadas en torno, como un acompañamiento teatral; transidos los rostros y fijos los ojos llorosos en su «santa». Un manso buey, como una mole blanca, tira del carro, muy lentamente, pues la apretada muchedumbre le impide el paso. Muchos se arrodillan para acoger las bendiciones de la ermitaña, y se oye gritar entre el bullicio:

—¡Buena mujer, bendícenos!

—¡Santa! ¡Santa! ¡Santa!

—¡Ruega por nos, Frailesa!

—¡Dios te bendiga, Catalina!

Y fray Tomás, completamente escandalizado, no puede por menos que decirse para sus adentros: «En verdad parecemos un reino de locos.»

¡Y no lo ha visto todo aún! Un instante después, se fija en un arcón grande que portan tras el carro unas damas, por las asas, donde la gente deposita generosas dádivas: monedas, oro, plata, alhajas, perlas, piedras preciosas...

## 8. ESPANTO EN EL SANTO OFICIO

Fray Tomás toma buena nota de lo que ha visto y oído y regresa a las dependencias de la Suprema y General Inquisición para, inmediatamente, redactar un memorial en el que describe con detalles el suceso. Y a don Rodrigo de Castro, que lo lee al punto, a la vista del revuelo que se ha armado entre los inquisidores, no le queda más remedio que informar al inquisidor general de lo que está pasando.

Y cuando le refiere con pelos y señales lo de la procesión, el cardenal Espinosa ya no puede contenerse, pierde la compostura y se pone a dar voces:

—¡¡¡Una barba postiza!!! ¿Cómo que llevaba puesta esa loca una barba de chivo? ¡Qué chifladura, qué barbaridad! ¡Esto es el acabose! ¡Adónde vamos a llegar! ¡Señor, adónde! ¡Cómo se ha permitido tal escándalo!

Castro no sabe qué decirle ni cómo tranquilizarle. Solo se excusa:

—Excelencia reverendísima, nada se pudo hacer... Ya os lo he contado: se intentó hablar con el padre Piña, primeramente, y después con el capellán Martín Alonso, pero no estaban dispuestos ninguno de los dos siquiera a escuchar ni a atender a razones, por más que sabían que la Inquisición andaba detrás del asunto. Mientras esos dos clérigos se sepan bajo el amparo de los príncipes de Éboli, seguirán haciendo de su capa un sayo y dándole vuelos a la ermitaña. Es más, estoy convencido de que son ellos quienes andan jaleándola. Siento tener que decirle a vuestra excelencia que, de momento, no podemos hacer absolutamente nada.

—¡Pero ¿qué me dice vuestra señoría?! ¡Habrase visto! ¡Cómo que no podemos hacer nada! ¿Vamos a quedarnos de brazos cruzados ante semejante escándalo? ¡El Santo Oficio debe actuar antes de que el desatino vaya a más!

—No hay más remedio. No podemos detenerla. Si la llevamos presa, la gente se nos echará encima. Y además no podemos presentar una acusación en firme, puesto que no hay escritos con herejías, ni sermones, ni doctrinas erróneas que se puedan probar... Aunque la Frailesa y sus adláteres destilen un evidente tufo a alumbradismo, no tenemos conductas depravadas como en otros casos... Únicamente tenemos actitudes grotescas, bufonadas, simples chifladuras...

El cardenal da un puñetazo en la mesa y ruge:

—¡Por el amor de Dios! Tenemos a una dama vestida de fraile, impartiendo bendiciones en el centro de Madrid a la vista de la Corte y el pueblo... Y... ¡una barba de chivo! ¡Todo esto es diabólico!

—Lo será, pero entusiasma a la gente...

—¿La gente? ¿Es que ha enloquecido la gente? ¿Ha perdido el sano juicio todo este bendito reino? ¿Vivimos acaso en un gobierno de alumbrados?

—Eso mismo digo yo... Pareciera que no hubiera lugar para la cordura de un tiempo a esta parte.

El inquisidor general se sujeta la cabeza entre las manos y, en un tono cargado de ansiedad, dice:

—Ay, quiera Dios que esa maniática no acabe yendo a ver al rey para enredarlo en sus locuras... ¡Quiéralo Dios!

## 9. EL NUNCIO DEL PAPA PONE EL GRITO EN EL CIELO Y EL INQUISIDOR GENERAL APOSTÓLICO DECIDE TOMAR CARTAS EN EL ASUNTO

Los temores del cardenal don Diego de Espinosa se hicieron realidad: de la Corte, Catalina de Cardona pasó a visitar El Escorial y se vio con el rey. Nadie sabe de qué asuntos trataron, porque las cosas de su majestad no solían hacerse públicas. Se suponía que la ermitaña estaba interesada, más que nada, en lograr la licencia para la fundación de su convento de La Roda, para cuya obra atesoraba aquella gran cantidad de caudales en el arcón que llevaban las damas en la procesión y que tanto escándalo causó.

Durante las semanas siguientes, no faltaron murmuraciones y el malestar en la Santa Inquisición creció aún más. Sobre todo porque llegaban constantes rumores, cada vez más desconcertantes: se decía que la Frailesa iba por Madrid en el coche de los príncipes de Éboli, tirado por preciosos caballos, acompañada de algunas damas, sin parar de echar bendiciones a su paso. Y de esta manera se representaba en los principales palacios de la capital para solicitar limosnas de las familias más ricas y linajudas. Se supo además que, entre sus viajes, pasó a Toledo y de allí volvió muy bien proveída, cargada con un buen carro de ornamentos, vasos de sacristía de plata y oro y una arqueta llena de reales y doblones. Constantemente acudían al tribunal testigos de todo crédito contando cosas como esta y aún peores. Su fama de milagrera entusiasmaba a algunos, pero a otros los llenaba de terror.

No es de extrañar, pues, que llegasen hasta el mismísimo nuncio del Papa las noticias de que por Madrid andaba un fraile descalzo, rodeado de mujeres, recogiendo donativos, bendiciendo a la gente y pretendiendo hacer milagros. Como es natural, el nuncio se escandalizó y mandó llamar al inquisidor general apostólico para pedirle explicaciones.

Una vez más, don Rodrigo de Castro sufrió las consecuencias del enojo que había en la Suprema. Se le achacaba no haber tomado las medidas oportunas ni haber sido capaz de poner en su sitio a la ermitaña, después de que se le considerase el único responsable del asunto de la Frailesa, pues a él le había sido encomendado. Completamente desesperado, don Rodrigo de Castro acudió nuevamente a su ayudante para comunicarle:

—El inquisidor general está muy avergonzado por lo que está sucediendo. El nuncio del Papa le ha amonestado y es menester parar cuanto antes todo esto. Deberás ir inmediatamente al palacio de los príncipes de Éboli para entrevistarte con doña Catalina de Cardona y, con delicadeza, convencerla de que modere sus actos, que no vuelva a dejarse ver y que evite causar revuelo entre las gentes.

—Haré lo que se me mande —responde con solicitud, fray Tomás—. Pero necesitaré entrar en la residencia de los Éboli... ¿Habré de pedir audiencia?

—El inquisidor general ya se ocupó de eso: envió a su secretario personal al palacio para indicarle al príncipe que un miembro autorizado del Santo Oficio iría próximamente. Así que, no perdamos tiempo; ve allí cuanto antes.

Obedeciendo esta orden, sale fray Tomás sin demora hacia la residencia de los Éboli en Madrid, convencido de que allí están prevenidos y esperándole, según le ha asegurado su superior. Y no puede evitar cierto desasosiego, por lo espinoso de su cometido y porque no tiene costumbre de tratar con gente tan importante. Debe hablar con los príncipes, antes que con la ermitaña, y transmitirles con delicadeza la gran preocupación que reina en la Suprema y en la nunciatura. ¿Cómo se lo van a tomar, puesto que doña Catalina es su protegida? ¿Lo considerarán un agravio hacia su casa? Su inquietud es natural, teniendo en cuenta cómo fue tratado primeramente por el ermitaño del cerro del Ecce Homo y después por el capellán Martín Alonso.

Al llegar al palacio, se encuentra con la sorpresa de que nadie allí tiene la mínima idea de su visita. El criado que le atiende no sabe nada del asunto y no hay en la casa nadie por encima de él que pueda darle más explicaciones. Los mayordomos y los camareros se han trasladado con los príncipes a la residencia ducal de Pastrana, como es su costumbre durante el verano, y no tienen previsto regresar a Madrid hasta principios del mes de octubre.

Cuando fray Tomás vuelve con estas noticias a la Suprema y se las comunica a don Rodrigo de Castro, este se irrita, medita en ello y un instante después le ordena:

—Pues deberás ir allá, a Pastrana. No nos queda más remedio que resolver cuanto antes este engorroso caso. En la Suprema están cada día que pasa más horrorizados por lo que se cuenta por ahí de la ermitaña. Y no es de extrañar que así sea —añade, con un brillo extraño en sus ojos grises—. El día 6 de junio salió de Madrid don Juan de Austria hacia Barcelona para ponerse al frente de la flota que va a zarpar contra el turco. Y al parecer, antes de partir, fue a ver a doña Catalina de Cardona, a la que llama «madre», por guardar de ella un cariñoso recuerdo de los años que le cuidó en su infancia. Y la Frailesa, en presencia de los príncipes y de toda su parentela y servidumbre, le profetizó una gran victoria... Estos arrebatos ominosos causan espanto en el Santo Oficio, porque nos traen a la memoria los enredos y las predicciones de aquella Magdalena de la Cruz que tanto escándalo causó en su tiempo. ¡Recuerda lo que pasó entonces! ¡Vamos, ve allá y tráeme pruebas del alumbradismo de la Frailesa!

—Sí, señoría, haré lo que se me manda; pero... ¿cómo he de ir?

—¡Qué pregunta! Pues cabalgando, ¿cómo si no? ¿Andando? ¡No tenemos tiempo! Debemos resolver esto lo antes posible.

—Señoría, veré si en el convento me prestan una mula...

Castro se echa a reír y replica:

—¿Una mula? ¡Qué ocurrencia!

—Yo no tengo caballo... Un caballo cuesta muchos reales... ¿De dónde saco yo el dinero? Los frailes de Santo Domingo somos pobres...

—Muchacho —le dice paternalmente Castro—. Tú ya perteneces al Santo Oficio, puedes considerarte comisario de la Santa Inquisición; así que la Santa Inquisición se ocupará de todo lo que necesites. Ahora mismo daré órdenes a los intendentes para que provean lo necesario: dinero para tus gastos, un sueldo, un buen caballo y lo que sea menester... Además, debes llevar protección. Los inquisidores no podemos ir por ahí a la buena de Dios, solos, a merced de bandidos y desalmados. Te acompañará un familiar del Santo Oficio, una persona valiente, con agallas y experiencia suficiente ante cualquier adversidad... Los frailes recién salidos del convento no estáis preparados para el mundo y puede pasaros cualquier cosa...

Dicho esto, don Rodrigo hace sonar la campanilla con fuerza y grita llamando a su asistente:

—¡Isidro! ¡Isidro! ¿¡No me oyes, demonio?! Cada día está más sordo este hombre... ¡¡¡Isidro!!!

Llega al fin el anciano sirviente, arrastrando los pies, y el inquisidor le ordena a voz en cuello y con gestos:

—¡El caballero de Alcántara! ¡Ve a llamar a mi presencia a Monroy!

Cuando Isidro sale, Castro le explica a fray Tomás:

—Los llamados familiares del Santo Oficio son miembros de menor nivel dentro de la Inquisición. Sin necesidad de tener ningún tipo de voto, ni ingresar en el clero, sus funciones son las de informar de todo lo que sea de interés para la institución y ocurra dentro de la sociedad en la que están integrados. Digamos que son como una tupida red de vigilancia. Deben estar pues permanentemente al servicio de la Santa Inquisición, para ayudarla, asistirla en sus trabajos y defenderla frente a las eventualidades y peligros que conlleva su misión. Convertirse en familiar es considerado un gran honor para un caballero o un hidalgo, ya que supone un reconocimiento público de limpieza de sangre y lleva además aparejados ciertos privilegios, como el de portar armas o la exención de pagar ciertos impuestos. Y tú, dado que deberás iniciar una investigación importante, deberás estar acompañado por un familiar, para que te proporcione protección y te asista en lo que puedas necesitar. Don Luis María Monroy de Villalobos acaba de entrar como familiar al servicio de la Suprema. Ya ha hecho su juramento y está deseando que se le dé trabajo. Es caballero de la Orden de Alcántara y tiene una buena hoja de servicios hechos en los Tercios. En fin, nadie mejor que él para lo que tenemos entre manos. Ahora te lo presentaré y os pondréis de acuerdo para partir cuanto antes hacia Pastrana; a caballo, naturalmente...

## 10. PASTRANA

Veinte leguas hay desde Madrid a Pastrana, las cuales completan fray Tomás y Monroy casi de un tirón, en apenas una jornada a lomos del caballo. Por el camino, van conociéndose; hablan, confraternizan y comparten la comida, el agua y el cansancio. El fraile se da cuenta pronto de que ha tenido mucha suerte: su compañero es un hombre sano, despabilado, decidido y digno de toda confianza, en quien no parece haber engaño ni doblez, ni más interés que cumplir con el deber que tiene asignado por la Suprema.

Con las últimas luces del día 22 de junio llegan a las puertas del palacio ducal, donde hallan mucha gente, por la novedad de que está allí la Frailesa, por la presencia de los príncipes en la villa y porque se acerca la noche de San Juan. Ya se ven hogueras encendidas, a pesar de que todavía no ha oscurecido del todo y de que falta un día para la fiesta. Por el jolgorio que hay y porque la hora es tardía, no consideran sensato hacerse presentes todavía y deciden de común acuerdo pernoctar a la intemperie, al abrigo de uno de los muros de la iglesia de la Anunciación, que por entonces está en obras. El tiempo es bueno, la noche serena y cálida, no merece pues la pena andar dando explicaciones por el mero hecho de buscar cobijo en otra parte. Ya saben ambos, porque así lo aceptaron al hacer juramento, que el Santo Oficio exige esos sacrificios y aún mayores; tal es la servidumbre de los inquisidores, cuando obligan el sigilo y la cautela.

Pero, una vez echados en el duro suelo sobre sus capas, y a pesar del cansancio del viaje, fray Tomás no puede dormir. Le atenaza la inquietud por la delicada misión que le ha tocado en suerte. Nunca antes se le había encomendado un trabajo tan apurado, ni entre personajes de tanta altura e influencia. Debe interrogar nada menos que al privado del rey, don Ruy Gómez de Silva, y a su ilustre esposa, doña Ana de Mendoza, príncipes de Éboli y duques de Pastrana. Sabe que no va a ser tarea fácil sonsacar; que debe entrarles con sutileza para no suscitar recelos ni herir el pundonor de su casa. Y lo mismo habrá que hacer con la Frailesa. Delicada labor es tratar con místicos e iluminados. ¿Qué clase de mujer será? ¿Una demente o una auténtica santa? Hasta entonces aquel espinoso asunto había sido un vía crucis de contratiempos y aprietos, y no resultaba nada cómodo hacer ver que la Santa Inquisición lo único que buscaba era sacar la verdad en el caso de Catalina de Cardona, para descartar el alumbradismo en sus actos y dejarla en paz, si sus intenciones eran honestas y sus obras buenas.

El caballero de Alcántara en cambio, libre de preocupaciones, duerme a pierna suelta; no obstante la claridad que proporciona una brillante luna llena y el jolgorio que arman los vecinos en las hogueras con sus cantos y sus chanzas. Le envidia el fraile, al verle descansar boca arriba; la cara sumida en la placidez del sueño y la respiración sonora y tranquila.

Así pasan la noche entera; en vela el uno y roncando el otro, y de esta suerte los encuentra la primera luz del día. Se levanta entonces fray Tomás y va a la fuente para espantar la modorra con el agua fresca. Unas muchachas que ya están haciendo cola con sus cántaros le saludan alegres. Y aprovecha él para preguntarles si conocen en persona a Catalina de Cardona.

—Yo la veo todos los días —contesta una moza regordeta.

—¡Ah! —exclama el fraile, disimulando su oficio—. ¿Y cómo es eso? ¿Sale la ermitaña por ahí?

—No, padre, no sale nunca del palacio; pero yo la veo porque barro los patios —responde la moza.

Y otra de las muchachas explica a su vez con una sonrisita maliciosa:

—Es que esta es criada de la casa de los amos de Pastrana; ¿no ve vuestra merced lo lustrosa que está?

—¡Cállate tú, entremetida! —refunfuña la regordeta, con enojo.

Se ponen a discutir a gritos.

—¡Haya calma, mozas! —les dice él—. Que vais a alborotar la villa y es todavía temprano para riñas.

Se echan a reír y prosiguen con la tarea de llenar los cántaros por turnos. Entonces se dirige fray Tomás a la regordeta y le dice:

—Anda, muchacha, cuando vuelvas al palacio, ve a ver a quien tenga el oficio de recibir las visitas y dile que está a la puerta un fraile de Santo Domingo enviado por don Rodrigo de Castro; que así se lo diga a los mayordomos para que se lo hagan saber a los príncipes. Recuerda bien el nombre, hija: don Rodrigo de Castro.

La muchacha echa a correr, olvidando allí el cántaro, encantada por hacer de emisaria. Y fray Tomás va a despertar a su compañero.

Un rato después, están delante de la puerta falsa del palacio, donde ya les esperaba el portero, visiblemente nervioso. Les conduce hasta un recibidor y les ofrece asiento. Enseguida, aparece el secretario del príncipe; hombre ya de edad, ceremonioso, que les dice:

—No esperábamos tan pronto a vuestras mercedes.

—Nos disculparán —se excusa fray Tomás—. Quizás es inoportuna la hora...

—¡Oh, no, no, nada de eso! —exclama el secretario—. En esta santa casa se madruga mucho. Pero... vuestras mercedes estarán cansados por el viaje... A buen seguro no habrán desayunado...

Después de decir esto, los lleva por los patios hasta las estancias interiores, donde, en un comedor recoleto, les ofrecen un buen desayuno a base de higos, queso, pan y leche de cabra, que comen bajo el mirar escrutador del secretario y la servidumbre.

—¿Podremos ver a los príncipes esta mañana? —pregunta fray Tomás.

—Hummm..., no sé..., no le puedo dar seguridad...
—responde caviloso el secretario.

—¿Saben sus señorías que estamos aquí?

—Oh, sí, claro. Ya os dije que estaban esperando la visita.

En ese instante, se oyen pasos y el frufrú de ropas en movimiento. El secretario mira hacia la puerta, se pone en pie y se inclina con respeto. El fraile y el caballero de Alcántara entonces se vuelven y se encuentran con la presencia repentina de doña Ana de Mendoza, la princesa. Se levantan y le hacen reverencia. Ella es una mujer que causa impresión, a pesar de ser pequeña; pero resulta armoniosa; estirada, de ineludible aire vivaz; la piel clara y reluciente por algún afeite, como de satén; y aquel ojo, con la pupila clavada en ellos, tan oscura como un goterón de tinta brillante en el blanco de un papel, un único ojo, rebosante de agudeza, agudeza auténtica, redoblada por estar el otro oculto bajo el misterioso parche. Lleva el pelo recogido y tirante desde la frente, envuelto en la nuca por una trama de cordones verdes con diminutas perlas blancas. Su vestido es sencillo, negro con algún bordado. Viene con ella, como guardándole la espalda, una dama joven, vestida de muy semejante manera y con idéntico arreglo en el pelo. Ninguna de las dos lleva velo ni toquilla, sino descubiertas las nobles testas, lo cual las hace cercanas y francas, no obstante ser damas auténticas.

—Dios sea con vuestras señorías —saluda con gran respeto y turbación fray Tomás.

—¿Es vuestra reverencia don Rodrigo de Castro? —le pregunta la princesa.

—No, señora. Soy subalterno suyo; sirvo en el tribunal del Santo Oficio de Madrid a las órdenes directas de don Rodrigo. Él me manda y con poderes suyos vengo. Y el caballero que me acompaña es don Luis María Monroy, de la Orden de Alcántara y familiar del Santo Oficio. Disculpe vuestra señoría la inoportunidad...

Ella mira a Monroy y después hacia la mesa donde están los restos del desayuno.

—¿Han terminado de almorzar vuestras mercedes? —pregunta en tono amable.

—Sí, señora.

—Pues, ¡ea! —le dice con resolución doña Ana a fray Tomás—, véngase conmigo vuestra reverencia y despachemos cuanto antes el asunto que le trae acá. Mientras tanto, el familiar será atendido por mis sirvientes.

La sigue el fraile, dejando allí a su compañero con la dama y el secretario, y se adentran por un dédalo de pasillos hacia unos aposentos amueblados suntuosamente; luego suben por una escalera al piso alto de aquel enorme caserón de excelsas bóvedas y grandes ventanales. En un salón amplio, en cuyo centro hay una gran mesa rectangular, van a tomar asiento, el uno frente al otro, junto a un balcón que recibe el primer sol del día. Desde allí se ve abajo una explanada donde empiezan a instalarse los tenderetes de un mercado.

Ella se queda mirando a fray Tomás, que comprende que la princesa espera a que él inicie la conversación, así que empieza diciendo:

—Señora, en estos casos la verdad es lo primero. No sé si vuestra señoría sabrá con certeza el cometido de mi visita...

—Algo sé y el resto lo supongo —contesta ella, clavando en él su ojo vivaz.

Hay después un largo silencio, en el que sigue aquella penetrante mirada. Luego ella se yergue y añade:

—Es por el libro, ¿verdad?

—¿El libro...? ¿Qué libro? —murmura, extrañado, el inquisidor.

—Sí, el libro, el libro de revelaciones.

Se queda atónito fray Tomás: resulta que hay ¡un libro! Esa información es completamente nueva y aporta una variante de suma trascendencia a la investigación que debe hacer. Así que no tiene más remedio que decir:

—Señora, mis superiores no me habían dicho nada de eso...

—¡¿No os lo han dicho?! —da un respingo la princesa y su ojo se dilata—. ¡Ah! Pero... ¿No lo sabe vuestra merced...? ¿No viene por lo del libro? ¿Y entonces...?

Reflexiona un instante el fraile, temeroso de excederse más de la cuenta en las manifestaciones; y, una vez pensada y medida la parte de discreción que puede ceder a su obligación de averiguar cuanto pudiera, responde:

—No, señora, nada se me ha dicho sobre libro alguno. No sé nada de eso... Y en ninguna ocasión he oído hablar a mis superiores de algo semejante... La existencia de un libro en este asunto es de suma trascendencia.

Hace ella un mohín de extrañeza y se queda pensativa un momento. Luego observa:

—Qué raro... ¿Y qué es entonces lo que os ha encomendado el inquisidor general? Porque yo, en Madrid, le dije a él lo del libro...

—Señora, yo no he hablado con don Diego de Espinosa.

—Pero... ¿no os envía la Suprema?

—Sí, mas por medio de don Rodrigo de Castro, que es mi superior inmediato. Por eso me extraña tanto que no se me haya dicho nada acerca de ese libro. Así que ruego a vuestra señoría que me dé explicaciones.

—Pues más me extraña a mí —dice ella, haciendo visible su contrariedad—; porque el libro tiene miga... Y si nada sabe del libro, ¿por qué ha venido vuestra reverencia?

—Por doña Catalina de Cardona; para examinarla personalmente, hacerle algunas preguntas y preparar el informe que ha solicitado la Suprema.

Al oír aquello, la princesa se queda yerta, más pálida si cabe en alguien de tez tan blanca, mirándole muy fijamente con su penetrante ojo, a la vez que arruga el fino y negro ceño. Después resopla, se pone en pie enérgicamente y exclama:

—¡Acabáramos! ¡Ahora lo comprendo!

También se levanta fray Tomás, por respeto, e insiste:

—Señora, llegados a este punto de la conversación, creo que debería vuestra señoría explicarme lo de ese libro...

—¡Naturalmente! —responde doña Ana, visiblemente enojada—. Naturalmente que lo voy a explicar, puesto que me doy cuenta de que aquí hay dos cosas bien diferentes: yo creía hasta hace un momento que venía vuestra reverencia enviado por el inquisidor general, don Diego de Espinosa, pero veo que no es así; no es por lo del libro, sino por doña Catalina...

—Pero ¿el libro ese no tiene que ver con doña Catalina? —le pregunta nuestro inquisidor, sin alcanzar a comprender el fondo de todo aquel embrollo.

—¡Por Dios, cómo va a tener que ver el libro con la buena mujer!

—¿Entonces...?

—Siéntese vuestra reverencia, que yo le contaré —le pide ella, volviendo a tomar asiento.

## 11. EL LIBRO DE REVELACIONES

Dándose cuenta de que allí están en juego dos asuntos diferentes, doña Ana de Mendoza se manifiesta por unos instantes apreciablemente despechada, antes de decir nada más. Suspira hondamente, como para infundirse ánimos, y después empieza a hablar un poco de manera atropellada; para, seguidamente, como la inteligente dama que es, ordenar su pensamiento e ir desgranando con precisión cada uno de los elementos que, según su parecer, habían creado la confusión inicial. Cuenta primeramente que, algunas semanas atrás, cuando todavía su esposo y ella se hallaban en su residencia de Madrid, el inquisidor general les había visitado en persona para interesarse discretamente por el caso de doña Catalina de Cardona, después de que el nuncio del Papa le hubiera hecho saber su preocupación por ciertos rumores que circulaban sobre ella. Hasta aquí, todo concuerda con lo que sabe fray Tomás; está en perfecta consonancia con lo que le contó don Rodrigo de Castro antes de enviarle a Pastrana, y no le extraña al fraile en absoluto que el propio inquisidor general hubiera ido a verse con los príncipes de Éboli, de modo discreto, sin formalidades, para recabar por sí mismo información y hacerse una idea previa, antes de poner el asunto oficialmente en manos del Santo Oficio, máxime estando el nuncio al tanto. Pero lo que no termina de cuadrarle en todo esto es que haya por ahí un libro de revelaciones y que su superior no le hubiera hablado de él. Porque no es un dato baladí, teniendo en cuenta que el mayor problema en el caso de la Frailesa era que no se contaba con escritos suyos, ni pruebas que pusieran en evidencia sus graves errores, si es que los tenía.

La princesa le saca de dudas, revelando con aire misterioso:

—El susodicho libro no tiene nada que ver con Catalina de Cardona, sino con la monja carmelita descalza llamada Teresa de Jesús, que lo escribió por propia mano, aunque cuidándose mucho del Santo Oficio.

Tras esta revelación, se hace un silencio raro, en el que fray Tomás hace un esfuerzo para dar con el origen de la confusión.

—¿Teresa? —pregunta extrañado—. ¿Teresa de Jesús ha dicho vuestra señoría?

—Sí, ha oído bien vuestra caridad, Teresa de Jesús, monja carmelita; ella escribió el libro de revelaciones en cuestión.

No es la primera vez que fray Tomás oye hablar de la tal Teresa de Jesús. Las noticias más remotas que tiene de la persona que lleva ese nombre llegaron a sus oídos en Ávila, donde la susodicha monja era muy conocida. Más adelante había sabido de ella por boca del doctor don Francisco de Arganda, fiscal de la Santa Inquisición del tribunal de Valladolid, a cuenta del proceso que se siguió en 1559 contra los herejes luteranos, entre los que se condenó a una joven llamada Ana Enríquez, que al parecer contaba entre sus amistades íntimas a la tal monja carmelita de Ávila. Esta circunstancia había sido sonada entonces y dio mucho que hablar en Ávila. Así que al inquisidor le inquieta sobremanera la información que le da doña Ana; sobre todo porque, según su entender, en el tribunal de la Suprema no se tiene conocimiento de la existencia de libro alguno escrito por ella. Lo cual le resulta del todo extraño, teniendo en cuenta que muy recientemente se había iniciado el nuevo *Catálogo de libros prohibidos*. En consecuencia, y decidido a llegar hasta el fondo del asunto, considera oportuno indagar más y le pregunta directamente:

—¿Y de qué trata ese libro?

—Ya os lo he dicho: de revelaciones.

—¿Revelaciones? ¿Qué clase de revelaciones?

—¡Hummm...! —responde ella con voz lenta, cerrando a la vez el ojo—. Es un libro muy raro..., muy, pero que muy raro...

—¿Raro en qué sentido?

Abre el ojo doña Ana, se ruboriza y pierde la mirada en la lejanía que se divisa desde el balcón. Responde luego con visible azoramiento:

—Yo lo he leído por simple y humana curiosidad... No vaya a pensar vuestra caridad que yo me creo esas cosas...

Cada vez más intrigado, inquiere fray Tomás:

—¿Esas cosas? ¿Qué clase de cosas?

Le mira ella muy fijamente y contesta con decisión:

—Éxtasis, visiones, arrobamientos... —y, advirtiendo el gran interés y la inquietud que su declaración causa en el inquisidor, enseguida exclama—: ¡Oh, creo que he dicho demasiado!

—No, no, señora, hacéis bien en contarme todo esto...

Ella suspira aliviada y, como dejándose disculpar, confiesa con afectación:

—No sabe vuestra reverencia los remordimientos que tengo a cuenta del dichoso libro... ¡Ojalá no lo hubiera leído nunca! ¡Ojalá esas tonterías no hubieran entrado en esta casa! Porque ese libro solo contiene eso: tonterías, fantasías faltas de todo juicio, ilusiones, cuentos y novelerías... Y lo malo es que hay mucha gente que sigue a esa Teresa de Jesús y se cree a pie juntillas todas sus invenciones...

Aturdido, no logra fray Tomás dar crédito a sus oídos. Ha venido a investigar a doña Catalina de Cardona y resulta que, de manera completamente inesperada, se encuentra en Pastrana con un caso que tiene todas las trazas de ser de mucho más calado. ¿Quién se hubiera imaginado que allí, en la residencia de los príncipes de Éboli, se halla un libro escrito por una monja, con pretendidas revelaciones de visiones, éxtasis y misticismos, sin que nadie haya dado parte todavía al Santo Oficio? Es un gran descubrimiento que le gustará conocer a don Rodrigo de Castro. El fraile está pues entusiasmado, saboreando el fruto de su primera pesquisa importante. Siente que su obligación es reunir cuanta información pueda. Así que le pide delicadamente a la princesa:

—Con el debido respeto, considero que debe vuestra señoría dejarme ver ese libro.

—¡Dios mío! —contesta ella, agitada—. Ya me estaba temiendo yo que esto tuviese consecuencias... Debí entregar el libro al Santo Oficio... Debí dárselo al cardenal Espinosa el día que cayó en mis manos... Pero, créame, padre; no le di demasiada importancia, porque estimé que esas visiones, esas revelaciones... En fin, que no eran nada más que eso, simples tonterías, fantasías de esa Teresa que no debe de andar muy cuerda... Y resulta que ahora no tengo el libro aquí en Pastrana; se lo presté a una amiga para que se divirtiera con él. No vaya a pensar que lo hice con malicia, sino por lo que le digo a vuestra reverencia: porque no le di importancia... ¡Qué estúpida he sido! ¡Qué inconsciente! ¡Oh, tonta de mí!

Fray Tomás la escucha sin salir de su estupor, y cree oportuno rogarle:

—¿Puede vuestra señoría decirme el nombre de la persona a quien le pasó el libro?

Ella se apresura a contestar, con voz angustiada:

—¿Por qué? ¿Tan importante es eso?

—No esté preocupada vuestra señoría —la tranquiliza el inquisidor—. Pero es conveniente que el Santo Oficio revise ese libro.

La princesa se queda pensativa un instante, y luego, excusándose, contesta:

—Con el permiso de vuestra reverencia, me guardaré de decirle quién tiene el libro. No quiero poner en embarazos a nadie más. Yo soy la única culpable de que el libro haya salido de esta casa, de donde nunca debió salir, sino para ir a manos de quien tiene autoridad en estas cosas... Pero yo me encargaré de que me sea devuelto y, entonces, tal y como le dije al inquisidor general, lo haré llegar al Santo Oficio.

—Me parece muy bien —dice el fraile—, y comprendo las razones de vuestra señoría. Pero ¿no me podíais dar más detalles? Creo que me resultará de gran utilidad saber más sobre el libro, para yo poner en antecedentes a mis superiores. ¿Podría vuestra reverencia decirme de qué trata exactamente el libro? ¿Qué clase de visiones y revelaciones describe? Y no habréis de preocuparos en absoluto, porque, como dispone la ley en estos casos, os ampara el secreto del Santo Oficio.

La princesa toma una expresión de conformidad, suspira, y, mirándole cavilosa, responde con afectada docilidad:

—Me alegra saber eso, padre; puesto que, como le digo a vuestra caridad, este dichoso asunto me crea serios remordimientos de conciencia. Yo, bien lo sabe Dios, lo único que quiero en todo esto es que se obre como manda la Santa Madre Iglesia... ¡Lejos de mí pensar siquiera en ofender a Dios con cosas de tanta importancia! ¡Allá el demonio con sus enredos! ¡Y sea Nuestro Señor alabado y bendecido como merece!

—Amén —asiente fray Tomás.

Ella entonces, frunciendo los labios pequeños y rojos, se queda callada durante un rato, pensativa, como si debiera meditar concienzudamente lo que va a contarle acto seguido. Y luego, con algunas reservas, dice:

—Bien sabe Dios que no quiero perjudicar a nadie... ¡Líbreme Él de la maledicencia! Seré completamente sincera... Esa Teresa de Jesús, a la que conocí merced al puro deseo de ayudarla, beneficiarla y colaborar en sus obras, es ciertamente una mujer muy extraña... La trajimos aquí, a Pastrana, porque mi esposo y yo creímos oportuno fundar un convento de monjas en estos dominios. La elección no era fácil, pero desde el principio estuvimos inclinados hacia la Orden Carmelitana. Nos habían hablado de Teresa; nos habían contado cosas maravillosas de ella... Vuestra reverencia comprenderá que, en estos tiempos de herejía, confusión y errores, la verdadera santidad es un preciado tesoro que raramente se halla... En fin, seré totalmente franca, padre, no me gustan los enredos, las falsedades y las verdades a medias; desde pequeña me educaron en la rectitud y la honestidad; no me gustan las mentiras; ¡las odio! Nuestro Señor Jesucristo nos dijo aquello: «La verdad os hará libres.» ¡Oh, qué divina razón, qué regla de vida! Y perdóneme vuestra reverencia, ¿cómo me atrevo yo a darle lecciones a la Santa Inquisición? Si no soy nada más que una ignorante que no busca sino encontrar la manera de servir a Dios... ¡Tonta de mí! Mira que pretender echarle sermones nada menos que al Santo Oficio... Vuestra reverencia tendrá caridad conmigo y sabrá disculpar a esta estúpida mujer...

Al oírla hablar de aquella manera, tan resueltamente, le parece a fray Tomás que de necia precisamente no tiene nada doña Ana de Mendoza; sino que es todo lo contrario: una mujer muy inteligente y, además de ello, cultivada. Y es su agudeza, su claridad mental, lo que le obligan a poner suma atención en sus explicaciones bien hiladas; pues advierte que algo verdaderamente importante va a desvelar y que, a pesar de su prudencia, de sus prevenciones, está plenamente decidida a contarle ese algo; lo cual ella ya ha juzgado y resuelto que es materia propia de la Santa Inquisición.

—Señora —le dice él—, no temáis a la hora de hablar y soltar todo eso que os quema por dentro. Vuestra señoría debe saber que al Santo Oficio no le interesa otra cosa que la verdad. Bien citaba textualmente y con tanto acierto a Nuestro Señor: sintámonos pues libres, con la libertad de los hijos de Dios y busquemos la verdad en este caso.

Ella empieza a hablar ahora con voz más tranquila, sin titubear. Le cuenta que tuvo las primeras referencias de Teresa de Jesús muy tempranamente, casi en los mismos inicios de la obra reformadora de la monja. Primeramente, fue su pariente doña María de Mendoza quien le habló de ella, a propósito de la fundación de un convento en Medina del Campo. Años más tarde sería su tía, doña Luisa de la Cerda, amiga y benefactora de Teresa, la que, con mucho entusiasmo, le ponderó las virtudes, la fama de santidad, la particularísima manera de orar de la monja... La princesa de Éboli confesaba sin pudor haber estado totalmente convencida de que había dado con una mujer singular, tocada por la mano de Dios para emprender una gran obra en la Iglesia.

Con mirada soñadora, le dice al inquisidor:

—Lo que se contaba por ahí de Teresa me parecía ser obra del Espíritu Santo... Yo estaba fascinada. ¿Y cómo no estarlo?, si sentía dentro de mí la necesidad de ayudar a alguien, de colaborar en algo, de poner la casa de Éboli al servicio de Dios y de la fe... Teresa parecía ser, sin lugar a dudas, la elegida para que en nuestros dominios hubiera ese lugar destinado a la santidad que tanto añorábamos. Porque ella iba a lo esencial, a lo verdadero, a la raíz... Ella quería la vuelta a los orígenes; a los tiempos en que las mujeres y los hombres santos lo dejaban todo para ir en pos de la voluntad de Dios, en pobreza, en santidad, con alegría...

A medida que habla, su semblante se ilumina, con un candor y una transparencia que llegan a emocionar al sensible fray Tomás. Las manos de la princesa, manos menudas, blancas, perfectas, puestas en el pecho, parecen querer contener el ímpetu de su alma grande y bienhechora. Y de vez en cuando, con esta pose, se queda en silencio, pensativa, suspira hondamente y después prosigue:

—Me llegaban noticias de ella ciertamente inusitadas: revelaciones del mismo Jesucristo; conversaciones con Él, visiones, predicciones... Me contaron que, en Toledo, donde inicialmente le pusieron muchas trabas a Teresa para fundar un convento, finalmente logró ganarse de manera milagrosa al propio gobernador, al cabildo, a toda la ciudad... Fundó en Toledo su convento, portentosamente... ¡Se contaban maravillas de Teresa! Y yo, que me enteré de todo aquello, ya no pude aguantar más la impaciencia: la necesitaba ¡ya! para nuestro convento de Pastrana. Así se lo dije a mi señor esposo; le rogué que me ayudara a traer a Teresa. Y él, sin dudarlo un instante, me ordenó: «Mándala llamar, mujer, ¡tráela cuanto antes a Pastrana.» Eso no era cosa fácil; ¡bien lo sabía yo! Porque ya antes había enviado recado a Teresa en diversas ocasiones, con parientes, con mi primo el obispo de Ávila, don Álvaro de Mendoza, con cartas en las que le ofrecía sitio, renta, ayuda...

Pero Teresa estaba muy solicitada... Su fama crecía. Estaba de moda y todo el mundo quería tenerla para sí. Se la rifaban... No es que me hubiera contestado de manera tajante negándose a venir...; me respondía diciéndome que todavía no era el momento, que más adelante, que tuviese paciencia...; en fin, que debía aguantarme y esperar. Pero yo no podía; sentía la urgencia de esa fundación; mi alma estaba agitada y sufría mucho al ver que quizá no pudiese verla realizada en vida... Y mi buen esposo, que me veía tan triste, un día me dijo con toda convicción: «Envíale el coche y tráela de una vez.» Me pareció una locura. «¿Y si no viene?», repliqué. «No se negará a venir —respondió—. Cuando tenga nuestro coche a la puerta, se montará y vendrá a nuestra casa. Anda, haz lo que te digo.» Y yo obedecí. ¿Qué otra cosa podía hacer sino obedecer a mi señor esposo? Le envié el coche a Teresa, nuestro mejor coche, el coche de los Éboli con sus seis mulas tordas, el cochero de librea, un paje muy resalado, con su ropita de gala amarilla y dorada, y un par de criados a caballo, con una carta con el sello del príncipe... ¡Hale, a Toledo! ¡Qué disparate! Cada vez que me acuerdo... Todo eso para traer acá una monja descalza con voto de pobreza... ¡Qué ocurrencia!

Se echa a reír la princesa, alegremente, divertida por recordar aquello que, en efecto, a fray Tomás le parece un auténtico dislate. Por eso, le dice él:

—Supongo que la monja descalza no se subiría al carro, con el paje, el cochero de librea, los criados escoltando a caballo...

El gozo a la princesa se le cortó en seco. Se puso muy seria y respondió con brillo en el ojo:

—¡Huy! ¿Que si se subió al coche? ¡Se montó toda señorona en el carro y se vino para Toledo! ¡Sin pensárselo!

Mire vuestra caridad si andaba acertado mi señor esposo...
Ni cartas, ni intercesiones de parientes, ni emisarios ha-
bían logrado el milagro de traerla... ¡Una carroza trajo a
Teresa a mi casa!

—¡Qué barbaridad! —exclama fray Tomás, completamente escandalizado—. ¿Y qué pasó luego? ¿Cómo era la
tal Teresa de Jesús?

Doña Ana menea la cabeza, medita su respuesta y contesta melancólicamente:

—Fui una ilusa... ¡Qué tonta! Debí de darme cuenta a
tiempo de que una monja santa, si de verdad lo era, jamás
se habría subido a una suntuosa carroza para ir a parte alguna... ¡Bah! No era Teresa para tanto... A primera vista,
me pareció de momento una mujer de lo más normal... Sería que yo me esperaba otra cosa...

—¿Otra cosa? ¿Qué quiere decir vuestra señoría?

—No sé... Para ser fundadora de tantos conventos, tan
santa e inspirada como me la habían ponderado, a mí, sinceramente, lo que me pareció es una mujer corriente... Una
despabilada cuyo mayor mérito es saberse ganar a la gente para salirse con la suya y gozar aína fama y el beneficio
de los grandes...

Después de decir esto, con tono de amargura, la princesa sacude la cabeza, disgustada, y añade escuetamente:

—Ya sabrá vuestra caridad por su oficio de esa suerte
de gente cucañera que se sirve de la buena fe de los cristianos sinceros...

No necesita él que dé ella más detalles para que la memoria le devolviera de manera espontánea a los casos de la
beata de Piedrahíta y Magdalena de la Cruz. Se horroriza.
Su instinto incipiente de inquisidor le dice que está apareciendo ante su examen un asunto turbio que puede traer
cola.

Hay un silencio incómodo entre la princesa y él. Se miran como queriendo adivinar cada uno lo que el otro está pensando. Y entonces siente fray Tomás que no le queda más remedio que inquirir:

—¿Y qué hay del libro? Creo que vuestra señoría debe contarme ahora de qué trata ese libro.

Ella inclina la cabeza, con visible preocupación, y responde en voz baja:

—Bien sabe Dios que no quiero perjudicar a nadie... No es para mí ningún plato de gusto recordar todo aquello... Y me duele el alma por tener que contárselo a vuestra caridad... Por el amor de Dios, no quisiera que el nombre de los Éboli...

—¡Desde luego! —trata de calmarla el fraile—. No se inquiete vuestra señoría y confíe en mí, que sé hacer mi oficio...

—Sí, sí —se apresura a decir la princesa, esbozando una sonrisilla dulce—; vuestra paternidad me inspira mucha confianza... ¡Ah, no sabe cuánto necesitaba desahogar mi alma! Y debo a la Divina Providencia que haya venido en vuestra persona el Santo Oficio a esta casa, pues ya no podía más con tantos remordimientos de conciencia como he tenido...

—Pues hablad, señora; que para eso he venido: para que en todo resplandezca la verdad.

Ella suspira aliviada, comprendiendo que no hay en él ninguna intención de crearle complicaciones, sino únicamente de cumplir con su obligación. Le lanza una mirada penetrante con su ojo vivo y dice apologéticamente:

—Naturalmente que voy a contarle a vuestra caridad algunas de las cosas que pone en el libro, pues es deber de conciencia hacer llegar lo que una estima peligroso a quien corresponde juzgar en las cosas de la doctrina. Pero, antes, déjeme seguirle contando lo que sucedió cuando vino Teresa de Jesús a Madrid en el coche que le mandé.

—Sea. Si vuestra señora no tiene prisa, soy todo oídos, pues es deber mío escuchar.

—Bien, y yo os lo agradezco, padre. Resultó que Teresa, como ya he referido, llegó a Madrid en el coche; con ella venían su sobrina Isabel y otra monja, Antonia del Águila, y por capellán fray Pedro Muriel, carmelita. Como era obligado, siendo tanta su fama, les recibimos en el palacio con grandes fiestas, regocijo y mucho amor. ¡Tanto era nuestro deseo de tenerla cerca!, ya lo he dicho. Le dimos a Teresa honores y una verdadera recepción en el mejor de los salones, donde habíamos reunido a muchas damas principales de Madrid, con la sana intención de que la monja les hablase de su obra y así lograra limosnas y quién sabe si alguna vocación... Es de comprender que hubiera mucha expectación entre todas aquellas grandes señoras, muchas de las cuales habían oído cosas maravillosas de ella y estaban impacientes por tener cerca una santa mujer... Y como suele suceder en una circunstancia así, las había que venían por simple curiosidad; aunque también con devoción, con la esperanza de escuchar su sabiduría, verla arrebatada en un éxtasis o quizá tener el privilegio de conocer por su boca el porvenir...

—¡Hay que ver cómo es la gente! —observa espontáneamente fray Tomás—. ¡Qué dichosa manía de tener experiencias sobrenaturales! Ahí radica parte del mal; esa es la causa de que haya alumbrados, dejados y falsos profetas.

—¡Y tanto! —asiente doña Ana, con un mohín de enfado—. Bien dice vuestra reverencia, padre. ¡Qué sabia reflexión!

—Proseguid, señora —le ruega él, impacientándose—,

diga vuestra señoría: ¿qué habló la tal Teresa? ¿Hubo arrobos éxtasis, visiones...?

—¡Ca! Aquello fue una desilusión enorme; ¡un chasco! Teresa se puso allí delante de todo el mundo y apenas abrió la boca para decir: «¡Oh, qué buenas calles tiene Madrid!»

—¿Eso dijo? ¿Nada más que eso?

—Ya ve vuestra caridad. Eso solo dijo. ¡Menuda superficialidad! ¡Vaya simpleza! Como si fuera una moza de pueblo que viene a la capital y se queda deslumbrada...

—¿Y qué pasó después? ¿Qué hizo?

—Pues nada de particular... No estaba ella por la labor de complacer a nadie... ¿No le digo, padre, que esa Teresa es una mujer muy rara, muy suya? Ya la fui calando yo desde el primer momento. A otras podría haber engañado; pero no a mí... Mucha pobreza, mucha descalcez, mucha reforma, mucha apariencia de humildad... ¡Y mucha soberbia oculta! No, no es una persona dócil y fácil de contestar, sino todo lo contrario: una marimandona, acostumbrada a que todo el mundo baile al son que ella toca y a que le rían las gracias; máxime si es entre damas y caballeros principales; que eso y nada más es lo que ella busca... Muy alto quería llegar; esa es su pretensión, alcanzar lo más alto. Por eso creo que accedió a montar en el coche y venirse a Madrid: para ver si desde nuestro palacio era capaz de llegar nada menos que al rey... Poco le interesaba nuestra casa, ya se vio... A reyes aspira ella...

Le da un vuelco el corazón a fray Tomás. Aquella revelación no la esperaba. Se estremece y exclama para sus adentros: «¡Otra diabólica alumbrada!» Sin sospechar siquiera todavía que lo que tiene que contarle la princesa es mucho más escabroso; algo que tiene que ver con ese enigmático libro de revelaciones. Pero de eso hablaremos más adelante...

# LIBRO V

*En que se refiere la gran impresión que causó
la relación de las supuestas revelaciones del libro
de Teresa de Jesús al inquisidor general apostólico;
de lo cual resultó el proseguir de la pesquisa;
y también trata de las averiguaciones de un fraile
docto en alumbradismo; de los extraordinarios
descubrimientos hechos por él en Extremadura
y redactados en un exhaustivo memorial
destinado a la Suprema.*

## 1. OTRA VEZ LA INFAUSTA SOMBRA DE MAGDALENA DE LA CRUZ

Nada más regresar a Madrid, fray Tomás acude presto a contarle a don Rodrigo de Castro el gran descubrimiento que ha hecho en Pastrana. El superior le escucha con atención, hierático en algunos momentos, acusando sorpresa en otros; arrugando el ceño, aguzando sus penetrantes y fríos ojos grises, con gesto enigmático, acariciándose la barba perfectamente recortada, con calma profundísima... En fin, como es él en suma: cauto, providente, paciente, comedido... Y, una vez que concluye el relato de los hechos, permanece pensativo, como si desapareciera en sí mismo, perdido por el intrincado y reservado laberinto de sus pensamientos. Para, tras un largo rato de meditación, iniciar una reflexión llena de sabiduría; de lógica pura, a base de premisas y conclusiones que desarrolla en un perfecto logaritmo:

—Si bien es cierto que el encadenamiento de las vicisitudes en muchas ocasiones es fruto de la arbitrariedad, hay otras veces que pareciera estar guiado por inesperadas asociaciones de hechos que hacen pensar en la Providencia. Así me parece que sucede en este caso; al toparnos, como de repente, con la persona de Teresa de Jesús, cuando íbamos a Pastrana a investigar por si pudiera haber indicios de alumbradismo en Catalina de Cardona. Esas cosas tiene este oficio, al que tal vez por ello consideramos «santo». Como llamamos «santa» a la institución a la que servimos; cuando su nombre, «inquisición», es una palabra de orden judicial que viene directamente del verbo latino *inquirere*, que se traduce como averiguar, indagar o examinar cuidadosamente una cosa. De la necesidad de inquirir los delitos contra la fe y castigarlos, nació el santo tribunal eclesiástico. Nuestra tarea no es pues fácil, por estar siempre obligada por la idea de imparcial justicia. Quiere esto decir que, en todo momento y en cualquier circunstancia, el inquisidor debe estar muy atento, con los sentidos bien despiertos, para descubrir y denunciar las sutiles artimañas, engañosas envolturas y artes disuasorias que con frecuencia ocultan la verdad en cada caso que se ha de inquirir. Y en esta ocasión, a la vista de lo que te desveló la princesa de Éboli, no tenemos la menor duda de hallarnos ante un descubrimiento harto importante: buscábamos a una alumbrada en concreto y resulta que nos encontramos con otra de la que en principio no se sospechaba. ¿Cómo no pensar pues en la Providencia?

Hecho este discurso magistral, el inquisidor clava su mirada en fray Tomás y, como si considerase necesario ahora descender desde la altura de la erudición a la realidad de la praxis, añade:

—Pero analicemos serenamente los hechos, sin hacernos previamente ningún juicio de valor. Me cuentas que doña Ana de Mendoza te confesó, algo corrida, que envió su mejor coche a recoger a Teresa en Toledo, y que, contra todo pronóstico, a la monja no le dolieron prendas a la hora de aceptar la invitación; que se subió a la carroza y fue recibida suntuosamente en Madrid, donde tuvo encuentros con damas principales de la Corte, entre las que se contaba doña Leonor Mascareñas y nada más y nada menos que la princesa doña Juana, hermana del rey nuestro señor. Nada de esto, no obstante tener cierto aire de extravagancia, resultaría sospechable, si no fuera porque la referida monja es dada a tener arrobamientos, éxtasis y visiones, pero, sobre todo, porque se ha atrevido a escribir sus revelaciones en un libro que anda por ahí de mano en mano, sin que de él se haya hecho siquiera el examen requerido por el Santo Oficio para excluirlo si procediera del Índice de los Libros Prohibidos. También me has referido que, de Madrid, siempre según el relato que te hizo la princesa de Éboli, Teresa pasó a Pastrana, donde se le dispuso una casa para que fundara un convento, siguiendo la regla y las constituciones que la propia monja había ideado para sus fundaciones. Y aquí doña Ana te confesó, algo dolida, que a la «fundadora» la casa le pareció «demasiado pequeña», por lo que las monjas de momento fueron a alojarse al palacio ducal, en tanto se buscaba un nuevo edificio más acorde con las exigencias de la «reforma».

Castro se detiene, reflexiona durante un rato, y luego apunta al cielo con el dedo índice, largo, dedo genuino de inquisidor, para sacar conclusiones:

—Me parece, por estos detalles, que empiezan ya a vislumbrarse muchos caprichos y rarezas en el comportamiento de quien parecía pretender ornarse con fama de santa. Y que algunos de esos antojos apuntan demasiado alto; como la pretensión de escribirle una carta al mismísimo rey para importunarle con quién sabe qué clase de adivinaciones, palabrerías y lucubraciones... Con tales precedentes, una sombría memoria se hace aquí inevitablemente presente: los primeros indicios ofrecen innegables semejanzas con el caso de la diabólica alumbrada Magdalena de la Cruz... Es menester pues tomar cartas en el asunto para llegar hasta sus últimas consecuencias.

Fray Tomás, ante toda esta elocuencia de su superior, está abrumado y no se atreve a apostillar nada; solo asiente con su cabeza.

Y don Rodrigo, a la vista de todos los antecedentes expuestos, le felicita y le hace partícipe de la decisión que ha tomado al respecto:

—Has obrado muy bien y debo decirte que me asombra la intuición que manifiestas, pese a ser un novato en el oficio. Esto que hemos descubierto es sumamente importante y debo obrar en consecuencia. Pero, para no excederme en mis competencias, no estimo oportuno ir más allá por el momento. Con lo que doña Ana de Mendoza te había referido ya tenemos suficiente materia para poner el caso en conocimiento de la Suprema y General Inquisición, con una base sólida, pero sin alarmismos. A la vista de las importantes personas que están de por medio, la prudencia aconseja andar con tiento. No debo ser yo quien tome decisiones; eso se sale de mi cometido. Además, si en efecto ese libro constituyere el extremo más peligroso, como parece ser evidente, no bastará con el testimonio de la princesa para adoptar medidas drásticas; será obligado en cambio examinarlo previamente. Y como ella misma te dijo a ti, fray Tomás, el propio inquisidor apostólico general ya se ha interesado por él y no oculta sus recelos... No es cosa pues de inmiscuirse en sus averiguaciones particulares sin contar con su venia. Así que, teniendo en cuenta estas consideraciones —concluye—, resuelvo que corresponde ir de inmediato para poner la cosa cuanto antes en manos del cardenal Espinosa.

## 2. LA SANTA INQUISICIÓN TIENE SU PROPIA JERARQUÍA Y NADIE SE LA DEBE SALTAR

Por aquellas fechas, el inquisidor apostólico general ha empeorado de sus males y su precaria salud hace ya tiempo que le impide acudir a las dependencias de la Suprema. Además, no reside ya en Madrid, sino en Sigüenza, donde es obispo titular y donde le ha sorprendido la recaída, impidiéndole ya viajar. Don Rodrigo de Castro se entera de que solamente recibe en casos de urgencia o especial gravedad. Así que, estimando que la cosa lo requiere, decide ir allá; después de enviar una carta en la que le expone al cardenal algunos asomos del asunto.

Es 4 de agosto, a mediodía, cuando llegan fray Tomás y su superior a las puertas del palacio episcopal de Sigüenza. Parecen arder las piedras y un calor opresivo emana del suelo adoquinado de la calle. A pesar de lo intempestivo de la hora, el cardenal enfermo les atiende en su alcoba, donde se halla acostado y casi desaparecido bajo espesas mantas, no obstante el ambiente asfixiante. Castro, que ha conocido a aquel hombre en toda su fortaleza, rebosante de salud y de poderío, no puede evitar estremecerse al verlo en tal estado: menguado, amarillo como un limón; la barba blanca, lacia, crecida; los ojos inexpresivos y un permanente temblor en los labios mortecinos. Pero, en su apreciable debilidad, parece tener bien despierto el entendimiento y manifiesta un pertinaz empeño en no hacer dejación de los negocios propios de su cargo.

Después de besar su mano, don Rodrigo le pone en antecedentes de los motivos de la visita, excusándose por tener que molestarlo. Le cuenta primeramente lo referente a Catalina de Cardona, aunque de pasada, apreciablemente deseoso de pasar al fondo. Pero el inquisidor general, fiel al rigor de su oficio, evita saltarse el orden de los asuntos; saca de entre las mantas una mano pálida, larga, esquelética, y enarbola el dedo índice, manifestando con autoridad:

—Todo a su tiempo. Dígame en primer lugar vuestra reverencia qué hay de doña Catalina de Cardona.

Don Rodrigo entonces señala a fray Tomás y dice:

—Aquí está mi subalterno, que se ocupó personalmente del caso.

—Que hable pues el joven fraile —otorga el cardenal.

Toma la palabra fray Tomás y empieza diciendo con formalidad:

—Con la venia. Estuve en Pastrana, como se me mandó, y allí me atendió con suma amabilidad doña Ana de Mendoza, princesa de Éboli y duquesa de aquel dominio. Nada os diré de mis apreciaciones sobre esta ilustre dama, pues sé que vuestra excelencia reverendísima la conoce personalmente y a buen seguro tendrá de ella hecho un juicio más completo que el de un servidor.

Dice aquello prudentemente, para evitar hacer consideraciones que lo pongan en situación apurada, dada la importancia de la dama en cuestión.

Y el inquisidor general, lejos de darse por satisfecho con la explicación, le pregunta:

—¿Estaba el príncipe?

—No vi a don Ruy Gómez de Silva. Me atendió únicamente la princesa.

El cardenal entonces se remueve en el lecho, como buscando una posición más cómoda, pero haciendo a la vez visible la contrariedad que le produce la circunstancia de que no estuviera el príncipe.

—¡Vaya por Dios! —refunfuña—. Debió vuestra merced hablar también con don Ruy Gómez de Silva.

—Lo siento, excelencia —se excusa fray Tomás—. Ella parecía llevar las riendas del asunto...

Resopla el inquisidor general y observa con perspicacia:

—Doña Ana de Mendoza es aficionada a las situaciones complicadas. No parece ser feliz si no mete aquí o allá sus manos en todas las masas... Ella se enfanga y luego le toca a su noble esposo la limpieza del buen nombre de su casa. ¿Cómo se iba a aguantar esa dama sin enredar con los menesteres de esa monja? Pero dejemos eso ahora... y prosigamos por donde corresponde: ¿qué hay de doña Catalina de Cardona? ¿La vio o no la vio vuestra merced?

—La vi. La princesa me llevó hasta el convento de frailes descalzos donde hace la vida esa piadosa dama durante su estancia en Pastrana.

—¿Y qué? ¿Apreció vuestra caridad algo raro en ella?

—Esa mujer es poco habladora —responde fray Tomás con cortedad—. Su aspecto, ciertamente, resulta extraño: tan menuda, reseca, tostada por el sol...; la cabeza siempre mirando al suelo y el hábito pobre de fraile cubriendo su insignificancia. Nada de particular advertí en ella, salvo el hecho de su extrema humildad. Cuando la tuve frente a mí, y la princesa le dijo que yo pertenecía al Santo Oficio, la buena mujer se arrodilló, besó mi mano y me rogó que la bendijera. Después solamente dijo: «Si hay algo de malo en querer servir a Dios con toda el alma, con toda la vida, con todo el ser... ¡lléveme presa vuestra merced a las cárceles de la Inquisición!» Y yo sentí lástima de ella... Luego fue doña Ana quien tomó la palabra y me aseguró, con muchas ponderaciones, que en el ánimo de la ermitaña no había más voluntad que la de volver cuanto antes a su cenobio de La Roda para fundar un convento de frailes; pasar allí sus últimos años de vida, sin regresar jamás a Madrid, en extrema pobreza y olvido del mundo...

En aquellos montes quiere morir y ser enterrada, sin dejar testamento ni memoria alguna entre los vivos.

—Me alegra oír eso —manifiesta el inquisidor general, con la cara iluminada por una gran satisfacción—. Sí, me alegra, me alegra mucho... Sobre todo porque es público que doña Catalina le hizo una predicción a su majestad el rey asegurándole que la victoria contra el turco en el Mediterráneo era cosa segura, según una visión que tuvo... Y notorio es cómo don Juan de Austria venció en Lepanto en octubre del año pasado... A su majestad le causó gran impresión la profecía de la ermitaña y me pidió que de ninguna manera se la molestase y que se le otorgase licencia para fundar el monasterio... Por eso me producía gran angustia y desconsuelo pensar solo en tener que iniciar un proceso contra ella...

—Pues no tenga preocupación alguna vuestra reverencia —le dice don Rodrigo de Castro—, porque no apreció mi subalterno peligro alguno en esa buena y piadosa mujer. No echa arrogancias por su boca; apenas habla para decir «sí» o «no», y no ha dejado escrito ni predicado nada, con lo que no hay que traer cuidado por errores, herejías o alumbradismos.

—Bien, bien, me alegro, me alegro mucho —murmura el cardenal.

Se quedan todos un largo rato reflexionando. Parece que en las mentes reina ya la tranquilidad, al estar ciertos de que, como ha sido declarado, la Frailesa no debe ser ya motivo de inquietud. Pero, al mismo tiempo que se disipa el antiguo temor a sus rarezas, crece, como una presencia ineludible, el caso de Teresa de Jesús.

Y es el inquisidor general quien pone voz a estas suspicacias preguntándole directamente a Castro:

—¿Qué hay pues de Teresa de Jesús? ¿Qué es eso tan

importante que debe decirme vuestra señoría de esa monja? Eso de lo que me habla en la carta sin decir de qué se trata y que requiere ser tratado en mi presencia.

Don Rodrigo responde como es propio en él, con empeño y rigor en sus explicaciones, bien seguro de que un tema tan peliagudo exige no regatear ningún esfuerzo; y le va refiriendo todos los antecedentes que sobre Teresa de Jesús ha deducido del relato que la princesa de Éboli le hizo a su subalterno.

El cardenal le escucha atónito, con ojos de espanto, entreabierta la boca, sin decir nada; hasta que llega el punto en que Castro le describe el traslado en coche de las monjas desde Toledo hasta Madrid. Solo entonces le interrumpe él exclamando:

—¡En carroza! ¿Con seis mulas de tiro, pajes de librea, cochero, criados...?

—Así fue —asiente don Rodrigo—. Así lo refirió la princesa. Y no tenía por qué mentirle a mi ayudante, pues fueron ella misma y su esposo el príncipe quienes acordaron traer a la monja a su palacio de esa guisa. Eso le confesó doña Ana.

Meneando la cabeza, el cardenal observa:

—Si son monjas descalzas, me parece un exceso imperdonable. Pero siga..., siga vuestra caridad.

Le refiere Castro todo lo demás, sin exagerar un ápice, pero extendiéndose en lo menudo, tal y como se lo refirió a él fray Tomás, que va certificando las explicaciones, sabiendo que la cosa requiere ser exhaustiva. Y saben bien ambos que lo que más le va a escandalizar al inquisidor general es lo del libro. Por lo que, con delicadeza, don Rodrigo prosigue diciéndole:

—¿Un libro? ¿Qué clase de libro? —inquiere el cardenal con el rostro demudado.

Castro se queda un instante desconcertado, pues creía que él sabía lo del libro. Así que le dice:

—¡Ah! Pero... ¿vuestra excelencia no sabe lo del libro?

—¡Nada sé de libro alguno de esa monja! ¡Dígame pues vuestra señoría qué libro es ese!

—Un libro de revelaciones, al parecer; algunas de las cuales ponen los pelos de punta... Según lo que la princesa le contó a mi ayudante... Ella misma le confesó que quiso leer el libro desde que tuvo las primeras noticias de su existencia, las cuales le llegaron por boca de su pariente doña Luisa de la Cerda, que le ponderó muy devotamente unos escritos de Teresa de Jesús que había leído y que le habían causado gran impresión en el alma. La princesa, de suyo curiosa en estas cosas, quiso enseguida tener el libro, máxime al saber que en él se relataban experiencias sobrenaturales, visiones y adivinaciones...

—¿Vuestra señoría ha tenido en las manos ese libro? —le pregunta el inquisidor general a fray Tomás, sumamente inquieto—. ¿Lo ha leído?

El fraile se pone nervioso y contesta con cortedad:

—Siento tener que decirle a vuestra reverencia que... que no pude hacerme con él... Lo siento, lo siento mucho... Si hubiera estado a mi alcance ese libro, a buena fe que no lo habría soltado hasta entregárselo al inquisidor apostólico que se encarga de la lista de libros prohibidos, que, según supe, ya está tras su pista... Pero la princesa me dijo que no lo tenía, que se lo había dado en préstamo a una pariente suya cuyo nombre no quiso revelar, como es de comprender...

La cara del inquisidor general es el espejo en el que se refleja todo su desconcierto y su indignación.

—¡¿Será posible?! —exclama, golpeando con la palma de la mano en la almohada—. Sin examinar el libro antes no podemos dar ningún paso...

—No haya cuidado vuestra reverencia —le dice tranquilizadoramente don Rodrigo—, porque no se me ocurriría venir a inquietarle sin haber hecho antes las consiguientes indagaciones... Antes de venir a ver a vuestra excelencia, y a la vista de la gravedad de lo que mi ayudante me había contado, me permití hacer mis propias averiguaciones y hallé a un fraile carmelita que había leído el libro de Teresa de Jesús. El cual, aunque hasta el límite que consideró oportuno no traspasar en sus explicaciones, me contó lo que la monja escribió...

Enseguida, el cardenal le insta con inquietud:

—¡Por Dios! ¡Diga vuestra caridad de una vez qué hay escrito en ese libro!

Responde el inquisidor Castro, pero cuidando de ponerle antes en antecedentes para no asustarle demasiado; dado que lo que se dispone a contarle le había alarmado mucho a él cuando lo supo por boca de ese fraile carmelita. Así que empieza diciendo con calma:

—Ese fraile que había leído el libro de revelaciones de Teresa de Jesús me pareció un hombre instruido; cuya inteligencia y entendimiento cultivado difícilmente se dejaría engañar por simples invenciones fruto de espíritus desmesurados; mucho menos por torpes fábulas de atrevidos escribidores... Por eso, decidí dar credibilidad a sus apreciaciones desde el primer momento. Él mismo me confesó que quiso leer el libro cuando alguien le dijo que podía tener errores de alumbrados y desmesuras peligrosas...

Al oír aquello, el inquisidor general suspira ruidosamente y, con aire impaciente, le apremia:

—¡Dígame vuestra señoría de una vez lo que pone!

—Muchas cosas —responde don Rodrigo—; y todas ellas harto extrañas y preocupantes para el Santo Oficio, según mi primera impresión...

—Pero... ¡¿Qué en concreto?! ¡¿Qué?!

—El libro, por lo que a su entender me refirió el fraile carmelita, es como una suerte de relación de sucesos y experiencias que la monja decidió escribir: los aconteceres de su vida, en la que hubo y aún hay episodios con gran abundancia de mercedes divinas, contemplaciones, voces, apariciones del Señor, visiones, desmayos... y también el relato de grandes tentaciones y tormentos que le daba el demonio. Todo esto, según su fantasía... Decía, por ejemplo, que Satanás se le aparecía hacia el lado izquierdo, como ser de abominable figura; la boca espantable, por donde le salía una gran llama del cuerpo... Y que le decía que, si bien se había librado de su poder, él la acabaría haciendo suya...

—¡Santo Dios! —exclama el cardenal, llevándose las manos a la cabeza.

—También relata el libro —prosigue Castro— que en cierta ocasión Teresa vio a un negrillo muy abominable cerca, el cual la golpeaba y regañaba... Y otras veces veía multitud de demonios y hasta contiendas entre estos y los ángeles... Se describen muchas visiones fantásticas de sapos, sabandijas, visitas a los infiernos... Pero lo que más espanto causa es lo que escribe acerca de apariciones de Nuestro Señor Jesucristo, que según ella le habla y le hace grandes mercedes... Describe, por ejemplo, cómo vio una vez a una suerte de ángel o querubín, muy hermoso, que le apuntaba con una flecha en cuya punta había una brasa ardiente con la que le tocó el corazón llenándola de gozo inenarrable...

Al oír aquello, el inquisidor general, entre indignado y burlón, se incorpora en el lecho y exclama con gran esfuerzo:

—¡Vive Dios! Si todo eso es cierto, el caso es harto preocupante. Esa Teresa tiene toda la pinta de ser una alumbrada.

—Por eso he venido con premura. ¿No estaremos ante otra Magdalena de la Cruz?

—Vuestra caridad me lo ha quitado de la boca —contesta el inquisidor general, poniéndose de repente muy serio—. Eso es lo que he estado pensando todo el tiempo: que esa Teresa de Jesús parece una Magdalena de la Cruz rediviva... Y no podemos consentir que el demonio se salga con la suya y confunda con sus diabólicas artes las almas... ¡Eso sí que no!

—¿Y qué vamos a hacer? —le pregunta don Rodrigo.

El cardenal se apresura a contestar con abatimiento:

—Hay que ir inmediatamente a poner todo esto en conocimiento del inquisidor apostólico encargado de la lista de libros prohibidos... Tiempo hace que me vengo preocupando por causa de lo que se cuenta por ahí de la tal Teresa de Jesús. Su fama crece de día en día. Y eso, bien lo sabemos, ya es motivo por sí solo de inquietud... Muchos son los que, con buen juicio y prudencia, me aconsejan que se siga muy de cerca a esa monja, a la vista del parecido que tienen las cosas que de ella se cuentan con algunos casos pasados que abochorna recordar... Como el de aquella beata de Piedrahíta, María de San Domingo, que tuvo engañada a tanta gente; o la astuta y diabólica Magdalena de la Cruz, cuyo solo nombre causa espanto nombrar. Letrados, hombres insignes, grandes del reino, damas, obispos, cardenales, nuncios, reyes... cayeron en sus trampas. ¡Hasta mi antecesor el inquisidor general Manrique fue engañado!... ¡Santo y bendito Dios! Hiela la sangre pensar el poder que llega a tener el diablo... —Después de decir esto, poniendo los ojos acuosos en el techo, suspira ruidosamente, y, con aire pesaroso, añade—: No, no podemos dejarnos embaucar otra vez... Ya sabemos cómo se las gasta Satanás... No, otra vez no... ¡Sería imperdonable!

Entonces, don Rodrigo de Castro, al ver esta determinación en él, se anima a decir:

—Por eso precisamente hemos venido. No se nos hubiera ocurrido molestar a vuestra excelencia reverendísima si no apreciásemos signos evidentes de gravedad. Y lo más inquietante de todo es ese libro de revelaciones... Diga pues vuestra excelencia lo que procede hacer además de buscar el libro y entregarlo donde corresponde en el Santo Oficio. Porque es de temer que la monja siga escribiendo cosas aún peores...

El inquisidor general hace un gesto resignado con la cabeza y contesta:

—Como ven vuestras caridades, estoy enfermo, muy enfermo... Y con esta falta de salud, pocos movimientos puedo hacer... Pero confío en que vuestras caridades sabrán indagar en este caso con la debida prudencia y dentro del sigilo que debemos observar por obediencia a la ley del Santo Oficio...

Con aplomo, don Rodrigo se apresura a responder:

—Déjelo vuestra excelencia en nuestras manos y no se preocupe por otra cosa que no sea mejorarse cuanto antes.

El inquisidor general menea la cabeza melancólicamente y dice en un tono de incertidumbre:

—Ah, no sé... Pareciera que se me fuera la vida... Mas no deseo dejar de cumplir la tarea que Dios ha puesto en mis manos...

—Confíe, confíe vuestra reverencia en nosotros —insiste don Rodrigo—, y no haya cuidado. Nosotros indagaremos, nos haremos con el libro de Teresa y lo someteremos al juicio de los letrados. Si estamos ante una monja alumbrada, tomaremos las medidas oportunas.

—Vayan, vayan vuestras caridades con Dios y con mi

anuencia... Mis secretarios expedirán las cartas con los poderes pertinentes para el caso —les dice el cardenal.

Acogen este mandato Castro y su ayudante, haciendo cumplida reverencia, y se disponen a salir de la alcoba, cuando el inquisidor general se incorpora y exclama:

—¡Un momento!

Ellos se vuelven. El enfermo les mira fijamente con unos ojos que parecen haber cobrado vida, y alzando la cabeza, dice:

—Esta memoria mía falla... Pero, gracias a Dios, acabo de recordar algo que a buen seguro les servirá a vuestras caridades de mucha utilidad en este caso. Resulta que hace unas semanas vino a verme un fraile dominico que es muy versado en cosas de alumbrados. Ha dedicado media vida a buscarlos, estudiarlos, delatarlos y sacar a la luz sus artimañas y malas artes. Él me habló de la tal Teresa de Jesús, pues estaba convencido de que es una alumbrada, por unos indicios que había descubierto en sus averiguaciones. También tenía conocimiento del libro de revelaciones escrito por la monja y andaba detrás de tenerlo en sus manos para escudriñarlo y poner al descubierto sus errores.

—¿Y dónde está ese fraile? —le pregunta don Rodrigo.

—Providencialmente, en Madrid, pues se halla a la espera de que se le otorgue el permiso de la Suprema para seguir con sus indagaciones sobre una secta de alumbrados que dice haber descubierto en Extremadura. Mis secretarios les darán razón de él y una carta para que atienda a vuestras mercedes por mandato mío.

## 3. EN OCAÑA HAY UN FRAILE
## QUE ES PERITO EN ALUMBRADOS

Ya sabía fray Tomás que el mandato del inquisidor apostólico general acabaría recayendo en su persona; suponía también que no iba a ser tarea fácil, como no lo había sido hasta la fecha indagar en el caso de Catalina de Cardona; por más que al final hubiera servido para llegar a la monja Teresa de Jesús. Don Rodrigo de Castro no disponía de tiempo suficiente, ni quizá de la paciencia necesaria, para dedicarse a ir de un sitio a otro en busca de los indicios que exigía entablar una causa formal en la Santa Inquisición. Esos menesteres ya estaban asignados a su subalterno; que para eso se lo había buscado. Así que le confió el trabajo con esta orden:

—Averigua primeramente quién es ese fraile dominico del que nos habló el inquisidor general. Infórmate de su solvencia intelectual, de su prestigio en la orden, de sus conocimientos y aptitudes... Y luego, cuando estés seguro de lo que se trae entre manos, ve a verle y sonsácale.

Puntualmente y con discreción, como manda la ley del Santo Oficio, fray Tomás pone manos a la obra inmediatamente. El fraile pertenece a su misma orden, pero le es del todo desconocido. Así que tiene que investigar.

No tarda en saber que se llama en religión fray Alonso de la Fuente, que es oriundo de Extremadura, de la ciudad de Fuente del Maestre, donde fue bautizado el año 1533; hijo del caballero de Santiago don Alonso de la Fuente y de María López de Chaves; que, por lo tanto, cuenta con unos treinta y nueve años de edad; que ha hecho sus estudios en el colegio de Santo Tomás de Sevilla y que a finales del año 1570 se hizo religioso de Santo Domingo, siendo designado como predicador oficial al convento de Badajoz.

Es muy célebre el fraile experto en alumbrados y extendida su fama como perseguidor de la secta en Extremadura y Andalucía; tanto que le extraña a fray Tomás no haber tenido antes noticias de él. En la Suprema le ponen enseguida al corriente de sus andaduras: es un tenaz investigador, capaz de olfatear herejes a distancia, reconocerlos e identificarlos. Sus servicios infatigables en los tribunales del sur han puesto al descubierto a incontables dirigentes de las ocultas sectas de fanáticos que pululan por los pueblos y ciudades. Es pues en esta materia una auténtica autoridad, y nadie como él conoce los focos de la infecta lacra del alumbradismo. Y por eso es obligado entrevistarse con él cuanto antes.

El notario del Consejo de la Suprema le indica al subalterno del inquisidor Castro que fray Alonso de la Fuente se halla cerca de Madrid, en el convento de Ocaña, redactando un extenso memorial que pretende hacer llegar al rey para informarle exhaustivamente del fruto de sus pesquisas. Así que, sin pérdida de tiempo, fray Tomás y el caballero de Alcántara parten en su busca.

## 4. LA APASIONANTE HISTORIA DEL CABALLERO DON LUIS MARÍA MONROY

El día 20 de agosto de 1572, martes, fray Tomás y el familiar de la Inquisición que le acompaña cabalgan desde Madrid con destino a Ocaña. Hace calor, el camino es polvoriento; un aire ardiente levanta remolinos molestos y arrastra ovillos de secos follajes y abrojos. Por delante, el campo desabrido, ocre, agostado, parece interminable.

—Lo mejor será seguir ya hasta San Martín de la Vega, sin parar —comenta el fraile—. No merece la pena detenerse con esta canícula...

—Por mí, no hay inconveniente —dice Monroy—. Ya descansaremos al llegar.

Prosiguen resignadamente, sin forzar a los caballos, que van sudando y acusando la sed; esperando encontrar pronto un abrevadero para aliviarles. A lo lejos, se ve hacia su derecha una aldea sobre un altozano, con un campanario alto y un conjunto de casas rojizas apiñadas; pero ellos no se desvían, sino que prosiguen la marcha.

—¿Tú conoces Ocaña? —pregunta fray Tomás.

—No —responde Monroy con llaneza—. Yo apenas conozco España; me he movido solamente por parte de Andalucía, por Extremadura y poco más...

—Creía que habías viajado, que conocías tierras y países... Eso me pareció oírle decir a don Rodrigo de Castro: que habías servido en los Tercios por medio mundo...

—Hummm... Es verdad que en la milicia se viaja mucho y que salí siendo muy joven de mi casa; mas no anduve por España, sino por donde nos llevaban en la tropa, de camino hacia los puertos para embarcarnos. Esa es la vida de los Tercios: cuarteles, caminos, galeras, más cuarteles y campamentos; Génova, Milán, Nápoles, Sicilia, Malta... y, luego, Argel, los Gelves y las tierras de moros... Todo eso anduve, hasta dar con mis huesos en Constantinopla, que los turcos llaman Estambul, donde estuve cautivo por cinco años...

—¡Madre mía! —exclama el fraile—. No sabía que... Así que fuiste cautivo...

—Sí. Pero Nuestra Señora de Guadalupe estuvo servida de librarme del cautiverio. ¡Ah, si no fuera por la Virgen! Todavía estaría allá... Un milagro grande hizo Santa María conmigo y siempre estaré en deuda con ella.

Cabalgan durante un rato en silencio. Y mientras tanto, la curiosidad, que se ha despertado en fray Tomás, le hace desear que su compañero siga con su historia, la cual le parece rebosante de interés, apasionante; y, por ende, apropiada para hacer más entretenido el viaje, que transcurre bajo aquel sol inclemente que se va colocando en lo más alto del cielo. Pero el caballero no dice nada más; así que él, sin poder aguantarse, le reclama:

—Si no quieres contarme tu peripecia, lo comprenderé... Pero bien sabe Dios que me encantaría oírla... Yo apenas he salido del convento y pocas aventuras conozco... Siempre me llamó la atención la vida de los Tercios, de los cuales no sé nada más que lo que he leído en algunos libros...

El caballero le mira, sonríe comprensivo y responde:

—¿Y por qué no iba a querer contártelo, hombre de Dios? ¿No somos cofrades en esto del Santo Oficio? Si hemos de compartir secretos tan grandes, ¿cómo vamos a andarnos desconfiando el uno del otro? Ningún reparo tengo para contarte mi historia, mi cautiverio y el milagro que me hizo la Virgen de Guadalupe. ¡Faltaría más!

A fray Tomás se le ilumina el semblante y exclama, emocionado, rebosando gratitud:

—¡Gracias, hermano, mil gracias! Tu familiaridad me conmueve... Ciertamente, puedes confiar en mí, porque a nadie le contaré lo que me refieras y, bien lo sabe Dios, me hará feliz escuchar tu relato.

Don Luis María se complace en la ingenuidad y sinceridad de su compañero y, encantado por hacerle más llevadero el camino, empieza diciendo:

—Ya te dije que soy de Jerez de los Caballeros, donde recibí las aguas del bautismo en la iglesia de San Bartolomé Apóstol, patrón de mi noble ciudad. Me regaló Dios con la gracia de tener padres virtuosos y de mucha caridad, siendo yo el tercero y el más pequeño de sus hijos. Me crie colmado de cuidados en la casa donde vivíamos, que era la de mi señor abuelo don Álvaro de Villalobos Zúñiga, que padeció asimismo cautiverio en tierra de moros por haber servido noble y valientemente al invicto emperador, hasta que fue liberado por los buenos frailes de la Orden de la Merced, gracias a lo cual pudo rendir el ánima al Creador muy santamente en el lecho de su hogar, arropado por aquellos que tanto le amábamos: hijos, nietos y criados.

»Aunque no tan felizmente acabara sus días mi gentil padre, don Luis Monroy, el cual era capitán de los Tercios y fue muerto en la galera donde navegaba hacia Bugía con la flota que iba a recuperar Argel de las manos del Uchalí. Los turcos atacaron harto fuertes en naves y hombres, hundiendo un buen número de nuestros barcos, y mi pobre padre pereció a causa de sus heridas o ahogado, sin que pudieran rescatar su cuerpo de las aguas.

»También iba en aquella empresa mi hermano mayor, Maximino Monroy, que con mejor fortuna se puso a salvo a nado a pesar de tener destrozada la pierna izquierda, hasta que una galera cristiana lo recogió. Mas no pudo salvar el miembro lacerado y desde entonces tuvo que renunciar al servicio de las armas para venir a ocuparse de la hacienda familiar.

»Mi hermano menor, Lorenzo, ingresó en el monasterio de Guadalupe para hacerse monje de la Orden de San Jerónimo, permaneciendo hoy entregado a la oración y a los muchos trabajos propios de su estado; caridad con los pobres y piedad con los enfermos y peregrinos que allí van a rendirse a los pies de Nuestra Señora.

»A mí, por ser segundón, me correspondió obedecer a la última voluntad de mi señor padre, manifestada en el codicilo de su testamento, cual era ir a servir a mi tío el séptimo señor de Belvís, que, por haber sido gran caballero del emperador y muy afamado hombre de armas, le pareció el más indicado para darme una adecuada instrucción militar. Pero, cuando llegué al castillo de los Monroy, me encontré con que este noble pariente había muerto, dejando la herencia a su única hija, mi prima doña Beatriz, esposa que era del conde de Oropesa, a cuyo servicio entré como paje en el alcázar que es cabeza y baluarte de tan poderoso señorío.

»Era yo aún mozo de poco más de quince años cuando, estando en este quehacer, Dios me hizo la gran merced de que conociera de cerca en presencia y carne mortal, ¡y le sirviera la copa!, nada menos que al césar Carlos, mientras descansaba nuestro señor en la residencia de mis amos que está en Jarandilla, a la espera de que concluyeran las obras del austero palacio que se había mandado construir en Yuste para retirarse a bien morir haciendo penitencia.

—¡Bendito sea Dios! —exclama fray Tomás, espantado—. ¡Y decías no haber conocido mundo! ¡Cuando al emperador nada menos viste en carne mortal! Pero... prosigue, hermano, prosigue...

El caballero, sonriente, aunque sin engreimiento, continúa con su relato:

—Cuando me llegó la edad oportuna, partí hacia Cáceres para dar comienzo a mi andadura militar en el Tercio que armaba el maestre de campo don Álvaro de Sande. Y proveyó el Señor que yo hallase al mejor general y la más honrosa bandera para servir a las armas, primero en Málaga, en el que llaman el Tercio Viejo, y luego en Milán, en los cuarteles de invierno donde se hacía la instrucción.

»A finales de aquel año de 1558, estando yo sirviendo en Asti, llegó la noticia de que había muerto en Yuste el emperador y que reinaba ya su augusto hijo, nuestro señor don Felipe II, como rey de todas las Españas. Era como si se cerrara un mundo viejo y se abriera otro nuevo. De manera que, en la primavera del año siguiente, se firmó en Cateau-Cambrèsis la paz con los franceses. El respiro que supuso esta tregua para los ejércitos de Flandes y Lombardía le valió a la causa cristiana la ocasión de correr a liberar Trípoli de Berbería, que había caído en poder de los moros en África auxiliados por el turco. Para esta empresa, se ofreció el maestre de campo don Álvaro de Sande, que partió inmediatamente desde Milán hacia el puerto de Génova con los soldados que tenía a su cargo, entre los cuales se hallaba un servidor.

»Se inició el aparato de guerra con muchas prisas y zarpó la armada española bajo el mando del duque de Sessa. Nos detuvimos en Nápoles durante el tiempo suficiente para que se nos sumaran las siete galeras del mar de Sancho de Leiva y dos de Stefano di Mare, más dos mil soldados veteranos del Tercio Viejo. El día primero de septiembre llegamos a Mesina, donde acudieron las escuadras venecianas del príncipe Doria, y las de Sicilia, bajo el estandarte de don Berenguer de Requesens, más las del Papa, las del duque de Florencia y las del marqués de Terranova. Tal cantidad de navíos y hombres prácticos en las artes de la guerra no bastaron para socorrer a los cristianos que defendían la isla que llaman de los Gelves de la ingente morisma que atacaba por todas partes desde África, y de la gran armada turca que desde el mar venía en su ayuda. Así que sobrevino el desastre.

»Corría el año infausto de 1560, bien lo recuerdo pues yo tenía cumplidos diecinueve años y, habiendo llegado a ser tambor mayor del Tercio de Milán a tan temprana edad, se me prometía un buen destino en la milicia si no fuera porque consintió Dios que nuestras tropas vinieran a sufrir la peor de las derrotas.

»Deshecha la flota cristiana y rendido el presidio, contemplé con mis aún tiernos ojos de soldado inexperto y falto de sazón a los más grandes generales de nuestro ejército humillados delante de las potestades infieles; como la inmensidad de muertos —cerca de cinco mil— que cayeron de nuestra gente en tan malograda empresa, y con cuyos cadáveres apilados construyeron los diabólicos turcos la torre que aún hoy dicen que pueden ver desde la mar los marineros que se aventuran por aquella costa.

»Salvome Dios de la muerte, mas no de la esclavitud que reserva la mala fortuna para quienes conservan la vida después de vencidos en tierra extraña. Y quedé en poder de un aguerrido jenízaro llamado Dromux Arráez, que me llevó consigo en su galeaza, primero a Susa y luego a Constantinopla, ciudad que los infieles nombran como Estambul, que es donde tiene su corte el Gran Turco. Y allí fui empleado en los trabajos propios de los cautivos; cuales son: obedecer, para conservar la cabeza sobre los hombros, escaparse de lo que uno puede, soportar alguna que otra paliza y escurrirse por mil vericuetos para atesorar la propia honra; que no es poco, pues no hay caballero buen cristiano que tenga a salvo la virtud y la vergüenza entre gentes de tan rijosas aficiones.

»Aunque he de explicar que, en tamaños albures, me benefició mucho saber de música. Ya que aprecian sobremanera los turcos el oficio de tañer el laúd, cantar y recitar poemas. Les placen tanto estas artes que suelen tratar con miramientos a trovadores y poetas, llegando a tenerlos en alta estima, como a parientes, en sus casas y palacios, colmándoles de atenciones y regalándoles con vestidos, dineros y alhajas cuando las coplas les llegan al alma despertándoles arrobamientos, nostalgias y recuerdos. Y en esos menesteres me empleé con tanto esmero que no solo tuve contentos a mis amos, sino que creció mi fama entre los más principales señores de la Corte del sultán. De tal manera que, pasados algunos años, llegué a ser muy bien considerado entre la servidumbre del tal Dromux Arráez, gozando de libertad para entrar y salir por sus dominios. De modo que vine a estar al tanto de todo lo que pasaba en la prodigiosa ciudad de Estambul y a tener contacto con otros cristianos que en ella vivían, venecianos los más de ellos, aunque también napolitanos, griegos e incluso españoles, y así logré muchos conocimientos de idas y venidas, negocios y componendas. De esta suerte, trabé amistad con hombres de noble vida que eran tenidos allí por mercaderes, pero que servían en secreto a nuestro rey católico, mandando avisos y teniendo al corriente a las autoridades cristianas de cuanto tramaba el turco en perjuicio de las Españas. Abundando en inteligencias con tales espías, les pareció a estos muy oportuno que yo me fingiera aficionado a la religión mahomética y me hiciera tener por renegado de la fe en que fui bautizado. Y acepté, para sacar el mejor provecho del cautiverio en favor de tan justa causa. Pero entiéndase que me hice moro solo en figura y apariencia, mas no en el fuero interno, donde conservé siempre la devoción a Nuestro Señor Jesucristo, a la Virgen María y a todos los santos.

»Esta treta me salió tan bien, que mi dueño se holgó

mucho al tenerme por turco y me consideró desde entonces no ya como esclavo sino como a hijo muy querido. Me dejé circuncidar y tomé las galas de ellos, así como sus costumbres. Aprendí la lengua árabe y perfeccioné mis conocimientos de la cifra que usan para tañer el laúd que llaman *saz*. Pronto recitaba de memoria los credos mahométicos, cumplía engañosamente con las obligaciones de los ismaelitas, no omitiendo ninguna de las cinco oraciones que ellos hacen, así como tampoco las abluciones, y dejé que trocaran mi nombre cristiano por el apodo sarraceno de Cheremet Alí. Con esta nueva identidad, y teniendo muy conforme a todo el mundo, hice una vida cómoda, fácil, en un reino donde los cautivos pasan incontables penas. Y tuve la oportunidad de obtener muy buenas informaciones que sirvieron harto a la causa de la cristiandad.

»Pero no bien había transcurrido un lustro de mi cautiverio, cuando cayó en desgracia mi amo Dromux Arráez, que era visir de la corte del Gran Turco. Porque allí tan pronto se está en lo más alto como se cae del pedestal. Alguien de entre su gente le traicionó y sus enemigos aprovecharon para sacarle los yerros ante la mirada del sultán. Fue llevado a prisión, juzgado y condenado a la pena de la vida. Cercenada su cabeza y clavada en una pica, sus bienes fueron confiscados y puestos en venta todos sus siervos y haciendas.

»Yo fui comprado a buen precio por un importantísimo ministro de palacio, que había tenido noticias de mis artes por ser muy amigo de cantores y poetas. Era este magnate nada menos que el guardián de los Sellos del Gran Turco, el *nisanji*, que dicen ellos, y servía a las cosas del más alto gobierno del sultán en la Sublime Puerta. Así que cambié de casa, pero no de oficios, pues seguí con mi condición de trovador, turco por fuera, y muy cristiano por dentro, espiando lo que podía. Y ejercí este segundo menester con el mayor de los tinos. Resultando que el primer secretario de mi nuevo amo era también espía de la misma cofradía que yo. Aunque no supe esto hasta que Dios no lo quiso. Pero, cuando fue Él servido de que me enterase, llegó a mis oídos la noticia de que el Gran Turco tenía resuelto atacar Malta con toda su flota.

»Entonces pusieron mucho empeño los conjurados de la secreta hermandad de espías que me amparaban para que corriera yo a dar el aviso cuanto antes y me ayudaron a fugarme. De manera que me embarqué en la galeaza de un tal Melquíades de Pantoja y navegué sin sobresaltos hasta la isla de Quío. Ya atisbaba la costa cristiana, feliz por mi suerte, cuando se cambiaron las tornas y se pusieron mi vida y misión en gran peligro. Resultó que los griegos, en cuyo navío iba camino de Nápoles, prestaron oído al demonio y me entregaron a las autoridades venecianas que gobernaban aquellas aguas. Estos me tuvieron por traidor y renegado, poniéndome en manos de la justicia española en Sicilia. Y una vez allí los nuestros no me creyeron, por más que les juré que no había renegado yo, y los jueces consideraron que debía comparecer ante la Santa Inquisición, por haber encontrado en mi poder documentos con el sello del Gran Turco; y, reparando los del Santo Oficio también en que estaba yo circuncidado, ya no me otorgaron crédito. Por más que intenté una y otra vez darles razones para convencerles de que era cristiano, ellos no me atendían. Todo estaba en mi contra. Me interrogaron y me sometieron a duros tormentos. Pero no podía decirles toda la verdad acerca de mi persona: que era espía cristiano y que debía dar el aviso de que los turcos iban a atacar la isla de Malta. Porque en Estambul juré ante la cofradía de espías, por la sacrosanta Cruz del Señor, no revelar a nadie mi misión secreta, ni aun a los cristianos, salvo al virrey de Nápoles en persona o al mismísimo rey. Los inquisidores siempre me preguntaban lo mismo: si había apostatado, qué ceremonias había practicado de la secta mahomética, qué sabía acerca de Mahoma, de sus prédicas, del Corán; si había guardado los ayunos del Ramadán... Y todo esto, haciéndome pasar una y otra vez por el suplicio del potro, que es terrible...

—¡Increíble! —exclama fray Tomás, que va escuchando atónito el relato—. ¿Cómo es posible que los inquisidores no reparasen en que eras sincero? ¿Cómo no se apiadaban de un buen cristiano que había sufrido cautiverio por servir a Dios y al rey?

—Pues porque hay muchos que reniegan, por pura cobardía, por intereses mezquinos, por hacerse allí entre los sarracenos una vida cómoda... Y el Santo Oficio, que lo sabe, debe dar con la verdad en cada caso... Y a mí, como a uno de tantos, me consideraron renegado y me interrogaron para forzarme a confesar... Cuando fui cautivo del turco padecí toda clase de humillaciones y adversidades. No es fácil esa situación, créeme. Los infieles tratan a los cristianos cautivos como personas que no tienen derecho a vivir. Por eso, una y otra vez te urgen para que renuncies a tu fe verdadera y te adhieras a la de ellos. No es que yo me hiciera turco, ¡eso nunca!, pues siempre en mi interior fui fiel a mi origen y creencias; pero externamente fingí serlo, me dejé circuncidar y participé en sus ritos como uno más. Por esta razón, cuando al fin me vi libre del cautiverio, vine a caer de nuevo en sujeción, mas esta vez en manos de cristianos, que me tuvieron por renegado y me entregaron al Santo Oficio, el cual me juzgó.

—¿Y qué sucedió después? ¿Cómo escapaste del trance?

—De puro milagro —prosigue Monroy—. Como no hallara yo salida alguna a tan terrible apuro, y viendo que acabaría injustamente mis días en prisión o aún peor, en la hoguera, encomendeme a la Virgen de Guadalupe con muchas lágrimas y dolor de corazón. Rezaba así un día y otro, entre tormento y tormento: «¡Señora, ved en el fondo de mi alma. Compadeceos de mí, mísero pecador! ¡Haced un milagro, Señora!» Y sufría por los castigos y prisiones, pero también me atormentaba la idea de que se perdería la oportunidad de que mis informaciones llegaran a oídos del rey católico para que acudiera a tiempo a socorrer Malta.

»Y debió de escuchar mi súplica la Madre de Dios, porque un confesor del hábito de San Francisco me creyó al fin y mandó recado al virrey. Acudió presto el noble señor que ostentaba este importante cargo y, por ser versado en asuntos de espías, adivinó enseguida que no mentía mi boca, e intuyó milagrosamente que mi alma guardaba un valiosísimo secreto. Así que, como a su persona podía yo revelárselo sin cometer perjurio, le di el aviso que traía yo de Constantinopla: que en el mes de marzo saldría la armada turca para conquistar Malta, bajo el mando del kapudán Piali Bajá, llevando a bordo seis mil jenízaros, ocho mil *spais* y municiones y bastimentos, para asediar la isla durante medio año si fuera preciso, uniéndoseles al sitio el beylerbey de Argel Sali Bajá y Dragut con sus corsarios. Si se ganaba Malta, después caerían Sicilia, Italia y lo que les viniera a la mano... Y el virrey me creyó veraz; me sacó de la prisión y me dio sitio entre su gente, en su propia casa, servido de atenciones. Y corrió aquel mismo día a enviar un correo veloz, para poner en conocimiento del rey católico tan grave amenaza.

»Gracias a mi aviso, pudieron proveerse con tiempo los aparatos de guerra necesarios. Se cursaron mandatos y bastimentos a los caballeros de San Juan de Jerusalén para que se aprestaran a fortificar la isla y componer todas las defensas. También se ordenó que partiera la armada del mar con doscientas naves y más de quince mil hombres del Tercio, a cuyo frente iba don Álvaro de Sande.

»Participé en la victoria que nos otorgó Dios en aquella gloriosa jornada, y dejé bien altos los apellidos que adornan mi nombre cristiano: tanto Monroy como Villalobos, que eran los de mis señores padre y abuelo a los cuales seguí en esto de las armas. Salvose de este modo Malta para la cristiandad en una victoria memorable.

»La feliz noticia corrió veloz. Llegó pronto a oídos del Papa de Roma, que llamó a su presencia a los importantes generales y caballeros victoriosos, para bendecirlos por haber acudido valientemente en servicio y amparo de la santa fe cristiana. Y tuvieron a bien mis jefes hacerme la merced de llevarme con ellos, como premio a las informaciones que traje desde Constantinopla y que valieron el triunfo. Tomé camino pues de Roma, cabeza de la cristiandad, en los barcos que mandó su excelencia el virrey para cumplir a la llamada de Su Santidad. Llegamos a la más hermosa ciudad del mundo y emprendimos victorioso desfile por sus calles, llevando delante las banderas, pendones y estandartes de nuestros ejércitos. Tañía a misa mayor en la más grande catedral del orbe, cual es la de San Pedro. Con el ruido de las campanas, el redoblar de los tambores y el vitorear de la mucha gente que estaba concentrada, el alma se me puso en vilo y me temblaban las piernas. Aunque de lejos, vi al papa Pío V sentado en su silla con mucha majestad, luciendo sobre la testa las tres coronas. Habló palabras en latín que fueron inaudibles desde la distancia e impartió sus bendiciones con las indulgencias propias para la ocasión. Y, después, entre otros muchos regalos que hizo a los vencedores, Su Santidad dio a don Álvaro de Sande tres espinas de la corona del Señor.

»Con estas gracias y muy holgados, estuvimos cuatro días en Roma, pasados los cuales, nos embarcamos con rumbo a España, a Málaga, donde el rey nuestro señor nos hizo también recibimiento en persona y nos otorgó grandes honores por la victoria. Permanecí en aquel puerto y cuartel el tiempo necesario para reponer fuerzas y verme sano de cierta debilidad de miembros y fiebre que padecía. Valiéndome también este reposo para solicitar de su majestad que librara orden al Consejo de la Suprema y General Inquisición y que se me tuviera por exonerado siendo subsanada mi honra y buen nombre de cristiano en los Libros de Genealogías y en los Registros de Relajados, de Reconciliados y de Penitenciarios, para que no sufriera perjuicio alguno por las acusaciones a que fui sometido por ser tenido como renegado y apóstata. Los inquisidores me absolvieron, cuando hube abjurado de la circuncisión y solicitado la reconciliación con la Iglesia. Pero esta absolución fue bajo la fórmula *ad cautelam*, es decir, quedando pendiente de mi ulterior modo de vida. Y por ese motivo debí luego prestar servicios y hacer penitencia. Hasta que me concedieron la subsanación total. E hicieron al respecto los secretarios del rey las oportunas diligencias para que, sano de cuerpo y corregido de alma, me pusiera en camino a pie para peregrinar al santuario de Nuestra Señora de Guadalupe, como romería y en agradecimiento por la gracia de haberme visto libre de tantas adversidades. Y cumplida mi promesa, retorné felizmente a Jerez de los Caballeros, a mi casa.

—Me parece una historia maravillosa —dice fray Tomás, emocionado, a punto de brotarle las lágrimas—. ¡Parece un cuento! Es como una de esas novelas de caballerías...

—Pues todo es verdad, hermano mío —responde don
Luis María, llevándose la mano al pecho—. Tan cierto
como que Dios es Cristo. Y aún hay más...

—¿Más? ¿Más historias todavía?

—Sí, hermano. Pero no quisiera cansarte...

—¡Oh! No me cansas... ¡Nada de eso! Cuenta, cuenta...

—Ya te digo que regresé a casa —continúa el caballero—. Pero resulta que, segundón como era yo, y estando
mi hermano mayor a cargo de la hacienda familiar, allí
poco tenía que hacer. Mis tareas eran ir de caza, visitar a
parientes y amigos y gozar de una existencia tranquila, en
tanto podía, contemplando el paso sereno de los días y las
estaciones del año, en la hermosura de la ciudad, junto a la
bella calma de los campos, dorados por el estío, húmedos
en otoño, umbríos y verdes en invierno y exultantes de luz
y color llegada la primavera. ¿Qué más se le podía pedir a
la vida? Pero, por ventura, no está nuestro camino en este
mundo pavimentado únicamente con delectaciones y li-
sonjas, porque es menester cada día comprender que vivir
no es tarea fácil y que aquí andamos solo de paso. Y a mí
me llegó la hora de emprender de nuevo la marcha. No se
había cumplido todavía un año desde mi llegada a casa,
cuando se presentó un correo que traía una carta muy his-
toriada, con los lacres sellos y adornos de la Orden de
Alcántara, en la que se me admitía a recibir el hábito de caballero si era mi deseo. Acostumbrado como estaba yo al
brete de los Tercios, después de barajar algunas posibilidades, resolví aceptar el ingreso en la Orden de Alcántara,
permaneciendo en el convento de San Benito, donde está

el noviciado, hasta que me impusieron el hábito. Ya sabes tú, hermano, cómo es la vida en un convento, ya sea de frailes de Santo Domingo o de freires de caballería. La regla de San Benito prescribe la lectura a ciertas horas de la mañana y todos los hermanos se entregan a los trabajos de la biblioteca diariamente; no solo a leer, sino también a copiar textos, redactar cartas y hacer cuentas. Se recibían lecciones de historia y de geografía; algo de gramática, retórica y aritmética. Era obligado aprenderse la regla de memoria. Todo eso me vino muy bien para adquirir conocimientos. Pero, además de estas labores, desempeñaban los freires diariamente las propias de su caballería, que tienen que ver más con el uso de las armas: esgrima, equitación y estrategia militar. Y cuando consideraron que estaba preparado, me invistieron caballero y se me asignó oficio en la orden. Primeramente estuve en destinos cercanos, en asuntos menores y nada peligrosos. Pero pronto, en atención a que conocía la lengua y las costumbres del turco, por haber estado allí cautivo durante cinco años, mis superiores consideraron que podía servir de espía y me asignaron una delicada misión: embarcaría primeramente en Valencia, lo antes posible, con destino a Sicilia, donde debía entrevistarme con el virrey para recibir instrucciones, y después una galeaza me recogería para cruzar el estrecho de Mesina y navegar a lo largo del Adriático hasta Venecia. Era en esta ciudad donde daba comienzo la encomienda, que consistía en hacerme pasar por mercader turco y conseguir información sobre una importante familia de judíos del Gueto. Dichos hebreos eran conocidos como los Nasi, pero en realidad se apellidaban Mendes, y procedían de Portugal, donde ejercieron el comercio enriqueciéndose enormemente, para luego abandonar Lisboa, escapando de la Santa Inquisición, pues fueron considerados marranos, es decir, judíos en apariencia conversos que seguían practicando su religión en secreto. Así que partí para Venecia, desde donde, fingiendo ser comerciante, fui a Estambul para llevar a esos judíos la carta de nuestro rey, en la cual les pedía a estos judíos que regresasen con su fortuna a España, donde, si se convertían, serían tratados bien y podrían recobrar su vida, privilegios y negocios de antaño.

»Yo hice las gestiones oportunas, con la cautela correspondiente, hasta dar con los susodichos hebreos, y les entregué la misiva. Pero ellos, despechados como estaban con la cristiandad y con el rey, no quisieron saber nada de volver y rechazaron el ofrecimiento. Así que regresé a España, no sin peligro, trayendo informaciones que resultaron muy útiles a nuestra armada, para conocer las intenciones del turco y aprestarse para la batalla de Lepanto.

—¡Una historia maravillosa! —exclama fray Tomás—. ¡Menudas aventuras te ha puesto Dios por delante en la vida! Y siendo aún tan joven...

—Bueno —repone el caballero de Alcántara—, no todo ha sido gloria. A ver si vas a pensar que salí de rositas de todo ello... También he tenido mis peripecias, mis cuitas y mis contrariedades. Ya te contaré...

—Lo comprendo, hermano; porque así es la vida misma: luces y sombras, ratos de dicha y otros de infortunio...

—Eso es, mas, con todo, yo no me quejo.

»¿Y tú, hermano? ¿A ti cómo te ha ido en tu vida?

Fray Tomás ríe y luego contesta, con hilaridad:

—¡Lo mío es muy corriente! Yo he tenido una vida sencilla: de pequeño en el pueblo, primeramente, en el campo, con las vacas...; y después en el convento... Poco tengo que contar, hermano. Te aburrirías si empezara con la rutina de mis estudios, el noviciado, la universidad...

—¡Ah, pero tienes estudios! ¿Acaso eso no es interesante?

—Sí, mas no para ser contado...


## 5. FRAY ALONSO DE LA FUENTE: AZOTE DE ALUMBRADOS


Con estas conversaciones, los caminos se hacen más llevaderos y la compañía facilita las cosas. Y de esta manera, cada vez más amigos, fray Tomás y Monroy llegan a Ocaña. Allí apenas hay tiempo para descansar del viaje durante el brevísimo almuerzo en el refectorio del convento. Y después del rezo de la hora sexta, ya están sentados frente a fray Alonso de la Fuente en el locutorio, dispuestos a empaparse de sus conocimientos.

Es el fraile un hombre grueso, compacto, rubicundo, rozagante; de tez bermeja en los mofletes; toda su persona posee una visibilidad ostentosa, que explota con frecuencia encendidamente en manoteos, oscilaciones de hombros y sulfurosos resoplidos. Hace calor, por ser pleno verano, pero no tanto entre las frescas paredes conventuales para el abundante sudor que mana por todos los poros de su piel.

Sin dejarle dar ninguna inicial explicación a fray Tomás, fray Alonso inicia la conversación exclamando intempestivamente:

—¡Ya era hora de que en la Suprema se tomaran el mínimo interés por mis trabajos! ¡Bendito sea Dios!

Extrañado por esta inesperada queja, no sabe qué contestar fray Tomás. Y él, como si estuviera deseando desahogarse con alguien, añade:

—Mira, hermano, llevo aquí en la Corte desde la primera semana de la Pascua pasada... ¿Tanto tiempo han necesitado en la Suprema para resolver? ¿Acaso no son suficientes los memoriales, las cartas que he mandado y todas las alegaciones que vengo haciendo? ¡Por el amor de Dios! ¡Con lo grave que es la cosa...!

—Hermano —contesta con sinceridad fray Tomás—, comprendo que te sientas molesto, pero nada sé de eso que me dices...

Le mira con desconfianza fray Alonso, se echa hacia atrás en la silla y contesta:

—Pero... ¿No me has dicho que te envía la Suprema?

—Sí, naturalmente; vengo por mandato del inquisidor general con poderes de don Rodrigo de Castro. Se me envía para obtener algunas informaciones.

—¿Algunas informaciones...? ¡He dado todo tipo de informaciones! ¡No he hecho otra cosa más que informar!

—Bien, bien —dice fray Tomás, tratando de evitar irritarle todavía más—. Supongo que esas informaciones están en manos de quien ha de resolver... Mas yo he venido por una vía diferente...

Le echa el grueso fraile una mirada intensa y replica impaciente:

—¿Una vía diferente? ¿Qué quieres decir con eso, hermano?

—Pues que la información que yo necesito es para asuntos de otra vía...

Con una cara poco amistosa, él replica:

—¡Hablas como en clave!

—Hermano —le dice con tranquilidad fray Tomás—, empecemos por donde debíamos haber empezado... Un servidor es subalterno del inquisidor don Rodrigo de Castro, calificador de la Suprema.

—¡Acabáramos! —grita fuera de sí fray Alonso—. ¡Un subalterno! ¡Llevo aquí cinco meses esperando y me envían un subalterno!

—Por caridad, hermano, tengamos calma. Lo primero que debemos hacer es aclararnos entre nosotros. Yo he venido aquí con unos motivos concretos que, aunque parecen tener relación con esos memoriales y cartas que dices, pertenecen a otra vía de investigación. En fin, quiero decir que no sé nada de todo eso...

Fray Alonso empieza a mover la cabeza, como aturdido; y luego, con voz ahogada, pregunta:

—Entonces... ¿No te envían a por el memorial que he escrito?

—No, hermano. He venido porque se me ha asignado la investigación de un caso diferente que, en cierto modo, tiene que ver con lo tuyo... Caso del que debo hablarte para solicitar tu opinión.

Fray Alonso le mira con unos ojos desorbitados; arruga los labios, le tiembla la barbilla y, de repente, se echa a llorar, como un niño, tapándose la cara roja con las manos.

—¡Ay, Virgen Santísima! —solloza—. ¡Así se me trata, Señor mío! ¡Esta es la consideración que me tienen! ¡Con lo que llevo a cuestas...! ¡Con los trabajos y las fatigas que llevo pasadas!

—Bueno, bueno, hermano —trata de consolarle fray Tomás—. Ten paciencia; seguro que tus cartas y memoriales están siendo estudiados. Ten paciencia...

—¿Paciencia? ¡¿Más paciencia?! ¡Llevo aquí cinco meses! ¡Dios mío! ¡Cómo se puede jugar así con quien solo busca el bien de la Iglesia!

Entonces fray Tomás, comprendiendo que debía manifestar una actitud fraterna y solidaria, le dice:

—Hermano, ya sabes: «Las cosas de palacio van despacio.» No te desesperes, pues, ya te digo, seguro que tus cartas y memoriales están siendo estudiados. En la Suprema te tienen en consideración; tienen muy en cuenta tus trabajos. ¿Crees que, si no fuera así me habrían mandado a hablar contigo?

Fray Alonso le mira desde su aflicción, se enjuga las lágrimas y, adoptando un tono entre compungido y quejoso contesta:

—No quisiera pensar mal, hermano, pero me parece del todo desconsiderado que te envíen para que te aproveches de mis investigaciones; sin que den la importancia debida a mi persona...

—¿Por qué dices eso?

—¡Porque este caso lo he descubierto yo! Y creo que soy yo y solo yo el más indicado para hacer las calificaciones.

Fray Tomás, al verle reaccionar de esa manera, se lleva la mano al pecho y repone sinceramente:

—No pienso hacer calificación alguna sobre los alumbrados. Ese no es el asunto que me han encomendado, así que no te pongas el parche antes de tener la herida.

—¿Y entonces...?

—Solo he venido a que me instruyas en relación al posible alumbradismo de una persona; por si, entre tus cumplidas investigaciones, pudieses haber encontrado algún indicio en los dichos y hechos de esa persona.

Fray Alonso se estira, fijando en él sus ojos confundidos, e inquiere con aire grave:

—El nombre, dime el nombre, hermano. ¿De quién hablamos?

—De Teresa de Jesús, monja carmelita de Ávila.

Fray Alonso frunce el ceño y el asombro brilla en sus ojos.

—¡Teresa de Jesús! —exclama.

—¿Te extraña, hermano?

Fray Tomás ve en su cara signos de auténtica satisfacción mezclada con sorpresa. Sonríe con audacia y responde:

—¡Claro! ¡Claro que me extraña!

Esta respuesta le desconcierta a nuestro fraile, porque el inquisidor general le había indicado con manifiesta seguridad que fray Alonso consideraba a Teresa sospechosa de alumbradismo. Así que enseguida quiere saber el motivo de su extrañeza.

—Entonces... ¿no te parece que esa monja pueda ser una alumbrada?

Él se ríe secamente, clava en fray Tomás una mirada llena de suspicacia y responde con aire de suficiencia:

—¡Qué preguntas! ¿Ahora vienen con esas en la Suprema? ¡Por Dios! Todo el mundo en el Santo Oficio debe de tener conocimiento a estas alturas de mi opinión sobre esa dichosa monja... Si es que han leído mis informes... Porque me da la impresión de que no los han leído... ¡Y así les va! Andan perdidos en la Santa Inquisición, hermano, les pasan los herejes por delante de las narices y ni los huelen...

—Yo no he leído esos informes, hermano —observa fray Tomás sinceramente—, pero no porque no quiera leerlos, sino porque no me los han dado. Así que no puedo conocer tu opinión en este caso. Por eso, te pregunto otra vez directamente: ¿consideras alumbrada a Teresa de Jesús?

Fray Alonso sigue con el ceño fruncido, y el brillo de

suspicacia permanece en sus ojos, que miran muy fijamente a los de fray Tomás, como si escrutaran con vivo interés sus verdaderas intenciones. Sonríe mientras contesta lacónico:

—Me sorprende que el inquisidor general se preocupe ahora tanto por Teresa de Jesús... —Se queda en silencio durante un rato, en el que parece esforzarse por fingir contrariedad. Suspira luego de manera ruidosa y añade con tono resignado—: Se ve que empiezan a tomarse en serio mis investigaciones...

Fray Tomás se da cuenta de que todavía le costará más trabajo vencer sus recelos, y la obstinación que tiene en no hablar de sus informes y documentos si no es en presencia del inquisidor general; pero, finalmente, fray Alonso se manifiesta decidido a contarle algunas cosas; para después irse animando a soltar la lengua. Y se ve que, en el fondo, lo estaba deseando... Porque inicia un relato extenso, pormenorizado, de todo lo que había constituido su principal ocupación durante los dos últimos años.

Empieza hablando de sus orígenes, de su familia, del pueblo donde se había criado. Es originario de Fuente del Maestre; hijo de hidalgos, cristianos viejos y gente principal de aquella comarca. En estos pormenores hace hincapié para hacer ver que conoce la tierra de la que habla. Siendo muy joven, fray Alonso fue enviado a Sevilla, para instruirse convenientemente. En el célebre colegio hispalense de la Orden de Santo Domingo estudió Gramática, Filosofía y Latín. Y después, sintiéndose llamado a la vida consagrada, cursó brillantemente el bachillerato en Teología. Sentíase muy muy orgulloso por sus éxitos académicos, con los que, sin pudor alguno, avalaba ufano sus investigaciones en busca de herejes y alumbrados. No en vano, merced a sus conocimientos, logró importantes puntos dentro de la orden: maestro de Teología, predicador, bibliotecario... En fin, parece que a fray Alonso le sobra brillantez intelectual y tal vez le falta algo de humildad. En todo caso, es un hombre intuitivo, infatigable trabajador y muy agudo a la hora de detectar errores y herejías; virtudes que muy pronto le llevaron a encontrar la verdadera vocación para la cual no albergaba duda alguna de haber sido llamado por Dios en este mundo: descubrir y denunciar a los alumbrados.

Pero, en un principio, poco podía imaginar él —según refiere con apasionamiento— que su primer contacto con la peligrosa secta iba a ser en su propio pueblo, de manera inesperada y casi fortuitamente. Sucedió en diciembre de 1570, estando él destinado como predicador en el convento de dominicos de Badajoz; cuando sus superiores le dieron permiso para ir a pasar las fiestas de la Navidad con su familia. Entonces, estando en Fuente del Maestre, conoció al clérigo llamado Gaspar Sánchez, quien gozaba entre los vecinos de gran fama de santidad, vida virtuosa y extendida opinión de ser muy buen confesor.

Al llegar a este punto de su relato, la expresión de fray Alonso adopta un gesto grave, y su voz se torna susurrante y misteriosa, como si en verdad estuviese hablando del mismísimo Belcebú.

—Ese cura del demonio —prosigue con aire terrible—, con toda su apariencia de mansedumbre, su vocecilla endulzada, sus ademanes suaves, sus ojillos de cordero a medio degollar... ¡Ese sinvergüenza! Ese zorro resulta que se rodeaba de una camarilla de beatas, a las que reunía, confesaba y predicaba muy a menudo... En fin, que las tenía en el bote... Había engañado a todo el mundo, y la buena y sencilla gente se creía, de verdad, que vivía en medio de ellos un auténtico santo... Pero a mí no me pudo enredar con sus fingimientos y palabrerías huecas... ¡A mí sí que no! ¡Estaría bueno! Enseguida me percaté de su malicia, que él creía tener bien camuflada bajo su parda gramática y su discurso vano y mentiroso, con que embelesaba a todas aquellas mujeres incultas cuya pobreza espiritual no daba para más...

Fray Alonso acaba de desvelar su importante descubrimiento, y la raíz de esa gran misión para la que se considera ungido y singularmente dotado con carismas propios para llevarla a cabo. No se esfuerza lo más mínimo en disimular la satisfacción que le produce saberse un escogido: el mal y el peligro eran muy grandes; pero la fuerza sobrenatural que le asistía iba a ser mayor.

Y continúa ahora con un brillo delirante en los ojos:

—No me cabe la menor duda de que Dios me puso allí, en el lugar adecuado, en el momento preciso... ¡No, hermano, no tengo la menor duda!

Sigue soltando retazos de su historia: cómo de vuelta a su convento de Badajoz decidió guardar silencio de momento sobre los pormenores de su hallazgo; que aprovechó el tiempo siguiente para ilustrarse sobre la secta de los alumbrados, sobre sus muchas y variadas maneras de inducir al error a sus incautos adeptos, sobre sus líderes, costumbres, ritos, desviaciones... Y para ello profundizó en los todavía vagos conocimientos que se habían consignado por escrito en algún que otro escueto tratado. Entonces, con mayor determinación, estuvo decidido a dedicar su inteligencia y su sabiduría al servicio de esa causa que estimaba ya como propia.

—Sentí —confiesa emocionado— una ilustración tan poderosa de los misterios de esa secta y de las maldades que en los alumbrados se encierra, que me cuesta todavía expresar con palabras. Era como una moción interna, una aguda intuición, un don de entendimiento... Parecíame que visiblemente se me otorgaba descubrir a los demonios en las perniciosas enseñanzas de los maestros del satánico alumbradismo; que todos ellos eran azotes crueles de la Santa Madre Iglesia y ministros del mismísimo Anticristo... ¡Qué días de sufrimiento y qué noches de angustia! Comprende, hermano, que me daba cuenta de algo que pasaba desapercibido a los ojos de los letrados y entendidos; algo terrible, diabólico, que estaba actuando secretamente, sin dar la cara, con apariencia de bien, cuando se trataba de mal en estado puro... ¡Y la Inquisición *in albis* de todo ello!

Cuando se expresa, si ya de por sí fray Alonso posee un cutis sonrosado, ahora, brillante de sudor, se ha tornado de un rojo encendido, en el que sus ojos relucen con el fulgor de la pasión. Y la veraniega hora de la siesta, en la que transcurre la conversación, parece con su calor venir a apoyar toda aquella vehemencia... Y el apasionado fraile parece que se ahoga y necesita aire para seguir con su relato...

Siente entonces fray Tomás que su corazón late con fuerza. Lo que le cuenta se le presenta fosco y aterrador, pero le resulta sumamente interesante. Una gran curiosidad empieza a despertarse dentro de él y, lleno de impaciencia, exclama:

—¡Dios mío, qué horror! Sigue, hermano, qué era todo aquello... ¿En qué quedó?

—¡Las artimañas de Satán! —continúa fray Alonso—. No creas, hermano, que me es fácil descubrir lo que se oculta en la vida de los alumbrados... Los errores y la malicia están tan confusos y esparcidos en la gente de la secta que, para distinguir un solo error, es menester sudar gotas de sangre por ser todo invención artificiosa de hombres y mujeres escondidos, cuya nativa propiedad es encubrir y solapar las herejías y maldades que tienen en el alma...

Todo lo que le va contando, con arrebato y expresividad, concuerda plenamente con lo que ya conoce fray Tomás del alumbradismo: que es una secta confusa, camuflada bajo una apariencia de virtud y religiosidad, y amparada por la pública fama de santidad; pero que oculta el cimiento y la esencia de una abominable corriente herética, una auténtica carcoma que acabaría royendo en su base al catolicismo.

## 6. EL DEMONIO CORRE Y LA SANTA INQUISICIÓN RENQUEA

Fray Alonso es un hombre efusivo, vehemente y en extremo verboso. De sus explicaciones desmesuradas y su relato acucioso de los hechos se infiere la obcecación que tiene. Y, como consecuencia, su vida se ha convertido en un continuo y afanoso peregrinar por los pueblos de Extremadura, que le ha afianzado en él el completo convencimiento de que la secta de marras está mucho más extendida de lo que podía siquiera imaginarse. Y él sufre las consecuencias en su propia casa, entre los suyos. Con un tono no exento de violencia y con apreciable amargura, cuenta que unas sobrinas suyas eran seguidoras fervientes de aquel Gaspar Sánchez, el clérigo alumbrado que inicialmente despertó sospechas en él.

—¿Te das cuenta? —grita alzando los puños cerrados, lleno de ira, como si quisiera apretar y estrangular con ellos al mismísimo Satanás, y seguidamente ruge—: ¡El enemigo en casa! ¡En mi propia casa! ¡Qué espanto! ¡Qué vergüenza! ¡El acabose!... Porque, hermano, aquello supuso un agravio y una humillación excesiva e inesperada para una familia de cristianos viejos, de renombre e impoluto linaje. Y fue el motivo por el que, finalmente, me decidí a actuar... Al saber lo de mis sobrinas, fui directamente al tribunal del Santo Oficio de Llerena y denuncié la doctrina errada que había descubierto en mi pueblo, arraigada entre los vecinos por las predicaciones y seducciones del tal Gaspar Sánchez, ¡ese demonio! Pero me encontré con la sorpresa de que mis enemigos se me habían adelantado, acusándome a mí de hereje ante los inquisidores...

Al llegar a este punto, la voz de fray Alonso se quiebra, lanza una especie de gemido y rompe a llorar con amargura.

—Así empezó mi calvario —prosigue entre lágrimas—, mi pasión, mi cruz, mi penar... Y me di cuenta, hermano, de que no es enemigo baladí el demonio...

La curiosidad de fray Tomás aumenta; el relato se pone interesante en grado sumo: el acusador acusado. Algo extraño y perturbador parece solaparse en aquella historia, así que se enciende en su corazón el vivo deseo de saber en qué iba a acabar, y le pregunta lleno de curiosidad por lo que sucedió después.

—¡Bah! —responde desdeñosamente fray Alonso—. Los inquisidores de Llerena no les tomaron en serio. Se informaron y enseguida obtuvieron buenas referencias acerca de mi persona, de mis estudios, de mi pureza de costumbres, de mi rectitud en estas cosas... ¿Qué iba a poder ese ignorante cura alumbrado contra un fraile con letras y conocimiento?

—¿Y entonces...?

—En fin, no te creas, hermano, que esos inquisidores

de Llerena son precisamente unas lumbreras... Con toda confianza fraterna te lo digo: allí hay cuatro vejestorios adormilados entre polvo y papeles de los tiempos del Cid... ¿Qué saben ellos de estas cosas? No estamos en la época de Arrio ni de Prisciliano... ¡Esto es otra cuestión! El demonio se actualiza; mientras los inquisidores caducan...

Con esto, el fraile quiere decir que ha llegado personalmente a la conclusión de que la Santa Inquisición se ha quedado arcaica, instalada tal vez en las grandes herejías, preocupada casi de manera mecánica y rutinaria por Lutero; mientras se muestra indiferente, insensible y torpe para descubrir el mal mucho más peligroso que tiene más cerca: el alumbradismo camuflado de mansa e inofensiva beatitud.

La conversación que mantienen parece servirle de desahogo a fray Alonso; se va animando, se sueltan a la vez las ataduras de la mínima prudencia que mantuvo en un principio; y empieza a confesar que sus sospechas van mucho más allá de aquellos clérigos provincianos y escasamente cultivados como el tal Gaspar Sánchez de su pueblo. Y lo que cuenta seguidamente es más grave si cabe; más alarmante

## 7. ARZOBISPOS Y GRANDES MAESTROS SOSPECHOSOS DE SER ALUMBRADOS

—Mis propias sobrinas —refiere machaconamente, recalcando cada palabra—, ¡hijas de mi hermano!, habían sido seducidas y extraviadas por los alumbrados; y estos sinvergüenzas traidores, acusados por mí ante la Santa Inquisición, lejos de arredrarse me plantaron cara. ¡Era el colmo! Sentíame tocado en el centro de mi estima, en lo más profundo de mi honra, de la honra de mi familia... Pero esto no me detenía; muy al contrario, encendía mis arrestos y me confirmaba en mi intuición sublimadora: yo era el escogido para enfrentarse a la secta. Y para este fin, acudí ahora al prior de la provincia de León de la Orden de Santiago, quien era la máxima autoridad religiosa en aquellos territorios, para hacerle comprender que los inquisidores de Llerena no eran sino obsoletos funcionarios sin los suficientes conocimientos teológicos para vislumbrar el alcance y el peligro que tan cerca de ellos estaba. Y, de esta manera, con el poder de convicción que Dios me concedió y el aval de mis títulos académicos sevillanos, logré el traslado al convento dominico de San Antonio de Llerena, con el cargo de predicador, para desde allí emplearme en sus pesquisas con proximidad y entera consagración. Debía sacrificarme y entregarme por entero a esa sagrada misión: descubrirlos y denunciarlos...

»Y después de un arduo trabajo de meses cerca del Santo Oficio, ya no albergué la menor duda: la herejía era más perniciosa y estaba más extendida de lo que pensé en un principio. Y lo peor de todo: el alumbradismo tenía su origen en las enseñanzas pervertidas de insignes predicadores con fama de santidad.

Llegado a este punto del relato, fray Alonso se pone serio del todo y se queda callado, como haciendo comprender que ahí precisamente radica el meollo de su secreto, de su gran descubrimiento. Y fray Tomás entonces le anima para que lo suelte de una vez.

—Hermano —le dice, mirándole muy fijamente a los ojos—, puedes confiar plenamente en mí; y no solo porque me halle sujeto al sagrado voto del secreto, sino también porque es obra de misericordia enseñar al que no sabe; y yo, con toda humildad, te digo que necesito beber en el caudal de tus conocimientos sobre estas cosas...

Fray Alonso suspira, henchido de satisfacción, y contesta:

—Bien, bien dices, hermano mío. Me convences; veo honestidad y llaneza en ti... Pero te advierto de antemano: los nombres que te voy a decir incluyen frailes de nuestra Orden de Santo Domingo...

A fray Tomás le da un vuelco el corazón y a la vez se acrecienta su interés.

—Habla, te lo ruego —le apremia.

Inspira aire el grueso y colorado fraile, teatralmente, como para infundirse ánimo, y proclama con solemnidad:

—El maestro Juan de Ribera y sus discípulos fray Luis de Granada y Juan de Ávila son grandes alumbrados que con sus erradas doctrinas y sus escritos y predicaciones han sembrado la pérfida mala hierba entre muchos clérigos y monjas. Ahí está la raíz del mal, el origen de todo...

Espantado, fray Tomás exclama:

—¡Por Dios bendito, hermano! ¿Tú sabes lo que estás diciendo? ¡Juan de Ribera es arzobispo de Valencia y patriarca de Antioquía!

—¡Y grandísimo hereje! —asevera él fuera de sí—. ¿O acaso no está en la cárcel el arzobispo de Toledo y primado de España, don Bartolomé de Carranza? La herejía apunta a lo más alto... Las mitras apetecen y deleitan al demonio más que nada en este mundo.

Ante aquella contestación rotunda y determinante, se queda fray Tomás mudo, comprendiendo que fray Alonso de la Fuente no se arruga ante nada ni ante nadie a la hora de defender sus tesis y sospechas.

—¡Tengo pruebas! —añade con exaltación, sulfurado,

resoplando—. ¡Pruebas irrefutables! Poseo testimonios y escritos para demostrar que también son grandes herejes y alumbrados los teatinos, Ignacio de Loyola y todos los adeptos de esa insana Compañía de Jesús fundada en mala hora... Y esa monja sobre la que tú investigas —prosigue, enarbolando un altanero dedo acusador—, la llamada Teresa de Jesús; esa arrebatada, ardorosa, iluminada y falta de todo juicio... ¡Enorme alumbrada es! Y si alguien no la detiene, acabará enredando en sus enloquecimientos y alucinaciones a media Castilla. ¡Porque no es más que una Magdalena de la Cruz rediviva!

—Me dejas de piedra...


## 8. EL MEMORIAL DE FRAY ALONSO DE LA FUENTE


Al oír tales afirmaciones, proferidas con tanta seguridad a pesar de ser tan graves, a fray Tomás solo le cabe ya concluir con la duda siguiente: o fray Alonso es el trastornado o realmente posee pruebas del todo determinantes para avalar sus acusaciones. Por lo tanto, el inquisidor subalterno se ve en la obligación de preguntarle:

—¿Y qué argumentos posees para sustentar tu tesis?

—Mi memorial —responde él, llevándose la mano al pecho—. Durante meses he estado reuniendo informes que el Santo Oficio deberá tener en consideración tarde o temprano para decidirse a poner remedio a esta peste.

—Hermano, ¿me dejarías leerlo? —le ruega fray Tomás con cautela y humildad.

Pero él guarda silencio receloso, mientras le mira sombríamente.

—No me aprovecharé de tus investigaciones —le asegura fray Tomás, observando su desconfianza—. Si te pido el memorial, es porque necesito saber más para proseguir mis pesquisas sobre Teresa de Jesús.

Él contesta con el ceño fruncido:

—¿Y te parece poco provecho? De manera que llevo meses con esto sin que me reciban en la Suprema y ahora te beneficias tú... ¿Piensas que me chupo el dedo? ¡Solo le daré el memorial al inquisidor apostólico general en persona!

Ante esta negativa y viendo su determinación, decide fray Tomás atajarle por otro camino.

—Don Diego de Espinosa está gravemente enfermo y ya no se mueve de su residencia de Sigüenza. No juzga sino en los casos extremos que tenía entre manos antes de enfermar. No te recibirá pues, por muy grave que sea lo que se plantea en tu memorial. Siento desilusionarte, hermano, pero debo decirte la verdad: en la Suprema se amontonan los legajos; son muchos los que pretenden hacerse un lugar en el Santo Oficio, planteando esto o aquello, aventurando acusaciones para convencer al Consejo de que han descubierto el súmmum de la herejía o al mismísimo Satanás en carne de hereje... ¡Memoriales llegan a manta! Y la cosa va lenta en el tribunal...

Fray Alonso, incómodo, refunfuña:

—¡Lo mío es otro cantar! ¡Yo solo quiero servir a la Santa Madre Iglesia!

—¡Ah, eso mismo dicen todos...!

La cara rolliza del fraile pasa entonces de la irritación al desconcierto. Y fray Tomás aprovecha para sugerirle:

—Aunque... bien es cierto, hermano, que yo podría ayudarte en esto... Yo podría darle el memorial a mi superior, don Rodrigo de Castro, y él lo haría llegar al Consejo de la Suprema por un camino más directo...

Fray Alonso permanece en silencio un rato, meditando su decisión. Y de repente, con el rostro iluminado, responde:

—¡Sea! ¡Confío totalmente en ti, hermano! Te daré mi memorial y te permitiré que lo leas. ¡Todo sea por el bien de la fe! ¡Tú y yo nos cubriremos de gloria al sacar a la luz las fechorías de los alumbrados! No me importa compartir contigo el fruto de mis trabajos con tal de que triunfe la verdad. ¡Lucharemos juntos en esto!

## 9. RESUMEN QUE HACE FRAY TOMÁS PARA SU PROPIO PROVECHO DEL VASTO MEMORIAL DE FRAY ALONSO DE LA FUENTE

Tras largas horas de lectura, de estudio, de análisis concienzudo, fray Tomás decide extractar el fatigosísimo legajo que le entrega fray Alonso y escribe en su cuaderno de notas:

Este mamotreto de fray Alonso de la Fuente trata de lo que resulta de la vida y errores de los alumbrados, que se han descubierto con mucha diligencia en diversas almas; advirtiendo de antemano que lo que va recogido en escrito está tan oscuro, tan confuso y esparcido en la gente de esta secta investigada que, para distinguir un solo error, es menester sudar gotas de sangre por ser invención harto artificiosa de herejes ocultos, habilísimos para encubrir y solapar las herejías y maldades que tienen en el alma.

Manifiestamente se entiende que la mayor parte de los errores de esta secta están escondidos, porque los discípulos más allegados y que están al corriente del misterio, generalmente se cierran y no dicen palabras al Santo Oficio.

Ahora el memorial hace relación de los principales errores de la secta, cuales son a juicio de fray Alonso de la Fuente:

1. Que son grandes hechiceros y magos y tienen pacto con el demonio, del cual se aprovechan para muchos fines. En primer lugar, con esta excusa, rinden para sí a las mujeres y hombres y se adueñan de sus almas. En segundo lugar, que con dicho ardid seducen a muchas personas ignorantes, que empiezan a creerse que poseen al Espíritu Santo y manifiestan tener revelaciones y visiones. En tercer lugar y principalmente, que utilizan estos trucos para conseguir a las mujeres y aprovecharse de sus cuerpos, para cuyo efecto les ayuda el demonio grandemente, el cual viene a las mujeres y las enciende terriblemente en deseo carnal, con tan gran opresión que las hace buscar a sus maestros para pedir la medicina que calme sus tentaciones, porque ninguna otra persona puede remediarla. Y estos falsos maestros las consuelan, dándoles a entender que no es pecado solazarse y fornicar, porque haciendo aquellas cosas con necesidad espiritual no es ofensa de Dios... Y así prosiguen con otra sarta de insinuaciones propias de la más audaz narrativa pornográfica, acentuada por concurrir el celibato de los maestros y su particular trato con las beatas.

2. Que también el demonio interviene en las obras carnales y viene a las alumbradas y tiene partes con
ellas; y que dichas alumbradas califican aquello por
tentación de justos; y que los perniciosos alumbrados tenidos por maestros, entrándose en aposentos
secretos para hacer exorcismos contra los dichos demonios, tienen partes con las dichas alumbradas...
Es decir, que hacen ver que fornicando entre ellos
el demonio se va.

3. Que viene el demonio en figura de Cristo y acome-
te lascivamente a las mujeres y, llegándose a ellas
amorosamente, tiene acceso carnal, con circunstancias tan feas, tan abominables, que no se deben co-
mentar por no ofender a Jesucristo...

4. Que realmente toman por suyas a las alumbradas
con quienes se tratan, apartando a las doncellas de
sus padres y a las casadas de sus maridos...

5. Que enseñan y practican que la gracia viene al alma
con señales, confundiendo el sentimiento divino
con movimientos sensibles...

Y prosigue luego fray Alonso describiendo otras desviaciones gravísimas, promovidas, según él, por algunos
de los hombres y mujeres tenidos por santos y maestros
de oración: Teresa de Jesús, Juan de Ávila, el doctor Carleval de Úbeda, etc. Y, especialmente, por los jesuitas, cuales son: Ignacio de Loyola y Francisco de Borja. Que han
extendido esta suerte de errores que a continuación se enu-
meran:

1. Que en esta vida puede ser uno bienaventurado y
puede llegar a ser impecable, perfecto y santo; y que
los perfectos no tienen que hacer obras virtuosas.

2. Que las personas de la secta dicen que Dios mismo las gobierna inmediatamente, y que, por lo tanto, no hay que obedecer a hombre ni a prelado, sino solo a Dios, desobedeciendo a cualquier autoridad eclesiástica, incluido al Santo Padre.

3. Que dudan de muchos de los contenidos teológicos y dogmas de la Iglesia.

4. Que opinan mal del matrimonio, sobre cuyos compromisos sostienen fuertes dudas.

5. Que la perfección se consigue solo con la oración, independientemente de cualquier otro comportamiento u obra.

6. Que en la tribulación grande, en los momentos difíciles, interviene la revelación divina.

7. Que es más valiosa la oración mental que la oral, considerando inútil a esta última y sacramento a la primera.

8. Que la verdadera confesión es la general.

# LIBRO VI

*En que, cabalgando de camino a Toledo, el caballero*
*de Alcántara le cuenta a fray Tomás muchas*
*peripecias de su vida en cautiverio y cómo, una vez*
*ganada su libertad, él mismo tuvo que sufrir*
*en propia carne la terquedad del Santo Oficio;*
*a pesar de lo cual, ahora es familiar*
*de la Santa Inquisición, aunque por pura*
*obligación y sin demasiado ardor*
*ni convencimiento.*

## 1. EN TOLEDO SE RECIBE MANDATO DE INICIAR LAS PRIMERAS DILIGENCIAS SECRETAS EN LA SANTA INQUISICIÓN

El día 23 de agosto de 1572 llega un correo extraordinario ante el gobernador de Toledo, don Sancho Bustos, y le entrega un despacho de la Suprema y General Inquisición, que viene cerrado, lacrado y sobrescrito con la advertencia de ser entregado al destinatario en persona. Cuando este lo abre en privado, se encuentra con el sello y la firma del inquisidor don Rodrigo de Castro, rematando un escrito conciso, en el que le ruega que reciba en su casa a su ayudante fray Tomás y al caballero de Alcántara que le acompañará, y que les facilite la misión que llevan de hacer todas las posibles y oportunas averiguaciones sobre la persona y el asunto que ellos mismos le dirán. No se dan más explicaciones; pero el gobernador no las necesita: sabe bien de qué persona se trata y el asunto que se ha de investigar; como también que deberá ser en extremo discreto a la hora de cumplir lo que su amigo el inquisidor le pide, por tratarse de algo secreto, reservado exclusivamente a las competencias de la Suprema. Así que, sin demora, guarda bajo llave la misiva. Después llama a su presencia al mayordomo y le ordena:

—Ten preparados dos aposentos para alojar a dos invitados.

—¿Cuándo hemos de recibirlos, excelencia?

—No lo sé. De momento, tú haz lo que te digo. Pero antes, encárgate de que me esté esperando en la puerta la litera, pues tengo que ir a hacer una visita inmediatamente a alguien en la ciudad.

Un rato después, del palacio del gobernador sale la litera, entoldada, herméticamente cerrada, precedida por dos pajes y escoltada por cuatro guardias con alabardas y capacetes, dobla en la puerta hacia la derecha y parte calle arriba. Debe discurrir por una plazoleta atestada de gente, ante una iglesia y luego atravesar un concurrido mercado, donde los pajes tienen que gritar a voz en cuello pidiendo paso. No es mucha la distancia que han de recorrer y muy pronto llegan a otra plazuela, menor que la anterior, donde se detienen delante de un caserón sobrio, construido con piedra y ladrillos. Allí el gobernador se apea de la litera, empapado en sudor, y les ordena a sus sirvientes:

—¡Idos! No quiero que me esperéis aquí, en la puerta. Dentro de un par de horas venid a recogerme.

Y una vez que la litera se ha marchado, hace sonar con fuerza el llamador del portón. Don Sancho está alterado, impaciente. Pasado un instante, vuelve a llamar con mayor ímpetu. Se siente incómodo esperando solo en la calle, expuesto a las miradas de la gente y teniendo que soportar el ardiente sol que le baña desde una calleja abierta al mediodía... Y cuando al fin le abren, le grita al portero:

—¡Por el amor de Dios, me estaba abrasando!

El portero no dice nada, se inclina con respeto y le franquea el paso. Entra él impetuoso, secándose con el pañuelo el sudor de la frente y el cuello, y preguntando a voces:

—¿Está en casa su señoría? ¡Hacedle saber que estoy aquí! ¡Vamos, avisadle de que tengo prisa!

El motivo de esta urgencia, de estos nervios, tiene mucho que ver con el despacho de la Suprema Inquisición que acaba de recibir esa misma mañana: porque en aquel caserón vive don Antonio Matos de Noronha, inquisidor de Toledo, a quien corresponde por su categoría y oficio disponer cuanto sea necesario para que se hagan esas «posibles y oportunas averiguaciones sobre la persona y el asunto» de que se trata en la misiva; y el gobernador, hombre de suyo excitable y de exacerbado temperamento, se siente impulsado a dar inicio lo antes posible al mandato recibido. Y por eso aguarda en el patio central, caminando de un lado a otro con sonoros pasos; la barriga ostensible, las manos a la espalda, el ceño fruncido y una expresión un tanto irritada, hasta que aparece ante él aquel a quien busca con tanta exigencia: que es un clérigo delgado, taciturno y de aire ceremonioso, que le saluda con afecto y marcado acento portugués:

—¡Ben vindo, don Sancho! ¿Vossa excelencia por aquí? ¿Tan temprano? ¿Qué se os ofrece?

—¡Ah, don Antonio! —responde él efusivamente—. ¡Menos mal que os hallo en casa! ¡Vamos a un sitio reservado! He de tratar con vuestra señoría un asunto importante...

Don Antonio Matos de Noronha no se impresiona; conoce muy bien el carácter del gobernador y sabe que, ante él, es mejor comportarse de manera calmada para no causarle mayor alteración. Además, el portugués es hombre de arrestos, imperturbable, acostumbrado a los litigios y los problemas de hondura; seguramente por su recia formación como jurista, en Coimbra primero y más tarde en Salamanca, donde residió en el colegio de San Bartolomé y se licenció en Cánones, siendo compañero tanto de don Sancho como de don Rodrigo de Castro; por lo que hace tiempo que es buen amigo y colaborador de ambos en los menesteres inquisitoriales; y, como ellos, está siempre pendiente de hacer méritos; de lo que pueda mandar el inquisidor general, para cumplirlo sin dilación.

—Vossa excelencia me dirá de qué se trata —dice, mientras hace un gesto con la mano al gobernador para indicarle que pase al gabinete privado donde suele despachar los asuntos propios del Santo Oficio.

Entran en un camarín pequeño, atestado de estantes, vitrinas y armarios. Por todas partes hay legajos, montones de papeles y fajos de cartas. Se sientan junto al escritorio y, sin más dilación, don Sancho dice con visible excitación:

—Ha caído en nuestras manos un caso de altura, ¡una bicoca!, una breva madura a punto de caer de la higuera, que puede reportarnos a Castro, a ti y a mí inconmensurables beneficios... Escúchame bien, Matos; ¡justo lo que estábamos necesitando!

El portugués escucha imperturbable, con los ojos bien abiertos, oscuros, perfilados e inquietantes; pero, de repente, extiende la mano larga, fría, y la coloca en el antebrazo de su camarada, como frenando su ímpetu, y le dice en un susurro:

—No alces la voz, te lo ruego; no sería prudente que... En fin, no me fío del todo de la gente que me sirve en esta casa, ya lo sabes.

—Bien, bien —contesta el gobernador, haciendo un gran esfuerzo para moderar el entusiasmo y el tono de sus palabras—. Presta mucha atención a lo que voy a decirte. Ya sabes la gran preocupación que hay en la Suprema a causa de los alumbrados; pues bien, el inquisidor general quiere que hagamos una gran caza. ¿Me oyes bien, amigo Matos? ¡Una gran caza de alumbrados!

—¡Chist! Te oigo perfectamente, no grites, por favor; que no es prudente que...

—¡Oh! Claro, claro, perdóname... Es que resulta que la cosa es muy importante y, ya te digo: puede ser nuestra definitiva oportunidad para demostrar nuestra fidelidad, nuestra abnegación, nuestra entereza, nuestra absoluta entrega al sagrado e inestimable deber del Santo Oficio...

Y de esta manera, con profusión de porqués, con ponderaciones y pábulos, el gobernador va sustentando su empeño en que el flemático inquisidor portugués participe de su exaltación y considere la ineludible, extrema e inminente necesidad de ponerse manos a la obra, desde aquel mismo momento, para cumplir al pie de la letra el mandato del inquisidor general. Y don Antonio Matos, que no es precisamente un hombre despreocupado de sus obligaciones, aunque no manifieste entusiasmo alguno, pone exquisita atención, como lo que es: un servidor de la Inquisición disciplinado, en extremo ordenado en sus cosas, cumplidor y meticuloso en los menesteres inquisitoriales: alegaciones, informes, calificaciones, memoriales y demás trabajos del Santo Oficio. Virtudes estas adquiridas desde su temprana formación en Santarém, donde se crio, y que son las que le han proporcionado el alto puesto que ostenta; a más de la recomendación de su primo don Ruy Gómez de Silva, príncipe de Éboli, que, como sabemos, es amigo del cardenal Espinosa, inquisidor general, ante quien intercedió; motivo más que suficiente para pensar que el portugués iba a tomarse muy en serio todo lo que su amigo el gobernador le refería: que en el despacho recibido en su palacio esa misma mañana, con los sellos de la Suprema, se ordenaba, literalmente, «hacer todas las posibles y oportunas averiguaciones sobre las personas y el asunto» que los ayudantes del inquisidor don Rodrigo de Castro dirán en su momento.

—¿Y dónde están esos ayudantes? —pregunta circunspecto don Antonio Matos.

—Todavía no han llegado a Toledo —responde don Sancho—. Pero deben de andar de camino... Estarán al caer...

El portugués se queda pensativo un instante y luego murmura:

—Un caso de alumbrados...

—Eso es: ¡alumbrados! —exclama el gobernador, dando una palmada—. ¡Alumbrados! ¡Lo que más preocupa al cardenal Espinosa últimamente! ¡Lo que más preocupa al rey!

—¡Chist!

—¡Pero bueno! —protesta el gobernador, removiéndose malhumorado en la silla—. ¿Se puede saber a quién temes? ¿Cómo puede estarse uno en su propia casa con estas cautelas?

—Me intranquiliza que en Toledo puedan saberse los asuntos que tengo entre manos... Toledo es una ciudad difícil, compleja, demasiado diversa... Es difícil guardar secretos en Toledo; eso tú has de saberlo mejor que nadie...

—Sí, sí, sí... Pero estamos en tu propia casa; en la residencia del inquisidor de la ciudad...

—Eso da igual. Ningún sitio es seguro; ni esta casa, ni tan siquiera los confesionarios de la catedral...

—Bueno, los confesionarios de la catedral... ya sabemos lo que son...

Se miran, compartiendo la suspicacia. No necesitan decir nada más, porque ambos son igualmente enemigos del cabildo de la catedral y, especialmente, de su presidente; el deán don Diego de Castilla, que mantiene una latente y perpetua enemistad con los inquisidores, por su dudosa sangre, y porque la sospecha de sus orígenes judíos —como ya se refirió— le impide prosperar en la carrera eclesiástica, aunque descienda de reyes y obispos.

Después de un largo silencio, en el que estos pensamientos rondan por las cabezas del gobernador y el inquisidor, este último dice en un susurro, con aire misterioso:

—En todo esto que me has dicho, cabe suponer que esa persona y ese asunto sobre el que hay que hacer averiguaciones son cosa seria... A buen seguro ha de tratarse de alguien de mucha enjundia...

—¡Pues claro! ¿No te digo yo? ¡Y ha de reportarnos grandes beneficios! ¡Esto va a ser caza mayor!

—¿Y tú no sospechas de quién puede tratarse? ¿Castro no te ha dicho nada?

El gobernador sonríe. Quisiera decirlo, pero se debe al secreto y, por eso, responde:

—Te ruego que no me tires de la lengua. Esperemos a esos ayudantes, que es lo que ahora procede. Ellos nos dirán de qué se trata... Aunque yo tengo mis propias suposiciones; las cuales, como comprenderás, he de guardármelas por fidelidad a las leyes del secreto.

## 2. LOS COMISARIOS VAN DE CAMINO Y CONVERSAN SOBRE LO QUE TIENEN QUE HACER EN TOLEDO

El 26 de agosto de aquel año de 1572, fray Tomás y don Luis María de Monroy van a media mañana a lomos de sus caballos, atravesando unos páramos baldíos que se extienden entre Ocaña y Toledo. Una jornada larga de camino suele emplearse. Como hace calor, partieron de madrugada, antes de que amaneciera. Cabalgan despacio, soportando el aire ardiente que sopla de frente. La marcha se hace dura porque el sol es implacable, a pesar de estar envuelto en un velo caliginoso. Pero ellos no parecen reparar en la incomodidad de ir bajo aquella calina y fatigados, después de cinco largas horas de camino. Por el contrario, conversan animadamente. Ya han tenido tiempo suficiente, desde que comparten oficio y viajes, para irse conociendo mejor; y empieza a surgir entre ellos una amistad franca que hace más fáciles las cosas. Aprovechando la soledad de aquellos parajes, en los que nadie puede oír lo que hablan, Monroy es aleccionado por el fraile sobre los pormenores del trabajo que tienen que realizar en Toledo.

—Hay que seguir las instrucciones que me ha dado don Rodrigo de Castro —le va diciendo—, debemos ir primeramente a la residencia del gobernador eclesiástico, donde permaneceremos alojados durante el tiempo que dure nuestra estancia en Toledo. Supongo que será el propio gobernador quien nos dirá luego por dónde se debe empezar; es decir, quiénes son las personas a las que debemos interrogar y el lugar en que habremos de encontrarnos con ellas...

—A ver, para que yo me entere bien —observa Monroy—: se trata de dar con esa monja, Teresa de Jesús, por si fuera hereje. ¿O no?

—Bueno, no exactamente. Cierto es que toda nuestra investigación ha de hacerse en torno a la monja; mas no debemos vernos con ella directamente, sino con aquellos con quienes trató en Toledo, para sonsacarles y averiguar sus intenciones, lo que hizo, lo que habló, lo que escribió Teresa...

—Comprendo. Se trata de indagar para saber si hay indicios de herejía en el convento que fundó en Toledo.

—Tampoco es eso exactamente...

—¿Entonces?

Fray Tomás se queda pensativo un instante y luego responde:

—A ver cómo te explico yo la cosa para que lo entiendas, porque no es fácil... En primer lugar, debes saber que la monja Teresa de Jesús no es sospechosa de herejía, sino de alumbradismo.

—¿Y no es lo mismo?

—No, no es lo mismo. El hereje, como bien sabes, es aquel que profesa una herejía; es decir, quien cuestiona o niega los principios o dogmas de fe de nuestra Iglesia Católica, Apostólica y Romana. Como es el caso de Lutero, que se manifiesta contrario a determinadas verdades de la Iglesia; y, asimismo, son herejes todos sus seguidores y quienes simpatizan con su doctrina errónea. En cambio, los alumbrados son hombres y mujeres que, no negando ni oponiéndose abiertamente a ningún dogma ni verdad, se desvían del camino recto por otras vías: diciendo, por ejemplo, que les basta orar para salvarse; que Dios está con ellos y que les habla y los guía directamente, sin que tengan ellos necesidad de maestros, ni sacerdotes, ni jerarquía alguna... En fin, sobre todo, los alumbrados son aquellos que se tienen por santos y se presentan como tales ante la gente, con engaños, fingimientos, contando mentiras de falsas visiones, predicciones, sueños... El alumbradismo, en suma, es la falsa santidad; exhibida con ánimo de lucro o con fines torcidos: para obtener dádivas, limosnas y beneficios; o para dominar a las personas, servirse de ellas e incluso llegar a abusar de ellas... Muchos son alumbrados con la única mira de fornicar fácilmente...

—He comprendido —dice Monroy—. Lo que nos han encargado, pues, es investigar a esa monja para hallar indicios de alumbradismo: para saber si es una mujer recta o virtuosa; o si, por el contrario, es una aprovechada que se finge santa.

—¡Exacto! Teresa de Jesús es monja carmelita, que se ha empeñado en fundar conventos a su manera, según sus criterios e ideas particulares. Se presenta por ahí como una reformadora y va ganándose adeptos en todas partes: gente de todo tipo y condición; grandes, nobles, obispos, doctores, simples sacerdotes, frailes, monjas, comerciantes, artesanos... Su fama crece, porque ella no se está quieta; sino que anda siempre en movimiento, de acá para allá, recorriendo ciudades, reuniendo donativos, cosechando amistades... Todo eso preocupa mucho al Santo Oficio, porque ya se han dado demasiados casos de hombres y mujeres, considerados en principio rectos y virtuosos, pero que obraban de semejante manera; resultando luego que eran alumbrados y alumbradas que no buscaban otra cosa que fama, beneficios, espurias ganancias, afectos malsanos y hasta amoríos.

El caballero de Alcántara lanza a su compañero una mirada larga y luego, con visible desagrado, comenta:

—¡Qué hipocresía! Servirse de la religión para eso...

—En efecto —asiente fray Tomás—. La duplicidad, la simulación, la falsedad...; todo eso es aborrecible, pero especialmente en materia de piedad y de fe. Es una lástima, una verdadera pena que se dé con tanta frecuencia...

Cabalgan en silencio durante un rato, meditabundos, hasta que Monroy acaba preguntándole a fray Tomás:

—¿Y tú crees que esa monja...? En fin, me gustaría saber qué piensas... ¿Crees que es una alumbrada?

Fray Tomás piensa su respuesta y luego dice:

—Para ser completamente sincero contigo, debo contestar a esa pregunta con otra: ¿para qué estamos tú y yo en esto, hermano? ¿Por qué nos envían a Toledo? Porque de Teresa de Jesús se cuentan muchas cosas y, para mayor confusión nuestra, muy diversas y aun contrarias: unos dicen que es una santa, una reformadora de verdad, una mujer que busca la autenticidad de la fe y el bien de la Iglesia; pero otros, en cambio, opinan que es una alumbrada, con todo lo que eso significa... Hasta el momento, me resulta por ello harto difícil hacerme un juicio cabal sobre su persona; aunque te digo, con toda franqueza, que hay indicios en ella que no me gustan nada y que, por el momento, me huelen, efectivamente, a alumbradismo... Pero, a fin de cuentas, a mí no me corresponderá juzgar ni emitir sentencia alguna. La misión que me ha encomendado nuestro superior consiste únicamente en investigar, reunir testimonios y hallar pruebas si las hay de acciones torcidas, juicios errados, astucia, doblez... Ni siquiera me corresponderá calificar esas acciones en el proceso, si es que lo hubiera finalmente; para eso están los calificadores del tribunal. Nosotros somos simples comisarios que deben reunir las pruebas.

Monroy se queda pensativo y medita sobre todo lo que su compañero le ha dicho. Y al instante murmura:

—Me siento tan conmovido y tan cómodo con la confianza con que me honras... Y me tranquiliza mucho ver que eres un hombre justo, que no quisieras hacer daño a nadie... En fin, que no vas a la caza de esa mujer, como perro de presa...

—¿Por qué dices eso, hermano? —le pregunta extrañado fray Tomás—. ¿Por qué iba yo a querer causarle un mal a alguien?

Los ojos claros del caballero, con un destello de emoción, se pierden en el horizonte.

—No sé... —dice—. Será porque los inquisidores me escaman...; porque no puedo evitar hacia ellos como un reconcomio, como una cierta desconfianza...

—Pero... ¡hombre de Dios! —exclama el fraile—. ¿A qué viene eso ahora? ¿Y eso lo dices tú, precisamente? ¿Un familiar del Santo Oficio? ¡Acabáramos!

—Hermano —responde el caballero—, ¿he dicho algo inconveniente? Creí que nos estábamos sincerando...

—Ah, sí, perdóname... —se apresura a contestar fray Tomás, desplegando una sonrisa conciliadora—. No he querido asustarte... Simplemente, me ha extrañado mucho eso que has dicho: que recelas de la Santa Inquisición. Me parece que... siendo tú familiar del Santo Oficio...

—Tengo mis motivos —observa con aprensión Monroy—. Ya te dije que tuve mis propios problemas con los inquisidores... Si quieres, te lo cuento ahora.

—Claro, hermano, ya sabes que me encanta que me cuentes tus aventuras.


### 3.  EL CABALLERO DE ALCÁNTARA CUENTA SU PROPIA PERIPECIA CON EL SANTO OFICIO


—Recordarás que te referí que, cuando al fin pude escapar de Estambul, después de mi cautiverio bajo el poder de los turcos, sufrí otro nuevo y aún más triste cautiverio, pero esta vez en manos de cristianos. Navegaba con destino a Sicilia en un barco griego y resultó que los marineros, fementidamente, me entregaron a los soldados en el puerto de Cefalonia, que era territorio veneciano, acusándome ante ellos de haber profesado la fe musulmana. Traté de explicarle al capitán que no era un renegado, pero ni siquiera quiso escucharme. Me decía, medio en español medio en italiano, que mis ropas eran turcas, y constantemente me insultaba llamándome «moro del demonio», «traidor» y «apóstata». Por más que les contestaba que venía de Constantinopla y que mi atuendo era un mero disfraz para pasar desapercibido entre los turcos, ellos se enfurecían más. Echaron mano a mi equipaje y empezaron a revolverlo todo, deshaciendo el hato donde llevaba mis ropas. Hasta que descubrieron un salvoconducto con los sellos del secretario del sultán que había sido mi amo; y entonces uno de los soldados comenzó a dar voces sosteniendo algo en alto.

»—Ecco! Ecco! Ecco!...

»—¡Vamos al juez! —gritó el capitán.

»Me llevaron ante las autoridades del puerto. Un atildado juez ordenó que me desnudaran y se fijó en que estaba circuncidado. Fue esto lo más humillante de todo. Después revisó el sello y sentenció con desdén:

»—Es un renegado.

»Intenté una y otra vez darle razones para convencerle de que era cristiano. No me creía. Todo estaba en mi contra. Me interrogaron. Como no podía decirles la verdad acerca de mi historia, porque no debía revelar a nadie que era un espía, salvo al virrey de Nápoles o al mismísimo rey, dije que tenía que hacer un importante negocio en Nápoles que interesaba mucho a las autoridades españolas. Se rieron de mí a carcajadas. Y el *podestá* veneciano ordenó que me condujeran a la primera galera que fuera a zarpar para territorio español. Al amanecer, me llevaron al taller de un herrero y me pusieron grillos en muñecas y tobillos. De nuevo debía llevar cadenas.

»En la bodega de una galera vieja, junto a montones de pertrechos y rodeado de ratas, sentí cómo levaban anclas y el barco se ponía en movimiento. Pasadas unas horas de navegación, bajó a por mí un rudo comitre y me llevó a empujones al lugar donde remaban los galeotes.

»—¡Aquí nadie viaja gratis! —rugió.

»Hube de hacerme al remo, como un forzado más, entre la chusma blasfema y maloliente que, perdida toda esperanza, se afanaba en la dura boga como pago por sus delitos o cautiva en las muchas batallas de aquellos mares. Más que los latigazos que me llovían encima, me dolía la fatalidad de mi destino. Y solo me consolaba confiar en que las autoridades españolas darían crédito a mi historia. Atravesamos el mar Jónico con cielo azul, pero con viento de otoño muy contrario; por lo que remábamos día y noche a un ritmo extenuante y apenas nos dejaban descansar cuatro horas en cada jornada. La ración de comida era menguada, pobre y de mal aspecto. Aquella situación me llevaba a meditar en el sufrido género de vida de los forzados y me asaltó el pánico al temer que pudiera esperarme un destino de galeote para el resto de mis días. Era eso como el mismísimo infierno en este mundo.

»Bogaba a mi lado en el recio banco un renegado calabrés que parecía un esqueleto, por lo pegada que tenía la piel a los huesos. Cumplía este mísero hombre ya cuatro años en tan duro oficio y se conocía casi todos los puertos del Mediterráneo.

»—A Sicilia vamos —me dijo—. Por la posición del sol y el rumbo que hemos tomado, no me cabe duda; a Sicilia.

»En efecto, cuando vimos al fin tierra, reconocí inmediatamente el puerto y la ciudad de Siracusa, donde hiciera un día escala la armada del mar española en la que iba yo muy joven y resuelto, como tambor del Tercio, para dar batalla al moro en los Gelves. ¡Quién me iba a decir a mí entonces que regresaría un lustro después de tan mala manera!

»Me entregó el capitán de la galera a la justicia militar del puerto. Cuando solté el remo, pareciome la lúgubre prisión un paraíso. Rendidas todas mis fuerzas, me acurruqué en un rincón del mugriento suelo y dormí como un bendito. Pasados tres días sin que se acordaran de mí para otra cosa que no fuera traerme la ración diaria de pan y agua, apareció por allí un oficial que gritó:

»—¡El renegado que dice llamarse Alí en nombre de moro!

»Acudí a la reja a presentarme y, desde ese momento, quise explicar mi circunstancia. Pero el oficial era un mandado que no quería saber nada, sino cumplir con su oficio de traer y llevar presos.

»—¡Al juez es a quien has de dar explicaciones! —me espetó desdeñoso.

»Me condujeron hasta un viejo caserón en cuya sala principal se impartía justicia militar. Allí relaté mi pericia ante un anciano juez que fue la única persona que me escuchó con atención desde que fui hecho preso. Mi esperanza de ser comprendido y creído se reanimó. Tuve que hacer un largo relato de mi vida; mi origen, apellidos y linaje, el Tercio en el que serví, el cautiverio y los pormenores de mi estancia en Constantinopla. Lo malo era que no podía revelar nada de la conjura y la misión que me habían encomendado los espías en Constantinopla, pues la ley que me impusieron cuando hice juramento solo me permitía hablar de la sociedad secreta con los propios conjurados, con el virrey de Nápoles o con el mismísimo rey católico. Así que no podía hacer otra cosa que dar rodeos, inventarme excusas y responder con medias verdades.

»El testigo de cargo era el capitán veneciano de la galera en la que fui a Sicilia. Entregó el documento que me acusaba y expuso ante el juez los pormenores de mi apresamiento en Cefalonia. Me daba cuenta con gran desazón de que todo obraba en mi contra. Hube de mostrar una vez más la vergonzosa prueba de mi circuncisión, y aprecié cómo el juez apretaba los labios y meneaba la cabeza en explícito gesto reprobatorio. Ya me veía yo condenado a galeras de por vida. Así que me hinqué de rodillas y juré tener ocultas y buenas razones que no podía revelar, pero que me exoneraban de la culpa. Esto no hizo sino empeorar la situación, pues fui acusado como perjuro y me condenaron a veinte azotes. Comprobé en propia carne cómo los alguaciles se ensañaban con los renegados. Todo el mundo me miraba con desprecio y me llamaban "sucio moro", "traidor", "apóstata", "hereje" y todos los peores insultos que puedan imaginarse. ¡Tanto era el odio hacia los que se pasaban a la ley turca!

»Llevado de nuevo ante el juez, dictó este su sentencia:

»Vistas las muchas pruebas que concurren en la causa presentada contra don Luis María Monroy de Villalobos, determino que nos hallamos ante un grave delito de apostasía, el cual excede de las competencias de este tribunal militar. Por ello, vengo a ordenar que el acusado sea llevado ante el sagrado tribunal del Santo Oficio de Palermo, para que en él se le juzgue como mejor convenga al servicio de Dios Nuestro Señor, y en defensa de su santa fe y para bien y salvación del alma del susodicho.

»Comparecí ante los señores inquisidores de Palermo. Pero ellos tampoco creyeron ni una palabra de mi historia. Solo les interesaba de mi persona que era cristiano, hijo y nieto de cristianos; que me había dejado circuncidar, apostatando con ello de la fe de la Iglesia. Lo cual era gravísimo pecado y delito digno de severo castigo. Por más que aseguraba yo haber guardado fidelidad a mi religión en el fuero interno y no haber dejado de observar las oraciones, insistían ellos en que me había movido a cobardía grande y a renegar del bautismo por temor a los turcos, para llevar entre ellos una buena vida, renunciando al testimonio obligado de buen cristiano. Y como yo jurara ante el crucifijo tener secretas razones para haber obrado con fingimiento, se escandalizaron más todavía. Entonces quisieron saber si había practicado en Turquía las ceremonias del Islam: la *zalá* del viernes, el ayuno del Ramadán y los baños y abluciones propias del *guadoc*; si sabía recitar la *bizmillah* y el *alhamdu lillah*, antes y después de comer. No tuve más remedio que reconocer que cumplía allí con estas obligaciones de musulmán, aunque insistí en que lo hacía de manera fingida y sin convencimiento.

»El señor inquisidor general de Palermo era un fraile de la Orden de Santo Domingo, alto, huesudo y de poblado ceño grisáceo. Me miraba con ojos aparentemente comprensivos, pero no cejaba en su empeño de saber a ciencia cierta cuáles eran mis ocultas razones; lo que él llamaba "la intención".

»—Si tienes secretos motivos debes decirlos, pues no sirve alegar nada que no pueda conocer el tribunal del Santo Oficio —me instaba una y otra vez.

»Yo me defendía aduciendo siempre lo mismo:

»—Son razones de conciencia. Vuestra reverencia comprenderá que no puedo comprometer a otras personas cristianas y de buena fe.

»—¡Eso dicen todos! —replicaba el procurador fiscal—. No hay mes que no comparezca ante este santo tribunal algún renegado que asegure haberse movido a apostatar solo de boca, conservando la fe cristiana en el corazón. ¡No hay fe sin obras! ¡De lo que rebosa el corazón habla la boca!

»Concluyeron las tres primeras audiencias sin que lograran los señores inquisidores sacarme nada más de lo que ya les había repetido yo a unos y a otros. Como no encontraron otro testigo de cargo que el de mi apresamiento, ni pruebas que sirvieran para refutar lo que juraba yo una y otra vez, resolvió el juez principal que se me bajara al sótano de la prisión del Santo Oficio donde estaba la cámara de tormento.

»Era ya la última hora de la mañana y tenía que interrogar el tribunal a otro renegado que, como yo, tenía alegado en una causa precedente haber apostatado solo de palabra. Comprendí que buscaban atemorizarme al ver de cerca el tormento. Allí estaban presentes en el interrogatorio el inquisidor general, los dos inquisidores, el procurador fiscal, el notario, el médico del Santo Oficio y los alguaciles.

»Comenzó el suplicio del renegado, que era un arráez turco de nombre Mahmún, apresado en las aguas del mar Tirreno cuando se dedicaba al corso. Decía este hombre que nunca había sido musulmán, sino que se consideraba cristiano y muy fiel al nombre que le pusieron en el bautismo, que era el de Julián de Cerdeña, aunque había fingido el cambio de ley. Le colgaron en el tormento de la garrucha, que consiste en levantar al atormentado con una polea atado por las muñecas hasta cierta altura y luego se suelta bruscamente la manivela para que sufra violentas sacudidas que tiran de los músculos, nervios y huesos con gran dolor. Amonestaron al renegado para que dijese la verdad y contestó él que ya la había dicho. Entonces procedieron los torturadores a poner en funcionamiento el artilugio, que crujió y estiró el cuerpo de aquel desgraciado hasta hacerle gritar:

»—¡Ay, ay, ay...! ¡Santa María, vela por mí! ¡Santiago de Galicia, ayudadme! ¡Ah! ¡He dicho la verdad... solo la verdad! ¡Dejadme, por caridad!...

»Se le ponían a uno los pelos de punta escuchando tales alaridos y viendo el espanto de aquel cruel tormento.

»—¡Di la verdad, por la fe de Cristo! —requería el inquisidor—. ¿Creías en la única fe verdadera o eras musulmán de convencimiento?

»—Credo, credo, credo... —repetía el atormentado—. Credo en el único Deo, e in María Santísima e in il nostro Siñore Jesucristo... ¡Ah, tengan caridad! ¡Ah, qué tormento es este! ¡Suéltenme vuestras caridades!...

»Proseguía el suplicio y el arráez rogaba a voz en grito el perdón, sin declarar nada que pudiera comprometerle.

»—¡Di verdad!

»—¡Ay, ay, misericordia, ay!

»—¡Di verdad!

»—¡En el nombre de Jesús crucifixo, soltadme! ¡Misericordia!

»—¡Di verdad!

»—Credo, credo, credo... ¡Ay! ¡Madona mía, ayudadme!

»—¡Di verdad!

»Dieron varios golpes con un palo en las cuerdas y el rostro de aquel hombre se desfiguró en una horrible mueca de dolor. Pensaba yo que aquello era una crueldad injusta y que el renegado no mentía. Pero, cuando dieron una nueva vuelta a la manivela, el atormentado empezó a confesar todas sus culpas: había apostatado y se había hecho vasallo del bajá de Trípoli; tomó parte en muchas razias hechas en costas españolas, para capturar cristianos como esclavos y venderlos a los turcos; tenía tres mujeres y numerosas concubinas; había ido en corso durante diez años por los mares, robando, matando, esclavizando, violando... Tenía el alma negra como carbón, según dijo él mismo. Pidió perdón y caridad y se comprometió a reparar cuanto estuviese en su mano de las mil tropelías hechas.

»Levantaron de esta confesión acta los escribientes ante el notario y los señores inquisidores. Salieron todos de allí y se llevaron al arráez confeso muy maltrecho para sentenciar el castigo.

»Quedeme yo muy compungido y atemorizado, temiendo lo que me esperaba al día siguiente. Oré esa noche en la mazmorra a todos los santos. Sudaba y tiritaba, presa del pánico. No veía salida para mi angustioso trance. Se me pintaban todos los horrores: el tormento, la condena a galeras y el mismísimo fuego en la hoguera.

»Soporté tres días de tormento con la paciencia que Dios me concedió, ofreciendo mis padecimientos como penitencia por los muchos pecados que había cometido. Al cuarto día estaba extenuado y a punto de volverme loco. Los inquisidores siempre me preguntaban lo mismo: si era cristiano de corazón, aunque hubiera apostatado de boca; qué ceremonias había practicado de la secta mahomética; qué cosas sabía de Mahoma, de sus prédicas y del Corán; si había guardado los ayunos del Ramadán; si hacía las abluciones del *guadoc* y las invocaciones y oraciones propias de musulmanes. No podía decirles más del relato de mi vida de lo que ya les había contado. Detectaban ellos vacíos y verdades a medias en mis respuestas y comenzaron a sospechar que fuera un renegado de mucha importancia en la corte del Gran Turco. Veía que mi situación empeoraba. Ahora me preguntaban acerca de cosas de las que ni siquiera había oído hablar en los cinco años que pasé entre turcos.

»A partir del quinto día decretaron que se me diera suplicio en el potro, pues les parecía poco el tormento de la garrucha. Me ataron al cruel instrumento y mandaron dar vueltas al garrote de manera que se hundían las cuerdas en mis carnes, en brazos y pantorrillas, arrancándome dolores espantosos.

»—Di verdad —me amonestaban—. ¿Navegaste en corso? ¿Participaste en razias para esclavizar cristianos? ¿Creías en la fe de Mahoma? ¿Creías que esa era la salvación eterna? ¡Di verdad!

»—No, no, no... —respondía yo una y otra vez—. Ya he dicho todo lo que hice, excepto lo que no puedo revelar.

»—¡Dilo todo! No puede haber omisiones. Has de confesar toda la verdad.

»—Yo era músico, yo era músico... Nunca apostaté en el corazón... —repetía yo.

»—¡Otra vuelta al garrote!

»Me parecía que se me desgarraría el cuerpo en pedazos. Entre tanto dolor y los espasmos que me sacudían, contestaba:

»—¡Nunca fui musulmán de convencimiento! ¡Lo juro por Dios Altísimo! ¡Por Santa María!...

»—Di verdad y habrá compasión para ti. Confiesa todo lo que ocultas. ¡Otra vuelta de garrote!

»—¡Ay, ya lo he dicho! Cantaba y recitaba poemas para salvar la vida entre los turcos. ¿Qué otra cosa podía hacer? ¡Escriban vuestras señorías al virrey de Nápoles! —suplicaba—. ¡Por caridad! ¡Escríbanle y denle mi nombre, señorías, que él les dirá! ¡Yo no puedo hablar!

»—¡Mientes! ¡Di verdad!

»—Escriban, señorías... ¡Escriban al virrey de Nápoles!

»—¿Por qué razón llevabas contigo un documento con el sello del sultán?

»—Lo robé para poder escapar de Constantinopla. ¡Lo he dicho mil veces!

»Todas mis explicaciones resultaban inútiles. No me creían. Eran tantos los renegados que comparecían ante el Santo Oficio y tan semejantes sus historias, que los inquisidores buscaban siempre una confesión de los motivos de apostasía, las intenciones más íntimas de los acusados y la medida de su conversión. Ninguna otra razón les interesaba.

»Durante los días que me dejaban en paz oraba a todas horas. Encomendeme a la Virgen de Guadalupe con muchas lágrimas y dolor de corazón. "¡Señora —rezaba—, ved qué padecimientos sufro por haber sido fiel a vuestro Hijo en el fondo de mi alma. Compadeceos de mí, mísero pecador! ¡Haced un milagro!" Llegué a pensar que todo aquel trance era a consecuencia y como castigo por haberme dejado circuncidar.

»Y en el colmo de mi angustia, me atormentaba también la idea de que se perdería la oportunidad de que llegara a oídos del rey católico la información que tenía guardada en mi memoria. Me parecía todo un encadenamiento de infortunios.

»Comparecí de nuevo ante el tribunal.

»—Señorías —dije—, como ya les expusiera, no puedo decir las razones ocultas y secretas, pues supondría romper un sagrado juramento que hice por la Santa Cruz de Nuestro Señor Jesucristo.

»—Si hay omisión, el testimonio no sirve —sentenció el inquisidor general—. Sea llevado de nuevo el acusado al tormento mañana de madrugada.

»Acudió un confesor de la Orden de San Francisco que tenía por oficio reconciliar a los prisioneros. Le dije mis pecados y le conté todo lo que me pasaba. Era este buen fraile un hombre delgado y aparentemente abstraído. Cerraba los ojos y escuchaba; y solo de vez en cuando preguntaba algo. No pude contarle lo de la conjura, pues ni en confesión podía revelarlo, pero expresé toda mi angustia y le dije que solo el virrey de Nápoles podría saber mi verdad y hacer algo por mí.

»—¡Pues no pides tú nada, hijo! —exclamó—. ¡Nada menos que el virrey! ¿Crees que un hombre tan importante va a dejar sus muchas ocupaciones para atender a un renegado?

»Me deshice en lágrimas. Las razones del franciscano destruyeron la última de mis esperanzas.

»—Bueno, bueno, hijo —dijo el fraile—. ¿Te arrepientes de corazón de tu grave pecado?

»—Nunca apostaté en mi corazón —contesté—. Me arrepiento de mis muchos pecados, pero no renegué en el alma. ¡Créame vuestra caridad, por Dios bendito!

»—Ay, hijo mío, cuando truena, todos se acuerdan del Altísimo, pero se olvidan de Él en la bonanza. ¡Si supieras cuántas veces he de escuchar lamentos semejantes a los tuyos!

»—Lo sé, padre, pero lo mío es diferente...

»—Bien, hijo, he de darte la absolución, que tengo prisa.

»—Vaya, padre, a Nápoles y dele mi nombre al virrey. ¡Es mi salvación!

»—¿A Nápoles? ¿Te has vuelto loco, hijo? Me debo a la obediencia de mi estado. ¡No puedo hacer lo que quiera! ¡A Nápoles nada menos!

»—Escriba vuestra paternidad al virrey.

»—¿Al virrey? ¿Yo? ¡Qué cosas dices!

»—Ya le digo que es importante, padre.

»El fraile se sacudía nervioso el hábito raído y me miraba con unos ojillos asustados. Me daba cuenta yo de que no prestaba demasiada atención a mis razones. Finalmente, como viera él que no cejaba en mis súplicas, dijo con autoridad:

»—Te absolveré *ad cautelam* de los pecados, por si hay verdad en lo que has confesado.

»Me impartió la bendición diciendo la fórmula latina de la absolución y se marchó corriendo de allí, de manera que entendí que deseaba perderme de vista cuanto antes.

»Hundido bajo el peso de tanta fatalidad, me dejé conducir al potro y comenzó de nuevo mi tormento.

»—¡Di verdad! ¿Apostataste de corazón? ¿Renegaste de la única fe verdadera?

»—No, no, no...

»—¡Otra vuelta a la manivela! ¡Di verdad!

»Podría haber concluido yo que fue por capricho del destino, si no viera en ello la mano de Nuestra Señora, que acertó a determinar el virrey de Sicilia que se interrogase a todos los renegados hechos prisioneros de un tiempo a aquella parte, con el fin de recabar informaciones acerca de los propósitos guerreros del Gran Turco. Como considerara el inquisidor general que el documento en blanco con el sello del sultán que me requisaron pudiera ser indicio de que sabía yo algo, ordenó que me reexpidieran provisionalmente a Mesina con una buena escolta, para encerrarme en la prisión donde se guardaba a los presos de guerra. Advirtiéndome de que, pasado este trámite, continuaría mi proceso.

»Vi el cielo abierto. Al salir de la mano del Santo Oficio podía obrar con mayores posibilidades. Tenía que idear un plan que me permitiera de una manera u otra ponerme en contacto con el virrey.

»Me pusieron a buen recaudo en las mazmorras de la fortaleza principal de Mesina, en una fría celda, junto a una veintena de turcos y moros de todo género, marinos, corsarios, comerciantes, guerreros y chusma de las galeras. A los más de ellos les habían afligido ya con tormentos para sacarles cuanto pudiera ser útil a los intereses del gobierno militar. Aquella gente estaba atemorizada y relataba para desahogarse el cruel trato que recibían de los carceleros sicilianos, causando espanto a los que llegaban de nuevos a la prisión.

»Con tanto ajetreo, mudanza de prisiones y tormentos, tenía perdida la noción de los días. Luego me enteré de que era 16 de octubre de aquel año de 1564 cuando el alcaide de la prisión mandó que me sacaran de la reducida celda donde me tenían confinado en soledad. Me costaba caminar a causa de lo maltrecho que tenía el cuerpo. Subir tal cantidad de peldaños como había desde las mazmorras hasta los patios de la fortaleza era como otra sesión de tortura. Mas supe que no me conducían al potro, al dejar a un lado la cruel estancia donde solían atormentarme.

»Recibiome el alcaide en su suntuoso despacho, junto al comandante del presidio siciliano y a un hombre que me resultaba desconocido. Las esperanzas que tenía yo perdidas desde hacía tiempo se encendieron repentinamente cuando vi también allí, en un rincón, al franciscano que escuchó mis pecados semanas antes en el Santo Oficio.

»—¿Eres de verdad quien dice llamarse Luis María Monroy? —inquirió el alcaide con gran seriedad.

»—El mismo, para servir a Dios y al rey nuestro señor —respondí entusiasmado.

»Avanzó hacia mí el caballero desconocido. Me observó atentamente. Me fijé yo también en él: era fuerte, alto y de oscura barba entreverada de canas; vestía a la manera italiana, con jubón sin mangas, camisón inmaculadamente blanco y cuello almidonado, grande y doblado hacia abajo. Sin duda era un noble linajudo. Después de mirarme bien, se volvió hacia los demás y dijo:

»—Señores, ya pueden dejarme a solas con él.

»Obedecieron a este ruego el alcaide, el militar y el fraile. Cerraron la puerta tras ellos y quedamos solos, frente a frente, el desconocido caballero y yo.

»—Me envía don Juan María Renzo de San Remo —dijo él.

»Di un respingo al escuchar ese nombre y una gran emoción se apoderó de mí.

»—¿Dónde está él? —pregunté.

»—No puede venir. Su mujer se halla muy enferma; tal vez en su lecho de muerte... Renzo de San Remo tuvo que viajar a Génova hace meses, pero me dejó a mí encargado de los asuntos propios de su oficio.

»De nuevo me vine abajo. No era posible mayor infortunio. Mis esperanzas de transmitir el mensaje y quedar libre se desvanecieron una vez más. El caballero notó mi desaliento y propuso:

»—Debes decirme los tres nombres de los conjurados ahora mismo, para que sepa yo que traes información de fiar.

»—No diré nada —observé—. Solo puedo hablar ante Renzo de San Remo, el virrey de Nápoles o el mismísimo rey nuestro señor. Nadie me habló de vuestra merced, así que no intentéis sacarme nada. No he sufrido tormento durante días sin abrir mi boca para que ahora un desconocido logre llevarse lo que con tanto celo he guardado.

»Dije esto desde el profundo decaimiento en que me vi sumido por tan grande decepción. Sospechaba que entre el alcaide y el comandante de Mesina habían urdido un plan para lograr mi confesión.

»Para sorpresa mía, el misterioso caballero sonrió aparentemente satisfecho. Se fue hacia la puerta de la estancia, la abrió y llamó a los demás:

»—¡Entren vuestras mercedes ya!

»Regresaron al interior el alcaide, el militar y el fraile. El caballero se dirigió a ellos y les pidió:

»—Digan a don Luis María Monroy vuestras mercedes quién soy yo.

»—Su excelencia el duque de Alcalá, virrey de Nápoles —respondieron los otros a una.

»—Júrenlo por el Evangelio de Jesucristo Nuestro Señor.

»—Lo juramos —asintieron los tres.

»Quedeme de una pieza, mirando a aquel caballero sin poder creerme lo que estaba sucediendo. Me sacudió una especie de temblor de pies a cabeza y caí de rodillas dando gracias al Creador y a la Santísima Virgen con muchas lágrimas y suspiros.

»—¡Que le traigan un vaso de vino! —ordenó el alcaide.

»Enseguida acudió un lacayo y puso en mis manos un vaso lleno de buen vino siciliano hasta el borde. Como estaba hecho yo a comer poco y a no beber otra cosa que agua nauseabunda, entrome aquel rico mosto como un fuego por las entrañas.

»—Ahora vuelvan a dejarnos solos —mandó el virrey a toda la concurrencia.

»Estuvimos de nuevo cara a cara tan importante caballero y yo. Sonreía él y me palmeaba el hombro con cariño, mientras iba yo terminándome el vino.

»—Ahora —dijo—, Monroy, debes darme los tres nombres que manda el canon.

»—Juan María Renzo de San Remo —contesté.

»—Ese se presupone —repuso él—. Debes darme otros tres además del comisario.

»—Aurelio de Santa Croce, Adan de Franchi y Melquíades de Pantoja. Puedo dar otros tres nombres si es menester —añadí.

»—Es suficiente. Ahora, debes soltar lo que sabes sin omitir nada, tal y como te relataron el aviso.

»Era el momento más emocionante. Mi corazón palpitaba. Apuré el último trago de vino y saqué de dentro todas mis fuerzas para decir con clara voz, lenta y firmemente:

»—Malta, será Malta. Saldrá la armada en el mes de marzo de los cristianos, con doscientas galeras bajo el mando del kapudán Piali Bajá, llevando a bordo seis mil jenízaros, ocho mil *spais* y municiones y bastimentos para medio año. Se hará la escala en el puerto de Pylos, donde acudirán a reunirse con sus flotas el beylerbey de Argel Sali Bajá y Dragut con sus corsarios. Si se gana Malta, que es lo esperado, después será Sicilia, luego Italia y más tarde lo que venga a mano.

»—¡Oh, Dios, Santo Dios! —exclamó el virrey—. ¡Es mucho peor de lo que temíamos! ¡Claro!, ¡Malta, será Malta!

»Abrazome entonces como quien lo hace a un hijo propio.

»—Dios te premiará por esto —decía—. El rey nuestro señor recompensará como corresponde a tan grande peligro como has soportado por su causa.

»Por aquel tiempo no había virrey en Sicilia, pues el último, a la sazón don Juan de la Cerda, duque de Medinaceli, había sido cesado por el rey nuestro señor y se estaba a la espera de que se nombrara a otro para el cargo. Hacía las veces de comandante general de todo el reino el maestre de campo que mandaba los Tercios sicilianos. Pero extendía su jurisdicción suprema provisionalmente sobre la isla el virrey de Nápoles, don Pedro Afán de Ribera, duque de Alcalá.

»Quiso la Providencia que el buen fraile franciscano que me confesó en el Santo Oficio tuviera el prudente acuerdo de informar en la capital del reino de Nápoles haber hallado indicios de un serio asunto que afectaba a la causa del rey católico. Como quiera que las autoridades estaban ya en guardia y muy atentas a cuanto pudiese llegar desde Constantinopla como aviso de los espías, no dudaron de poner al corriente al duque, el cual aparejó enseguida su mejor galera y vino presto a Mesina para llevar personalmente la cuestión. Ya estaba advertido él en una carta enviada en clave por Aurelio de Santa Croce de que tarde o temprano llegaría yo con la información que debía dar de viva voz y directamente a quienes correspondía.

»Me dieron buen acomodo en la fortaleza de Mesina, donde no me faltó de nada mientras el virrey marchaba presuroso a ocuparse de los asuntos propios de su gobierno; los cuales eran en ese momento, preferentemente, los que correspondían a proveer lo necesario para que el Gran Maestre de los Caballeros de San Juan supiera enseguida que la isla de Malta era objeto de los apetitos del Gran Turco. Anotó el duque puntualmente cada detalle de mi aviso en un informe y puso buen cuidado para que tan relevantes noticias no llegasen a parte alguna que no fuera el conocimiento del rey católico, en primer lugar, y después el de los generales de los ejércitos y almirantes de la armada del mar, para que se aprestaran a mandar componer los aparatos de guerra que serían precisos cuando llegase el momento de hacer frente a lo que se avecinaba.

»Pasó lo que quedaba del mes de octubre y concluyó noviembre con la fiesta de San Andrés apóstol, que se celebraba mucho en Sicilia, con vistosas procesiones y jolgorios. Estaba yo bien comido y bebido, vestido como correspondía a un caballero español y muy descansado por dormir libre de preocupaciones. No me faltaba el dinero en los bolsillos merced a una generosa gratificación que me dio el virrey para mis gastos. Con tan buen trato, se recompuso pronto mi cuerpo y recuperé las carnes que tanto me habían menguado a causa de las prisiones y tormentos. Sentíame un hombre satisfecho por el deber cumplido y solo aguardaba ya en Mesina a que viniese la orden del gobierno militar de Milán que me permitiera regresar a España.

»Pobre de mí, ¡qué pronto me confié creyendo que habían acabado mis penas! Llegó un exhorto a las autoridades de Mesina del tribunal del Santo Oficio de Palermo en el que se instaba a los jueces a que me reexpidieran con premura para comparecer ante el inquisidor general.

»No tardaron en presentarse los alguaciles a por mí y me llevaron preso de nuevo. Rogué que me permitieran ver primero al virrey para decirle lo que me sucedía, pero el duque de Alcalá andaba de viaje muy ocupado en el negocio de ir a tener conversaciones con unos y con otros, para preparar la defensa de la cristiandad ante el inminente ataque de los turcos la próxima primavera. Acudí entonces al alcaide de la prisión de Mesina y al comandante de la plaza, los cuales me respondieron con mucho disgusto que no podían inmiscuirse en los asuntos del Santo Oficio, los cuales eran propios únicamente de los inquisidores y ninguna otra autoridad tenía competencia en materias de fe.

»El día 6 de diciembre, fiesta de San Nicolás, ingresé de nuevo en la cárcel de la Santa Inquisición de Sicilia y se reabrió mi causa retomándose el proceso en el mismo punto que se dejó cuando me reclamaron las autoridades del brazo secular.

»En mi nueva confesión, declaré a los inquisidores todo lo que me había sucedido y pude al fin explicar las razones de mi falsa conversión a Mahoma en Estambul. Aunque hube de omitir lo referente a la conjura. Llamaron a testificar al franciscano, al alcaide de la prisión de Mesina, al gobernador militar y al propio duque de Alcalá, que no pudo dar testimonio en favor mío por las razones que ya he dicho. Mas ni siquiera la declaración del más encumbrado personaje hubiera servido para tener contento a tan duro inquisidor general como me correspondió. Dudaba este de todo el asunto de fondo y explicaba con severidad:

»—Comprendo que hay razones complejas y se aducen pruebas en este proceso que son muy de tener en cuenta, cuales son la causa de nuestro rey católico, los intereses de la cristiandad y el buen fin de las empresas guerreras contra el turco. Mas aquí se sustancia un asunto de fe, en el que nada importa tanto como dilucidar la pureza de intenciones del acusado, si hubo o no apostasía, a fin de cuentas, y las prácticas que hizo de ritos y ceremonias de la secta mahomética.

»Al escucharle sentenciar de esta manera, me entraban a mí todos los miedos en el cuerpo y me veía ya vuelto a poner en el potro, para acabar muerto o diciendo lo que querían oír aquellos estrictos jueces que solo veían enemigos de la fe en todas partes.

»Pasé la Navidad en la fría cárcel del Santo Tribunal de Palermo, mientras los inquisidores mandaban cartas y oficios a diversos lugares para proseguir con las pesquisas que requería la causa. Gracias a Dios, se abstuvieron de darme mal trato. Y he de reconocer que usaron alguna consideración conmigo, dejándome salir para la misa del Gallo y para la fiesta de la Epifanía.

»A primeros de febrero del nuevo año de 1565, llegó a

Sicilia para tomar posesión de su cargo el nuevo virrey nombrado por el rey católico: don García de Toledo, marqués de Villafranca. Traía cartas y poderes de su majestad para resolver asuntos. Ocupose de todo lo referente a la defensa de los territorios cristianos, que era la encomienda principal y de mayor premura. Pero no descuidó asuntos menores, como presentar ante el Santo Oficio la declaración secreta de importantes personas que testificaban a mi favor sobre el asunto principal que preocupaba a los señores inquisidores en mi juicio: "la intención". Entre los documentos aportados, estaba el testimonio de Juan María Renzo de San Remo, que juró haberme considerado siempre falso renegado y tener conocimiento de que en Constantinopla tuve trato con cristianos y mantuve durante todo el tiempo la única fe asistiendo cuando pude a las prácticas de nuestra religión.

»A pesar de tan explícita aclaración, el inquisidor no estuvo del todo contento y me exhortó en la audiencia a abrir los ojos del alma, confesar enteramente mis faltas y declarar públicamente la dichosa "intención". Hice una vez más confesión completa; abjuré de la circuncisión y la apostasía y pedí la reconciliación con la Iglesia.

»Se celebró aún una audiencia más en la que hube de abjurar de nuevo, esta vez de levi, es decir, por si había una ligera sospecha de herejía al haber tenido yo durante cinco años trato con musulmanes. Solo les vi quedar satisfechos cuando recité sin error el padrenuestro, el avemaría, el credo, la salve, los mandamientos de Dios y de la Iglesia, los artículos de la fe y los "enemigos del alma" o pecados capitales, los siete sacramentos y la confesión general de la fe cristiana, todo en latín.

»Votaron los inquisidores finalmente y determinaron concederme la absolución *ad cautelam*, aunque me obligaron a recibir un mes de instrucción religiosa en un convento, por si acaso. El miércoles de Ceniza recibí del Santo Oficio el certificado de absolución y el salvoconducto que me autorizaba a volver a España, libre y perdonado.


## 4. ESTOS APRENDICES PARECEN NO TENER VOCACIÓN DE INQUISIDORES

Tras escuchar la historia del caballero de Alcántara, fray Tomás experimenta un sentimiento de tristeza y compasión.

—Cuánto siento que te sucediera todo aquello —dice—. Y yo, correspondiendo a tu sinceridad, también he de confesar a mi vez algo: nunca pensé ser inquisidor... Ni siquiera imaginé que algún día trabajaría para el Santo Oficio. Y cuando mis superiores pensaron para mí este cometido y me comunicaron su decisión, me sentí muy desolado... No quería dedicarme a esto... No es lo mío...

El caballero, al oírle decir aquello, se siente muy aliviado; como si recobrara la paz de espíritu que se había visto turbada después de confesar sus propios recelos.

—¿Entonces...? —pregunta animoso—. ¿Por qué aceptaste?

—Hermano, los frailes hacemos voto de obediencia, ya lo sabes...

—Sí, lo sé; pero en una cosa así, tan delicada...

—¿Y tú? ¿Por qué aceptaste tú ser familiar del Santo Oficio? —le pregunta a su vez el fraile a él—. ¿No sería acaso por lo mismo: por obediencia...?

Monroy asiente con profundos y sentidos movimientos de cabeza; y su voz suena lenta y cavilosa al responder:

—En efecto, por obediencia. En las órdenes militares sucede igualmente que toca obedecer para complacer a quienes están arriba. Porque si les contrarías, te empiezan a mirar mal y dejan de contar contigo... En mi caso, no me quedaba más remedio que aceptar, precisamente porque cargaba con el estigma de haber sido juzgado por el Santo Oficio. Debía hacer méritos en la orden y demostrar estar dispuesto para todo. Con este trabajo de familiar de la Inquisición podré ganar prestigio y engrosar mi hoja de servicios... En eso, reconozco que no he sido del todo sincero: que estoy aquí por puro interés y que tampoco yo tuve nunca pensado dedicarme al Santo Oficio...

—Vaya, pues estamos en el mismo caso... —dice con resignación fray Tomás—. Será cuestión, a pesar de todo, de hacer lo que nos han encomendado lo mejor que podamos. Toca pues conformarse, aceptar la voluntad de Dios y hacer de tripas corazón. ¿No te parece, hermano?

—Sí, me parece que no nos queda más remedio que ir a cazar alumbrados. Pero no deja de preocuparme que podamos perjudicar a algún inocente.

—No pienses en eso, porque no podrás estar en paz si no.

Más adelante, se detienen para almorzar bajo un pino enorme, cuya copa redonda prodiga una sombra cordial. Tras una siesta breve, siguen cabalgando en silencio durante un rato. El cielo se ha tornado de un azul intenso y el aire ya no es tan ardiente. Cuando empieza a caer la tarde, después de tres horas más de marcha, se agradece el declinar del astro. A lo lejos, se ve ya la silueta vistosa de Toledo, clareando sobre la altura de la colina eminente, fortificada, mientras abajo todo es abismo confuso, en las orillas del fosco Tajo, que discurre entre arboledas prietas y sombrías.

—Parece estar cerca —comenta Monroy—, pero debe de haber más de una hora desde las primeras casas hasta lo alto.

—¡Qué grandeza! —exclama fray Tomás—. ¡Qué impresión produce la vista desde aquí!

—Sí. Incluso infunde cierto temor...

Se detienen y contemplan durante un rato el collado, los murallones, los alcázares, los torreones, los campanarios... La visión les sobrecoge y aviva sus recelos e incertidumbres. Será por ello que Monroy dice:

—Antes de que lleguemos y demos comienzo a nuestras pesquisas, desearía saber algunas cosas más... ¿Me permites, hermano, que te haga otra pregunta?

—Pues claro que sí. Di de qué se trata.

—¿En nuestra investigación habrá tormentos?

—¡¿Tormentos?! —contesta el fraile, clavando en él una mirada llena de extrañeza.

—Sí, hermano, ya sabes: el potro, la garrucha...

—¡Por Dios, qué ocurrencia! —exclama fray Tomás, llevándose las manos a la cabeza—. No digas eso ni en broma... ¡Se me ponen los pelos de punta solo de pensarlo!

—¿No habrá pues tormentos?

—¡No, por Dios bendito! ¡Claro que no! No es ese nuestro trabajo y, además, en esta investigación no se contempla ni remotamente tal posibilidad... Eso es para otras causas más complejas...

—¡Ah, menos mal! —resopla aliviado el caballero—. Porque si hubiera tormento, yo, desde luego, me voy a mi casa.

—Y yo también... ¡Qué ocurrencia, hermano! ¡Tormentos! ¡Dios nos libre!

—Hay una cosa más —dice Monroy, lanzando una mirada perdida hacia Toledo—. ¿Habrá que detener a alguien?

—¿Detener?

—Sí, hacer presos, meter en prisión...

—Oh, no, no, no... ¡Tampoco eso! No hay ninguna necesidad y, además, no es nuestro cometido. Nosotros hemos venido solamente para investigar, buscar testigos, preguntar e informar después a don Rodrigo. Ni siquiera deberemos buscar a las personas con las que hay que hablar. Según se me dijo, esas personas ya estarán advertidas de antemano y se las llamará para que las interroguemos. En fin, se trata de algo semejante a lo que hicimos en Pastrana cuando fuimos a vernos con la princesa de Éboli en el caso de Catalina de Cardona. Además, tú no te preocupes, que yo me encargaré de que todo se haga como Dios manda.

—¡Ah, claro! —exclama con guasa Monroy—. ¡Doctores tiene la Iglesia!

Fray Tomás le mira, entre mosqueado e indulgente, y repone:

—No me las doy de nada. Pero he tenido que estudiar mucho últimamente para poder entender bien todo esto de los alumbrados. Solo el memorial de fray Alonso de la Fuente es un buen taco de papeles...

—Lo sé, hermano. Y, además, sé también que estudiaste harto en Salamanca. Si no, ¿cómo iban a encomendarte una misión como esta en el Santo Oficio, aun siendo tú tan joven? Tendrías grandes maestros en Salamanca, ¿no?

—Sí que los tuve, y muy insignes: Martín Gutiérrez, Bartolomé de Medina, León de Castro... Y también Martín Martínez de Cantalapiedra, Gaspar de Grajal y fray Luis de León; aunque estos tres últimos ahora están en la cárcel...

—¡¿En la cárcel?!

—Sí, por ser considerados sospechosos de herejía...

—¿Pues qué han enseñado para ser sospechosos? —pregunta con temor Monroy.

—Es difícil contestar a esa pregunta... Puesto que tú no has estudiado Teología...

—Bueno, supongo que hasta un ignorante sabe distinguir entre el bien y el mal. ¿No dicen los doctores que la herejía es un mal gravísimo? ¿Y si no lo es, por qué queman a los herejes?

—¡Ah, hermano, qué preguntas haces! —responde suspirando fray Tomás—. Pero... En fin, haré un esfuerzo para explicártelo lo mejor que pueda.


## 5. FRAY TOMÁS EXPLICA POR QUÉ ESTÁ EN LA CÁRCEL FRAY LUIS DE LEÓN


Y el fraile, con detenimiento, pacientemente, le expone al caballero de Alcántara la relación de unos hechos que sirven como respuesta a sus dudas:

—Lo que voy a contarte es algo que nos ha llenado de confusión y dolor a quienes hemos estudiado en Salamanca y fuimos alumnos de fray Luis de León, agustino e insigne maestro: su proceso y encarcelamiento por el tribunal inquisitorial de Valladolid. Todo empezó, según dicen, por unas denuncias puestas contra él en las que se le acusaba de grave herejía, por las manifestaciones públicas que había hecho desde su cátedra contra la validez de la versión latina de la Biblia atribuida a san Jerónimo, la conocida como la Vulgata, que el Concilio de Trento declaró como la mejor para el creyente. Pero a la vez se denunciaba el atrevimiento del maestro al traducir en romance El Cantar de los Cantares, del Antiguo Testamento, contra la expresa prohibición del concilio.

»Se sabe que tras las denuncias estaban dos profesores salmantinos, compañeros del acusado: León de Castro y fray Bartolomé de Medina. Parecía de momento por ello que el incidente no iría más allá de las meras rencillas entre maestros, agudizadas por las tensiones y envidias habituales en los claustros. Pero resultó que el Tribunal de la Santa Inquisición de Valladolid nombró un comisario con amplias facultades, para hacer las oportunas pesquisas, y para proceder en consecuencia, si lo creía necesario, incluso con la prisión del supuesto culpable. El escogido fue el inquisidor Diego González, hombre inflexible, que muy pronto averiguó y comprobó que fray Luis de León tenía antecedentes de judíos conversos; y dio por supuesto que aquellas acusaciones podían estar relacionadas con esos antecedentes. Así que, sin mayores investigaciones, decidió encarcelarlo y enviarlo a Valladolid, para que se iniciara el proceso en el Tribunal de la Inquisición.

»El pasado 5 de abril del presente año, se le hizo a fray Luis de León el primer interrogatorio inquisitorial, y el 18 de aquel mismo mes redactaba él mismo su primera defensa. Todos los que le conocemos bien esperábamos que su talento y sus conocimientos le ayudarían a salir airoso. Pero el 5 de mayo se le notificó formalmente la acusación, con ocho puntos, en los que se hace referencia precisa a su ascendencia judía, a su ligereza al traducir El Cantar de los Cantares, y al sostener que la Vulgata era una versión mejorable de la Biblia. Ciertamente, se trata nada más que de sospechas en cuanto al posible delito de herejía; pero se le mantuvo en prisión, donde permanece hasta la fecha presente... Lo cual es algo muy triste...

—Por lo que deduzco de tus explicaciones —dice el caballero de Alcántara—, no estás de acuerdo con las acusaciones ni con la prisión del maestro fray Luis de León.

—¡Ah, hermano, la envidia es un gran mal! Y muchos sospechamos que detrás de la denuncia no hay nada más que envidia y rencillas humanas... Pero eso deberán determinarlo los jueces. Para eso está el Santo Oficio: para averiguar la verdad en cada caso; castigar al culpable o dar libertad al inocente.

—No sé, no sé... —replica Monroy, meneando la cabeza visiblemente disgustado—. Todo eso suena muy bien dicho de esa manera; pero, mientras tanto se resuelve, el inocente sufre cárcel, desprecio, soledad, miedo, tormentos y angustia por su futuro... Mira lo que a mí me sucedió; ya te lo he contado: padecí lo indecible para luego ser declarado inocente. ¿No fue acaso injusto aquel sufrimiento?

—Sí, pero también hay culpables...

—No digo que no, hermano, y comprendo que alguien que mata, que roba, que hace mal a los demás sea encarcelado, juzgado y castigado... Pero por cosas de fe... Tal vez por equivocarse; por pensar, por opinar...

—¡Ay, no digas eso! —exclama espantado fray Tomás, clavando en él unos ojos recriminatorios—. ¿Cómo se te ocurre decir esas barbaridades?

El caballero de Alcántara se lo queda mirando con gesto pensativo y replica sin disimular su disgusto:

—Hermano, me tratas como si fuera yo un alumbrado. ¿Acaso soy hereje por decir eso?

Fray Tomás se ríe y luego contesta con ternura:

—A mí me puedes decir lo que quieras; yo sé que eres

sincero y noble; que en ti no hay doblez, Luis María... Pero jamás se te ocurra decir esas cosas por ahí, porque te buscarías la ruina...

## 6.  LA PESQUISA EXIGE PRISA

Cuando llegan a Toledo fray Tomás y Monroy, se dirigen directamente a la residencia del gobernador, cumpliendo de esta manera lo que el inquisidor Castro les ordenó en Madrid: que después de pasar por Ocaña para hacerse con el memorial de fray Alonso de la Fuente fueran directamente allí. Don Sancho Bustos ya les está esperando y les recibe sin dilación, en la privacidad de una sala pequeña, preocupado por cerrar bien puertas y ventanas para que nadie pueda escuchar la conversación; donde, haciendo gala de su naturaleza ansiosa e impaciente, les dice primeramente y de sopetón:

—Han tardado mucho vuestras mercedes. ¿No les dijeron que este asunto es apremiante?

Fray Tomás y Monroy se miran extrañados. Salieron de madrugada y han cabalgado sin detenerse, cubriendo la distancia que hay entre Ocaña y Toledo en menos tiempo del que se suele emplear; e incluso llegaron a temer por los caballos durante el camino, dado el excesivo calor que hacía. Así que el caballero observa:

—Si hemos salido hoy... Generalmente se emplea más de una jornada...

—¡Bien, eso ahora ya da igual! —le espeta el gobernador—. Lo importante es empezar cuanto antes con lo que tenemos entre manos. Por mi parte, ya hice las primeras diligencias para preparar el terreno: hablé con el inquisidor de Toledo, don Antonio Matos de Noronha, para ponerle en antecedentes. Él ya espera a vuestras mercedes para iniciar cuanto antes la lista de personas que deben ser interrogadas. Naturalmente, él no sabe el nombre de la monja que ha de ser investigada; la ley del secreto me impedía decírselo. De manera que vuestras mercedes deberán informarle detalladamente del asunto: quién es la sospechosa, las dudas que hay sobre ella y lo que se pretende averiguar. ¿Me explico?

—Comprendido —responde fray Tomás—. ¿Y cuándo debemos empezar?

—¡¿Cuándo?! ¡Por el amor de Dios, mañana! ¡Mañana mismo! Vuestras mercedes se alojarán aquí, en mi casa, para no levantar suspicacias en la ciudad. Y mañana, a primera hora, iremos a la residencia del inquisidor para informarle y que él inicie las diligencias. ¿Comprendido?

—Comprendido —asiente fray Tomás.

—Pues no se hable más —dice con ímpetu don Sancho—. A descansar, cada uno a su aposento, que mañana habrá que madrugar y nos espera una jornada intensa de pesquisas, exámenes y averiguaciones.

—Un momento —le dice fray Tomás—. Es de suponer que vuestra excelencia sabe el nombre de la persona a quien estamos investigando...

—Naturalmente. ¿Cómo no iba yo a saberlo? —contesta vehemente el gobernador—. Es a la monja Teresa de Jesús a quien seguimos la pista; para sacar en limpio si es alumbrada... Además, no solamente sé desde hace tiempo que es a ella a la que inquirimos, sino que ya cuento yo con informaciones harto sustanciosas sobre sus hechos y dichos mientras estuvo en Toledo. ¡Yo no pierdo el tiempo!

Desde que el inquisidor don Rodrigo de Castro me dijo que el Santo Oficio andaba tras sus pasos, por si fuera alumbrada, ya me puse a hacer averiguaciones por aquí, entre gente de mi confianza; y tengo confeccionada una lista muy jugosa con nombres que pueden interesarnos... Pero de eso hablaremos mañana largo y tendido, en presencia del inquisidor de Toledo, don Antonio Matos; quien a su vez deberá encargarse de citar a todas esas personas para que vuestras mercedes hablen con ellas y les sonsaquen... ¿Comprendido?

—Comprendido —asiente fray Tomás.

—Somos unos mandados —apostilla responsablemente Monroy—. Estamos aquí para servir.

—¡Pues a dormir!

# LIBRO VII

*Donde fray Tomás y el caballero de Alcántara están en Toledo para inquirir si allí Teresa de Jesús había hecho y dicho cosas propias de alumbrada, y de resultas averiguan que el abuelo paterno de la monja, don Juan Sánchez de Toledo, mercader de seda y paños, fue judío y llevó el sambenito.*

# 1. SUCINTO Y VERÍDICO RELATO DE LOS HECHOS DE LA MONJA TERESA EN TOLEDO

El inquisidor de Toledo, don Antonio Matos de Noronha, era ciertamente un eficiente servidor del Santo Oficio: nada más tener el nombre de la persona a la que se debía investigar, mandó conseguir, sin demora y con exquisita discreción, toda la información que pudiera hallarse en su jurisdicción, y particularmente en la ciudad, sobre la estancia de Teresa de Jesús; sus relaciones, amistades, actos y dichos. De manera que, hechas las averiguaciones por los comisarios, muy pronto se contó con un pertinente memorial que abreviaba, sin omitir ningún elemento que pudiera ser importante, la concordancia de lugares, personas y acontecimientos más aclaratorios en torno a los movimientos y propensiones de la monja en Toledo. El documento no podía resultar en su conjunto más ilustrativo ni más útil para la tarea que ahora les correspondía realizar a los emisarios de don Rodrigo de Castro. Pero, antes de referir con mayor detalle los interrogatorios realizados a los efectos por fray Tomás y transcritos por el caballero Monroy, y para no perdernos en las sergas a inquirir, hagamos un sucinto relato que nos sirva de antecedente.

La investigación revelaba que la historia venía de atrás: desde que en 1568 un acaudalado mercader de Toledo, de nombre Martín Ramírez, quiso destinar una parte de su hacienda a iniciar una obra piadosa. Y conociendo este deseo el jesuita Pablo Hernández, con el que se confesaba Teresa cuando estuvo anteriormente en Toledo, le aconsejó que llamara a la monja para que fundase un convento carmelita a su manera. Pero a últimos de octubre Martín Ramírez enfermó gravemente y, temiendo que moriría de manera inminente, tuvo la precaución de poner el asunto en manos de su hermano Alonso Álvarez Ramírez, también comerciante; el cual estuvo de acuerdo con el jesuita en escribir a Teresa, que por entonces se hallaba en Valladolid, urgiéndola para que se apresurase a aceptar, si quería aprovechar la última voluntad del moribundo. Cuando ella decidió ir, el mercader había muerto; pero se contaba para la fundación con un legado de 12.000 ducados en el testamento.

El 22 de marzo del año 1569, Teresa de Jesús partió de Ávila camino de Toledo. La acompañaban su sobrina Isabel de San Pablo, la monja Isabel de Santo Domingo y el sacerdote Gonzalo de Aranda, adepto a la reforma de conventos iniciada por la sospechosa reformadora en cuestión. El día 24 del mismo mes, víspera de la Encarnación, llegaron a la Ciudad Imperial y fueron a hospedarse al palacio de una dama de alta alcurnia, doña Luisa de la Cerda, amiga de Teresa desde su primera estancia en Toledo.

Inmediatamente dan comienzo las negociaciones con los albaceas del difunto; que son el hermano de este y su yerno, un tal Diego Ortiz, que pretenden ejercer como padrinos del monasterio y que le imponen a la fundadora la obligación de permitir enterramientos en su iglesia, a la manera de los patronatos de los grandes señores. La voz cantante en esta exigencia la lleva Diego Ortiz, entendido en leyes y en teología; y a Teresa le alarma en principio que pretenda entrometerse de esa manera en la vida del monasterio desde su mismo origen. El acuerdo se hace imposible y el albacea se niega a entregar el dinero de la manda.

Por entonces, como sabemos, el arzobispo de Toledo, Bartolomé de Carranza, está en las cárceles de la Inquisición desde hace casi diez años, acusado de proposiciones heréticas en sus escritos, y rige la archidiócesis el gobernador eclesiástico don Gómez Tello Girón, que se muestra reacio a conceder la licencia de un convento de pobreza, destinado a mujeres, pues considera que ya hay demasiados conventos de monjas en la ciudad. Por lo que Teresa intenta hacer uso de la influencia de su linajuda amiga doña Luisa de la Cerda, pero ni esta ni el canónigo don Pedro Manrique, hijo del adelantado de Castilla, pudieron convencer al gobernador. Será entonces la monja quien, en un arranque de atrevimiento, se dirigió a una iglesia que se hallaba cerca de la casa del gobernador y, sabiendo que tarde o temprano él iría por allí, envió a alguien a suplicarle que la escuchase. Al parecer, esto sorprendió al regente y, admirado por la resolución de la monja, accedió a su ruego, otorgándole licencia con fecha de 8 de mayo de 1569.

La fundadora ya tiene el permiso, pero debe encontrar la casa, a falta del acuerdo con la familia Ramírez por las exigencias del yerno. Así que se pone a buscarla, con gran dificultad, pues solo dispone de unos cuatro o cinco ducados, cantidad insuficiente siquiera para un alquiler.

Sucedió entonces que acertó a pasar por Toledo un franciscano, fray Martín de la Cruz, a quien la monja confió sus problemas. El buen fraile se compadeció y prometió enviarle alguien que le echase una mano. Pronto acudió un mancebo, por nombre Andrada, dispuesto a buscar la casa que se necesitaba, y no tardó en hallarla: pequeña y vieja, en la plazuela del Barrio Nuevo, en el antiguo sector de la judería, perteneciente a la parroquia de Santo Tomé. A Teresa le pareció adecuada y tomó posesión de ella para su convento, trayendo seis monjas para poblarlo. Con lo que se concluyó al fin la fundación.

## 2. DON RODRIGO DE CASTRO LLEGA A TOLEDO Y DISPONE EL PROCEDIMIENTO SEGÚN SU CRITERIO

No bien se concluyen las primeras pesquisas, cuando, como es propio de su temperamento y regla en su manera de actuar, don Rodrigo de Castro se presenta en Toledo una mañana, sin previo aviso, para tomar las riendas de una investigación que considera propia, exclusiva, y cuyo éxito no está dispuesto a ceder en favor de nadie. Nada más llegar, cita en las dependencias de la Inquisición toledana al gobernador, al inquisidor don Antonio Matos y a sus comisarios subalternos, fray Tomás y Monroy. Todos ellos están sorprendidos, pues no le esperaban, y él, aunque no necesita justificarse, les dice de primera mano:

—He venido porque el inquisidor general ha empeorado de sus males y me ha encarecido mucho que se concluya esta pesquisa cuanto antes... No sea que... En fin, no sea que el Señor esté servido de llevarlo consigo antes de prestarle este servicio a su causa y otras muchas gestiones para detener la perniciosa fiebre de alumbrados que asuela la fe en España... Así que he dejado todo y aquí me tienen vuestras mercedes para ponerme al frente.

Don Antonio Matos de Noronha, vista esta resolución, le entrega inmediatamente el memorial. El inquisidor lo lee con calma, sin pestañear, y, tras concluirlo y repasarlo, observa:

—Nunca debió fundarse ese dichoso convento. Si resultare que la fundadora es alumbrada, habrá infectado a las demás monjas... Y a cuantos han intervenido en la fundación... ¡Menudo entuerto!

—¡Eso mismo digo yo! —exclama el gobernador don Bustos—. ¡Mi antecesor nunca debió otorgar la licencia! ¡Qué ligereza, qué descuido, qué poca previsión...! ¿Cómo se dejó convencer de esa manera?

—Eso es imposible saberlo ya —contesta grave Castro—; puesto que el gobernador don Gómez Tello Girón murió y no se le puede preguntar... A los vivos es a quienes debemos interrogar para saber cómo usó de añagazas y seducciones la monja para salirse con la suya. Porque, en principio, todo esto tiene tufo a alumbradismo...

—¿Por dónde cabe pues empezar? —pregunta don Antonio Matos.

Don Rodrigo cavila durante un rato sobre el plan que ya tiene ideado, aunque solo en parte, y seguidamente responde con aire docto:

—Aquí, ciertamente, hay trabajo. Observo que han intervenido entes sospechables; sujetos que pueden aportarnos sustanciosos indicios, síntomas, señales... Creo, pues, que el orden a seguir debe responder a la cronología precisa de los hechos. Empezaremos por lo primero: por esa familia de comerciantes que estuvo desde los inicios tan suelta al darle a la monja los doce mil ducados.

—¿Y estarán dispuestos a dar razones? —duda el gobernador—. ¿Querrán contar todo lo que saben, siendo ellos los patronos de la monja?

—Hablarán —le responde convencido Castro—; puesto que hay prevención y cuidado en Toledo. ¿Y cómo no va a haber temor, si el mismísimo arzobispo está en la cárcel? Aquí, precisamente, nadie se atreverá a ponerle trabas al Santo Oficio...

—¿Y después de los comerciantes? —quiere saber don Antonio Matos, que es quien debe citar a los que van a ser interrogados.

—Después todos los demás —responde don Rodrigo—; por orden de intervención en la fundación del convento: primeramente, doña Luisa de la Cerda, amiga de Teresa, y dama principal que podrá contarnos muchas cosas de la monja; seguiremos por el jesuita, el canónigo, el fraile franciscano, el mancebo que buscó la casa, los dueños de la misma y cualquiera que pudiera aportar algún indicio de las acciones de Teresa y de sus decires... A ver qué escribió y si hubo visiones, éxtasis, revelaciones y demás...

—¿Y cómo ha de hacerse la cosa? —le pregunta el gobernador.

—Como estaba previsto: se citará aquí a cada uno de los testigos y aquí les interrogarán mis subalternos, en una estancia preparada convenientemente, de manera que yo pueda escucharlo todo sin ser visto. Es prudente que así se haga para preservar mi persona de cualquier recelo previo. Por eso yo debo permanecer oculto, sin dar la cara, pero muy pendiente de todo para poder sacar mis conclusiones y elaborar luego las oportunas calificaciones según las reglas del secreto. Fray Tomás hará las preguntas y el familiar don Luis María Monroy ejercerá de escribiente, anotando puntualmente todo lo que se diga. Mientras tanto, yo estaré tras una cortina, en una estancia contigua. Así que, ¡manos a la obra!, que hoy mismo salga el alguacil a citar a los mercaderes para mañana a primera hora.

## 3.  DECLARACIÓN DE
## ALONSO ÁLVAREZ RAMÍREZ

En las dependencias del Santo Oficio de Toledo, anejas a la residencia de don Antonio Matos de Noronha, todo estaba ya preparado el día señalado: el gabinete escueto donde debía realizarse el interrogatorio; un escritorio a un lado y, junto a él, dos sillas, una para fray Tomás y otra para el examinado. Un crucifijo sobrio, colgado en la pared, presidía el locutorio. Nada más resultaba visible; porque, aparte de todo ello, y completamente velado por una espesa cortina de sarga negra, estaba el escondite reservado para quien había urdido aquel escenario: el inquisidor don Rodrigo de Castro, que ya tenía dispuesto un sillón tras el telón, ideal para permanecer sentado y con la suficiente comodidad el tiempo que fuera preciso para escuchar las declaraciones.

A las nueve en punto de la mañana, acompañados por el alguacil que fue a citarles, los dos mercaderes se presentan en el recibidor destinado a hacer esperar a quienes tienen que comparecer ante el Santo Oficio. Llegan ambos empalidecidos, reflejando en sus demudados semblantes la turbación que les produce haber sido llamados al temido lugar donde tal vez pensaban no tener que ir nunca, por motivo alguno; no ya para tener que rendir cuentas propias, sino tampoco para declarar sobre personas ajenas. De ninguno de los dos se diría que es joven; pero, como es natural, el suegro es más viejo; está encorvado y no se mantendría en pie si no fuera porque se apoya con una mano en un bastón y se cuelga con la otra del brazo de Diego Ortiz, este tampoco está muy estable, pero, aparentemente, guarda mayor compostura; no tiembla como su suegro, ni rezonga; en cambio, se santigua y bisbisea rezos, seguramente para hacer ver desde el principio que es cristiano íntegro y que nada tiene que ver con las innominadas causas que se ventilan en aquel tribunal.

Cuando el inquisidor don Antonio Matos es informado de que los deponentes aguardan en el recibidor, corre a avisar a don Rodrigo de Castro:

—Ya están aquí. ¿Les hago pasar?

—Denos vuestra señoría un momento —responde muy serio Castro, mientras se encamina hacia la cortina para ocultarse. Pero, al ir a sentarse, ve que allí en vez de un sillón hay dos; y exclama adusto:

—¡¿Y esto?!

El gobernador Bustos acude entonces presto a sentarse, justificándose:

—Estimo conveniente oír yo también las declaraciones; así que he mandado poner otro sillón.

Don Rodrigo no replica, pero su semblante lo dice todo: esta actitud de su amigo y colega le molesta; así que tuerce el gesto, suspira dando a entender su resignación, y se sienta. Por lo que el gobernador, considerando que debe excusar aún más su actitud, añade:

—Vamos, Rodrigo, no te enfades, hombre... Tú siempre dices que cuatro ojos ven más que dos; de manera que cuatro oídos...

—Bien, bien —le dice molesto Castro—. ¡Empecemos de una vez! ¡Silencio a partir de este momento!

Corre el negro cortinón y desaparece tras él. En el gabinete están ya solos fray Tomás en su sitio y Monroy sentado frente al escritorio. Una silla vacía queda frente al crucifijo, aguardando al declarante.

—¡Que pase Alonso Álvarez Ramírez! —dice fray Tomás, en voz alta, para que lo oiga el alguacil.

Al cabo entra el anciano, arrastrando sus piernas quebradizas y apoyándose en el bastón. Su yerno le sigue, muy pendiente de sus pasos, y le sostiene por el antebrazo.

—Solamente debe estar Alonso Álvarez —dice fray Tomás—. Que espere fuera el yerno.

Diego Ortiz hace una reverencia y sale sumiso. La puerta entonces se cierra y el fraile le pregunta al anciano:

—¿Es vuestra merced Alonso Álvarez Ramírez?

El viejo tiene los ojos llorosos; le tiemblan la barba cana y los labios; todo él está trémulo, aterrado, avergonzado; se tambalea y parece que se va a desplomar de un momento a otro. Responde con voz apagada, mecánicamente y de un tirón:

—Sí, soy Alonso Álvarez, hijo de Lucas Ramírez; tomé como primer apellido el de mi señora madre, Justa Álvarez... No he hecho otra cosa en mi vida que trabajar, ayudar a los que lo necesitan y pagar los dineros a la Santa Iglesia, sin omitir mis obligaciones de buen cristiano... Nunca se me ha hallado en pendencia alguna... ¡Ay! ¿Qué puede querer el Santo Oficio de un pobre viejo como yo?

Fray Tomás se compadece de él y le dice con delicadeza:

—No se apure vuestra merced; serán solamente unas preguntas... Siéntese en esa silla.

El anciano se sienta y se echa a llorar.

—¡Oh, unas preguntas! —solloza—. ¡Ay, ay, ay...! ¡Si

yo no sé nada de nada! ¡Déjenme vuestras caridades irme a mi casa! ¡Tengan compasión!

—Bueno, bueno... ¿No le he dicho que no debe preocuparse? Tranquilícese vuestra merced y preste atención; que no hemos de tardar mucho.

Alonso le mira como un animalillo consumido, asustado y débil; tose, rezonga, gime y le resbala el moco por el bigote blanco. Así que Monroy, que está esperando a que se le indique cuándo ha de empezar a tomar nota, se dice para sus adentros: «Poco se va a sacar de este pobre hombre, que a buen seguro hace ya tiempo que no sale de su casa.»

Fray Tomás decide ir al meollo de la cuestión y le pregunta directamente:

—¿Qué sabe vuestra merced de la monja carmelita llamada Teresa de Jesús?

El viejo da un respingo; su rostro y sus labios se contraen en una mueca imposible, a causa de su falta de dientes; se le juntan la barba y la nariz.

—¡Huy, huy, huy! —exclama entre sollozos—. ¡Si ya sabía yo que...! ¡Huy, huy, huy...!

Saca un pañuelo grande y arrugado, se enjuga las lágrimas, se tapa el rostro y no dice nada más.

—Hable vuestra merced —le insta fray Tomás—. ¿Qué sabe de la monja? ¿Por qué se pone así? ¿Qué le pasa?

—¡Ay, por Dios Santo! ¡Yo no sé nada! ¡Que venga mi yerno! Preguntadle a él... ¡Por caridad, déjenme vuestras reverencias a mí! ¡Tengan compasión de las canas!

—Vamos, vamos... Que no pasa nada... Diga vuaced lo que sabe de una vez y le dejaremos en paz. ¡Tranquilo, hombre de Dios!

El anciano se suena los mocos, tose, carraspea, le falta el aire... Murmura entre jadeos:

—La monja... ¡Ay, la monja! ¡Si ya sabía yo que...! ¡Ya se lo dije a mi hermano que en paz esté! ¡Ay, la monja esa...! ¡Huy, huy, huy...!

—Pero... ¿qué pasa con la monja? Hable de una vez, hombre de Dios; diga todo lo que sabe...

El viejo aprieta los puños contra su pecho; y, un instante después, lanza las manos crispadas a lo alto gritando:

—¡Si ya se lo dije yo a mi hermano! ¡Si yo lo sabía! ¡Dios es testigo de lo que digo! ¡Yo le avisé!

—¿De qué le avisó? ¡Responda vuaced sin rodeos!

—¡Ya sabía yo que la monja esa era judía! —declara al fin Alonso—. A mi hermano se lo dije: «¡Judía es! ¿No te das cuenta en el lío que te vas a meter?» Le avisé: «¡Judía!» Pero nosotros no somos judíos... No, ¡por Dios!, nosotros no... Y ahora yo, que no me va ni me viene nada en este negocio, pago las consecuencias... ¡A mi vejez! Después de una vida de trabajo, ¡de esclavo de los mercados! Para tener que acabar en el Santo Oficio por las tonterías de mi hermano... ¡Huy, huy, huy...! ¡Ay, Dios mío! ¡Qué lástima! ¡Qué deshonor!

Con estos lamentos el viejo parece haber agotado sus pocas fuerzas: se asfixia, su rostro se pone blanco como la cera, se mueve a un lado y otro y, finalmente, acaba desmadejado, resbalando en la silla y cayendo al suelo entre ruidos guturales...

Entonces fray Tomás y Monroy se levantan y corren a socorrerle. Llaman al alguacil y al yerno. Entre todos cargan con aquel cuerpo inerte y lo llevan al recibidor donde lo tienden, lo abanican, le intentan dar un sorbo de agua y hacen cuanto está en sus manos para tratar de reanimarlo. Y mientras tanto, Diego Ortiz está hecho un manojo de nervios y no para de decir:

—¡Por Dios! ¡Ay, por Dios bendito! ¿Qué le han preguntado a mi suegro para que se ponga así? ¡Si nosotros no hemos hecho nada! ¡Si somos gente íntegra! ¡Cristianos viejos de Toledo! ¿Por qué nos hacen pasar este calvario?

A todo esto, vuelve en sí el anciano. Le recuestan en un diván y ven que la cosa no es tan grave como en principio parecía. Entonces fray Tomás vuelve al gabinete y se encuentra allí con don Rodrigo y don Sancho que, fuera ya del escondite, están hablando a media voz acerca de lo que acaba de suceder:

—¡Judía! Resulta que es judía —dice el gobernador, con el rostro iluminado por la sorpresa—. ¡La monja Teresa de Jesús tiene sangre hebrea! ¡Qué notición!

—Bueno, es lo que ha dicho ese hombre —repone Castro, reflejando igualmente cierto asombro en su cara—. Pero... ¡a saber!

—Si lo ha dicho es porque lo será —indica don Sancho—. Esos mercaderes saben mucho de eso; entre otras cosas porque todos descienden de judíos...

—No sé, no sé... Habrá que investigar al respecto, porque ese dato es muy interesante...

—¡Interesantísimo! Si la monja tiene sangre hebrea, a lo mejor es judaizante... ¡Judaizante, Rodrigo! ¡Alumbrada judaizante! ¡Ahí es nada! ¡Se descubrió el pastel: Teresa es criptojudía!

—¡Chist! ¡No alces la voz!

Estando en esta porfía ambos letrados, se acerca a ellos tímidamente fray Tomás y les interrumpe, preguntando:

—¿Y ahora, qué procede hacer?

Don Rodrigo clava en él una mirada imperiosa y contesta:

—Proseguir, naturalmente, proseguir. Que pase el yerno; a ver si nos aclara todo esto... Y no olvides preguntarle si es judía la monja y cómo es que lo saben, si acaso lo fuera en verdad.

Vuelven a ocultarse tras la cortina los licenciados y el fraile va a cumplir la orden, avisando a Monroy y al declarante. Se sienta cada uno de ellos en su silla y empieza la nueva sesión.

## 4. DECLARACIÓN DE DIEGO ORTIZ

El yerno de Alonso Álvarez es un hombre en cierto modo semejante a su suegro: asimismo de edad provecta, aunque no tan viejo; igualmente temeroso, cauteloso; vestido de manera muy parecida: tafetanes oscuros, calzas holgadas, medias de seda negra, bonete, cuello blanco impoluto y un bastón similar en la mano, de castaño, con empuñadura de plata; mas, evidentemente, este no lo necesita tanto, pues se mantiene de pie, si bien caído de un lado.

—¿Es vuestra merced Diego Ortiz? —le pregunta fray Tomás.

—El mismo, para servir a Dios y a su majestad el rey ¿Qué se le ofrece al Santo Oficio de mi humilde persona?

—He de hacerle a vuesa merced algunas preguntas.

—Heme aquí.

—¿Conocéis a la monja carmelita llamada Teresa de Jesús?

Diego se echa hacia atrás en la silla, abre los ojos demostrando estupor y suelta un largo resoplido, antes de responder exclamando:

—¡Acabáramos! ¡Así que se trata de la monja!

—Diga vuestra merced todo lo que sabe de ella, puesto que ya veo que la conoce.

Aparentemente, Diego Ortiz manifiesta mayor entereza que su suegro; aunque se le ve atemorizado. Pero empieza a mostrar una cierta templanza y un aplomo que le nace de dentro, a medida que se toma un tiempo para pensar lo que va a decir. El interrogador no le apremia; sino que le deja, para evitar tal vez otra situación desagradable. Y al cabo, el examinado empieza diciendo con un asomo de afectación:

—Primeramente, ha de saber vuestra reverendísima señoría que un servidor estudió en su juventud Cánones y Teología, en Salamanca, y que, a pesar de haber pasado ya muchos años desde que dejé los libros, esas cosas nunca se olvidan... Digo esto sin inmodestia ni vanidad alguna; sino para que no se piense aquí que yo soy como el pobre de mi suegro, comerciante nada más, iletrado, que no sabe otra cosa que hacer cuentas, listas de precios o anotaciones en su cuaderno, más escribir cuatro nombres y algunos números... En fin, lo justo para defenderse en el negocio...

—¿Entonces no es vuesa merced comerciante?

—Bueno, comerciante lo que se dice comerciante... Digamos que estoy al lado de mi suegro, que, como ven, es ya muy anciano, y le ayudo, le asesoro, le llevo los negocios para que no le engañen...

—O sea, comerciante —le dice fray Tomás a Monroy—. Anote ahí vuestra merced que es comerciante.

—¡Un momento! —salta Diego Ortiz, dejándose dominar por su orgullo—. Y anote también vuesa señoría que sé leyes y teología; que, a los efectos de lo que aquí nos ocupa, habrá de ser un dato de importancia. Porque no es lo mismo saber escribir, leer y hacer cuentas que...

—Bien, bien —le frena fray Tomás—. Vayamos pues a

eso que nos ocupa. ¿Qué sabe vuestra merced de la monja llamada Teresa de Jesús?

Diego Ortiz se lleva la mano al pecho y, haciendo alarde de una gran compunción, de un decoro, de una vergüenza no disimulada, dice:

—¡Ah, cómo me duele tener que venir aquí por ese motivo! Ciertamente, tanto mi señor suegro como yo hemos conocido a la monja llamada Teresa de Jesús... Pero debe saber vuestra reverencia, antes de nada, que no fue por nuestra voluntad; sino por motivos en todo ajenos a nuestros deseos; por un menester que nos cayó encima, como suele decirse: sin comerlo ni beberlo... No, ni mi suegro ni yo tuvimos intención siquiera de fundar monasterio alguno; ni acudir al socorro de aventuras desmesuradas, ideas peligrosas, patronatos comprometidos... Nosotros, reverencia, somos gente sin grandes pretensiones; una sencilla familia cristiana que modera sus deseos... Ya os he dicho que estudié Leyes y Teología...

—¡Sí, sí, sí! ¡Ya lo ha dicho vuestra merced! Pero... ¿Qué hay de la monja?

—¡Ah, la monja! A eso iba precisamente, con el permiso de vuestra reverencia, con la venia... Resulta que esta tal Teresa de Jesús, de quien empiezo a temer, a entrever, que algo ha debido de hacer o decir inconveniente para nuestra fe católica...

—Bueno, bueno; eso es cosa del Santo Oficio... Vuestra merced limítese a contestar a lo que se le pregunte y no profiera juicios. Así que prosiga; al grano: ¿qué sabe de la monja?

—¡Ay, señoría, disculpe! Solamente pretendía ser sincero y sacar a la luz lo que hay en mi alma: el hondo sufrimiento que me aflige...

—¡Al grano, por Dios!

—Eso, al grano, al grano, al grano... El grano me salió a mí con caerme encima un negocio tan apurado, como un sarpullido, como una penitencia... Porque no fuimos ni mi suegro ni yo quienes trajimos a Toledo a la monja, ni quienes dimos aire a sus ventoleras, a sus caprichos... Fue el hermano de mi señor suegro, el difunto Martín Ramírez, quien cometió tal error... O digamos mejor que fue por pura ignorancia, por ingenuidad, por inexperiencia, por simpleza, por incultura... Se dejó llevar; eso, se dejó llevar... Verá vuestra reverencia: resulta que el difunto Martín Ramírez decidió hacer una obra piadosa en su vejez, viendo que pronto tendría que rendir el alma a Dios. Hasta aquí, nada hay de malo, ¿verdad? Cada uno hace con su hacienda lo que considera oportuno, y si es una obra buena, mejor que mejor... Pero, luego, siempre hay quien está atento a las buenas voluntades de los hombres piadosos para sacar su propio provecho y para gloria propia...

Aquí interrumpe su discurso por sí solo, como asaltado por un pensamiento. Se queda en suspenso un instante y luego prosigue diciendo:

—Pero... ¡al grano! Eso, al grano... ¡Ay, Virgen Santísima! Fue un jesuita, el padre Pablo Hernández, quien le metió en la cabeza la monja esa a Martín Ramírez, que en paz esté. Él le convenció de que era una gran santa, una reformadora, una fundadora de conventos en espíritu de verdad; en fin, ¡una bienaventurada mujer! Y el hermano de mi suegro decidió legar nada menos que doce mil ducados como manda para que ella fundase un convento aquí en Toledo. Y luego vino lo demás: murió Martín Ramírez y el dichoso capricho le cayó encima a mi suegro; el cual, por no entender de esas cosas, me lo cargó en mis espaldas... Y ya ve vuestra reverencia cómo estamos, sin comerlo ni beberlo: ¡aquí en el Santo Oficio! ¡Ay, Señor! ¡Ay, Virgen Santísima!

—Pero... —le dice fray Tomás—. Según tengo entendido, vuestra merced acabó dándole los doce mil ducados. ¿O no fue así?

—Pues claro que se los di. ¿Y qué otra cosa podía yo hacer si no? ¿Contravenir la última voluntad de un difunto? ¡Eso jamás!

—Entonces, vuestra merced conoció a la monja y trató en persona con ella.

—No me quedó más remedio, debí hacerme cargo del asunto de la manda, pues, como ya le he dicho a vuestra reverencia, mi suegro es inútil para esos menesteres. Pero yo no quiero saber ya nada más de aquello... Cumplí con mi obligación y santas pascuas. ¿Qué tengo yo que ver con lo que haya hecho o dicho la tal Teresa? Así que... ¿me puedo marchar? Ya ven vuestras reverencias que mi suegro está indispuesto y creo que debería devolverle cuanto antes a su casa, a su cama... No sea que...

—Solo una pregunta más —le retiene fray Tomás—. ¿Sabía vuestra merced que la monja es de origen judío?

—¡Ay, Señor! ¡Ay, Virgen Santísima! Pues claro que lo sabía. Eso me lo dijo mi suegro. ¿Y cómo no lo iba a saber mi suegro? Ya ve vuestra reverencia lo anciano que es: ochenta años ha cumplido y, aunque está achacoso, guarda muy buena memoria.

—Entonces, ¿fue vuestro suegro quien le dijo a vuestra merced que era judía?

—Sí, él me lo dijo; porque él se enteró que era ella nieta de... ¡Ah, pero eso...! Eso que lo diga quien lo sabe mejor que yo... ¿Me puedo ir ya?

Fray Tomás se da cuenta de que Diego Ortiz está remiso a tratar con detalle este extremo; y temiendo que don

Rodrigo no esté satisfecho del todo con la declaración, insta nuevamente al testigo a que se explique mejor. Entonces este empieza a encontrarse apurado, al tener que contar una historia en la que, al parecer, tuvo un papel que no le interesa dar a conocer; y halla sin embargo la manera de arreglarlo apartándose hábilmente del tema: cuenta lo de los enterramientos que él y su suegro pretendían concertar en la iglesia del convento, lo de la negativa de Teresa; no se deja en el tintero lo de la casa que alquiló la monja en el barrio de la judería; y salta desde ese punto de nuevo a lo preguntado, pero poniéndose él a salvo.

—Ella quería a toda costa fundar la casa en el viejo barrio de los judíos —dice—. Por algo sería; alguna razón tendría. Pero yo, como comprenderán vuestras reverencias, nada sé de eso y nada pregunté. Yo hice únicamente lo que debía... ¡Allá ella si es o no judía!

—Pero... ¿Lo es en verdad?

—¿Pues no le digo a vuestras caridades que lo es? ¡En verdad lo es!

—¿Tiene vuestra merced alguna prueba de ello?

—¡Ay, Señor! ¡Ay, Virgen Santísima! ¿Y qué tengo yo que ver con eso? Nada sé yo de judíos... ¡Yo soy cristiano viejo! En mi casa tengo un documento de pureza de sangre... ¿Qué diantres voy a saber yo de los judíos?

Fray Tomás se da cuenta de que no le podrá sacar nada más: que es un hombre leído, sabihondo, vanaglorioso, que no está dispuesto a pillarse los dedos. Por ello, zanjando la cuestión, le dice:

—Está bien. El notario ya ha escrito la declaración. Después se la leerá a vuestra merced para ver si está conforme. De momento, salid a atender a vuestro suegro.

—¡Ah, gracias a Dios! Entonces, ¿nos podemos ir a casa?

—No, antes debo hacer una consulta a mis superiores. Salga vuestra merced y espere fuera.

Cuando se ha marchado Diego Ortiz, surge con ímpetu del escondite el inquisidor Castro y reprende a fray Tomás:

—¿Por qué le has dicho que debías preguntar a tus superiores? Se supone que no estamos aquí... ¡Es como si no estuviésemos! ¿Tan difícil es entender eso...? ¡Qué torpeza!

—Ah, yo creía que... En fin, no me pareció oportuno tomar decisiones por mi cuenta —se excusa el fraile.

—¿Decisiones? ¿Qué decisiones? —inquiere don Rodrigo.

—Pues si debía dejarles marchar o si debía todavía intentar sacarle algo más al suegro, si es que se ha repuesto ya del vahído...

El superior se queda pensativo y luego dice:

—¡Muy buena idea es esa! Vamos, llama al suegro y pregúntale por qué sabía que es judía.

—¡Eso, que lo diga el viejo! —exclama el gobernador, saliendo de detrás de la cortina, sin ocultar en absoluto su entusiasmo—. ¡Menudo descubrimiento! Si resulta que es judía, hemos hecho una gran caza. ¡Al escondite! ¡Y que pase ahora el viejo!

Un momento después, entran el yerno y el suegro, más repuesto ya este último y tranquilizado por el primero. Fray Tomás deja esta vez que estén presentes los dos y pregunta:

—¿Por qué sabían vuestras mercedes que Teresa es judía?

—Ande, dígaselo vuaced todo, padre, ¡sin miedo! —insta Diego Ortiz a su suegro.

Entonces el viejo, mucho más sosegado que en el primer interrogatorio, habla al fin: dice que en Toledo todos los mercaderes se conocen, ya sean judíos, conversos o cristianos; que las estrechas relaciones entre ellos, comerciales, familiares o de simple vecindad, hacen que cada uno sepa bien el origen, los apellidos, la religión, las costumbres y demás referencias, por nimias que sean, de quienes comparten el gremio más próspero y activo de la ciudad. Y por tal motivo, Alonso Álvarez recordaba perfectamente que en su lejana juventud conoció a un tal Juan Sánchez, comerciante de sedas y paños, que vivía espléndidamente en Toledo, merced a los costosísimos tejidos, brocados y damascos que se vendían en su establecimiento; el mejor, el más frecuentado por la gente más rica y noble, no ya solo de Toledo, sino de toda Castilla. Su vivienda y almacén estaban en la colación de Santa Leocadia, en un caserón magnífico; un verdadero palacio con dos pisos, amplias estancias, patios, corrales, cuadras y un ejército de criados. Pero resultó que acabó descubriéndose que aquel potentado mercader era de sangre judía y que, en secreto, profesaba la religión de sus antepasados, por lo que fue hecho preso por la Inquisición y penitenciado; teniendo que llevar el humillante sambenito y que abjurar de sus herejías. Tras lo cual, convenientemente reconciliado, fue puesto en libertad y regresó a su casa, de donde no salió más, sino para vender todas sus posesiones y marcharse a Ávila, ciudad en que dio inicio a una nueva vida, lejos de la vergüenza que suponía para toda su familia lo que les había pasado en Toledo.

—Pues bien —concluye su relato el viejo—, han de saber vuestras reverencias que ese tal Juan Sánchez, judío, es el abuelo de la monja Teresa de Jesús, según es conocido por muchos mercaderes de Castilla. Así que ella tiene sangre judía...

Esta declaración de Alonso Álvarez deja pasmados a los inquisidores. Fray Tomás autoriza que los interrogados se vayan a su casa. Un instante después, salen don Rodrigo y don Bustos, e inmediatamente piden a don Antonio Matos que se apresure a buscar en los archivos del Santo Oficio de Toledo toda la documentación que obra sobre el proceso del tal Juan Sánchez. No es difícil dar con los papeles y se descubre que cuanto ha dicho el viejo es verdad: Juan Sánchez de Toledo era mercader y vivía con su gente magníficamente, muy por encima de muchos artesanos y manufactureros de la ciudad. Comerciaba a la vez en varios ramos: joyas, tejidos, libros, especias y demás productos muy costosos. Además del almacén, abría tienda al público en el mercado de Zocodover. Tenía una casa principal de la colación de Santa Leocadia, donde, si no le bastaban las ganancias comerciales, por otra parte manejaba un negocio típico entre conversos: la recaudación de impuestos públicos, civiles y eclesiásticos. Esta segunda ocupación de don Juan le dio una condición muy elevada, pues le facilitó contactos amistosos con los obispos de Plasencia, Salamanca, Toledo, Santiago y con altos dignatarios de la Corte. Al parecer, de joven hasta debió de estar al servicio de Enrique IV, pues alguien lo recordaba como «secretario del rey». Estas relaciones debieron de disimular su condición de converso, pues estos no podían ejercer legalmente el arrendamiento de tributos, reservado a los hidalgos. Así que orgulloso y contento, dueño de una gran hacienda, don Juan se casó con doña Inés de Cepeda, perteneciente a una familia también conversa, oriunda de Tordesillas y establecida en Toledo.

Pero, en la primavera de 1485, la Inquisición asienta el tribunal en Toledo, andando por los cuarenta y cinco años de su edad don Juan, que tenía ya cuatro niños, de los cuales, uno llamado Alonso, será el padre de Teresa y contaría por esas fechas cinco años.

El nuevo tribunal promulgó enseguida el edicto «de gracia», que convocaba a las personas que hubieran apostatado o cometido algún delito contra la fe para que comparecieran dentro de un corto plazo para confesar ante los inquisidores pidiendo reconciliación. Pasado el plazo, el tribunal procede con rigor y proclama las normas que obligan a delatar sospechosos, y el formulario de prácticas o ceremonias judaicas.

El 22 de junio de aquel 1485, Juan Sánchez de Toledo compareció voluntariamente, según reza el acta del Santo Oficio: «Dio, presentó e juró ante los señores inquisidores que a la sazón eran, una confesión en que dijo e confesó haber hecho e cometido muchos y graves crímenes y delitos de herejía y apostasía contra nuestra santa fe católica.»

El tribunal admitió la confesión, le perdonó, y le impuso penitencia: «Echaron al dicho Juan Sánchez de Toledo un sambenitillo con sus cruces, e lo traía públicamente los viernes en la procesión de los reconciliados que andavan de penitencia siete viernes de iglesia en iglesia, e andava públicamente con otros reconciliados.»

Cayó a Juan Sánchez la pena mínima del *Catálogo de Penas Menores*: llevar el «sambenito»; larga túnica amarilla, con una cruz roja en el centro, que expone la procesión de penitentes a la mofa popular. Dura humillación para el rico mercader toledano: cumplir revestido del sambenito la visita a las iglesias siete viernes seguidos.

Cuando han estudiado bien los documentos del proceso y todo está claro, don Rodrigo concluye diciendo:

—De manera que era verdad: Teresa de Cepeda y Ahumada es judía y su abuelo judaizante, penitenciado y reconciliado... Este hallazgo pone un elemento nuevo y definitivo en la investigación. Y el inquisidor general debe saberlo de primera mano... —Se queda un momento pensativo y luego añade con determinación—: He de ir a contárselo inmediatamente. Así que mañana temprano partiré para Madrid.

—¿Y nosotros...? —pregunta don Antonio Matos—. ¿Qué hacemos nosotros mientras tanto?

—Proseguir con la investigación, naturalmente. Fray Tomás y el escribiente deberán interrogar a doña Luisa y preguntarle sobre todo esto.

—¿La citamos...? —consulta, dudando el portugués—. Es una muy noble y alta dama...

—No, no debe venir aquí... Eso puede complicar las cosas. Mejor será que los subalternos vayan a su casa.

## 5. DECLARACIÓN DE DOÑA LUISA DE LA CERDA

Todo se hace como quedó dispuesto por don Rodrigo de Castro antes de irse a Madrid: fray Tomás y Monroy son informados convenientemente por don Antonio Matos sobre la persona de doña Luisa de la Cerda, para tener una idea precisa de ella a la hora de interrogarla. La dama es hija del segundo duque de Medinaceli, Juan de la Cerda, y de su segunda mujer, María de Silva y Toledo; pertenece pues a una de las familias de España más linajudas y de más elevada renta. Pero, no obstante su cuna, la desdicha la acompañó desde muy temprana edad: pronto quedó huérfana de padre y madre, el año 1544, y, aprovechándose de su desamparo, la dejó embarazada el príncipe de Mélito, don Diego Hurtado de Mendoza, que estaba casado con Catalina de Silva, prima hermana de doña Luisa, y que ya era padre de una hija nacida en 1540, doña Ana de Mendoza, la futura princesa de Éboli. La niña nacida del abuso, bautizada como Isabel de Mendoza, fue apartada de la madre y criada por la familia del padre natural. Tras este sombrío episodio, doña Luisa casó en 1547 con el viudo don Antonio Ares Pardo, mariscal de Castilla y sobrino del cardenal Tavera. Del matrimonio nacieron siete hijos: tres fallecieron en la infancia y cuatro vivirían en el palacio toledano a la llegada de Teresa: María, Juan, Catalina y Guiomar. Pero la desgracia no le dio tregua a la dama viuda: en 1566, con quince años, murió la hija mayor, María, que ya estaba casada previa dispensa papal desde los doce años; y cinco años después, en 1571, murió Juan.

Conociendo estos pormenores, fray Tomás y Monroy llegan temprano a las puertas de la que llaman en Toledo la Casa del Mariscal. El palacio es grande, sólido, antiguo, y está flanqueado por un torreón medio derruido, y por un pedazo de castillo, también en ruinas, que levantó —dicen las crónicas— don Esteban de Millán, allá por el siglo XII, siendo alguacil mayor y alcalde de la ciudad recién ganada a los moros. Después el edificio perteneció a la familia Manrique y más tarde al cardenal Silíceo, antes de ser comprada por el mariscal don Antonio Ares. Ahora la fachada principal está bien cuidada, impecable, y nada tiene que ver con los vestigios adyacentes, tal vez mantenidos en pie por ser reliquias de memorables hechos de antaño, a pesar de su aspecto abandonado. Pero resulta que Toledo es así: la mayor amalgama de gloria y decadencia que pueda hallarse; porque todo lo que se ve allí parece subsistir de manera eterna; después del sucederse de las invasiones, los reinos y las potestades; lo viejo y lo nuevo están mezclados; por todas partes se encuentra la presencia del pasado, evocado por la extravagante vecindad de los primitivos edificios aún en pie, inmemoriales iglesias junto a restos de sinagogas y mezquitas; y todo envuelto en el apretado enredo de callejuelas, plazas y adarves, donde la confusión de las casas, heredadas a través de los siglos, muestran la belleza avejentada y el aire decaído de las arcaicas piedras, el rojo ladrillo, los estucos y los adobes.

Ya en el mismo umbral del palacio, donde están detenidos fray Tomás y Monroy, se aprecia esa realidad. La gran puerta está abierta de par en par: ven el zaguán, un patio interior y una galería que tiene cierto sabor moruno. Un portero les hace entrar y les conduce por aquel espacio extraño y a la vez familiar; les introduce luego por aposentos señoriales hasta una suerte de vestíbulo angosto. Allí aguardan hasta que aparece un criado, que toma el relevo como guía llevándoles hasta un segundo patio; donde un ama toda vestida de negro les está esperando. Es una mujer seca, con cara de pocos amigos, gesto avinagrado y mirada distante, que les hace algunas advertencias previas sobre el modo en que han de comportarse con doña Luisa.

—La señora está bien dispuesta hacia vuestras caridades —les dice con aspereza—; a pesar de que no tiene obligación ninguna de recibirles. Si el Santo Oficio tiene algo que decirle, debería hacerlo a través de sus más altos funcionarios; y no mediante subalternos. En qué estarán pensando los inquisidores de arriba... ¿Acaso no saben con quién tratan? Desde que meten en la cárcel hasta a los arzobispos andan demasiado subidos... Mas la señora no desea hacer alardes ni mostrarse altanera; sino actuar como lo que es: una cristiana ejemplar. Así que vuestras caridades habrán de ser humildes y respetuosas en sumo grado; evitando causarle a ella la mínima molestia, el mínimo disgusto, la mínima fatiga... Pues la señora ha sufrido mucho en la vida. Dios ya le ha enviado las penitencias que ha considerado oportunas en su divina voluntad. No dejen de tener en cuenta vuestras caridades en ningún momento que la señora ha perdido recientemente a sus hijos, siendo ya viuda; y no hay mayor sufrimiento en vida que la muerte de sus queridos hijos para una buena madre...

Dicho esto, les hace entrar en una estancia de la planta baja, desde la cual se pasa a una sala. Pero, antes de que pongan los pies en ella, el ama, indicando la puerta, les dice en voz baja:

—Aquí es. Y ya saben... —Y enarbola el dedo índice amenazador, para que no olviden las advertencias.

Entran ellos y aguardan. Un rato después, se abre un cortinaje y aparece doña Luisa, sola. Su aspecto, que podría ser de una dama de no más de cuarenta años, a primera vista da una impresión de belleza desanimada, mustia y casi herida. Viste completamente de negro, sin ningún adorno; ni siquiera algún raso o alguna cinta del mismo color; todo en ella es luto. Un velo negro le cae a ambos lados de la cabeza, suspendido y extendido horizontalmente, aunque un tanto separado de la cara. Es una mujer grande, y las proporciones bien formadas de su alta figura parecen desaparecer en el vestido desahogado, tal vez confeccionado con holgura intencionadamente, para lograr el abandono del porte, de las formas, de cualquier garbo o galanura. Su rostro denota dolor inequívocamente; un dolor largo, pertinaz y aceptado. Los ojos, muy negros también, como las cejas anchas, están caídos y cercados por azulencas ojeras. Las mejillas palidísimas caen, asimismo, descendiendo en los contornos desdibujados por una lenta extenuación. Sin embargo, resaltan los labios, delicados y graciosos, aunque apenas coloreados por un rosa desvaído, y en ellos cuesta mucho imaginar siquiera una sonrisa leve.

El ama, acostumbrada a su oficio, hace las presentaciones sin esmero ni demasía:

—Señora, he aquí a los enviados por el Santo Oficio. Caridades, he aquí a doña Luisa.

Después de decir esto, se retira; no sin antes lanzarles a los inquisidores una larga y severa mirada, como último recordatorio de sus advertencias.

Cuando se quedan solos los tres, el caballero Monroy saca de su valija la pluma, el tintero y los pliegos.

—¡Ah! —pregunta doña Luisa con débil voz, como saliendo de su languidez—. ¿Van a tomar nota vuestras mercedes...?

—Señora —le dice fray Tomás—. No queremos causarle ninguna molestia ni preocupación. Si no desea que el notario escriba lo que va a decir vuestra merced, él no escribirá.

Ella frunce los labios y baja apresuradamente los ojos, como huyendo de cualquier asomo de soberbia.

—Hagan vuestras caridades todo como deba hacerse —otorga con mansedumbre.

Fray Tomás entonces le hace las preguntas pertinentes: ¿Cuánto tiempo hace que conoce a la monja Teresa de Jesús? ¿Cómo la conoció? ¿Qué relación tuvo con ella? ¿Para qué vino a Toledo? ¿Cómo se las arregló para fundar el convento?...

Cuando doña Luisa empieza a hablar, lo hace despacio, midiendo sus palabras, con una cierta reserva que no trata de ocultar: se aprecia que de ninguna manera quiere perjudicar a Teresa. Pero, a medida que va contestando a las preguntas, ese comedimiento inicial va cediendo en favor de un creciente entusiasmo, como una exaltación no disimulada: todo lo que la dama dice de su amiga la monja es aprobatorio, favorable hacia ella e incluso laudatorio; nada de extraño ha visto en ella, nada sospechoso ni equívoco; por el contrario, doña Luisa manifiesta sin ambages que Teresa es una mujer íntegra, sincera, sin dobleces, en cuya persona pueden apreciarse muchas gracias, grandes virtudes, claridad de palabras y obras y, sobre todo, honestidad.

—Cuando Teresa vino a Toledo por primera vez en enero del año 1562 —cuenta la dama—, yo estaba completamente deshecha... No desearía quejarme delante de vuestras caridades; pero mi vida no ha sido una vida fácil que se diga... El año 1561 había muerto mi señor esposo y caí en la hondura de un pozo de tristeza... Nada me consolaba; nada tenía color ni sentido para mí, por mucho que mis parientes y amigos intentaban animarme... Me avergüenza recordar aquello, créanme vuestras caridades, pues ahora sé bien que la melancolía es un arma en manos del diablo para afligir a los hijos de Dios y, con ello, al propio Dios... Mas hay veces que es muy difícil ver que todo, absolutamente todo, está ante los ojos del Padre Misericordioso; y que nosotros, especialmente, estamos en sus manos; solo Él basta... ¡Ah, no saben vuestras caridades qué alivio tan grande se siente cuando eso se llega a comprender! Y a mí me ayudaron para verlo, pues yo no lo notaba siquiera... Pero vino Teresa a mi casa y, apenas había conversado con ella una hora, cuando me invadió una suerte de paz...; una armonía de pensamientos... Su sola presencia, la fortaleza de ánimo y la alegría de Teresa me infundieron un vigor en el alma desconocido para mí antes... Pero fueron más que nada sus palabras, cadenciosas, bellas y sabias, las que despertaron vida en mi ser. Ella me miró a los ojos de una manera intensa, con esos ojos tan vivos, y recitó unos versos que parecían haber sido escritos para mí:

*Nada te turbe,*
*nada te espante,*
*todo se pasa,*
*Dios no se muda.*
*La paciencia,*
*todo lo alcanza;*
*quien a Dios tiene*
*nada le falta:*
*solo Dios basta.*

Tras declamar el poema, doña Luisa se queda en silencio, con los ojos brillantes y soñadores, mientras una lágrima le resbala mejilla abajo; pero no está triste: sonríe extrañamente...

Fray Tomás permanece quieto y callado, contemplando ese rostro atravesado como por una irradiación especial. También Monroy ha soltado la pluma y mira a la dama, embelesado.

Después del instante de suspenso, doña Luisa añade:

—Esa maravillosa poesía la escribió ella... ¡No saben vuestras caridades cómo escribe Teresa!

—Escribe bien, eso dicen quienes han leído lo que sale de su pluma —comenta fray Tomás, sin olvidar el motivo por el que está allí. E, inmediatamente, le pregunta a la dama—: ¿Vuestra señoría ha tenido ocasión de leer algún libro de Teresa?

—Sí, claro que sí —responde ella con naturalidad.

—¿Qué libro?

Doña Luisa clava una mirada llena de suspicacia en el fraile, al mismo tiempo que su semblante se torna más serio, y contesta ceñuda:

—Yo no tengo por qué decirle a vuestras caridades lo que leo o no leo... Para ese menester tengo a mi confesor.

—Señora, os pido perdón —se disculpa fray Tomás—, tiene vuestra merced toda la razón... Pregunté con la única intención de saber más sobre Teresa. ¿Cómo es ella? ¿Qué hacía aquí? ¿Qué os decía?

La actitud de doña Luisa vuelve a ser dócil; sonríe y se manifiesta dispuesta a hablar. A pesar de su apariencia desvalida, del aire apagado de su semblante y de su humildad, no es en absoluto una mujer fácilmente manejable; no es una ignara dama de alcurnia; no es corta ni mucho menos: es sagaz y hábil para conducir la conversación por los derroteros que a ella le parecen adecuados. Así que no tiene reparos en contar que la monja y ella pronto congeniaron muy bien; evitando nuevamente soltar cualquier cosa que pueda comprometerla.

—Con Teresa todo es fácil —dice—; su estilo sencillo y natural hace posible el entendimiento, la confianza, el afecto... No creo que nadie que la haya conocido pueda decir otra cosa de ella. Así que no piensen vuestras caridades que yo vaya a decirles algo que pueda perjudicarla... No sé el motivo por el que el Santo Oficio se interesa ahora por ella; pero no me preocupa lo más mínimo. Porque han de saber vuestras caridades que no hallarán en Teresa nada raro... No comprendo, pues, a qué viene ahora esta sospecha...

—Oh, no, no, señora... —se apresura a observar fray Tomás—. Detrás de esta investigación no hay otra intención que conocer la verdad. Y la verdad a nadie le debe inquietar...

—Pues solo verdades diré yo —declara ella—; ya que nada tengo que ocultar.

Seguidamente, doña Luisa recuerda de nuevo que estuvo muy deprimida tras enviudar y que no hallaba salida alguna para su estado de oscuridad y angustia. Y cuenta que fue otra dama amiga suya, doña Guiomar de Ulloa, viuda también, quien le habló de las virtudes de Teresa, aconsejándole vivamente que la trajera a su casa para tener cerca su presencia de ánimo, sus palabras de consuelo; y ese algo de misterioso, esa fuerza espiritual que podría servirle de gran ayuda.

—Gracias a Dios —refiere la dama—, acepté su consejo y le rogué al provincial de los carmelitas que enviase a la monja a Toledo. Yo estaba ya ahíta de lágrimas y de noches de insomnio. La Navidad de aquel año de 1561 había sido terrible para mí, sin luz ni alegría. Entonces llegó ella, a comienzos de enero, cuando todavía estaba puesto el Nacimiento, ahí mismo, junto a ese ventanal... Se acercó y lo estuvo observando, absorta, como si fuera una niña... Y luego me miró y recitó un precioso poema...

Doña Luisa se pone en pie y va hacia un bargueño que hay junto a la ventana; abre uno de los cajones, saca un papel doblado cuidadosamente, lo despliega y lee:

*Véante mis ojos, dulce Jesús bueno;*
*véante mis ojos, muérame yo luego.*

*Vea quien quisiere rosas y jazmines,*
*que si yo te viere, veré mil jardines,*
*flor de serafines; Jesús Nazareno,*
*véante mis ojos, muérame yo luego.*

*No quiero contento, mi Jesús ausente,*
*que todo es tormento a quien esto siente;*
*solo me sustente su amor y deseo.*
*Véante mis ojos, dulce Jesús bueno;*
*véante mis ojos, muérame yo luego.*

*Siéntome cautiva sin tal compañía,*
*muerte es la que vivo sin Vos, Vida mía,*
*cuándo será el día que alcéis mi destierro,*
*véante mis ojos, muérame yo luego.*

*Dulce Jesús mío, aquí estáis presente,*
*las tinieblas huyen, Luz resplandeciente,*
*oh, Sol refulgente, Jesús Nazareno,*
*véante mis ojos, muérame yo luego.*

*¿Quién te habrá ocultado bajo pan y vino?*
*¿Quién te ha disfrazado, oh, Dueño divino?*
*¡Ay qué amor tan fino se encierra en mi pecho!*
*Véante mis ojos, muérame yo luego.*

—Así escribe Teresa —añade la dama levantando los ojos del papel, contenta, sonriente—; estas cosas escribe. ¿Qué de malo puede haber en esto? No saben nuestras caridades el bien que me hacen estos escritos...

—Lo comprendo —le dice fray Tomás—; esas bellísimas palabras solo pueden haber salido de un alma grande y hermosa. Mas ha de comprender vuestra merced que nosotros debemos cumplir nuestro cometido; nuestro oficio, nuestra obligación.

—Lo sé y no se lo reprocharé a vuestras caridades; pues supongo que hay voluntades más altas en todo esto... Será por eso muy bueno para todos que salga a la luz esa verdad de la que hablábamos hace un momento: la verdad de Teresa.

Fray Tomás acaba de convencerse de que no podrá sacar a doña Luisa ninguna palabra siquiera levemente equívoca sobre la monja; así que, sin más preámbulos, pasa a la cuestión siguiente:

—¿Sabía vuestra señoría que Teresa de Jesús es de sangre judía?

Ella permanece callada un momento, diciendo luego en un tono que aúna resignación y tristeza:

—Ya sabía yo que la cosa iría por ahí: ¡sangre judía! ¿Y cuántos no llevan esa sangre? Aquí en Toledo estamos hechos a tratar con ella... Una cosa es la sangre y otra la fe. ¿O no?

—Sí, señora, son cosas diferentes.

—Pues, entonces, ¿a qué este alboroto y estas sospechas? ¿Acaso no tiene sangre judía el deán de la catedral de Toledo? ¿Y qué? ¿Quién se atreve a meterse con él? Como resulta que también tiene la sangre de un rey... ¿Y por qué se sospecha de la sangre?

—Señora, no es solo por la sangre —le dice fray Tomás—; es por si pudiera haber dicho algo o hecho algo que... En fin, por si pudiera haber algún interés oculto en ella...

—¿Interés? ¿Qué clase de interés?

—Señora —le explica él—, vuestra merced debe saber que hay por ahí quienes, dándoselas de santos, buscan su propio beneficio: bienes materiales, glorias mundanas, poder..., y aun cosas peores...

—¡Tonterías!

Aquello ha salido de sus labios como un proyectil repleto de furor. Pero luego vuelve a hablar con mesura:

—Jamás advertí en Teresa otro interés que no fuera el

de Nuestro Señor Jesucristo: el amor a Dios y al prójimo. Fíjese vuestra caridad si ella da poco valor al mundo que jamás aceptó de mí regalo ni merced alguna. Recuerdo que un día, estando ella padeciendo un dolor a causa de sus achaques, quise contentarla mostrándole unas alhajas valiosísimas del patrimonio familiar; unos collares antiguos de oro y diamantes. Ella los miró, sonrió y apenas mostró interés. Entonces yo empecé a decirle que esas alhajas fueron muy estimadas en tiempos del rey Enrique IV, cuando en Toledo moraba la Corte; y le conté cosas de las fiestas en el Alcázar Real: cómo eran los vestidos de las damas, los banquetes, la música, las danzas... En fin, yo quería animarla para que se olvidase un rato de sus males... ¿Y sabe vuestra caridad lo que pasó? Teresa se echó a reír y, dulcemente, me dijo: «Da lástima ver lo que estiman los hombres...» Ella no valora esas cosas, puede creerme vuestra caridad. Ese poema suyo lo dice todo: los afanes de la vida son inútiles y pasajeros, las preocupaciones del mundo, los disgustos, las turbaciones..., todo eso pasa. Solo Dios basta.

Fray Tomás y el caballero Monroy se miran y comparten el mutuo agrado por oír estas sabias reflexiones. Entonces doña Luisa se anima todavía más y prosigue:

—Eso de la sangre judía de Teresa no es nada nuevo. Aquí en Toledo todo el mundo se enteró enseguida de que era nieta de don Juan Sánchez y de doña Inés de Cepeda, descendientes ambos de conversos. Cierto es que la gente cristiana vieja de Toledo estuvo al principio remisa a aceptar a una monja cuyo abuelo y cuyo padre llevaron el sambenito... Ya sabemos cómo son esas cosas... Pero luego sonaba más la fama de santidad de Teresa que esas mandangas; porque no son más que eso: ¡mandangas! ¿Por llevar sangre judía la andan investigando? Pues que sigan

los señores inquisidores por ese camino; a ver qué descubren... Porque ¿acaso no es judío Nuestro Señor? ¿No lo
era su Santísima Madre la Virgen María? ¿Y san José? ¿Y
los apóstoles? ¿Y los profetas?

—Eso lo sabemos —le dice con timidez fray Tomás—.
Pero se trata de Teresa de Jesús... En eso estamos, señora...
Y por eso debo preguntarle algo más.

—Pregunte vuestra caridad lo que le parezca —contesta ella, agitando una mano con diferencia y disgusto—. Ya
he dicho que en mí solo hallarán verdad.

—Señora, vuestra merced no ha querido decirnos nada
sobre los libros que escribe Teresa...

Sus nervios ya alterados dominan ahora de repente y
por entero a doña Luisa, que exclama con terquedad:

—¡Y nada diré! ¡Dios de los cielos! Eso son cosas muy
íntimas. ¿Cómo comprende vuestra caridad que voy yo a
traicionar la confianza de una amiga?

—Señora, disculpe vuestra merced, pero debo adver-
tirle de que alguna vez pueden llamarla para que hable
acerca de ese pormenor...

—¿A mí? ¿Y por qué a mí? ¡Eh, despacio! Si el Santo
Oficio tiene algo conmigo, que acuda a mí directamente.
Y si tiene algo con Teresa, ¿por qué no le pregunta a ella?
¿Por qué no van vuestras mercedes a Ávila a preguntarle
a Teresa?

Suspirando a su pesar, fray Tomás se levanta de la silla
y le dice:

—Está bien, señora. No quisiera importunaros más.
Nosotros únicamente cumplimos con nuestro deber... Dé
vuestra señoría por concluida esta conversación... Siento
mucho haberle causado alguna molestia... Quedad con
Dios y con la conciencia bien tranquila.

Ella se pone también en pie y camina de nuevo hacia el

bargueño que está junto a la ventana. Abre el cajón y saca
otro papel. Su voz se torna ahora especialmente dulce al
leer:

> *Vuestra soy, para Vos nací,*
> *¿qué mandáis hacer de mí?*
>
> *Soberana Majestad,*
> *eterna sabiduría,*
> *bondad buena al alma mía;*
> *Dios alteza, un ser, bondad,*
> *la gran vileza mirad*
> *que hoy os canta amor así:*
> *¿qué mandáis hacer de mí?*
>
> *Vuestra soy, pues me criasteis,*
> *vuestra, pues me redimisteis,*
> *vuestra, pues que me sufristeis,*
> *vuestra, pues que me llamasteis,*
> *vuestra, porque me esperasteis,*
> *vuestra, pues no me perdí:*
> *¿qué mandáis hacer de mí?*
>
> *¿Qué mandáis, pues, buen Señor,*
> *que haga tan vil criado?*
> *¿Cuál oficio le habéis dado*
> *a este esclavo pecador?*
> *Veisme aquí, mi dulce Amor,*
> *amor dulce, veisme aquí:*
> *¿qué mandáis hacer de mí?*
>
> *Veis aquí mi corazón,*
> *yo le pongo en vuestra palma,*

mi cuerpo, mi vida y alma,
mis entrañas y afición;
dulce Esposo y redención,
pues por vuestra me ofrecí:
¿qué mandáis hacer de mí?

Dadme muerte, dadme vida:
dad salud o enfermedad,
honra o deshonra me dad,
dadme guerra o paz crecida,
flaqueza o fuerza cumplida,
que a todo digo que sí:
¿qué mandáis hacer de mí?

Dadme riqueza o pobreza,
dad consuelo o desconsuelo,
dadme alegría o tristeza,
dadme infierno o dadme cielo,
vida dulce, sol sin velo,
pues del todo me rendí:
¿qué mandáis hacer de mí?

Si queréis, dadme oración,
si no, dadme sequedad,
si abundancia y devoción,
y si no esterilidad.
Soberana Majestad,
solo hallo paz aquí:
¿qué mandáis hacer de mí?

Dadme, pues, sabiduría,
o por amor, ignorancia;
dadme años de abundancia,

o de hambre y carestía;
dad tiniebla o claro día,
revolvedme aquí o allí:
¿qué mandáis hacer de mí?

Si queréis que esté holgando,
quiero por amor holgar.
Si me mandáis trabajar,
morir quiero trabajando.
Decid, ¿dónde, cómo y cuándo?
Decid, dulce Amor, decid:
¿qué mandáis hacer de mí?

Dadme Calvario o Tabor,
desierto o tierra abundosa;
sea Job en el dolor,
o Juan que al pecho reposa;
sea viña fructuosa
o estéril, si cumple así:
¿qué mandáis hacer de mí?

Sea José puesto en cadenas,
o de Egipto adelantado,
o David sufriendo penas,
o ya David encumbrado;
sea Jonás anegado,
o libertado de allí:
¿qué mandáis hacer de mí?

Esté callando o hablando,
haga fruto o no le haga,
muéstreme la ley mi llaga,
goce de Evangelio blando;

*esté penando o gozando,*
*solo vos en mí vivid:*
*¿qué mandáis hacer de mí?*

*Vuestra soy, para Vos nací,*
*¿qué mandáis hacer de mí?*

Después de leer el poema, doña Luisa deja caer el papel con un gesto nervioso sobre el escritorio donde Monroy toma nota, y dice con firmeza:

—¡He aquí a Teresa! Aquí la tienen vuestras caridades. Bajo mi responsabilidad, den este escrito a quien corresponda para que lo juzguen. ¡Y vayan con Dios!

Fray Tomás y Monroy salen cabizbajos del palacio del mariscal, pensando en la conversación mantenida con doña Luisa de la Cerda. Todavía no es mediodía, pero en las calles ya se mezclan los aromas apetitosos de los guisos: el ajo frito, el pisto manchego recién hecho, la harina de almortas, el caldo de gallina, los estofados toledanos... Pero nada de eso puede abrirles el apetito, pues caminan cariacontecidos y en silencio, envueltos por el bullicio de una multitud ansiosa, variopinta y completamente ajena a los pensamientos que bullen en las almas de ambos aprendices de inquisidores. Los dos están igualmente impresionados, es difícil sentirse indiferente después de haber estado en las íntimas interioridades de un palacio vetusto, lujoso, ilustre; y a la vez tan solitario, tan desamparado, tan sombrío... Les causa cierta melancolía comprobar cuántas soledades están encerradas en las deslumbrantes apariencias de los grandes. Doña Luisa es el vivo ejemplo: ni la sangre, ni la nobleza, ni las grandiosas haciendas llevan aparejada la felicidad. Se han encontrado con una mujer cuya vida, llena de sinsabores, sería aún más sola y desvalida si no fuera porque un día acertó a pasar por allí la persona tras cuyos pasos van; aquella a quien deben calificar como culpable de algo; lo cual no saben todavía a ciencia cierta de qué se trata...

# LIBRO VIII

*Que trata de lo que sucedió cuando el inquisidor*
*Castro tenía ya calificado el caso de la monja*
*Teresa de Jesús como de grave iluminismo*
*y dejamiento herético; sobreviniendo por entonces*
*la muerte del cardenal Espinosa y el*
*nombramiento de don Gaspar de Quiroga como*
*nuevo inquisidor apostólico general.*

# 1. ¿ACASO TERESA ES UNA «DEJADA»? ¿Y QUÉ ES EL «DEJAMIENTO»?

Diez días de pesquisas han transcurrido ya en la ciudad de Toledo, siguiendo los pasos dados por Teresa para la fundación de su convento reformado. El inquisidor Castro se muestra entusiasmado por los descubrimientos hechos; especialmente por el de las inmediatas raíces judías de la monja, significativo dato que puede añadir valiosa sustancia a los informes que ya tenía para ir sazonando su tesis de que era ciertamente una alumbrada más. Ahora cuenta, ¡al fin!, con unos escritos de la pluma de la sospechosa: aquellos que confiadamente y con cierta ingenuidad le cedió doña Luisa de la Cerda a fray Tomás para que los pusiera en manos «de quien corresponda», según sus mismas palabras. El subalterno se los entregó a su superior; y este, meticulosamente, con gran miramiento, escrúpulo y rigidez, los estudió inmediatamente, frase por frase, palabra por palabra, escudriñando en ellos el asomo de la herejía, del alumbradismo o del más disimulado y recóndito error que pudiera encerrar la clave para sustentar la definitiva e incontestable acusación ante el Consejo de la Suprema y General Inquisición. Y como siempre, don Rodrigo, mientras daba con el quid de la cuestión, ponía gran habilidad, gran desenvoltura y grandes evidencias en las explicaciones que daba para argumentar sus tesis:

—Observo en estos versos —dice—, no obstante su hermosura, cierto empeño de la monja en compararse a las bienaventuradas mujeres que, iluminadas verdaderamente por el Espíritu Santo, tuvieron el arranque de echarse a poner por escrito sus iluminaciones... Mas, igualmente, en esta Teresa aprecié yo cierto... ¿cómo decirlo? En fin, hay aquí como un tufillo al gusto de los denominados «recogidos», aquellos fanáticos que practican lo que conocemos con el nombre de «dejamiento»; es decir, la unión con Dios simplemente pasiva, sin obras, tan del agrado de protestantes y alumbrados... Véase, por ejemplo, cuando ella dice: «solo Dios basta». ¡Eso!, o sea, que nada te inquiete, nada te estorbe..., para hacer lo que uno quiera, para pecar sin freno, para no obligarse... Es como decir: basta la fe sin obras... Que, a fin de cuentas, es lo que predica Lutero... No, no me gustan nada estos versos. Ya le valiera a esta monja fatua y poseída de su talento no meterse a teóloga; que ya hubo una santa de verdad, Catalina de Siena, irrepetible y singularmente dotada por Dios, para que ninguna otra tenga el atrevimiento de escalar alturas que no están hechas para mujeres... En fin, que no ande tan confiada Teresa, que ¡doctores tiene la Iglesia! Así que se estudiará todo esto con calma, a la espera de tener ese dichoso libro que dicen que ha escrito. Y ya se verá entonces qué hay en él, ya se verá...

Ante este magisterio, rotundo, argüido y sentado, nada se atreven a rechistar quienes le oyen, que son don Sancho Bustos, don Antonio Matos, fray Tomás y Monroy. Solo el gobernador, alentado por las razones de su amigo, agudiza sus ojos de ave de presa y exclama:

—¿A qué esperamos pues? Si es dejada, si es recogida, si es alumbrada, si es protestante... ¡Si es hereje! ¿Por qué no la echamos mano de una vez? ¿Por qué no la metemos en la cárcel antes de que escriba y propague más herejías?

—Tiempo al tiempo —contesta Castro, haciendo un expresivo gesto con las manos—. No quisiera pillarme los dedos en este asunto... Ya sabemos que, en ciertos negocios, la precipitación juega en contra. Si de verdad hemos dado con una Magdalena de la Cruz rediviva, deberemos hallar pruebas muy fehacientes, muy contundentes, indiscutibles y certeras. Yo, particularmente, ya me tengo hecho un juicio muy preciso sobre la realidad que se oculta en la tal Teresa de Jesús; un juicio que nace de un esmerado conocimiento previo sobre todas aquellas perturbadas que fueron capaces de enredar y engañar a tantos hombres aparentemente sesudos; tal vez porque ellos no tenían los elementos de juicio con que hoy contamos, tal vez porque no hubo entonces inquisidores atentos a los signos de los tiempos... Pero no es ese nuestro caso; porque, dadas aquellas experiencias, nosotros ya sabemos con certeza qué es el alumbradismo, cómo y dónde nace, cómo se desarrolla; y de qué manera lía las mentes y confunde las almas, con bonitas palabras, con artificios sutiles, con escritos, con poesía, con versos...

—Entonces, ¿qué procede ahora? —le interrumpe Bustos, excitado, lleno de impaciencia—. ¿Dónde debemos indagar para tener esas pruebas?

—Donde se hallan —responde don Rodrigo—; en los testimonios de quienes tuvieron trato aquí en Toledo con Teresa: clérigos, nobles, frailes, monjas...; cualquiera que estuviera con ella, ya fuera para ayudarla o para ponerle trabas en su empeño de fundar el dichoso convento fruto de su apetito desordenado de notoriedad, de su capricho y de su desmesurado empeño en aparecer ante el mundo como una santa. Así que, no perdamos tiempo: citemos a todos esos testigos y oigámoslos, como venimos haciendo hasta ahora. Yo ya me he hecho a la cuenta de que deberé seguir escondido detrás de la cortina y completar el informe que vengo preparando para entregárselo al inquisidor general. Y justo es decir que no me cabe la menor duda de que muy pronto contaré con los argumentos definitivos para mi acusación.

Decía esto Castro muy seguro de sí, sin saber que, justo el día siguiente, un acontecimiento importante iba a dar al traste con esas cuentas: el 5 de septiembre, por la mañana temprano, moría en Madrid el cardenal Espinosa, inquisidor apostólico general. Esa misma tarde, un veloz correo se presenta en Toledo con la noticia. A don Rodrigo, al gobernador y al inquisidor don Antonio Matos no les queda más remedio que partir inmediatamente hacia la capital para participar en las honras fúnebres que se preparan, y para reunirse después, como es obligado, con el Consejo de la Suprema, cumpliendo con la norma que exige a esta corporación ejercer las más altas funciones del gobierno de la Inquisición en tanto está vacante el cargo de gran inquisidor y se nombra al sucesor.

Llegados pues a este punto, y para que los asuntos privados que nos quedan por narrar resulten claros, deberemos forzosamente anteponer un relato de los hechos públicos.

## 2. RINDIÓ EL ALMA EL INQUISIDOR GENERAL Y TODO SE QUEDÓ EN SUSPENSO HASTA EL NOMBRAMIENTO DE QUIEN HA DE SUCEDERLE

Como queda referido, a las nueve de la mañana del viernes 5 de septiembre de 1572, muere en Madrid don Diego de Espinosa. Y ahora, vacante el cargo, es menester indicar que el ordinario procedimiento para nombrar nuevo inquisidor general presenta dos fases principales: una primera, en la que el rey propone al Papa la persona que desea sea designada; y una segunda, en que, si el Papa no pone objeciones al propuesto, el nombramiento se verifica por un Breve pontificio. Recibido el dicho Breve en Madrid, el documento es trasladado al Consejo de la Cámara de Castilla, donde se despacha una Real cédula por la que el monarca avisa a la Suprema Inquisición del nuevo nombramiento. Esta Real cédula pasa de la mano del secretario de la cámara del rey a la del consejero más antiguo. Y una vez conocido el nombramiento, es costumbre que los consejeros visiten individualmente al nuevo inquisidor general.

Podrá pues imaginarse el revuelo, el movimiento, la ansiedad y el ajetreo que, a partir de la noticia de la muerte del cardenal Espinosa, reinan entre los consejeros. Todo en ellos es cuchicheo, ir y venir por los diversos despachos, buscar acuerdos, partidarios, opiniones, referencias, confidencias, murmullos... El cargo es muy apetecible y a cualquiera de ellos puede caerle en suerte. Porque es esta la primera vez que a Felipe II se le muere un inquisidor general sin que haya un sucesor automático (don Diego de Espinosa fue nombrado coadjutor en vida del inquisidor general Fernando de Valdés y le sucedió a su muerte automáticamente).

El día del fallecimiento del cardenal, ese mismo viernes, el rey remite un billete a Jerónimo Zurita, secretario de la Suprema, consultándole sobre si el Consejo pierde su jurisdicción y deja de actuar con la vacante. Zurita responde a la regia pregunta el mismo día, manifestando que «por muerte de los inquisidores generales el Consejo hace el oficio de la misma manera que ellos, excepto en la provisión de oficios, pues no proveen inquisidores». El rey le responde que ya había aprobado que se actúe de ese modo, «pues es lo que se acostumbra en semejantes casos». Al saber esto, todos los miembros del Consejo respiran aliviados, puesto que no pierden sus cargos; mas no por ello cesan del todo sus ansiedades: potencialmente, cualquiera de ellos puede ser nombrado inquisidor general.

Transcurren tres largos meses de incertidumbre, no exentos de rumores, en los que muchos se dejan ver, hacen méritos, se rodean de estimaciones y se emplean para que el rey se fije en ellos. Y tal estado de cosas dura hasta que, por fin, el 2 de diciembre el Papa nombra a Pedro Ponce de León, obispo de Plasencia, como nuevo inquisidor general. Pero se da la extremada circunstancia de que el recién nombrado muere el 17 de ese mismo mes, cinco horas antes de que llegase el emisario con el Breve pontificio, por lo que no tiene siquiera ocasión de tomar posesión del cargo.

El 20 de abril el pontífice Gregorio XIII expide el Breve del nuevo nombramiento a favor de don Gaspar de Quiroga y Vela, quien toma posesión el 28 de mayo conforme al procedimiento acostumbrado: en la sacristía del monasterio de San Felipe de la Orden de San Agustín. Según la propia documentación de la Suprema, la vacante de inquisidor general se computa desde la muerte de Espinosa hasta la toma de posesión de Quiroga. Luego, don Pedro Ponce de León no llegó formalmente a ser inquisidor general.

## 3. AZORES Y AZORAMIENTOS

Por los campos de Illescas, como a una legua de la villa, cabalgan dos ilustres cetreros a los que conocemos bien: don Rodrigo de Castro y don Sancho Bustos. El llano es inmenso; sus límites imposibles, confundidos en los celajes del alba; y por encima, un cielo dadivoso destella con esplendentes luceros que se resisten a extinguir sus últimos centelleos, y la exangüe presencia de una luna descarnada, fina como el filo de una hoz. Todo en complemento promete, en fin, una hermosa jornada de caza; máxime porque en la distancia, rallando los dulces contornos de las suaves lomas, se ven pródigas liebres de todos los tamaños, ora en veloz huida ora quietas, atisbando el destino. Nuestros cazadores van en soledad de dúo; sin secretarios, sin perros, sin indiscretos acompañantes de ningún género, excepto sus corceles y sus bellos azores. Se diría que han buscado aposta el silencio; por alguna razón precisa, grave, honda, del arte que practican. Pero no es por amor a la mudez pura, ni por una suerte de espiritual contemplación por lo que van tan callados, y tan metidos en sí mismos: es, sencillamente, porque van cargados de amarguras...

Aunque patean aquellos familiares y hospitalarios parajes, tantas veces recorridos, a los dos ilustres cetreros este particular día no les importan nada las abundantes liebres, ni los fugaces conejos, ni las esponjosas avutardas...; ni siquiera les deleitan hoy sus azores, ¡ya es demasiado el tormento! Y el motivo de este ánimo contrito, de esta pena y este mutis por los taciturnos cazaderos, no es otro que el mudarse de las personas y las cosas, de los cargos y las potestades. Castro y Bustos sienten en lo más profundo de su ser que les han robado sus esperanzas, expectaciones, perspectivas, ventajas, intereses... ¡Les han robado sus sueños! ¿Y quién ha hecho tal cosa? Lo diremos bien claro: ¡todos! Y en ese «todos» entran desde el mismísimo Papa de Roma hasta el último de los obispos de España, pasando por el propio rey, los miembros del Consejo de Castilla, los supremos inquisidores y el deán de la catedral de Toledo. Pero, a fin de cuentas, resumamos el «todo» tan amplio y confuso en un único y sonoro nombre: don Gaspar de Quiroga y Vela, el nuevo inquisidor general; cuyo rutilante estreno en el codiciado cargo ha dado al traste con la suma de las ilusiones que muchos se habían hecho; pero más que nadie, y a los efectos que nos interesan en este relato, don Rodrigo de Castro y don Sancho Bustos, quienes acariciaban la idea de ser uno de ellos el agraciado con el mayor poder que pueda gozar un clérigo en el conjunto de los reinos de España.

Con esta quimera ardiéndoles como fuego dentro de las entrañas, han vivido durante tres meses. Y ahora, sabido el nombre del elegido y asentado este en su poderío, ambos han quedado como de lado, desvalorizados y de nuevo en estado de espera; porque resulta que, sencilla y llanamente, se han quedado como estaban: el uno inquisidor y consejero y el otro, consejero y gobernador. Dos canicies, dos potestades cincuentonas, con acuciantes deseos de escalar puestos, ven que ya se les agota el tiempo, pues nacieron ambos en 1523 y, a la sazón, en este año de 1573, ya debían ser, por sus méritos, apellidos y estudios, cuanto menos obispos...

El sol asoma, las últimas sombras de la noche se disuelven y aparece el fulgor de la realidad: todo es bello este día a los ojos, más estos están nublados y hasta dispuestos para las lágrimas; ninguno de los dos ilustres cetreros tiene la más mínima gana de cazar, sino de continuar así, en silencio y amargura, para no despotricar, maldecir, disparatar, renegar y hasta llorar y berrear.

Bien sabemos que de los dos el más sereno y templado es Castro; el más impenetrable e ignoto en sus íntimos afectos; y no obstante va doliente, con la mirada perdida en la lejanía. En cambio don Sancho de vez en cuando rezonga y se traga sus permanentes ganas de hablar; espera tal vez que su amigo arroje la primera lamentación a la muda y sorda soledad de aquellos infinitos campos. Y así, cabalga que te cabalga, se echa encima el día sin que ni siquiera les hayan quitado las caperuzas a los azores; no sea que alcen el vuelo estando sus amos alicaídos.

Y de improviso, es don Rodrigo quien detiene su caballo; parando al instante don Sancho el suyo. Descabalga el uno y después el otro, se miran compartiendo el azoramiento, y el primero susurra entre dientes:

—¿No había otro en España? ¡Vive Dios! ¿No había otro a quien elegir que la Vieja Cuca? ¿No tenía más nombre el rey encima de su mesa que el de Quiroga? Esto no tiene más explicación que la de andar por medio la negra mano del mismísimo diablo...

Bustos resopla después de oírle decir aquello y, como dejando soltar de golpe el atasco de su ofuscación, dice con un vozarrón:

—¡¿Ah, por fin quieres hablar de ello...?! ¡Hablemos pues!

Se miran comunicándose el deseo de desahogarse, y contesta don Rodrigo:

—Pues claro que quiero hablar de ello... Llevo mordiéndome la lengua dos semanas y ya no aguantaba más... ¿Con quién voy a desembarazar mi rabia? Solo contigo, amigo, puedo hablar de estas cosas...

—¡Ea, pues, hablemos de ello! Pese al diablo... ¡Me cago en...!

Don Rodrigo menea la cabeza, desazonado, y dice:

—Menudo gran inquisidor nos han echado en todo lo alto: Gaspar de Quiroga; ese ladino, artero, marrullero y viejo zorro... ¡La Vieja Cuca!

Así le llamaban ellos desde hace años: «la Vieja Cuca»; ese mote le habían puesto, maliciosamente, por pura ojeriza; porque Castro y Bustos consideraban a don Gaspar de Quiroga y Vela, obispo de Cuenca y consejero como ellos de la Suprema antes de ser nombrado inquisidor general apostólico, su mayor enemigo y opositor en los aviesos e intrincados mundos de las elevadas jerarquías. Porque, como es notorio, es en las alturas donde, entre los resquicios que disimulan las glorias, las prebendas y los parabienes, se esconden las envidias, las maledicencias, las rivalidades, las zancadillas y los amaños, como serpientes venenosas moviéndose a ras de suelo.

Así que don Rodrigo, contraviniendo su proverbial temperamento de suyo cuidadoso y templado, estalla en un furor incontenible y se queja en voz alta amargamente:

—¡Ah, la maldita Vieja Cuca! ¡Ah, el condenado Quiroga! ¿Quién me iba a decir a mí que acabaría teniéndolo de nuevo encima? ¿Quién? ¿Quién me lo iba a decir? Peor cosa no me podía pasar; precisamente ahora, ahora que tenía la oportunidad de hacer una buena caza...

Para comprender esta contrariedad, esta angustia, esta rabia, que embarga a Castro, será oportuno apuntar que muchos años atrás, don Gaspar de Quiroga y Vela había estado por encima de ellos; pues fue su profesor en la Universidad de Salamanca, donde el ahora gran inquisidor obtuvo el grado de doctor el año 1540, precisamente cuando don Rodrigo y don Sancho eran todavía unos mozos universitarios, pero que ya apuntaban maneras y querían destacarse; cosa que el maestro Quiroga, hombre de carácter subrepticio, detuvo con tiento y tino, lo cual ellos interpretaron como una injusta «ojeriza». Ya entonces, aunque don Gaspar les llevaba once años de edad de diferencia (había nacido él en 1512 y sus alumnos en 1523), ellos le odiaban porque ponía freno a sus ínfulas, y le colgaron el ignominioso, burlesco y sórdido mote: «la Vieja Cuca».

Después de aquello, acabados los estudios, los alumnos y su profesor se separaron. Pero la vida volvería más adelante a unirles como colegas miembros del Consejo de la Suprema. En esta institución, como es natural, reaparecieron las antiguas rencillas avivadas ahora por circunstancias diferentes, nuevas, más generales, más graves, más extremadas; según las escalas del mundo. Y como se esperaba, el viejo maestro y sus antiguos alumnos pasaron a alinearse en facciones distintas y enfrentadas a la hora de tomar las importantes decisiones que se debatían en tan notable institución: nombramientos, dictámenes, veredictos, resoluciones... Como, por ejemplo, a la hora de acusar formalmente al arzobispo Carranza cuando el gran inquisidor Valdés solicitó los pareceres de los consejeros. Quiroga disintió de la corriente acusadora y Castro y Bustos, como bien sabemos, fueron ardientes partidarios de encarcelar al primado. También más adelante, cuando don Rodrigo planteó formalmente su posición proclive a encerrar y procesar a fray Luis de León, don Gaspar se manifestó radicalmente en contra, e incluso no tuvo reparos en afearle a su antiguo alumno lo que él consideró en público como *«immoderatus»*; o sea, «desproporcionado». Y de aquí precisamente deriva el mayor despecho, el berrinche de don Rodrigo: porque lo primero que hizo el nuevo inquisidor general fue redactar un informe y la orden inmediata de soltar a fray Luis.

—¡Para humillarme públicamente! —le grita a los cielos Castro—. ¡Vieja cuca y ladina! ¡Soltó a ese hereje confeso para humillarme! Porque yo lo metí en la cárcel... ¡Vieja Cuca!

Y por ende, ya está cierto nuestro celoso inquisidor de que se frustrará su taimado plan de ganarse aína prestigio y grado descubriendo a la Magdalena de la Cruz de estos tiempos; la cual no es otra que Teresa de Jesús para él. Por eso bufa, patalea y se asfixia en su frustración proclamando atormentado:

—Y ahora, la Vieja Cuca, que se le cae la baba leyendo las poesías de la dejada Teresa, también hará cuanto esté en su mano para librarla del Santo Oficio... ¡Obra es esto de Satanás; para dejar campo abierto a los herejes, alumbrados y dejados! Mas no ha de salirse el demonio con la suya; porque, si trabaja él para el infierno; aquí estamos nos para pelear por los cielos...

Y he aquí la raíz del mal de don Rodrigo, de su despecho y frustración: que, no obstante su experiencia consumada, confunde los cielos con su cerebro.

# 4. ¿Y QUÉ ES AQUELLO TAN GRAVE PERPETRADO POR LA «DEJADA» TERESA EN TOLEDO?

Entretanto tuvo lugar la elección del nuevo inquisidor general, con todas las incidencias e implicaciones que han sido referidas, habían ocurrido cosas que debemos contar.

Fieles al cometido que tenían encomendados, fray Tomás y el caballero Monroy permanecieron en Toledo entregados a la esmerada tarea de las averiguaciones, con vistas a, en la medida de lo posible, reconstruir con precisión y veracidad el relato de los hechos que precedieron y rodearon a la fundación del convento de monjas carmelitas reformadas por Teresa de Jesús. Y para este menester inquisitorial, prosiguieron con los interrogatorios, las visitas, las preguntas y las demás pesquisas propias del Santo Oficio, siempre dentro del sigilo exigido por las leyes del secreto. Aunque será oportuno apuntar que, en toda esta labor, pudieron obrar ya sin la acuciante presencia ni la inspección directa de don Rodrigo de Castro ni don Sancho Bustos, los cuales, como sabemos, continuaban en Madrid enteramente consagrados a sus intrigas y consternaciones, olvidados de todo aquello que no fuera el espinoso asunto de la vacante en la suprema sede de la Inquisición. Había regresado a Toledo, eso sí, don Antonio Matos de Noronha, pero es justo registrar que este abstraído inquisidor manifestaba un celo menor y un interés más difuso hacia Teresa que sus otros dos colegas.

Por lo demás, entre el fraile y el caballero se iba estrechando mientras tanto una gran amistad. Desempeñaban su trabajo en comunión de opiniones, en afinidad y perfecta colaboración; ayudándose mutuamente en el empeño de dar con lo único que a sus puras y rectas almas les interesaba sobre la persona de Teresa de Jesús: la verdad.

Muchos y muy variados fueron los testimonios que recabaron por su cuenta y riesgo, y bien somos conscientes de que enumerarlos todos y detallarlos aquí de manera exhaustiva resultaría monótono y hasta cansino para el lector; por lo que consideramos más útil y de mayor servicio para los efectos de este relato hacer por nuestra parte un resumen de los hechos, ágil y ventajoso, en el que quien esto lea podrá disfrutar como quien lo escribe de lo jugoso de aquellos acaecimientos.

Y para mejor comprensión de lo que nos ocupa, será en todo término ajustado hacer una sucinta relación de las principales personas implicadas en el asunto, que son las que aportaron las declaraciones más sustanciosas por el siguiente orden: el padre Pablo Hernández, jesuita, confesor que era de Teresa y mediador entre esta y los herederos de Martín Ramírez; doña Luisa de la Cerda, dama toledana que ya conocemos; las dos religiosas carmelitas de San José de Ávila que acompañan a la monja en la fundación, cuales son Isabel de San Pablo e Isabel de Santo Domingo; Diego Ortiz, yerno del difunto Martín Ramírez (a quien no se pudo interrogar, como es obvio) y su suegro Alonso Ramírez; don Pedro Manrique, canónigo de la catedral de Toledo; don Gómez Tello Girón, gobernador por entonces de la diócesis de Toledo (al cual tampoco se pudo preguntar por estar igualmente finado); un comerciante de nombre Alonso de Ávila, que firma el contrato de compra de la casa donde se hará la fundación; fray Martín de la Cruz, religioso franciscano, de paso en Toledo, que propone a Teresa los servicios de un joven llamado Alonso Andrada, que ayuda en la búsqueda de casa. De los testimonios de todos ellos, además de otros de menor enjundia, se infiere el relato de los pasos dados por la presunta «dejada» en Toledo que a continuación se ofrece.

Ya se ha referido más atrás cómo el rico comerciante, Martín Ramírez, en su lecho de muerte, legó dinero para fundar una iglesia, siguiendo los consejos del padre jesuita que le asistía. Muerto días después, el 31 de octubre de 1568, deja poderes a su hermano Alonso y al yerno de este, Diego Ortiz. Se escribe a Teresa para que acuda con rapidez, pero de momento no puede ir porque las monjas de Ávila están enfermas de paludismo. Entonces delega la fundadora en doña Luisa de la Cerda para que se cuide de obtener las licencias eclesiásticas y los permisos oportunos. Pero surgen inmediatamente los problemas: la dama no consigue nada del gobernador eclesiástico, que está en tirantes relaciones con el cabildo y se niega a dar la licencia. Los Ramírez son ricos mercaderes, mas sin el crédito de la nobleza, y no obstante exigentes en sus propuestas. Son muchos los que desaprueban ese proyecto de fundación que patrocinan.

No obstante, el 22 de marzo de aquel año Teresa salió de Ávila camino de Toledo, acompañada por su sobrina Isabel de San Pablo e Isabel de Santo Domingo. Llegaron el 24 de marzo, víspera de la Encarnación, y se hospedaron en el palacio de doña Luisa. Pero al parecer la dueña, aunque las recibió con mucha alegría y les dio aposento donde pudieran vivir con el mismo recogimiento que en un monasterio, se muestra poco favorable a la fundación. La nobleza toledana no está dispuesta a dar crédito a un convento patrocinado por unos mercaderes sin linaje, ni hidalgos, ni caballeros. Toda la crema de la ciudad se retraía. Y hasta su amiga, la propia doña Luisa, tuvo que abandonar la causa por no enfrentarse con los de su alcurnia.

Por otro lado, el arzobispo de Toledo, Bartolomé de

Carranza, sufre prisión inquisitorial desde hace casi diez años y la diócesis la administra por entonces el gobernador eclesiástico don Gómez Tello Girón, que se muestra reacio a conceder la licencia de un convento de pobreza, sin que ni doña Luisa de la Cerda ni don Pedro Manrique, hijo del adelantado de Castilla, canónigo, pudieran mover su voluntad hacia una decisión favorable. Los albaceas, al ver que no se cumplen sus exigencias, enfadados, deshacen el trato, y se niegan a entregar los doce mil ducados que le dejó el difunto. Teresa venía confiada, ajena a estas inconveniencias de linajes, licencias y resquemores, pero se encuentra «abandonada de todos —según reza el testimonio de las propias monjas del convento fundado—, se acerca entonces a su único apoyo, aquel a quien llama "Esposo", Cristo, al que quiere dar contento en la proezas y en los momentos de fracaso».

Aquí da comienzo lo más sorprendente del relato: Teresa, en un arranque de coraje, se dirigió a una iglesia que se hallaba al lado de la casa del gobernador y estuvo esperando pacientemente a que este saliera. Y cuando al fin está frente a él, se atreve a solicitarle en persona la licencia directamente. Entonces el gobernador, impresionado, le da las explicaciones de su negativa, cuales son: que hay ya demasiados y muy suficientes monasterios femeninos de Toledo, destacando el de Santo Domingo el Real, con más de quinientas monjas dominicas, «hijas de señores principales de España, de muy claro linaje»; estando también las casi trescientas dominicas del convento de la Madre de Dios; las ciento cincuenta del monasterio de San Clemente, las benitas, «muy ricas y principales señoras» y las setenta jerónimas que moraban en el monasterio de San Pablo. Contándose además los numerosos colegios: el más prócer, el de las Doncellas, llamado Nuestra Señora de los

Remedios, que mantenía cuarenta «huérfanas y de muy buena casta», incluso algunas casadas con crecida dote, gobernadas por ocho religiosas con renta de tres millones. En fin, que los veinticuatro conventos femeninos de Toledo estaban generalmente llenos y abastados, reuniendo en ellos más de un millar de monjas; siendo por tanto lógico y natural que se rechazase todo intento de nuevas fundaciones. Humanamente, no era posible.

Teresa escuchó y, cuando don Tello se hubo explicado, ella se arriesga a amonestarle con estas palabras: «que era cosa del todo falta de razón y piedad que hubiese unas mujeres que querían vivir en rigor y perfección en un convento, y que los que en cambio vivían bien, regaladamente, quisiesen estorbar obras de tanto servicio de nuestro Señor».

El gobernador, ante estas palabras no se enojó. Por el contrario, quedó conmovido, y allí mismo concedió sobre la marcha y a viva voz a Teresa su licencia: que fundara. Pero, conocedor de la manera en que andaban en la ciudad las cosas, solo una condición le impuso: fundar su monasterio en pobreza, sin renta ni patronos; con lo que no habría ya problema con el linaje o no linaje de los mercaderes.

La fundadora tiene ya la licencia, pero le faltan el dinero y la casa. No hay acuerdo con la familia Ramírez a causa de las exigencias del yerno, tan solo cuenta con tres o cuatro ducados, y se le ocurre comprar con ellos dos pinturas en tela para el altar: una de Jesús caído con la cruz a cuestas y la otra sentado en una piedra y sumido en meditación, y además de ello dos jergones de paja y una manta. Nadie sabe qué pretende con estas adquisiciones, pues no tiene dónde emplearlas.

Pero, estando una mañana en una iglesia, unos días después, a Teresa y sus monjas —según el testimonio de estas— se les acerca un joven extraño, bien parecido, pero harapiento, con la facha de un estudiante pobretón, quien dice venir de parte de un fraile franciscano por si ellas necesitaren algo en que él pudiese ayudarlas. A Teresa se le ilumina el rostro y responde al punto: «¡Sí, una casa!» Alonso de Andrada se llamaba el mozo y explica que pocos días antes había pasado por Toledo un venerable franciscano, fray Martín de la Cruz, el cual, antes de irse de la ciudad, le había encargado a él que las ayudase. La monja repara entonces en que a ese buen fraile ella le había confiado los propósitos que llevaba y las dificultades que había encontrado; y él, no sabiendo sino compadecerla, le había prometido enviarle a alguien para que la socorriese. El tal Andrada tenía apenas veinte años y era pobre visiblemente. No obstante, se manifiesta animoso y muy seguro de poder hacer algo por las monjas.

Al día siguiente apareció el mozo con las llaves de una casa en alquiler. A Teresa le pareció buena para empezar. Era una casa situada en la plazuela del Barrio Nuevo, en el barrio de la judería, perteneciente a la parroquia de Santo Tomé. Y el 13 de mayo de 1569, en plena noche, salió un curioso cortejo del palacio de doña Luisa: tres mujeres cubiertas con mantos, un albañil y dos hombres cargados con los cuadros de Cristo, los jergones y las mantas. Toda la noche estuvieron preparando la estancia que serviría de capilla. Y al despuntar el alba, con una campanilla de las de tañer en misa, anunciaron desde una ventana a toda la ciudad que había un nuevo convento de monjas en Toledo; fundado en pobreza extrema.

Un año después, en 1570, sus antiguos patronos mercaderes le daban los doce mil ducados del difunto, negados un año antes, con lo que pudieron al fin comprar una casa y hacer la fundación definitiva.

# 5. LOS PESARES Y LAS CONTRARIEDADES DEL INQUISIDOR CASTRO

Al cabo de algunos meses desde que fuera elegido el nuevo inquisidor general y ocupara su puesto, hubo cambios en la Suprema, cambios importantes que afectaron al Consejo. Cuando don Gaspar de Quiroga accedió al cargo, estaba compuesto este órgano por individuos que habían prestado sus servicios y colaboración al cardenal Espinosa. Estos eran: don Rodrigo de Castro Osorio, que recibió su nombramiento en 1560; don Sancho Bustos de Villegas, provisto en 1564, don Francisco de Soto Salazar, nominado al año siguiente; Hernando de Vega de Fonseca, elegido en 1567; don Juan Redían, que ocupó su plaza en 1571; don Pedro Fernández de Temiño y don Pedro Velarde, quienes llegaron al Consejo en 1572. La muerte del cardenal ha dejado una herencia en la institución que, como suele suceder en estos casos, está afectada por la tensión entre diversas facciones. Únicamente dos consejeros son de ascendencia noble: don Rodrigo de Castro y don Sancho Bustos, y tres pertenecen a las órdenes militares; los demás son clérigos ascendidos por sus méritos y valía. De todos los que hemos nombrado, solo dos tienen afinidad y buena avenencia con el nuevo gran inquisidor: Pedro Fernández y Pedro Velarde; siendo designado este último comisario general de Cruzada. Los demás consejeros empezaron a darse cuenta muy pronto de que había un movimiento encaminado a que abandonasen la institución, para que sus plazas pudieran ser ocupadas por individuos más afines al nuevo inquisidor general.

Don Rodrigo de Castro va siendo apartado, poco a poco, de sus funciones, si bien conservaba el puesto de consejero. Los asuntos de su competencia pasan a otras manos o, simplemente, se archivan; como sucedió con el caso de fray Luis de León. Nadie ha vuelto a reclamar nunca más su participación en el permanente, sempiterno, confuso, proceso del arzobispo Carranza en Roma. Y una mañana, sin esperarlo, el secretario del Consejo le entregó un despacho en el que se le anunciaba que quedaba definitivamente apartado de las investigaciones sobre Teresa de Jesús.

Al cabo de cuatro o cinco largos días desde aquello, Castro ya ni siquiera porta por las dependencias de la Suprema. Se queda en su casa y permanece largas horas en soledad, hastiado y envenenado en exceso, por lo que considera un desaire, una injusticia y una incomprensible ingratitud hacia sus desvelos e infatigables pesquisas de años en el supremo órgano del Santo Oficio. Revisa entre tanto sus últimos trabajos, sus papeles y sus calificaciones inquisitoriales; entre los que están los informes sobre la monja Teresa de Jesús, la «dejada y alumbrada». Y así, entre recuerdos, cavilaciones y especulaciones sobre lo que pudo o no pudo haber sido; sobre las escuetas posibilidades, las maniobras, las alianzas; sobre las armas que puede hacer valer...; el inquisidor no tiene más remedio que aguantarse devorando su rabia. Y lo peor es que sabe que un día u otro se presentará un funcionario para comunicarle su cese. Y si eso llega a suceder, ¿qué hará? Él no tiene mayor título, ni mayor tarea, ni mayor dignidad que ser consejero de la Suprema y General Inquisición, pese a sus apellidos ilustres y ser hijo de los condes de Lemos.

En el caso de su amigo don Sancho Bustos no es que tampoco hayan ido bien las cosas: ya ha sido cesado como consiliario de Inquisición y, aunque también conserva todavía el puesto de consejero, el nuevo inquisidor general le ha retirado el sueldo, aduciendo la pobreza del Santo Oficio y la falta de residencia en su plaza, puesto que sigue ocupado el cargo de gobernador del arzobispado de Toledo.

No ha conocido don Rodrigo de Castro una época como esta en su vida: época de tanta contrariedad; con la incertidumbre, con la zozobra, con la vergüenza y con el temor del porvenir. Y todo eso por culpa de un hombre: don Gaspar de Quiroga, su odiada Vieja Cuca, a quien detesta como impedimento de sus planes y causa de su desgracia. Siente entonces la necesidad imperiosa de ver otros rostros, de oír otras palabras, de ser tratado con consideración, con miramientos, con deferencias; o sea, como había sido norma en su vida y como entiende que debe ser, en atención a sus méritos, a sus conocimientos, a su linaje, ¡en atención a su misma persona!

Aunque resulte curioso, hay momentos en los que el ánimo, especialmente en este tipo de temperamentos, tan fuertes, tan resueltos, parece tener una especie de energía oculta, como un misterioso poder. Es verdad que don Rodrigo piensa en sus amistades, en sus seres más queridos y afines, pero siéntese impedido para acudir a ellos derrotado, a pedir cariño, como mendigando. Sin saber que no necesita hacerlo; porque, como si hubieran oído su llamada, su grito de auxilio, son sus amigos los que vienen prestos a él...

Una de aquellas mañanas se presenta un criado del palacio de los Vargas; es el mayordomo de mayor confianza y estima de don Francisco de Vargas, y si viene, es para transmitir algo importante y muy privado. Don Rodrigo le recibe de buena gana y oye el comunicado:

—Mi amo tiene gran preocupación por vuestra señoría reverendísima —dice de corrido el emisario, repitiendo fielmente lo que le han hecho aprender de memoria—.

Hace mucho tiempo que no os ve y desearía teneros cerca para comunicaros cosas de gran importancia. Si no ha venido él en persona es para no importunaros; porque sabe que tenéis apurados trabajos y grandes responsabilidades. Pero, si vuestra señoría lo considerare oportuno y no le es causa de molestia, podrá ir a la casa de mi señor, donde será bien recibido a cualquier hora del día.

Castro se alegra: ve inmediatamente un resquicio abierto para retomar sus antiguas y constantes miras. Si su amigo y benefactor le llama no ha de ser para una minucia: a buen seguro, lo que va a decirle es sumamente importante para él. Además, tiempo es ya para dejar atrás las lamentaciones, salir y respirar otros aires, cobrar ánimos y estar entre gentes queridas. Así que despide al mensajero con una respuesta determinante:

—Dile a tu amo que hoy mismo, a mediodía, estaré en su casa; que ponga un plato más a la mesa... Ah, y una cosa más: dile también que me he holgado mucho por su invitación; que estoy en sumo grado agradecido y que rezaré esta mañana en mi oratorio pidiéndole a Dios que le pague tenerme presente en su memoria y beneficiarme con tantas mercedes.

## 6. CUANDO UNA PUERTA SE CIERRA, OTRA MÁS GRANDE SE ABRE

Castro recorre Madrid al trote, mientras dos de sus hombres van delante también a caballo, gritando:

—¡Paso! ¡Paso a su señoría don Rodrigo de Castro!

—¡Apartaos! ¡Apartaos que su señoría reverendísima lleva prisa!

Por las calles y plazas hormiguean gentes de todo género, entre los tenderetes, las tabernas, los talleres y las tiendas. Es sábado, día de mercado, y hay visible regocijo en la muchedumbre. Entre el tumulto, los tres jinetes llegan a duras penas a la plaza de la Paja, justo cuando la campana de San Andrés repica llamando al rezo del ángelus. En los paredones del Jardín del Príncipe hay levantado un entarimado donde unos comediantes danzan ridículamente. La función se detiene por respeto a la hora del rezo. Se ve también sobresalir, por encima del gentío congregado, el imponente medio cuerpo de un oso, levantado sobre sus patas traseras y tocado con un sobrero de paja. Un rato después del toque de la campana, todo en la plaza vuelve a ser música, risotadas, voces, ruido... Don Rodrigo se apea del caballo en la puerta de la capilla del Obispo y echa una ojeada altiva hacia toda aquella chusma. Unos mendigos van hacia él, entre temerosos y anhelantes. El inquisidor saca la bolsa y les arroja un puñado de monedas, diciendo:

—¡Rezad por mí, hombres de Dios!

Después sonríe, se estira, se compone la capa y entra en la capilla, donde ora arrodillado delante del sepulcro del obispo don Gutiérrez. Y mientras permanece de esta manera, con el rostro entre las manos, concentrado, implorando la ayuda del cielo, siente que alguien se sitúa a su lado: es don Francisco de Vargas, que está visiblemente conmovido y le susurra afectuosamente:

—Ay, Rodrigo, Rodrigo, amigo mío. ¡No sabes qué alegría me da verte! Gracias, gracias por haber venido... ¡Que Dios te bendiga!

Desde la capilla, pasan ambos al interior del palacio,

atravesando la sacristía. En el patio se abrazan, manifiestan sus parabienes y su contento por reencontrarse; y después Vargas comunica al oído de su invitado:

—Amigo, tengo cosas importantes que decirte... Vamos, vamos adentro, que reservo para ti buen vino y mejores palabras...

Castro se emociona y se pregunta para sus adentros por qué no se le ha ocurrido venir antes, cuando sabe que allí siempre se siente bien, y halla el afecto sincero y la ayuda que necesita.

El resto de los Vargas está aguardando en el salón principal: la joven y lozana tercera esposa, los hijos de los otros matrimonios, las nueras, los yernos, los nietos, los sobrinos, los criados... Todos cumplimentan al inquisidor con muestras de cariño y regocijo; y él, conmovido, les saluda diciendo:

—¡Ah, amigos! ¡Queridos amigos míos! ¡Solo Dios sabe cuánto me huelgo por veros!

Don Francisco de Vargas alza su vozarrón por encima de las cabezas y ordena:

—¡Ya es suficiente por ahora! ¡Dejadme pues para mí a don Rodrigo! Que hemos de hablar en privado él y yo. Esperadnos a la mesa; que luego habrá fiesta y tiempo para comer, beber y holgarse.

Todos callan, contenidos, graves, y obedecen prestos, retirándose. Entonces el señor de la casa y su invitado van a recogerse a un pequeño gabinete; donde, a puerta cerrada, se sientan el uno frente al otro.

Hay primeramente un silencio pesaroso, en el que ambos cruzan miradas de connivencia. Después Castro se siente obligado a iniciar la conversación y dice:

—Amigo mío, no sabes qué Calvario estoy pasando...

—Lo sé, lo sé...

—El nuevo inquisidor general, el viejo Quiroga, tiene sus maneras, su gente, su visión de las cosas... ¡Sus manías! Es difícil trabajar con él...

—Lo sé, lo sé...

—A los que llevábamos el peso mayor del Consejo nos tiene apartados; no cuenta para nada con nosotros. Con decirte que no tengo ya allí nada que hacer... Ni siquiera voy a la Suprema... ¿Para qué voy a ir? ¿Para estarme mano sobre mano?

—Lo sé, lo sé...

—Parece que quiere que me aburra; que lo deje, que me vaya...

—Lo sé, amigo mío...

—Quiroga siempre fue un maniático... ¡Siempre me tuvo manía! Y ahora..., ahora precisamente... ¿quién me iba a decir que...?

Vargas le pone la mano en el hombro, compadecido, suspira y dice:

—¡Ah, lo sé! Y no te quitaré la razón. Pero has de saber, amigo mío, que en esto no estás solo... Tu razón y tu dolor son míos también... Y no puedo consentir... ¡No consentiré! No, amigo Rodrigo, a ti no te van a dejar fuera de todo esto... ¡No sería justo!

Castro levanta el rostro hacia él; un rostro que, no obstante su aparente desazón, tiene un algo de entereza y dominio.

—¿Y qué se puede hacer? —pregunta, como interrogándose a sí mismo—. He luchado, he entregado mi vida... Nadie sabe mejor que tú de mis desvelos, de mi sacrificio por la causa de la fe... ¡De nuestra fe católica! Y ahora, este blando de Quiroga se deja persuadir... ¿No sabes lo que ha hecho? ¡Ha soltado a fray Luis de León! ¡A ese hereje confeso! ¿Y qué hará con Carranza? Yo te lo diré: enviará a Roma informes, descargos, contemplaciones... Hará cuanto esté en su mano para que el Papa lo absuelva y lo devuelva a España, a Toledo... Y no le dolerán prendas a la hora de dejarnos en evidencia, ¡desarmados!, a quienes tuvimos el arrojo y la decencia de meterlo donde debía estar, donde está y de donde no deberá salir: ¡en la cárcel! Pues hereje es y hereje será; esa es su condición; Carranza es hereje demostrado... Yo hice lo que debía y, ahora, ya ves...; ahora parece que yo soy el malo, y él el santo...

—¡Basta! —grita de repente don Francisco de Vargas, dando un puñetazo en la mesa—. ¡No consentiré verte así! ¡No consentiré que te vengas abajo! ¡Tú no eres de esa clase de hombres!

Don Rodrigo alza la mirada hacia él, y parece que se rehace al contestar:

—¿Y qué hacer? ¿Qué puedo hacer? Estoy... estoy algo confuso...

El rostro de Vargas muestra ahora esa fiereza, esa saña y brutalidad del guerrero que hay en él, y grita:

—¡No se puede consentir! ¡No se consentirá! Porque... mientras haya quien pueda evitarlo, ¡mientras lo hay!, a ti no se te apartará de tu loable misión en el Santo Oficio, ¡pese a quien pese! Y has de saber que ya hemos hecho lo que podemos...

Don Rodrigo clava en su amigo una mirada interpelante, y al verlo tan poderoso, tan seguro, le pregunta confiado:

—¿Qué? ¿Qué se ha hecho?

—Lo que hay que hacer —contesta con fuerza don Francisco—: hablar con su majestad.

—¡¿Con su majestad?!

—Sí, con su majestad: con el rey nuestro señor. Debes saber, amigo mío, que, al ver lo que te sucedía, al saber lo que estaba pasando, lo que te hacían, aproveché la primera ocasión para irme directamente al rey y hablarle de ti...

—¡Ah, le hablaste...! ¿Le dijiste...?

—Sí, le hable, le dije que...

Entonces don Rodrigo se pone súbitamente en pie, vencido por su orgullo y, fuera de sí, replica:

—¡¿Qué le has dicho a su majestad?! ¿Por qué le hablaste de mí sin mi consentimiento? ¡Es humillante!

Vargas también se levanta, resopla, bufa y contesta:

—¡Le dije lo que debía decirle! ¡La verdad! ¿Eso es humillante?

—¿Eh? ¿La verdad? —balbuce Castro—. Pero... ¿qué le has dicho al rey?

El pundonor del inquisidor parece herido y su entereza, por un momento vencida. Vuelve a sentarse, como agotado, confuso, perdido y sin comprender; con una mirada extraviada. Y Vargas, que le ve en tal estado, redobla su entereza y le dice con calma:

—Amigo, bebe un trago. Serenémonos y hablemos como hombres sensatos.

En la mesa hay una jarra de vidrio labrado con vino y dos copas.

—Te dije que tenía para ti vino y buenas palabras —añade don Francisco, mientras llena las copas—. Yo no puedo consentir..., no consentiré... ¡Bebe, amigo mío, y déjame decirte!

Ambos apuran las copas y se miran. Es un momento trepidante que predispone el ánimo para algún anuncio importante; para, tal vez, la resolución de todo aquel embrollo; un momento que Vargas, a su estilo, tiene ya preparado. Y Castro, que le conoce, lo acepta y se muestra anhelante; por eso calla, le mira y, con sus ojos, con todo su cuerpo, se manifiesta a la espera.

Entonces don Francisco, enfático, le dice mirándole muy fijamente, con solemnidad estudiada:

—¡Vas a ser obispo! Eso es lo que quería decirte hoy, amigo mío; para eso te he llamado...

Castro parece no inmutarse de momento al oír aquello. Pero, acto seguido, cierra los ojos y hace una inspiración profunda, sonora, como queriendo cobrar entereza y asimilar al mismo tiempo tan inesperado anuncio.

Vargas se aproxima a él, le pone una vez más la mano en el hombro y añade eufórico:

—¡Obispo, Rodrigo! ¿Tú me has oído bien? ¡Obispo!

El inquisidor está muy serio. Su rostro denota confusión y un inicio de enojo; e insta con ello a su amigo para que se explique mejor. Vargas empieza entonces a encontrarse apurado al tener que contar una historia en la cual él tiene un papel; pero que también tiene otros protagonistas. Halla sin embargo la manera de arreglarlo, diciendo con calma:

—Rodrigo, amigo mío; sabíamos que lo estabas pasando mal; que te tenían relegado, apartado, injustamente... ¡No podíamos consentirlo! Te queremos, Rodrigo, y te consideramos necesario; así que hemos actuado por nuestra cuenta, aun sabiendo que tú no lo aprobarías... Hemos hablado con su majestad el rey: le hemos contado lo que te pasaba y...

Castro se pone de pie impetuosamente y le interrumpe de nuevo, exclamando:

—¡Con el rey! Pero... ¡Vargas, por Dios! ¡Qué locura es esta!

—Déjame que te explique, amigo mío... Todo ha salido de perlas: el rey nos escuchó, nos comprendió: vislumbró lo que te estaba sucediendo y tuvo a bien sopesar el asunto, ver las causas y... ¡arreglarlo!

—¿Hemos? ¿Nos? ¡Hablas en plural! —pregunta confuso él—. ¿Quiénes? ¿Tú y quién más? ¿Quiénes habéis estado hablando con su majestad acerca de mi persona?

Vargas sonríe socarronamente, se sienta, sirve vino, bebe y le acerca la copa al inquisidor. Después, muy serenamente, recalcando bien cada palabra, responde:

—Doña Isabel de Manrique y yo.

Castro oye aquello y pone una cara del todo sorprendida, aunque dulcificada.

—¿Doña Isabel...? —balbuce.

A él ese nombre le ha causado estupor. Y para comprender la sorpresa de don Rodrigo, en este punto del relato, debemos recordar quién es esta dama. Doña Isabel Manrique, descendiente de esclarecido linaje, es hija natural nada menos que del gran inquisidor, arzobispo de Sevilla y cardenal don Alonso Manrique de Lara, y hermana por parte de padre del inquisidor don Jerónimo Manrique; camarera de la reina, viuda de don Juan Vargas; muy principal mujer que ejerce gran influencia sobre el rey Felipe II y sus círculos más cercanos; además de poseer grandes dones naturales: belleza madura, adorable elegancia, sobrada inteligencia, locuacidad y simpatía. Se trata de aquella dama que, siendo muy amiga del inquisidor Castro, le advirtió en su momento de la presencia en la Corte de la enigmática ermitaña doña Catalina de Cardona, mientras compartía mesa durante la Pascua de 1572, en aquel mismo palacio de los Vargas. Con ella —si bien ahora hace meses que no se ven— se siente muy a gusto él; y con ella hubiera deseado sincerarse y lamentarse por la mala suerte que supuso para él el nombramiento de don Gaspar de Quiroga como gran inquisidor;

mas no lo hizo por puro pudor. Así que, al saber lo que ha sucedido sin su conocimiento, según lo que ahora le cuentan, dice:

—¿Habéis hablado con su majestad doña Isabel y tú? ¿De mí? ¿Ella y tú?

—Sí, sí, Rodrigo, eso hemos hecho y no nos arrepentimos de ello... ¿Cómo vamos a arrepentirnos de hacerle el bien a un amigo?


## 7.  DOÑA ISABEL MANRIQUE


Don Francisco de Vargas le refiere a continuación con detalle al inquisidor cómo han hecho para conseguir para él esos beneficios: han hablado con el rey, a quien tienen acceso; atreviéndose a interceder con prudencia, con cuidado, contándole a la vez los muchos trabajos y desvelos de don Rodrigo de Castro para defender la fe. Y su majestad, que estima a su mariscal don Francisco de Vargas y a su real camarera doña Isabel, les ha escuchado y ha resuelto intervenir, haciendo que inmediatamente Castro sea nombrado obispo de alguna sede vacante, para así abrirle nuevas puertas en la jerarquía de la Iglesia.

Don Rodrigo escucha, medita, tantea y, finalmente, puede más su sentido práctico que su orgullo: se alegra por lo que han hecho por él, para favorecerle, aun sin su conocimiento. Y Vargas, que al fin le ve contento, va hacia la puerta que comunica con una estancia contigua y da unos golpecitos suaves. Entonces se oyen unas pisadas al otro lado y, al cabo, se abre la puerta, apareciendo la presencia hermosa, majestuosa, de doña Isabel Manrique, toda sonriente, exultante, que exclama:

—¡Ay, don Rodrigo! ¡Ay, si supieras cuánto me alegra verte!

Don Francisco sale entonces, so pretexto de disponer lo necesario para la comida que habrá luego y lo que considera oportuno para festejar convenientemente el feliz anuncio que le acaba de hacer a su invitado.

Y dentro del gabinete, ya a solas, la dama y Castro pueden hablar tranquilamente. Ella vuelve a contarle cuanto ha relatado anteriormente el dueño de la casa, paso por paso: la visita al rey, las explicaciones, la decisión de su majestad... Ella lo ve todo con la naturalidad propia de quien diariamente va al palacio real, trata con confianza al rey e incluso comparte con él y su augusta esposa la mesa del real alcázar. Cosa del todo excepcional, puesto que no es precisamente Felipe II un monarca del que se diga que es campechano y accesible.

Castro está como abrumado. Esperaba hallar en casa de los Vargas un resquicio de luz y resulta que se le ha abierto un ventanal. Ahora, para él, todo está más claro y no piensa por menos que manifestar su agradecimiento:

—Ah, doña Isabel —dice—, mi querida amiga, ¡no sabes la gran merced que me has hecho!

—¡Faltaría más! —exclama ella—. Tú te lo mereces todo. ¡Con lo que luchas por la fe! Ahora, cuando seas nombrado obispo, será más difícil que prescindan de ti. Y no se te ocurra dejar el Consejo de la Suprema; ¡que haces ahí mucha falta!

Habla doña Isabel Manrique con mucha seguridad y conocimiento de causa sobre la Inquisición, puesto que, como hemos apuntado más arriba, es pariente de insignes inquisidores: hija natural del gran inquisidor, arzobispo de Sevilla y cardenal don Alonso Manrique de Lara y hermana del inquisidor don Jerónimo Manrique; así que lleva la Santa Inquisición en la sangre.

—Tú, Rodrigo —prosigue diciendo con cariño, maternalmente—, acuérdate siempre de lo que te digo: llegarás muy alto: a arzobispo, cardenal o inquisidor general. No has nacido tú para minucias...

—Si me dejan —repone él.

—Te dejarán, querido; ¡para eso estamos tus amigos! Y no te abandonaremos; por mucho que tú de vez en cuando te alejes de nosotros...

Esto último lo ha dicho con un cierto tono de reproche.

—He estado muy disgustado —contesta él—. Y comprenderás que no ha sido por mi persona, por despecho... ¡Era por el Santo Oficio! ¡Mi vida es el Santo Oficio! Y veía que con el nombramiento de Quiroga se perdían grandes oportunidades para actuar de manera ejemplarizante... Porque me daba cuenta de que nos darían de lado a quienes tenemos ya larga experiencia sobre alumbrados y dejados; y que se nombraría a un nuevo Consejo nada ducho en esas cosas... ¡Cómo no iba a preocuparme!

Doña Isabel sonríe ampliamente, asiente con graciosos movimientos de cabeza, fraternos, y después alarga la mano y le hace al inquisidor una caricia en la mejilla barbada, mientras le dice:

—También sobre eso debía hablarte, querido don Rodrigo. Tengo algo muy importante que decirte: algo que te alegrará mucho saber y que te reportará incontables beneficios.

—¿A qué te refieres? ¿De qué se trata?

—De la monja Teresa de Jesús.

—¡Ah, la alumbrada esa! —contesta él con despecho—. Con todo lo que hemos indagado; con las pruebas que he-

mos reunido... ¡Y todo para nada! Quiroga está empeñado en que es santa y ha dado órdenes de que se la deje en
paz... Ya ves: ¡en paz! En paz para que esa dejada siga haciendo de las suyas y embrollando en sus enredos místicos a más y más almas cándidas... Como hiciera en su tiempo la diabólica Magdalena de la Cruz. Porque esa Teresa
es lo mismo que aquella: tiene engatusado al inquisidor general y a los reyes engañados... ¡Todos burlados!, y ella
embrujando almas a su antojo...

—Pero acabarán dándose cuenta y metiéndola también
a ella entre rejas —repone doña Isabel con un mohín ma-
licioso—. Calló la Inquisición a la diabólica y embustera
Magdalena y callará la boca de Teresa... ¡Ya lo verás! Y tú,
amigo del alma, cosecharás esa victoria, ese mérito...

—¡Ah, quiéralo Dios! Como debe ser, pues nadie puede engañar a la Santa Inquisición; que para eso es santa.
Pero ahora, con esta Teresa, con esta avispada y raposa, judía y engañadora, veremos a ver...

—Pues lo mismo, don Rodrigo: se darán cuenta, la juz-
garán y la condenarán. Porque tú mismo lo has dicho: nadie puede engañar a la Santa Inquisición, que para eso es
santa, y también para eso hay hombres como tú en el Santo Oficio.

—¿Y qué puedo hacer, si no me dejan?

—Te dejarán, don Rodrigo; porque muy pronto tendrás en tus manos la prueba irrefutable de las herejías de
la monja Teresa.

Él abre unos ojos desbordados de sorpresa e interés,
preguntando animoso:

—¿Qué prueba es esa? ¡Habla de una vez, te lo ruego!

—El libro de Teresa: el originario manuscrito que contiene el testimonio de los alumbramientos y desvaríos de
la monja.

—¿Y quién lo tiene? —inquiere él, impaciente, sumamente interesado—. ¿Quién tiene el libro?

—La princesa de Éboli, amigo mío. Ella me mandó llamar porque llegó a sus oídos que el nuevo inquisidor general es admirador de Teresa de Jesús y que está decidido a dejarla hacer, a no entorpecerla, a quitar de en medio a quienes la ven como a una hereje. Entonces se indignó, como tú y como yo, ¡como muchos hombres y mujeres cabales!, y decidió contar todo lo que sabe y poner en manos del Santo Oficio el manuscrito que la propia monja le dio.

—¿Y estás segura de que me lo entregará a mí?

—¡Y tanto! Porque para eso se puso en contacto conmigo: porque sabe lo amigos que somos y pensó que yo estaría dispuesta a decírtelo. Ella confía mucho en que solo tú podrás detener a esa gran alumbrada. Sí, don Rodrigo, tú y solo tú podrás meterla en la cárcel, donde debe estar; porque nadie como tú le ha seguido de cerca los pasos y conoce sus engaños, diabluras e iluminismos infectos.

## 8. ¿POR QUÉ TENÍA EL LIBRO LA PRINCESA DE ÉBOLI?

Como se recordará, Teresa de Jesús había fundado, en junio de 1569, el monasterio de carmelitas descalzas de Pastrana, atendiendo a los ruegos insistentes de doña Ana de Mendoza, princesa de Éboli; que se sintió atraída quizás al saber que su pariente, doña Luisa de la Cerda, había fundado otro en su señorío de Malagón. Fue aquella una fundación que, desde el principio hasta el final, sufrió las consecuencias de la singular naturaleza de la princesa; mujer caprichosa, antojadiza y de reacciones imprevisibles, según se verá seguidamente en esta parte del relato. Pero, antes de proseguir, será pertinente profundizar algo más en la personalidad de esta dama tan principal, que no deja de suscitar la curiosidad en cuantos tienen noticia de sus antojos y precipitadas acciones. Cuentan los que la conocen que ya desde niña despuntaba su temperamento indómito, sus disparatadas ideas y sus arranques descabellados. Al parecer, se complacía en practicar la esgrima con los pajes y caballeros de su palacio, y precisamente en uno de esos lances —dicen— sufrió la estocada que le hizo perder el ojo derecho; desde aquella herida lo lleva siempre tapado con un parche, que proporciona aún mayor aire de misterio a su bello rostro.

Sabemos ya que Teresa estaba en Toledo cuando le llegó el aviso de que la princesa la esperaba para iniciar la fundación. En principio, la monja dio largas a la invitación, pues sin duda había oído hablar de la particular manera de ser de la dama y presentía los problemas que iban a sobrevenirle. Pero, finalmente, aconsejada por su confesor y midiendo los inconvenientes de desairar a alguien tan importante, decidió ir a Pastrana en la carroza que le enviaron los príncipes a Toledo. Fue recibida en Madrid primero, suntuosamente, con fiestas e invitados llegados al palacio para satisfacer su curiosidad sobre la famosa monja fundadora de conventos. Una muestra más de la extravagancia y altivez de la princesa, que en ese tiempo estaba en cinta y dio a luz a su quinto hijo, Fernando, llamado luego don Pedro González de Mendoza. Estaba pues más predispuesta que de ordinario la parturienta a los antojos y a que en todo se le diera la razón.

Ya en Pastrana, doña Ana había dispuesto una casa para

convento que no resultó adecuada por ser demasiado pequeña. Entonces se buscó un nuevo edificio ubicado extramuros, y se proveyó para reconstruirlo y ajustarlo a las demandas de la reformadora: erigir una iglesia y una casa que tuviera una amplia huerta. Mientras tanto se hacía todo esto, Teresa y sus monjas se alojaron en el palacio ducal y convivieron con la princesa, como lo habían hecho con doña Luisa de la Cerda en Toledo. Pero aquí los problemas, las desavenencias y desencuentros entre ellas y doña Ana surgieron casi desde el principio. No se ponían de acuerdo en la manera de hacer el convento. La princesa quería decidir ella sobre el tamaño y la distribución de las habitaciones, y Teresa no transigía en estas y otras imposiciones, atreviéndose a oponerse a los caprichos de la dueña. Y el príncipe, a todo esto, sentíase en medio de las dos obligado a poner paz entre ambas. Él, que conocía muy bien a su obstinada esposa, y gracias a su capacidad diplomática, logró con pacientes mediaciones que pudiera ir adelante la fundación. Y Teresa, que a su vez conocía el importante lugar que ocupa en la Corte don Ruy Gómez, se avino considerando lo importante que podía ser para su obra fundadora y reformadora tenerlo de su parte, dada su influencia sobre el rey.

En la fundación de Pastrana la princesa establecía sus condiciones: si las carmelitas no encontraban recursos propios para mantenerse, ella les proporcionaría la casa, la huerta y una iglesia, proveyendo a la vez con lo que necesiten, por lo que no tendrán que vivir de la caridad. Estas imposiciones aparecen como inaceptables para la madre fundadora, que ve en ello el manifiesto empeño de doña Ana en manipular a su antojo y manera la fundación: por supuesto, aceptar significaba que los ingresos dependerían enteramente de sus ocurrencias. Pero la realidad es que Teresa no se fue y aceptó, tal vez por no contrariar una vez más los ruegos mediadores del príncipe. La fundación se hizo y no solo fundó el ansiado convento de monjas de la princesa, sino que consiguió también que don Ruy Gómez le proporcionase un amplio terreno, cerca del núcleo urbano, con unas ermitas donde fundar el primer convento reformado de frailes carmelitas descalzos. Ya desde la fundación de Medina del Campo, Teresa deseaba llevar su reforma a la rama masculina y establecer un monasterio para hombres. Atender a la fundación de Pastrana le ofreció la ocasión que buscaba.

Pero, mientras todo esto se iba gestionando, y durante el tiempo que Teresa se alojaba en el palacio ducal, además sucedió algo que a la larga supondría un manifiesto peligro para la persona y la obra de Teresa de Jesús. Veamos qué fue aquello.

La princesa, siempre anhelante, solicita a Teresa que le entregue el *Libro de la vida*, pues sabía que lo había leído doña Luisa de la Cerda, su pariente, y le entró gran curiosidad por saber lo que en él estaba escrito. Teresa, dados los ruegos e insistencias, le da finalmente el libro, aunque a regañadientes y, una vez más, en atención a la intervención de don Ruy Gómez, que también se mostró interesado en leerlo. La princesa, que ya estaba predispuesta en contra de la monja, leyó el libro con ánimo avieso, mofándose de lo que en él estaba escrito, sacándolo de contexto y ridiculizándolo. Y también se lo leyó en voz alta a sus amigas y sirvientas; mofándose todas en reunión de los éxtasis, visiones, revelaciones y demás experiencias místicas de la monja escritora, a la que no dudaron en tildar de alumbrada, chiflada y descabezada. Lo cierto es que la princesa conservó el libro en su poder, sin entregárselo a nadie, pero haciendo correr la voz de que era un libro de peligrosas herejías que tarde o temprano acabaría en manos de la Santa Inquisición.

Después de su problemática estancia en Pastrana, Teresa se marchó a fundar en Salamanca, apoyada por el obispo Pedro González de Mendoza, hijo de los duques del Infantado y pariente de la princesa. Y más tarde, en 1574, la duquesa de Alba solicita que la monja acuda a su castillo, con el pretexto de sentirse sola desde que su marido se ha marchado a Flandes. El propio rey interviene ante el Papa para que dé permiso a Teresa de Jesús para abandonar su convento y trasladarse a Alba de Tormes. Cuando doña Ana de Mendoza se entera de que la monja ha ido a alojarse a casa de la duquesa, le entran tremendos celos y lo estima como un agravio más de la que ya considera su enemiga declarada.

## 9. ¡LA PRINCESA MONJA! ¡Y CABREADA!

El 29 de julio de 1573 murió don Ruy Gómez, príncipe de Éboli, a la edad de 57 años. Doña Ana estaba embarazada en aquel momento y, ya fuera por el dolor de la pérdida o por los desvaríos de su naturaleza excéntrica, no se le ocurrió mejor cosa que meterse a monja inmediatamente. Su decisión fue rápida e implacable. Allí mismo, delante del cuerpo exánime y todavía caliente del esposo, le pidió el hábito a uno de los frailes carmelitas que estaban orando ante el difunto y no dudó en ponérselo. Y de aquella manera, risiblemente vestida con hábito de monje, anunció solemnemente que partiría seguidamente a ingresar al convento de monjas de Pastrana que fundó Teresa de Jesús, pero que la princesa consideraba propio. Ana de la Madre de Dios fue el nombre con que, desde aquel momento, ordenó ser llamada, en un gesto teatral que bien podía ser considerado tragicómico; como quien pierde la razón y no se da crédito a lo que dice. Pero ella cumplió con su voto público y, raudamente, después del funeral de su esposo, partió hacia el convento, adonde llegaría después de un viaje nocturno en carro, acompañada de su madre y de dos criadas. Al parecer envió por delante a un fraile, el padre Baltasar de Jesús, a anunciar a las monjas la llegada; y al saberlo la priora, Isabel de Santo Domingo, no se pudo contener y exclamó: «¿La princesa monja? ¡Yo doy la casa por deshecha!»

Y no exageraba ni andaba descaminada, puesto que la princesa estaba acostumbrada a mandar, a hacer valer su linajuda autoridad, y dejó claro desde el primer momento que ella era quien decidía cómo se hacían las cosas en el convento, comportándose como si verdaderamente ella fuera la priora. Y si esto pareciera poco, además está preñada de cinco meses, vive allí con su madre y sus criadas y pretende que las monjas le hablen de rodillas y con gran acatamiento. La situación se hace muy pronto insostenible y la auténtica priora, Isabel de Santo Domingo, escribe desesperada a la madre Teresa para ponerla al corriente de lo que está sucediendo en el convento de Pastrana.

Teresa se atrevió enseguida a intervenir, no obstante sus desavenencias con doña Ana; y le envió una carta amable, intentando hacerla entrar en razón. Pero nada se logró con ello, sino enfurecer más a la reconvenida. Las cosas llegaron a un extremo tal de gravedad, que la priora tuvo que advertirla seriamente de que debería abandonar el convento con sus acompañantes si no cambiaba de actitud y se sometía a las reglas.

El escándalo fuera del convento fue mayúsculo. Circulaban por ahí todo tipo de exageraciones, hablillas y chascarrillos a costa del suceso. Finalmente tuvo que intervenir nada menos que el rey Felipe II, quien, haciéndose eco de las quejas que le llegaron por distintas instancias, conminó a doña Ana a abandonar el monasterio y ocuparse de su hacienda y de sus hijos. Muy a su pesar, ella tuvo que obedecer y salió en enero de 1574. Aunque, desde fuera, siguió haciendo imposible la vida a las monjas: constantemente se metía en sus asuntos de orden interno y las privó de la limosna que don Ruy Gómez había establecido en su testamento para mantenimiento del convento

Este ambiente absurdo y penoso hizo que, finalmente, la madre Teresa, autorizada por el provincial y el visitador de la Orden Carmelita, dispusiera *in extremis* que las monjas abandonaran secretamente el monasterio la noche del 6 al 7 de abril de 1574, para ir a la nueva fundación de Segovia. Todo lo que la fundación había recibido de los príncipes de Éboli fue inventariado escrupulosamente y devuelto por indicación de Teresa.

La princesa se enteró al día siguiente muy de mañana y, herida en su amor propio por la fuga, montó en cólera y se determinó a hacer cuanto estuviera en su mano para tomarse cumplida venganza por lo que consideraba el último, definitivo e imperdonable agravio de Teresa. Poco después, llenaría el convento dejado por las carmelitas con monjas concepcionistas franciscanas.

## 10. AL INQUISIDOR CASTRO EL LIBRO LE VIENE SOLO A LAS MANOS

Ya estamos al corriente de todo lo que sucedió entre la princesa de Éboli y Teresa de Jesús; y sabiéndolo, no nos resultará difícil entender por qué doña Ana de Mendoza estaba deseando entregarle el *Libro de la vida* escrito por la monja a la Santa Inquisición. Ha sido ella convenientemente informada de que don Rodrigo de Castro es avezado perseguidor de alumbrados y que cuenta en su haber con hábiles hazañas en el Santo Oficio; como haber metido en la cárcel a un arzobispo de Toledo y a muchos otros insignes maestros sospechosos de herejes. También tiene noticia cumplida la princesa de que el inquisidor le sigue los pasos a Teresa y nadie como él desea verla entre rejas. Así que, sin dudarlo, y aprovechándose de la mediación de doña Isabel Manrique, pone en manos de Castro el manuscrito, para que este, con la diligencia y el tesón de que hace gala, se sirva de él como más le convenga a los efectos de perjudicar a la monja. La venganza ha sido cumplida.

Don Rodrigo está contento, satisfecho y esperanzado acariciando la posibilidad de que, con tan contundente prueba, no tengan más remedio en el Consejo de la Suprema que devolverle la dirección del caso de la monja «alumbrada» y «dejada»; pues nadie como él, con mayor conocimiento de causa, puede iniciar el proceso. Aunque sabe, y eso le preocupa más que nada, que el inquisidor general, don Diego de Quiroga, es afecto a la monja y no dudará a la hora de volver a protegerla. Por tal motivo, Castro debe poner sumo cuidado y hacer las cosas bien, para que sigan su curso; para que lleguen adonde deben llegar, sin que se perciban las sutiles maniobras de la mano que mueve invisiblemente los hilos. Y con este propósito, decide hacer uso de su prestigio, de sus influencias y de los posibles colaboradores que, aunque pocos, todavía le quedan.

Se sienta en su escritorio y escribe cartas a diversos inquisidores apostólicos y eminentes eclesiásticos amigos suyos: a don Alonso López, visitador de la Inquisición en los distritos de Úbeda, Baeza y Jaén; al arzobispo de Sevilla, don Cristóbal de Rojas y Sandoval; al fiscal de la Inquisición, don Francisco de Arganda; a los inquisidores de Córdoba; a don Antonio Matos de Noronha, que ha sido enviado al tribunal de Llerena con funciones especiales frente al núcleo de alumbrados que allí se ha descubierto, y al obispo de Plasencia, don Francisco de Soto y Salazar. A todos ellos pone sobre aviso de que hay un libro en extremo pernicioso, escrito por Teresa de Jesús, abundante en ideas de alumbrados y dejados, que circula secretamente, de mano en mano, burlando las pesquisas del Santo Oficio. Y mientras tanto, guarda el susodicho libro, lo estudia él mismo a conciencia y manda que lo examinen letrados de su confianza para diseccionarlo y extraer los escritos más peliagudos.

Unos días después de enviar las cartas, don Rodrigo de Castro recibe confidencialmente la noticia de que el rey ha propuesto su nombre para ocupar la sede episcopal de Calahorra. Pero, sorpresivamente, será al final nombrado obispo de Zamora; tomando posesión de la sede en abril de 1574. Durante aquella misma primavera, recibe una nueva merced de su majestad: ha sido elegido para encabezar una importante misión diplomática en Roma, ante el papa Gregorio XIII. Con tan flamantes, altas y aparatosas responsabilidades, Castro se olvida de momento de todo lo demás y emprende viaje hacia la Ciudad Eterna, acompañado por un nutrido séquito de nobles, insignes clérigos y miembros de la Corte. Su orgullo se siente reparado, su alma está de momento satisfecha y se quita de en medio de los enredos de los inquisidores, convencido de que, en todo, no ha hecho sino obrar cumpliendo con un sagrado deber.

# LIBRO IX

*En el que el nuevo gran inquisidor,
don Gaspar de Quiroga, ve prudente requisar el
«Libro de la vida» de Teresa, para ponerlo a buen
recaudo en el Santo Oficio, mientras acude a pedir
que lo revise el sapientísimo maestro fray
Domingo Báñez.*

# 1. ¿OTRO TRABAJO EN EL SANTO OFICIO?

Pasaron largos meses de vida tranquila para fray Tomás, después de las apuradas pesquisas en el Santo Oficio, a las órdenes del inquisidor Castro, que a punto estuvieron de arruinarle la vocación y la buena disposición. Por aquel tiempo, el santuario de la Virgen de Atocha está a las afueras de Madrid, en pleno campo; rodeado de olivares fecundos, viñedos, huertos feraces y parcelas labradas con esmero. Una calzada ancha discurre por delante de la fachada, flanqueada por algunas hileras de ventas, hasta la puerta de Vallecas, que da paso al arrabal de Santa Cruz. Anexo a la iglesia, está el convento de Santo Domingo; un edificio cuadrado, desabrido, con tres pisos de numerosas ventanas iguales, ordenado en torno a una galería de arcos de medio punto que da a un patio sombrío y descuidado. Todo el conjunto está cercado por una tapia tosca de adobe, que además encierra un jardín agreste, un pozo y una alberca de aguas muertas con un pretil de ladrillos musidos. Hay un sendero de piedras entre matas de romero y tomillos silvestres, un ciprés esbelto que ha crecido más alto que los tejados, y un tilo colosal, de cuyas ramas oscuras penden las últimas hojas amarillas, ajadas, y se van desprendiendo con parsimonia para tapizar la tierra.

Bajo el magno árbol sin sombra, está fray Tomás a mediodía, sentado en un banco de hierro oxidado, leyendo recogido, acariciado por el tenue sol de noviembre, y aprovechando su hora de descanso en la jornada lectiva de la vecina escuela de Teología del convento de dominicos, donde imparte clases de Sagrada Escritura. Aquel jardín divide el convento en dos bloques distintos. A la derecha están la iglesia y los tres pisos donde habitan los frailes, haciendo una vida conventual ordenada, apenas perturbada por el trasiego de los fieles que visitan el santuario. Este bloque se comunica con el templo por una puerta interior, para que se pueda entrar en el coro sin pasar por la nave pública, y oír misa y cantar desde la sillería a las horas canónicas, único momento del día en que los albañiles, artesanos y pintores interrumpen sus tareas; porque el santuario de Atocha parece haber sido creado con vocación de obras: desde sus orígenes, nunca han parado las reformas, los añadidos y renuevos; a partir de los tiempos de Alfonso VI de Castilla, cuando la devoción de la Virgen empezó a crecer y a generar importantes limosnas. Hasta que, en este siglo XVI, la pequeña ermita se convierte en una gran iglesia, gracias a la intervención del dominico fray Hurtado de Mendoza, confesor del emperador Carlos V, que solicitó del papa Adriano VI el santuario y el convento para la Orden de Santo Domingo. En 1523 se entregaron solemnemente las llaves a los susodichos frailes y desde aquel momento empezaron las obras. Lo más laborioso es el precioso artesonado de maderas nobles; y también lo más molesto, pues el aserrar, el clavetear y el lijar es constante, y los trabajadores no paran de parlotear en medio de los ruidos propios de su oficio.

Cuando fray Tomás entró en el convento, en los primeros días de la Pascua de 1572, ya se sorprendió por el ajetreo que reinaba allí: el ir y venir de la nobleza de Madrid, las riadas de fieles, las referidas obras y la vecindad de las dependencias de la Suprema y General Inquisición. Para un fraile que venía del silencio y la quietud de Ávila aquello era un maremagno extraordinario. Pero ahora, a mediados de noviembre de 1574, transcurridos ya más de dos años, ha tenido ya tiempo suficiente para acostumbrarse a aquella vida; máxime teniendo que entrar y salir, viajar y estar en permanente movimiento, merced a los menesteres propios de su puesto como subalterno en el Santo Oficio.

A la izquierda del jardín donde el joven fraile lee, están las escuelas, con una población profusa de novicios y alumnos de Teología, también está allí la casa de servicio, con una enorme cocina de fogones de leña, grandes despensas, bodegas y un monumental horno de pan. Detrás de todo ello hay otro patio donde conviven varias familias de mandaderos, y por último, están los establos, las pocilgas, los gallineros y un corral de cabras. En fin, teniendo en cuenta todo esto, se comprenderá que el bullicio, la agitación y las obras convierten el lugar en un peculiar aglomerado de edificios, gentes variopintas y animales, donde no reina precisamente la calma.

No obstante, pasada la hora tercia, hay un momento de asueto como milagroso: una pausa maravillosa en la que casi todo el mundo va a almorzar; excepto los frailes, que después del rezo y antes del refectorio pueden dedicarse a hacer lo que mejor les parece. Fray Tomás se embelesa con la amena lectura del libro titulado *Reloj de príncipes*, escrito por fray Antonio de Guevara allá por el año 1529; en el que se intercalan cartas del emperador Marco Aurelio con profundas y sustanciosas reflexiones filosóficas. Y estando en el capítulo VI del primer libro, que trata de *Lo que dixo un philosopho en el Senado de Roma*, es interrumpido por una voz familiar a su espalda:

—Fray Tomás, he de hablar con vuestra caridad.

Él se vuelve y se encuentra con la presencia gigante del padre provincial: el formidable hábito, las poderosas manos, la magna cabeza cuadrada y aquella mirada suya siempre postulante, apremiante.

—Mande vuestra reverencia —contesta él, mientras acude a besarle el crucifijo del rosario que le cuelga del cinto.

—Debes acompañarme ahora mismo a las dependencias de la Suprema: el inquisidor general reclama tu presencia para algún asunto del Santo Oficio.

Al fraile le da un vuelco el corazón. Mira al superior y sus ojos manifiestan asombro y confusión. En su mente empieza a dar vueltas una maraña de suposiciones y temores. Hace ya más de un año que dejó el tribunal; desde que el inquisidor don Rodrigo de Castro fue apartado del caso; después se marchó a Roma, de donde regresó para ser hecho obispo de Zamora y no volvió a ocuparse de asuntos de alumbrados, pues el inquisidor general designó a otros consejeros para esa tarea. Entonces se dieron por terminadas las pesquisas sobre Teresa de Jesús y se archivaron los informes. Nadie más volvió a acordarse de fray Tomás para ningún otro asunto. Además, es público y notorio que entre el nuevo inquisidor general y Castro no hay aproximación ni entendimiento y que solo se tratan formalmente en las reuniones del Consejo. ¿Qué podría haber sucedido para que ahora, después de tantos meses, reclamen su presencia en la Suprema? Estos pensamientos turban sobremanera al joven fraile, la lengua se le traba y no sabe qué decir, puesto que, de ninguna manera quiere volver al Santo Oficio.

—¡Vamos! —le apremia el padre provincial—. No debemos hacer esperar a su excelencia reverendísima.

Dicho esto, se encamina por el jardín hacia el edificio donde están las dependencias de la Inquisición. Fray Tomás le sigue obediente; pero, por el camino, se atreve a decir:

—Padre, disculpe vuestra reverencia...

El superior se detiene y le mira interpelante.

—¿Qué pasa ahora?

—Padre, antes de ir allá, me gustaría decirle algo a vuestra reverencia, con todos los respetos debidos...

—Habla de una vez: ¿qué te pasa ahora?

Se detienen bajo el ciprés, que es testigo taciturno, enhiesto, oscuro, de la confesión que fray Tomás va a soltar, totalmente vencido por sus temores y por su angustia:

—Padre..., hace ya más de un año que dejé mis trabajos en el Santo Oficio... Aquello lo hice por pura obediencia, bien lo sabe vuestra paternidad; mas en ningún instante sentí vocación alguna, ni inclinación, ni deseo de pertenecer a la Santa Inquisición... Ya se lo dije en su momento a mi confesor y a vuestra reverencia...

—Bueno, bueno —le reconviene indulgentemente el padre provincial—. No exageremos... Si nos moviéramos en esto por nuestros deseos... Comprendo que vuestra caridad hiciera aquello un poco a la fuerza; pero lo hizo bien, sin tacha, con diligencia, con esmero... En fin, como debe hacer un buen fraile lo que se le manda. Porque ¿para qué estamos los frailes si no es para obedecer a lo que necesite de nosotros la Santa Iglesia?

—Sí, padre. Pero temo que puedan encargarme otro trabajo...

—¡Vaya por Dios! —exclama el superior poniendo los brazos en jarras—. ¿A qué viene ahora esto? ¿Y para qué ha estudiado vuestra caridad la sagrada teología en Salamanca?

—Padre, impartiendo clases me encuentro muy bien... Siento que es lo mío... Pero lo otro...

—¿Lo otro? ¿Lo llama vuestra caridad así: «lo otro»? Pues eso «otro» es nada más y nada menos que la defensa de la fe católica. ¿Para qué sirve la sagrada teología si no es para defender el dogma?

—Sí, padre; pero hay que servir uno para ello. Cualquiera no sirve para el Santo Oficio...

—¡Por el amor de Dios, fray Tomás! Vuestra caridad no es cualquiera: tiene estudios suficientes, sensatez, entereza... Por eso se pensó en vuestra caridad, porque, precisamente, no es cualquiera.

—¡Ah, padre, si vuestra reverencia supiera...! No fue nada fácil para mí aquello...

—¿Te refieres a lo de Teresa? —le pregunta el superior con mayor cercanía, ablandándose.

—Sí. Era muy duro tener que dilucidar en ese caso; porque no es fácil decidir cuando uno ve que hay instancias más altas que ya tienen elaborado su juicio y que ya han resuelto la sentencia...


## 2. FRAY PEDRO FERNÁNDEZ
### SABE MUY BIEN QUIÉN ES TERESA DE JESÚS


El corazón del padre provincial se encoje ante estas palabras y su semblante se torna afable. Dice con delicadeza:

—Nunca te he preguntado por aquello; aunque bien

sabes que soy parte importante en el asunto... Comprendo que no debió de ser nada fácil para ti indagar y tratar de hallar la verdad, en medio de presiones e intemperancias. El inquisidor don Rodrigo de Castro estaba demasiado empeñado en procesar a Teresa de Jesús; pero, gracias a Dios, todo aquello quedó en nada...

El padre provincial ha dicho esto porque él es visitador de la Orden Carmelita y entre sus obligaciones está la de inspeccionar la reforma que ha iniciado Teresa de Jesús. Fray Pedro Fernández se formó en Teología en las aulas salmantinas, en uno de los momentos de mayor esplendor de su escuela, cuando ya había fallecido el maestro Francisco de Vitoria y le sustituía Melchor Cano en la cátedra de Prima. Sus dotes de religioso ejemplar, prudencia y buen gobierno le hicieron ser nombrado provincial de la provincia dominicana de España en 1573, y bajo su gobierno se pusieron en marcha las reformas ordenadas por el Concilio de Trento. Es pues un fraile que sabe bien de qué está hablando.

Precisamente por eso, sus palabras proporcionan frescor y paz al corazón de fray Tomás; que sonríe aliviado y dice:

—Padre, yo no soy nadie para juzgar en un asunto tan grave; para eso están los jueces... Y aunque al principio llegué a considerar que Teresa era una alumbrada de tantas, después me fui dando cuenta, merced a las declaraciones de quienes la conocen bien, que ese juicio era demasiado superficial y ligero. Yo muy poco conozco todavía de su vida, justo es decirlo, pero lo poco que sé de ella no me parecen sino cosas buenas. Me ordenaron investigar la fundación del convento de Toledo y a buena fe le digo a vuestra reverencia que creí que me encontraría con artificios, espejuelos, malas artes y demás cosas de alumbrados... Y sin embargo, en los testimonios que recabé no hallé sino mucho tesón, mucho deseo de servir a Nuestro Señor y, sobre todo, mucha fe... No, padre, no considero, al menos de momento, sinceramente, que Teresa sea hereje, ni alumbrada; en ella descubro un alma fuerte, sacrificio, coraje y... algo más...

El padre provincial le mira y su rostro se ilumina con una expresión de fina indulgencia cuando exclama:

—¡Algo más! Eso: algo más... En eso estamos, fray Tomás... Nunca hemos hablado sobre esto, porque consideré que no era oportuno ni prudente, siendo yo tu superior. No quise influir sobre tu conciencia con mis opiniones; porque me parecía que sería más útil que tú hicieras tus propias averiguaciones y te formaras un criterio adecuado. Aunque, como bien sabes, yo conozco personalmente a Teresa y tengo ya hecho mi propio criterio sobre ella.

—Entonces, padre, ¿considera que ella es auténtica, sincera y probada? ¿Cree que de verdad está movida por un espíritu puro? El padre provincial sonríe, le guiña un ojo y contesta alegre:

—No debo hablar más de la cuenta... No es prudente adelantar acontecimientos. No nos corresponde a nosotros ahora llegar a conclusiones ni resolver en cuestiones de tanta sustancia. De manera que ¡andando!, que no será bueno hacer esperar al inquisidor general.

—Una cosa más, padre —le retiene fray Tomás—. ¿Es de nuevo por Teresa de Jesús por lo que se me cita?

—Esa es una pregunta que no necesita contestación. Así que, ¡vamos!

Entran en las dependencias de la Suprema Inquisición. Fray Tomás echa una furtiva mirada hacia el pasillo que conduce hacia donde está el despacho de don Rodrigo de Castro, y al atravesar el recibidor que hay delante de la sala de audiencias, ve que allí se halla sentado alguien conocido: fray Alonso de la Fuente, el incansable perseguidor de los alumbrados. Se saludan con respeto, pero ninguno de los dos dice nada, obedeciendo a la estricta regla de guardar absoluto silencio en aquellas estancias.

## 3. Don Gaspar de Quiroga y Vela, Gran Inquisidor de todas las Españas

Cuando les dan paso a la sala de audiencias, se encuentran de repente con el inquisidor general: está sentado a solas en el centro, en un sillón colocado sobre un estrado de una cuarta de altura. Ellos se arrodillan y él exclama al ver a fray Tomás:

—¡Ah, qué juventud! Así que este es el fraile... Me esperaba que sería alguien de más edad.

Después de decir esto, el inquisidor general desciende del estrado y camina despacio hacia un rincón, donde hay dispuestas tres sillas junto a un ventanal. Ellos le siguen con la mirada y él añade:

—Levantaos, hijos míos, hablemos con cercanía. Venid a sentaros aquí, cerca de mí; que ya soy duro de oído.

Don Gaspar de Quiroga y Vela, inquisidor general de todas las Españas, es ya un hombre anciano, exiguo de cuerpo, de aspecto frágil y a la vez venerable. Tiene unos ojos pequeños, pero vivos e interpelantes, y una nariz luenga, fina, que se prolonga por encima del bigote cano; su barba igualmente cana le tapa el cuello delgado. De las ilustres familias Vela y Quiroga, sobrino de Vasco de Quiroga, nació en 1512 en Madrigal de las Altas Torres, obispado de Ávila. Es un clérigo singular, humilde, llano, que alcanzó los más altos honores eclesiásticos merced a su humanidad. Tras estudiar en el colegio de Oviedo en Salamanca, donde obtuvo doctorado y cátedra, en 1540 fue nombrado vicario general de Alcalá de Henares. En 1546 viajó a Roma para ocuparse del cargo de auditor de la Rota, donde fue apreciado por el papa Paulo IV. Felipe II le encomendó, en 1559, la visita del reino de Nápoles y de todas las provincias con todas las facultades. Cuatro años después regresó a Barcelona y el rey le recompensó por su labor dándole una plaza en el Supremo Consejo de Justicia y otra en la Santa General Inquisición. Tras varios años de servir al rey en las más difíciles misiones, el 20 de abril de 1573 se posesionó del cargo de inquisidor general y entró a formar parte del Consejo de Estado, encargándole el monarca la superintendencia de las juntas.

Cuando fray Pedro Fernández y fray Tomás se han sentado frente a él, permanecen inmóviles y atentos, a la espera de sus palabras. Entonces don Gaspar de Quiroga empieza a hablar demostrando su gran pericia, su desenvoltura; poniendo en sus explicaciones todo el manejo de su elocuencia y sus vastos conocimientos; y hace primeramente un resumen pulcro de los hechos que se han de tratar en la reunión. Habla de los inicios de Teresa como monja reformadora y fundadora de conventos: no la incrimina, no la acusa de nada, no ve en ella nada malo; por el contrario, el gran inquisidor alaba a la monja y manifiesta sin ambages que su reforma le parece buena, adecuada y hasta necesaria en los malos tiempos que corren de herejías y errores. Sin embargo, don Gaspar de Quiroga es consciente de que Teresa levanta escrúpulos, recelos y envidias. Ya desde los orígenes de su popularidad, las sospechas siguieron su camino: a medida que pasaban los años se sugerían razones más ofensivas para la monja descalza; se la comparaba ya con las más famosas visionarias del tiempo, cuyos procesos inquisitoriales habían conmovido la opinión pública, causando la admiración, la curiosidad y hasta la rechifla de muchos. Todo asunto de importancia en el campo religioso repercutía fuertemente también en el ambiente social. Más de una vez la madre Teresa fue comparada con aquella famosa embustera y visionaria, Magdalena de la Cruz, a quien la Inquisición de Córdoba había procesado en 1546. Con esto se pretendía desvirtuar la fuerza de su labor reformadora y oscurecer la pureza y sencillez de su conducta.

Y hecha esta síntesis lúcida, fruto de un esmerado estudio, el inquisidor general se vuelve hacia el padre provincial y concluye diciendo:

—Es una suerte para mí poder contar con informes bien elaborados y con documentos suficientes para hacerme una idea precisa, entre los cuales he hallado la inestimable aportación de este joven fraile servidor del Santo Oficio aquí presente, fray Tomás, cuyo memorial sobre los hechos de Teresa en Toledo me han resultado de gran utilidad.

Al oír aquello, fray Tomás enrojece y agacha la cabeza. Y a su lado, el padre provincial toma la palabra diciendo:

—Excelencia reverendísima, para eso está la Orden de Santo Domingo; cuyo lema es: *Laudaris, loenedicere, praedicare...*

—Bien, bien —interrumpe el gran inquisidor—. Y por eso, padre provincial, he reclamado de nuevo la intervención de fray Tomás en este tribunal; porque sus informes me han parecido en todo término adecuados y ecuánimes. Al Santo Oficio le sobra apasionamiento y le falta cierta equidad que únicamente puede venir de la cognición. Porque nuestro trabajo es ciertamente delicado, dificultoso y harto complejo; por versar sobre los espinosos asuntos de la conciencia, de la veracidad y de la integridad de la fe. Y ya sabemos que, en materia de religión, hay territorios oscuros de muy difícil discernimiento; donde están de más las propias aprensiones y los sentires particulares. Por eso precisamente digo que he hallado mesura, razón y sensatez en el memorial redactado por fray Tomás; motivo este más que suficiente para que acuda a él en un nuevo y apurado cometido.

El padre provincial hace suyos estos elogios y añade:

—Él hará todo como deba hacerse y, naturalmente, con toda la discreción que exige el Santo Oficio. Así que diga vuestra excelencia reverendísima lo que se necesita de él.

Don Gaspar de Quiroga agita la cabeza en señal de aprobación y manifiesta juicioso:

—¡Ah, hijos míos, estos tiempos qué difíciles son! Pareciera que todo se aúna a un tiempo para causarnos sorpresa y mantenernos constantemente atentos y al límite de nuestras fuerzas: nuevos mundos descubiertos allende los mares, amenazas de moros y turcos en el Mediterráneo, guerras en Europa, herejías, errores, confusión...; y nuestra España, en medio de todo eso, llamada a ordenar las cosas y defender la cristiandad verdadera... ¡Qué gran tarea! ¡Qué encomienda tan apasionante nos manda Dios! ¡Es un mundo maravilloso en el que el alma se derrite de apasionamiento y curiosidad!... He ahí el problema, hijos míos, ese derretimiento, ese apasionamiento y esa curiosidad... Porque no podemos negar de ninguna manera que ha habido, hay y seguirá habiendo alumbrados y alumbradas que esparcen errores y peligrosas fantasías... ¡He ahí el gran problema! Que lo auténtico, lo puro, crece junto a lo embustero, lo falso... ¡Como la cizaña y el trigo crecen juntos! Y muchos ven en Teresa a una loca alumbrada más. Fijaos que ya en 1570 y en el convento de Dominicos de Salamanca, donde bien sabéis que residían fervorosos admiradores de la madre Teresa, escuchamos también voces de condena y de descrédito hacia ella. Aquel fray Bartolomé de Medina, autor de unos comentarios a la Suma de santo Tomás, fue el primero en manifestarse receloso de las visiones y revelaciones, de cuya fama venía precedida la madre Teresa. Recelaba porque no podía aceptar el prestigio de una monja que las gentes y el vulgo hacían descansar en visiones, revelaciones y gracias extraordinarias, ¡y sin letras! ¡Una iletrada que se atreve a escribir libros! Desconfiaba de su vida de oración y llegó a tanto la prevención contra ella que públicamente en su cátedra dijo que «es de mujercillas andarse de lugar en lugar, y que mejor estuvieran en sus casas rezando e hilando». Y claro, hijos míos, en un momento en que la Santa Inquisición está sufriendo hondas preocupaciones: descubrimientos de múltiples focos de iluministas y alumbrados, que bajo pretexto de vida de oración y de piedad se entregan a la práctica de una vida obscena y licenciosa. Fijaos, por ejemplo, lo de Extremadura: se localizó allí uno de los nidos más importantes, donde ocultamente se encubrían alumbrados de todas las categorías y orígenes. La secta tenía vida desde 1555, por lo menos... ¡Daos cuenta! Bajo la apariencia de una piedad inexistente y con el artificio de una vida interior y de comunicación con Dios, sus miembros se entregaban, según confesión de los arrepentidos, a prácticas inconfesables, cuya sola relación ofende al buen sentido. Precisamente ahí fuera, esperando a que lo reciba para tratar del asunto, está fray Alonso de la Fuente, que lleva gastados veinte años en la lucha contra los alumbrados de

Extremadura. Gracias a sus memoriales sabemos que vio por sus propios ojos, en más de veinte pueblos de aquella región, que multitud de mujeres y de hombres se arrebataban y desmayaban, y sentían la presencia de Dios y todos los efectos espirituales de que habla la madre Teresa en ese libro suyo que llaman el *Libro de la vida*. Se asusta uno al leer lo que cuenta fray Alonso: «que si la mujer es ramera y profana, será sujeto más capaz y sentirá más pronto los dichos efectos de arrobos y visiones...». Y ayer me entregó otro documento fehaciente en el que afirma que los alumbrados de Extremadura, e igualmente los que anidaban en el obispado de Jaén, descubiertos años adelante, padecían frecuentemente el rapto de las potencias, quedando como muertos. Este fenómeno dominaba de un modo especial a las mujeres, que quedan como «despulsadas», dice él. En dicho rapto, «padecen y son oprimidas del demonio y llegan a ser súcubas». Esto en opinión pública de aquellos territorios es conocido de todos, incluso del señor obispo. En este mismo memorial, fray Alonso refiere el caso de un tal Juan García, alumbrado de Llerena, que decía tener discípulas que en esta vida gozaban de la visión de la esencia divina y de la posesión y unión inmediata con Dios. Y en otro documento describe el caso de algunos alumbrados extremeños que confesaron ante el inquisidor Montoya que no se habían recatado de cometer acciones deshonestas, por no hacer frente a la inspiración que recibían en los momentos que ellos llamaban de alta contemplación, y que eran ficciones y engendros de su imaginación calenturienta, fascinada por el influjo del demonio.

Después de estas explicaciones, don Gaspar de Quiroga se queda como sin fuerzas. Su semblante trasluce su honda preocupación, que raya en la desazón. Se levanta, camina hacia una mesa cercana y bebe agua de un vaso que hay allí. Después se seca los labios con el dorso de su manga y va hacia un escritorio donde, tras rebuscar en un cajón, saca un documento y dice, mostrándolo:

—Miren vuestras caridades la carta que he recibido del tribunal de Córdoba ayer mismo, en la que se exhorta a este Consejo para que abra de nuevo las investigaciones sobre Teresa de Jesús, basándose en que su nombre aparece en el proceso contra el doctor Carleval. Miren, miren lo que se dice: «que era gran sierva de Nuestro Señor, y que tenía un libro de revelaciones más alto que el de santa Catalina de Sena, y entre ellas había de haber muchos mártires de su orden»... —y una vez leído esto, añade—: Con un panorama así, ¿cómo no vamos a estar preocupados por Teresa? Queremos creer en ella, pero... ¡es todo tan complicado!

—Es una buena mujer, excelencia —dice fray Pedro Fernández—, lo sabéis bien.

—Sí, pero debemos demostrarlo. Porque hay quienes quisieran verla mañana mismo ardiendo en un brasero... Y ahora, con este proceso abierto en Córdoba, otra vez vuelve a estar en candelero su nombre para nada bueno. ¡Y en Córdoba nada menos!, allí donde fue lo de Magdalena de la Cruz...

El padre provincial da un respingo al oír aquello e, inmediatamente no tiene ningún reparo en manifestar su opinión:

—Pues, no obstante, yo observo muchas cosas buenas en la persona de Teresa de Jesús; cosas que parecen ser de Dios y que han de servir de gran provecho a la Iglesia. Ella es infatigable, valerosa, fuerte, demasiado fuerte para ser mujer... ¡Y no hablo de salud! Porque, según parece, no goza de mucha salud. Me refiero a la fortaleza de espíritu, que al fin y al cabo es la que vale: esa capacidad de vencer obstáculos y no rendirse. En fin, la reforma de Teresa me parece una obra justa y necesaria. No es ni más ni menos que lo que se nos pide desde Trento: mayor autenticidad de vida, mayor verdad, pobreza, cantidad, caridad... Es decir, santidad; más santidad en los conventos y monasterios, en el clero, en las gentes, en el pueblo... Y nadie puede negar que, hasta la fecha presente, todo lo que ha fundado la madre Teresa va por ese buen camino: la santidad. ¿Y quién se atrevería a oponerse a la santidad?

Como si la pregunta flotase en el aire, los tres miran hacia lo alto, circunspectos. Y entonces don Gaspar de Quiroga lanza un profundo suspiro, tras el que, con expresión en cierto modo angustiada observa:

—Pero resulta que a Teresa le ha dado también por escribir..., y no solo cartas, muchas cartas: ¡también libros! Y eso ya es otra cosa... Los libros, bien lo sabemos, hijos míos, encierran su peligro; porque, recordad aquello: «Lo escrito, escrito está.» ¡Ah, ahí reside el riesgo! ¡Esos libros son el problema! Andan por ahí, de mano en mano; se copian, se prestan, se regalan y, según me dicen, hasta se venden... Ese libro de los hechos de su vida anda clandestinamente repartido en cientos de copias... ¡Qué espanto! ¡Qué peligro tan grande! Y claro, contra eso, ya no es tan fácil actuar... A eso hay que ponerle coto, porque si no... ¡Ay, si no!

Ante estas palabras, el padre provincial también se manifiesta preocupado y dice:

—Con la venia, excelencia. Lo de los libros no sería tan preocupante si no hubiera quienes han ido a buscar en ellos lo que tal vez es más secundario...

—Sí, si ya lo sabemos —dice Quiroga—, ya sabemos en qué se fijan: en las dichosas visiones y revelaciones...

¡Y en los éxtasis y arrobamientos! ¿A quién se le ocurre escribir sobre eso? ¡En estos tiempos! ¡Con lo que llevamos visto! ¡Por Dios bendito! ¡Qué locura! ¡Éxtasis!

Ante la palabra «éxtasis», una sombra de terror atraviesa los rostros de los tres. Es ese un tema peligroso y lo saben: por muy santa que sea Teresa, esas experiencias la ponen ante la mirada sospechosa de muchos.

El gran inquisidor hace por ello un gesto de repulsión y enseguida añade:

—Por eso estamos aquí; porque estoy decidido a terminar de una vez por todas con lo del libro. Hay que hacerse con un ejemplar escrito de puño y letra por Teresa, para ponerlo en las manos de un doctor con la mente lúcida y con el prestigio suficiente para dar un dictamen definitivo. El libro será examinado y juzgado en forma y, hasta que no tengamos el dictamen, será un libro más del Índice de los Libros Prohibidos.

El padre provincial inclina la cabeza acatando esta resolución y dice:

—Excelencia, ya os dije que el libro originario lo tiene el padre Báñez en Valladolid y que él está decidido a entregarlo al Santo Oficio, siempre que sea a través de vuestra excelencia reverendísima en persona y a nadie más.

—Lo sé —dice don Gaspar—. Y por eso estamos aquí. Fray Tomás partirá inmediatamente a Valladolid para hacerse con el libro. No en cualquiera se puede confiar; puesto que sabemos que Teresa tiene enemigos y gente vengativa en contra dispuesta a darle el golpe definitivo. El libro no debe pues caer en otras manos que en las mías. Conmigo estará seguro y nadie se atreverá a que nadie más se acerque a él... Pero, sobre todo, no debe caer en las manos del inquisidor don Rodrigo de Castro...

En ese momento, sus ojos se cruzan con la mirada tímida de fray Tomás, que ya está suficientemente asustado al acabar de enterarse de la difícil misión que le encomiendan. Pero el nombre del inquisidor Castro le pone aún más nervioso.

En torno se ha hecho el silencio: los dos frailes dominicos parecen esperar a que el gran inquisidor diga algo más; y este, en efecto, añade mirando directamente a fray Tomás:

—Hijo mío, ya no es vuestra caridad subalterno de don Rodrigo de Castro; sino que a partir de este momento es directamente asistente mío para este cometido y para otros más arduos todavía que en su momento revelaré. Así que ahora mismo habilitaré los dineros necesarios y todo lo que sea preciso para el viaje que mañana sin más tardar deberás hacer.

Fray Tomás se inclina, le besa la mano y después dice:

—Excelencia, ¿puedo escoger al familiar de la Inquisición que ha de custodiarme?

—Naturalmente —responde don Gaspar—; debe ser una persona de tu entera confianza; alguien que no se vaya de la lengua... ¿Cuentas con esa persona?

—Sí, excelencia: el mismo caballero de la Orden de Alcántara que me acompañó en las anteriores pesquisas.

El gran inquisidor tuerce el gesto y dice con suspicacia no disimulada:

—Pero... ¡por Dios!, ¡cuidado! ¿Y si le cuenta algo a Castro?

—Excelencia —contesta fray Tomás, llevándose la mano al pecho con toda seguridad—. Confío plenamente en ese caballero de Alcántara... Y vuestra excelencia, si confía en mí, también debe estar seguro de él.

—Pues no se hable más: que se le cite, que vaya contigo y te escolte. Id con Dios, hermanos.

Pero, cuando van a salir, el gran inquisidor les retiene diciendo en un susurro:

—Solo una cosa más: ahí fuera está esperando para ser recibido fray Alonso de la Fuente... Mejor será que vuestras caridades no le digan nada de lo que aquí se ha tratado.

## 4. FRAY ALONSO DE LA FUENTE, AZOTE DE ALUMBRADOS, ACECHA Y NO SE ARREDRA

Cuando fray Tomas y el padre provincial salen del gabinete del gran inquisidor, fray Alonso de la Fuente sigue en el mismo sitio donde estaba hace una hora: sentado en el recibidor que une la sala de Audiencias con las dependencias donde se halla el despacho de don Rodrigo de Castro. El Fraile, rollizo y con el rostro colorado, está visiblemente sulfurado y su frente brilla por el sudor; se levanta y viene con pasos rápidos hacia ellos, esforzándose por desplegar una sonrisa afable. Pero el padre provincial aprieta el paso y sigue su camino sin detenerse, seguido por un desconcertado fray Tomás, que no sabe hacia dónde mirar.

—¡Eh, hermanos! —grita entonces fray Alonso, apreciablemente alterado—. ¡Un momento! Quisiera preguntaros algo...

Fray Pedro se vuelve hacia él sin detenerse y contesta:

—Tenemos prisa.

—¡¿Eh?! —les exhorta él—. ¿No podéis atenderme siquiera un instante?

—No, ya os lo he dicho: tenemos prisa.

Fray Alonso corre, les adelanta y les corta el paso en el corredor, antes de que ellos puedan llegar al patio.

—¡Eh, tú, fray Tomás! —exclama furioso—. Así que no tenías tanta prisa el día que me convenciste para que te entregara mi memorial; y ahora me esquivas y no puedes atenderme siquiera un momento.

Fray Tomás mira al padre provincial, vacilante; no sabe qué hacer, pues tiene muy presente lo que acaba de ordenarles el inquisidor general: que no hablen del asunto con fray Alonso de la Fuerte. Entonces, el superior le saca del apuro agarrándole por el brazo y tirando de él hacia la salida, mientras le replica al sulfurado fraile:

—¡Fray Tomás hará lo que yo le mande! ¡Andando al convento, que tenemos cosas que hacer ahora mismo!

—¡De ninguna manera! —grita fray Alonso—. ¡Este se queda y me devuelve el memorial!

El jaleo acaba haciendo que algunos de los inquisidores que trabajan en sus despachos salgan a ver qué sucede, alarmados, pues en aquellas dependencias hay obligación estricta de no alzar la voz, como si fuera la clausura de un monasterio. Pero fray Alonso no está dispuesto a obedecer esa regla y protesta cada vez más alterado:

—Llevo aquí esperando durante dos largos días a que me reciba el señor inquisidor general... ¡Y aquí tienen vuestras señorías a este hermano que ha pasado por delante de mí... ¡Y gracias a mi trabajo! ¡Gracias al memorial que le presté confiando en que no se serviría de él para medrar! Ahí lo tienen vuestras señorías: parece una mosca muerta este fray Tomás; pero no anda descaminado a la hora de servirse del trabajo de los demás... ¿Cómo no voy a alzar la voz? ¡Óiganme vuestras señorías! ¡Que alguien me haga justicia!

En esto, sale el notario mayor del tribunal de su despacho a poner orden, diciendo:

—¡Fray Alonso, ya basta! ¡Salga vuestra caridad fuera de esta santa casa! ¡Aquí no se puede formar escándalo! Salga vuestra caridad o pondré en conocimiento del señor inquisidor general vuestro indigno comportamiento.

Fray Alonso refunfuña, resopla, patalea; pero sabe que no le queda más remedio que obedecer y guardar silencio, si quiere ser recibido por el gran inquisidor.

—Solo pido justicia —dice modulando la voz—. Aquí, en la casa de la santa justicia de la Iglesia...

—¡Silencio! —le insta el notario mayor.

Mientras ha tenido lugar la reprimenda, fray Tomás y el padre provincial han tenido tiempo suficiente para escapar del altercado y ya cruzan el claustro a la carrera.


## 5. UN FRAILE COMO UNA FIERA CORRUPIA


Esa misma tarde, cuando fray Tomás está preparando el hato para el viaje que tiene que emprender al amanecer del día siguiente, llaman a su puerta con fuertes y exigente golpes. Abre y se encuentra frente a él la presencia desagradable, brusca y exigente de fray Alonso de la Fuente, que le da un empujón mientras le insta:

—¡Dame inmediatamente mi memorial!

Fray Tomás vacila, aturdido, y el grueso fraile entonces le agarra por la pechera y le zarandea gritando:

—¡El memorial! ¿Dónde tienes mi memorial? ¡Sabandija, cínico, embustero..! ¡Saca el memorial que me has robado para medrar a mi costa!

—¡Suelta, hermano, por amor de Dios, que te lo doy ahora mismo!

Cuando fray Alonso le deja, va él y extrae el memorial de un pequeño arcón que hay bajo la mesa al fondo de la celda; y se lo entrega diciendo:

—Iba a devolvértelo... No pretendía quedarme con él, hermano... Además, me dijiste que tenías copia...

—¡Pues claro que tengo copia! Pero no voy a consentir que tú crezcas en el Santo Oficio gracias al fruto de mi trabajo.

—Yo no he pretendido tal cosa...

—¿Ah no? Pues entonces dime a qué diablos has ido nada menos que al despacho del gran inquisidor acompañado por el padre provincial.

—No te lo puedo decir, hermano... —contesta aterrorizado él.

Fray Alonso le mira con rabia y resentimiento, le quita el memorial de un tirón y, luego, con una manaza dura como un palo, le suelta un bofetón con toda su fuerza, haciéndole caer al suelo del impacto, mientras amenaza bufando:

—¡Te arrepentirás! ¡Le contaré a don Rodrigo de Castro que andas averiguándotelas por tu cuenta! ¡Ya verás cuando se entere! No sé lo que tramas...; pero como quiera que sean cosas de alumbrados, no pararé hasta enterarme.

## 6. A VALLADOLID VAN UNA MAÑANA DE OTOÑO

Antes de que amanezca, ya está el caballero de Alcántara en la puerta del convento de Atocha, con dos caballos sujetos por las riendas y todo lo necesario para el camino. En el silencio, se oye dentro el canto de los laudes, armonioso, como si surgiera de la niebla que envuelve el campanario, el ciprés, el tilo monumental, los muros... La naturaleza está adormecida en el fresco de la madrugada, dócil y taciturna. No sopla el viento, no se oye ruido alguno excepto el canto de los frailes. Monroy permanece muy quieto, envuelto en la gruesa capa de su hábito alcantarino, y disfruta de aquel momento, orando desde fuera, como si de verdad estuviera dentro. Está encantado por hallarse allí y por poder resultarle útil a su amigo el fraile, a quien no ve desde hace meses. Por eso se alegró cuando se presentó en la casa de Madrid donde vive un alguacil de la Suprema, con un billete del gran inquisidor, en el que se le mandaba presentarse al día siguiente en el convento de Atocha, unas horas antes del amanecer, para dar custodia a fray Tomás.

Mientras prosigue el salmo, crece la luz; una luz de noviembre que se abre camino entre la bruma, y remolonea, tímida y acariciadora, y hace aparecer las formas, lo próximo y lo lejano, a los ojos del caballero, que no por ello se impacienta; sino que siente cómo ese sosiego incipiente le infunde a su vez deseos de sosegarse... Y el salmo número 9 concluye diciendo:

*Lux orta est iusto et rectis corde laetitia.*
*Laetamini iusti in Domino et confitemini.*
*Memoriae sanctae eius...*

*Amanece la luz para el justo,*
*y la alegría para el recto de corazón.*
*Alegraos, justos, con el Señor,*
*celebrad su santo nombre.*

Al fin se abre la puerta y asoma el fraile portero, que mira a un lado y otro, como buscando a alguien; hasta que sus ojos descubren a Monroy y le dice:

—Ahora sale fray Tomás.

Un momento después aparece el joven fraile con su hato en la mano; la capucha cubriéndole la cabeza, que está inclinada hacia el suelo, sin que se le vea el rostro.

El caballero le saluda alegre:

—¡Fray Tomás, hermano!

Entonces él levanta tímidamente la cara y sonríe, mostrando un ojo completamente morado e hinchado.

—¡Ahí va! —exclama Monroy—. ¡Qué te ha pasado!

—Vamos —contesta fray Tomás—. Ya te lo contaré por el camino...

Cuando se han alejado de Madrid un par de leguas, amanece un día claro, transparente y ligeramente fresco, uno de esos días de otoño en los que es más fácil resignarse al frío y se cabalga de buena gana. El aire es tan cristalino que puede verse el pico Peñalara, cubierto de nieves tempranas, y todo está impregnado de una fragancia húmeda. Ellos van en silencio, por el viejo camino real que discurre entre un bosque bello y hospitalario, pisando las hojas amarillas caídas hace tiempo, con ese característico rumor que forman el marchar de los caballos y el crepitar de la hojarasca.

De repente, Monroy dice:

—Bueno, hermano, ¿me lo cuentas ya?

—¿Qué cosa?

—¿Qué cosa va a ser? ¡Lo del ojo!

—Ah, lo del ojo —contesta fray Tomás, quitándose al fin la capucha y mostrando un rostro cubierto de un extenso y saludable rubor en el que el moratón resulta un verdadero escarnio.

—¡Qué barbaridad! —exclama el caballero—. ¿Se puede saber cómo te has hecho eso?

—No me lo he hecho; me lo han hecho...

—¡¿Qué?!

—Lo que oyes: me dieron un bofetón...

La expresión del semblante de Monroy dice todo lo que siente al oír aquello: perplejidad, consternación, lástima y un impulso de cólera.

—¡¿Quién ha sido?! ¡Dímelo que lo mato!

—Bueno... ¡Solo eso faltaba! Si lo mataras no harías sino empeorar las cosas...

—Pero... ¿Quién diablos se ha atrevido a pegarte?

—Ha sido fray Alonso de la Fuente.

—Fray... Fray Alonso... ¡Demonio de fraile! ¿Y no le diste una patada en sus partes?

Fray Tomás agita la cabeza y se echa a reír.

—¡Y encima te ríes! —le dice indignado el caballero—. ¡Si me hace a mí eso el gordinflón ese...!

Siguen cabalgando y hablando del suceso. Al cabo de un rato resuenan las risas. Fray Tomás cuenta el percance quitándole hierro.

—La culpa la tuve yo —dice—. Debí devolverle el memorial... Pero, la verdad, se me pasó... Con tanto ajetreo... Pero si llego a saber que fray Alonso tenía ese mal genio...

—¿Pues no te diste cuenta de lo animal que es? La primera vez que lo vi, en Ocaña, me percaté enseguida de que el gordo ese es un tipo de cuidado: ¡un pendenciero! No había nada más que verle los ojos para darse cuenta de eso:

es un presuntuoso capaz de llevarse por delante a cualquiera que se le oponga...

—No faltemos a la caridad —dice fray Tomás en tono modoso y a la vez preocupado—. Yo ya le he perdonado... Al fin y al cabo, tenía razón: el memorial es suyo y yo debí devolvérselo una vez que me hube servido de él. Comprendo que fray Alonso llegara a pensar que yo había entrado en el despacho del gran inquisidor para tratar de algún asunto concerniente a los alumbrados. Eso le indignó y...

—¿Y eso es para ponerle a alguien el ojo así, hermano? ¡Es un bravucón! Las cosas se hablan y en paz...

—Intenté hablar, pero...

—¿Lo ves? ¡Un matón!

Avanzan y la conversación también, a la vez que remontan un altozano. Ahora el camino se endereza hacia el norte; y también lo que hablan fray Tomás y Monroy toma otros derroteros. El caballero quiere saber a qué van a Valladolid y no duda en preguntárselo a su compañero de viaje, aunque con delicadeza, sin obligarle a decir nada que pueda comprometerle. Pero el buen fraile sabe que puede confiar plenamente en él; que su custodio es enteramente leal, fiel amigo e incapaz de causarle intencionalmente mal alguno. Así que le cuenta todo: la conversación mantenida con el inquisidor general; el asunto del libro de Teresa y el motivo por el cual deben ir a ver al padre Báñez.

—¡Así que es por el libro de revelaciones! —exclama Monroy.

—Así es: el inquisidor general está decidido a evitar que el libro llegue a manos de alguien que pueda tergiversar sus contenidos o malinterpretar su verdadera intención... En fin, alguien que emita un informe desfavorable que acabe en manos del Consejo.

—O sea, alguien como ese condenado fray Alonso de la Fuente...

—O peor todavía...

Monroy tira de las riendas, para su caballo y se queda mirando a fray Tomás con ojos interpelantes. También se detiene el otro caballo, y el fraile, con aire terrible, añade:

—Peor aún sería que cayera en las manos de don Rodrigo de Castro...

Un silencio penoso y extraño, que remueve el alma, reina durante un largo rato. El primero en romperlo es el caballero, preguntado completamente confundido:

—Pero... ¿por qué?

Fray Tomás le mira fijamente y contesta con voz ronca, apenas audible:

—¡Dios, mío! Qué difícil me va a resultar explicarte todo esto...

Una vez más se hace un silencio abrumador. Pero este silencio ya no resulta tan desconcertante. Porque el primer impulso, el más difícil, el más molesto ya ha pasado. Y ahora hay que hablar en serio, en profundidad; con toda sinceridad y confianza. El caballero siente que ese momento ha llegado y lo desea; así que descabalga y camina hacia el borde del camino, diciendo:

—Por favor, hermano, explícamelo... Necesito saber la verdad de todo esto... Sabes bien que yo no te traicionaría; que confío plenamente en ti; que te considero un hombre bueno: un fraile honesto que solo busca la verdad; eso, la verdad y nada más...

También desmonta de su caballo fray Tomás y va hacia él completamente dispuesto a darle esa explicación; aunque advierte que no le resultará nada fácil, pues requerirá traducir en palabras comprensibles para un profano el complejísimo entramado, la urdimbre teológica, los sutiles entresijos de la ciencia religiosa... Pero, no obstante, lo intenta y empieza diciendo:

—Bien sabemos, desde que estamos en esta pesquisa mandados por el inquisidor Castro, que la madre Teresa de Jesús se ha visto acosada por sospechas y recelos contra su práctica de la vida de oración y los prodigios sobrenaturales que según dicen tiene. Ella sin embargo no ha rehusado nunca a consultas por parte de los confesores y maestros de espíritu. No obstante, se ha ido formando un ambiente incómodo en torno a su persona. No faltando quienes la imputan los más graves delitos, comparándola a la célebre alumbrada y embaucadora Magdalena de la Cruz. Y entre estos, está principalmente don Rodrigo de Castro, seguramente alentado por informes contra los alumbrados, como el memorial de fray Alonso... A pesar de todo, nadie ha levantado todavía contra ella la voz oficialmente, denunciándola a la Santa Inquisición. Aunque el anterior inquisidor general parece ser que ya estaba decidido a encausarla. Pero resulta que murió antes de dar la orden... De no haber sido así, y si el Santo Oficio hubiera intervenido, ya no tendríamos ahora que ir a Valladolid. Pero resulta que el nuevo inquisidor general no se dejó convencer por don Rodrigo de Castro y paralizó las pesquisas, porque ya conocía a Teresa personalmente y no la consideraba alumbrada ni merecedora de las sospechas que recaían sobre ella.

»Sin embargo, en el Consejo de la Suprema ya se sabía que Teresa había escrito el libro de revelaciones. Porque el año 1559, cuando se publicó el *Índice de los Libros Prohibidos* del gran inquisidor don Fernando de Valdés, siguiendo las órdenes de este, los inquisidores registraron la biblioteca que Teresa tenía en el monasterio de la Encarnación y se llevaron obras de fray Luis de Granada, Juan de Ávila y Francisco de Borja... Ya entonces se sabía que Teresa escribía y eso también la hace sospechosa... A partir de aquí, las gestiones se centran en torno a su libro, cuyo contenido infunde suspicacias y desconfianzas... Acuérdate de lo que la princesa de Éboli me contó en Pastrana... Por eso el nuevo inquisidor general, aunque no parece recelar de Teresa, no está en cambio muy seguro de su libro, y por eso ha mandado traerlo a Madrid.

Mientras fray Tomás ha ido explicando todo esto, ambos han permanecido sentados cada uno en un pedrusco junto al camino. Los caballos están pastando serenamente y el aire se ha tornado más claro por ser mediodía, es ese aire fragante del otoño que remueve humedades y extrae aromas de cortezas de árboles, setas, brezos, hierba tierna y follaje.

Fray Tomás teme haber creado en la mente de su compañero una maraña demasiado compleja y apretada; así que le mira, sin querer: sus ojos se encuentran con la expresión perdida de Monroy y ya es incapaz de seguir cansándole más con su disertación; así que se levanta impetuoso, le tiende bruscamente la mano y le exhorta:

—¡Ya está bien, Luis María! ¡Vámonos de aquí! Prosigamos el camino, que no quiero causarte problemas de conciencia...

El caballero pone en él unos ojos cargados de inocencia y a la vez de hilaridad, diciendo:

—¿Debo deducir de todo lo que me has contado que a partir de ahora no podemos fiarnos demasiado de don Rodrigo de Castro?

Fray Tomás inclina la cabeza y responde:

—No, no hay un malo en todo esto... No sería justo inventar enemigos pérfidos en esta historia... Don Rodrigo de Castro es un celoso servidor del Santo Oficio; absolutamente convencido de lo que hace. Pero esa diligencia suya, esa eficacia, ¡ese celo!..., en el caso de Teresa pueden acabar ocasionando finalmente más perjuicio que beneficio... El inquisidor general no quiere un conflicto, sino una solución... ¿Comprendes?

—Creo entender que hay en el Santo Oficio quien cree que esa monja es de verdad una santa: quien no quiere condenarla, sino salvarla... Pero también que hay quienes piensan todo lo contrario: los que están seguros de que es una alumbrada, criptojudía, hereje y farsante... Y estos segundos bien quisieran verla arder en una hoguera...

Fray Tomás suspira hondo, sacude la cabeza y, agotado por sus profundas reflexiones, camina despacio, desmadejado, hacia su caballo. A juzgar por la expresión de su rostro, sus pensamientos le hacen sufrir...

—Vámonos Luís María —dice—. Ya es hora de seguir... Confío en que mi maestro el padre Báñez me ayudará a ver claro todo esto...

—Sí, vamos —contesta Monroy—; pero cuéntame por el camino quién es ese padre Báñez que tiene el libro de Teresa y por qué lo tiene...

—¡Ah, el padre Domingo Báñez! —exclama con veneración fray Tomás—. ¡Insigne y lúcido maestro! Nadie mejor que él podrá asesorarme y ayudarme a descubrir la verdad que hay en todo esto... Le conocí en Salamanca, donde fue profesor mío, y tuve la gran suerte de vivir en el mismo convento que él, en San Esteban... Allí era muy estimado, hasta que le enviaron a Valladolid para ser rector del Colegio de San Gregorio... Fray Domingo Báñez es un hombre templado, ecuánime en sus opiniones, nada exaltado y de una perspicacia singular para las cosas del espíritu. Él tiene el libro de Teresa porque, al parecer, es buen amigo de la monja y ella misma se lo dio.

## 7. EL PADRE DOMINGO BÁÑEZ

Un fraile lego condujo a fray Tomás a la sala de recibir del convento de San Gregorio de Valladolid y luego se fue. Es la primera vez que él visita la ciudad en toda su vida. La estancia es desahogada y de techo alto. Hay una celosía elevada que se alza sobre una calle estrecha y dos ventanas que dan a unos huertos encerrados en gruesas murallas de piedra. En la pared que da frente a la puerta hay colgado un cuadro, con un santo descolorido enmarcado por una oscuridad difusa. Como muebles solo hay cuatro sillas humildes en torno a una mesa cuadrada; todo ello en el centro de la pieza, demasiado grande y desangelada.

Fray Tomás escoge la primera silla que da a la derecha de la mesa y se sienta, mirando hacia las ventanas, que dejan ver un cielo gris, anodino. El fraile lego vuelve a aparecer llevando una bandeja con un plato de almendras fritas y un vaso con agua enmelada, caliente, que humea en el frío ambiente; lo coloca sobre la mesa, delante de él, y retrocede mientras le notifica que no tardará en venir el padre Báñez, que ya está avisado de la visita. Mientras espera, él piensa muchas cosas y se pone nervioso: en cierto modo siente un apuro extraño por tener que aparecer ante su maestro como portador de un enredado asunto que tiene que ver con el Santo Oficio. Aunque se haya visto forzado a pertenecer a la Inquisición, fray Tomás no se considera inquisidor en su fuero interno. Sus miedos vuelven a corroerle por dentro; no está hecho él para juzgar y mucho menos para condenar. Entonces, súbitamente, se abren paso en su mente los recuerdos: imágenes intensas, añoranzas de la vida de estudiante, de la universidad, de las lecciones, de las magistrales disertaciones de los insignes profesores; entre los que cobra fuerza la figura del padre Domingo Báñez; su voz mesurada, su fino sentido del humor, su habilidad para darle la vuelta a las cosas y ver en todo el lado bueno y no el malo... De él recibió un conjunto de máximas tomistas que no olvidará jamás: «Cada hombre tiene que inventar su camino», «Teme al hombre de un solo libro», «Es requisito para relajar la mente que hagamos uso de chistes de vez en cuando», «El amor ocupa el sitio que el conocimiento deja», «En esta vida es mejor amar a Dios que conocerlo», «Los seres dotados de inteligencia desean vivir siempre y un deseo natural no puede existir en vano»...

Estos recuerdos dulcifican el espíritu de fray Tomás, lo tranquilizan y le hacen sonreír espontáneamente... Y permanece en este estado hasta que, de repente, oye un carraspeo junto a la puerta y dirige la mirada hacia allí mientras se levanta. No tarda en ver al padre Báñez, que entra de lado, ya que el batiente de la puerta, aunque abierto de par en par, no es lo suficientemente espacioso para que el voluminoso cuerpo pase haciéndolo de frente. Fray Tomás se emociona en su timidez y mira a hurtadillas, aunque sin proponérselo, maravillándose ante la presencia de aquella inmensa barriga que se desborda sobre el cinturón y que avanza con la rotundidad de una tinaja, con pasos lentos, que balancean y hacen retemblar aquellos quintales de carne y grasa. Se acerca el maestro sonriente, mofletudo, mientras dice enfático:

—¡Bienvenido, fray Tomás! ¡Nos alegras y nos traes la luz!

—¡Padre! —exclama él, conmovido—. ¡Qué bien se ve a vuestra caridad!

—¡Ah, claro que se me ve bien! ¡Pero que muy bien! ¿Cómo no se me va a ver si cada día estoy más gordo?

—Bueno, padre, no me refería a eso... —contesta fray Tomás, echándose a reír, mientras acude a besarle la mano con reverencia y cariño.

El padre Báñez toma asiento en una de las sillas, que cruje y parece que no va a aguantar el enorme peso que se tambalea, pero finalmente se mantiene estable. Entonces él también se sienta y le tiene cerca por primera vez, ya que la antigua relación de maestro y alumno no les permitía tal proximidad; y ahora siente fray Tomás que aquel grueso y campanudo fraile ha adquirido ya para él una verdadera presencia de padre, por la edad y el respeto... Así que se queda humildemente en silencio y observa el rostro redondo y alegre, lampiño, risueño, brilloso, cuyos ojos menudos y vivos le miran a su vez a él, chispeantes y llenos de regocijo, mientras exclama:

—¡Qué agradable sorpresa, fray Tomás! ¡Mi alumno preferido! —y guiñando el ojo añade—: Porque eso ya sí que lo puedo decir sin despertar la envidia en tus otros compañeros... Cosa que antes no era nada conveniente... ¡Cochina envidia!

—¡Dios bendiga a vuestra reverencia! —contesta con emoción contenida fray Tomás—. ¡Qué gran alegría veros!

A punto está de añadir una retahíla mayor de elogios y agasajos, para, enseguida, pasar a lamentarse, a desahogar en el maestro su alma atormentada por el oficio que le han asignado; pero una sensación instintiva le hace sujetarse y se queda callado. Entonces el padre Báñez le pregunta:

—Y, bueno, muchacho, ¿qué te trae por este convento? Porque supongo que no has venido únicamente a ver esta montaña de carne vieja y pecadora...

Fray Tomás se ríe, en medio de una sensación de vergüenza y apuro, y luego responde:

—Padre, no sé si vuestra reverencia sabe el trabajo que me han encomendado mis superiores...

El maestro mueve la cabeza con un gesto de disgusto y guarda silencio un instante, volviéndose luego hacia la bandeja donde las almendras y el vaso están intactos.

—¿No tomas un tentempié? —le pregunta indicándosela.

Fray Tomás se lleva el vaso a la boca, bebe un trago y después lo devuelve a la bandeja. También toma un par de almendras y las mastica, antes de decir con un asomo de amargura:

—Padre, nunca pensé ser inquisidor... Esto no es para mí... ¿Comprende vuestra reverencia lo que le quiero decir?

—¡Y cómo no, hijo! ¿Cómo no voy a comprender lo que sientes? ¡Cuánto me apena que el voto de obediencia te haya llevado por esos derroteros! Pero ¿qué hacer? En todo caso es necesario que intentemos darle un sentido positivo a algo que ni tú ni yo podemos evitar... Si este pobre fraile puede ayudarte en eso, aquí está para lo que haya menester de él. En la medida de mis conocimientos, trataré de arrimar algo de luz a esa oscuridad que adivino en una parte de tu alma...

Fray Tomás hace un gesto afirmativo con la cabeza, como si a la vez arrojara con él sus tristes pensamientos. Luego sonríe dispuesto a escuchar algo nuevo, plenamente convencido de que su maestro podrá en verdad ayudarle a resolver sus dudas.

Y el padre Báñez, haciendo acopio de sinceridad ante su sonrisa, empieza diciendo:

—Yo mismo, aunque tú me veas ahora decano y letrado, no carezco en mi existencia de tristes recuerdos y dificultades de mi vida pasada; quiero decir: mi primera experiencia en la Orden de Santo Domingo no fue que digamos un camino de rosas... Dios no me favoreció con deleites, regalos ni facilidades... Como no suele hacer con casi nadie en esta vida... Recuerda si no a los profetas, a los santos, a los bienaventurados... Ya lo dijo el sabio santo Tomás de Aquino, nuestro preclaro maestro: «El hombre ha de inventar su camino.» Y esto no quiere decir que tenga que hacer uno lo que le venga en gana; sino todo lo contrario: «inventar» significa dar sentido a lo que hay por delante; buscarle su explicación, aceptarlo, integrarlo y construir con ello, sea lo que sea, aunque en principio se vea oscuro, muy negro, negrísimo...

Las miradas de ambos se encuentran al punto, y resplandece en ellos el mutuo acuerdo. Entonces el padre Báñez se anima a proseguir con su discurso, sin prisas ni grandilocuencia alguna; con extrema sencillez y llaneza, contando su propia experiencia, a la vez que presenta una verdadera e ilustrada filosofía de la vida y de la historia:

—Nunca olvidemos, mi querido hijo, que toda acción humana tiende hacia un fin, y hay un fin último hacia el que tienden todas las acciones humanas, y ese fin es lo que Aristóteles llama la felicidad. ¡Todos buscamos la felicidad! Que él identificaba con la posesión del conocimiento de los objetos más elevados, con la vida del filósofo... Y santo Tomás está de acuerdo con él en que la felicidad no puede consistir en la posesión de bienes materiales; pero, a diferencia de Aristóteles, en su continuo intento por acercar aristotelismo y cristianismo, el doctor angélico identifica la felicidad con hallar a Dios, de acuerdo con su concepción trascendente del ser humano...

»En efecto, la vida del hombre no se agota en esta tierra, por lo que la felicidad no puede ser algo que se consiga exclusivamente en el mundo terrenal... Y dado que el alma del hombre es inmortal, el fin último del hombre trasciende esta vida terrestre y se dirige hacia la contemplación de la primera causa y principio de su ser: Dios. Pero, dada la desproporción entre su naturaleza y la naturaleza divina, esta contemplación no la puede alcanzar el hombre por sus propias fuerzas, por lo que requiere, de alguna manera, la ayuda del mismo Dios: la gracia, en forma de iluminación especial que le permitirá al alma adquirir la necesaria capacidad para alcanzar la visión de Dios...

»Porque hay algo más que lo que se ve: está lo visible, pero también lo invisible... Y la espiritualidad consiste en aprender a ver lo que no vemos; buscar otra forma de sentir y comprender... Para encender la luz de vivir. Esa luz que puede ayudarme a responder aquellas antiguas preguntas: ¿Quién soy? ¿Para qué fui creado? ¿Cómo ser feliz?...

»Porque el hombre no es "algo", sino "alguien". Y alguien dotado de espíritu... Los seres humanos somos seres corporales y espirituales a la vez. El principio espiritual se llama alma, y el principio material se llama cuerpo. El alma nos hace añorar algo que no está aquí: algo más allá... El cuerpo nos vincula al mundo en que vivimos.

»La luz natural, la del sol, la de la luna, la de una lámpara... capacita a los ojos de nuestra cara para ver la materia. Pero nada tiene que ver con la luz de la verdad; la que capacita a los ojos de nuestra alma para poder vislumbrar con mayor claridad, los misterios invisibles... Esa luz permite la clarividencia.

»Cuanto mayor sea el don de clarividencia de un alma, mejor llegará esta a captar el sentido más hondo de la vida. Gracias a este don, una fuerza secreta del entendimiento pasa a nuestra vida y nos fortalece; y nos ayuda frente a las inquietudes, vacilaciones y fluctuaciones...

»Porque cierto es que vivir no es fácil... Porque con frecuencia es difícil el camino, y se hace penoso y oscuro...

»La felicidad que el hombre puede alcanzar sobre la tierra, pues, es una felicidad incompleta. A la razón le corresponde dirigir al hombre hacia su fin... La misma razón que tiene que deliberar y elegir la conducta del hombre es ella, y al reconocer el bien como el fin de la conducta del hombre, la razón descubre su primer principio: se ha de hacer el bien y evitar el mal. Recuerda: *"Bonum est faciendum et malum vitandum."* Es decir, en cualquier cosa que hagamos, sea cual sea el estado que nos corresponda en la vida, debemos hacer el bien y evitar el mal. No hay otra manera de orientarse en el camino que supone vivir...

Después de escuchar estas palabras, el rostro de fray Tomás está iluminado con una sonrisa en la que brota una nueva vitalidad, y balbuce:

—Amén...

El maestro entonces se lleva la mano al pecho y añade con aire tranquilizador:

—Mi querido hijo, no temas... Bien sé que no deseas ser inquisidor. Pero ese camino que se te abre por delante, aun a tu pesar, debe tener su sentido... Y estoy persuadido de que Dios quiere que así sea; para que hagas el bien, para que evites el mal... Hombres como tú se necesitan en todas partes y también, quizá más que en ningún otro sitio, en el Santo Oficio...

—Sí, padre, pero...

—¡Déjame terminar, demontre!

Después de dar este grito acompañado de un puñetazo leve en la mesa, el padre Báñez se ríe con una risita ligera, y su semblante aparece encantador y bonachón.

## 8. ¿LA SANTA INQUISICIÓN ES NECESARIA?

Tras un breve silencio, el maestro diserta de nuevo:

—Bien sabemos que la Inquisición nació con el fin de prevenir las herejías, sacrilegios y graves delitos morales. Y hay que tener claro que dentro de esta Iglesia por Cristo fundada hay pecadores y hay también santos; malintencionados y bienintencionados; malos y buenos; impuros y puros... Y que a veces afloran las acciones de unos o de otros. Es por eso fácil que se introdujeran abusos y abusadores, y gente ignorante e incompetente con demasiada autoridad, con malas intenciones... Como en cualquier otra parte, como en todas las obras humanas... La Inquisición es necesaria en la medida que hay que sujetar los desvaríos humanos, las manías ególatras, los excesos caprichosos, la vanagloria embustera, las verdades intencionadas y particulares... Mas también es cierto que muchos se sirven del Santo Oficio para sus propios intereses: para sacar beneficios sin cuento, para vengarse de enemigos, para satisfacer los odios que generan las envidias, para granjearse mejores cargos, para medrar... ¡Ay, Dios bendito! La naturaleza humana... Esa dichosa concupiscencia que acaba tornando en propio interés lo más sagrado y de ahí nace la hipocresía, el fariseísmo, la astucia malintencionada... Muchos son inquisidores solo por hacerse con los bienes de los reos; y por ello se ha condenado a muchos judíos conversos ricos, ¡para desplumarlos!... Porque los inquisidores cobran de las arcas del Santo Oficio, las cuales se nutren de lo que se les incauta a los procesados... Y así pasa: que si no queman no comen... ¡Maldita codicia!

Después de soltar esta cadena de reflexiones y críticas sinceras, el padre Báñez está sulfurado y exhausto. Alarga la mano, coge el vaso de agua y lo apura. Después mira en derredor suyo y exclama con aprensión:

—¡Ay, Dios santo! Si me oyen decir estas cosas me queman... Y ya vieras tú la que se iba a armar con toda esta grasa prendiendo en mitad de la plaza de Valladolid... ¡Menuda pira! ¡Ardería todo Valladolid!

Alza los brazos al cielo y suelta una tormenta de risotadas que resuenan en los altos techos. Fray Tomás también se ríe con ganas durante un rato. Pero luego se queda serio de repente y observa:

—Gracias por hacerme reír, padre, y por ayudarme a ver las cosas de esa manera; porque todo eso que ha dicho vuestra reverencia es lo que realmente me preocupa... Yo también comprendo que el Santo Oficio es en cierto modo necesario; pero me angustia ver tanta obsesión, tanta intransigencia y fanatismo... Hay quienes meterían en las cárceles a media España... Y yo no quiero pertenecer a algo que genera males y sufrimientos... Dígame vuestra reverencia: ¿cómo es que Dios lo permite?

## 9. «*BONUM EST FACIENDUM ET MALUM VITANDUM*»

Chistes aparte, el sesudo y ponderado padre Domingo Báñez es el maestro más indicado para orientar la opinión de fray Tomás en torno a las dudas que le acucian, dándoles una interpretación definitiva a sus turbaciones. Así que inmediatamente recobra la formalidad y prosigue con su razonamiento:

—Recuerda a san Agustín, querido hijo, y hallarás respuestas a eso que te atormenta. La controversia con los maniqueos le sirvió al santo doctor para desarrollar su doctrina del libre albedrío. Y para ello se sirvió tanto de las escrituras como de la razón. El mal para Agustín no proviene de Dios sino que es alejamiento de Él, o sea, producto de una mala elección, que privilegia los bienes inferiores por sobre los superiores. No sería resultado de una pugna entre dos fuerzas, en la cual saliera vencedor el mal, como afirmaban los maniqueos, sino que es fruto de un apetito desordenado, es el resultado de una elección hecha por la voluntad, por una voluntad que es libre. Y por eso nunca debemos hacer a Dios responsable del mal. El hombre es quien siempre se encontrará ante una elección y solo de él depende escoger un bien superior por sobre un bien inferior, de él solo depende alcanzar la bienaventuranza o seguir el camino que conduce a la miseria e infelicidad. Tú, mi querido hijo, has sido llamado a ser inquisidor; he ahí tu gran oportunidad de elegir: puedes aprovecharte de ello, enriquecerte, medrar, adquirir poder...; pero también puedes aprovechar la gran ocasión para hacer el bien, para contrarrestar el mal, para discernir y hacer lo que Dios quiere... ¡Es tu oportunidad! Muchos quisieran estar en tu lugar para hacerse una carrera y ganarse aína fortuna y gloria... ¡Tú no lo hagas! Recuerda: «*Bonum est faciendum et malum vitandum.*» Siempre haciendo el bien y evitando el mal. ¡Tú haz solo el bien y evitarás muchos males!

Fray Tomás se queda asombrado y removido en su interior. Se le escapa una lágrima y dice:

—He comprendido, padre... ¡Qué bien lo explica vuestra reverencia! No sabéis el beneficio que me hacen vuestras sabias palabras... Y ahora, con vuestro permiso, quisiera ir al meollo de la cuestión que me trae a Valladolid...

—Hijo, yo sé muy bien por qué has venido —contesta el padre Báñez dueño de sí mismo y seguro de que puede confiar plenamente en el joven—. El padre provincial hace tiempo que me envió una carta en la que me ponía en antecedentes: el gran inquisidor quiere tener el libro de Teresa de Jesús y evitar que caiga en las manos de quienes puedan servirse de él para perjudicarla. En esto, no nos fiamos de nadie. Por eso te han enviado a ti, porque estamos seguros de que harás lo que debes hacer y nada más...

Fray Tomás sonríe, manifestando a la vez con movimientos expresivos de cabeza que se halla a gusto y que está decidido a colaborar. Entonces el maestro añade.

—Pero..., hijo, has de saber que esta tarea puede traerte dificultades, estorbos y más de un disgusto...

Él se señala el ojo morado y contesta:

—¿Ve vuestra reverencia esto? Pues sepa que es el primer fruto de tales dificultades, estorbos y disgustos...

—Vi que tienes el ojo cárdeno, pero supuse que era por un accidente... ¿Te han dado un sopapo? ¿Quién ha sido?

—Un fraile de nuestra orden.

—¡¡¡¿Quién?!!!

—Fray Alonso de la Fuente.

—¡Virgen Santa! ¡Esa fiera!

—Y ya han pasado tres días desde que me atizó. Con el viaje la cosa ha mejorado; pero tendría que haber visto vuestra reverencia cómo lo tenía al principio...

El padre Báñez resopla, rezonga, reniega y manifiesta toda su indignación y la consternación que le produce el hecho. Pero pronto retorna a la mesura y dice:

—Mi querido fray Tomás, dilecto alumno mío, ¡cuánto siento que te veas en estas cuitas! Pero, por otra parte, me alegro y siento gran tranquilidad en el alma por que sea a ti a quien ha correspondido la pesquisa en el caso de Teresa... No dejo de ver en ello la mano de la Providencia...

—Mi labor es únicamente la de un comisario subalterno —repone él con modestia—. En realidad es don Rodrigo de Castro quien recibió la encomienda.

—Ya lo sé, y por eso me alegro aún más. Porque veo que la mano de la Providencia ha desviado la cosa... Si Castro se hubiera empeñado, Teresa ahora estaría ya en la cárcel de la Inquisición o Dios sabe dónde... Porque entre él, el gobernador de Toledo y esa fiera de fray Alonso de la Fuente habrían logrado el propósito de defenestrarla y presentarla definitivamente a los ojos de la gente como una alumbrada más, pues ese era su propósito. Pero, gracias a Dios, Castro está muy ocupado en trabajar para su propia gloria y decidió escogerse a alguien que le resultara fácilmente manipulable para que le hiciera el incómodo trabajo de ir y venir, viajar, recabar declaraciones, pruebas, informes... Con todo ello pretendía dar el empujón definitivo a su obsesión de llegar a ser gran inquisidor, el empeño de su vida... Ya había metido en la cárcel al arzobispo de Toledo y se había prestado a la ominosa tarea de truncar la carrera de fray Luis de León; ahora le faltaba una monja, su particular alumbrada, su propia Magdalena de la Cruz...

## 10. ¿SE PUEDE HALLAR LA VERDAD?

Ante estas palabras, el semblante de fray Tomás ha quedado completamente demudado; su boca está entreabierta, sus ojos fijos en los del maestro, todo él paralizado, recorrido por un estremecimiento. Y el padre Báñez, que advierte en su antiguo alumno este estado de consternación, prosigue diciendo, con aire enigmático:

—¡Ah, pero ya sabemos que los caminos de Dios son más altos que nuestros caminos! Cierto es que Teresa de Jesús está en entredicho en la voz de una parte de la Santa Inquisición; voz de afeamiento, de acusación y de improperio, que atribuye al demonio sus obras y no a Dios. Cierto es que las sospechas siguieron su camino... Y que, a medida que pasaban los días, los meses y los años, se sugerían razones más ofensivas en su contra: se la compara ya con las más famosas visionarias, cuyos procesos inquisitoriales conmovieron antaño la opinión de las gentes, causando admiración a los que disfrutan morbosamente con estas cosas... Más de una vez la madre Teresa ha sido comparada con aquella famosa embustera y visionaria, la diabólica Magdalena de la Cruz, a quien la Inquisición de Córdoba procesó y castigó en 1546. Y con esto, los que pretenden desvirtuar la fuerza de la labor reformadora de Teresa, y enturbiar la pureza y sencillez de su conducta, tienen terreno suficientemente abonado... Ayudan también —prosigue diciendo, con visible disgusto— a estas sospechas los miserables casos que acontecen ahora en estos reinos, porque mujeres y personas que parecían muy santas y que frecuentaban mucho los sacramentos, son luego declaradas por burladoras y herejes, y con mucha razón... Porque, hijo mío, verdad y mentira andan mezcladas de tal manera en este mundo que todo está confundido...

Calla un momento el padre Báñez, meditabundo, pero está dispuesto a continuar instruyendo a fray Tomás, a su alumno favorito, sobre aquel asunto que a ambos preocupa tanto y que, a todo trance, desean resolver con sano juicio.

—Es difícil todo esto... —murmura fray Tomás—. Porque, no puede negarse que en el libro de Teresa se describen estados, sentimientos, gracias, visiones..., cosas que confunden y hacen recelar...

—Efectivamente; existe una semejanza entre los fenómenos espirituales descritos por la monja de Ávila en su libro de revelaciones y los que decían experimentar los alumbrados de Extremadura y Andalucía: arrobamientos, hablas interiores, sentimientos de los dolores de Cristo, visiones, intensa devoción a la humanidad del Salvador, estremecimientos de compasión... Y todo ello haría pensar que la madre Teresa es un remedo más de aquellas beatas, embusteras y licenciosas, que bajo pretexto de vida de oración decían entregarse a los regalos sublimes y más delicados del espíritu... Y no voy a negar que el informe que nos ofrece el memorial de fray Alonso de la Fuente, con un exhaustivo catálogo de proposiciones contra los alumbrados de Llerena, da mucho que pensar... Porque, en su terminología, todo parece muy similar...

# 11. ¿Y QUIÉN ES EN VERDAD TERESA DE JESÚS?

Llegado a este punto de la conversación, el maestro está dispuesto a dar su sincera opinión sobre el asunto. Ambos saben que uno de los temas principales sobre los que recae la sospecha del Santo Oficio es el contenido del *Libro de la vida*, clasificado como libro de visiones, de donde algunos inquisidores deducen que su autora era visionaria y falsa profetisa, comparándola con otras encausadas, cuyas visiones y revelaciones eran fruto de sus imaginaciones morbosas y calenturientas. Comprenden maestro y alumno que el problema es en extremo delicado, ya que podía ocultarse bajo las páginas del libro otra falsa profetisa, en aquel ambiente de iluminismo febril.

En consecuencia con estas premisas, el padre Báñez decide que fray Tomás debe, primeramente, conocer bien quién es Teresa de Jesús, y hacerse una idea justa de la persona en cuestión, de sus inicios como fundadora, de su vida, de su obra, de sus cualidades y emociones.

—No se debe juzgar —le dice— sin antes saber bien a quién se juzga. Nada valen los hechos aislados, los dichos aislados, los escritos aislados...; porque la vida humana es un todo y Dios obra en nosotros a través de múltiples y variados carismas... Solo Dios puede comprender todo y juzgar los asuntos de cada uno según su ciencia única. Y puede ocurrir que un hermano haga, en la simplicidad de su corazón, un acto que complace a Dios más que toda su vida... ¿Tenemos pues derecho a erigirnos en juez suyo y dañar así los designios de Dios? Y si él llegara a caer, ¿quién puede saber cuántos combates ha librado antes y cuántas veces ha derramado su sangre antes de equivocarse? Quizá su falta cuente ante Dios como una consecuencia más de esta vida; porque Dios ve su pena y el tormento que ha soportado anteriormente...; y siente piedad de él y lo perdona... Dios tiene piedad de todos... Pero nosotros... Nosotros a veces no solamente juzgamos sino que además despreciamos. En efecto, una cosa es juzgar y otra despreciar. Y hay desprecio cuando, no contentos con juzgar al prójimo, lo execramos, lo apartamos como a algo abominable, lo que es peor y mucho más funesto...

—Padre —expresa muy sinceramente fray Tomás—, yo quisiera ser justo en todo este asunto. Debo pues, comprendiendo lo que me dices, saber con la mayor certeza posible quién es Teresa de Jesús. Y me fío de vuestra reverencia. Decidme quién es, habladme de ella, os lo ruego.

El padre Báñez le mira benévolamente, sonríe y, mientras se levanta del asiento fatigosamente, le dice:

—Aguarda aquí y ten paciencia; da tiempo a este cuerpo tardo y mostrenco para que vaya a buscar unos papeles a su celda.

Sale el maestro evolucionando torpemente, arrastrando toda aquella masa envuelta en los elementos textiles del hábito: la esclavina, la capucha, el escapulario, la capa...

Fray Tomás va hacia la ventana y mira los tejados, los campanarios, los campos y los lejanos montes. El cielo sigue gris y parece con ello unirse a la nebulosa de sus pensamientos confundidos.

Un rato después, regresa el maestro, jadeante, trayendo unos papeles en la mano.

—Muchacho, aquí te traigo un informe que escribí para el tribunal de Valladolid, cuando surgieron las primeras sospechas sobre ella, a raíz del proceso contra la hereje María Enríquez. Es un escrito conciso que reúne lo fundamental de la vida y la obra de la monja. Anda, léelo con detenimiento y te harás una idea más precisa sobre ella. Y mientras, podré ir yo a ocuparme de otros asuntillos de mi incumbencia.

## 12. TERESA DE JESÚS SEGÚN FRAY DOMINGO BÁÑEZ

*Allí, en la ciudad de Ávila, hay una nueva casa de religiosas de la Orden del Carmen, descalzas y pobres, que viven de limosna; la cual se ha fundado y hecho por orden de una religiosa del monasterio de la Encarnación, hija de la misma ciudad y en la misma orden; esta a quien llamamos ahora Teresa de Jesús... Son tantas las cosas que a esta señora se le revelan y muestras de muy subida santidad, que ponen gran admiración; y como es cosa tan poco vista —especialmente en nuestros tiempos— virtud y aprovechamiento espiritual en tan admirable manera, no falta quien diga ser cosa del enemigo y muy engañosa. Otros hay más avisados, que se detienen en condenarlo; pero, están con duda si es cosa de Dios o ilusión del demonio; otros hay que tienen a esta señora por muy sierva de Dios; pero, esta opinión va más fundada en buena voluntad que en razones bastantes para tener tal estima y parecer.*

*Y por tanto, aunque no hubiese otro fin en aclarar este negocio, sino hallar la verdad, y desengañar a quien no siente ni atina lo que en esto hay, parece suficiente razón esta para poner algún trabajo en manifestar estas cosas, cuanto más que si ello es verdad y de Dios, y es además para gran alabanza de su majestad.*

Esta sierva de Dios, doña Teresa de Ahumada, de niña comenzó a tener muestras de gran devoción... Le sucedieron cosas muy particulares, como parecerle verdaderamente que le hablaba Cristo Nuestro Señor, que la enseñaba muchas cosas, que se le revelaban misterios y cosas muy secretas y que habían de venir... Parecíale también que traía cabe sí al lado derecho a Nuestro Señor Jesucristo, que la andaba amparando y gobernando. Como esta sierva de Dios se reconocía por tan flaca y miserable, tenía grandísima pena, pensando que era engañada del enemigo, y que ella no era tal que mereciese tanto favor y regalo de Dios, antes por el contrario, se le presentaban sus pecados y que por ellos Dios permitía que fuese engañada y atormentada.

Ayudaban también a esta sospecha los miserables casos que acontecieron entonces en estos reinos... Porque era público y notorio que algunas mujeres alumbradas de las condenadas habían tenido algunas ilusiones y apariciones del demonio, que habían ayudado a su perdición... Y sabiéndose todo esto, sufría mucho esta religiosa, Teresa, y lloraba su acaecimiento. Juntamente con esto acrecentaba sus temores lo que le decían sus confesores; porque certificaban que era cosa del demonio todo esto. Y no solo los confesores, sino también otras personas muy virtuosas y que conocían con propiedad de espíritu; la reñían y porfiaban que era engaño y que se apartase cuanto pudiese de ello. Y todos ellos juntos fueron a verla después de mucho acuerdo y le dieron esta resolución; de suerte que todos cuantos supieron el caso en Ávila, por entonces, la condenaban por cosa muy cierta, por alumbrada.

Padecía también mucho esta persona, Teresa, porque aunque ella procuraba de evitar las visiones y cogniciones que le venían en la oración, no podía resistirlas...

Tenía ella en estas visiones y elevaciones, cuando le ve-

*nían, gran certidumbre, a su parecer, de que no eran del demonio, sino de Dios; pero, pasado aquel punto, como era temerosa de Dios y no se crea a sí misma, tenía por cierto lo que los otros le decían; y todavía hallaba mayor razón para pensar ser engaño; porque el demonio muchas veces habla diciendo que es Dios y enviado dél; siendo este su camino ordinario para engañar las almas poco avisadas. Y aunque actúa mediante consejos, avisos y tentaciones con apariencia de bien, mayor cuidado pone para presentarse como ángel bueno en visiones y apariciones.*

*Así, a estos siervos de Dios, que determinadamente consideraban ser engaño lo que a doña Teresa pasaba, como a otros que sin ser consultados en este caso, hablan condenando el caso, son muchas las razones y de harta fuerza, que a quien no estuviere avisado en este hecho, con mucha apariencia le traerán a despreciar la persona y sus devociones.*

## 13. INFORME SOBRE LAS VISIONES Y REVELACIONES

Más tarde, vuelto a la sala el padre Báñez, inicia una disertación que no tiene desperdicio, fruto de su notable inteligencia y de su proverbial clarividencia, dones que no se guarda para sí mismo, sino que hace revertir en verdadera luz para el prójimo, y que resumiremos destacando lo más significativo para el relato que nos atañe. A través de aquellas palabras sabias, bien escogidas, precisas y en todo acertadas, fray Tomás puede llegar a comprender por qué el caso de Teresa de Ávila es diferente. Destaquemos pues algunos párrafos de lo que dice el maestro, dada su grande autoridad:

«Para poder juzgar justamente todo lo que le sucede a la madre Teresa y aquello que escribe en su *Libro de la vida*, deberemos tener muy en cuenta la cima alcanzada por ella cuando le llega el deseo de coger la pluma para llevar al papel lo que Dios ha hecho en ella: cómo ha sido su relación con él, es decir, cómo ha sido su oración... Ella no ha buscado nada por sí misma, nada para sí. Diríase que a estas alturas de su vida Dios mismo la ha avasallado. Sin quererlo, Teresa está viviendo momentos de extraño embeleso y de enajenación. El misterio la cerca, la aprisiona y la saca fuera de sí. Pero todo esto sucede dichosamente... Mire ella hacia donde mire, vaya adonde vaya, hacia donde quiera que se vuelva su espíritu, en el punto del tiempo y del espacio en que se fije, emerge como una fuerza irresistible y una luz cegadora... Todo lo demás desaparece; Teresa no está en ello. Dios lo es todo para ella.

»En su libro, escribe a su manera esta misteriosa historia de gracias aparecidas repentinamente en su vida. Porque sus confesores le piden que cuente las mercedes de Dios. En un primer momento quieren ayudarla; pero después, aun sin confesárselo a sí mismos, pasan a quedar también arrobados, ganados por esta mujer con talante de guía y fuerza absorbente. Pero, verdaderamente, he llegado a creer que esto también se lo manda Dios. Y ella no puede menos de doblegarse a la evidencia de los hechos y al peso del amor que divinamente la exalta. Escribirá sobre lo que Dios ha ido haciendo en ella.

»Quien no capte esto, quien no sea capaz de verlo con los ojos del alma, no podrá entrar en el misterio de la vida de Teresa... Si ella nos cuenta sus cosas es porque ha conocido la verdad de aquel que es amor y de su amor al hombre... Aquel misterioso ser, amante, que es la sustancia y la raíz, el centro de nuestro ser y de nuestra historia...

»Al leer a Teresa de Jesús se siente uno invadido por un sentimiento que se agranda y crece: Él es el protagonista de su vida. Sin Él no hay historia, no hay vida.

»El *Libro de la vida* abarca desde su infancia hasta la fundación del primer convento reformado de San José de Ávila, en 1562. Ella cuenta inocentemente su infantil afición por los libros de caballerías y de vidas de santos. Mas tarde, su padre la internó en el convento de monjas agustinas de Santa María de Gracia, pero al año siguiente tuvo que volver a su casa aquejada de una grave enfermedad. Y allí permaneció, entre los suyos, hasta que, determinada a tomar el hábito carmelita contra la voluntad de su padre, en 1535 huyó de su casa para ingresar en el convento de la Encarnación, donde vistió el hábito al año siguiente, e hizo su profesión en 1537.

»Luego empezó para ella una época de ansiedad y padecimiento, que se prolongaría algunos años, entre enfermedades y dolencias. Confiesa que es por entonces cuando aprendió a confiar ilimitadamente en Dios y que se inició en la forma de oración llamada «recogimiento», expuesto por Francisco de Osuna en su *Tercer abecedario espiritual*. Se dio cuenta de que hallaba paz y recibía inefables dones; mercedes divinas difíciles de explicar... Decidida a compartir su experiencia, reunió a un grupo de hermanas de la Encarnación en la vida de oración, y entre ellas comenzaron a planear la reforma de la Orden Carmelitana para devolverle su antigua idea, su rigor, mitigado cada vez más por facilidades, conveniencias y acomodaciones.

»Es en esta época, cuando se decide a emprender la reforma, cuando empieza a ser favorecida con visiones "imaginarias" e "intelectuales", experiencias que habrían de sucederse a lo largo de su vida, y que determinaron sus aprietos para averiguar si aquello era "espíritu de Dios" o del "demonio".»

—Padre Báñez —le pregunta fray Tomás—, ¿y cuál es la opinión de vuestra caridad?

—¡Ah, hijo mío! —contesta el maestro sin disimular su incomodo—. Las revelaciones, las visiones, los éxtasis y arrobamientos son mucho de temer, especialmente en mujeres, que son más fáciles en creerse que estas cosas son de Dios... y más aficionadas a buscar en ellas la santidad... Como quiera que la verdadera santidad no consiste en ellas... Pero acostumbra Satanás a transformarse en ángel de luz y engañar a las almas más curiosas y menos humildes, como en nuestros tiempos se está viendo... ¡Cuántas locas y embusteras han salido...!

—Pero, padre, en el caso de Teresa... ¿No decís que ella es otra cosa? ¡Es el caso de Teresa el que me importa!

—Sí, comprendo tu interés... y tu impaciencia. Pero es deber mío advertir primeramente acerca de las generalidades, para pasar después a las particularidades, a las excepciones que hacen la regla... No obstante lo que antes dije, no se deben dar sin más por falsas las revelaciones y visiones que la madre Teresa cuenta en su libro; ya que las visiones y revelaciones constituyen un elemento de la vida de la Iglesia, y ella aquí, según lo demuestra su sincero relato, y aunque me parezca que en algo anda exagerada, creo firmemente que no es engañadora. Su estilo demuestra que procede siempre con buena intención. No obstante, es preciso que semejantes espíritus sean examinados, por haber visto en nuestros tiempos gente burladora so color de virtud... Pero, en honor a la verdad y a la justicia, al mismo tiempo urge más amparar y favorecer a quienes con el color tienen también la verdad de la virtud. Y esa es la madre Teresa.

## 14. Un río limpio

Después de hacer estas aseveraciones fundadas en sus conocimientos, Báñez reflexiona en su examen del libro sobre el tema de la oración mental y contemplación. Sale al paso de quienes la acusan de enseñar caminos peligrosos y singularidades. El maestro reconoce aquí también el peligro, pero no deja una vez más de aprobar lo que enseña la madre Teresa.

—Siempre hay lugar al temor —sentencia—, pues aun los más siervos de Dios están en peligro de que les pueda engañar el demonio. Y nadie ha sido más incrédulo que yo en lo que toca a visiones y revelaciones...; pero, en lo que toca a la virtud y los buenos deseos, a la honestidad y el bien, Teresa es un río limpio... Porque de eso tengo yo gran experiencia personal: de su verdad, de su obediencia, penitencia, paciencia y caridad con los que la persiguen, y otras virtudes que quienquiera que la tratare verá en ella... Y tampoco menosprecio yo sus revelaciones, visiones y arrobamientos; antes bien, sospecho que podrían ser cosas de Dios, verdaderamente; como creemos que en otros santos lo fueron. Aunque, tratándose de estos misterios, siempre será más seguro quedar con miedo y recato; porque, en habiendo seguridad en tales cosas, tiene ocasión el diablo de hacer sus faenas... En fin, hijo mío, si te preguntan, dile al inquisidor general que, para este mísero y ruin padre Báñez, el libro de la madre Teresa está escrito muy a propósito del fin para que se concibió, que fue dar esta religiosa la verdad de su alma a los que la han de guiar, para no ser engañada. Diles eso a los inquisidores, que no pongan mayor cuidado, que no recelen más: Teresa es eso, un río limpio...

# LIBRO X

*En que se conocerá la denuncia que una dama*
*y un clérigo hicieron ante el Tribunal de la San-*
*ta Inquisición de Sevilla; por lo que se inició*
*una nueva pesquisa y el proceso contra Teresa*
*de Jesús ante el susodicho tribunal; y de cuya*
*resolución sabremos definitivamente*
*si ella es o no es dejada y alumbrada.*

# 1. HASTA BAJO LAS PIEDRAS BROTAN NUEVOS ALUMBRADOS Y DESATADAS BEATAS

El año 1575 fue sumamente afanoso para los inquisidores. En los más recónditos rincones se descubren nidos de alumbrados, cuyas descaminadas prácticas de devoción ocasionan denuncias constantes ante el Santo Oficio. En este mismo año, en la ciudad de Toledo surge una descabellada mujer que se hacía llamar Francisca de los Apóstoles, otra iluminada más de tantas que acabó procesada con gran escándalo de las gentes. El asunto se agravó por la presencia en la ciudad de un tal Juan de Dios, hombre desmedido, fullero, farsante, que se creía llamado a reformar la iglesia y que consiguió embaucar en sus fantasías a otros tres clérigos visionarios. A la llamada de estos locos imprudentes, acudían prestas beatas y mujeres piadosas, capitaneadas por la referida Francisca, que no tuvo mejor ocurrencia que profetizar la inmediata e inminente libertad del arzobispo Carranza, a quien anunciaba como patrono de grandes cambios, rutilantes hazañas y hasta milagros en favor de una nueva Iglesia. Estas excéntricas predicciones eran aireadas por los pueblos y aldeas, seduciendo a las gentes sencillas e incultas, dispuestas siempre para adherirse a las desmesuras y los embustes. Los falsos predicadores ofrecían engañosas virtudes, revelaciones fascinadoras, milagros, curaciones... Aquel pícaro Juan de Dios fue denunciado en el pueblo de Navahermosa por el cura párroco, como estafador y falsario, por vender sanaciones, exorcismos y alivios; pero el pueblo se levantó en masa, saliendo a la defensa del falso curandero.

Francisca de los Apóstoles, por su parte, tenía seducidas a un grupo de beatas que practicaban modos de oración mental del todo absurdos y vergonzosos, con arrobamientos, gritos, visiones, desmesuras y desmayos. En Toledo y pueblos limítrofes las beatas vivían aisladas unas de otras, aunque tenían alguna comunicación entre sí, congregándose con frecuencia para dar rienda suelta en capilla a sus excentricidades.

Todo ello propició que el Tribunal de la Inquisición de Toledo se emplease inmediatamente a fondo para indagar sobre el alcance y el sentido de estas doctrinas y lo que de verdad se escondía en las secretas reuniones de las fanáticas devotas de Francisca de los Apóstoles. El 21 de octubre de aquel año, el inquisidor don Antonio Matos de Noronha remitió a la Suprema y General Inquisición un amplio memorial que contenía las proposiciones y calificaciones que habían resultado de las testificaciones contra las beatas y los alumbrados. Como resultado de estos informes, el Consejo se alarmó harto, temiendo que se renovarían los excesos cometidos en diversos lugares de Andalucía y Extremadura, los cuales habían sido denunciados por fray Alonso de la Fuente, e hizo conocedor de estas preocupaciones al tribunal de Toledo, ordenándole vigilar con celo y determinación el curso de los acontecimientos, poniendo remedio si era preciso y encarcelando a los más exaltados.

El alumbradismo se propagaba y se extendía como una

epidemia, ante el estupor de la Santa Inquisición. Por las mismas fechas el tribunal de Valladolid gestionaba el proceso contra María de Olivares, monja agustina del convento de Nuestra Señora de Gracia, de Ávila, también por excesos y errores propios de los dejados. Y a medida que avanzaban los meses se descubrían nuevos casos, que infundían serias dudas; hasta que el Santo Oficio decidió extremar su vigilancia y nombrar comisarios especiales para cortar a tiempo otras posibles desviaciones. Constantemente llegaban al Consejo advertencias sobre personas esclarecidas y con fama de santidad, cuyos escritos, actitudes y género de vida interior podían encubrir falsa virtud. Las sospechas recayeron incluso sobre Ignacio de Loyola, por considerarse que su libro de los *Ejercicios espirituales* pudo haber sido acicate de los alumbrados de Llerena, arrastrados por emociones y devociones mórbidas y desenfrenadas.

El mal del iluminismo había penetrado como en tantas otras partes en la región alta de Andalucía, donde pululaban las beatas y los visionarios arrastrados por el furor de llegar a las cimas de la contemplación y gozar de la quietud, en la unión íntima con la divinidad. En Jaén y en Baeza un avezado inquisidor llamado Alonso López descubrió numerosos casos de estas aberraciones. En medio de todos ellos, destacaba el nombre del célebre doctor Carleval, procesado por la Inquisición entre 1572 y 1574, con otros discípulos suyos a los que se les acusaba de mesianismo, de profesar las doctrinas de los alumbrados, de iluministas y otros muchos cargos. Don Alonso López llevó a cabo con rapidez sus investigaciones y redactó un informe sumamente detallado, que envió al Consejo con una carta fechada en 15 de diciembre del mismo año. Según este informe, Carleval había ido a Úbeda con el fin de visitar a una tal María Mejías, pretendida profetisa, oriunda de Granada, que tuvo en su juventud trato y amistad con el maestro Juan de Ávila. Esta iluminada, según las pesquisas hechas por el inquisidor, había profetizado acontecimientos inverosímiles: inminentes persecuciones como las de los primeros cristianos, en las que habría muchos mártires, y el advenimiento de apocalípticos tiempos. Ante estas extravagancias, don Alonso estuvo ya convencido de que había dado con una peligrosa alumbrada. La mandó encarcelar y la interrogó para saber cuál era el origen de sus fantasías. Entre otras muchas cosas de interés para la investigación, María Mejías declaró que el doctor Carleval le dijo que había leído un libro de Teresa de Jesús, monja carmelita de Ávila, y que en un capítulo del mismo libro se decía que habría muchos mártires y que Nuestro Señor Jesucristo iba a volver muy pronto al mundo.

Contra cualquier persona complicada en materia de alumbrados o sospechosa por sus prácticas se pedían informes. En cumplimiento de esta orden, los inquisidores no se daban descanso buscando testimonios y escritos. Teresa de Ávila había escrito el que se conoció como el *Libro de la vida* entre los años 1562 y 1565, en el cual pretendía, entre otras cosas, justificar su modo de oración. Muchos de los admiradores y seguidores de la monja querían tenerlo y a partir de 1570 se hacen varias copias que circulan de mano en mano. Pero, como sabemos, esto motiva alarma en algunos círculos religiosos y se llega a acusar gravemente a Teresa de alumbradismo. La conducta de la monja escritora suscitaba precisamente las más apasionadas polémicas; y cualquier escrito suyo infundía legítimamente suspicacias y desconfianzas. Así se fueron preparando las sospechas contra el libro y se afianzaron los recelos contra la conducta espiritual de la madre Teresa.

Se asoció su nombre al del doctor Carleval y al de Ignacio de Loyola, autor de un libro que era como el manual de vida espiritual para los sectarios a quienes se acusaba de alumbrados, o cosas parecidas. El interés de la Inquisición por el libro de Teresa no se cifra tampoco en lo que el manuscrito es y contiene, sino en su valor de testimonio y reflejo fiel de la vida y conducta de su autora, que también fue acusada de ilusa, visionaria, falsa profetisa, que había tenido incluso el atrevimiento de poner por escrito sus prácticas y doctrinas espirituales.

Por tal motivo, el inquisidor general don Gaspar de Quiroga ordena intervenir el libro, dándoselo al padre dominico Domingo Báñez para que lo examine y aporte un juicio sobre el mismo. Pero no solo el padre Báñez había expresado su opinión sobre el *Libro de la vida*. La propia Teresa sentía necesidad de que se asegurase la ortodoxia de su modo de oración, y entregó el Libro a varios confesores y letrados. Lo leyeron, entre otros: Gaspar Daza, clérigo licenciado; Francisco de Salcedo, caballero que practicaba oración mental, y su confesor García de Toledo. También sabemos que encomendó la monja a su amiga doña Luisa de la Cerda que enviase el autógrafo al maestro Ávila.

Como ya se refirió, en diciembre de 1574 el Consejo de la Suprema Inquisición había recibido la notificación del tribunal de Córdoba, en que daba cuenta que la madre Teresa había escrito un libro de revelaciones, más altas que las de santa Catalina de Sena. Las acusaciones que se formulaban contra la fundadora eran dobles, contra su persona y contra el manuscrito del *Libro de la vida*, donde se declaraban muchas visiones y gracias sobrenaturales que los inquisidores no pasan por alto. Ya se habían encargado don Rodrigo de Castro y fray Alonso de la Fuente de avisar acerca de estos escritos, sembrando recelos y sospechas. Pero interviene el inquisidor Soto y Salazar, amigo de la madre Teresa, que estaba en conocimiento de todo lo referente a su manuscrito, y también el propio inquisidor general don Gaspar de Quiroga, que siempre procuró defenderla frente a tantas acusaciones.

Sin embargo, un año después, sobrevendrán otras denuncias, a cuenta de otros sucesos acaecidos en Sevilla; más graves y mucho más peligrosos, que ocasionarán un nuevo proceso ante la Inquisición. Todo sucedió como seguidamente se narra.


## 2. EL DESPERTAR DE UNA INFELIZ
## DECEPCIONADA

El día 7 de enero de 1576, la ilustre y piadosa dama sevillana llamada María del Corro se alteró en plena madrugada al tañer, vibrante, imperioso, de las cercanas campanas de la iglesia de San Vicente de Sevilla, llamando a misa de Alba. Diariamente suele despertarse en ese preciso momento, sin necesidad de que nadie antes la llame, tan solo influida por el ansia que la obliga a salir del sueño con puntualidad para acudir al oficio religioso, ya llueva, ya truene. Pero este día los sonoros tañidos no la han despertado; simplemente, porque ya estaba despierta desde hacía muchas horas, casi desde un rato después de acostarse; y ha permanecido durante la noche larga soportando un estado de excitación y angustia, en el que se entremezclaban en su interior los miedos, las aprensiones y los murmullos de encontrados pensamientos y suposiciones. Un último sentimiento de pugna y desvelo la recorre por dentro, antes de sacudir la cabeza ligeramente y decidirse a abrir los párpados. Sus ojos se encuentran en la oscuridad de la alcoba. El silencio que envuelve la casa provoca que se estremezca. La costumbre que le hace despertarse invariablemente a esa hora es antigua; la tiene desde muy jovencita y la sigue conservando en su madurez, con sus ya cuarenta años cumplidos; la aprendió pronto, junto con muchas otras obligaciones propias de una dama de su condición: bordar, hilar, hacer encajes, coser y cortar con maestría y todo aquello que pudiera resultar acorde con una perfecta vida conyugal. Sin embargo, ella, sin desdeñar nada de esto, siempre percibió dentro de sí, con certeza y luminosidad, que no estaba llamada para el matrimonio, ni para ser madre, ni para dar realidad en su persona al ordinario camino que se les marca a las mujeres hidalgas de Sevilla. Ella en cambio tuvo puestas las esperanzas de su alma en un camino más puro, más alto, y de otro orden: en aquel que conduce a la consagración a Dios. Es decir, María del Corro siempre supo que, en su espíritu inquieto, alentaba una verdadera vocación; aunque no sabía muy bien qué clase de vocación era aquella: si de virgen consagrada, ermitaña, beata o monja en su plena condición. Y con esta indecisión, con este debatirse en la incertidumbre, probando aquí o allá, buscando, intentando, ansiando, tanteando, se habían pasado los años de su juventud, sin que fuera capaz de dar con el sitio apropiado, con el carisma o la forma de vida y oración que cuadrara plenamente con los anhelos de su corazón agitado. Hasta que un día, como de repente, creyó hallar ¡por fin! lo que parecía ser, definitivamente, el lugar que Dios le asignaba en esta vida a su servicio: el convento adecuado, la espiritualidad perfecta y la persona que podía conducirla a alcanzar, por la vía más directa, aquello a lo que en realidad sentíase llamada toda ella: la verdadera santidad. Pero, por un designio misterioso, su hallazgo resultó ser un absoluto fiasco.

En la oscuridad, en el silencio, en la soledad de su austero lecho, María del Corro sufre hondamente al sentir en su interior el resurgir de un montón de encontrados recuerdos: recientes unos, lejanos otros; entre un bullir de ilusiones quebradas, frustraciones, desengaños y el ardor de una incipiente rabia, como un coraje que busca y halla culpables de su infortunio; del encontrarse ahora allí, como estancada, inconclusa y malograda en sus propósitos. Y sabe con certeza ella quién tiene la culpa de aquella infeliz situación suya. Pero no adelantemos acontecimientos, pues será mucho más ventajoso para el desarrollo de este relato seguir con detenimiento el curso preciso de los acontecimientos.


## 3. Una grave y comprometida decisión


Acuciada por su dolor y su despecho, María oye y se sobresalta de nuevo por el segundo toque de la campana de San Vicente. Entonces se sienta en la cama sin vacilar, decidida a no dejarse dominar por una parte de su ser que parece dispuesta a ceder a la indecisión. Necesita no obstante fuerza y valor, por lo que se santigua y reza para sus adentros implorando la ayuda de Dios y de la Virgen María, mientras se desliza desde debajo del cobertor hasta el suelo, donde sus descalzos pies se encuentran con el desapacible y frío suelo. Empieza a tantear el camino guiándose por la cabecera de la cama y por la pared hasta el postigo de la puerta; pero, entes de abrirla, se ve sacudida por un estremecimiento, una conmoción grande y un irreprensible deseo de llorar. Cae de rodillas y se abandona a un llanto amargo y sordo, entre débiles gemidos y suspiros trémulos. En ese momento se filtra hacia el interior un débil rayo de luz, que proviene de la cerradura primero y luego de la fina rendija que se abre poco a poco en la puerta. De repente entra la criada, llamada Sotera, precedida por la brillante luz de la lámpara que trae en la mano. La habitación se ilumina y muestra su suelo cuadrado y amplio, sus altas paredes y su techo de vigas y alfajías paralelas, además de la cama pequeña y una cómoda. A un lado, junto a la pared, se ve la penosa estampa de María del Corro, pálida, desgreñada, de hinojos sobre las frías baldosas, temblando y sollozando con la cara entre las manos.

—¡Ay! —grita la criada al verla—. ¡Señora! ¡Ay, por el amor de Dios, señora!

Sotera deja sobre la mesilla la lámpara y se apresura a socorrer a su afligida ama; le echa el brazo por debajo de las axilas y la ayuda a incorporarse, no sin esfuerzo, pues María está desmadejada y sin ánimo alguno.

—Señora, ¡ay!, mi señora... ¿Qué le pasa a vuestra merced? ¿Qué mal tenéis, señora?

Ayudada por la criada, María se pone en pie y camina vacilante hacia el espejo. Echa un vistazo a su imagen: algunos mechones de su cabello castaño, revueltos, caen sobre el rostro demudado y empapado en lágrimas; es no obstante un rostro hermoso, agraciado, con unos pómulos firmes, una frente amplia y unos bellísimos ojos verdosos; incluso el rictus provocado por el sufrimiento acentúa la beldad de los rasgos y le aporta a los labios entreabiertos un encanto extraño.

Sotera levanta el jarro que hay junto a la jofaina, vierte un poco de agua y restriega las mejillas del ama con las palmas de sus manos, como para hacer desaparecer los restos del sueño y el dolor. Luego desata los lazos del camisón y frota con un paño empapado la piel de la espalda, el vientre, los senos, las nalgas y los brazos, mientras dice lamentosa:

—¡Ay, señora, no se tome así las cosas...! No, señora, que no merece la pena... ¿A qué tomarse esto tan a pecho? No, no merece la pena... Vuestra merced bien ha de saber que ha hecho lo que ha podido; nada más que eso: lo que ha podido... Eso lo sabe todo el mundo, señora. ¡Dios lo sabe!

María no contesta; asiente simplemente con débiles movimientos de cabeza. Ya no llora, pero deja de vez en cuando que le brote un suspiro. Parece delgada, pero su cuerpo es prieto y relleno, de agradables contornos y complexión proporcionada. Su rostro es más bien alargado, de facciones delicadas y altiva frente; sus ojos son grandes y bonitos, de mirada limpia, pese a la aflicción que en ellos asoma. Se deja secar y ungir con la mistura a base de aceite y agua de rosas, con una resignación palpable, como participando de un rito frecuentemente repetido y aceptado. Pero a la hora de vestirse; es ella quien toma la iniciativa y camina con nueva decisión hasta el armario, donde escoge una sencilla blusa blanca, una saya de terciopelo verde muy oscuro, un corpiño negro y una toquilla del mismo color. Mientras se envuelve la cabeza, a la vez que se mira en el espejo, parece sentirse apremiada y van desapareciendo los signos de congoja y palidez. Suspira una vez más, ahora muy honradamente, como para infundirse renovado ánimo, y todavía se le escapa una última lágrima, que corre mejilla abajo, hasta la nariz fina y pequeña que se ensancha un poco en los orificios. Ella la enjuga con sus dedos delicados, se echa una última mirada y, como si hablase con su imagen del espejo, dice en un susurro:

—Esto he de hacerlo y voy a hacerlo... Es mi deber...

—¡Ay, señora! ¿Está segura vuestra merced? —le pregunta la criada, como si la cosa fuera con ella, con la confianza que le proporcionan los muchos años de servicio en la casa—. ¡Dios ha de ayudar a vuestra merced! Ha de ayudarla porque tiene toda la razón... Pero... ¿está segura vuestra merced de lo que va a hacer?

—Sí, Sotera, estoy muy segura; tan segura como de que Dios es Cristo.

Con esta resolución, ambas mujeres salen de la alcoba y bajan por la escalera al piso bajo de la casa, donde otra lámpara, previamente encendida por la criada, ilumina un zaguán pequeño donde hay un largo banco cubierto por un tapiz, hecho de pequeños retales de tela estampada, y algunos utensilios de bronce pulido que lanzan destellos dorados. Junto a la puerta que da a la calle hay una pequeña ventana. Mientras se cubre la cabeza con la toquilla, María se acerca y abre el postigo, encontrándose con una celosía; se detiene y vuelve repentinamente el rostro a derecha e izquierda, lanzando miradas hacia fuera a través de las pequeñas aberturas.

—¡Ay, madre mía! —exclama de repente—. ¡Ya está ahí el padre Pardo!

—Pues, andando —dice la criada, echándose por encima de los hombros un espeso mantón de lana.

María también se abriga con una capa y las dos salen a una calle estrecha y sinuosa, donde ven recortarse en la penumbra la silueta negra de un clérigo alto, delgado, enhiesto, envuelto en un negro manteo.

—Buenos días nos dé Dios —dice él con una ronca y profunda voz que parece salir de una caverna.

Ellas le devuelven el saludo, santiguándose; y echan a andar por delante, embozadas, hasta la cercana esquina, que da a la calle de Alfaqueque, por la cual se encaminan tomadas del brazo con pasos rápidos, nerviosos. El clérigo las sigue a cierta distancia, torciendo como ellas, ora a la derecha, ora a la izquierda, por un laberinto envuelto en una oscuridad que se hace más densa donde los edificios son más altos. Y de esta manera, mientras va amaneciendo, llegan a la muralla y siguen por el adarve, mezclándose con la densa fila de gente que avanza hacia los mercados que hay a las afueras de la ciudad. El postigo del Carbón ya está abierto: salen por él, encontrándose repentinamente con la extensión del Arenal, que a esas horas empieza a convertirse en un hervidero de gentes diversas que transitan bulliciosas entre una abigarrada sucesión de establecimientos, chiringuitos y sucias casas pertenecientes a buhoneros, carniceros, triperos, desolladores, curtidores y pescaderos. Las basuras y los excrementos de los animales se amontonan por todos los rincones y apestan por la podredumbre. Más adelante atraviesan el descampado que hay antes de llegar al río, donde pulula gente miserable: inválidos, ciegos, mendigos y borrachos. Las arboladuras de los galeones se recortan en el firmamento violáceo.

Aprietan allí el paso, ignorando las voces y las súplicas, hasta detenerse en el embarcadero, donde los barqueros se les aproximan enseguida para ofrecerles el servicio de trasladarles a la otra orilla, a Triana, que es hacia donde se dirigen. Entonces el clérigo se adelanta, concierta el precio y lo paga por adelantado. Un instante después, él y las dos mujeres están sentados en la banqueta y navegan cruzando el Guadalquivir. El cielo está despejado, pero hace frío y una neblina densa se desplaza por encima del agua. El cauce está atestado de embarcaciones de todo género y tamaño, con un desorden y confusión que hace temer que, en cualquier momento, pueda producirse una colisión. Pero el fluir de la corriente y la destreza de los marineros convierten aquel caos en un prodigioso concierto de singladuras de minúsculos esquifes, lanchas, veleros, botes y falúas. Envuelta en tal maremagno, la barca navega a golpes de remo, zarandeada de vez en cuando por las ondulaciones que dejan a su paso los barcos mayores. Pero ellos no se inquietan, pues confían en la soltura del barquero. No por ello María va tranquila, sino que siente oprimírsele el corazón cuando ve, en la orilla opuesta, la sombría estampa del castillo de San Jorge, con sus torres espectrales recortándose en el frío albor, los estandartes sinuosos y las herrumbrosas cruces de hierro. Aquella visión le arranca un espasmo, se cubre el rostro y nuevamente se echa a llorar de manera convulsiva, causando gran preocupación en la criada, el clérigo y el barquero. Este último se aplica entonces al remo, con brío, mientras dice jadeante:

—No tema vuestra merced, señora, que ya llegamos. No tenga cuidado, que no se me ha volcado a mí la barca en más de treinta años de barquero...

Dice aquello el buen hombre porque no sabe nada de lo que verdaderamente perturba el ánimo de la dama. Pero Sotera y el clérigo, que sí lo saben, no pueden por menos que permanecer callados, compadeciéndola, deseando que acabe pronto el viaje.

Por fin alcanzan el embarcadero de Triana, echan pie a tierra y se encaminan por una suave pendiente hacia el castillo. Pero, a mitad de camino, María del Corro se detiene, suspira ruidosamente y vuelve a llorar con amargura. La criada la abraza, la consuela, la besa en la frente. Es Sotera mayor que su ama y se comporta con ella como una madre grande, amorosa, rebosante de carnes y de mimos.

—Vamos, vamos, mi señora... ¿Ahora va a venirse abajo vuestra merced? Dentro de un rato habrá pasado el mal trago y solo quedará la satisfacción del deber cumplido: de haber hecho lo que una debe hacer...

El clérigo se aproxima a ellas. Es un hombre seco, cetrino, de negro cabello ensortijado en la nuca y delgado cuello; los ademanes comedidos, los miembros largos, las manos grandes. Su semblante tiene un algo de pájaro melancólico; tal vez por la afilada nariz y la aguda mirada, o por aquellos brazos formidables siempre a las espaldas, como alas recogidas; y un aire de patética astucia acentúa esa inevitable impresión que en conjunto produce su aspecto, como de aguilucho huraño.

María del Corro le mira por encima de los voluminosos hombros de Sotera, con los ojos anegados en lágrimas. Y él, con forzada ternura, le dice:

—Hija, si te vas a echar atrás, si te arrepientes de haber venido...

—¡No, no, padre! ¡Por Dios, no! —exclama ella entre sollozos—. He tomado una dolorosa decisión y, con la ayuda del cielo, voy a cumplirla.

El clérigo sonríe, aviva la mirada y dice satisfecho:

—Así me gusta, hija: con determinación, con valor, con bizarría... Tú no eres una mujer débil, nunca lo has sido. No te arredres ahora, no des pábulo a las insinuaciones del demonio. Esto ha de hacerse porque es de justicia; porque Dios quiere que reluzca la verdad... Así que, ¡andando!, que las tinieblas ya se han disipado, y tú y yo debemos sacar la verdad a la luz.

Y dicho esto, el clérigo se echa el manteo por encima

del hombro, en un gesto de arrojo y poderío, mientras añade:

—Nos esperan y no es conveniente que lleguemos tarde, no sea que piensen que no estamos decididos del todo.

Y de esta manera, entre audaces y atribulados, los tres llegan a la cabecera del llamado puente de Barcas, que cruza el Guadalquivir y conduce directamente a la puerta principal del castillo de San Jorge.

Pero, antes de que prosigamos refiriendo lo que sucede aquella fría mañana de enero en Sevilla, deberemos detenernos en este punto del relato para ofrecer algunas consideraciones que servirán inicialmente de gran provecho a la hora de saber con mayor certeza quiénes son esta María del Corro y el clérigo que la acompaña; así como el delicado cometido que ellos mismos se han impuesto, el cual, como se ve, les causa tanta preocupación y desazón, no obstante sentir ellos que, al realizarlo, cumplen con un deber inexcusable.

## 4. EL CASTILLO DE LA INQUISICIÓN

El castillo de San Jorge de Sevilla, alzado junto al río Guadalquivir en su margen derecha, donde está el populoso barrio de Triana, es también conocido por el más acostumbrado nombre de castillo de la Inquisición, porque en él se hallan las cárceles y las dependencias del Santo Oficio.

Creada por los Reyes Católicos, la Santa Inquisición comenzó a funcionar en Sevilla en el año 1481. Fue en esta ciudad donde se aprobaron, tres años después, las primeras reglas inquisitoriales en 1484, ampliadas más tarde hasta integrar las llamadas Instrucciones Antiguas. Y fue aquí en Sevilla donde los conversos, como en otras tantas ciudades, se opusieron a la implantación del tribunal. Un arzobispo de Sevilla fue el verdadero fundador del Santo Oficio: don Pedro González de Mendoza, que desde entonces implantaría la tradición de arzobispos de Sevilla inquisidores generales. Y la causa de todo esto es la existencia de judíos y moriscos, así como el puerto del Guadalquivir, abierto al tráfico de todas las naciones y centro idóneo para la difusión de ideas no católicas, como las luteranas.

El Tribunal del Santo Oficio tuvo su primera sede en el convento de San Pablo de los dominicos, donde también se ubicaron las cárceles pasajeras de hombres y mujeres sospechosos o culpados de la herejía. Y por primera vez, desde allí salieron el 6 de febrero de 1481 hacia el tristemente célebre «quemadero de Tablada» seis penitenciados para morir en la hoguera; los llamados «cuatro profetas». El segundo auto de fe se celebró a finales de abril del mismo año, y en él se condenó al famoso Pedro Fernández Benadeva, principal inspirador de la conjura de los conversos, en la collación de San Juan de la Palma. Desde entonces, en Sevilla quedarían ya para siempre aquellas populares coplillas burlescas de la chiquillería:

> *Benadeva, dezí el Credo*
> *¡Ax, que me quemo!*

Pero la Santa Inquisición crecía, no daba abasto con tantos procesos, pesquisas e interrogatorios; por lo que tuvo que trasladarse al castillo de Triana, a orillas del Guadalquivir; donde quedaron ubicadas las dependencias definitivas del Santo Oficio y las cárceles. El tribunal estaba compuesto por tres inquisidores, un fiscal, un juez de bienes confiscados, cuatro secretarios, un receptor, un alguacil, un abogado del fisco, un alcaide de las cárceles secretas, un notario del secreto, un contador, un escribano, un nuncio, un portero, un alcaide de la cárcel perpetua, dos capellanes, seis consultores teólogos y seis consultores juristas, un médico y diversos miembros de los llamados «familiares», una especie de auxiliares laicos, autorizado a portar armas y cuya misión era hacer las detenciones y custodiar a los inquisidores.

Las frecuentes denuncias y delaciones afectaban a herejes, principalmente, pero también a bígamos, blasfemos, usureros, sodomitas, brujos, hechiceros y clérigos acusados de lascivia y comportamientos deshonestos en el ejercicio de su ministerio. Aunque, en sus inicios, la tarea principal del Santo Oficio era la de perseguir y juzgar a los falsos conversos, pronto los inquisidores extendieron su jurisdicción a otras causas. En 1506 se condenó a la hoguera a diez hombres por sodomitas, y el 29 de enero de 1521 sacaron a quemar a otros tres hombres y a un muchacho por el mismo motivo. Y también las brujas fueron perseguidas. En 1554 fue acusada de ser hechicera una dama de ilustre apellido, Inés de los Ríos, con quien los inquisidores usaron de cierta clemencia, al menos mayor que con los herejes, condenándola a diez azotes en las nalgas. Los extranjeros siempre fueron sospechosos, por traer ideas foráneas y costumbres diferentes, y ello era siempre visto con recelo, máxime si venía de aquellas tierras europeas temidas como nido de herejes.

Los autos de fe se celebraban primeramente en las gradas de la catedral, y más tarde en la plaza de San Francisco, aunque la mayor parte de ellos tuvieron lugar en la iglesia de Santa Ana, en la de San Marcos y en el citado convento de San Pablo. A estas grandes manifestaciones de fervor, mezcla de juicios, sermones y ceremonias, acudía una gran multitud, que solía participar de una manera activa y enfervorizada, con ovaciones, abucheos, manifestaciones de fe, oraciones y también albórbolas y chanzas. Solían celebrarse anualmente, salvo en casos excepcionales, y se celebraban antes o después de la Cuaresma. Un auto resultaba muy costoso, y el tribunal, que casi siempre andaba corto de caudales, se nutría de multas y confiscaciones. No obstante, un inquisidor ordinario podía cobrar un salario de unos cien mil maravedíes anuales, más otros cincuenta mil de ayuda de costas que iba cobrando a medida que transcurrían los procesos. Famoso fue el auto de fe de 1546, en el que salieron condenados a diversas penas setenta herejes, o el de 1560, en el que fueron conducidos a la hoguera los doctores Egidio y Constantino. La condena tenía lugar allí donde se celebraba el auto y el suplicio en otro sitio; como en el asiduo quemadero de Tablada. Los que se celebraron en las gradas de la catedral, el lugar más concurrido de la época, eran verdaderas fiestas con regocijo popular, tenderetes, mercachifles y puestos de buñuelos. El cadalso era instalado en las traseras del sagrario viejo y el estrado para los invitados en los portales, frente a las tiendas donde se vendían las alpargatas. Cuando había condena a públicos azotes, estos se administraban frente a la puerta del Perdón. Lo más temido y a la vez celebrado por el populacho era la hoguera; aunque justo es señalar que la mayoría de los relajados fueron quemados en efigie, esto es, no en persona, sino mediante el ardimiento de un monigote que representaba al condenado. Por ejemplo, este fue caso del mencionado Egidio, condenado en 1560.

El más sonado de los autos de fe celebrados en las gradas fue el de 1546, hecho por decisión del inquisidor don Fernando de Valdés, que fue rodeado de portentosa solemnidad. Setenta herejes fueron condenados: veintiuno de ellos fueron al quemadero, siete mujeres y catorce hombres; y dieciséis fueron penados con la retractación y cárcel perpetua. Las casas de algunos de los reos fueron arrasadas y sembradas de sal. El ceremonial fue dilatadísimo; empezó a las diez de la mañana y terminó al anochecer, con predicaciones, cantos, sermones y encendidas admoniciones; predicó, entre otros insignes maestros, fray Gonzalo de Millán, administrador del Hospital del Cardenal.

Pero, volviendo a ocuparnos del castillo sevillano de San Jorge, recordemos que, siendo inquisidor general de España don Fernando de Valdés, cardenal arzobispo de Sevilla, le pareció oportuno para la Inquisición aquel vetusto edificio medio abandonado y casi derruido, situado en el margen del Guadalquivir, junto al arrabal de Triana, que fue edificado sobre los restos de una antigua fortaleza árabe, y donde se dispusieron veintiséis cárceles secretas, orientadas al Altozano, a la calle San Jorge y a la calle Castilla. Dentro de la fortaleza se encontraba también la iglesia de San Jorge, primitiva parroquia de Triana.

## 5. LA DAMA ELEGIDA Y SU GUÍA

Pongamos ahora nuestras miradas de nuevo en la puerta del castillo de la Inquisición, donde están María del Corro, su confesor y su sirvienta; que, antes de decidirse definitivamente a entrar, se detienen una vez más, porque la piadosa dama está vencida por el llanto. Don Orencio se le acerca y extiende una trémula mano hacia ella, con intención de acariciarle consoladoramente la mejilla, diciendo:

—Vamos, vamos, unos pasos más, un mal rato y... y todo habrá pasado...

Ella suspira y le coge la mano entre las suyas, besándoselas, mientras contesta entre sollozos:

—Esto es demasiado, padre Pardo, demasiado fuerte para mí... Pero sé que debo hacerlo y lo haré... Ya le dije a vuestra reverencia que vendría... ¡Lo prometí! No, no voy a echarme atrás...

En este punto de nuestra historia, cabe una vez más hacer un alto; porque estimamos que es absolutamente necesario desvelar algunas circunstancias, hechos y consecuencias a resultas de los cuales nos hallamos ahora refiriendo este momento crucial vivido por tan extraños personajes.

Esta sufrida dama, llamada María del Corro, es una mujer de distinguida estirpe sevillana, de alma inquieta y corazón apasionado, cuya vida se ha desenvuelto casi por completo, durante los cuarenta años de edad que cuenta, en esa misma casa de la que salió esta mañana; allí nació, hija de hidalgos, cristianos viejos y de intachable fama, aunque sin holgada hacienda ni más recursos que algunas rentas y prebendas que el padre había logrado a fuerza de reunir estimaciones, exhibiendo decoros y virtudes, aunque sin desdeñar amaños, halagos y servidumbres en el entorno de los grandes sevillanos. En este ambiente se crio María, creció y se casó muy joven con un capitán de los Tercios, con el cual convivió poco, pues fue uno de los muchos que murieron en la infeliz jornada de los Gelves, cuando los turcos se llevaron por delante a la escalofriante cifra de cinco mil españoles que defendían aquella plaza para el rey Felipe II. Quedó María viuda pronto, cuando apenas tenía cumplidos los veinte años. Su vida de matrimonio fue pues efímera, fugaz, entre el día de la boda y el funeral del esposo, que se celebró sin el cuerpo del difunto, que quedó como tantos otros soldados muertos en batalla a merced de los buitres en aquellas lejanas costas de África. Y ella, que —a decir verdad— nunca tuvo espíritu de casada, ya no volvió a contraer nupcias, pese a su juventud y a su gran belleza, sino que orientó toda su existencia a las cosas de la religión: misas, rezos, obras de caridad y la compañía de los clérigos. Tan precaria había sido su condición de casada, que ni siquiera salió de la casa paterna, donde permaneció en la misma alcoba y bajo los cuidados de su inseparable aya, Sotera, entre los mimos y compadecimientos de unos progenitores ancianos y sin demasiada salud, que no tardaron mucho en irse tras la senda del difunto yerno. Entonces se vieron solas la criada y el ama, en aquella misma casa; en un panorama que sus ojos y sus enteras personas estaban acostumbradas desde hacía más de un cuarto de siglo y del que, sorprendentemente, no se cansaban; quizá porque, a pesar de la monotonía, ninguna de las dos conocía el aburrimiento; por el contrario, habían encontrado en él al compañero perfecto para sus horas de soledad, y él las impulsó más todavía a la piedad y a las buenas obras. Poco tiempo pasaban María y Sotera en aquella gran casa, con su patio polvoriento, sus limoneros, su pozo hondo, sus amplias estancias y sus techos altos; porque estaban la mayor parte del día en la cercana parroquia de San Vicente, entregadas a un sinfín de faenas: un costurero de pobres, un asilo de ancianos abandonados y un improvisado hospital; asistido todo ello por una legión de beatas, no demasiado bien avenidas .

entre ellas, pero soportándose no obstante, bajo la atenta mirada de los clérigos.

Allí, en San Vicente, halló María del Corro a quien con el tiempo se iría convirtiendo en su maestro, aliado y consejero: don Orencio Pardo de Vera, su confesor, que es quien ahora la acompaña hasta las puertas del castillo de San Jorge para darle todo su apoyo en el difícil menester que les conduce hasta allí, al cual nos referiremos más adelante.

Como por el momento decíamos, María se pasaba todo el santo día en la iglesia, entregada a la oración y las obras de caridad, ganándose una merecida fama de virtud que ella aprendió desde muy niña, siguiendo el ejemplo de sus pobres padres, que no trabajaron en vida para otra cosa que no fuera proporcionarse una visible aura en este mundo, la cual prevaleciera en el recuerdo de los hombres al irse al otro. En fin, resumamos la cosa diciendo que, por encima de cualquier otro deseo o pretensión, María del Corro se esmeraba por florecer como una santa. Y a buena fe que lograba su propósito: la gente admiraba y celebraba que una mujer tan joven, tan extraordinariamente dotada de belleza, juicio y bondad, viviera enteramente entregada al servicio de la fe, sin falsedades, sin devaneos, sin aparentes despropósitos; pasándose la jornada entera en las cosas propias de la Iglesia.

Pero nadie sabía que, cuando ella regresaba cada día al caer la noche a su casa, era como si retornase al mundo de las tinieblas, poblado de espíritus y fantasmas. Dormitaba un rato y se despertaba al momento, sin dejar de rezar mientras no era invadida por el sueño. Pero no podía alejar de sí el miedo a los demonios; sintiendo que su aya Sotera y ella no vivían solas allí, sino que por aquellas habitaciones antiguas y vacías pululaban otras presencias, invisibles y acosadoras. ¡Cuántas veces los había oído susurrar en sus oídos palabras inconvenientes! ¡Cuántas veces se había despertado con el fuego de su aliento en la cara!

Ella le contaba estas aprensiones a su confesor, y él, tras escucharla, la consolaba diciéndole:

—A nadie desean los demonios más que a los santos. Si tu alma fuera un alma corriente y moliente, te dejarían en paz. A mayor santidad, mayor lucha con los demonios... ¡Esa es la vida de los santos!

María aceptaba estas sentencias con una resignación que a la vez le henchía el alma, y al llegar por la noche a su alcoba, cerraba la puerta y se echaba en la cama, volviendo a rezar hasta que empezaba de nuevo la lucha: el insomnio, las pesadillas, los malditos demonios... Y así pasaron algunos años, en los que el tiempo y la prolongada convivencia con los miedos hizo que estos se aligeraran mucho; hasta el punto que ella llegó a pensar que ya estaba venciendo en su guerra particular; lo cual solo podía significar una cosa: que verdaderamente se hallaba próxima a ser santa. Lo cual, ahora sin pudor, se lo comunicaba a su confesor, que ya se había convertido en una parte inseparable de su vida, y ante quien no tenía reparo alguno en desnudar su alma. Pero él, con aire de hombre prudente y sabio, le advertía:

—Hija querida, no te confíes. Todo eso significa que vas ganando batallas; pero la guerra, lo que se dice la guerra... La guerra ha de ser larga...

Y la ponía en guardia frente a una posible, bestial y terrible acometida del demonio; la cual sería el signo definitivo de que su alma era una auténtica elegida.

María del Corro comprendió estas explicaciones, las encontró lógicas y naturales. Pero entonces empezó a verse asaltada por la duda: ¿cuándo llegaría esa última batalla? ¿Dónde debía ser librada? ¿De qué manera se manifestaría el demonio para poder hacerle frente? ¿No sería tal vez que había optado por una vida demasiado cómoda? ¿Acaso Dios le estaba exigiendo algo más? Indagó en sus interioridades, meditó, oró y consultó a su guía espiritual, llegando a la definitiva conclusión de que debía consagrarse: debía meterse a monja.

Aquí empezó don Orencio Pardo a adoptar una misión cada vez más determinante, más activa en lo que correspondía al camino que debía adoptar su pupila. Con ella recorrió toda Sevilla, de monasterio en monasterio, de convento en convento, no dejando de visitar en su peregrinar los sencillos cenobios, los eremitorios y las simples casas de beatas. Nada le pareció del todo adecuado para un alma tan pura como la de María; no eran sitios para una verdadera elegida. Y es de comprender que el estado de cosas que encontró en aquella trepidante ciudad no terminara de convencerle; porque el padre Pardo de Vera era oriundo de Galicia, de aquellos territorios montuosos de las riberas del río Sil, seguramente considerada como sacra por haber allí solitarios bosques, selváticos, ideales para el retiro monacal y la vida ascética. Sin embargo, ¿cómo podría hallarse la soledad y la paz en un sitio tan bullicioso como Sevilla? Ciertamente, había demasiados lujos, demasiada sensualidad y regalo hasta en las mismas interioridades de los conventos. No veía a su candorosa María, con sus casi cuarenta años cumplidos, sometida a la autoridad de torpes abadesas, segundonas de los grandes linajes, en muchos casos más jóvenes que ella, y ascendidas por el propio peso de los apellidos. Don Orencio, que administraba la decisión de su dirigida espiritual, que era como administrar su alma, no podía permitirse desperdiciar una vocación tan valiosa en la mediocridad y la rutina. Había que encontrar, pues, algo nuevo; un carisma diferente, un convento y una regla donde María del Corro brillase con luz propia y pudiese hacer valer su talento y sus innatas dotes de administración y gobierno. Pero ese lugar no terminaba de aparecer.

Y fue entonces cuando, casi desanimado y dando por imposible la cosa, le pareció que la misma Providencia venía en su ayuda para traerle lo que tanto andaba buscando: una nueva fundación; algo diferente, flamante y singularmente dotada de un halo de innegable probidad y frescura. Pero de eso hablaremos un poco más adelante. De momento, prosigamos con lo que sucedió aquel día 7 de enero de 1576 en el castillo de la Inquisición de Triana.

## 6. LA CONFIDENCIA

Nada más atravesar la puerta principal del baluarte, María, don Orencio y Sotera se hallan de repente en un amplio atrio cubierto por soportales. Nada hay allí, excepto una pequeña garita donde un alguacil vigila el paso, pero no les echa el alto ni le dice nada; parece ensimismado e indiferente. Ellos entonces entran sin mayor problema y atraviesan ahora un gran patio de armas, asimismo vacío y silencioso. Todo se ve envejecido, descuidado y con un aire de desabrigo que da escalofríos.

—Aguardad aquí —dice el clérigo.

Ellas permanecen junto a una pared llena de desconchones, mientras don Orencio penetra en las interioridades del edificio. Y no tarda en regresar por donde entró, indicando con tono grave y admonitorio:

—Vamos, María, ha llegado la hora. Recuerda, hija: nada has de temer; Dios estará contigo y te auxiliará en todo aquello que te pregunten, inspirándote en cada respuesta. No olvides mis recomendaciones; repite cuanto has ensayado conmigo antes de venir. Y no te preocupes, no te aflijas, no sufras, pues cumples con tu obligación, ¡tu sagrado compromiso!

María mira al cielo y toma una bocanada de aire, luego se santigua y camina con decisión hacia las dependencias del Santo Oficio, no pudiendo evitar el desasosiego que le produce verse allí. Tras ella van el clérigo y Sotera, como guardándole las espaldas. Una vez dentro, en el vestíbulo les sale al paso otro alguacil que les conduce en silencio hacia un oscuro corredor.

El secretario les está esperando en su despacho, de pie, con cara poco amable; las manos juntas con los dedos entrelazados sobre la barriga; y una esclavina de piel ajada cubriéndole los hombros, lo cual le confiere cierto aire grotesco.

—¿Quién de las dos mujeres es la tal María del Corro? —pregunta en tono rutinario.

—Una servidora —contesta María, con débil voz.

—¿La otra es la madre? —inquiere él señalando a Sotera.

—No, es mi criada.

—Pues ha de irse y esperar fuera.

Sale Sotera y se quedan don Orencio y su pupila, que son meticulosamente interrogados sobre sus datos personales: nombres, lugar y fecha de nacimiento, bautismo, parroquia, familia, domicilio, etcétera. Todos los datos van siendo anotados por un solícito escribiente con un sonoro rasgar de su pluma.

—Bien, muy bien —dice el secretario cuando considera que ha hecho su función sin dejarse ningún pormenor—. Ahora, pues, habremos de ir al fondo del asunto, así que deben pasar vuestras mercedes al departamento de los señores inquisidores.

Todos salen de nuevo al vestíbulo y luego, precedidos por el alguacil, se introducen por un dédalo de fríos corredores, vacíos, sin otro adorno que las delgadas ventanas y saeteras abiertas en las paredes.

Las dependencias de los inquisidores están en las traseras del castillo; son cámaras pequeñas, sin ventilación y con poca luz natural; las lámparas de aceite, permanentemente encendidas, crean una atmósfera un tanto lóbrega, en la que los rasgos de los rostros parecen más duros. Allí están sentados en sus mesas, situadas la una junto a la otra, los licenciados don Rodrigo Gutiérrez de Páramo y don Miguel del Carpio y Salazar, inquisidores mayores de la ciudad de Sevilla. El primero es un hombre ya de edad provecta, serio, reservado y nada hablador. El otro, en cambio, es más joven, más locuaz, más incisivo. Ambos se complementan y trabajan al unísono en una perfecta combinación de faenas repartidas.

Delante de ellos toman asiento, en dos duras sillas, don Orencio y María del Corro. Entran en ese momento el secretario, don Andrés de Pareces, y el escribiente; situándose ambos a la derecha de los inquisidores, en un pequeño escritorio, donde despliegan los papeles, abren los libros de notas y preparan los cálamos. Entonces toma la palabra primeramente el licenciado Páramo, para pronunciar las fórmulas rituales y cumplimentar las formalidades ordinarias: preguntas generales de la ley, lectura de las ordenanzas y toma de juramentos. Los comparecientes responden, juran solemnemente y se manifiestan dispuestos a colaborar en todo cuanto se requiera de ellos. Después se hace un silencio en el que todos se miran expectantes, mientras prosigue el rasgar de las plumas del escribiente y el secretario.

Se pone en pie ahora el licenciado Carpio y se dirige directamente a María de Corro, con extrema formalidad y circunspección:

—Señora doña María de Corro, según se ha sabido en este tribunal, vuestra merced ha sido testigo directo de conductas, hechos y palabras proferidas en vuestra presencia que pueden ser indicios y pruebas de herética depravación...

Aquí se para y, mirándola ahora fijamente a los ojos, añade:

—Nos, inquisidores apostólicos contra la herética pravedad y apostasía, en esta ciudad y arzobispado de Sevilla, os mandamos que digáis, en este acto y momento, el nombre o los nombres de quienes han obrado, escrito o proferido las susodichas herejías y errores.

De nuevo hay un silencio, en el que María del Corro está paralizada, demudada, contrita; y don Orencio, que no aparta la mirada de ella, al verla en tal estado de inquietud e incertidumbre, se levanta, se lleva cariacontecido la mano al pecho, y le dice a los inquisidores:

—Señorías reverendísimas, yo les explicaré...

—¡Calle vuestra merced! —le insta imperativamente Carpio—. Ella es la testigo primera y principal, según los indicios, así que es ella quien debe hablar ahora. Después, en el momento procesal oportuno, se interrogará a vuestra merced como segundo testigo.

Don Orencio se inclina reverentemente, acatando este mandato, y se sienta taciturno.

—Señora doña María del Corro —inquiere el licenciado, dirigiéndose de nuevo a la afligida dama—. ¿Quién o quiénes obraron, escribieron o profirieron errores y herejías en vuestra presencia?

Ella mira a su confesor y se vuelve hacia el inquisidor, dubitativa; luego sus labios se contraen en una mueca de dolor y consternación, antes de emitir una especie de gemido y romper a llorar, cubriéndose el rostro con las manos.

—Señoría yo... —farfulla desconcertado el padre Pardo, volviendo a ponerse en pie—. Yo creo que... Un servidor debería deciros que...

—¡Silencio! —grita el licenciado—. ¡Calle vuestra merced y permanezca sentado! Ella es quien debe hablar ahora, ¡ella y solamente ella!

La situación es apurada. La dama no deja de llorar y lanzar suspiros. Los escribientes la miran estáticos. El inquisidor Carpio clava en ella unos ojos terribles. Pero, en cambio, el anciano licenciado Páramo parece compadecido, y le ordena al alguacil:

—Ande, vaya vuestra merced a por un vaso de agua.

Regresa al momento el mandado trayendo un búcaro y un vaso de cobre, vierte en el agua y se lo entrega a María. Ella bebe unos sorbos, suspira, vuelve a llorar, se lleva de nuevo el vaso a los labios y solloza:

—Ay, ay, ay... ¡Virgen santísima! ¡Madre de Dios! Ay, ay, ay... ¡Verme yo en esto! ¡Aquí, Señor! ¡En este trance! ¡Madre del Calvario! ¡Cristo bendito! ¡Ángeles y santos...!

—Está bien, está bien —le dice Carpio, esforzándose ahora por sacar de sí algo de compasión—. Señora, no prosigáis con toda la letanía y responded de una vez a lo que se os pregunta.

Ella entonces, por fin, gacha la cabeza y perdida la mirada en el fondo del vaso que sujeta entre las manos, responde de manera casi inaudible:

—Las monjas del convento de San José del Carmen.

—Hable más alto vuestra merced —le insta el inquisidor—, para que todos la oigamos bien.

—Las monjas del convento de San José del Carmen de la calle de Armas; allí yo presencié... Allí fue donde oí cosas de alumbradas...

El inquisidor Gutiérrez de Páramo mira hacia el escritorio y su mirada es una orden para el secretario y el escribiente, que acto seguido hacen sus anotaciones. Entonces el licenciado se vuelve de nuevo hacia María del Corro y le pregunta:

—¿Sabéis los nombres de esas monjas? Os insto a que digáis los nombres. ¿Cuántas monjas son? ¿Quiénes son a vuestro parecer las alumbradas?

Ella suspira hondamente y dice más tranquila.

—Me refiero a la madre Teresa de Jesús, y a la monja Isabel de San Jerónimo. Las demás son mandadas de estas dos y no hacen sino obedecer y seguir algunos desatinos; mas sin entendederas y no sabiendo lo que se hacen las pobres...

Los inquisidores se miran circunspectos y, en sus semblantes, se hace visible la sorpresa, la sospecha, el escrúpulo. Al mismo tiempo, el secretario cuchichea con el escribiente, indicándole lo que debe anotar.

El licenciado Carpio sale desde detrás de la mesa y camina unos pasos hasta ponerse cerca de María del Corro, y sin dejar de mirarla frente por frente, dice:

—Así que... Luego, resulta que... Teresa de Jesús... Vaya, vaya... Supongo que... En fin, nos, como inquisidores apostólicos debemos haceros una serie de preguntas al respecto; para que todo esté más claro, para que haya luz en todo esto...

—Ella, señoría —se apresura a observar don Orencio—, contestará a cuanto se le pregunte. Doña María vio cosas, escuchó cosas...

—¡Cosas que debe contar ella y nadie más que ella! —deja bien sentado el inquisidor—. A vuestra merced se le llamará después de que la testigo primera sea interrogada como mandan las ordenanzas. Así que tenga la bondad vuestra caridad de salir y esperar fuera mientras permanece aquí la señora doña María del Corro.

Obedece el padre Pardo y sale sin rechistar, aunque a regañadientes. Mientras va por el corredor, contrariado, siente cómo se cierra la puerta de la cámara a sus espaldas. Y al llegar al patio, Sotera va a su encuentro completamente sulfurada, exclamando:

—¡Padre, ay, padre Pardo! ¡Dígame vuestra merced qué pasa! ¿Y doña María? ¿La ha dejado vuestra merced ahí dentro sola? ¡Por Dios bendito!, ¿qué pasa ahí? ¿Qué le hacen a doña María?

—Nada, nada, Sotera... Todo va por su orden; como debe ser... Ahora toca esperar mientras ella habla...

—¡Ay, mientras ella habla! ¡Y sola! Ay, padre... ¡Padre! A ver en qué queda todo esto... —Saca un pañuelo de entre sus abultados ropajes, se enjuga las lágrimas, se limpia la nariz y prosigue lamentándose—: ¡Ay, Dios mío, qué miedo! ¡Ay, qué miedo tan grande! ¡Aquí, en el castillo de la Inquisición! ¡Padre, en qué lío nos hemos metido! Pobre doña María, pobrecilla... ¡Ay, padre, qué necesidad teníamos de todo esto!

—¡Calla, Sotera! Estamos haciendo lo que debemos. No estamos aquí por gusto, sino por hacer lo que Dios manda, lo que manda en estos casos la Santa Madre Iglesia...

## 7. Despacho del Consejo de la Suprema y General Inquisición de Madrid

María del Corro ha comparecido ante los señores inquisidores apostólicos de Sevilla; ha formulado su denuncia y ha desahogado su alma doliente, aliviando su atormentado y despechado corazón. Con ella, en todo y dando fe de cuanto ha declarado, ha estado su confesor, don Orencio Pardo; clérigo amigo del Santo Oficio, con fama de integridad, espíritu severo y afición a las leyes, a las ordenanzas y a los reglamentos. Las acusaciones han sido graves y, por ello, los delatores salen del castillo de San Jorge contristados y mustios; descienden cariacontecidos hasta el embarcadero y, en la misma barca que les cruzó el Guadalquivir hasta Triana, se alejan navegando por las aguas oscuras, dejando tras de sí una estela turbia.

En los despachos de la Inquisición, los inquisidores se han reunido; han deliberado, clasificado, calificado, considerado...; están unánimemente seguros de hallarse ante un caso grave, de alcance y consecuencias imprevisibles; de modo que hay que actuar de inmediato siguiendo los cauces establecidos por el procedimiento ordinario.

Un momento después, se presenta allí el notario del secreto, para certificar todo lo que debe hacerse. Sobre una mesa, está extendido un pliego de papel de barba, grisáceo; está también dispuesta la pluma y abierto el tintero. El escribiente, ansioso y macilento, se pasea de un rincón a otro, esperando a que se le dé la orden de escribir lo que se le va a dictar; mientras los calificadores se ponen de acuerdo en los términos precisos que deben consignarse en el documento.

En un momento determinado, el licenciado Gutiérrez

de Páramo impone su autoridad decana, con voz cascada y respetable, diciendo:

—Bien, señores, ya está todo dicho. Redactemos pues la carta.

El escribiente entonces se aproxima a la mesa, como arrastrándose, coge tímidamente la pluma, se sienta delante del papel y, con mano temblorosa, estampa los membretes, los encabezamientos, la fecha, las fórmulas precedentes, los títulos y el destinatario:

> Nos, los señores inquisidores apostólicos de Sevilla, etcétera, etcétera..., hacemos saber al Supremo y General Consejo de la Santa Inquisición de los reinos de su majestad...

Escribe con lentitud, con sentimiento, como si estuviese aprendiendo caligrafía; y las letras brotan de su mano con belleza y cuidado... Moja de vez en cuando la pluma, pero muy poco, apenas humedeciéndola un par de veces, por temor a un borrón. Especialmente, la «S» de «Santa» y la «I» de «Inquisición», las dibuja artísticamente, de manera mecánica; harto está de repetirlas. Y una vez acabada la ceremonia de colocar los remitentes, los recibidores y las obligadas cumplimentaciones, se queda como embobado, contemplando el primor de su trabajo, y quizá tratando de descubrir alguna falta. También los señores inquisidores observan el resultado, y al ver que es adecuado, perfecto, dictan el contenido de la carta. El escribiente se seca el sudor de la frente, moja la pluma de nuevo, delicadamente, y escribe:

> En este Santo Oficio se han recibido las testificaciones, que se envían con la presente, contra Teresa de

Jesús, fundadora de algunos monasterios de las monjas de las descalzas del Carmen, y contra Isabel de San Jerónimo, profesa de la dicha orden en un monasterio que nuevamente han fundado en esta ciudad. Y por parecer, según la calificación, doctrina nueva, supersticiosa, de embustes y semejante a la de los alumbrados de Extremadura, y que desta cualidad se han recibido de muchos días a esta parte algunas y no pocas testificaciones, nos ha dado cuidado, y acordamos remitirlas a V.S. para que mande lo que en ellas se debe hacer.

El libro de que el testigo segundo hace mención tenemos relación que está en poder de fray Domingo Ibáñez, de la Orden de Santo Domingo, morador en el monasterio de su orden de Valladolid. Suplicamos a V.S. mande se haga diligencia en haberlo y que se nos remita, porque habiéndose de proceder en esta causa, será necesario tenerle por estar en él todo o lo más con que se pueden hacer los cargos contra Teresa de Jesús, que según entendemos son embustes y engaños muy perjudiciales a la república cristiana.

Una vez revisada la carta con meticulosidad, se estampan los lacres y las firmas, y se llama inmediatamente a un correo extraordinario del real servicio de su majestad, para que parta con el despacho, por vía rápida, hacia Madrid, y haga entrega del mismo cuanto antes en la Suprema y General Inquisición.

## 8. LAS LEYES DE LA SANTA INQUISICIÓN MANDAN DAR CUENTA AL ORDINARIO

Aquella misma mañana, pasada la hora del ángelus, un curioso cortejo sale por la puerta principal del castillo de San Jorge y avanza lentamente hacia el puente de Barcas. Delante van dos familiares de la Inquisición a pie, dos sayones con sus varas abriendo camino; detrás va la cruz de madera que anuncia el paso solemne del Santo Oficio, acompañada por dos ciriales; sigue el estandarte, que porta el alguacil abanderado e, inmediatamente después, cabalgan tres señores inquisidores, en sus mulas vestidas con las negras gualdrapas, en las que están bordados los emblemas de la institución: la tosca cruz de palo, nudosa, flanqueada a su lado derecho por la espada que representa el trato duro con los herejes y, en el lado izquierdo, la rama de olivo que simboliza la reconciliación de los arrepentidos; todo ello rodeado por una orla en la cual puede leerse «*Exurqe Domire et judica causam tuam*», que en latín significa: «Álzate, oh Dios, a defender tu causa.» El sol de enero ha cobrado ya fuerza y hace refulgir el río con destellos de plata. A los lejos, en el puerto, los palos de los veleros están muy quietos y las barcas, varadas en las orillas. Bandadas de chiquillos que estaban jugando en el arenal, corren de repente como gorriones a revolotear en torno a la temida y a la vez admirada comitiva de los inquisidores, que va llegando ya, cadenciosamente, adonde los artesanos componen y reparan los costillares de los navíos, clavetean, golpetean, aserran, distribuyen pez... Hasta que, súbitamente, todo allí se detiene; cesan los ruidosos martillos, las sierras y las limas; y se hace un silencio grave. Los marineros, los mercaderes, los buscavidas y las gentes del arenal asisten con miradas formales, serias y rostros cariacontecidos al paso del Santo Oficio. Y se preguntan en susurros:

—¿Adónde van?

—¿Qué herejes han sido descubiertos?

—¿Habrá pronto un auto de fe?

Un pescador de torvo semblante, que sostiene su caña en el río, le dice a otro que hace lo mismo a su lado:

—Ahí van, ¡líbrenos Dios del Santo Oficio!

El otro se santigua y sigue con ojos atemorizados el discurrir de la procesión, que pasa ahora junto a la muralla, va a introducirse en las sinuosidades de la ciudad por la puerta de Triana y se pierde en la maraña de calles hacia el centro, en dirección adonde despunta la majestuosa torre de la catedral.

El cortejo va al palacio arzobispal, donde se les espera, ya que unas horas antes se ha adelantado un mensajero enviado desde el castillo para avisar de que, pasado el ángelus, los señores inquisidores de Sevilla necesitan tener audiencia urgente con el arzobispo para tratar de un asunto grave. Delante de la puerta principal, se halla dispuesta una guardia de honor, con maceros, alabarderos y la cruz metropolitana de plata. El espacio entre la residencia y la catedral está atestado de gente curiosa que no pierde la ocasión para acercarse a ver lo que pasa. Viene en procesión el Santo Oficio y nadie quiere perdérselo. Y al aparecer la comitiva, objeto de tanto temor y fascinación, se alza entre la muchedumbre un murmullo como de aplauso contenido, y abriéndose paso, se daban al tiempo empujones para verla de cerca.

Los inquisidores llegan, descabalgan, y ante las puertas del palacio abiertas de par en par, se quitan sus birretes, e inclinan aquellas frentes tan temidas con reverencia a la cruz, entre el susurro de cien voces que exclaman respetuosas:

—¡Viva el Santo Oficio!

—¡Viva la Santa Inquisición!

—¡Abajo la herejía!

—¡Castigo a los herejes!

Entran los inquisidores, pasan ante los numerosos clérigos que les dan acogida y les conducen por el patio, por las enfáticas estancias de altísimos techos y por los corredores, hasta donde aguarda el señor arzobispo de Sevilla, don Cristóbal de Rojas y Sandoval, sentado en su trono y rodeado por lo más granado de la clerecía.

Después de los saludos protocolarios, le corresponde hablar al licenciado Gutiérrez de Páramo, el de mayor rango, el cual pide que salgan todos cuantos allí están congregados, excepto el arzobispo y los inquisidores que han venido con él a pedir audiencia. Para justificar el ruego, invoca las leyes del secreto del Santo Oficio. Nadie duda en cumplir lo mandado: salen los clérigos con rimbombante agitación de los campanudos hábitos, las capas, las abotonaduras y las púrpuras. Sin el séquito, el arzobispo parece más desvalido, no obstante la mitra y el báculo; pues su apariencia general es la de un hombre de aspecto frágil y expresión casi permanentemente turbada; vasco de origen, con más de setenta años, tiene fama de extremar su prudencia, hasta rallar con frecuencia en la indecisión. Por eso, ante la presencia de los miembros del Santo Oficio, se muestra impávido, temiendo que haya surgido algún grave conflicto. Y no anda desacertado en estas suposiciones, puesto que lo que le va a ser comunicado le pondrá los pelos de punta.

Los inquisidores, primeramente, hacen gala de su pericia y del conocimiento de la legalidad vigente. Han traído la copia de un decreto de mucha importancia, promulgado, sellado y rubricado el año anterior, 1575, por el propio

arzobispo don Cristóbal de Rojas y Sandoval. El secretario lo desenrolla y, con la venia del prelado, lee en voz alta:

Nos, don Cristóbal de Rojas y Sandoval, por la
divina providencia arzobispo de Sevilla, inquisidor
apostólico contra la herética parvidad y apostasía en
todos los reinos de su majestad, y de su Consejo, hacemos saber a los reverendísimos señores arzobispos
y obispos y otros cualesquiera prelados y personas
constituidas en dignidad eclesiástica, e a los deanes e
cabildos de las iglesias metropolitanas, catedrales y co-
legiales, y a los recreados y devotos provinciales, prio-
res, guardianes, ministros y comendadores de todas las
órdenes y religiones, e a todos los fieles cristianos así
hombres como mujeres, de cualquier estado y condición... etc, etc... Que hemos sido informados de que, en
algunos lugares, entre muchas personas se decían, con-
ferían y publicaban algunas palabras que parecían desviarse de nuestra santa fe católica y de la común observancia de los fieles cristianos y de nuestra Santa Madre
Iglesia, y se juntaban y hacían conventillos particulares,
secreta y públicamente, y algunos se decían alumbrados, dejados y perfectos. Lo cual, como vino a nuestra
noticia y conocimiento, con el cuidado, vigilancia y diligencia a que somos obligados... Y porque creemos que
estamos sembrados de cizañas y escándalos, porque se
duele el demonio de la caridad y paz de la cristiandad,
y procuró infundir los dichos errores en el ánimo de algunos fieles, cegando sus juicios y sembrado sus maldades, yerros y novedades...

El arzobispo escucha atento y en su rostro macilento
aparece la perplejidad. Pero todavía no sabe el motivo por

el que están allí los inquisidores y por qué le recuerdan el decreto contra iluministas, alumbrados y dejados; aunque ya empieza a figurarse algo...

Entonces, es el licenciado Páramo quien toma la palabra; para, con gran circunspección, con una voz afectada que ya apunta a la gravedad de los hechos, da cuenta a don Cristóbal de que se ha producido esa misma mañana, en las dependencias de la Santa Inquisición, una denuncia en cumplimiento de lo que manda el decreto, o sea, una denuncia de iluminismo, alumbradismo y dejamiento, contra unas religiosas.

Se levanta en ese instante el licenciado Carpio y dice los nombres de las acusadas:

—Teresa de Jesús y María de San Jerónimo, monjas carmelitas descalzas del convento de San José de la calle de Armas.

A continuación, el secretario del tribunal informa de lo que ya se ha hecho al respecto y de lo que procede hacer en adelante: se ha enviado comunicación al Consejo de la Suprema y General Inquisición de Madrid, por tratarse de materia de su competencia, y deben esperarse las instrucciones de dicho organismo, para disponer, en su caso, de la orden en forma para cerrar el convento en cuestión y encarcelar a las acusadas.

## 9. LOS MOTIVOS DE LA DENUNCIA

El 26 de mayo de 1575 llegó a la ciudad de Sevilla Teresa de Jesús. Previamente, el arzobispo, don Cristóbal de

Rojas y Sandoval, que en principio se manifestó muy favorable a la fundación en su archidiócesis de conventos carmelitas reformados, le había dado muy buenas palabras y le había ofrecido todo su apoyo. Pero, cuando la fundadora se presentó ante él para reclamar las licencias y la ayuda prometida, el arzobispo se mostró frío, renuente y hasta contrario a la fundación. ¿A qué se debía este cambio de actitud? ¿Quién había intervenido para cambiar sus pensamientos e indisponerlos hacia Teresa? No resulta nada difícil responder a estas preguntas imaginando que, seguramente, había recibido una visita, una carta o un aviso en el que se le daba noticia de que la monja había sido acusada ante la Inquisición por don Rodrigo de Castro Osorio. Es de comprender pues que don Cristóbal se horripilara y considerase inmediatamente su postura, sopesando las consecuencias de admitir en sus dominios la presencia de alguien que estaba en entredicho. Además, el arzobispo tenía sobrada experiencia sobre alumbrados y dejados: Antes de ser nombrado para Sevilla, siendo obispo de Badajoz, salieron a la luz aquellos focos de iluminismo que descubrió fray Alonso de la Fuente; y años después, estando de obispo de Córdoba, tuvo que intervenir en los procesos contra clérigos y beatas alumbrados en numerosos pueblos de su diócesis. La acusación que le presentan contra Teresa se funda en la sospecha de iluminismo; porque los alumbrados tienen la costumbre de poner por escrito sus experiencias y normas de conducta. Lo que le cuentan los inquisidores basándose en las pruebas reunidas no ofrece duda al respecto: hay prácticas originales de la oración mental, enseñanzas de la sospechosa a sus monjas, extraños rituales, visiones, controvertidos afectos, arrobamientos, y ¡un libro!, el ya famoso *Libro de la vida*, del cual el arzobispo ha oído hablar y nada bien. Todo esto concuerda, demasiado evidentemente, con las informaciones que ha recibido anteriormente y que le han puesto en guardia frente a Teresa.

Los inquisidores le informan de todo convenientemente, con detalles muy explícitos y él, cada vez más aterrorizado, escucha todo en silencio, caviloso; es hombre de pocas palabras; y además, no puede soltar prenda —no debe, por prudencia, hablar— de todo aquello que ya sabe por haber sido avisado anteriormente por alguien en un secreto comunicado. Y ese alguien nosotros sí que sabemos quién puede haber sido.

Ahora, por fin, ha llegado al Santo Oficio un testimonio determinante, una denuncia clara y manifiesta, la declaración de un testigo directo de los hechos y palabras de la monja Teresa. ¿Y qué es aquello tan grave que ha pasado en el nuevo convento de monjas carmelitas descalzas? Según el informe que el licenciado Carpio va desgranando, la cosa parece ser muy seria. Al parecer, iniciada la fundación de Teresa en la casa de la calle de Armas de Sevilla, comienzan a llegar algunas jóvenes con deseo de ingresar como novicias. Entre esas nuevas e ilusionadas vocaciones se destaca el nombre de doña María del Corro, una mujer principal, viuda virtuosa, de cuarenta años de edad. Es tenida por señora admirable y de mucha santidad en Sevilla. Al principio, todo parece normal para ella en el convento; todo es bonito, piadoso; nada aparentemente se ve de extraño, pero va pasando el tiempo y María, que no es una ignorante, que no es una iletrada, empieza a ver cosas un tanto raras: efusiones, manifestaciones exageradas, suspiros, gritos, manos alzadas... Teresa habla, exterioriza, exhibe demasiado sus afectos, incluso se atreve a predicar... Y luego, cosas aún peores: confesiones, ceremonias, rarezas...; iluminismos en suma que se parecen demasiado a todo aquello contra lo que previenen algunas recientes leyes hechas públicas por la Sánta Inquisición contra los errores de los alumbrados. María, confusa al principio, pero —y siempre según su declaración— espeluznada después, se da cuenta de que aquello no es para ella; que se ha equivocado y que ha descubierto, según su humilde parecer, un nido de iluminadas... Piensa inicialmente en abandonar el convento sin más; pero —asegura su testimonio— no la dejan: Teresa se opone como superiora; la amonesta, la intimida, la amenaza... Esto ya es demasiado para ella y resuelve hablar de todo ello con su confesor, por si acaso fuera ella la equivocada, como la madre le hace ver. Y don Orencio Pardo, al enterarse de lo que pasa, pone el grito en el cielo. No alberga la menor duda: Teresa es alumbrada y está haciendo alumbradas a sus monjas.

Para los inquisidores de Sevilla tampoco hay dudas: los testimonios son demasiado elocuentes y tienen valor de prueba, dada la calidad de los testigos, su probidad, sus conocimientos y los juramentos que han hecho. Y en consecuencia, han obrado en el tribunal como manda la ley en estos casos: enviando un despacho al Consejo de la Suprema y General Inquisición, por la materia de que se trata, por la gravedad de la denuncia, por la importancia del caso. Y ahora, cumplen con lo que sigue: informar al ordinario, que es la más alta autoridad en jurisdicción eclesiástica; su excelencia reverendísima el señor arzobispo de Sevilla. Aunque, la última palabra al respecto le corresponde darla al Consejo de Madrid.

# LIBRO XI

*De lo que resolvió el inquisidor general
apostólico, don Gaspar de Quiroga y Vela, para
solucionar, de una vez por todas, el caso de
Teresa de Jesús; y de cómo acabó finalmente
el proceso inquisitorial.*

## 1. Viene a Sevilla un visitador de la Suprema y General Inquisición con poderes de ministro extraordinario

Entre Madrid y Sevilla media una distancia de 83 leguas, por el viejo camino real. Según consta en las ordenanzas que rigen los veloces correos de su majestad, el trayecto puede recorrerse, «en toda diligencia», empleando dos días completos y dieciocho horas, a razón de 30 leguas de media cada veinticuatro horas. Pero para un viajero ordinario, cinco días a buena marcha ya es tardar poco. Hasta Toledo, pasando por Illescas, se avanza rápido, pues la vía entre las capitales, tan transitada por el rey y su Corte, está cuidada y se encuentran suficientes postas, ventas y buenas posadas. Tampoco se halla demasiada dificultad en la siguiente etapa, hasta Ciudad Real, descansando en la venta de Guadalerza o en Malagón. Pero, desde Almodóvar del Campo, la cosa se complica; se viaja mortificadamente, por calzadas en abandono, atravesando agrestes territorios, despoblados, y con malas ventas donde mejor sería no detenerse; como aquella de Tartaneda, emplazada en el valle de Brazatortas, donde se dan cita extraños individuos, eternos transeúntes, aprovechados, pendencieros y toda suerte de aventureros. Más adelante no se encuentran ya caminos mínimamente amables, ni rectos ni llanos; porque hay que cruzar, inevitablemente, Sierra Morena; y si bien hay diecinueve paradas antes de Córdoba, la calzada se hace en extremo fatigosa, siempre en zig-zag, pedregosa, discurriendo entre ásperos roquedales, subiendo y bajando pendientes, adentrándose por algún desfiladero incómodo o teniendo que desviarse a causa de algún derrumbamiento por la intemperancia de una torrentera tras la tormenta.

Pero cuando, desde un promontorio cercano, los viajeros avistan por fin Sevilla, se quedan admirados; pues a sus ojos se ofrece la visión de una extensa y hermosa planicie, atravesada por el ancho Guadalquivir; la rojiza consistencia de las antiguas murallas moras, y por encima de estas, las espadañas de una infinidad de iglesias y conventos, sobre los que descuella la majestuosa torre de la catedral.

Quienes contemplan ahora esta maravilla, asombrados, son fray Tomás y don Luis María Monroy, que han viajado durante cinco jornadas largas, fatigosas, desde Madrid; y al tener al fin frente a sí, apenas a un cuarto de legua, la extraordinaria visión del río, los baluartes, los tejados y aquella enhiesta y delicada torre de la que han oído hablar tanto, sienten que esa es la señal: han llegado a su destino. Sus corazones se agitan porque, aunque han hallado un camino plagado de bellos pueblos, nada sospecharon de lo que les esperaba; por mucho que la fama de Sevilla recorra el mundo con aquel dicho que todos afirman ser cierto: «Quien no ha visto Sevilla, no ha visto maravilla.»

Cinco largas jornadas cabalgando por la soledad de los caminos dan oportunidad para pensar... y para hablar... Máxime si es a principios del mes de abril, cuando despierta espontáneamente la vida, y casi se tiene la sensación de ver nacer en los campos la fresca hierba, admirando a la vez las flores y tantos pájaros revoloteando. En medio de colores exultantes, verdes, blancos, amarillos, anaranjados..., de la alegría de las anémonas tempranas y el aire perfumado, todo se ve de manera muy diferente. Cabalga que te cabalga, han tenido suficiente tiempo para conversar y para compartir sus sentires sobre esta nueva misión que les ha encomendado la Santa Inquisición.

Y con el fin de conocer por qué van a Sevilla, quién les envía y lo que allí deben hacer, asistamos a la conversación que nuestros viajeros tienen en la inmensidad de alguna de aquellas llanuras atravesadas antes de adentrarse en Sierra Morena. Todo empieza con unos versos de Teresa de Jesús, que fray Tomás recita:

> *Cuando el dulce Cazador*
> *me tiró y dejó herida,*
> *en los brazos del amor*
> *mi alma quedó rendida;*
> *y, cobrando nueva vida,*
> *de tal manera he trocado,*
> *que mi Amado es para mí*
> *y yo soy para mi Amado.*
>
> *Hirióme con una flecha*
> *enherbolada de amor,*
> *y mi alma quedó hecha*
> *una con su Criador;*
> *ya yo no quiero otro amor,*
> *pues a mi Dios me he entregado,*
> *y mi Amado es para mí*
> *y yo soy para mi Amado.*

—¡Qué maravilla! —exclama Monroy—. Esos versos merecerían ser cantados con acompañamiento de vihuela. ¿De verdad los compuso la monja Teresa?

—Sí. El padre Báñez me entregó un buen puñado de papeles con poesías y escritos de la madre. —Se queda pensativo durante un rato y luego añade con cierta seriedad—: He recitado esa poesía porque me parece muy adecuada para empezar con lo que tengo que contarte.

—¡Ea! Pues empieza de una vez, que me tienes en ascuas... Sé que vamos a Sevilla por algo que tiene que ver con la monja; pero ni siquiera puedo imaginarme de qué se trata...

—En efecto, tiene que ver con Teresa. Otra vez anda el Santo Oficio tras ella.

Esto sorprende mucho al caballero, que no se lo esperaba. Le mira con extrañeza y exclama:

—Pero... ¡¿otra vez?! ¿Pues no quedábamos en que estaba libre de polvo y paja...? ¿Para qué ha servido entonces el informe del padre Báñez?

—Veamos —responde fray Tomás—. En principio, el informe del padre Báñez ha servido para que el inquisidor general, definitivamente, tenga en sus manos instrumentos para convencer al Consejo de que Teresa no es hereje. Ya estaba él muy seguro de eso antes, pero todo lo que el maestro ha escrito en su informe le ha valido para apoyar su empeño en archivar definitivamente las acusaciones que había reunido el inquisidor Castro.

—¿Entonces? ¿Qué ha pasado ahora?

—Una nueva denuncia. Otra vez acusan a Teresa. El tribunal de Sevilla ha enviado un despacho a la Suprema dando cuenta de la denuncia de una novicia contra la madre.

—¿Y de qué la acusan esta vez?

—De lo mismo: alumbradismo, iluminismo, dejamiento... ¡Y otra vez el *Libro de la vida*!

—¡Vive Dios, qué pesadez!

—Así es. Esto ya es tan repetido, tan persistente, que llega a aburrir. Pero hay que hallar la manera una vez más de librarla de este empeño que tienen algunos de dar con la madre en la cárcel de la Inquisición. Y esta vez la cosa se presenta muy fea...

—¡Hummm! Pues, a ver, cuéntame cuál es tu misión esta vez.

—El inquisidor general me llamó a su despacho y me dijo preocupado que sospechaba que detrás de todo esto anda de nuevo la mano de don Rodrigo de Castro. También me confió que no se fiaba en absoluto de la credibilidad de la denuncia; menos por tratarse de Andalucía, donde hay demasiada obsesión con la herejía y el alumbradismo. Así que me envía con poderes de visitador general de la Santa Inquisición, como ministro extraordinario de la Suprema para resolver el asunto, con prudencia y sin que se vea demasiado que él cree plenamente en la inocencia de Teresa.

—O sea —dice el caballero sonriente—, estamos aquí para librarla.

—Eso mismo; ni más ni menos.

—Pues esta misión, hermano, me gusta mucho más que ninguna otra de las que nos han encomendado. Si hay que estar en el Santo Oficio para eso, ¡bendita sea la ocasión!

—Sí, eso mismo me digo yo. Ahora sí que le encuentro sentido a aquello que me dijo el padre Báñez en Valladolid: «*Bonum est faciendum et malum vitandum*. Es decir, en cualquier cosa que hagamos, sea cual sea el estado que nos corresponda en la vida, debemos hacer el bien y evitar el mal. No hay otra manera de orientarse en el camino que supone vivir...»

—¿Y qué es lo primero que haremos en Sevilla?

—Primeramente, iremos a presentarnos al arzobispo, que es la máxima autoridad en materia religiosa. Le entregaré las cartas de la Suprema, le mostraré mis poderes y le daré el informe del padre Báñez para que lo lea.


## 2. EL MINISTRO EXTRAORDINARIO DE LA SUPREMA VA A VER AL ARZOBISPO DE SEVILLA


A la puerta de su palacio, frente a la catedral, está el arzobispo don Cristóbal de Rojas y Sandoval revestido de pontifical, delgado, largo y seco, como una vara de cerezo; el rostro macilento, la piel transparente casi, las cuencas de los ojos oscuras y hundidas; la barba, lacia y pobre, y el gesto, melancólico y ausente.

Cuando se hallan fray Tomás y él, frente a frente, apenas a dos palmos, y se miran a los ojos que caen más o menos a la misma altura, se produce un momento extraño. Como suele pasarle, la mocedad de fray Tomás sorprende al anciano prelado, y a buen seguro se pregunta para sus adentros si el inquisidor general no ha podido hallar a alguien con más edad y mayor experiencia. Seguidamente, se hacen los saludos, las inclinaciones y las fórmulas rituales de cortesía. Luego el joven fraile muestra la carta de la Suprema y sus poderes generales en nombre de don Gaspar de Quiroga. Sucede un silencio, en el que resultaba indescifrable el estado de ánimo del arzobispo, dada la impasibilidad que reflejaba su rostro. Detrás de él, su residencia parece una fastuosa mole, adornada con los retorcidos aderezos de piedra labrada de la puerta y los ventanales.

Sin decir nada, don Cristóbal extiende la mano blanca y sarmentosa. Un acólito se acerca y le entrega un acetre y un hisopo, con el que rocía con agua bendita al visitador. Fray Tomás se arrodilla e inclina la cabeza acogiendo la bendición.

—Sea bienvenida en el Señor vuestra señoría reverendísima a esta casa —manifiesta el secretario y canciller del arzobispo.

Fray Tomás esboza un gesto de complacencia y contesta con respeto:

—Necesitaría hablar en privado con su excelencia reverendísima ahora mismo.

El arzobispo hace un gesto con la mano y sus acólitos se aproximan para ayudarle a entrar en el palacio. Fray Tomás le sigue hasta la sala interior, donde, con detenimiento y extremo cuidado, le transmitirá en secreto todo aquello que dispone el inquisidor general para el caso de Teresa.

Después de informar al arzobispo convenientemente, fray Tomás y el caballero de Alcántara van a alojarse al convento de dominicos de San Pablo, donde habrán de permanecer durante toda su estancia en la ciudad.

# 3. EL PROCESO

Al día siguiente, van a presentarse temprano en las dependencias de la Santa Inquisición, en Triana, en el tristemente célebre castillo de San Jorge que ya conocemos. Lo que allí sucede, no fue nada agradable. Ya que, si bien los inquisidores sevillanos reciben inicialmente ilusionados a quien se presenta como ministro extraordinario, pronto cambian de actitud, al saber que fray Tomás trae la orden de suspender el proceso y hacerse cargo él de todas las pesquisas. El licenciado Carpio, particularmente, se muestra muy contrariado: él había iniciado la investigación y ya tiene reunidas pruebas que considera concluyentes. Su cara no puede disimular el enojo y la decepción que le embargan.

—Con la venia de vuestra señoría —manifiesta, con inflexible certeza—, lo primero que habría que hacer es encerrar a esas monjas... Porque toda Sevilla se escandaliza al saber que siguen en su convento, tan ricamente, cuando es público y notorio que son alumbradas.

—¡Cuidado con lo que dice vuestra señoría! —le amonesta sin ambages fray Tomás—. No hay sentencia y no se las puede llamar alumbradas.

—Tenemos el testimonio de una dama de mucho crédito y el de un clérigo de probidad indudable. Además, ya hemos visitado el convento: lo hemos inspeccionado y hemos interrogado a las monjas...

—Eso no deberían haberlo hecho vuestras señorías —le reprende el ministro—; porque la materia de este proceso es exclusiva de la Suprema Inquisición.

—¿Y qué íbamos a hacer si no? —replica Carpio, entre dientes, aguantando la rabia—. ¡La acusación es gravísima! No se podía esperar y ver cómo toda Sevilla ponía el grito en el cielo, en plena Cuaresma, a punto de dar comienzo la Semana Santa... ¡No sabe vuestra merced cómo se vive este bendito tiempo en Sevilla!

—No voy a discutir —sentencia fray Tomás con calma, para evitar que la cosa pase a mayores—. Lo hecho, hecho está. Pero, a partir de este momento, seré yo quien prosiga con las pesquisas.

El licenciado Carpio tuerce el gesto, hace una inclinación de cabeza y va hacia un estante donde tiene todos los documentos; toma en sus manos un fajo de papeles y los trae a la mesa, donde los deja caer levantando una nube de polvo, mientras dice con altanería y desdén:

—¡He aquí lo hecho! ¡Aquí tiene vuestra señoría el proceso!

## 4. ¡HAY QUE METERLA EN LA CÁRCEL!

El día 15 de abril de aquel año de 1576, a la sazón Sábado de Pasión, víspera del Domingo de Ramos, toda Sevilla se apresta, vibrante, agitada, a dar inicio a su Semana Santa. Ya huele a azahar, a incienso de Jerusalén y a tempranas flores de cantueso. Los damascos morados cuelgan de los balcones y, en todas las plazas, junto a cualquier iglesia o convento, se afanan los preparativos: angarillas, tronos, tapices, vasos sagrados, manteles de hilo, altares, velas, candelabros... En esta prodigiosa ciudad el esplendor de las fiestas religiosas se cultiva desde muy antiguo, y se le sabe sacar partido a la valía estética de la hermosura primaveral: los aromas, los colores, los soles, los aires, los cielos... Es la Pasión: el gran drama del sufrimiento y la muerte, a la manera de un pueblo singular. Sevilla es una ciudad, un jardín, una atmósfera, que resplandece bajo el cielo de abril, e igual que la naturaleza renace en el portento de la primavera, todas las almas miran hacia el gran milagro de la Resurrección del Hijo de Dios, el Salvador del género humano, Cristo, el Señor.

En medio de este ambiente de exaltación y piedad, los licenciados Carpio y Páramo, inquisidores de Sevilla, van a ver al arzobispo, y ante él se manifiestan despechados, desazonados, enojados. Sienten que les han quitado su autoridad y no pueden soportar verse apartados del proceso contra la monja Teresa por un simple fraile, jovenzuelo, por muchos poderes que traiga del inquisidor general.

Habla primero Carpio y se queja con amargura:

—Estamos a las puertas de la Semana Santa y todo el mundo en Sevilla se pregunta cómo es que la monja alumbrada Teresa anda por ahí suelta, estando procesada por el Santo Oficio. ¡Señoría reverendísima, es un grande escándalo!

Don Cristóbal de Rojas les escucha, asintiendo con la cabeza, mas sin hablar demasiado, como es norma en él. Y el licenciado Páramo, al verle tan indeciso, apoya los argumentos de su colega, añadiendo:

—Señoría reverendísima, deberíamos al menos de momento solucionar esto para evitar el escándalo...

—¿Y qué hacer? —pregunta circunspecto el arzobispo.

—Pues nada más y nada menos que lo que procede hacer; lo que se debió hacer desde un principio... —responde Páramo.

—¡Llevarla a la prisión de San Jorge! —apunta Carpio.

Don Cristóbal se queda pensativo. Duda visiblemente, menea la cabeza y, al cabo, dice:

—Veo aún mayor escándalo en meter a unas monjas en la cárcel, precisamente durante los benditos días de la Pasión, muerte y resurrección de Nuestro Señor Jesucristo. Mejor será dejar todo en manos del ministro de la Suprema; que para eso tiene los poderes del inquisidor general.

Los inquisidores quedan todavía más contrariados que antes; pero acatan, se aguantan, no les queda otro remedio, y salen por donde han entrado, rumiando su rabia.

Lo que no saben ellos es que el arzobispo ha leído con mucha atención el informe del padre Báñez, cuya copia le ha entregado fray Tomás con una extensa carta de don Gaspar de Quiroga, en la que le manifiesta su absoluto convencimiento de que Teresa de Jesús es, tal y como señala el insigne profesor vallisoletano, «un río limpio».

## 5. EL PADRE GRACIÁN

Durante las dos semanas que lleva en Sevilla, fray Tomás ha tenido tiempo suficiente para hacerse una idea completa y válida de todo lo que ha sucedido. Se ha leído los documentos del proceso; ha indagado, ha preguntado, ha consultado a cuantos han tratado con Teresa de Jesús en los últimos meses. Y tiene compuesto en su mente un claro y cierto relato de los hechos que le resultará muy útil a la hora de tomar decisiones.

De entre todas las visitas que ha recibido, la más provechosa ha sido la del padre Jerónimo Gracián de la Madre de Dios, insigne carmelita descalzo, provincial de la orden, discípulo predilecto de la madre Teresa de Jesús y su dinámico colaborador en la refundación del Carmelo.

Llamado por fray Tomás, Gracián se presenta una mañana en el convento de San Pablo de Sevilla. Es un fraile joven, dinámico, que muy pronto conecta muy bien con el ministro de la Inquisición que, lejos de plantearle un intimidante interrogatorio formal, únicamente desea hablar fraternalmente: saber la verdad limpia. Y de la conversación espontánea surge una información muy interesante.

Gracián y la madre Teresa se conocieron el año anterior en Beas, donde mantuvieron casi dos meses de conversaciones, y él se quedó tan impresionado que no pudo dejar de unirse a ella en la obra de reforma.

—Estuve en Beas muchos días —cuenta emocionado—, en los cuales comentábamos todas las cosas de la orden, así pasadas como presentes, y lo que era menester para prevenir las futuras fundaciones; y demás de esto, tratábamos de la manera de proceder en el espíritu, y cómo se había de sustentar así en frailes como en monjas. Ella me examinó a mí de todo cuanto sabía en esta doctrina así por letras como por experiencia. Me enseñó todo cuanto ella sabía, dándome tantas doctrinas, reglas y consejos, que pudiera escribir un libro muy grande de lo que me enseñó; porque, como digo, fueron muchos días, y todo el día, fuera del tiempo de misa y de comer, lo empleábamos en esto... Me dio cuenta la madre de toda su vida y trabajos e intentos.... Quedéle tan rendido, que desde entonces ninguna cosa hice grave sin su consejo...

Después, a resultas de las preguntas de fray Tomás, Gracián cuenta cómo se hizo la fundación del convento de Sevilla y los problemas que encontró allí Teresa desde el primer momento. La ciudad no las acogió bien en un principio y se mostró fría e indiferente con las descalzas. Pero esto no impidió que las vocaciones llegasen al convento. La madre cuidó la selección de las jóvenes que acudían, mas no pudo evitar que ingresase una novicia, que muy pronto sería causa de enormes disgustos... Se trataba de María del Corro, una mujer principal de Sevilla, entrada ya en años, tenida por señora respetable y de mucha santidad. Muy pronto, la novicia pretendió mantener su rango. Todo eran excusas para no ser como las demás; buscaba excepciones para cualquier menester, incluso para hablar y confesarse con clérigos amigos suyos. Salía y entraba a su gusto y recibía constantemente visitas a deshora. Las descalzas aguantaron todo lo que podían; mientras la madre Teresa esperaba pacientemente a que la nueva fuera adaptándose. Pero, al final, perdida la esperanza de un cambio, no tuvo más remedio que expulsarla de la comunidad hacia finales del pasado año de 1575, justo en plenas Navidades; el tiempo que más feliz hace a Teresa.

Resentida por su fracaso, María del Corro acudió a principios del nuevo año al padre Pardo, su confesor y confidente; y ambos resolvieron acusar a la madre Teresa ante la Inquisición, declarando que enseñaba cosas de alumbrados, que practicaba una oración mental que ponía como estilo de vida en sus conventos, la cual era idéntica a la de los alumbrados de Llerena; y que la doctrina de sus libros era la misma que profesaban los adictos a la secta en Extremadura y Andalucía.

—¡Ay, dichosa María del Corro! —suspira el padre Gracián—. ¡Quién le iba a decir a la madre Teresa que le daría tanto que sentir! Esa beata no se adaptó a la vida conventual; y al no querer aceptarlo, se enfrentó a la madre Teresa, que por otra parte había tenido con ella una gran paciencia, permitiéndole que se confesase con un confesor distinto al de la comunidad, ese padre Pardo, el verdadero acusador... Y yo, cuando lo supe, creí morirme...

El fraile está destrozado. No solamente afectan las denuncias a Teresa; también sobre él pesan graves acusaciones y calumnias, sobre todo, por su relación con la fundadora. Además, hace tan solo unos meses, allí mismo, en Sevilla, la Inquisición ha llevado al cadalso a una beata, una tal Catalina, que antes fue tenida por santa... Todo ello ha generado un ambiente enrarecido entre la gente, que ya sospecha de todo lo nuevo que en materia espiritual germina y se propaga por la ciudad. Los ojos recelosos miran ahora hacia los descalzos. El padre Gracián le cuenta a fray Tomás, muy apesadumbrado, que él fue el primero en enterarse de la acusación. Un inquisidor amigo suyo se apresuró a avisarle de que el tribunal estaba reuniendo pruebas en contra de la madre Teresa, y que el proceso inquisitorial ya era imparable. Gracián confiesa que se aterrorizó y llegó a sentirse pesaroso por haber llevado a las descalzas a Sevilla: se halló él como único culpable de todo lo que estaba sucediendo, y temblaba temiendo que la Inquisición apresase pronto a la madre Teresa; recordando contrito, a la vez, las razones que ella le dio para no fundar en Sevilla, y cómo él se obstinó en que debía venir.

—Yo la obligué a venir a Sevilla... ¡Dios mío, en qué mal momento! Y también fui el primero en enterarme de que el Santo Oficio andaba indagando... Y luego, ¡la denuncia! A mediados de febrero, el clérigo confidente de doña María del Corro se insolentó y andaba por ahí fanfarroneando, diciendo entre risas de Teresa y sus monjas: «Que se vistan hábitos nuevos y se aderecen para dentro de dos o tres días ir todas al Santo Oficio.» Ante estas amenazas, yo no podía comer ni dormir... Y no sabía qué hacer. Porque, la verdad sea dicha, confieso que tuve tanto miedo que ni iba ya al convento a ver a la madre. Hasta que un día, avergonzado por mi traición y mi cobardía, me decidí a acercarme para ver cómo estaban... Y entrando por la calle de las Armas, donde estaba el monasterio, vi a la puerta de él muchos caballos y mulas; y quedéme como muerto, imaginando lo que podía ser... Eran los inquisidores, que habían ido a examinar a las monjas...

—¿Y la madre...? —le pregunta fray Tomás—, ¿qué hacía a todo esto la madre Teresa?

—Luego más tarde, idos ya los inquisidores, me presenté a ella todo angustiado con el fin de serle útil; pero no podía sino expresar mi pavor... Y la madre Teresa, ¡figúrese vuestra caridad!, intentó serenarme ella a mí. Parecía tranquila y tomaba a broma la acusación; y hasta palmoteaba en señal de alegría por su afán de padecer, tal vez para animarme a mí.... Y me decía: «Ojalá, padre, nos quemasen a todas por Cristo; mas no haya miedo, que en cosa de la fe, por la bondad de Dios, ninguna de nosotras va a caer en falta; antes morir mil muertes.»

Gracián no puede evitar las lágrimas mientras recuerda, y se lamenta amargamente:

—¡Ay, Dios mío! ¡Yo y solo yo tengo la culpa! Y temo que por mi causa Teresa acabe malparada y nuestra Orden reformada se destruya.

—Hermano —le dice consoladoramente fray Tomás—, nada de eso va a suceder.

—Pero... ¿y el proceso? El tribunal ya tiene abierta la causa... los inquisidores han empezado las pesquisas...

—Sí, pero, igual que se abren las causas en el Santo Oficio, se cierran. No todos los procesos van adelante. Si se siguieran todas las acusaciones hasta el final, no se daría abasto.

—¡Ay, Dios sea servido dello!

—¿Y ahora, hermano, dígame vuestra caridad cómo se halla la madre Teresa?

—Los inquisidores no dejan de ir a molestarla... De hecho, repetidas veces van al convento para examinar a las religiosas, y suelen hacerlo sin previo aviso y a deshoras... Les preguntan detenidamente por el estilo de vida que llevan, por las costumbres y por el modo de proceder de las superioras y otras menudencias, todo para ver qué hay de lo declarado por María del Corro... Yo les he aconsejado a las monjas que no se vayan de Sevilla y que ya no les queda otra que aguantar este calvario; no lleguen a pensar que huyen... Y la madre Teresa, no obstante, se mantiene tranquila. Se siente invadida por Dios e incluso llena de un gozo grande... Hasta me dijo que, un día, estando en la oración, «sintió estar el alma tan dentro de Dios, que no parecía había mundo, sino embebida en Él. Dándosele aquí a entender aquel verso del Magníficat: *Et exultavit spiritus*». Pero ese contento interior no la priva del temor... Ella tiene motivos para temer más que nadie, pues ya antes han intentado echar abajo su obra... Los enemigos de su reforma sueñan con deshacer sus monasterios... A pesar de todo, dice oír una voz del Señor que le dice: «Eso pretenden, mas no lo verán, sino muy al contrario.»

—¡Iré yo a visitarla! —manifiesta decidido fray Tomás—. No se puede consentir que la molesten más. Haré que la dejen en paz mientras se hace lo que manda el inquisidor general.

—¡Bendito sea Dios! —exclama Gracián, entusiasmado, llevándose las manos al pecho—. ¡Vaya vuestra reverencia! ¡Vaya y sáquela del martirio de una vez! Ella se alegrará mucho al ver a alguien como vuestra caridad, que viene nada menos que de parte de don Gaspar de Quiroga a socorrerla...

## 6. ¡Y DE REPENTE, TERESA!

El Miércoles Santo por la tarde, mientras espera la llamada de la campana para asistir al rezo de la hora nona, fray Tomás está estudiando en la biblioteca del convento de San Pablo, como suele hacer en todos sus ratos perdidos durante su permanencia en Sevilla. De repente, sin saber por qué, levanta la vista del libro que lee y ve venir hacia él al fraile portero, con pasos rápidos y el rostro alterado.

—Hermano —le indica cuando ha llegado a su lado, con un tono susurrante—, ¡una extraña visita! A vuestra caridad le esperan en la puerta.

—¿Quién es? —pregunta fray Tomás.

—Unas monjas —responde el portero con aire misterioso, recalcando las sílabas de un modo muy significativo.

—¿Una monjas?

—Sí, unas monjas del Carmen...

—¿Eh? ¿Del Carmen? ¿No será...? —murmura sobresaltado él.

—Sí, hermano, ella está ahí a la puerta, en persona; y pide nada menos que ser recibida por vuestra caridad.

—¡Ella! —dice fray Tomás, con el rostro animado, cerrando el libro y levantándose de la silla.

—Si quiere vuestra caridad —sugiere prudentemente el portero—, puedo decirles a esas monjas que la visita no es oportuna, que estáis ocupado, que va a dar comienzo el rezo... Si a vuestra caridad le parece mejor, las despido y en paz.

—¡Oh, no! —dice él, sorprendido, turbado—. ¡Hazlas pasar! ¡Hazlas pasar enseguida!

—Pero... —replica el portero, permaneciendo quieto,

— 511 —

con unos ojos desorbitados—, vuestra caridad debe saber quién es esa monja carmelita: la famosa, la que está en boca de toda Sevilla, la que dicen que es...

—Sí, sí, eso lo sé muy bien; puesto que estoy precisamente en Sevilla por ese motivo. Además, de todas maneras tenía que ir yo a verla. ¿No será acaso mejor recibirla aquí?

—Pero... —insiste el hermano portero, apreciablemente preocupado—, en este convento tenemos normas, normas muy estrictas en cuanto a quién se ha de permitir entrar... Vuestra caridad sabrá que no es prudente dejar pasar al recibidor a quienes están en entredicho... Las leyes que pesan sobre los acusados por el Santo Oficio dicen que...

—Sí, sí, sé muy bien lo que dicen esas leyes, hermano; pero en este caso parece ser que hay más chismes que evidencias... Así que mejor será hablar con ella y averiguar de una vez la verdad; que para eso estoy yo aquí...

El portero se encoge de hombros, aprieta los labios y se manifiesta confundido, antes de añadir con terquedad:

—Bien, no quisiera contradecir a quien sabe más que yo sobre estas cosas... ¡Doctores tiene la Iglesia! Pero de entrar o no entrar, salir o no salir, de idas y venidas... uno tiene su experiencia de más de cuarenta años al servicio de esa bendita puerta... Y ya he tenido mis reprimendas y mis penitencias, más de una vez, por dejar entrar a quien resultó que... En fin, que yo sé bien lo que me digo... Yo soy fraile lego, y nosotros los legos no podemos hablar de ciertas cosas, no sea que luego paren en patrañas y jácaras de la gente; pero, llegado el caso, me parece que es un deber... ¡Ah, padre, no sabe vuestra caridad cómo se las gasta Sevilla! Si mañana se supiera que ha estado aquí la monja que... Esa que dicen que...

—¡Basta! —le interrumpe fray Tomás, sonriendo—, no te apures, hermano, y hazlas pasar; que yo asumiré cualquier responsabilidad. Acomoda a esas monjas en el recibidor y diles que me esperen. Y no te preocupes, que no pasará nada malo.

El portero le mira escamado, como dudando todavía si debe insistir; pero echa a andar, meneando la cabeza contrariado, para ir a hacer lo que le dice. Y mientras tanto, fray Tomás se queda quieto en medio de aquella enorme biblioteca repleta de libros, donde no hay nadie más que él. Se alegra por lo que está sucediendo; algo que de ninguna manera esperaba y que le ha dejado así, sorprendido, agitado, impaciente; con una emoción que no termina de saber de dónde brota ni por qué extraño motivo. Al instante, hace un esfuerzo para tranquilizarse: piensa, medita y reza, tratando de tener una serenidad, una cordura y un uso de la razón que le permita obrar convenientemente conforme a su cometido. Pero, no obstante, enseguida vuelve a ponerse nervioso y se dice para sus adentros: ¡Ella! ¡Aquí! ¡Qué intrepidez! ¿De dónde nace tal atrevimiento? ¿Cómo será en persona? ¿Será como dicen los que tanto la alaban? ¿O como la ven sus detractores? Es hora de saberlo, mas en el fraile surge una última perplejidad: tanto ha oído hablar de ella, tantos escritos suyos ha leído, tantos informes a favor y en contra, que teme verse desbordado y tal vez defraudado...

Cuando estima que ha transcurrido el tiempo suficiente para poner en orden sus pensamientos, fray Tomás se compone el hábito, inspira con profundidad con el fin de infundirse ánimo y se encamina hacia el recibidor conteniendo su prisa. Antes de llegar al claustro principal, oye un murmullo: está lloviendo. El agua cae con un tintinar suave; es lluvia de abril que golpea las losas y los limoneros. Él se detiene, se recrea en el susurro de las gotas y percibe el aire húmedo y caliente que empieza a invadir todos los rincones del convento. Al salir al patio se topa con una atmósfera densa que le abstrae y le deja en suspenso. Retoma de nuevo los pasos y, sin saber por qué, no prosigue bajo la galería; sino que cruza por el espacio abierto, dejándose mojar por esa lluvia densa y hospitalaria. Se mueve llevado por un impulso; siente el agua en la cara y en la coronilla, como una caricia refrescante, como un alivio no esperado; y de esta manera, llega frente a la puerta que comunica con el recibidor. Ahora arrecia el chaparrón, con un sonido escurridizo y persistente, golpeteando las cornisas, los alféizares; salpicando bajo los altos arcos; estrechos hilos, veloces, como de plata, surcan y corren por todas partes, a través de los árboles y a lo largo de la solería anegada. ¡Qué aroma de flores de limonero! Los desagües chasquean metálicos y se atascan... Fray Tomás salta y el agua con él; se resbala y cae, perdiendo las sandalias y sintiéndose súbitamente empapado... Se levanta al instante y, con una aguda sensación de equilibrio embelesado, se estremece detenido bajo aquella inesperada lluvia antes de entrar en el recibidor...

Cruza la puerta y allí están las monjas, de pie y muy quietas: son de complexiones parecidas y, como es natural, vistiendo idéntico hábito marrón carmelita con sus capas blancas; una es más joven y más alta; la otra madura, de unos sesenta años. Fray Tomás supone que Teresa es esta segunda, por lo que sabe de ella. Las dos le miran, como espantadas al verle entrar de aquella manera: empapado, descalzo y con las sandalias en las manos. Él va a su encuentro, con un rostro solícito y sonriente, y con los brazos abiertos, como ante personas deseadas y conocidas. Entonces las monjas dan a la vez un paso atrás, asustadas, sin hablar, como suspensas por no esperarse tal actitud. Así que se produce un momento extraño en la penumbra de la estancia. La situación es tan rara que impone, por así decirlo, un silencio.

Todavía fray Tomás avanza un poco y se detiene luego, fijos los ojos en la mayor de las dos: Teresa. Enseguida percibe que la presencia de la famosa monja es, en efecto, de esas que anuncian una singularidad, y provocan admiración desde ese mismo instante, sin tener que esforzarse para ello. Su porte tiene como una compostura natural, y es, llanamente, casi involuntariamente, agradable, incluso atrayente; no vencido ni entorpecido en modo alguno por la edad; la mirada es grave y viva, anunciando una inminente sonrisa; la frente serena y pensativa bajo la toca; en la palidez, entre las señales de la meditación, de la inteligencia, del discurrir, de la fatiga, resplandece una suerte de lozanía. Sorprendentemente, todos los rasgos del rostro de Teresa indican sin duda que, en otro tiempo, en ella hubo aquello que propiamente llamamos belleza; y que de alguna manera permanece y se atisba, conservado por la paz interior de una vida larga, fructífera; en el continuo gozo de una verdadera esperanza, del amor por el prójimo, del hábito de pensamientos puros y solemnes, de la confianza, el esfuerzo, la fe...

Ella aguanta también su mirada fija en fray Tomás, una mirada penetrante y especialmente ejercitada en colegir por los semblantes los pensamientos y las almas; e inmediatamente, le brota la sonrisa que tenía guardada para el joven fraile, como si de verdad se hallase ante quien se quisiera hallar.

Él entonces se anima más y rompe el silencio diciendo:

—¡Qué oportuna visita es esta, reverendas madres! ¡Y cuán agradecido debo estar a vuestras caridades por haber tomado tan buena decisión!

Las monjas se miran, sorprendidas, y a Teresa se le escapa una incontenible risita. La otra, en cambio, sigue seria y temerosa.

También fray Tomás ríe sin saber muy bien por qué y añade:

—Nuestro Señor ha debido de estar servido de inspirar en vuestro corazón la idea de venir...

Teresa, sin salir de su asombro, pero movida por aquellas palabras y aquella actitud, contesta tímidamente:

—Pero... ¿es vuestra señoría reverendísima el ministro de la Santa Inquisición que envía la Suprema?

—Sí, reverenda madre. Mi nombre es fray Tomás Vázquez, visitador por orden y designio de su excelencia reverendísima don Gaspar de Quiroga, inquisidor apostólico general.

Las monjas se miran de nuevo, espantadas y trémulas, como si no terminaran de creerse lo que ven y oyen. Y Teresa exclama:

—¡Jesús! ¡Qué mocedad! La gracia del Espíritu Santo esté con vuestra reverencia, padre mío... No me espanto de tenerle tan cerca, sino de haberme esperado otra presencia... ¡Tonta de mí!

—¿Otra presencia, madre?

—Sí, mi padre: solemnidades, arrugas, canicies... Y le veo así a vuestra paternidad...

—¿Así? ¿Así cómo...?

—Pues así: mozo, mojado, descalzo...

Él suelta una carcajada y luego dice:

—Ah, comprendo... Entonces, reverendas madres, ¿no os causo miedo?

—¡Jesús! ¿Miedo? ¿Miedo de qué?

En ese momento, estalla un relámpago cárdeno cuya luz penetra en la estancia y le sigue un trueno ensordecedor. Los tres se encogen por el susto. Y Teresa exclama:

—¡Válgame Dios! ¡Eso sí que da miedo!

Los tres ríen con ganas durante un rato, y aparece súbitamente el contento de que se haya roto el hielo, e iniciado una conversación cualquiera. Fray Tomás entonces se apresura a colocar tres sillas junto a la ventana y les hace un gesto para que se acomoden. Él se sienta frente a ellas y, dulcificado por la amable presencia de la visita que no se esperaba, dice:

—¡Qué torpeza la mía, madres! Mira que haber dejado que os anticipéis; cuando, desde que llegué a Sevilla, tantas veces debería yo haber ido a veros.

—¡Jesús! —exclama Teresa, dando un respingo—. ¿A vernos? Pero... ¿sabe vuestra reverencia quiénes somos, padre mío? ¿Os han dicho bien mi nombre?

Fray Tomás vuelve a reír. Le hace gracia cómo habla Teresa: sus gestos, su cara, el chisporroteo de su mirada; toda la naturalidad y la falta de artificio que descubre en ella. Ciertamente, él también se esperaba otra presencia, otra clase de persona: mayor afectación, frases solemnes, hechas, expresiones elevadas; tal vez disimulo y reserva.

Teresa le mira fijamente, con asombro en los vivos ojos, y añade:

—¡Jesús, mi padre! ¿Os damos risa estas pobres monjas?

Él hace un esfuerzo para ponerse más serio y contesta sincero:

—Madre Teresa, ¡si supierais el consuelo que yo siento al teneros aquí, y que sin duda advertís en este pobre rostro! Si pudierais ver dentro de mi alma... ¡Qué feliz me siento! ¿Os parece que me hubiera encontrado así ante la visita de un desconocido? Es vuestra caridad, madre Teresa de Jesús, quien me lo hace sentir... Soy yo, torpe, el que hubiera debido ir a buscaros...

Una vez más, ellas se miran con un expresivo gesto de confusión. Y en ese preciso momento, les sobresalta otro relámpago y otro trueno.

—¡Jesús, qué tormenta! —exclama Teresa, con una media mueca de susto, y añade con gracia—: El demonio debe de andar contrariado y en el cielo tiran cohetes...

Ríen de nuevo los tres la ocurrencia, y mientras lo hacen, empieza a repicar la campana.

—Padre mío —indica Teresa, señalando con el dedo hacia lo alto—, le llaman al rezo...

—El rezo está aquí —repone fray Tomás.

Teresa mira a la otra monja y le susurra guiñando un ojo:

—Este reverendo padre es de los nuestros.

—Dejadme, madre, que os siga hablando —le pide él, aún más afectuosamente.

—Hable, hable vuestra caridad, padre mío.

—Madre —prosigue él—, solo Dios sabe obrar maravillas...

—¡Jesús! ¡Y tanto! Solo Dios basta...

—Madre, por caridad, déjeme decirle...

—Ay, perdón, perdón, padre mío... Hable, hable vuestra merced...

—Madre Teresa, ciertamente, es a vuestra caridad a quien yo quiero escuchar; a quien debería, ya os digo, haber ido yo a visitar... Mas ya que estáis aquí, ya que han venido vuestras mercedes, dejadme que diga lo que siento. A vuestra merced, digo, vine a buscar a Sevilla; a vuestra merced, a quien tanto he buscado, a quien tanto he leído y amado y llorado... ¡Por quien tanto he rezado! Pero Dios todo lo remedia... ¿Eso quién lo sabe mejor que vuestra caridad, madre Teresa? Porque solo Dios sabe obrar grandes maravillas, y suple la debilidad, la torpeza y la lentitud de sus pobres siervos...

Las monjas están atónitas ante aquel modo de hablar tan inflamado, que ya respondía tan resueltamente a lo que ellas habían ido a buscar allí; al motivo que las arrancó, misteriosamente, aquella mañana de abril, de su pequeño y sencillo convento de la calle de Armas, y las llevó, con vientos de tormenta, por las intrincadas calles de Sevilla, entre el temor y la incertidumbre, pensando tal vez encontrarse la adusta presencia de un inquisidor terrible, inaccesible, cerrado en ideas preconcebidas, prejuicios e infalibilidades. Cuando, por el contrario, allí hallan a un jovenzuelo fraile de Santo Domingo, al que parece que conocen de toda la vida; alguien que las recibe con una sonrisa, con atención, con palabras amables que no inquieren, ni asustan, ni inquietan lo más mínimo.

—Padre mío —dice la madre, adoptando de repente un aire más formal—, puesto que vuestra caridad y nosotras hemos de hablar, paréceme que mejor sería vernos mañana en nuestro conventillo de la calle de Armas. Allí mostraremos a vuestra paternidad lo que hay, que no es mucho... Podremos entonces tratar de lo que sea menester, sin andar con escrúpulos... Que yo le digo cierto que... que a eso vine acá... Mas, ahora, ido el miedo por esta visita; al ver estas hermanas que no hay más cuidado aquí sino de ofender a Dios, harto me pesa por no haber venido antes... ¿Vendrá pues, padre, a nuestra casa? ¡Mírelo, por caridad, que nos holgaríamos harto!

Sonríe ampliamente fray Tomás y, sin dudarlo, responde:

—Allí estaré mañana, madre. Cuanto antes resolvamos esta sinrazón, más tranquilos estaremos todos.

—¡Oh, Dios se lo pagará, mi padre! Mañana, pasada de la hora tercia, le estaremos esperando, después de haberle encomendado en la oración.

Las monjas se marchan, aliviadas y contentas, desandando el camino que habían hecho un rato antes hasta el convento de San Pablo, seguramente llenas de inquietud y pesares. Y él se queda en la puerta donde acaba de despedirlas, viendo cómo se alejan por la calle mojada, descalzas, con pasitos cortos y rápidos, las capas agitadas, envueltas en una suerte de halo de alegría.

No queremos, sin embargo, concluir la historia de esta jornada sin contar brevemente cómo la remató este singular ministro del Santo Oficio, nuestro fray Tomás, que le faltó tiempo para correr a buscar a su compañero y confidente Monroy para decirle dichoso:

—¡Ella ha estado aquí! ¡Teresa de Jesús ha venido a visitarme!

—¡¿Ella?! ¡¿Acá?!

—Sí, y no sabes lo contento que estoy... Porque el hecho de que haya venido ella por decisión propia solo puede significar una cosa: Teresa no teme a la Inquisición; y si no la teme es porque no hay doblez en ella. Los alumbrados son falsarios, embusteros, y eluden todo aquello que pueda descubrir sus engaños; actúan siempre de espaldas a las instituciones, con secretos, con misterios, ocultos y disimulando... Esta mujer, en cambio, da la cara; es tal y como me dijeron los que la conocen bien: franca, directa; y su alma es tan natural como expresan sus ojos vivos. No, no es Teresa una iluminada. Si lo fuera, no se habría presentado aquí esta tarde.

—¿Y entonces...? ¿Qué cabe hacer ahora?

—Mañana iré yo a visitar su convento; que para ese menester me ha enviado a Sevilla el inquisidor general. Hablaré con Teresa, con calma, de todo lo que ha sucedido, y le pediré una declaración por escrito para llevársela a don Gaspar de Quiroga.

—¿Y el Tribunal de la Inquisición de Sevilla?

—El tribunal de Sevilla deberá hacer lo que manda quien está más arriba que él. Después de hablar con Teresa, mañana, iré a ver al arzobispo y le pediré que suspenda definitivamente y enseguida el proceso; en tanto decide el Consejo de Madrid. Yo tengo poderes directos de la Suprema y General Inquisición, como visitador y ministro extraordinario, para ordenar en nombre del gran inquisidor esa medida, pues don Gaspar de Quiroga me manifestó, con todo convencimiento, que debía evitar a todo trance que metan a Teresa en la cárcel.

## 7. Un conventillo en la calle de Armas

Al día siguiente, antes de que las campanas de Sevilla empiecen a avisar en monasterios, conventos e iglesias que se aproxima la hora tercia, ya va fray Tomás por la calle de Armas. El frágil pavimento de medios ladrillos de arcilla, deteriorado ya por el diario transitar de bestias y carromatos, aparece esta mañana más deshecho a causa de la tormenta de la tarde anterior. Por todas partes hay charcos y rincones anegados donde flotan las basuras y los excrementos. Se debe ir casi a saltos, esquivando el barro y las aguas sucias. El trajín de la ciudad se inicia y en todas partes se abren tiendas, talleres, tabernas y obradores; los olores pestilentes se mezclan extrañamente con los aromas de la leña, el pan recién horneado, los buñuelos y el incienso que brota de las innumerables iglesias y capillas, abiertas de par en par, que se hallan al paso. A los ojos del joven fraile, criado en la austera Castilla, todo aquello aparece exagerado, exuberante, y alborotado. Las bellezas arquitectónicas, los admirables palacios y el lujo se alternan con la ruina, la porquería y la miseria. ¿En qué otra ciudad del mundo se podrá hallar tal desmesura de grandeza y poder; y a la vez tanta malandanza de mendigos, enfermos y lisiados?

Caminando, mientras admira, contempla y se sorprende a cada paso, fray Tomás busca el convento de monjas carmelitas descalzas. No lo encuentra, por más que escudriña, palmo a palmo, de arriba abajo y de abajo arriba, la ancha calle de Armas. Hasta que no le queda otro remedio que preguntar; y amablemente, pronto se presta un vecino a llevarle hasta la puerta de una casa pequeña, modesta, donde no hay más signo religioso que una cruz en el caballete del tejado y una especie de armazón con una campanita tosca que mide poco más de un par de palmos. Llama y al momento le abre una muchacha. Por dentro hay alboroto: le están esperando y se alegran.

—¡El ministro! ¡Ya está ahí el ministro! —oye exclamar a las monjas.

No acaba de acostumbrarse él a que le llamen con ese nombre y se encuentra perplejo. Pero, cuando le conducen al minúsculo locutorio donde le aguardan las religiosas, no puede evitar que todo el gozo que desborda aquel singular conventillo se le contagie y pase a sentirlo como propio. Ante sus ojos hay un puñado de mujeres sonrientes, anhelosas que, por su misma presencia, comunican dicha y amor. Y entre ellas, con despabilada mirada y visible agitación, está Teresa de Jesús, que saluda nada más verle entrar sin ocultar su satisfacción.

—La gracia del Espíritu Santo sea con vuestra paternidad, señor ministro visitador de la Suprema Inquisición. Hoy es víspera del Jueves Santo, día del amor de Nuestro Señor y del amor fraterno. Yo le digo, mi padre, que tengo por cierto que es Nuestro Señor, y nadie más, quien le manda venir a estas pobres monjas. Harto nos ha holgado pues verle entrar a vuestra paternidad por esa puerta... Así que creo que hemos de ir primero a dar gracias a Dios, que es quien le ha tomado por su mano para nuestro remedio...

Al oírla decir esto, todos allí se emocionan y comprenden que han de pasar a la capilla del convento para el rezo de la hora tercia. Una puerta les conduce desde el locutorio hasta una estancia amplia, dispuesta con todo lo necesario para que sirva de oratorio y templo donde decir misa. Allí hay gente reunida: algunos clérigos y fieles que acuden para el rezo. Las monjas se sitúan en el lugar que les corresponde y cantan en latín el salmo del día, que dice:

> *Esta es la hora*
> *en que se rompe el Espíritu*
> *el techo de la tierra,*
> *purifica, renueva, enciende, alegra*
> *las entrañas del mundo...*

Fray Tomás escucha, cruza una mirada con Teresa, y enseguida comprende: es esta la hora en que sentimos en nuestras venas que se necesita renovación; que este es el tiempo de la renovación y reforma en el espíritu; esta es la hora de no temer; la hora de la abundancia del amor; la hora de la purificación y la verdad; frente a la hipocresía, la doblez y la apariencia de los falsos justos...

Cuando termina el rezo, fray Tomás y Teresa se encuentran a solas en el locutorio para tratar sobre aquellos asuntos que motivan la visita. Habla primeramente ella, con un tono que denota entereza y a la vez afecto sincero. Dice:

—Padre mío, ¡qué necesaria era la venida aquí de vuestra paternidad! Yo le digo que fue tanta mi ternura de verle, ayer miércoles, que estuve del corazón que no me podría valer, solo pensando qué habría pasado de no enviar a nuestra paternidad su excelencia reverendísima don Gaspar de Quiroga... Mas la confianza en Dios no se me pierde un punto... Aunque, vuestra paternidad lo sabrá decir mejor, que harto boba soy de hablarle yo de eso que tanto me ha dado que padecer...

Fray Tomás agradece aquella pronta y sincera confidencia, con una gratitud, con un sentimiento, que habría hecho comprender a cualquier observador hasta qué punto él está convencido de que no hay ninguna doblez en la monja. Pero, para poder convencer de eso a otros que tienen mayor autoridad que él y, sobre todo, para evitar las sospechas, las acusaciones, los males que, en suma, se ciernen sobre la madre, es preciso cumplimentar en todo lo que el inquisidor general ha dispuesto; el cometido principal del ministro extraordinario que ha enviado a Sevilla para examinarla. Así que, con palabras muy medidas, frases de consuelo, de resignación, de acatamiento, el fraile le va exponiendo a ella todo lo que don Gaspar de Quiroga ha dispuesto que se haga.

Y después de explicarle que hay sincera intención de librarla de las acusaciones, le pide que dé su versión sobre lo que declaró en su contra María del Corro.

Teresa responde con calma:

—Mire qué grandes son los juicios de Dios que manifiesta por la verdad... Y ahora, padre mío, se entenderá ser todo desatinos... Y tales eran lo que decían por ahí: que atábamos las monjas de pies y manos y las azotábamos... ¡Y pluguiera a Dios que todo fuera como eso! Sobre este negocio tan grave otras mil cosas, que ya veía yo claro que quería el Señor apretarnos para acabarlo todo bien... También decían que hacíamos ceremonias y que nos pasábamos las tocas de las unas a las otras, de cabeza en cabeza... ¡Fíjese vuestra caridad! —ríe con ganas al decir esto—. Cuando resulta que, como éramos pobres y no teníamos tantos velos, y otras veces por descuidarse las hermanas y no traerlos para cubrirse para ir a comulgar, tomábanlos unas a otras... ¡Y ella dijo que eran ceremonias! ¡Qué risa! Y como también teníamos el comulgatorio en un patio que estaba lleno de sol; por librarnos de él y estar más recogidas, en acabando de comulgar, cada cual se arrinconaba allí donde podía, volviendo a la pared el rostro, por huir del resplandor... Y ella también lo consideraba mal y decía que eran cosas raras y ocultamientos, ¡y qué sé yo! Y así anduvo con muchas mentiras y testimonios que levantaba, pues se creía que solo ella lo sabía todo y que las demás eran ignorantes...

Prosigue respondiendo ahora a las acusaciones que María del Corro había hecho contra la monja Isabel de San Jerónimo: de la que había declarado que era una iluminada, que escribía herejías y cosas de alumbrados.

—¡Bobadas! —dice Teresa—. La pobre hermana Isabel es cierto que es un poco débil mental... Le daba por escribir sus cosas de oración; y ya el padre Gracián me advirtió de que anduviese prevenida con ella... Y por mi parte, ordené a las hermanas: «Será menester hacerla comer carne algunos días y quitarla la oración, que no trate sino con Gracián, y que no escriba, que tiene flaca imaginación, y lo que medita le parece que lo ve y lo oye de verdad...» Fíjese vuestra caridad que firma lo que escribe como «la del Muladar». Errará la pobre por falta de entendimiento, mas no por malicia...

Después, Teresa manifiesta que no guarda rencor alguno hacia la delatora María del Corro, de quien dice:

—En forma me da pena esa mujer... Créame, padre mío,
si le digo que tuve mucho temor por su causa; y me decía
para mí: «Plegue a Dios que no nos haga alguna cosa el demonio que tengamos que sentir...» Y según tengo entendido anda ahora ella en gran mal humor... Yo confieso que
esta gente de esta tierra no es para mí, y que me deseo ya
ver en la de promisión, si Dios es servido... Las injusticias
que se guardan en esta tierra son cosa extraña: la poca verdad, las dobleces... Yo le digo que con razón tiene la fama
que tiene. ¡Bendito sea el Señor, que de todo saca bien!

## 8. Cuentas de conciencia

Después de sus declaraciones sobre la denuncia, fray
Tomás entra en mayores profundidades y le ruega a la madre que le hable de sus experiencias espirituales. Ella entonces —parece que lo está deseando— le da cuenta al ministro de su oración y gracias sobrenaturales que ha
recibido en su espíritu. Comienza recordando sus primeros años de vida consagrada:

—Esta monja hace cuarenta años que tomó el hábito,
y desde el primero comenzó a pensar en la Pasión de nuestro Señor..., y en sus pecados, sin nunca pensar en cosa que
fuese sobrenatural... Porque se tenía por tal que aun pensar en Dios veía que no merecía. En esto pasó veintidós
años con grandes sequedades, leyendo también en buenos
libros.

Continúa contando cuándo comienza a parecerle que tiene visiones y cómo siente que una voz le habla interiormente. Pero asegura:

—Jamás vi nada con los ojos corporales, sino una representación...; una luz, ¡como un relámpago!; mas quedábase tan impreso y con tantos efectos como si lo viera con los ojos corporales o incluso más...

Fray Tomás, lleno de asombro e inquietud, le pregunta entonces si ha hablado ella de todo eso con alguien. La madre le da la relación de los nombres de los ocho primeros letrados con quienes ha tratado de las cosas de su espíritu. Son todos de la Compañía de Jesús: nombra a los padres Francisco de Borja, Baltasar Álvarez, Ripalda y Pablo Hernández, que fue consultor de la Inquisición en Toledo. En todas las ciudades donde ha estado, procuró tratar con los letrados «que eran más estimados». Cita luego a otro fraile con el que trató mucho, fray Pedro de Alcántara, franciscano. Y seguidamente, refiere la larga lista de letrados de la Orden de Santo Domingo con los que también ha consultado su espíritu. Luego describe los grandes trabajos, enfermedades y dolores con que ha cargado en su vida.

—Me siento, padre mío, vieja y cansada...

Pero no tiene reparos en confesar que las palabras interiores que oye de parte del Señor la dejan con una paz y un ánimo y una fortaleza como no la dejarían los confesores.

—Ni bastaran muchos letrados con muchas palabras para ponerme en aquella paz y quietud...

Fray Tomás, en ese momento, aprovecha la ocasión y le pregunta sobre sus visiones de Jesucristo.

—¡Jesús! —suspira Teresa, con el rostro iluminado de alegría—. La manera de visión que vuestra merced me pregunta es que no se ve cosa, ni interior ni exteriormente, porque no es imaginaria... Mas, sin verse nada, el alma entiende que se trata de Él; ¡que es Él quien está ahí! Sabe el alma quién es Él y hacia dónde se le representa, mucho más claramente que si lo viesen los ojos...

—No acabo de comprender, madre. Explíquelo mejor vuestra merced.

—Acá..., sin palabra exterior ni interior, entiende el alma clarísimamente quién es y hacia qué parte está... Pero cuando es en visión... ¡Ay, qué difícil es explicar esto! Ello pasa así..., sencillamente pasa; y lo que dura la visión no puede ignorarlo; y cuando se quita, por más que quiera recordarlo e imaginarlo como antes, no se puede; porque se ve que es imaginación y no presencia, y que esta no está en su mano; y así son todas las cosas sobrenaturales...

—Ese es el problema —observa fray Tomás—: es algo sobrenatural; es decir, trasciende y supera esta pobre naturaleza nuestra. Abarca otras realidades, otros mundos, otros tiempos; las cosas de Dios...

—Así debe de ser... Mas lo que puedo certificar es que no diré cosa que no haya experimentado algunas y muchas veces.

A continuación, la madre Teresa describe sus maneras de orar: la oración de recogimiento infuso o «recogimiento interior que se siente en el alma»; la oración de quietud y «paz muy regalada»; la oración de sueño de potencias, que «aunque no es del todo unión..., entiende el alma que está unida sola a la voluntad», mientras que las otras dos potencias quedan libres para poder emplearse en el servicio de Dios. En la oración de unión, el alma «ninguna cosa puede obrar»; los sentidos están como dormidos.

—La voluntad ama más que entiende; mas ni entiende si ama ni sabe qué hace..., no hay ninguna memoria ni pensamiento, ni aun por entonces están los sentidos despiertos; sino como quien los perdió para más emplear el alma en lo que goza.

Distingue después entre el «arrobamiento» y la «suspensión», y señala los grandes efectos que dejan en el alma.

—Es como si el espíritu volara..., llevado por un deseo que le da al alma, algunas veces, sin haber precedido antes oración..., sino una sensación, de golpe: el recuerdo de que está ausente de Dios... Y da una gran pena; la que le causa al alma el deseo de morir, y muere por morir de tal manera, que verdaderamente es peligro de muerte, y se ve como colgada entre el cielo y la tierra...

Calla repentinamente la madre y luego, embelesada, recita de memoria un poema suyo:

> *Vivo sin vivir en mí*
> *y tan alta vida espero*
> *que muero porque no muero.*
>
> *Vivo ya fuera de mí,*
> *después que muero de amor,*
> *porque vivo en el Señor,*
> *que me quiso para sí;*
> *cuando el corazón le di*
> *puso en mí este letrero:*
> *«Que muero porque no muero.»*

Y finalmente, Teresa describe lo más extraño de todo:
—Una oración a manera de herida, en la que parece al alma como si una saeta la metiesen por el corazón... Causa un dolor grande que hace quejar, pero tan gustoso que nunca querría que le faltase...

Fray Tomás ha escuchado ensimismado, con una atención que parece tenerle en vilo; y ha alcanzado a ver por sí mismo que aquella mujer es excepcional; que vive envuelta en el misterio de Dios y que el padre Báñez está del todo acertado al decir de ella que es «un río limpio».

—Madre Teresa —le pide—, vuestra merced deberá poner por escrito todo esto que me ha dicho; para que yo lo lleve al Consejo de la Suprema Inquisición, tal y como se me ha ordenado. Pero no haya cuidado, que nada malo veo en cuanto me ha referido. No tema ya a causa del Santo Oficio.

—Calle, mi padre, no se preocupe por mí; que la Santa Inquisición, a quien tiene puesta Dios para guardar su fe, no dará disgusto a quien tanta fe tiene como yo.


## 9. Y A TODO ESTO, ACABÓ LO DEL ARZOBISPO CARRANZA EN ROMA


Pasó la Semana Santa sevillana, con toda su grandeza y sus efluvios vehementes. El 22 de abril de aquel año de 1576 fue Domingo de Resurrección. En toda España se sabría más tarde que, el día siguiente, Lunes de Pascua, don Bartolomé de Carranza, arzobispo de Toledo, recorrió a pie las siete basílicas llamadas de estación en Roma. El papa Gregorio XIII le había declarado sospechoso con sospecha vehemente de herejía; y en su sentencia le ordenaba abjurar de levi, hacer penitencia, quedar suspendido de su dignidad de arzobispo de Toledo durante cinco años y permanecer recluido en el convento dominicano de la ciudad de Orvieto, en la Toscana. Escuchó Carranza con humildad y, tras aceptar el veredicto y abjurar, fue absuelto *ad cautelam*. Luego dijo misa en la Catedral de Letrán, y fue la última de su vida, porque una semana después enfermó gravemente. El Papa le envió en sus últimos momentos la absolución plena y entera. Y el 2 de mayo, teniendo cumplidos setenta y tres años de edad, murió allí mismo, en Roma, donde había permanecido los últimos en reclusión.

Y el propio papa Gregorio XIII, como reparación por su confusa sentencia, redactó el epitafio que se puso sobre su tumba: «Bartolomé Carranza, navarro, dominico, arzobispo de Toledo, primado de las Españas, varón ilustre por su linaje, por su vida, por su doctrina, por su predicación y por sus limosnas; de ánimo modesto en los acontecimientos prósperos y ecuánime en los adversos.»

## 10. ¿Y LA MADRE TERESA DE JESÚS?

El 29 de abril de 1576, el Consejo de la Suprema y General Inquisición dictó sentencia absolutoria para Teresa. El comunicado llegaría al tribunal de Sevilla en correo real de excepción una semana después, el día 8 de mayo. El ministro extraordinario con poderes de visitador, fray Tomás Vázquez, va esa misma mañana a comunicarle al arzobispo que la madre ha sido declarada inocente. La sentencia inquisitorial es una aprobación de su vida y de sus enseñanzas sobre la oración mental, alma de sus monasterios y de su reforma carmelitana; y viene a ratificar el juicio que el padre Domingo Báñez emitió en junio de 1575 sobre el *Libro de la vida*, a petición del Santo Oficio.

Por entonces, por esas casualidades de la vida, Teresa de Jesús, además de la absolución, recibe otra feliz noticia: han hallado una magnífica casa en la calle Pajarería de Sevilla, que discurre paralela al río, bordeando el barrio del Arenal, y que es perfecta para la ubicación definitiva del convento, que estaba provisionalmente y en precario en la calle de Armas.

Cuando fray Tomás se presenta para comunicarle lo que ha resuelto la Suprema Inquisición, encuentra a la madre feliz. Es ella la que, entre albórbolas de alegría, parece querer darle nuevas al ministro. Está entusiasmada con la nueva casa y, nada más verle, le dice:

—¡Padre mío! ¿No sabe vuestra reverencia que tenemos ya lista la nueva casa? ¡Fíjese, qué alegría! ¡Una casa con vistas traseras al río, al puerto, a la Torre del Oro... Es grandísima recreación para las monjas... ¿Piensa que es poco tener casa donde puedan ver esas galeras? No hay mejor casa en Sevilla, ni en mejor puesto; parece que no se ha de sentir en ella el calor... El patio parece hecho de alcorza... El huerto es muy gracioso; las vistas, extremadas...

Viéndola contenta, a fray Tomás le duele sacarle ahora de nuevo el asunto del Santo Oficio. Pero, como la noticia es tan buena...

—Madre Teresa —le dice—, vuestra merced deberá atender un momento a algo importante que tengo que comunicarle.

Ella le mira y ladea la cabeza de una manera graciosa, como suele hacer cuando no tiene demasiado interés en algo, pero que, por pura cortesía, debe atender.

—¿Ahora, precisamente? —contesta.

—Ahora, precisamente.

Fray Tomás saca la carta de la Suprema y se la entrega. Ella lee, contenida, fijos sus ojos vibrantes en las letras que parecen bailar en el pliego por el temblor de sus manos. Una lágrima le resbala por la mejilla. Cuando se ha enterado bien de lo que se dice en el comunicado, alza el rostro emocionado, suspira y exclama:

—¡Oh, Jesús, qué descanso!

Pero, un instante después, aprieta los labios y añade en tono más bajo:

—Aunque..., porque tengo experiencia de esto, diré algo para aviso de vuestra merced. No piense, aunque le parezca que sí, que ya está ganada la virtud con eso... ¡Ay!, siempre hemos de estar sospechosos, y no descuidarnos mientras vivimos, que en esta vida nunca hay todo sin muchos peligros...

## 11. Un jolgorio y una llamarada en la calle Pajarería

El domingo 3 de junio de 1576, de madrugada, una sublime procesión sale de la catedral de Sevilla. Amanece un día pletórico de luz y en la calle hay un alboroto inusitado. Se ve gente luciendo galas de fiesta, caballeros con buenos jubones y capas, no obstante el calor; las damas han sacado de los baúles sus vestidos suntuosos de primavera, confeccionados con brocados oscuros de seda, bordados con hilo de oro; también los largos velos, mantos, tocas, diademas y alhajas, que se ponen tradicionalmente para el oficio religioso y la procesión del Corpus Christi, y que esa misma tarde vuelven a guardar hasta el próximo año. El cortejo está ya delante del palacio del arzobispo, que sale acompañado por la clerecía y se sitúa detrás de la custodia de plata, en la que va el Santo Sacramento. Las campanas repican con solemnidad, en toque de gloria. Las autoridades se congregan custodiadas por soldados en uniforme de gala. Entre música, cohetes y nubes de incienso, todos avanzan en perfecto orden.

Alguien que pasa por allí, y que no sabe de qué va la cosa, le pregunta completamente extrañado a uno que va en la fila:

—¿A qué todo esto? ¿Qué pasa hoy? Si todavía no es el Corpus...

—El arzobispo va a llevar el Santo Sacramento al convento de las monjas carmelitas descalzas que ha fundado la madre Teresa de Jesús, y que hoy se inaugura en la calle Pajarería, donde se ha preparado una iglesia muy bonita.

Fray Tomás y el caballero de Alcántara también van en la procesión, ocupando un lugar destacado. Se sienten felices por participar en aquella fiesta que supone el fin de muchas incertidumbres, muchos trabajos y muchos viajes.

Avanza la procesión con solemnidad acostumbrada y, al entrar en la calle Pajarería, se encuentra con que todo está engalanado: se ven tapices, sobrecamas, tafetanes y, delante del convento, un precioso arco hecho con palmas y flores. Llega la custodia y hay cantos en la puerta de la iglesia. Seguidamente, el Sacramento es colocado en el sagrario.

La madre Teresa y sus monjas rodeadas por la multitud cariñosa no pueden estar más contentas. Hasta una fuente que mana agua de azahar les han colocado los vecinos en el centro del claustro del convento.

El arzobispo ha rezado de hinojos frente al altar, muy recogido. Ahora, ya puesto en pie, se dispone a marcharse. Llega el momento de despedirlo. Teresa de Jesús va hacia él, se arrodilla y le pide la bendición. Don Cristóbal Rojas de Sandoval la mira, con los ojos vidriosos; la bendice y, acto seguido, hace algo del todo inesperado: la toma por los codos y la alza. Ella se resiste, humildemente, pero finalmente está de pie frente a él. Entonces el arzobispo, entre el pasmo de todas las miradas, se arrodilla ante la monja y pide a su vez la bendición.

La madre está espantada, roja de sofoco, no sabe qué hacer...; pero, ante la insistencia de su señoría, acaba impartiendo sobre él una tímida y rápida bendición con su mano fina.

El arzobispo y la clerecía se marchan y en la casa quedan los íntimos de las monjas, reunidos en el claustro en torno a la aromática fuente de agua de azahar. Todavía, aun en medio del ambiente de fiesta, todos allí tienen muy gravada la imagen que acaban de ver. Alguien se acerca a Teresa y le pregunta qué ha sentido en ese momento.

—¡Jesús! —exclama ella—. Miren qué sentiría, cuando vi a un tan gran prelado arrodillado delante de esta pobre mujercilla, sin quererse levantar hasta que le echase la bendición en presencia de todas las religiones y cofradías de Sevilla... ¡Qué cosas, Señor!

Un instante después, cuando empiezan a repartir unos dulces para festejar el momento, uno de los cohetes lanzados va a dar en las colgaduras que hay en las cornisas y enseguida se forma allí un incendio. Hay carreras, aspavientos, gritos... Los más ágiles suben aprisa a apagarlo, ante el general pánico que se ha generado por la amenaza de que arda todo el convento. Pero, por suerte, la cosa acaba en nada. Y un rato después, el incidente sirve de chanza y de risas.

—¡Jesús! —exclama Teresa con guasa—. ¡Veremos si al final, entre unas cosas y otras, acabamos quemadas!

Todos celebran riendo la ocurrencia. Y fray Tomás se acerca a Monroy, que ha traído su vihuela, para rogarle:

—Anda, hermano, canta esa copla de la madre Teresa que hemos ensayado tú y yo.

Al caballero eso de tocar y cantar se le da muy bien. Así que, ante la admiración de los presentes, canta:

*Vuestra soy, para Vos nací,*
*¿qué mandáis hacer de mí?*

*Soberana Majestad,*
*eterna sabiduría,*
*bondad buena al alma mía;*
*Dios alteza, un ser, bondad,*
*la gran vileza mirad*
*que hoy os canta amor así:*
*¿qué mandáis hacer de mí?*

*Vuestra soy, pues me criasteis,*
*vuestra, pues me redimisteis,*
*vuestra, pues que me sufristeis,*
*vuestra, pues que me llamasteis,*
*vuestra, porque me esperasteis,*
*vuestra, pues no me perdí:*
*¿qué mandáis hacer de mí?*

FIN

# NOTA DEL AUTOR

# Santa Teresa de Jesús

Teresa de Cepeda y Ahumada, conocida universalmente como santa Teresa de Jesús, nació el año 1515 y vivió durante el llamado «Siglo de Oro español»; la época clásica o de apogeo de la cultura española, que abarca esencialmente el Renacimiento del siglo XVI y el Barroco del siglo XVII. Época compleja, en la que la «monarquía católica» alcanzó su máximo poderío económico, militar y político con Carlos V (I de España) y Felipe II. Durante el auge cultural y económico de este tiempo, España adquirió prestigio internacional en toda Europa. Cuanto provenía de España era a menudo imitado; y se extiende el aprendizaje y estudio del idioma español. Las áreas culturales más cultivadas fueron la literatura, las artes plásticas, la música y la arquitectura. Las universidades de Salamanca y Alcalá de Henares, contadas entre las más prestigiosas de Europa dispensan su saber y acumulan nombres insignes entre su profesorado. Por entonces escribieron Garcilaso de la Vega, Lope de Vega, fray Luis de León y Cervantes. Curiosos libros como *La Celestina* o *El Lazarillo de Tormes* ponen de manifiesto la contradicción de una sociedad que se debate entre las mayores grandezas y las miserias de las gentes de un tiempo en el que

Juan de Herrera construía El Escorial, y Diego de Siloé, Juan de Juni y el Greco se empleaban en dejarnos sus mejores obras de arte, mientras componía su música Tomás Ruiz de Vitoria.

Por otra parte, España se vio implicada en grandes conflictos y empresas militares: conquistas en América y en el Pacífico, enfrentamientos con Francia, Portugal e Inglaterra, el célebre «sacco di Roma», la batalla de Lepanto contra los Turcos y las largas guerras centroeuropeas de religión. Eran demasiados conflictos para una población de apenas seis millones de habitantes. Las familias castellanas veían partir, año tras año, uno tras otro, a todos sus varones, y en los campos comenzaron a faltar los brazos necesarios para el cultivo de la tierra. Todo esto, unido a algunos años de sequía y al continuo crecimiento de los impuestos para mantener el permanente movimiento de tropas, provocaron el hambre y la miseria entre la población. La constante llegada del oro y la plata americanos no hacían sino provocar el crecimiento de la inflación y se hubo de anunciar la bancarrota en varias ocasiones. No obstante el gran poder de la monarquía, surgieron revueltas populares, levantamientos e insurrecciones en Flandes, Aragón, Castilla, Navarra, y Valencia, que fueron aplastadas sin contemplaciones por la potente hueste imperial.

En medio de esta compleja realidad, a principios del siglo XVI vino al mundo Teresa de Cepeda y Ahumada. Era hija de Alonso Sánchez de Cepeda, que se había casado sucesivamente con dos hijas de terratenientes. La segunda esposa, Beatriz de Ahumada, de solo 14 años el día de la boda, moriría a los 33, después de haberle dado 10 hijos más: «Éramos tres hermanas y nueve hermanos», dice ella en el que es conocido como *Libro de la vida* (V 1,4). Se crio en una casa grande y buena, con huerto, noria, establos, arcones, tapices, alfombras... Pero la situación de penuria económica en Castilla pronto empezó a vaciar las arcas, viniendo a menos la familia. Sin embargo, hubo siempre dinero para los libros a los que tan aficionado era el padre: de Séneca o de Boecio, novelas de caballería, poemarios, vidas de santos...; que leía también a sus hijos. Entusiasta de la lectura fue también la madre, y en este ambiente, desde muy niña, Teresa heredó la afición: «Era tan en extremo lo que en esto me embebía que, si no tenía libro nuevo, no me parece tenía contento» (V 1,1). Solía decir de sí que era «amiga de letras» (V 5,3; 13,18). Y siempre aconsejó a sus monjas que fueran lectoras de los buenos libros, que «son alimento para el alma como la comida lo es para el cuerpo». Ella misma enseñó a leer y escribir a algunas de las novicias que ingresaron analfabetas en los conventos.

A pesar de criarse en un ambiente acomodado, cuando Teresa inicia la escritura del *Libro de la vida* en absoluto presume de que sus padres fueran nobles; sino que se refiere a ellos como «virtuosos y temerosos de Dios... de mucha caridad con los pobres y grandísima honestidad». El padre Gracián recuerda en sus escritos que en cierta ocasión se puso a hablar de la nobleza del linaje de la santa, y que ella, lejos de envanecerse, «se enojó mucho conmigo porque trataba de esto, y dijo que a ella le bastaba ser hija de la Iglesia Católica y que más le pesaba haber hecho un solo pecado, que si fuera descendiente de los más viles y bajos villanos y confesos del mundo». En muchas cartas y escritos se refiere con desprecio a «la pestilencia de la honra», instando a las monjas de sus conventos: «todas han de ser iguales y la que tenga padres más nobles, que los nombre menos». Y esto en una época en que las órdenes religiosas pedían a los postulantes un certificado de «limpieza de sangre»; es decir, no ser hijo ilegítimo, ni descendiente de judíos, musulmanes, indios... No permitió santa Teresa que se introdujera esa norma en las constituciones de su reforma.

Ella era descendiente de judeoconversos y seguramente lo sabía. Su abuelo paterno, Juan Sánchez de Toledo, fue procesado por la Inquisición en 1485 y obligado a llevar el sambenito durante siete viernes, siguiendo la condena impuesta a los criptojudíos penitenciados por el Santo Oficio. La familia se vio obligada a abandonar un floreciente negocio de paños en Toledo y a trasladarse a Ávila, con menos posibilidades, pero donde nadie les conocía ni sabía de su desgracia con el Santo Oficio. En su nueva ciudad de residencia obtuvieron un certificado falso de hidalguía, que les eximía de pagar impuestos y les proporcionaba buena imagen en aquella sociedad, donde se entregaron a aparentar una condición que no poseían: la de cristianos viejos. Los hermanos varones se casaron con doncellas hidalgas y se dedicaron a la vida de los nobles de la época: abundante servidumbre, ropajes caros, cacerías, fiestas campestres...

Cumplidos los siete años, ya manifiesta Teresa una gran imaginación y una cierta intrepidez. Convence a su hermano Rodrigo para escapar juntos «a tierra de moros, para ser decapitados por Cristo» y ganar con ello el cielo. Ella misma cuenta que un tío suyo los detuvo junto a la Cruz de los Cuatro Postes y los devolvió a la casa. Desde entonces, hubieron de conformarse haciendo pequeñas ermitas en el huerto familiar, «juntando unas piedrecillas, que pronto se nos caían». Aunque ella siguió soñando con aventuras y sabemos que llegó a escribir un libro de caballerías, lamentablemente perdido. Recuerda cómo sus amigas se burlaban de su nombre, porque no había ninguna santa llamada Teresa en los santorales ni en el calendario; y ella les respondía muy segura: «Yo seré la primera».

La madre falleció cuando Teresa tenía trece años. Esto le causó gran sufrimiento; y, sintiéndose desvalida, acudió a la Virgen María: «Como yo entendí lo que había perdido, afligida fuime a una imagen de Nuestra Señora y supliquéla fuese mi madre con muchas lágrimas» (V 1,7). Todo cambió a partir de ese día para ella y podemos decir que aquí termina su infancia. Los entretenimientos de la niñez quedan cada vez más lejos y se cambian por coqueteos propios de adolescente y conversaciones vanas: «Comencé a traer galas y a desear contentar en parecer bien, con mucho cuidado de manos y cabello, y olores y muchas vanidades... Hasta que traté con ella no tenía totalmente perdido el temor de Dios, aunque lo tenía mayor de la honra. Este tuvo fuerza para no perderla del todo... Mi padre y mi hermana reprendíanme muchas veces... Era el trato con quien por vía de casamiento me parecía poder acabar bien» (V 2,2ss).

En 1530 se embarca para las Indias su hermano Hernando, y después le seguirían otros hermanos, obligados tal vez por las escaseces que sufría la familia a cuenta de haber dispendiado su hacienda. En 1531 se casa su hermana María. El padre aprovecha para internar a Teresa como pupila en las Agustinas, donde buscaba tenerla entre otras jóvenes de buena familia, en un ambiente de recogimiento, aprendiendo labores y unas enseñanzas elementales. «Me llevaron a un monasterio que había en ese lugar, adonde se criaban personas semejantes... aguardaron a coyuntura que no pareciera novedad; porque haberse casado mi hermana y quedar yo sola, sin madre, no era bien» (V 2,6). Con dieciséis años, se declara «enemiguísima de ser monja.»

Un año y medio más tarde, Teresa cayó enferma, y su padre la devolvió a casa. La joven empezó a reflexionar por entonces seriamente sobre la vida religiosa que le atraía y le repugnaba a la vez. La obra que le permitió llegar a una decisión fue la colección de «Cartas» de san Jerónimo, cuyo realismo le impactó sobremanera. Comunicó que quería hacerse religiosa a su padre, y este se negó, respondiendo que tendría que esperar a que él muriese para ingresar en el convento. Y ella, temiendo flaquear en su propósito, fue a visitar a una amiga íntima, Juana Suárez, que era religiosa en el convento carmelita de la Encarnación de Ávila. Allí Teresa ingresó de noche, sin el consentimiento paterno. «Recuerdo que, al abandonar mi casa, pensaba que la tortura de la agonía y de la muerte no podía ser peor a la que experimentaba yo en aquel momento... El amor de Dios no era suficiente para ahogar en mí el amor que profesaba a mi padre y a mis amigos.» Confiesa que no lo hacía por motivos totalmente claros: «Más me parece me movía un temor servil, que no amor» (V 3,6). Incluso reconoce que lo hizo por seguir a su gran amiga: «Miraba yo más mis gustos y mi vanidad que lo que fuera mejor para mi alma.» Finalmente, aceptó el padre y entregó la dote: veinticinco fanegas de pan, una cama con dos colchones, seis almohadas, dos cojines, alfombras, ropas abundantes, hábitos, sayas, mantos, velas, limosnas, tocas nuevas y hasta un banquete para todas las hermanas del convento.

El monasterio de la Encarnación era un edificio nuevo, aún no terminado y en obras. La estructura de este y de cualquier otro monasterio de su época difería mucho de la que podemos encontrar hoy en las comunidades religiosas. Teresa no tardó en adaptarse a su nuevo estado: «En tomando el hábito, entróme un gran contento, que no me ha faltado hasta hoy» (V 4,2). La vida monacal era por entonces un reflejo de aquella sociedad: si bien muchas de las monjas eran mujeres sinceramente convencidas y con vocación religiosa, otras eran hijas segundonas de buenas familias, a quienes sus padres no habían conseguido un matrimonio «adecuado» conforme a su condición; y además, ingresaban viudas piadosas, hijas rebeldes y algunas descarriadas de alcurnia. En el caso de los monasterios más ricos y poderosos, las abadesas y prioras eran descendientes de las grandes familias, que se servían de los bienes y posesiones del patrimonio monacal para acrecentar su hacienda y predominio social. Las diferencias y jerarquías dentro eran muy notables. En la Encarnación, donde ingresó Teresa, las religiosas que aportaban una dote suficiente y sabían leer eran consideradas «de velo negro», asistían al rezo de las horas canónicas en el coro y tenían voz y voto en los capítulos conventuales. Sin embargo, aquellas que no podían aportar la dote eran «de velo blanco»; se empleaban en las tareas domésticas, sin tener obligación del rezo coral ni poder participar en reuniones para tomar decisiones; y hacían la vida en estancias, dormitorios y comedores comunes, en condiciones de inferioridad. Mientras que las llamadas «doñas», que se lo podían pagar, tenían amplias habitaciones con cocina, despensa, oratorio, recibidor y alcoba propia. Y se daba el caso sorprendente de que muchas de las que venían de familias ricas se llevaban consigo vestidos, joyas, alimentos y hasta servidumbre privada al convento. De ellas escribirá santa Teresa que «están con más peligro que en el mundo» y que «es preferible casarlas muy bajamente que meterlas en monasterios».

En el convento de la Encarnación de Ávila, Teresa volvió a sufrir recaídas en su enfermedad, de las que acabó de sanarse definitivamente en 1539, gracias, según ella, a la intercesión de san José. A tenor de los síntomas, no se ha llegado a determinar de qué enfermedad se trataba. Ella lo describe de tal manera que podría ser: languidez, desmayos, crisis de epilepsia «mal de corazón» y convulsiones. Se ha dicho repetidamente que la crisis de 1537 fue epiléptica; y que más adelante, los éxtasis y los arrobamientos que se repiten a lo largo de su vida no serían más que la manifestación de secuelas de este episodio en los dos lóbulos temporales.

Lo cierto es que Teresa sacó de este período muchos frutos: aprendió a confiar ilimitadamente en Dios y practicó el método de oración llamado de «recogimiento», a partir de la lectura del *Tercer abecedario espiritual*, del franciscano Francisco de Osuna, merced al cual alcanzó algunas veces la «unión» con Dios y un «deseo de soledad».

Recuperada la salud, aunque no completamente, se ocupó preferentemente de asuntos seculares y durante un breve período se relajó espiritualmente: recibía frecuentes visitas en el convento y dejó en parte la oración. Hasta que en 1542 —según escribió— se le apareció Jesucristo con semblante airado, reprochándole su actitud. Un año antes, en 1541, había fallecido su padre, y ella consoló la pérdida con la lectura de las *Confesiones*, de san Agustín. Y en 1555, ante una imagen de Jesús crucificado, se inició lo que se llama su «conversión», que ella describe así:

> En mirándola [la imagen de Cristo llagado], toda me turbó de verle tal, porque representaba bien lo que pasó por nosotros. Fue tanto lo que sentí de lo mal que había agradecido aquellas llagas, que el corazón me parece se me partía, y arrojeme cabe Él con grandísimo derramamiento de lágrimas, suplicándole me fortaleciese ya de una vez para no ofenderle (Vida, IX).

Al año siguiente, 1556, empieza a sentir los primeros favores espirituales o dones especiales: la oración de quietud y la oración de unión. Y poco después oye las primeras «palabras sobrenaturales»; se producen las visiones imaginarias e intelectuales y los primeros arrobamientos o éxtasis. Una nueva enfermedad la saca del convento, a casa de una parienta, cerca del colegio de los Jesuitas y del palacio de doña Guiomar de Ulloa, con la que traba una profunda amistad y con quien pasa los siguientes tres años. En Pentecostés de 1556, mientras rezaba el *Veni Creator*, sintió una fuerza interior: «Vínome un arrebatamiento tan súbito, que casi me sacó de mí... Fue la primera vez que el Señor me hizo esta merced de arrobamiento. Entendí estas palabras: "Ya no quiero que tengas conversación con hombres, sino con ángeles"... Desde aquel día quedé yo tan animosa de dejarlo todo por Dios» (V 24,7). Ella lo llamó desposorio espiritual. Tenía, por entonces, 41 años. Pero fue en 1558 cuando, tras padecer su primer «rapto» y asistir a la visión del infierno, se decidió a tomar por confesor a Baltasar Álvarez, que la ayudó a comprender todo aquello tan nuevo y extraño para ella. Por fin, la visión de Jesús resucitado, movería su ánimo a hacer voto de aspirar siempre a lo más perfecto, que acabaría conduciéndola a la labor fundadora. En agosto de 1560 Teresa tiene la ocasión de tratar con san Pedro de Alcántara durante ocho días en casa de doña Guiomar: «Vi que me entendía por experiencia, que era todo lo que yo había menester... Me dio grandísima luz» (V 30,4). Desde entonces, el fraile reformador se convirtió en uno de sus mejores amigos y consejeros.

San Luis Beltrán la animó a llevar adelante su proyecto de reformar la orden del Carmen, adoptando la regla primitiva: el desprendimiento y la contemplación, dando cabida a la actividad apostólica. Su intención era restituir la antigua observancia de la regla del Carmelo, atenuada en 1432 por el papa Eugenio IV. Teresa tomó como modelo la reforma franciscana de Cisneros, basada en la práctica de la oración y del ayuno, en no poseer rentas ni propiedades, ni en común ni particularmente, en guardar silencio y en descalzarse. En todo esto, influyó mucho que conociera a san Pedro de Alcántara. Teresa se «descalza» el 13 de julio de 1563, cambiando los zapatos que usaba en el monasterio de la Encarnación por unas alpargatas de cáñamo. La seguirán en esto las demás monjas y más tarde los carmelitas varones, que se conocerán como los «descalzos» para distinguirse de los «calzados», que se siguen rigiendo por la regla mitigada.

Contemporánea de Erasmo de Rotterdam y Martín Lutero, Teresa de Ávila fue plenamente consciente de los acontecimientos de su tiempo. Es sorprendente la cantidad de referencias que encontramos en sus obras a las guerras de religión, al Concilio de Trento, a las revueltas de los moriscos de Granada, a los enfrentamientos con Francia y Portugal, a los procesos inquisitoriales y a los índices de libros prohibidos, a las conquistas americanas y a los productos que de allí llegaban: patatas, cocos, pipote, tacamata... Nos encontramos ante una mujer verdaderamente excepcional, dotada de una inteligencia despierta, de una voluntad intrépida y de un carácter abierto y expansivo. Su chispa y simpatía se ganaban a cuantos la trataban. Fray Luis de León nos dice de ella: «Nadie la conversó que no se perdiese por ella.» El padre Pedro de la Purificación escribió: «Una cosa me espantaba de la conversación de esta gloriosa madre, y es que, aunque estuviese hablando tres y cuatro horas, tenía tan suave conversación, tan altas palabras y la boca tan llena de alegría, que nunca cansaba y no había quien se pudiera despedir de ella.» Semejante es el testimonio de la hermana María de S. José: «Daba gran contento mirarla y oírla, porque era muy apacible y graciosa.» Se granjeó toda clase de relaciones y de amistades incondicionales: obispos, teólogos, grandes damas, nobles, hidalgos, mercaderes, arrieros e incontables y anónimas gentes sencillas por toda la geografía que, de manera incansable, recorrió. Teresa repetía: «cuanto más santas, han de ser más conversables», «un santo triste es un triste santo», «un alma apretada no puede servir bien a Dios» y «Tristeza y melancolía, no las quiero en casa mía».

Pensemos que una manera de pensar y vivir como esta, en el siglo XVI, no estaba exenta de grandes dificultades y peligros. Muchos no admitían que las mujeres fueran letradas, que tuvieran una vida activa de relaciones personales y, mucho menos, que se dedicaran a escribir. La mujer era considerada como propiedad del padre o del esposo, y su función se limitaba al trabajo casero, ser madre y cuidar y satisfacer las necesidades sexuales del marido. Teresa tuvo que demostrar su valía humana e intelectual y hubo de enfrentarse inagotablemente a los que dogmatizaban diciendo, por ejemplo, que «la oración mental no es para mujeres, que les vienen ilusiones; mejor será que hilen; no han menester esas delicadezas; bástalas el Pater Noster y el Ave María...» (CE 35,2). Era muy consciente de las sospechas que recaían sobre una mujer que escribía y necesitó utilizar constantes justificaciones y descargos para que sus obras no acabaran prohibidas o quemadas y ella misma condenada por la Inquisición. Insiste una y otra vez en que escribe «por obediencia» a sus confesores y «con su licencia». Dice como excusa: «Me lo han mandado... mucho me cuesta emplearme en escribir, cuando debería ocuparme en hilar... de esto deberían escribir otros más entendidos y no yo, que soy mujer y ruin... como no tengo letras, podrá ser que me equivoque... escribo para mujeres que no entienden otros libros más complicados...» No obstante, y a pesar de sus empeños, en los márgenes de sus escritos podemos encontrar anotaciones de los censores. A pesar de todo, constantemente expresa su deseo de escribir y su convencimiento de que tiene algo valioso que decir. Desde el presente, su vida y sus escritos constituyen una permanente defensa del derecho de la mujer a pensar por sí misma y a tomar decisiones. Esto, sin duda, es algo absolutamente novedoso en aquella época y un signo más de la singularidad y el valor humano de la figura de Teresa.

Los letrados, siempre varones, no solo van a leer los escritos teresianos sino que los van a juzgar, revisar y, en su caso, mandar que sean destruidos. El padre Diego Yanguas, confesor de santa Teresa, le ordena quemar su comentario sobre los pasajes del Cantar de los Cantares de Salomón, leídos en las oraciones matinales de las Carmelitas; porque no se podía consentir una interpretación de la Sagrada Escritura hecha por mujer; y mucho menos tratándose de versos con cierto contenido erótico. Contra lo establecido, ella afirma que, en el campo de la oración, las mujeres llegan a ser mejores que los varones: «Hay muchas más que hombres a quien el Señor hace estas mercedes, y esto oí al santo fray Pedro de Alcántara (y también lo he visto yo), que decía aprovechaban mucho más en este camino que hombres, y daba de ello excelentes razones, que no hay para qué las decir aquí, todas a favor de las mujeres» (V 40,8).

El nuncio del Papa, Filippo Sega, amonesta a santa Teresa por la vida pública que lleva en los años de sus fundaciones: «... fémina inquieta, andariega, desobediente i contumaz, que a título de devoción inventaba malas dotrinas, andando fuera de la clausura, contra el orden del Concilio Tridentino i Prelados: enseñando como maestra, contra lo que san Pablo enseñó, mandando que las mujeres no enseñasen.»

Un letrado censor de la época tachó con tal furia un escrito sincero y espontáneo de Teresa, que gracias a la tecnología actual ha podido ser rescatado y leído, ayudados por los rayos X, aunque algunas líneas no se pueden descifrar: «No aborrecisteis, Señor de mi alma, cuando andabais por el mundo, las mujeres. Antes las favorecisteis siempre con mucha piedad y hallasteis en ellas tanto amor y más fe que en los hombres... No basta, Señor, que nos tiene el mundo acorraladas... que no hagamos cosa que valga nada por vos en público, ni osemos hablar algunas verdades que lloramos en secreto, sino que no nos habíais de oír petición tan justa. No lo creo yo, Señor, de vuestra bondad y justicia, que sois justo juez y no como los jueces del mundo, que —como son hijos de Adán y, en fin, todos varones— no hay virtud de mujer que no tengan por sospechosa... que no es razón desechar ánimos virtuosos y fuertes, aunque sean de mujeres» (CE 4,1).

Teresa distingue claramente entre la meditación y la contemplación: la primera es discursiva y se realiza con el esfuerzo de nuestro entendimiento; en cambio, la segunda es intuitiva y se recibe como don gratuito; produciendo asombro, embeleso y gozo en quien la experimenta. La presencia misteriosa, pero real, del Señor a su lado es siempre para ella prueba de la certeza de la cercanía y del amor de Dios. A estas vivencias las llama contemplación, «sabiduría infundida» y «mística teología». Intenta explicarlo detenidamente: «sin ruido de palabras le está enseñando este divino Maestro, suspendiendo las potencias. Gozan sin entender cómo gozan. Está el alma abrasándose en amor y no sabe cómo ama. Conoce que goza de lo que ama y no sabe cómo lo goza. Bien entiende que no es gozo que alcanza el entendimiento a desearle. Abrázale la voluntad sin saber cómo... Es don del Señor» (C 25,2). Sin embargo, no encuentra las palabras adecuadas ni consejero que le ayude para expresar algo tan misterioso.

A sus sesenta años se siente «vieja y cansada»; adjetivos que comienzan a salir como un estribillo en su correspondencia. Querría incluso retirarse a la soledad, a descansar, olvidada de las complicaciones que le causan los caminos y las enfermedades y, principalmente, de aquellos letrados de mentalidad estrecha que no dejan de atacar su libertad y espontaneidad. Para ella, siempre fueron una sombra oscura y terrible los ejemplos de Magdalena de la Cruz y de otras embaucadoras, que una y otra vez le ponían por delante.

El 4 de octubre de 1582, teniendo santa Teresa cumplidos sesenta y siete años de edad muere en Alba de Tormes. La tarde anterior, al recibir por última vez la comunión, exclamó: «Hora es ya, Esposo mío de que nos veamos.» Y el momento antes de fallecer: «Es tiempo de caminar.»

Los escritos de santa Teresa son el mejor reflejo de su persona y el camino más certero que tenemos para conocerla. De hecho, al enviar el manuscrito del *Libro de la vida* al padre García de Toledo, ella le escribe: «Aquí le entrego mi alma.»

# Nota del autor y justificación de la novela

El escritor de novelas históricas construye su ficción a partir de datos históricos. En esta correspondencia hay que ser consecuente con la objetivación: respetar las fuentes y suplir creando con sumo respeto lo que falta. Eso requiere ser claro a la hora de ir seleccionando la procedencia de las fuentes, cotejar unas con otras, incorporar la información sin fatigar y ser muy prudente a la hora de extraer conclusiones, no deformando el mensaje original. Todo ello sin olvidar, en ningún momento, que se está haciendo una ficción que debe resultar atractiva, que se debe apreciar «real»; que se siga en su lectura sintiendo que tiene lógica y que se cumple el principio de verosimilitud.

Con todo, en esta novela, como en otras que he escrito anteriormente, no he pretendido presentar algo real. Mi intención no es contar la historia. Entre otras cosas, porque soy muy consciente de que solamente se puede llegar a la historia real de manera limitada, a través de los documentos, del uso de las evidencias y de los métodos de presentación propios de los historiadores. Y siempre teniendo en cuenta que los documentos que maneja la historiografía no son neutros, sino que fueron elaborados de acuerdo con filtros ideológicos y epistemológicos que ya seleccionaron en su momento lo que se consideró que debía ser contado. Sin embargo, no estoy de acuerdo con eso que hoy tanto se repite: que toda historia es ficción, y que la única forma de revelar el pasado es tratarlo como un producto narrativo, susceptible por lo tanto de ser recontado de cualquier forma. Preferiría decir, en cambio, que me parece esencial la distinción entre los acontecimientos acaecidos realmente y los hechos históricos que tienen carácter narrativo, es decir, los que fueron construidos por el que los refiere, ya sea un escritor o un historiador.

Una de las características más notables de la novela histórica actual como género es la intención de establecer un puente entre el pasado que recrea y el presente en que se escribe y es leída. Y aunque la intención de la novela no sea presentar algo completamente real, y la realidad sea sentida como inaccesible, no se escribe como un simple e inútil simulacro. Porque se hace con el deseo de ver con la mirada del presente aquello que sucedió y que hoy nos parece incomprensible y hasta terrible; sintiendo que siempre quedará el deseo de cambiarlo... Pero no se entienda esto como una intención de suplantar lo que verdaderamente fue, de engañar o «retocar» los hechos; aquello que Paul Ricœur señaló como «los abusos de la memoria». Se trata empero de intentar un nuevo concepto de la narración, como penetración que investiga en la realidad cotidiana del pasado respetando lo que se conoce, pero desde una temporalidad presente, para llegar a entender mejor la experiencia humana. Para resaltar el bien y la belleza, el hombre se expresa por medio del arte; y de igual manera hace para contrarrestar los efectos que provocan en el alma el horror y la consternación. En este sentido, el escritor es un visionario capaz de transformar las más desdichadas situaciones en un relato apasionante, en una aventura, en una historia capaz de conducirnos a emociones que nos sirvan de catarsis y liberación de nuestros propios miedos e incertidumbres.

La idea de escribir *Y de repente, Teresa* surgió de la petición que me expresó el año 2012 el padre Emilio Martínez, vicario general de la orden Carmelita Descalza: se avecinaba el V Centenario del Nacimiento de santa Teresa, que iba a celebrarse en 2015 y les parecía oportuno a la organización que se hiciera una novela histórica sobre Teresa de Jesús. Lejos de considerar esta petición como una simple «novela por encargo», yo estimé que se trataba de una responsabilidad enorme y acepté sin dudarlo. Siempre he admirado a Teresa de Jesús, conozco su vida y he leído a fondo su obra, así que consideré que debía ponerme manos a la obra. Tuvimos muy claro desde el principio que no debía ser ni una biografía, ni una novela biográfica, ni una historia novelada. Sería una novela histórica pura: un relato de ficción insertado en un escenario histórico que se percibiese como real y que tuviese detrás, aunque de manera poco perceptible, una seria investigación. Eso no resulta nada fácil en el caso de un personaje real, tan conocido, con tanta fuerza y con tanto prestigio. Fui consciente de que me metería en un «avispero», del que no habría de salir indemne, sino traspasado por las dolorosas punzadas de las dudas, las ansiedades y las fatigas que jalonan la propia vida de la protagonista principal, Teresa de Jesús.

Esta novela ha supuesto para mí un intenso trabajo. Hasta ahora, el mayor esfuerzo de investigación y documentación que he hecho desde que empecé a escribir novelas. Indagar sobre santa Teresa de Jesús es meterse en una complicación enorme; como ocurre con los grandes personajes que, además de contar en su biografía con acciones de gran categoría humana y social, nos han dejado sus escritos. En el caso que nos ocupa, se une a esto la ingente cantidad de documentación generada por historiadores, biógrafos, expertos, comentaristas, exégetas, etc. La tentación de especular sobre la gran masa que permanece sumergida resulta irresistible. Solo quien conoce bien todo esto sabe que una historia tan apasionante y tan repetidamente narrada a lo largo de los siglos contiene flecos sueltos, indicios equívocos, casualidades, incoherencias, etc.; y que, al final, cualquier intento de redundar en ella es como meterse en un puzle dificilísimo. Siempre existe el peligro de que la imaginación pueda echar a volar, formando teorías muy complejas y de todo tipo. De ahí que haya que proceder con sumo cuidado a la hora de valorar lo que dicen unos y otros.

Después de iniciar mis primeros trabajos de investigación previa, me decidí por el que es quizá el episodio más desconocido de la vida de Teresa de Jesús: sus problemas con la Inquisición.

Los inquisidores nunca se fiaron ni de la obra fundadora ni de los escritos de Santa Teresa. De hecho, ella temía constantemente ser delatada: «Iban a mí con mucho miedo a decirme que andaban los tiempos recios y que podría ser me levantasen algo y fuesen a los inquisidores», escribe en el *Libro de la vida*. No obstante este cuidado, sus primeros problemas empezaron muy pronto, en 1559, cuando se publica el Índice de Libros Prohibidos del inquisidor Fernando de Valdés. Los inquisidores registraron por entonces la pequeña biblioteca que Teresa tenía en el monasterio de la Encarnación y requisaron obras de fray Luis de Granada, san Juan de Ávila o san Francisco de Borja. Ella escribe: «Cuando se quitaron muchos libros de romance, yo lo sentí mucho.» A partir de este percance los censores empezaron a examinar con lupa sus escritos y dejaron abundante constancia de sus correcciones: tachan párrafos de sus libros, le hacen arrancar páginas enteras o rehacerlas, como se decía entonces, de «sana planta». Uno de los censores, refiriéndose a sus disertaciones sobre el amor, anota al margen la siguiente advertencia: «Váyase con tiento.» Le obligaron a rehacer entero el *Camino de perfección*. Y ella, sumisa, obedeció el mandato; pero conservó en una arquilla del convento de San José de Ávila el cuaderno primero, que hoy se guarda en El Escorial.

Teresa escribió, además de muchas cartas y poemas, cuatro grandes obras: el *Libro de la vida*, *Camino de perfección*, *Castillo interior* y el *Libro de las fundaciones*. El más cuestionado por la Inquisición fue el primero de ellos, la autobiografía de la santa, por tratar de «cosas místicas». La Inquisición la consideró sospechosa de ser «alumbrada» y «dejada» y santa Teresa de Jesús tuvo que comparecer ante uno de sus tribunales.

En 1575, tuvo que comparecer ante la Inquisición en Sevilla, tras haber sido denunciada por una beata expulsada del convento. No se conserva el informe oficial que se presentó con las acusaciones. Pero por los despachos enviados al Tribunal de Madrid se puede saber algo de su contenido. Se acusa a Teresa de Jesús de practicar una doctrina nueva y supersticiosa, llena de embustes y semejante a la de los alumbrados de Extremadura. Los inquisidores investigan sobre el *Libro de la vida*; están seguros de que contiene engaños muy graves para la fe cristiana. El documento está fechado en Triana, en el castillo de San Jorge, el 23 de enero de 1576.

Por orden del inquisidor apostólico general, don Gaspar de Quiroga, el padre Domingo Báñez, prestigioso teólogo de Salamanca redacta así su censura del libro: «Y en todo él no he hallado cosa que a mi juicio sea mala doctrina.» Las únicas observaciones se refieren a la abundancia de revelaciones y visiones: «las cuales siempre son mucho de temer, especialmente en mujeres, que son más fáciles en creer que son de Dios y en poner en ellas la santidad». Y concluye con un veredicto final: «Esta mujer, a lo que muestra su relación, aunque ella se engañase en algo, a lo menos no es engañadora.»

Santa Teresa fue interrogada, molestada, amenazada y estuvo a punto de ir a prisión, según nos refieren los escritos del padre Gracián. Él mismo le notificó a Teresa que pensaban acusarla a la Inquisición y que probablemente la encarcelarían. Se sorprendió al ver que ella ni se inmutaba, ni experimentaba disgusto en ello, antes bien, se frotaba las manos.

Finalmente, en un determinado momento, los inquisidores se dieron cuenta de que la denuncia de aquella testigo, María del Corro, eran patrañas infundadas, tejidas por su imaginación enfermiza. Dice María de San José: «Vino un inquisidor, y averiguada la verdad y hallando ser mentira lo que aquella pobre dijo, no hubo más. Aunque como éramos extranjeras y tan recién fundado el monasterio y en tiempo que se habían levantado los alumbrados de Llerena, siguiéronse hartos trabajos.» Como dice el padre Gracián, «todo acabó en quedarse ellas con más crédito y dar los inquisidores una muy buena mano a aquel clérigo que andava zarceando estas cosas».

Un tribunal compuesto por tres letrados jesuitas recogió las declaraciones de Teresa. Se conservan dos *Cuentas de conciencia,* que son los escritos que ella hizo en su defensa, en 1576. La sentencia definitiva se desconoce; pero hay que suponer que esta existió.

Aunque las acusaciones contra la madre Teresa y sus escritos eran infundada, constituyen hoy un hecho real que está ahí, que pertenece a la historia; y que durante mucho tiempo se quiso ocultar tal vez para no empañar la figura y la obra. En cambio, hoy día podemos presentar a una Teresa de Jesús más humana y realista, metida de lleno en las corrientes espirituales de su tiempo y teniendo que sufrir las consecuencias de aquella época. Otros grandes personajes también sufrieron aquellas consecuencias: recordemos a fray Luis de León y al arzobispo Carranza, que estuvieron en las cárceles de la Inquisición.

Esta novela, aun teniendo a santa Teresa como centro y personaje de fondo, es en realidad una historia más que versa sobre aquella España del siglo XVI, que no deja de sorprendernos y que, incluso, nos escandaliza mirada desde el presente, por sus desmesuras e intransigencias. Así, puedo arriesgarme a decir que *Y de repente, Teresa*, más que una simple narración de la peripecia de santa Teresa de Jesús como sospechosa de alumbradismo para los inquisidores, es también una indagación sobre las distintas formas en que esos hechos fueron narrados en su momento, los cuales yo me he encontrado como de repente, y debo confesar que han dejado una gran impresión en mi alma y en determinados momentos me han provocado un gran sufrimiento.

# Bibliografía sobre santa Teresa de Jesús

AA.VV, *La recepción de los místicos Teresa de Jesús y Juan de la Cruz*, Universidad Pontificia, Salamanca-Centro Internacional de Ávila, 1997.

AA.VV, *Actas del Congreso Internacional Teresiano*, eds. Teófanes Egido y otros, Universidad, Salamanca, 1983.

ÁLVAREZ, José Antonio, *Teresa de Jesús y la economía del siglo XVI (1562-1582)*, Trotta, Madrid, 2002.

ÁLVAREZ, Tomás, *Estudios Teresianos*, Monte Carmelo, Burgos, 1995-96, 3 vols.

ANDRÉS, Melquíades, *Historia de la mística de la Edad de Oro en España y América*, BAC, Madrid, 1994.

—, «La religiosidad de los privilegiados: Santa Teresa y el erasmismo», en *Actas del Congreso Internacional Teresiano*, Universidad, Salamanca, 1982, 2 vols.

COMAS, A., «Espirituales, letrados y confesores en santa Teresa de Jesús», en *Homenaje a Jaime Vicens Vives*, Universidad, Barcelona, 1966, 2 vols., II, pp. 85-99.

DE LA MADRE DE DIOS, Efrén «Tiempo y vida de santa Teresa», en *Obras completas de santa Teresa de Jesús*, I, pp. 131-585.

—, y Otger STEGGINK, *Santa Teresa y su tiempo*, Caja de Ahorros de Salamanca y Soria, Salamanca, 1982 y 1984, 3 vols.

—, *Tiempo y vida de santa Teresa*, Editorial Católica, Madrid, 1988.

—, «Santa Teresa contra los letrados. Los interlocutores de su obra», *Criticón*, XX (1985), pp. 85-121.

EGIDO, Teófanes, *El linaje judeoconverso de santa Teresa*, Espiritualidad, Madrid, 1986.

GARCÍA VILLOSLADA, Ricardo, «Santa Teresa de Jesús y la Contrarreforma católica», *Carmelus*, 10 (1963), pp. 231-262.

GONZÁLEZ CORDERO, F., «La teología espiritual de santa Teresa, reacción contra el dualismo neoplatónico», *Revista Española de Teología*, 30 (1970), pp. 3-38.

JAVIERRE, José María, *Teresa de Jesús: Aventura humana y sagrada de una mujer*, Sígueme, Salamanca, 1998.

LLAMAS, Enrique, *Santa Teresa de Jesús y la Inquisición española*, CSIC, Madrid, 1972.

—, ed., «Libro de la vida», *Introducción a la lectura de santa Teresa*, Espiritualidad, Madrid, 1978.

MANCINI, Guido, *Teresa d'Avila. La libertà del sublime*, Giardini, Pisa, 1981.

—, ed., *Libro de la vida*, Taurus, Madrid, 1982.

MARTÍNEZ-BLAT, Vicente, *La Andariega: Biografía íntima de santa Teresa de Jesús*, BAC, Madrid, 2005.

MENÉNDEZ PIDAL, Ramón, *Estudios sobre santa Teresa*, ed. José Polo, Universidad, Málaga, 1998.

OROZCO, Emilio, *Expresión, comunicación y estilo en la obra de santa Teresa*, Diputación Provincial, Granada, 1987.

PACHO, Eulogio, «La iluminación divina y el itinerario espiritual según santa Teresa de Jesús», *Monte Carmelo*, LXXVIII (1970), pp. 365-375.

PÉREZ, Joseph, *Teresa de Ávila y la España de su tiempo*, Algaba, Madrid, 2007.

POLO, José, ed., *Estudios sobre santa Teresa*, Universidad, Málaga, 1998.

POVEDA ARIÑO, José María, *La psicología de santa Teresa de Jesús*, Rialp, Madrid, 1984.

RICO, Francisco, «Éxito y fracaso de santa Teresa», en su *Breve biblioteca de autores españoles*, Seix Barral, Barcelona, 1990, pp.123-135.

RIOSECO, Antonio, «Fray Luis de Granada, maestro predilecto de santa Teresa», *Ciencia Tomista*, 113 (1986), pp. 85-107.

ROS, Salvador, «La seducción de los místicos Teresa de Jesús y Juan de la Cruz», en *La mística del siglo XXI*, Trotta, Madrid, 2003, pp. 203-222.

SENABRE, Ricardo, «Sobre el género literario del *Libro de la vida*», en *Actas del Congreso Internacional Teresiano*, II, pp. 756-776.

SILVERIO DE SANTA TERESA, *Vida de santa Teresa de Jesús*, El Monte Carmelo, Burgos, 1935-37, 5 vols.

STEGGINK, Otger, *Experiencia y realismo en santa Teresa y san Juan de la Cruz*, Espiritualidad, Madrid, 1974.

VEGA, Ángel Custodio, *La poesía de santa Teresa*, BAC, Madrid, 1972.

# Bibliografía sobre el alumbradismo

ANDRÉS MARTÍN, Melquíades, «Alumbrados, erasmistas, luteranos y místicos y su común denominador: el riesgo de una espiritualidad más intimista», Ángel Alcalá (ed.), *Inquisición española y mentalidad inquisitorial*, Ariel, Barcelona, 1984, pp. 373-409.

—, «Tradición conversa y alumbramiento, 1480-1487. Una veta de los alumbrados del 1525», *Studia Hieronymiana. VI centenario de la orden de San Jerónimo*, vol. 1, 1973, pp. 381-398.

DE LOS APÓSTOLES, Francisca, *The Inquisition of Francisca: A Sixteenth-Century Visionary on Trial*, ed. y trad. Gillian T. W. Ahlgren, University of Chicago Press, Chicago, 2005.

BARRIOS, Manuel (ed.), *El tribunal de la Inquisición en Andalucía*, Ed. Castillejo, Sevilla, s.d.

BATAILLON, Marcel, *Erasmo y España: Estudios sobre la historia espiritual del siglo XVI*, trad. Antonio Alatorre, FCE, México, 1966 [2.ª ed. revisada y extendida].

BELTRÁN DE HEREDIA, Vicente, «Un grupo de visionarios y pseudoprofetas que actúa durante los últimos años de Felipe II. Repercusión de ello sobre la memoria de santa Teresa», *Revista Española de Teología*, vol. 7 y 9, 1947 y 1949, pp. 373-397 y 483-534.

—, «Los alumbrados de la diócesis de Jaén: un capítulo inédito de la historia de nuestra espiritualidad», *Miscelánea Bertrán de Heredia. Colección de artículos sobre historia de la teología española*. Vol. III. Salamanca, 1973, pp. 233-334.

BETHENCOURT, Francisco, *La Inquisición en la época moderna. España, Portugal e Italia, siglos XV-XIX*, trad. Federico Palomo, Akal, Madrid, 1997 [orig. ed. 1995].

CANO NAVAS, María Luisa, *El convento de San José del Carmen de Sevilla. Las Teresas*, Universidad de Sevilla, Sevilla, 1984.

CARO BAROJA, Julio, *Las formas complejas de la vida religiosa: Religión, sociedad y carácter en la España de los siglos XVI y XVII*, Sarpe, Madrid, 1985.

CARRETE PARRONDO, José Manuel, *Movimiento alumbrado y Renacimiento español: Proceso inquisitorial contra Luis de Beteta*, Centro de Estudios Judeo-Cristianos, Madrid, 1980.

CASTILLO GÓMEZ, Antonio, *Escrituras y escribientes. Prácticas de la cultura escrita en una ciudad del Renacimiento*, Gobierno de Canarias-Fundación de Enseñanza Superior a Distancia de Las Palmas de Gran Canaria, Las Palmas de Gran Canaria, 1997.

DE CAZALLA, Juan, *Lumbre del alma*, ed. J. Martínez de Bujanda, Universidad Pontificia de Salamanca-FUE, Madrid, 1974 [ed. de 1542 Cromberger ed., Sevilla].

DOMÍNGUEZ ORTIZ, Antonio, *Autos de la Inquisición de Sevilla (siglo XVII)*, Biblioteca de Temas Sevillanos 14, Sevilla, 1981.

FARFÁN DE LOS GODOS, Antonio, *Discurso... en defensa de la religión católica contra...*, Sevilla, 1623.

FERNÁNDEZ, Luis, «Iñigo de Loyola y los alumbrados», *Hispania Sacra*, vol. 35, 1983, pp. 585-680.

GARCÍA CÁRCEL, Ricardo, «De la reforma protestante a la reforma católica. Reflexiones sobre una transición», *Manuscrits*, vol. 16, 1998, pp. 39-63.

GARCÍA GUTIÉRREZ, José María, *La herejía de los alumbrados, Historia y filosofía: de Castilla a Extremadura*, Mileto Ensayo, Madrid, 1999.

GIORDANO, María Laura, *María de Cazalla (1487-?)*, Biblioteca de Mujeres-Ediciones del'Orto, Madrid, 1998.

GONZÁLEZ NOVALÍN, José Luis, «Teresa de Jesús y el luteranismo en España», Teófanes Egido López (ed.), *Congreso internacional teresiano, 4-7 octubre, 1982*. Vol. I. Universidad de Salamanca, Salamanca, 1983, pp. 351-387.

GOÑI GAZTAMBIDE, José, «El impresor Miguel de Eguía procesado por la Inquisición», *Hispania Sacra*, vol. 1, 1948, pp. 35-88.

GRANADA, Fray Luis de, *Historia de Sor María de la Visitación y Sermón de las caídas públicas*, ed. Bernardo Velado Graña, estudio preliminar de Alvaro Huerga, prólogo de Sister John Emmanuel Schuyler, Juan Flors, Barcelona, 1962.

GROULT, Pierre, *Los místicos de los Países Bajos y la literatura espiritual española del siglo XVI*, trad. Rodrigo A. Molina, Fundación Universitaria Española, Madrid, 1976.

HUERGA, Álvaro, *El proceso de la Inquisición de Sevilla contra el maestro Domingo de Valtanás*, Jaén, 1958.

—, *Predicadores, alumbrados e Inquisición en el siglo XVI*, Fundación Universitaria Española, Madrid, 1973.

—, *Historia de los alumbrados (1570-1630). Tomo III. Los*

*alumbrados de hispanoamérica, 1570-1605*, Fundación Universitaria Española, Madrid, 1986.

—, «Fray Luis de Granada entre mística, alumbrados e Inquisición», *Angelicum*, vol. 65, 1988, pp. 540-564.

—, *Historia de los alumbrados (1570-1630). Tomo IV. Los alumbrados de Sevilla, 1605-1630*, Fundación Universitaria Española, Madrid, 1988.

—, *Historia de los alumbrados (1570-1630). Tomo I. Los alumbrados de Extremadura, 1570-82. Tomo II. Los alumbrados de la Alta Andalucía, 1575-90. Tomo IV. Los alumbrados de hispanoamérica, 1570-1605. Tomo V. Temas y personajes*, Madrid, 1988-1994.

—, *Los alumbrados de Baeza*, Instituto de Estudios Giennenses, Jaén, 1978.

LLAMAS MARTÍNEZ, Enrique, «Teresa de Jesús y los alumbrados», Teófanes Egido López (ed.), *Congreso internacional teresiano, 4-7 octubre, 1982*. Vol. I. Universidad de Salamanca, Salamanca, 1983, pp. 137-167.

LLORCA, Bernardino, *La Inquisición española y los alumbrados, 1509-1667. Según las actas originales de Madrid y de otros archivos*, Universidad Pontificia, Salamanca,1980 [rev. ed.; orig. ed. 1936].

LONGHURST, John E., «The Alumbrados of Toledo: Juan del Castillo and the Lucenas», *Archiv für Reformationsgeschichte*, vol. 45 (2), 1954, pp. 233-253.

—, «Alumbrados, erasmistas y luteranos en el proceso de Juan de Vergara», *Cuadernos de historia de España*, vol. 27, 1957, pp. 99-163.

DE GRANADA MANRIQUE, Leandro, *Resolución de la contemplación sobrenatural: revelaciones, apariciones, extasis y arrobamientos para confundir la falsa doctrina de los torpes...*, Andrés de la Parra, Madrid, 1623.

EGIDO MARTÍNEZ, Teófanes (ed.), *Congreso internacio-*

*nal teresiano, 4-7 octubre, 1982*, Universidad de Salamanca, Salamanca, 1983.

MÁRQUEZ, Antonio, *Los alumbrados. Orígenes y filosofía, 1525-1559*, Taurus, Madrid, 1980 [ed. rev.].

MUÑOZ FERNÁNDEZ, Ángela, «Madre y maestra, autora de doctrina. Isabel de la Cruz y el alumbradismo toledano del primer tercio del siglo XVI», Cristina Segura Graíño (ed.), *De leer a escribir. La educación de las mujeres ¿libertad o subordinación?*, Madrid, 1996, pp. 99-122.

—, «The Franciscan Alumbrados and the Prophetic-Apocalyptic Tradition», *Sixteenth Century Journal*, vol. 8 (3), 1977, pp. 3-16.

OLIVARI, Michele, «Momenti del cattolicesimo italiano e spagnolo in età moderna», *Società e Storia*, n.º 81, 1998, pp. 619-628.

ORTEGA COSTA, Milagros, «Las proposiciones del Edicto de los alumbrados: autores y calificadores», *CIH*, vol. 1, 1977, pp. 23-36.

—, *Proceso de la Inquisición contra María de Cazalla*, Fundación Universitaria Española, Madrid, 1978.

ORTEGA COSTA DE EMMART, Milagros, «S. Ignacio en el "Libro de los alumbrados"», *Arbor*, n.º 107, 1980, pp. 163-174.

DE OSUNA, Francisco, *Tercer abecedario espiritual*, ed. Saturnino López Santidrián, Biblioteca de Autores Cristianos, Madrid, 1998.

—,«Mujeres, lecturas y alumbradismo radical: Petronila de Lucena y Juan del Castillo», *Historia Social*, n.º 57, 2007, pp. 51-74.

PEY ORDEIX [Segismundo], *El padre Mir e Ignacio de Loyola*, Imprenta Libertad 31, Madrid, 1913.

PÉREZ ESCOHOTADO, Javier, «Automedicación y dieta

de Antonio de Medrano, alumbrado epicureo: sus "Cédulas" gastronómicas», *Cuadernos de investigación histórica Brocar*, vol. 15, 1989, pp. 7-27.

PÉREZ VILLANUEVA, Joaquín (ed.), *La Inquisición española: Nueva visión, nuevos horizontes*, Siglo XXI, Madrid, 1980.

PINTO CRESPO, Virgilio, «La difusión de la literatura espiritual en el Madrid del siglo XVII. Los textos de María Bautista», *Edad de Oro*, vol. 12, 1993, pp. 243-255.

REDONDO, Augustin, «Les premiers illuminés castillans et Luther», *Aspects du libertinisme au XVIe siècle*, Vrin, París, 1974.

ROSSI, Rosa, «Introducción», en *Las mujeres en el Antiguo Régimen: Imagen y realidad, S. XVI-XVIII*, Icaria, Barcelona, 1994, pp. 7-18.

SALA BALUST, Luis, «En torno al grupo de alumbrados de Llerena», en *Corrientes espirituales en España del siglo XVI*, Juan Flors, Barcelona, 1963, pp. 509-523.

SARRIÓN MORA, Adelina, *Sexualidad y confesión: La solicitación ante el Tribunal del Santo Oficio (siglos XVI-XIX)*, Alianza, Madrid, 1994.

—, «Religiosidad de la mujer e Inquisición», *Historia social*, vol. 32, 1998, pp. 97-115.

—, *Beatas y endemoniadas: Mujeres heterodoxas ante la Inquisición*, Alianza, Madrid, 2003.

SIERRA, Julio, *Procesos en la Inquisición de Toledo, 1575-1610: Manuscrito de Halle*, Trotta, Madrid, 2005.

DE VILLAVA, Juan Francisco, *Empresas espirituales y morales*, Fernando Díaz de Montoya, Baeza, 1613.

ZUDAIRE, E., «El maestro Juan de Villalpando, sospechoso de herejía», en *Anuario de Estudios Americanos*, 1968.

que lo q es me nes ter p...
presentaros paresçe...
quereremos q nos o tra...
entendamos era es t...
çeramj q i maya todo...
fe q le ha vae el mejor...
vida muy larga q esto...
presto fin vaa bierta q e...
ea q dar esto le dad y pon...
es q prima q ara lo q...
con halo es vez muerte q...
nos pone q bi bira pa...
señora avia la lle ba q...
luy y lofas lado de lau...